イギリス文学と映画

British Literature and Film

Hogara Matsumoto
Miki Iwata
Makoto Kinoshita
Kunio Shin
Gen'ichiro Itakura
Keiko Inokuma
Yuzuru Okubo
Kimiyo Ogawa
Kazutomo Karasawa
Akiko Kawasaki
Tomonari Kuwayama
Taichi Koyama
Haruko Takakuwa
Masaaki Takeda
Yusuke Tanaka
Asako Nakai
Saeko Nagashima
Toru Nakayama
Yuko Matsui
Akiko Mizoguchi
Hiroshi Muto
Naoki Yoshida

三修社

凡例

- 本文中の引用ならびに文献リストの書式は原則として MLA 方式（*The MLA Handbook*）第 8 版（2016）にしたがう。

- 各章の引用・参考文献リストは各章末ではなく、巻末に掲載する。

- 映画の場面への言及は、ランニングタイム（DVD の時間、分、秒）を半角数字で示す。

- 映画作品の年号は公開年を基本とする。本書の「資料」のページ（pp. 338-67）に掲載した「映像資料」欄では、入手しやすい版の DVD や Blu-ray の販売元と発売年を明記している。映画作品の製作会社については、必要な場合にのみ記している。

- 映画作品の邦題は、翻訳がある場合は原則としてそれにしたがった。

- 文学作品の年号は出版・発表年を基本とし、執筆年、改訂年など作品にとって重要と思われる情報は年号の前に明記している。演劇は初演の年号である。

- 文学作品の邦題は、翻訳がある場合は原則としてそれにしたがった。研究書の邦題については、文脈を考慮して、本書の執筆者の日本語訳を用いた箇所もある。

- 本書の各章で取り上げた映画作品・監督、文学作品・作者については、原則として英語表記を付け加えたが、コラム欄では、その限りではない。

- あらゆる引用文中の……は引用者による中略を示す。

- 映画分析の基本的な用語は、巻末の「映画用語集」に掲載した。

CONTENTS

序章

いま、新たに「イギリス文学と映画」を学ぶために……………………………**6**

秦 邦生

第1部

1

オリヴィエの『ハムレット』とシェイクスピアのことば…………………**24**

栗山 智成

〔コラム1〕 近年のシェイクスピア映画（岩田 美喜）………………………**39**

2

疾走するフライデー、あるいは映像の誘惑…………………………………**40**

ルイス・ブニュエルによるダニエル・デフォー『ロビンソン・クルーソー』のアダプテーション

武田 将明

〔コラム2〕 スコットランドの文学と映画（松井 優子）……………………**57**

3

反復と差異の歴史性……………………………………………………………**58**

ヘンリー・フィールディングの『トム・ジョウンズ』とトニー・リチャードソンの『トム・ジョーンズの華麗な冒険』

吉田 直希

〔コラム3〕 詩と詩人と映画（岩田 美喜）……………………………………**75**

4

ポストフェミニズム時代の文芸ドラマ………………………………………**76**

ジェイン・オースティン『高慢と偏見』と1995年版BBCドラマ

高桑 晴子

〔コラム4〕 文学アダプテーションとテレビドラマ（高桑 晴子）…………**91**

5

呼びかける声に応えて／抗って………………………………………………**92**

シャーロット・ブロンテとキャリー・フクナガ監督の『ジェイン・エア』

木下 誠

6

二種の音楽によるエミリー・ブロンテ『嵐が丘』のラブストーリー化……**108**

ウィリアム・ワイラー監督『嵐が丘』

川崎 明子

CONTENTS

7

「古さ」と「新しさ」のせめぎ合い ············ 124
チャールズ・ディケンズとデイヴィッド・リーンの『大いなる遺産』

猪熊 恵子

> コラム5　Ｄ・Ｈ・ロレンスと映画（武藤 浩史）············ 139

8

手の物語 ············ 140
アーサー・コナン・ドイル『緋色の研究』と『SHERLOCK』第１話「ピンク色の研究」

大久保 讓

9

メロドラマ性とメタ・メロドラマ性の相克 ············ 156
トマス・ハーディ『ダーバヴィル家のテス』とロマン・ポランスキー監督『テス』

松本 朗

> コラム6　ヘリテージ映画（松本 朗）············ 172

10

盗まれた写真 ············ 174
オスカー・ワイルド『ウィンダミア卿夫人の扇』のルビッチ版における性愛と金銭

田中 裕介

> コラム7　ＬＧＢＴと文学・映画（長島 佐恵子）············ 189

11

複製技術時代の〈作者の声〉 ············ 190
ジョウゼフ・コンラッドの『闇の奥』からフランシス・コッポラ監督の『地獄の黙示録』へ

中井 亜佐子

12

イライザの声とそのアフターライフ ············ 206
ジョージ・バーナード・ショー『ピグマリオン』から『マイ・フェア・レディ』にいたるヒロイン像の変遷

岩田 美喜

> コラム8　イギリス映画のなかの移民たち（板倉 厳一郎）············ 221

13

死（者）の労働 ············ 222
ジョン・ヒューストンの『ザ・デッド』はジェイムズ・ジョイスの「死者たち」のテクスチュアリティにどこまで忠実であるのか

中山 徹

CONTENTS

14

擦れ違いの力学 ……………………………………… 238
グレアム・グリーンの『権力と栄光』とジョン・フォードの『逃亡者』

小山 太一

（コラム 9） 南アフリカの英語文学は「南アフリカ英語映画」になる？（溝口 昭子）…… **253**

15

敵のいない戦場、死者のいない都市 ……………… 254
Ｊ・Ｇ・バラードとスティーヴン・スピルバーグの『太陽の帝国』

秦 邦生

16

遅れてきた作家主義者 ……………………………… 270
『贖罪』（イアン・マキューアン）の翻案としての『つぐない』（ジョー・ライト監督）

板倉 厳一郎

第 2 部

1

舞台から映画へ …………………………………… 286
ミッシング・リンクとしての 19 世紀大衆演劇

岩田 美喜

（コラム 10） 現代劇作家と映画脚本（岩田 美喜）……………………………… **301**

2

時間旅行から「ポストヒューマン」まで ………… 302
イギリスＳＦ小説の伝統と映画の交錯

秦 邦生

（コラム 11） 中世英文学を題材にした映画に見られる「中世性」（唐澤 一友）……… **318**

3

ゴシック小説からゴシック映画へ ………………… 320
《怪物》の示しうるもの

小川 公代

（コラム 12） 中世英文学とファンタジー文学・映画（唐澤 一友）……………… **336**

資料
映画用語集
索引
編者・執筆者紹介

序 いま、新たに
「イギリス文学と映画」を
学ぶために

秦　邦生

1　はじめに

　本書『イギリス文学と映画』は、イギリス文学と映画とのさまざまな関係について、狭義のアダプテーション研究の立場からアプローチするものである。具体的には、本書は、おもにルネサンス期から現代までのイギリス文学史のなかから、これまでに映画化された代表的作品を選んで原テクストと映像版との詳細な比較研究を行う第1部全16章と、一定のテーマやジャンルの観点から複数の作品を論じることによって第1部を補完する第2部全3章ならびにコラムから構成される。

　「文学」と「映画」といういっけん単純明快に思える組み合わせでも、100年以上におよぶ歴史のなかで複雑に展開してきたこの両者の関係性は、けっして一様なものではない。本書はおもに、原テクストとしての文学作品と翻案によって製作された映画作品との比較、というきわめてオーソドックスなアプローチを採用している。[1]なぜ本書はこのような〈文学から映画へ〉という関係におもな焦点を定めているのか。また、ここで想定された「狭義のアダプテーション研究」とはいったいどんなものか。この本を手に取ってくれた読者のために、以下では本書のアプローチとそのねらいをできるだけ簡潔に説明しておきたい。

2 〈文学から映画へ〉と〈映画から文学へ〉

　トーキー映画台頭前夜の 1926 年、イギリスのモダニズム（20 世紀前半に台頭した実験的な文学・芸術運動）を代表する小説家ヴァージニア・ウルフ（Virginia Woolf, 1882-1941）は、「映画」（"The Cinema"）と題する短文を発表している。近年このエッセイは、ごく短い文章であるにもかかわらずイギリス文学（特に実験的なモダニズム文学）と初期映画との関係性を考えるための重要な文献として参照されることが増えている。まずはこのエッセイを手掛かりに、文学と映画が切り結ぶ関係性にはどのようなものがありうるのかを整理してみよう。

　最初に興味深いのは、このエッセイが文学テクストを原作とする映像作品——つまり〈文学から映画へ〉という関係性——にきわめて低い評価を下していたことだろう。ロシアの文豪レフ・トルストイ（Lev Tolstoy, 1828-1910）の名作『アンナ・カレーニナ』（*Anna Karenina*, 1877）の翻案映画を観に行ったらしいウルフは、その映画に相当に厳しい評価を下している。黒いベルベットと真珠を身につけてスクリーンに映し出された色っぽい女優は、ウルフ自身がこれまで原作小説で慣れ親しんできたアンナの印象とはかけ離れていた。読書するとき私たちはアンナの「意識の内面——彼女の魅力、情熱、絶望」をつうじてそのキャラクターを知るが、ウルフの観た映画はアンナの外見——「彼女の歯、真珠、ベルベット」——を映すばかりで、キャラクターの内面への共感を誘ってくれなかった。小説が描いたアンナとヴロンスキーとの破滅的情事も、映画では「すごく汁っぽいキス」とか「ソファの上での果てしない身ぶり」で表現されるばかりで、その単純さはまるで「読み書きのできない学童の落書き」のようだ、とウルフは慨嘆している（彼女の筆致はきわめて辛辣だ）（Woolf 350）。

　個人的に強い思い入れのある小説がついに映像化されたのでいそいそと映画館に駆けつけてみたのに、肝心の映画がこれまで大事にしてきた原作のイメージとまったく異なっていて、裏切られたのみならず、原作が汚されてしまったようにすら感じる——文学ファンなら、誰しも翻案映画についてこのような幻滅を経験したことがあるだろう。ウルフのアダプテーション批判を動機づけていたのも、おそらく似たような経験だったのかもしれない。

　だがこれは、この作家が当時のエリート知識人にはありがちな「アンチ映

画」の立場を取っていたことを意味しない。その証拠にこのエッセイのほか
の箇所でウルフは、当時のニューズリールや古い短編記録映画などを観た経
験を振り返り、それらが「私たちが日常で知覚するのとは異なる現実感」を
与えてくれると高く評価していた（349）。

　ここでさらに興味深いのは、ロベルト・ヴィーネ（Robert Wiene, 1873-1938）
監督による高名な実験映画『カリガリ博士』（Das Cabinet des Doktor Caligari,
1920）を観たときの彼女の感想だろう。ドイツ表現主義を代表するこの作品
は、当時の多くの知識人たちに映画の芸術的可能性をはじめて認識させたと
言われているが、意表をつくことに、ウルフの脳裏に焼きついたのはこの映
画自体ではなく、その上映時のちょっとしたトラブルだった。フィルムの劣
化のためか、映画の途中で一瞬だけスクリーンの片隅にオタマジャクシのよ
うな影が現れ、震えながら巨大化したかと思うとすぐに消えてしまったのだ。
偶然にすぎないこの出来事にウルフは、「怖い」という言葉による感情表現
ではなく、恐怖という情動そのものの視覚表現の可能性を直観したという。
つまり、文学者や芸術家がこれまで表現できなかった「視覚的感情の残滓」
（351）を、視覚的形象とその運動／変容だけで（それこそ実験的なアニメー
ションのように）ダイレクトに表現する可能性——そこにウルフは、いまだ
に未発達ながらも、文学にも絵画にもない映像表現独自の可能性を見出し、
その追求を呼びかけていたのである。

　ウルフという作家固有の洞察はさておき、このエッセイを紹介した目的を
あらためて確認すると、ここには文学と映画とのありうる関係について、二
つの方向性の交錯が典型的に見て取れる。一つは先述の通り、〈文学から映
画へ〉という一般的なアダプテーションが想定する方向性。もう一つは、当
時としてまだ新しかった映画という表現様式それ自体が、実験的な作家たち
に新たな表現への 霊 感 を授ける、という関係性——いわば〈映画から
文学へ〉という方向性である。このエッセイはおもに映像表現独自の可能性
を論じているが、そこで披瀝された思索が実はウルフ自身の文学の実験的特
徴——たとえば、無人空間でめくるめく視覚的イメージが展開する『灯台へ』
（To the Lighthouse, 1927）の第二部「時は過ぎる」（"Time Passes"）——と通底し
ていることは、たびたび指摘されてきた。[2] もちろん、映画にあらたな可能
性を見出した文学者はウルフ一人ではなく、たとえば同時代のフランスでは、

ギヨーム・アポリネール（Guillaume Apollinaire, 1880-1918）やブレーズ・サンドラール（Blaise Cendrars, 1887-1961）といった前衛詩人たちが映画に想を得た詩作を追求していたことは野崎歓が魅力的に紹介している通りだし（41-49）、このような〈映画から文学へ〉という方向性には、ほかにもさまざまな実例が存在する。[3]

　ここでウルフの場合を紹介するのにいくぶんの紙幅を費やしたのは、こうした〈映画から文学へ〉という方向性が、必ずしも本書が追求したものではないことをまずお断りするためである。[4] 同時に、この二つの方向性の交錯をあらかじめ認識しておくことは、本書が主軸を置く〈文学から映画へ〉というアダプテーションの歴史的位置づけと評価を確認しておくためにも有益だろう。数分しか続かなかった最初期の映画を経て、徐々に映画は物語芸術としての技法を成熟させた（だいたい 1904 年から 1917 年のあいだと言われている）。その際、たとえば D・W・グリフィス（D. W. Griffith, 1875-1948）が 19 世紀のリアリズム小説や大衆的メロドラマから多くを吸収したことはつとに知られている（本書第 2 部第 1 章も参照）。トーキーが確立した 1930 年代以降、ハリウッド映画産業はさまざまな政治的・商業的思惑から、ますます翻案による大作文芸映画の本数を増やしていった（Corrigan, *Film and Literature* 7-24）。このような映画産業による文学作品の利用（搾取？）は、大衆的な人気を獲得した反面、しばしば「寄生」的なものとして、少なからぬ文学者たちに軽蔑され、嫌悪されてきたのもまた事実である――まさに『アンナ・カレーニナ』映画版に対するウルフの反感のように。

　ただ、ウルフのアダプテーション批判は伝統的な文学擁護だけではなく、映画のためでもあったようだ。つまり、文学作品に依存・寄生していては、映画独自の表現の可能性が見失われてしまうのではないか、という懸念である。むしろ古典的な「物語映画」の諸技法が確立する以前の段階に、いまだ蕩尽されざる「純粋映画」の可能性を見る立場も、前衛的モダニズムを奉じる知識人たちにはかなり一般的なものだったようだ（Bordwell 83-115）。言ってみればアダプテーションは、映画産業の歴史的展開にとって支配的潮流であったと同時に、いわゆる文学者側からも純粋主義的な映画人の側からも、しばしば強く拒絶されてきたのである。

|序｜いま、新たに「イギリス文学と映画」を学ぶために

3 「忠実さ」と「インターテクスト性」とのあいだ

　前節で見てきたように、産業的には主流でも芸術的には周縁化されてきた
アダプテーション映画は、学問的にもやや傍流の研究対象として扱われる時
代が長く続いてきた。だがその時代は、90年代後半以降のアダプテーショ
ン研究の爆発的拡大によって徐々に忘れ去られつつあるようだ。英語圏で
は従来一誌（1973年創刊の *Literature/Film Quarterly*）しかなかった主要な
学術誌は、現在では *Adaptation*（2008-）と *Journal of Adaptation in Film &*
Performance（2007-）を加えて三誌まで増えている。また、2000年代後半か
らは、『ケンブリッジ版スクリーン文学必携』(2007)、ブラックウェル社の『文
学・映画・アダプテーション必携』(2014)、『オックスフォード版アダプテー
ション研究ハンドブック』(2017)、『ラウトレッジ版アダプテーション必携』
(2018) など、主だった学術出版社から大部の研究書が続々と刊行されている。
日本語でもここ数年で（もちろん本書も含めて）何冊もの論集が出版されて
きている。この状況を受けて沼野充義は「アダプテーション論的転回」の到
来すら予告している (12)。

　このような研究関心の盛り上がりは当然歓迎すべきものだが、この動向が
一過性のバブルのように、空虚な浮かれ騒ぎに終わる危険性にも注意しよ
う。そこで、近年のアダプテーション研究台頭の背景には何があるのかを、
ここで簡単に概観しておくことにしたい。端的に言えば、そこには「忠実さ」
(fidelity) から「インターテクスト性」(intertextuality) への研究モデルの
大きな変化が存在している。

　従来のアダプテーション研究で支配的だった「忠実さ」を重視するアプロー
チとは、ある文学作品を原作とする翻案を論じる際に、その原テクストのテー
マや特徴をどこまで忠実に再現しているのかを基準に映画を評価する手法で
ある。いっけん当然のように思えるこの姿勢は、だが、原作としての文学テ
クストの絶対的価値を自明視し、アダプテーションをあくまで二次的「派生
物」としか見ない硬直性ゆえに、現在ではたびたび問題視されている。たと
えば若島正は、「原作の小説とその映画化という問題設定」では、つねに「原
作の優位性」が前提とされており、それは「小説にとっても映画にとっても
有益な議論にはなりえない」と断じているが、その批判の矛先がいわゆる
「忠実さ」言説に向けられているのは間違いない。

ところが現在のアダプテーション研究の活況を演出している「インターテクスト性」とは、まさにこのような「原作の優位性」という前提自体を掘り崩す概念である。これはそもそも「対話主義^{ダイアロジズム}」を掲げたソヴィエト・ロシアの批評家ミハイル・バフチンやフランスの理論家ジュリア・クリステヴァなどが練り上げた批評用語だ。理論的な詳細を省いてやや単純化すれば、これは「あらゆるテクストはつながっている」という認識を表している。作家は誰しも無数の先達から有形無形の影響を受けており、「無」から創造される完全にオリジナルな作品とは、ロマン主義的な天才観が幻視した蜃気楼でしかない。いっけん独立したテクストのなかには他のテクストからの無意識的な影響の痕跡のみならず、意図的な引喩・引用・言及などがちりばめられている。この観点に立てば、そもそも原作の一次性と翻案の二次性という構図自体がきわめて疑わしいものに見えてくる。イギリス文学史最大の劇作家と目されるウィリアム・シェイクスピア（William Shakespeare, c. 1564-1616）の作品ですら、ギリシア・ローマ神話、歴史年代記、民間伝承など多種多様なテクストを材源とするのは周知の事実であり、その意味で大橋洋一は、さまざまな映像作品・舞台上演へと翻案される「シェイクスピア作品そのものが最初から翻案」だったのだ、と論じている（26）。

　この観点の導入によってアダプテーション研究は、「原作の優位性」という硬直した前提から解放されるばかりか、原作と映画版との強固なインターテクスト的関係によって成立する翻案の実践は、普遍的なインターテクスト状況における特権的な地位を獲得するに至った。さらに、翻案映画が原作と切り結ぶ関係は「忠実」なものである必要はなく、積極的な批判、書き換え、パロディなど、原作を壮快に「裏切る」ものであってもまったく構わないことになる。近年では、デジタル・メディアの爆発的伸張もあって、インターテクスト性の見地からのアダプテーション研究は〈文学から映画へ〉に限られない多様な関係性に標的を定める傾向がある。それは一方では、生物学的な環境への適応と進化という「アダプテーション」の原義に遡りつつ、他方ではノヴェライゼーション、音楽、ダンス、マンガ、ゲームや、果てはファンの二次創作にまでいたる膨大な文化現象を視野に収める可能性がある。[5]このような見通しが興奮すべきものであることは確かだが、実のところ最近のアダプテーション研究には、こういった際限のない膨張に対する慎重な姿

勢も見え隠れしている。

　どういうことか。ここは詳細な理論的検討の場ではないので、いくつか要点だけを挙げておこう。まず、もしインターテクスト性があらゆるテクストを特徴づける条件であるとしたら、そもそもアダプテーションとアダプテーションならざるものとを区別することに意味はあるのか。言いかえれば、インターテクスト性の過度の強調は、典型的には文学から映画へという具体的実践としてのアダプテーションの輪郭を曖昧にする副作用がある。またリンダ・ハッチオンが指摘するように、あるテクストにインターテクスト的／インターメディア的つながりを見出せるかどうかは、実はその受容者が誰なのかに大きく依存している。彼女の挙げる例では、有名なゾンビ映画『バイオハザード』（*Resident Evil, 2002*）を観てその元になったテレビゲーム版を思い浮かべるかどうかは、結局のところ観客の教養（マニア的なこだわり？）次第、ということである (11)。このようなインターテクスト性が現代文化のダイナミズムを特徴づけていることは確かだが、その動態を追跡する研究者は、いつのまにかみずからの専門とはかけ離れた深遠な領域に土足で踏み込んでしまうリスクを覚悟せねばならない。[6)]

　こうした懸念も受けて昨今では、いったん拒絶された「忠実さ」という観点の再評価も起こっている。そもそも表現媒体自体が異なる文学と映画では、しばしば安易に想定されるような忠実なコピーは作りようがない。こうした「自動的差異」（Stam 55）を前提とすれば、文学作品の翻案者たちは、その「等価物」（equivalent）を求めてつねに新しい創意工夫をせねばならない。これを強調したのは「不純な映画のために」という先駆的な論文を著したフランスの映画批評家アンドレ・バザンだった。たしかに翻案には「通俗化の悲劇」もあるかもしれない (156)。だが、原作への忠実さは必ずしも「映画外の美学的法則へのネガティヴな服従」とは限らない。むしろ複雑に洗練された原テクストへの適切な敬意があれば、「美学的構造の違いによって、等価物の探求はいっそう困難なものとなり、原作に似た作品を生み出そうと本気で願う映画監督に対し、いっそうの創意と想像力を要求する」。この意味でバザンは、「映画的創造の度合いは原作への忠実さに正比例する」と力説している (159-60)。[7)] ダドリー・アンドリューも述べるように、「真の忠実さは無益で愚かな照合を捨てて、創造的変容に向かう」のである（Andrew, "The

Economies" 38）。このような意味での「忠実さ」と「等価性」への着目は、文学と映画どちらか一方の優位性を前提とした機械的な模倣ではなく、むしろ創造的な緊張に満ちた両者の出会いにねらいを定めることになる。

4　本書のアプローチ

やや前置きが長くなったが、以上の状況説明から「狭義のアダプテーション研究」を採用する本書のねらいも明らかだろう。〈文学から映画へ〉というごくオーソドックスな構図を維持しつつ原テクストと映画との比較研究を行う本書は、一定の基準から選択した代表的テクストを題材に、上述したような意味での、文学と映画との緊張感に満ちた出会いを探求する。このねらいはまた、イギリス文学史上の知名度のみならず、映画監督の優秀さにも配慮した作品選びにも表れている。たとえばオスカー・ワイルドとエルンスト・ルビッチ監督（第 10 章）、ダニエル・デフォーとルイス・ブニュエル監督（第 2 章）、エミリー・ブロンテとウィリアム・ワイラー監督（第 6 章）、やや意外なところでは J・G・バラードとスティーヴン・スピルバーグ監督（第 15 章）など──このような一流の作家たちと映画監督たちとのアダプテーションを介した「出会い」は、どのような創造的な緊張をはらみ、新たな映像表現の探求へと映画監督たちを向かわせていたのか。本書の各章がまず共有するのは、いっけん単純なようでいて実は奥深いこのような問いかけである。

また同時に、狭義のアダプテーション研究に依拠するからといって、本書は 2000 年代以降のアダプテーション研究の革新を必ずしも等閑視するものではない。ハッチオンによれば、アダプテーションとは翻案の結果としての作品（プロダクト）であると同時に、つねに一定の社会的・文化的条件でなされるプロセスでもある（10-11）。ロバート・スタムが述べるように、アダプテーションはつねに「一連のフィルター──スタジオ独自のスタイル、イデオロギー的流行、政治的制約、作家主義的偏向、カリスマ的スター、経済的利点や不利、技術的発展」などに媒介されている（Stam 69）。こうした具体的プロセスとしてのアダプテーションに焦点を合わせるときに浮上するのは、各時代の技法的制約や新しい技術、商業的な動機づけ、あるいはより広い政治的・イデオロギー的要因などが、個々の翻案実践に新たな可能性を開いたり、あるいは逆に隠微な制約を課していたりする状況である。このよう

なプロセスに着目した原作と翻案との比較研究は、個別作品の価値評価に留まるのみならず（それも変わらず重要だが）、こうした歴史的条件に対する文化研究的アプローチにも結びつくのである。

　ただし、従来のアダプテーション研究が周縁化されてきたのは、このようなさまざまな事例研究（ケース・スタディ）の蓄積が、より大きな理論的仮説にも、文化史的知見の蓄積にも向かわず、安易な研究業績稼ぎのようになされてきた経緯もあったようだ（Ray 47）。本書のような論集の性格上、たんにアダプテーション映画であることだけを共通項にたまたま執筆者たちの関心を惹いた事例研究をかき集めると、結果的には全体が雑然とした印象を生んでしまい、「大きな枠組みの不在」をことさらに際立たせることになるかもしれない。本書ではこの陥穽を避けるために、執筆者にはある程度の我慢をお願いして、共通の基準で作品選択を行っている。まずは原テクストのイギリス文学史上での相対的な重要性（この点で「正典中心主義」との批判があればそれは甘んじて受けたいし、もちろん一部の例外はある）。ならびに、読者の便宜を図るために第 1 部で取り上げた諸作品は、日本語版の DVD ないしブルーレイが出ていることを条件としている。ただ本書の場合最も大きな工夫は、初期のサイレント映画から、現代の最先端技術を駆使した映画まで、論じられる作品が映画史のさまざまな時代に比較的均等に分布するような作品選びを行っていることである。

　この点については、右のリストを参照してほしい。本書の第 1 部全 16 章は、イギリス文学史のルネサンスから 21 世紀まで、文学作品の出版年順に並べられている。だが、その映像化作品の公開年順で並べ替えると、サイレント期から現代までだいたい 10 年刻みで配置できることがわかるだろう。このように本書の各章は、分業によってイギリス文学史と映画史との交錯点を跡づけることを目指している。当然ながら、これら個々の映像作品が映画史の各時代の動向を代表するものと言い切ることはできない。しかし、たとえばイギリス文学史よりも映画史のほうにより大きな関心を持つ読者は、この表の順番で各章を読み進めることによって、アダプテーションを規定する歴史的諸条件が少なからず変容していることが理解できるだろう。[8] ここで重要になるのは、たとえば次のような問いかけである。なぜある時代に特定の文学作品が原テクストとして選択されたのか？　そのアダプテーションは、い

本書第1部で論じた映像全17作品　公開年順リスト

1920 年代

①エルンスト・ルビッチ監督『ウィンダミア卿夫人の扇』(1925)
……………………………………………………… 第 10 章（オスカー・ワイルド原作）

1930 年代

②アントニー・アスキス＆レズリー・ハワード監督『ピグマリオン』(1938)
………………………………………………… 第 12 章（バーナード・ショー原作）

③ウィリアム・ワイラー監督『嵐が丘』(1939)…………… 第 6 章（エミリー・ブロンテ原作）

1940 年代

④デイヴィッド・リーン監督『大いなる遺産』(1946)…… 第 7 章（チャールズ・ディケンズ原作）

⑤ジョン・フォード監督『逃亡者』(1947)………………… 第 14 章（グレアム・グリーン原作）

⑥ローレンス・オリヴィエ監督『ハムレット』(1948)……… 第 1 章（ウィリアム・シェイクスピア
原作）

1950 年代

⑦ルイス・ブニュエル監督『ロビンソン漂流記』(1954)
……………………………………………………… 第 2 章（ダニエル・デフォー原作）

1960 年代

⑧トニー・リチャードソン監督『トム・ジョーンズの華麗な冒険』(1963)
………………………………………………… 第 3 章（ヘンリー・フィールディング
原作）

⑨ジョージ・キューカー監督『マイ・フェア・レディ』(1964)
………………………………………………… 第 12 章（バーナード・ショー原作）

1970 年代

⑩フランシス・フォード・コッポラ監督『地獄の黙示録』(1979)
……………………………………………… 第 11 章（ジョウゼフ・コンラッド原作）

⑪ロマン・ポランスキー監督『テス』(1979)………………… 第 9 章（トマス・ハーディ原作）

1980 年代

⑫ジョン・ヒューストン監督『ザ・デッド』(1987)………… 第 13 章（ジェイムズ・ジョイス原作）

⑬スティーヴン・スピルバーグ監督『太陽の帝国』(1987)
……………………………………………………… 第 15 章（J・G・バラード原作）

1990 年代

⑭BBCドラマ・シリーズ『高慢と偏見』(1995)………… 第 4 章（ジェイン・オースティン原作）

2000 年代以降

⑮ジョー・ライト監督『つぐない』(2007)……………… 第 16 章（イアン・マキューアン原作）

⑯BBCドラマ・シリーズ『SHERLOCK』(2010-)
……………………………………………… 第 8 章（アーサー・コナン・ドイル原作）

⑰キャリー・フクナガ監督『ジェーン・エア』(2011)…… 第 5 章（シャーロット・ブロンテ原作）

| 序 | いま、新たに「イギリス文学と映画」を学ぶために

かなる技術的・経済的条件に規定されていたのか？　さらにそのアダプテーションは、ある特定の文化的・政治的条件にどのように介入し、どんな関係を切り結ぼうとしたのか？　イギリス文学史と映画史との交錯地点でこのような一連の問いを投げかけることで本書は、全体としては近年グレッグ・セメンザとボブ・ヘイゼンフラッツが提唱した「通時的アダプテーション史」の構想に呼応するものでもある（Semenza and Hasenfratz 8）。

　アダプテーション史を枠組みにすることには、どんな波及効果があるだろうか。ここでは最後に、狭義のアダプテーション研究がなおも文学研究と映像研究との境界領域であるという現状との関連で、その意義を述べておこう。一方で文学研究にとって、アダプテーション史の研究は特定の文学テクストが長い流通と受容のプロセスのなかで翻案によって体系的に変容し、またその翻案自体の影響力が原テクストの同時代的受容にも遡及的影響を及ぼす複雑なプロセスへの知見を与えてくれることだろう。もう一方で映画研究にとってアダプテーション史の研究は、文学作品の翻案がその時代や各監督の映画スタイルの革新に対して、意外なほどの影響力を振るったことを気づかせてくれるものでもある（Andrew, *Concepts* 104-05）。[9] もちろん、このような可能性を真に実現するには、個々の研究者が文学作品と映像作品に対して、双方の技法的特徴と差異にも十分に注意した精読を行うことが必須だろう。本書の執筆陣はみな英文学畑の研究者だが、英文学研究で培われた伝統的な精読と丁寧な文脈作りの手続きを、映画研究という分野の独自性には配慮しつつも、周到に拡張すべく努力を払っている。インターテクスト性の興奮と快楽によってすべての分断を性急に均（なら）してしまう代わりに、文学と映画、それぞれのディシプリンのあいだの「ギャップ」（Corrigan, "Literature" 42）に適切な敬意を払うこと——このような慎重な手続きによってこそ、「イギリス文学と映画」の関係を学ぶための着実な歩みを進められるのではないか。

5　本書の構成

　それでは序章の締めくくりとして、本書の構成と各章の概要を示しておこう。

　第1部の最初の3章は、ルネサンス期から18世紀の代表的なイギリス文学作品とその映画化を論じる。伝説的なシェイクスピア俳優ローレンス・オ

16

リヴィエ監督による『ハムレット』の映画化（1948）を論じる第1章は、オリヴィエが敢えて原作の演劇的効果を残しつつ、新たな映画表現を切り開いた経緯が、シェイクスピア研究の専門家らしい精緻な解釈によって示される。第2章は近代小説の原型的テクスト『ロビンソン・クルーソー』（1719）と、ルイス・ブニュエル監督によるその映画化（1954）を詳細に比較研究することで、「書物的」原理と「映像的」原理の確執こそがこのアダプテーションの魅力となっていることが論証される。ヘンリー・フィールディングの『トム・ジョウンズ』（1749）を原作とするトニー・リチャードソン監督の映画（1963）を論じる第3章では、比較分析を通じて、原作の時代背景である18世紀半ばと、映画版の時代背景である1960年代のイギリスとに、階級の揺らぎやセクシュアリティの点で意外な並行関係が見て取れることが示される。

　次の4章はいずれも、19世紀初頭から盛期ヴィクトリア朝の王道的イギリス小説の映像化を扱っている。第4章は、ジェイン・オースティンの『高慢と偏見』（1813）の1995年版BBCドラマ（放送当時、社会現象と言われるほどの人気を博した）を対象とすることで、この作品に表れた〈ポストフェミニズム〉的傾向がオースティン原作の解釈にまで影響する様が批判的に解読される。第5章が扱うシャーロット・ブロンテの『ジェイン・エア』（1847）はサイレント初期から幾度となく映画化された小説だが、ここではキャリー・フクナガ監督による2011年映画版を選んで論じることで、原作の先駆的なフェミニズム性が21世紀の現代にどのように変容しつつ継承されたのかが示される。第6章と第7章は、それぞれエミリー・ブロンテの『嵐が丘』（1847）のハリウッド版映画化（1939）と、チャールズ・ディケンズの『大いなる遺産』（1860-61）のイギリスでの映画化（1946）を扱うことで、第二次世界大戦前後の英米での文芸アダプテーションが、それぞれの時代特有の思惑のために原作の物語をいかに利用したのか、またその過程でなにがこぼれ落ちたのかが浮き彫りにされる。

　第8章から第11章までの4章では、おもに19世紀末から世紀転換期の多彩な文学作品の映像化が論じられる。まず第8章は、世紀末を越えて1927年まで続いたアーサー・コナン・ドイルによるシャーロック・ホームズ・シリーズと、その映像翻案の系譜を紹介しつつ、特に最近のBBCドラマ・シリーズ『SHERLOCK』（2010- ）の第一話とその原作『緋色の研究』（1887）

との関係に焦点を絞って、「手」の形象を介した19世紀ヴィクトリア朝と現代のデジタル・テクノロジーとの意外な並行関係を浮き彫りにする。トマス・ハーディの小説『ダーバヴィル家のテス』(1891) のロマン・ポランスキー監督による映画化 (1979) が論じられる第9章では、当時として最先端のパナヴィジョンが演出する女性主人公の映像美のなかに、観るものの消費者的姿勢を唐突に撹乱するメタ・メロドラマ的瞬間が剔出される。オスカー・ワイルドの戯曲『ウィンダミア卿夫人の扇』(1892) のエルンスト・ルビッチによる映画化 (1925) を考察する第10章は、本来言葉のやり取りが重視される演劇をサイレント映画として傑作に仕上げたルビッチの映画的手腕が解明される。ジョウゼフ・コンラッドの『闇の奥』(1899, 1902) を翻案したフランシス・フォード・コッポラ監督の『地獄の黙示録』(1979, 2001) を論じる第11章は第8章と同じくルース・アダプテーションの事例を扱っているが、そこで両作品共通の要素として主題化されるのは、19世紀末の帝国主義と20世紀後半のベトナム戦争の時代において批判的に機能する、〈作者＝権威者〉は誰か、という政治的問いかけである。

　第1部最後の5章は、モダニズムの時代から現代英文学にいたる諸作品のアダプテーションを扱う。第12章は、ジョージ・バーナード・ショーの戯曲『ピグマリオン』(1913) から、ブロードウェイ・ミュージカル版 (1954) をあいだに挟みつつ二つの映画版 (1938, 1964) へと華麗に横断することで、原作が探求した女主人公の自立という問題が、幾度もの改変を経てなお残存していることを示す。ジェイムズ・ジョイスの短編「死者たち」(1914) を原作とするジョン・ヒューストン監督の『ザ・デッド』(1987) を論じる第13章は、ヒューストン監督のジョイス原作へのバザン的な「忠実さ」を政治意識の映画的表現に読み取る、難解ながら魅力的な論考だ。第14章では、グレアム・グリーンの『権力と栄光』(1940) を翻案したジョン・フォードの映画 (1947) が、いっけん原作を裏切るようでいてその精神に共鳴する「擦れ違いの力学」が解明される。第15章はJ・G・バラードの『太陽の帝国』(1984) とスピルバーグ監督によるその映像化 (1987) を比較研究することで、このアダプテーションが1980年代の中国を軸とした新たなグローバル秩序台頭の予感にいかに応答したのかを考察する。第1部掉尾を飾る第16章では、イアン・マキューアンのメタフィクション小説『贖罪』(2001) のジョー・ライト監督による

映像化（2007）が、ポスト作家主義的な現代の映像製作の現場で、なお作家的に振るまおうとする監督の戦略とともに精読される。

　第2部の全3章は本章の冒頭でも述べた通り、一定のテーマやジャンルの観点から複数の作品を論じることで第1部を補完する役割を担う。第2部第1章では、最初期の映画に影響を与えた大衆的メロドラマを論じることで、安易に類似したものと考えられる演劇と映画のドラマツルギーが決定的に分岐してゆく歴史的経緯が解明される。第2部第2章と第3章では、正統的な文学研究ではしばしば周縁化されがちなサブ・ジャンルの見地から、文学と映画との複雑で豊かな関係が探求される。前者は1930年代のH・G・ウェルズから現代のカズオ・イシグロの小説にいたる3つのSF作品とその映像版における言語的想像力と映像的想像力との緊密な協働関係を示す。後者では特にメアリ・シェリーの『フランケンシュタイン』（1818）とブラム・ストーカーの『吸血鬼ドラキュラ』（1897）に端を発する無数のゴシック映画作品を通覧することで、〈モンスター〉表象のなかに「主体性」と「他者性」とが複雑に交錯する様が読み解かれる。

　このほか、コラムにおいては、最近のシェイクスピア映画やヘリテージ映画といったおなじみの事例から、LGBTを扱った文学・映画、移民文学や南アフリカ文学と映画との関係などといった、近年新たな関心の高まりの見られるテーマに沿ったさまざまな作品紹介を行っている。

＊

　このように多種多様な事例を論じている本書でも、それは当然ながら「イギリス文学と映画」との長く複雑な関係性を網羅するものではない。本序章の前半で説明したように、本書は〈文学から映画へ〉という方向性に主軸を置く戦略のために、〈映画から文学へ〉という方向性にはほとんど触れていない。〈文学から映画へ〉というアダプテーションに限っても、本来であれば論じるべきだったが紙幅の都合上できなかった作品は数多い（そのうちの一部についてはコラムで触れているので、関心を持った読者にはそれを出発点に自分なりの研究に進んでほしい）。それでもなお、サイレント期から現代にいたる展開のなかで、多様なイギリス文学作品がさまざまなやり方で映

画へと翻案されてきた歴史的経緯をたどる本書は、アダプテーション研究に一定の史的な座標軸を導入することを試みている。この座標軸から逸脱する事例を探求するのか、あるいはそのような座標軸自体を不要のものとして批判的に解体するのかは、今後の研究の自由に任されている。そうした批判的応答の継続がアダプテーション研究のさらなる活性化につながることを、編者一同願ってやまない。

　だが、このような枠組みにおける企図のレベルの手前で、本書各章にとっての本当の試金石は、「映画と原作との比較が両者に光を投げかける」（MacCabe 8）ことができているかどうかに求められるだろう。以降で展開される個々のアダプテーション研究が、原作に対する深い理解にも、映画版に対する深い理解にも一定の貢献をするものだと読者に認めてもらえたら、このような研究の存在意義が証明されたことになろう——もしそうなれば、それは、私たちの望外の喜びでもある。

註

1) 本書では英語由来の「アダプテーション」と日本語の「翻案」とを対応する言葉として用いるが、厳密に言えば、この二つの用語のあいだには一定のニュアンスの差異があることには留意したい。沼野 8-9、波戸岡 9-14 を参照。

2) たとえば Trotter 164-74; Marcus 99-157 を参照。なお、ウルフ自身の小説の映像アダプテーションとしては、ヒュー・ストッダート監督の『灯台へ』（*To the Lighthouse,* 1983）、サリー・ポッター監督の『オルランド』（*Orlando,* 1992）、マーリン・ゴリス監督の『ダロウェイ夫人』（*Mrs Dalloway,* 1997）などがある。

3) 映画が文学に与えた影響については、特に英語圏を中心に数多くの研究書が出ている。日本語による研究書としては、たとえば飯島と佐藤を参照。

4) また留保すれば、〈文学から映画へ〉と〈映画から文学へ〉といった二項対立はあくまで便宜的なものでしかなく、この両者の境界線は創造的実践において頻繁に曖昧化している。たとえば第２部第２章で論じるように、ＳＦ的想像力が文学と映画との緊密な協働関係を築いて発展してきた事例も数多い。フランス語圏では、野崎の挙げるマルグリット・デュラスのように小説家かつ映画監督として活躍してきた作家も少なくない。英語圏で対応する例としては、ハリウッドで脚本家をした経歴があるオルダス・ハックスリーやクリストファー・イシャウッドのような小説家たち、劇作家かつ映画脚本家として活躍してきたハロルド・ピンター、トム・ストッパード、ハニフ・クレイシなどの事例を考えることができるだろう。

5) この傾向は特に最新の『オックスフォード版アダプテーション研究ハンドブック』と『ラウトレッジ版アダプテーション必携』に顕著に表れている。Leitch ならび

に Cutchins らを参照。

6) ただし、本章の趣旨は、このようなインターテクスト的研究の可能性をいちがいに否定するものではない。この方向性ですぐれた研究書としては、岩田和男らの論集を参照。また、インターテクスト性に対する留保は Cardwell が明快に表現している。

7) この実例として挙げられるのは、アンドレ・ジッドの原作小説における「単純過去」時制の生み出す印象の等価物を、その映画版(ジャン・ドラノワ監督の『田園交響楽』[*La Symphonie pastorale*, 1946])がミザンセヌに遍在する雪のイメージで生み出した、とするバザンの驚くべき解釈だろう(161)。

8) このリストのもう一つの効用は、各章で論じられた映画作品の意外な同時代性が浮き彫りにされることだろう。なお、このリストからもわかるように、本書では厳密な意味では「映画」とは異なるTVドラマが二作品含まれていることもお断りしておきたい。これは特に現代のイギリスにおいて、英文学作品のアダプテーションに果たすTVメディアの役割を強調するためである(コラム4参照)。

9) 当然ながら、文学作品の翻案が映画史自体の転換点でどのような役割を果たしたのかについて具体的な考察を展開するためには、さらに映画史に踏み込んだ詳細な研究が必要となってくるだろう。ここではダドリー・アンドリューの挙げる例を紹介しておこう。彼によれば、ヴィクトル・ユーゴーやアレクサンドル・デュマなどの「ロマン派小説」の翻案は、サイレント末期のアメリカ映画とフランス映画のスタイルの発展に無視できない影響を及ぼしたという。またジャン・ルノワール監督の1930 年代の映画におけるスタイルの革新には、ゾラやモーパッサンなどの自然主義小説の翻案が重要だったのであり、この「自然主義的衝動」はルキノ・ヴィスコンティを経由して、1940 年代のイタリアのネオリアリズモにも流入している、とアンドリューは指摘している(Andrew, *Concepts* 105)。

| 序 | いま、新たに「イギリス文学と映画」を学ぶために　　**21**

第１部

1 オリヴィエの『ハムレット』と シェイクスピアのことば

栞山　智成

1　はじめに

　ローレンス・オリヴィエ（Lawrence Olivier, 1907-89）は 20 世紀を代表する イギリスのシェイクスピア役者である。数多くの舞台や映画で活躍しただけ でなく、シェイクスピア作品の映画化の主演・監督も三度務め、1944 年に カラー映画の『ヘンリー 5 世』（*Henry V*）を、48 年に白黒映画の『ハムレット』（*Hamlet*）を、55 年にカラー映画の『リチャード 3 世』（*Richard III*）を発表し た。なかでも『ハムレット』はアカデミー作品賞を受賞し、公開以来、長き にわたって、原作の台詞をそのまま使ったシェイクスピア映画の代表格とし て扱われてきた。しかし 90 年からフランコ・ゼフィレッリ（Franco Zeffirelli, 1923-2019）、ケネス・ブラナー（Kenneth Branagh, 1960- ）、マイケル・アルメ レイダ（Michael Almereyda, 1959- ）といった監督が人気俳優を起用し、カラー 映像技術を駆使しながら、次々と『ハムレット』を映画化（それぞれ 1990 年、96 年、2000 年）したこともあり、批評家や一般視聴者がオリヴィエの『ハ ムレット』に、特にその映画的特質に注目することは少なくなってきている。

　しかし私の見解では、一連のこれらの映画の後にも、未だこの作品はその 価値や魅力を失っていない。たしかにゼフィレッリたちの映画も、それぞれ 映画の特質を活かして作られている。しかし台詞として原作テクストのみが 使われているにもかかわらず、それをいかに映画の台詞らしく扱うことがで きるか、つまり、いかに台詞があたかも映画のために書かれたかのように撮

ることができるかに力が注がれている。これはもちろん意義深い挑戦ではあるが、シェイクスピアの台詞はそもそも劇場空間で朗唱するために書かれた様式的な韻文であり、マイク録音用に書かれ、日常会話に近い映画の台詞とは異質なものである。オリヴィエの『ハムレット』は、原作が演劇であることを認めつつ、原作の演劇的効果も考慮に入れながら、新たな映画表現を追究しており、この点で独自の魅力を放っている。本章ではオリヴィエが『ハムレット』という演劇テクストを、どのように映画という媒体に融合させ、新たな表現を生み出したか、その手法に迫りたい。紙幅の関係上、映画をどのように始めているか、原作の独白をどのように扱っているかの二点に絞って考察する。一般に、作品の始まりには全体の方向性や狙いが表れることが多く、また、シェイクスピアの独白は、背景や装置を使わない舞台上演で役者が観客席に向かって語り続ける、きわめて演劇的な台詞であるからである。

2　冒頭ナレーションとオリヴィエ

　原作の『ハムレット』のあらすじは以下の通りである。デンマークでは王が亡くなり、その弟が兄の妻を娶り、新たに王位に就いた。国外ではノルウェーの王子フォーティンブラスが侵略の機会をうかがっている。デンマーク王子ハムレットは先王の息子だが、母と叔父との早い再婚を嘆いている。そのようななか、父の亡霊が現れ、自分を殺した弟に復讐するようハムレットに告げる。復讐を誓うものの殺害の証拠もないハムレットは機能不全に陥る。しかし旅劇団を使って、亡霊が語った殺害状況を宮廷で上演すると、王は動揺してその場を去り、ハムレットは父の死に関して確信を得る。その後ハムレットは王の臣下ポローニアスを王と間違って殺害し、イングランドに追放される。ポローニアスは、ハムレットの恋人であったオフィーリアの父であり、父の死により彼女は狂気に陥り、やがて川で溺死する。ハムレットは追放の途中で海賊に捕われ、デンマークに戻ってくる。そこで王は、ハムレットと、オフィーリアの兄レアティーズとの剣の試合を執り行う。しかし、王の企みによってレアティーズの剣には毒が塗られ、ハムレットには秘かに毒杯が用意される。王妃は試合中にその杯を飲み、ハムレットは毒剣で刺され、同じ剣でレアティーズを刺し返す。王の企みを知ったハムレットは王を殺害し、4人全員が命を落とす。そこにノルウェーのフォーティンブラスが

| 1 | オリヴィエの『ハムレット』とシェイクスピアのことば　　**25**

登場し、彼がデンマークの王位を継承することが示唆される。

　原作は、亡霊が城壁上の歩哨の前に現れる場面で始まるが、オリヴィエの映画はすぐにそこからは始まらない。まずプロダクションのクレジット画面が表示され、クラシックコンサートの楽器の音合わせが鳴り始める。次にウィリアム・ウォルトン作曲の壮麗な音楽と同時に、*"Laurence Olivier presents Hamlet by William Shakespeare"* という文字が画面表示される（▶ 00:00:00-00:00:23）。すぐに、スタッフと出演者のタイトルロールが流れ、その背後に、霧のかかった城が絶壁の海岸上にそびえ立ち、ふもとに波が寄せては引く白黒映像が映し出される（▶ 00:00:23-00:01:36）。それが終わると白い霧が立ちこめる黒い画面へと切り替わり、その上に "Scene-Elsinore"（場面－エルシノア）と表示され、霧が晴れ出すと、上空から見た城が現れる（▶ 00:01:38-00:01:45）。カメラは城に近づいていくが、再び切り替わって霧の画面に戻り、その上に以下の台詞が表示され、読み上げられる（印と翻訳は筆者。^ はオリヴィエが置いている間を、下線は強勢を置いている音節を示す。以下同様）。

> So oft it chances in particular men ^　　　　　　　（1 行目）
> That through some vicious mole of nature in them, ^
> By the o'ergrowth of some complexion^
> Oft breaking down the pales and forts of reason,^　　（行全体、速め）
> Or by some habit^ grown too much;^ that these men –^　（5 行目）
> Carrying, I say, the stamp of one defect,
> Their virtues else – be they as pure as grace,^　　　（行全体、速め）
> Shall in the general censure^ take corruption^
> From that particular fault.　（▶ 00:01:58-00:02:36）　（9 行目）
>
> （これはある種の人々によく起こる。／悪しきホクロのような性質を生まれ持ったり、／ある気質の異常な成長が／しばしば理性の柵や砦を壊したり、／あるいは習慣によってその性質が成長しすぎたりする。／一つの欠点を刻まれた、こういう人々は、／他の美徳が神の恩寵のように純粋でも、／世間一般に腐敗していると判断される、／その固有の欠点ゆえに。）

これは原作 1 幕 5 場でハムレットが語る台詞（を編集したもの）である。[1]

26　第 1 部

原作のこの場面でハムレットが友人ホレイショや歩哨と城壁上で亡霊の出現を待っていると、王の宴の音が聞こえてくる。そこでハムレットは、デンマーク人は酒癖が悪いゆえに批判されると述べてから、この台詞を述べるのである。映画の冒頭ではこの朗読の後に音声のみで "This is the tragedy^ of a man^ who could not^ make up^ his mind" (▶ 00:02:38-00:02:47)（これは決意できなかった男の悲劇である）という作品を通して唯一原作にはない台詞が読み上げられる。

　この始まりは批評家のあいだで不評である。朗読とキャプション表示という二重の演出について疑問が呈されたり（Dawson 172）、ここで強調される優柔不断さと、映画本体におけるオリヴィエの敏捷さや勇敢さとの矛盾が指摘されることも多い（Hapgood 68; Rosenthal 24; Jackson 42）。しかし、ここには演劇と映画を融合させるさまざまな仕掛けが仕込まれている。たとえば、テクストのキャプション表示は、本作がシェイクスピアによって書かれた韻文の台本に基づいている事実を視覚的に観客に印象づける。はじめからこの事実を認め、観客に確認を取る映画に対して、台詞が人工的で映画らしくないといった批判はさほど意味をなさなくなる。むしろ、テクストがキャプション表示され、オリヴィエがそれを絶妙に読み上げることで、映画本体における韻文の台詞への観客の興味を高めうる。シェイクスピアの韻文は弱音節と強音節の組が 5 回繰り返される弱強五歩格で書かれているが、オリヴィエはこの韻律に沿いつつ、すべての母音と子音を明確に発音し、丁寧にそれぞれの行を読み上げていく。しかしキャプションを目で追っていても、上で示したように、4 行目や 7 行目では急に速度が速くなったり、5 行目や 8 行目では行内に突然休止が入って次の単語が引き立てられたりする。韻律が不規則になる箇所もあり、規則的には "of nature in them" となる箇所は "of nature in them"、"Carrying, I say" は "Carrying, I say" と読まれる。こういった読み方と台詞のキャプション表示は音・リズムと内容との密接な関係に観客の注意を惹きつけ、韻文朗唱の奥行きを印象づける。同時に、映画本体の会話や独白では、韻文の台詞はより感情を込めて話されるので、相対的に聞きやすくなる。つまり、このナレーションは物語が始まる前に観客の言語意識を調整し、映画において韻文を使うことへの準備を行っているのである。

　この独特な朗読や、少し前の "Laurence Olivier presents Hamlet by William

Shakespeare"という画面およびタイトルロールは、このナレーターがオリヴィエ本人だと観客に暗に伝えている。また、彼が「これは決意できなかった男の悲劇である」と語るとき、画面ではハムレット（オリヴィエ）とおぼしき人物の遺体が兵士に高く掲げられている。つまり、映画が始まると同時に、主演俳優が自分の演じる主人公の欠点に触れることになる。もちろんオリヴィエはこうした演出によってスター俳優としての存在感を示したかったのではない。自分が表現者として一定の距離を持って『ハムレット』の映画化に取り組んだという事実を観客に伝え、こうした距離の提示によって、観客が、通常の映画を観るのと同じ視点からではなく、彼がどのようにハムレットを演じ、シェイクスピアの韻文を話し、どのように原作を映画化したのか、その手法に注目するように導いている。演劇上演では劇作家や役者などの作り手の存在感や技量自体が前面に押し出されるが、オリヴィエはこの性質を意識的に映画のなかに取り込んだのである。

　キャプション表示され朗読される台詞は、映画本体でも原作と同場面でハムレットによって語られる（▶ 00:31:33-00:32:03）。しかし冒頭のナレーションゆえに、ハムレットは他人の批判をしているときに、それが自分にも適用されうることをわかっていないことになる。しかもこれは同心円的にハムレットを批判するナレーター自身や観客にも作用しうる。この入れ子構造は、人間が自分の、そして他人の内面を把握することの難しさを示唆しており、登場人物の内面に迫るこの作品に深みを与えていると言えよう。また、映画本体では、この台詞は（原作と同様に）、亡霊がハムレットの前に現れる直前に語られる。映画はこの台詞で始まり、物語内のハムレットの復讐の物語も同じ台詞で始まるという別の入れ子構造も作られているのである。[2]

　ナレーション全体がハムレットの内的欠点（優柔不断さ）に焦点を当てたことは原作の短縮化とも連動している。オリヴィエはノルウェーとの政治エピソードや、ギルデンスターンとローゼンクランツといった人物を削り、4時間30分ほどかかる原作を2時間33分の映画にした。この結果、より強い焦点が、デンマーク宮廷の人間関係とハムレットの内面描写に当てられることになる。つまり、このナレーションは、観客の視点を主人公の内的欠点に導くことで、原作の短縮化によって生まれる性質に事前に枠組みを与えているのである。このようにオリヴィエは冒頭3分足らずで、シェイクスピア

演劇を映画化するためのさまざまな準備を行っている。

3　エルシノアの城壁場面

　映画と演劇の違いの一つは、アラダイス・ニコルが指摘するように、登場
人物の特性にある。演劇では登場人物は人間のタイプ（型）としての性質が
強く、映画では登場人物は特定の個人としての性質が強い（Nicoll 164-91）。
さらに、シェイクスピアの台詞は、通常の映画に見られるような日常会話で
はなく、韻律に乗せた比喩や象徴的イメージで観客の想像や思考を刺激する
詩的言語である。観客の想像によって劇世界が完成するところに観劇の面白
さがあると言えよう。オリヴィエは、冒頭のナレーションで観客の言語感覚
を調整した後、映画本体においてシェイクスピアの台詞をどのように扱って
いるのであろうか。

　ここで例として物語の冒頭を見てみたい。原作の始まりでは城壁で歩哨が
交代するが、観客はそれがどこで、どういう状況なのかすぐにはわからな
い（特にエリザベス朝の舞台は三方を観客に囲まれ、大がかりな装置を置
かない裸舞台であった）。まず兵士が一人登場し、舞台上の空間を守り始め
る。そこに突然、別の兵士が登場し「誰だ？」（Who's there?（1.1.1））と叫
ぶ。すると最初の男が「いや、お前が答えろ。止まって素性を明かせ」（Nay,
answer me. Stand and unfold yourself（2））と述べる。劇が始まるや否や二
人の男がぶつかる緊張感で観客を惹きつけるだけでなく、謎の存在と遭遇す
る恐怖、テリトリー争い、本心の探り合い、アイデンティティの問題、人間
の孤独な姿など、作品の根幹に関わる多様なテーマやイメージが、わずか数
語で導入される象徴的で秀逸な始まりとなっている。しかし、このやり取り
を映画で撮ると、ある特定の城で、特定の兵士二人が誰何し合う状景の映像
となり、この象徴性は消えかねない。

　オリヴィエ版ではこの台詞の前に 30 秒ほどの導入部が作られている。ま
ず、画面中央に、城壁屋上へと続く階段が映し出される（▶ 00:03:05）。そ
こに、槍を手にした男が画面手前左から颯爽と登場し、階段に向かう（▶
00:03:10）。階段を上り始めると、城壁屋上では、槍を肩に掛けた男の姿が画
面上部左側から現れる（▶ 00:03:13）。階段の形状ゆえに二人は互いに見えて
いない。手前の男は階段を少し上ったところで、一度立ち止まり、槍を右

|1| オリヴィエの『ハムレット』とシェイクスピアのことば　　**29**

図1 『ハムレット』 ▶ 00:03:16

手で立て、何かを逡巡するかのように画面右下を振り返る（図1）。このとき、屋上の黒い姿は上部右側の城壁へと歩み去る。階段上の男は槍を左手に持ち替え、再び階段を上り始める（▶ 00:03:20）。するとサウンドトラックでは低音から唸るような上昇と下降を繰り返す弦楽器の旋律が始まる。

　画面は、階段が映し出されてからこの時点まで24秒間切り替わらない。1940年代のハリウッド映画の1ショットの平均は9秒程度であったことからもわかるように（Salt 266）、同じ画面を見続ける趣向は演劇的と言える。さらに、中央に置かれた階段というセットも演劇を観客に思い起こさせる。しかしよく見ると、この階段の形状は映画画面の特性も活かしていることがわかる。階段は中央で画面奥・上部右側に曲がって伸びており、右側の壁の曲線状の形態も強調し、画面に立体感を与えている。上部にもう一人の男が登場すると、まだ見えない画面上部右側での物語展開も意識させる。

　注目すべきは、オリヴィエは映画的な特質を追究することで、ある特定の城の様子をリアルに写し出すのではなく、むしろ映像的に観客の思考や想像を刺激することで、最初の台詞につながる象徴性を映画に導入しようとしていることである。たとえば、二人の男がどういう人物かを示す説明的な映像は一切なく、手前の男が階段の途中で立ち止まって画面右下を振り返るときも、その理由は何も提示されない。二人の男が上下に分かれている構図自体が強調され、両者の対照性や対立性が象徴化されている。さらに、ジェニファー・ヴァン・シルによると一般に映画画面では「右下から左上への上昇」は「文字を追う動きにも、自然の重力にも」逆らい、不自然な動きとなる（シル10）。つまりこの男は画面の力学に逆らって動くのである。観客には具体的な事情は知らされないので、この男の、上に上がっていく強い意志や力強さ自体が強調されることになる。

　また、階段上に白い光が落ちているところで、男が立ち止まりポーズを作

る姿にはどこかヒロイックなところがある。しかも画面全体に白黒のコントラストが効いていて、彼と背後の壁以外は全体的に黒く暗い。だがよく見ると、最も濃い影はこの男自身のものであることがわかる。ヒロイックな姿とは裏腹にこの男の内面には何か不吉なもの、測りえないものが秘められていることが示唆されていると言えよう。

こうした謎と象徴性に富む映像展開があるからこそ、原作の "Who's there?" "Nay, answer me, stand and unfold yourself" が発話されたとき、前述したテリトリー争いやアイデンティティの問題などのテーマやイメージが引き立つことになる。また、"unfold" ということばの象徴性も活きてくる。台詞の前の謎に満ちた象徴的な画面によって、階段を上る男の姿に解き明か（"unfold"）されるべき物語が秘められていることが暗示されているからである。

原作の始まりは作品全体のテーマを導入するが、オリヴィエ版のこのシークェンスは舞台上演では示しえないような方法でこれを行っている。たとえば、意を決して階段を上る男の姿は、兄を殺した王や復讐を狙うハムレットを、また、階段で立ち止まったときの濃い影は彼らの内面世界を象徴しうる。[3] さらに、この映画では、階段の昇り降りや落下・飛翔のイメージが多く使われるので、この映画独自の基調も設定していると言える。

実際に台詞が話されるときも象徴的な映像が使われ、台詞と映像の効果は連動する。男が階段の折れ目を上っていくと、カメラは切り替わり、城壁の上からその姿を捉え直す。彼は画面中央やや左から観客側に右側面を向けながら螺旋状の階段を上がっていくが、画面中央に来たところで、突然カメラつまり観客側を向き "Who's there?"（▶ 0:03:32）と叫ぶ。これまで男が階段を上る姿を見守っていた観客は、突然、彼と対峙し、この疑問を突きつけられることになる。

しかしすぐに画面は後方へと切り替わり、城壁上から彼に槍を向ける男の背中越しのショットになる。同時にこの男は "Nay, answer me. Stand and unfold yourself"（▶ 00:03:33-00:03:34）と叫ぶ。階段上の男の視線は観客から外れ、ほぼ頭部のみが城壁の床の向こうに小さく映っており、その顔は恐怖に引きつっている。一方、観客と視界を共有している城壁上の男は、その背中が画面手前で暗く黒く映されるのみで、表情・思考・正体、すべてが観客に謎として提示される。また、階段上の男へと向けられた槍は白く攻撃的

| 1 | オリヴィエの『ハムレット』とシェイクスピアのことば　　**31**

に光っており、二人の男を画面内で同一線上につなげつつ、奥行きや高低差、距離感、緊張関係を示している。さらに、これら全体の様子が、ディープ・フォーカス（カメラに近い対象だけでなく遠景にも焦点を合わせる手法）によって明確に示されている。このように、具体的説明が少なく、観客の思考や想像を刺激する白黒画面や構図、カメラワークは、原作の台詞と連動し、謎の存在と遭遇する怖れや、二人の人間の衝突、人間の孤独な姿といったテーマやイメージを雄弁に表現している。

　オリヴィエは作品全体にこうした工夫を行っている。美術監督のカーメン・ディロンが作った城のセットは、リアリスティックな詳細を含まず、柱や壁の形状が強調された抽象的なものになっており、さらに白黒画面とディープ・フォーカスの組み合わせが、このセットや俳優・衣装の線、そして光の濃淡を画面全体に強調する。[4] こうした特徴は 20 年代のドイツ表現主義映画や 40 年代のフィルム・ノワールの影響を受けていると指摘されることが多いが（Crowl 52, Hindle 207, 212）、重要なのはそれらがシェイクスピアの詩的台詞と緊密に連動するべく導入されていることなのである。[5]

　オリヴィエの工夫の独自性は、たとえばブラナー版（1996 年）の冒頭場面との比較でも確認することができる。ブラナー版は HAMLET と書かれたメタルプレートの画面で始まる。カメラが左に平行移動すると、大きな館と、雪に覆われた広大な前庭がロング・ショットで映し出される（▶ 00:00:29-00:00:50）。次に、館の前で警護に当たる歩哨の怯えた横顔がクロースアップで映され、そこに、彼の視線の先の、遠くの雪に埋もれた建物のショット（POV）が二度、挿入される（▶ 00:00:51-00:01:00）。次に館のロング・ショットに戻り、カメラが右に平行移動すると、門の近くに立つ兵士像の頭部が映る（▶ 00:01:01-00:01:09）。次に歩哨のクロースアップと、カメラが兵士像の頭部から下に動くティルト・ダウンの映像がクロスカットされ、そのなかで歩哨は槍を徐々に画面正面に向ける（▶ 00:01:10-00:01:24）。カメラが像の剣の柄を捉えたとき、突然、金属音とともに剣が鞘からわずかに上がり（▶ 00:01:25）、同時に "Who's there?"（▶ 00:01:26）の叫び声が聞こえ、歩哨は画面右側から別の兵士に押し倒され、上下に重なる二人のミディアム・ショットになる。歩哨は倒された状態で "Nay, answer me. Stand and unfold yourself" と叫ぶ（▶ 00:01:27-00:01:29）。ここでは多様なカメラワークや編集

32 ┃ **第 1 部**

によって歩哨の置かれた状況と怯えがリアルに描写され、観客にもその心情を共有させることに主眼が置かれている。ある人物が後で現れる人物に取って代わられるという象徴性を映像から読み取ることはできるが、オリヴィエ版のように台詞と密接に連動していない。ブラナーは、ニコルが指摘するような、映画の個別化の特質を意識的に使い、特定の城の、特定の歩哨のありさまを細かに描いている。一方でオリヴィエは、原作の象徴的な台詞に、独自の象徴的な映像を連携させ、シェイクスピア演劇が持つ台詞の力を映画のなかで引き出している。

4　第一独白

　ではオリヴィエは、一人の人物が背景や装置の変化もなく語り続けるシェイクスピアの独白をどのように映画化しているのだろうか。オリヴィエは1幕2場の独白と3幕1場の独白（厳密には脇台詞）を採用したが、前者は31行のうち2行しか削らず、後者はまったく削っていない。[6] オリヴィエが原作全体を半分程度に短縮したことを考えると、独白の映画化に明確な狙いや構想があったことは確かなことに思われる。まず、第一独白を見てみよう。原作では、宮廷の場面で王や廷臣たちが全員退場した後、ハムレットはひとり舞台に残り、母親と叔父との早い結婚について嘆き始める。大人数の舞台から、急にハムレットが独りになることで、その孤立感が舞台上で視覚的に強調される。

　オリヴィエは映画的な手法でこの効果を拡張している。壮麗なトランペットが鳴り響くなか、何十人という廷臣、兵士が大広間から退室し始めると、カメラは上からのショットに切り替わり、セットの奥行きと高さを捉えながら、人々の群れが一気に去るさまを上空から映し出す（▶ 00:16:22-00:16:39）。この間ハムレットは画面手前に小さく映り、身体の右側を観客側に向けて、身じろぎもせず座り続けている。突然に強調される、空間の巨大さとハムレットの小ささの対照は、映画ならではの表現と言えよう（図2）。

　この後、カメラは椅子に座るハムレットに、フル・ショットになるまで近づき、次に横顔のクロースアップへと切り替わる（▶ 00:16:40-00:16:54）。そして独白がヴォイスオーヴァーで次のように始められる。「ああ、この固い、固い身体が溶けて、液となり、露へと変わってしまえばいい。あるいは神

|1| オリヴィエの『ハムレット』とシェイクスピアのことば　　**33**

図2 『ハムレット』 ▶ 00:16:44

がその聖典で自殺を禁じていなければ。ああ神よ、神よ（O God, O God!）。なんとつらく、腐り、気が抜け、無駄に思えることか、この世のすべての営みは。いやだ（Fie on't!）、いやだ、これは雑草だらけの庭。伸びては種を落とすのみ」。ハムレットは、二番目の"O God"（▶ 00:17:24）で椅子から立ち上がり、"Fie on't!"（▶ 00:17:34）で歩き出し、長テーブルの長辺に沿って、空の王座へと歩み、その前でしばし立ち止まった後、元の椅子に引き返して再び考えに耽る（▶ 00:17:04-00:19:17）。

　演劇では独白は基本的に視覚的変化のない場面だが、オリヴィエは独白のあいだハムレットを歩かせ、それをカメラで追うことで、映像的な変化を与えている。重要なのは、ここにおいても身体とカメラワークの動きが、観客の想像や思考を刺激する形で、台詞の流れと連動していることである。たとえばハムレットが"O God"で突然立ち上がり、"Fie on't!"（▶ 00:17:34）で歩き出したとき、間投詞と絡んだこの突然の動きには何らかの心理や目的が反映されているはずだが、観客にはそれらを把握できず、台詞の展開やハムレットの身体、カメラワークに注目して、想像し続けることになる。「この世の営み」や「雑草だらけの庭」についての台詞では、背景には空になった宮廷が映っているので、ハムレットが宮廷人たちを思い出しながら歩いているかのように想像できる。目的地である王座は、ハムレットがそこにたどり着いてはじめて画面に入り、そのとき彼は母の早い再婚や、父と叔父との違いについて述べている。ここではじめて観客は、ハムレットが王座を過去の両親や、現在の母と叔父の姿に見立てていること、そしてその想像イメージに向かって歩き出したことがわかる。視覚情報量の制御が効いたカメラワークゆえに、観客もみずからの想像力を使って詩的台詞の背後にあるハムレットの想像を読み込み、参加するように工夫されているのである。特筆すべきはハムレットが、空の王座を別の存在に見立てて心情を吐露するという舞台

演劇的な演技行為を行っていることである。この設定によって映画のなかで、舞台で培われたオリヴィエの演技力の高さがそのままハムレットの心情や想像力の強さとして活かされ、演劇の台詞も映画のなかで力を得ている。

　オリヴィエの身体的演技力を引き出すという点で、独白が主にヴォイスオーヴァーで語られるなか、一部のことばが画面内で実際に発話されるという趣向も効いている。バーニス・クリマンが指摘するように、発話箇所のほとんどは父の死から母の再婚までの時間に関係しており（Kliman 251）、母の再婚に苛立つハムレットの心理が引き立てられている。また、サミュエル・クラウルはヴォイスオーヴァーと発話の併用によって、母への怒りを抑えねばならない状況と、思いを表明したい気持ちの両方が表現されていると鋭く指摘している（Crowl 46）。しかし、ここで見逃してはならないのは、このシークェンスが主に三つの長回しで構成されており（▶ 00:16:55-00:17:23, 00:17:24-00:18:10, 00:18:20-00:19:17）、長回しのなか、ヴォイスオーヴァーと発話のタイミングがぴったりと合致していることである。つまり、画面上でハムレットが何も発話していないときも、オリヴィエは頭のなかで録音と同じペースで台詞を語りながら、身体のみで内容や心理を表現しているのである。そしてその動きには無駄なブレがなく、わずかな顔、手足、目の動きがことばの背後の、ハムレットの心理や想像を物語っている。オリヴィエは身体的集中力と役への没入を求められる舞台上演のような状況を自らに課し、豊富な舞台経験と演技能力を引き出し、それを映画の効果として取り込んでいるのである。

　この独白の一連の動きは、ハムレットが繰り返す思考の身体化・具現化とも捉えられる。2分20秒ほどの独白の、およそ半分の時点でハムレットは玉座にたどり着き、肘置きに手を置くが（▶ 00:18:11）、このときの台詞 "Must I remember?"（覚えていないといけないのか）は全29行の中心15行目に配置されている。椅子から王座まで歩み、椅子にまた戻る動きは、視覚的に、時間的に、そして台詞の長さにおいて、対称的に配置され、どこか人工的である。また、独白の最後には右腕で頬杖をついて物思いに耽るが、これはハムレットが最初に映し出されたとき（▶ 00:12:44）の姿勢とまったく同じであり、唯一異なる点は、はじめはハムレットの顔は、画面外側に当たる右側から撮られていたのに対し、独白の終わりには内側に当たる左側から撮られ

| 1 | オリヴィエの『ハムレット』とシェイクスピアのことば　　**35**

ていることである。つまりこの独白シークェンスは、椅子に座りながら繰り
返されるハムレットの思考の動きを身体化かつ映像化しており、観客はこれ
を通して彼の内面を共有する、と見ることができる。このように、本来、映
画の台詞には向かない長い韻文の独白が、ハムレット自身の想像と演技行為、
ヴォイスオーヴァーと発話の併用、オリヴィエの身体表現、情報制御の効い
たカメラワークといった意匠を通して、映画のなかで息づいている。

5 "To be, or not to be"（生きるか否か）の独白

　ではオリヴィエは "To be, or not to be"（生きるか否か）で始まる有名な
台詞はどのように映画化しているのだろうか。まず確認すべきことは、原作
ではこの台詞は独白ではなく脇台詞（舞台上にほかの人物はいるが観客にし
か聞こえない台詞）として話されることである。王とポローニアスが、ハム
レットとオフィーリアとの会話を盗み聞きするため、オフィーリアだけを部
屋に残して隠れ、待ち伏せをする。そこにハムレットが現れ、この台詞を
話すのである。一方、オリヴィエ版ではこの台詞は独立して抜き出され、同
場面の直後に、誰もいない城壁上で独白として語られる。[7] また、原作では、
この独白までにハムレットは旅劇団と出会い、父の殺害状況を上演させるこ
とを決めているが、オリヴィエ版ではこの時点ではまだ旅劇団に出会ってさ
えいない。[8] つまり原作ではこの独白が語られるとき、今後の展開がさまざ
まに予想されるが、オリヴィエ版では物語展開はほとんど止まっているので
ある。このことにより、死に憧れるが、死後を考えて何もできず、生への行
動も起こせないハムレットの機能不全や優柔不断さが強調されている。

　注目すべきは、物語が停止している感覚が、長回しの、しかも画面内の姿
勢もまったく変わらないショットによって映像的に強調されていることで
ある。最初の長回しは 30 秒間続き、城壁の台の上に横座りしながら、上半
身を垂直に立てて考えるハムレットの全身像が画面いっぱいに映される（▶
01:02:30-01:02:59）。ハムレットが死を眠りに喩え始めると、カメラは額へと
ズームして行き（▶ 01:03:00）、死という眠りのなかで夢を見る可能性に思い
いたったとき、画面は切り替わり（▶ 01:03:24）、再び台に横座りしながら、
今度は上半身を左腕で支えて身体を斜めに保つハムレットの姿が画面いっぱ
いに映される（図3）。そしてここから約 60 秒間、この姿勢はまったく変わ

らない(次の30秒も再び上半身を垂直に立てるだけで、画面は切り替わらない)。第一独白を含め、これまでの場面ではカメラの動き、あるいは被写体の動きに富んでいたため、この落差によっても物語展開の停滞感が表現される。演劇では60秒間、役者が動かないことは珍しいことではないが、映画において60秒間まったく動きのない画面は、ジャンルの特性を放棄することになりかねない。オリヴィエは原作の演劇的性質を極端な形で映画に持ち込み、この場面を言わば非・映画的なものにすることで、ハムレットの機能不全の状態を映画的に表現し、同時にこの設定によって独白をじっくり語ることも可能にしているのである。

図3 『ハムレット』 ▶ 01:03:36

　さらにこの画面は、逆説的にハムレットの存在感や生命感をも表現している。シルによると、一般に画面右上から左下への斜めの動きは、左上から右下への動きの次に、自然な動きを示す。つまりこの構図と姿勢は、台からの落下の可能性を強く示しており、実際にこの画面は、ハムレットが落とした短剣が眼下の海へと消えていく映像で中断される(▶ 01:04:52-01:04:55)。しかしハムレットは海に落下しない。行動は停滞しているかもしれないが、彼のなかには、この姿勢を保ちながらこの世界に踏みとどまり続けようとする力も働いているのである。さらに、この構図は、長方形画面の対角線の長さを利用し、オリヴィエの全身像を最大限に捉えている。60秒間、灰色の背景に黒衣装のハムレットが映画館の画面いっぱいに映し出され、彼の身体の、ある種異様なまでの存在感や生命感が映像として強調され続けることになる。じつはこうした相反する性質の共存も原文の台詞が持つ性質に即している。演劇上演でハムレット(と役者)はこの台詞を語りながら死について思いを巡らすが、舞台上でシェイクスピアの力強い韻律やレトリックを駆使して悩む姿には、逆説的に、その生命感も自然と表される。こうした原作が持つ効果も、オリヴィエは映画として巧みに表現しているのである。

| 1 | オリヴィエの『ハムレット』とシェイクスピアのことば

6 おわりに

　シェイクスピア作品の映画化において、韻文で書かれた詩的な台詞をどのように扱うかは避けては通れない問題である。映画の始まりと二つの独白シークェンスの検討で明らかになったように、オリヴィエは原作の台詞の性質や効果を深く理解した上で、冒頭ナレーション、白黒画面の構図や象徴性、カメラワーク、身体表現を活かし、観客の言語感覚や想像力、思考を積極的に刺激しながら、あるいは演劇的な設定や構図を持ち込みながら、映画という媒体のなかでシェイクスピアの詩的台詞の力を引き出し、息づかせている。オリヴィエは、『ハムレット』の物語だけでなく、シェイクスピアのことばをも映画化しているのである。

註

1) 『ハムレット』の原作には Q1（1603 年第 1 四折版）、Q2（1604 年第 2 四折版）、F1（1623 年第 1 二折版）の三つがある。Q1 は他の半分ほどの長さで、通常 Q2 と F1 が原作として参照される。この二つにも独自の台詞があり、ナレーションで使われる台詞は Q2 にしかない。オリヴィエは該当箇所から 5 行削除し、3 行に関しては一部語句を変更している。本章で原文の引用は Q2 に基づく第 3 アーデン版に依り、映画からの引用は Blu-ray 版音声とアラン・デントが本作のために編集した版に依っている。

2) ハムレットの台詞では、ナレーションの 2 行目 "through" は "for" となっており、ナレーターとハムレットはあくまでも異なる存在であることも示唆されている。

3) 本作では全般的に、内面を示唆するような人物の影も存在感を持って撮られている。たとえば図 2 で考えに耽るハムレットの影は実体より二倍ほど長く、印象的である。

4) オリヴィエは、本作で敢えて白黒を使った理由にディープ・フォーカスを挙げている（Olivier 198）。当時の技術ではカラー映像でのディープ・フォーカスは難しかった。

5) 本作画面の性的象徴や、オイディプス・コンプレックス的演出に関しては既に注目されてきた。たとえば Donaldson を参照のこと。

6) "Ere yet the salt of most unrighteous tears, / Had left the flushing in her galled eyes"（1.2.154-155）が削除されている。

7) 城壁で語るという設定により、この台詞と父の亡霊とが関連づけられ、さらに、海の音と弱強格の韻律リズムとが響き合うといった効果も生まれている。

8) この点は Q1 を踏襲している。原作の 3 バージョンに関しては注 1) を参照のこと。

Column 1　近年のシェイクスピア映画

18世紀後半のイギリスで〈国民詩人〉としての評価が定まったシェイクスピアは、近代を通じてその文化資本としての価値を高め続け、映画もその萌芽期からシェイクピア劇を題材としてしばしば取り上げた（第2部第1章参照）。現代においても、先行作品が多数あるということ自体が新たなアダプテーションの契機となって、数多くのシェイクスピア映画が生まれている。

20世紀末以降に生まれたシェイクスピア映画の傾向を概括すれば、原作の物語を敢えて観客に身近な現代世界に落とし込んで、異化効果を強調することだと言える。たとえば、バズ・ラーマン監督の『ロミオ＋ジュリエット』（*Romeo + Juliet,* 1996）は、舞台をイタリアのヴェローナから現代ブラジルのヴェローナ・ビーチという架空都市に移しているが、台詞は初期近代英語で書かれたシェイクスピアの原文そのままである。そのため、オープン・カーに乗ってアロハ・シャツを着たチンピラたちが銃を構えたところに、「刀をさやに収めろ」（"Put up thy swords," 1幕1場64行）といった古風な仲裁が入ることになるのだ。これについては、映画は彼らが携行する銃のブランド名を「刀」（Sword）にして辻褄を合わせているが、作品はむしろ全編にわたって意図的に観客に違和感を抱かせようとしていることを、忘れてはならない。

同様に、マイケル・アルメレイダ監督の『ハムレット』（*Hamlet,* 2000）も、シェイクスピアの原文を用いながらも舞台を現代のマンハッタンに移し、デンマーク・コーポレーションという大企業の会長職をめぐる争いという設定になっている。ただし、アルメレイダ自身は明言していないが、この翻案自体が、フィンランドのアキ・カウリスマキ監督による『ハムレット・ゴーズ・ビジネス』（*Hamlet Liikemaailmassa,* 1987）というシェイクスピア翻案映画の設定を借りたものである可能性が高く、近年のシェイクピア映画が持つ緊密なインターテクスト性がうかがえる。

一方、ジャスティン・カーゼル監督の『マクベス』（*Macbeth,* 2015）は、作品世界こそ11世紀のスコットランドだが、映画はマクベス夫妻の赤ん坊の葬儀から始まり、作中のマクベスは名も知らぬ少年兵の亡霊をしばしば目にする（いずれも原作には存在しない要素だ）。カーゼルは『ガーディアン』紙（2015年9月14日）で、自身が父を亡くした際のグリーフ・ケア体験を踏まえて『マクベス』を解釈したと述べており、この映画ではマクベス夫妻の国家的野心が〈失敗した喪の仕事〉という、きわめて個人的・現代的な動機に置き換えられているのだ。

では、このような明らかに原作を離れた現代映画の読みは〈誤読〉なのだろうか。簡単に誤読だと片付けてしまう前に、シェイクスピアの『ジュリアス・シーザー』（*Julius Caesar,* 1599）にある、「時計が三時を打った」（2幕1場200行）という有名な台詞を思い出してみよう。古代ローマ時代には正時ごとに鳴るような機械式時計はまだ存在していなかったから、これは時代錯誤である。しかし、同時代の衣装をまとい、同時代の小道具を用いていたエリザベス朝の演劇世界では、そんなことを気にする者はいなかった。いわば〈現代化〉は、シェイクスピア的な精神を忠実に守っているということでもあるのだ。（岩田）

2 疾走するフライデー、あるいは映像の誘惑

ルイス・ブニュエルによるダニエル・デフォー
『ロビンソン・クルーソー』のアダプテーション

武田　将明

1　はじめに

　ルイス・ブニュエル（Luis Buñuel, 1900-83）が『ロビンソン・クルーソー』
（*Robinson Crusoe*, 1719）を映画化すること。本章はまず、この事実が何を示す
かを確認するところから始めよう。1900 年にスペインで生まれたブニュエ
ルは、映画史において確固たる地位を占める大監督である。[1]最初はフラン
スで映画監督を目指し、友人で画家のサルヴァドール・ダリとの共作という
形で『アンダルシアの犬』（*Un chien andalou*, 1929）を発表、彼らの見た夢を
映像化した本作はシュルレアリスム映画の傑作と呼ばれる。翌年に同様の怪
作『黄金時代』（*L'age d'or*）を撮ると、しばらく映画監督としての活動は低迷
するが、46 年にメキシコに招かれたことが転機となる。『グラン・カジノ』
（*Gran Casino*, 1947）から『砂漠のシモン』（*Simón del desierto*, 1965）まで、この
地で（彼の監督した全 32 本のうち）20 本もの映画を製作し、今回取り上
げる『ロビンソン漂流記』（*Robinson Crusoe*, 1954）も、このメキシコ時代の作
品である。[2]その後はフランスやスペインで映画を製作し、1983 年にメキシ
コで亡くなった。ほかの監督作に『エル』（"El," 1953）、『皆殺しの天使』（*El
ángel exterminador*, 1962）、『昼顔』（*Belle de jour*, 1967）、『ブルジョアジーの秘かな
愉しみ』（*La charme discret de la bourgeoisie*, 1972）などがあり、夢と現実、正気と
狂気の境界を掻き乱し、世の権威や常識に挑戦する彼の映画は、しばしば各
国で公開禁止となる一方、カンヌ国際映画祭、ヴェネツィア国際映画祭、ベ

40　　第 1 部

ルリン国際映画祭、アメリカのアカデミー賞などで、数々の栄冠に輝いている。約半世紀にわたりさまざまな国で活動した、「越境する」(蓮實 138)映画人ブニュエルは、映画の世界における大胆な開拓者に喩えられるだろう。

　これに対し、原作の『ロビンソン・クルーソー』は、イングランドの作家ダニエル・デフォー(Daniel Defoe, c. 1660-1731)が 1719 年に発表した小説である。航海熱にとり憑かれた主人公が、さまざまな経験を経て南米の無人の島に漂着し、そこで 20 年以上孤独に暮らしたのちに現地人のフライデーと出会い、彼を従者にしてさらに数年を島で過ごし、ようやく 28 年目にイングランド船に救出されて帰国を果たすという物語は、非常によく知られている。また本作は主人公の自伝という設定で書かれており、その克明で生々しい記述により、近代的なリアリズム小説の祖と呼ばれることもある。[3] 近代小説の先駆をなす作品と、映画芸術を開拓した監督との組み合わせは、どのような結果を生んだのか。このこと自体が興味の対象となるだろう。

　しかも『ロビンソン・クルーソー』は、初版が刊行されてから今日にいたるまで、さまざまな改作を生み出してきた。文学における『ロビンソン・クルーソー』改作の歴史については、マーティン・グリーンの『ロビンソン・クルーソー物語』と岩尾龍太郎の『ロビンソン変形譚小史』を参照していただきたい。これらの研究を読むと、『ロビンソン・クルーソー』が単なる小説ではなく、教育のために活用されたり、帝国主義・植民地主義と結びついたり、さらには植民地主義批判に応用されたりと、近代の歴史のなかでさまざまな改変を被ってきたことが明らかとなる。

　まさに近代の寓話とも言える『ロビンソン・クルーソー』は、映画へのアダプテーションの歴史も大変古く、ロバート・メイヤーによると、それは「映画芸術そのものの歴史の始まりまでさかのぼる」。具体的には、最初の娯楽映画のひとつと言われる『月世界旅行』(1902)の翌年、この作品を監督したジョルジュ・メリエス(Georges Méliès, 1861-1938)が『ロビンソン・クルーソー』を映画化している(Mayer, "*Robinson Crusoe* in the Screen Age" 221)。それ以来、ロバート・ゼメキス(Robert Zemeckis, 1952-)監督の『キャスト・アウェイ』(*Cast Away,* 2000)にいたるまで、多種多様なアダプテーションが上映されてきた。そのなかには、A・エドワード・サザーランド(A. Edward Sutherland, 1895-1973)監督、ダグラス・フェアバンクス脚本・主演の『ロビ

|2| 疾走するフライデー、あるいは映像の誘惑　**41**

ンソン・クルーソー』（*Mr. Robinson Crusoe,* 1932）のような、有色人種への差別を丸出しにした能天気な冒険活劇もあれば、ロビンソンに仕える現地人フライデーの視点で描かれ、クルーソーの西洋的・キリスト教的な価値観を批判する、ジャック・ゴールド（Jack Gold, 1930-2015）監督、ピーター・オトゥール主演の『従者フライデー』（*Man Friday,* 1975）[4]のような作品もあるし、変わり種としては、*Robinson Crusoe on Mars*（火星のロビンソン・クルーソー）という原題の『火星着陸第 1 号』（バイロン・ハスキン（Byron Haskin, 1899-1984）監督、1964）[5]や、第二次世界大戦直後にソヴィエト連邦で製作された、世界初のカラー 3 D 映画といわれる『ロビンソン・クルーソー』（アレクサンドル・アンドリエフスキー（Aleksandr Andriyevsky, 1899-1983）監督、1946）[6]も存在する。これら無数のアダプテーション群のなか、ブニュエル監督の『ロビンソン漂流記』はどのような輝きを放っているのか。

　それを具体的に分析する前に、本映画の製作背景についていくらか補足しておきたい。本作は、スペイン出身の監督がメキシコで製作したもので、アメリカとメキシコの会社が資金を提供し、現地の俳優とアメリカの俳優を用いている。脚本はカナダ生まれでハリウッド在住のヒューゴ・バトラーが前もって用意したもので、そこにブニュエルがいくつかの場面を書き足している（ブニュエル 320-21, 金谷 3-4）。ハリウッド色は脚本だけでなく、撮影技術にもあらわれており、当時としては最新の技術を用いた、ブニュエル初のカラー映画でもあった（ブニュエル 320-21, 金谷 3）。本人いわく「ほぼ至るところで大当たりした」という本作は（ブニュエル 321）、アメリカの大衆向け娯楽作品の側面をたしかに備えているが、これから見るようにブニュエルの作家性が鮮やかに発揮された映画でもある。

　それは何よりもブニュエルという映画作家の強烈な個性によるのだろう。しかしここで、本映画の製作された 1950 年代に映画製作のあり方が大きく変化したことを思い出すのは無駄ではない。30 年から 48 年まで、アメリカで上映される作品の 95% が八つの大企業（スタジオ）によって管理されていたが、48 年にこうした状況が独占禁止法に反するとの判断を最高裁が下すと、ハリウッドのスタジオ・システムに風穴が開き、インディペンデント映画やアメリカ以外の国の映画も上映されやすくなった（Hayward 386-89）。他方、フランスとイギリスでは 50 年代後半に「ヌーヴェル・ヴァーグ／

ニュー・ウェイヴ」（どちらも「新潮流」の意味）と呼ばれる映画運動が勃興し、ジャン＝リュック・ゴダール（Jean-Luc Godard, 1930- ）やトニー・リチャードソン（Tony Richardson, 1928-91）といった若手映画監督たちによる、固定観念にとらわれない低予算映画が流行した。こうした映画製作の変化と関連し、やはり 1950 年代のフランスで、映画批評家のアンドレ・バザン（André Bazin, 1918-58）や、後にヌーヴェル・ヴァーグを代表する監督となるフランソワ・トリュフォー（François Truffaut, 1932-84）が主張したのが、映画における「作家主義」（auteurism）である（Hayward 32-35）。ひとことで言えば、映画製作の中心として監督の役割を重視し、各監督の個性的な演出に注目する立場を指すが（Desmond and Hawkes G-1）、現在では当然のように思われるこうした考え方は、かつての大スタジオ主導の映画製作においては、決して一般的ではなかった。

　しかし、さまざまな国を渡り歩き、上映禁止などの抑圧を受けながらも、自由に映画を作り続けたブニュエルこそ、「作家主義」の台頭する前から自分の作家性に自覚的な監督だったと言えるだろう。実際、セメンザとヘイゼンフラッツは、『ロビンソン漂流記』について、「作家主義の理論を用いると最もよく理解できる、この時代のイギリス文学映画における最適の事例」と述べている（Semenza and Hasenfratz 259）。では、本作におけるブニュエルの作家性は、いかなる形で示されているのか。

2　これまでの研究の問題点

　本映画については複数の先行研究が存在するが、いずれもブニュエルと『ロビンソン・クルーソー』という組み合わせの豪華さに幻惑されて、映画自体、もしくは原作自体の分析が雑になっている。

　たとえばメイヤーは、クルーソーとフライデーの関係について、デフォーの原作と比べて、ブニュエルの映画はクルーソーを「疑いぶかく、残忍で、傲慢な主人」として描いていると述べ、原作ではクルーソーがフライデーにすぐ武器を与えているのに対し、映画のクルーソーはそこまでフライデーを信頼するのに時間がかかっていると指摘する（Mayer, "Three Cinematic Robinsonades" 41）。しかし、映画における筋書きは、基本的にバトラーの脚本に沿ったものなので、この点をブニュエルによる原作改変と決めつけるの

|2|　疾走するフライデー、あるいは映像の誘惑　　**43**

には無理があるし、それ以前に、デフォーの原作でクルーソーがフライデーをすぐに信頼する、というメイヤーの解説は誤りである。クルーソーは、ほかの部族の捕虜となっていたフライデーを救出した日の晩は、敢えて自宅から離れた洞窟に泊まっているし（Defoe 173; 288）[7]、翌日、自宅に彼を連れてきてからも、二重の壁で防御されたこの家の外壁と内壁のあいだに小さなテントを張り、そこに寝泊まりさせている（176; 293）。フライデーに対するクルーソーの不信感の表現は、原作と映画とでメイヤーの言うほどの違いはない。

　これと比べると、ジリアン・パーカーの分析は慎重で、相対的に信頼できるように思われる。まずパーカーは、この映画における「デフォーの原作どおりの箇所」と「ブニュエルが自分で作ったか、原作を根本的に変更した場面」とを区別する（Parker 16, 20）。このうち前者については、（ブニュエルが主に担当しているはずの）映像を中心に分析する。たとえば、無人島でクルーソーが首のまわりに幼い子山羊を載せた姿で水平線を背景に立っている画像を取り上げ（Parker 18）、本映画が一貫して無人島の牧歌的な自然を讃え、外の文明世界を批判していることを説く。パーカーによれば、これは原作には見られない、映画作者ブニュエル独自の視点である。なぜなら、原作では無人島は「文明に対峙する緑の世界」ではなく、「商業世界を裏づけるもの」だからだ（Parker 19）。[8]

　一見すると説得力のあるパーカーの議論だが、そこから見えてくる「作家」ブニュエルの本質は、結局のところ「『ブルジョワジーの秘かな愉しみ』を支えるさまざまな形態の幻想」への批判という言葉でまとめられる、思想的なものである（Parker 19-20）。しかし、すでに述べた通り、『ロビンソン漂流記』は、アメリカの資金援助を受けて製作され、最新の映像技術も用いたブルジョワ映画の側面も持っている。少なくとも、『ブルジョワジーの秘かな愉しみ』や『皆殺しの天使』のように、ブルジョワ階級の偽善への諷刺を前面に押し出した作品ではない。結果としてパーカーは、娯楽映画に高尚なテーマを無理やり読み込んだ、場違いな議論をしているように思われる。

　セメンザとヘイゼンフラッツも同様の誤りを犯している。彼らによると、原作では「ブルジョワでクリスチャンの英雄」が讃えられているのに対し、ブニュエルはまさにこの価値観を告発している。しかし、「ブニュエルの美的・

政治的な傾向をあまり知らない人は、この映画に多数盛り込まれた、間違ったイデオロギーへの誘導を識別するのは不可能かもしれない」し、「もしもこの映画［『ロビンソン漂流記』］がスタジオお抱えの三流監督の作品であれば、あるいは単に無名監督の作品だったとしても、観客は早い段階で腹を立て、デフォーの価値ある作品への捧げ物にしてはあまりに想像力を欠いているとして観るのをやめてしまうだろう」（Semenza and Hasenfratz 259-60）とも述べている。このように、映画を目に見える映像や音の直接性よりも、ブニュエルという作家の思想（と評者の考えるもの）を介して解釈するのは、あまりに素朴で恣意的な作家主義の濫用と言わねばならない。映像テクストのうちにこそ、映画作家の個性は輝いているはずだからである。

　ここまで検証した、メイヤー、パーカー、セメンザとヘイゼンフラッツの分析は、ブニュエルという映画作家の偉大さを強調するあまり、肝心の映画と原作への敬意を欠いてしまったのではなかろうか。本章では、主に『ロビンソン漂流記』の映像に注目しながら、以下の二つの点を明らかにしたい。まず、本映画でブニュエルが映像と書物を対比的に扱い、前者の優位を示したこと。次に、この主題を通じて本映画がほかのブニュエル作品と結びついていること。結果として、本章は映像の人ブニュエルが『ロビンソン・クルーソー』を紛れもない自分の作品へと改変した手法を再現することになるだろう。

3　書物と映像

　ブニュエルは、本映画の冒頭から自分の刻印を捺している（▶ 00:00:00-00:03:29）。最初の映像は厚みのある古びた書物を横から撮影したもので、カメラが旋回するとともに表紙が映り、"Robinson Crusoe by Daniel Defoe"（ロビンソン・クルーソー　ダニエル・デフォー作）という書名が現れる。続いてこの書名と一部が重なるように、白い字で映画のタイトルとしての "Robinson Crusoe" がスーパーインポーズされる。このとき、書名と映画タイトルに用いら

図1　『ロビンソン漂流記』 ▶ 00:00:15

れた書体は酷似している（図1）。続いて流れるクレジットの背後では、カメラが書物から少しずつ遠ざかり、その下に広がる地図を映し出す。それは18世紀当時の地図と思しきもので、ちょうどロビンソン・クルーソーの漂着した島のある海域（ブラジルの北東沖）に書物が載っている。ブニュエル監督の名前によってクレジットが終了すると、18世紀風の服を着た顔の見えない人物が書物の『ロビンソン・クルーソー』をめくり、ヴォイスオーヴァー（声はクルーソー役のダン・オハーリヒー）によって原作小説の冒頭付近からの引用（ただし適宜省略や改変が施されている）が朗読される。次いで書物が取り除かれ、まるで船の針路を定めるかのように、地図上でコンパスを使う人物の手が見える。その間もヴォイスオーヴァーは続き、まさにコンパスの指した海域でクルーソーたちが嵐に襲われたことが語られる。するとディゾルヴにより場面が転換し、彼の遭難と島への漂着の経緯が映し出される。

　このようにして観客は無人島へと誘われるのだが、冒頭で『ロビンソン・クルーソー』という書物を映し、ヴォイスオーヴァーで主人公による朗読を流すことで、この映画の物語が本のなかに書かれていることが宣言されている。さらにディゾルヴによる場面の転換は、手で本をめくる動作を想起させる。このヴォイスオーヴァーとディゾルヴは本映画の全編で用いられ、スクリーン上で展開するのが書物に記された出来事であることが繰り返し確認される。これにより、観客の属する世界と映像の世界との隔絶が強調され、観客がクルーソーの体験を自分のものとして共有することが妨げられる。

　『ロビンソン・クルーソー』のような一人称のリアリズム小説では、主人公に読者が感情移入することが通例求められるが、ブニュエル監督の『ロビンソン漂流記』は、意識的に感情移入を避けている。この点で本映画と著しい対照をなすアダプテーションが、ゼメキスの『キャスト・アウェイ』である。舞台を現代のアメリカに移し、船ではなく飛行機で世界各地に出張するフェデックスのシステムエンジニアを主人公にしたこの映画は、『ロビンソン漂流記』とは異なり、ヴォイスオーヴァーをまったく用いないことで、スクリーン上の出来事がいま、眼の前で起きているかのごとく感じられる。これにより、飛行機事故で無人島に漂着した主人公の心理を観客は自分のものとして生々しく体験できる。つまり、デフォーの小説からヒントを得ながら

も設定や物語の細部を大幅に変更した『キャスト・アウェイ』のほうが、『ロビンソン漂流記』よりも原作の雰囲気を体現している。

　それでは、ブニュエルの『ロビンソン漂流記』は、原作の物語をなぞるだけでその本質を取り逃した失敗作なのだろうか。いや、アダプテーションを論じる際、原作への忠実さは評価の基準のひとつにすぎない。むしろ原作からの逸脱のうちにこそ、映画作家の個性が伸びやかに発揮されることもある。冒頭における、書物と映画のタイトルとが二重に映し出される場面は、原作とアダプテーションが似て非なるものだと示す点で象徴的である。加えて、書物（原作）の介在を観客に意識させることで、意図的に彼らを映画の世界から疎外している。この場面全体は、書物を開き、地図を眺める人物の視点で撮られているが、まさに観客は、この顔の見えない人物と同様に、本映画を外から俯瞰することになる。

　しかしこの立場は、決して安定したものではない。先述の通り、映像はここから途切れることなく船の難破と無人島への漂着へと転換する。一連の流れを見る観客は、ロビンソン・クルーソーの物語を読んでいたはずの人物が、一瞬にして遭難するロビンソン・クルーソーに変貌したように感じる。そして、彼ら自身も作品の外／上にいたはずなのに、急に作品のなか／下に引きずり込まれたように認識を揺さぶられる。ただしこの混乱は、すぐに回想者のヴォイスオーヴァーによる語り（すなわち、外からの視点の導入）で消去され、観客はふたたび作品世界の外へ、すなわち本を読む立場へと送り返される。

　かくして、ここでは対立する二つの原理が緊張を生んでいることが判明する。そのひとつは書物を読む視点。すなわち、現実から距離を取り、外／上から安定的に世界を眺める視点である。もうひとつは映像による秩序の転覆。すなわち、外／上からの視点を可能にする境界や階層を攪乱し、読む者／見る者を現実へと引きずり込む映像の魔術である。このように、本映画は原作（小説）とアダプテーション（映画）の差異に自覚的であるだけでなく、「書物的なもの」と「映像的なもの」との根本的な違いまでも冒頭で示している。

　この両者の対立は、ブニュエル版『ロビンソン漂流記』の主題として全編で扱われることになる。なぜならば、無人島におけるクルーソーの孤独は、本映画に関する限り、「書物的なもの」に対応しており、クルーソーの心理

は現実から離れた孤独への安住と、危険なまでに魅惑的（すなわち「映像的」）な現実への憧れのあいだを揺れ動くからだ。たとえば、クルーソーは難破船の残骸で金貨を見つけ、いったんその価値を否定するものの、結局島に持ち帰る（▶ 00:11:35-00:11:48）9)。また、同じく船から持ち帰った女物の服を案山子に掛けたときには、思わず欲望を刺激されるがただちに我に返り、沈鬱な表情を浮かべる（▶ 00:30:08-00:30:33）。金貨も、女物の服も、無人島の外の現実を指し示すもので、クルーソーはそれらが島では無意味だと知りつつも、捨て去ることもできずにいる。

　ここから浮上するのは、冒険者ならぬ引きこもりのロビンソン・クルーソーというイメージである。これはロビンソン物語としては異例だが 10)、ブニュエル映画の登場人物としては、むしろ典型的といえるだろう。『エル』は公開年 （1953 年）こそ『ロビンソン漂流記』（1954 年公開）より前だが、実際には 1952 年に「『ロビンソン漂流記』のあとで撮った」（ブニュエル 340）作品である。本映画の主人公フランシスコは信心深い独身男性であり、豪邸で孤独に暮らしながら先祖の土地を取り戻す（客観的には見込みのない）訴訟に熱中している。そんな世間離れした彼は、教会の洗足式で美しい足をした女性を見つけ、熱烈に求愛して結婚するが、それからは妻を独占しようとするあまり異様な嫉妬に身を苛まれ、最終的に狂気にいたる。また、『ロビンソン漂流記』、『エル』と同様メキシコで製作された『砂漠のシモン』（1965）は、4 ～ 5 世紀に実在した、柱の上で 37 年も暮らして修行したキリスト教の聖人シモン（シメオン）を主人公とし、彼がさまざまな誘惑にさらされる様子を描いている。いずれも、現実から自分を遠ざけて生活する「引きこもり」の主人公が、孤高の立場を守ろうとする一方で、外部の現実に誘惑されるという、心理的なドラマを主題にしたものだ。

　いま挙げた二作品は、まさにこの主題を中核にすえたものだが、ほかにも、『小間使の日記』（Le journal d'une femme de chambre, 1964）に登場する館の主人の舅は、一見すると上品な老隠居だが、密かに女性用の靴やブーツを収集している。そしてジャンヌ・モロー演じる小間使にそれを履かせて鑑賞するのに無上の喜びを感じていたものの、ある日、興奮のあまり絶命してしまう。詳細は省くが、『ビリディアナ』（Viridiana, 1961）、『哀しみのトリスターナ』（Tristana, 1970）などにも、引きこもり系と呼びうる男性が登場する。ブニュ

エルの『ロビンソン漂流記』は、一般的なロビンソン物語よりも、むしろこうしたブニュエル的な主題の一変奏として捉えるべきではないか。

それを踏まえて、映画『ロビンソン漂流記』の細部を見直してみよう。たとえば、熱病にかかって寝床に伏せるクルーソーが、父親の登場する夢を見る場面があるが（▶00:18:45-00:21:18）、これはブニュエル自身が台本に書き加えたものである（ブニュエル 320）。夢で父親は陽気に鼻歌交じりで豚を洗っており、誰にも看病されず熱に苦しむ息子をあざ笑う。「水をくれ」とすがる息子に対し、父はわざと水の入った桶を倒して見せる。そして、自分のいる「こちら側」の世界が「あらゆる可能世界のなかでまさに最善」(very best of all possible worlds)で、「そちら側」にいるお前（クルーソー）を神は決して赦さない、と断言して立ち去る。この夢は、クルーソーの孤独と、彼が救済から絶対的に隔離されていることを強調するが、いま注目すべきは、幻想の父を演じる役者が息子クルーソーと同じダン・オハーリヒーである点だ。ゆえに、ここで問題となっているのは、（デフォーの原作では重要な意味を持つ）父と息子との確執であるより、同じ人物の別の人生の可能性だと言える。「可能世界」という原作には出てこない言葉は、この点を明示するために用いられている。

しかし奇妙なことに、可能世界へのクルーソーの満たされない憧れを描くこの場面は、水死のイメージにとり憑かれてもいる。満足そうな顔を浮かべた父が水中に沈んだり、柱に繋がれたクルーソーの胸まで水がせり上がる様子が断片的に挿入されるのだ。このとき水は、得ようとして得られぬ対象であると同時に、仮に得られれば死をもたらす危険なものでもある。ちょうど『エル』や『小間使の日記』において、美しい足を持つ女たちが、引きこもりの男たちを孤独から救済し、同時に狂気や死へと誘うのと同じ構図がここに見られる。そして、可能世界の幻覚であれ、洗足式で垣間見た白い足であれ、書物

図2 『アンダルシアの犬』 ▶00:01:48

| 2 | 疾走するフライデー、あるいは映像の誘惑

的な階層構造を掻き乱し、引きこもる男たちを欲望の虜にするのは、映像の
力にほかならない。

　致命的で抗いがたい映像の力。それはルイス・ブニュエルという映像作家
の出発点でもあった。『アンダルシアの犬』の冒頭を飾る、女性の眼球をカ
ミソリが真横に切り裂く光景は、まさに映像の危険性と強迫性を体現する、
一度見たら忘れられないものだ（図2）。強力な映像は、「見るもの」と「見
られるもの」の上下関係など軽く超越して、「見るもの」の主体性を崩壊さ
せる。『ロビンソン漂流記』においても、主人公が熱病で生命の危機にさら
されることと、魅惑的な幻覚を見ることとが結びつけられている。しかもこ
の一場面にとどまらず、本映画では、映像の魅力を体現する人物が、という
よりその動きが、ブニュエルの巧みな演出によって捉えられている。その人
物こそ、クルーソーの従者フライデーである。

4　疾走するフライデー、あるいは映像の誘惑

　本映画でフライデーが最初に登場する場面は（▶ 00:50:39-00:52:22）、かな
り原作を踏まえている。部族同士の争いに敗れて捕虜となり、クルーソーの
島に連行されたフライデーは、そこで人肉食の宴に供される直前に脱走し、
追っ手の迫るなかクルーソーに救出される。原文を引用すると、

　　　可哀そうな者たちが二人、ボートから引きずり出されるのが望遠鏡で
　　見えた。なかに転がされていたのを、まさに殺されるために出されたみ
　　たいだった。その一人は、すぐに殴られて倒れた。やつらのやり方から
　　して、棍棒か木刀を使ったのだろう。……そのあいだ、もう一人の生贄は、
　　放っておかれていた。でもいずれ彼の順番がくるだろう。まさにそのと
　　き、この哀れな男は、注意が自分からわずかに逸れたのを見逃さず、生
　　きる希望に自然と駆りたてられ、パッと逃げ出した。信じられない速さ
　　で、砂地をまっすぐこっちの方へ、ぼくの住まいの近くの浜辺へと走っ
　　てきた。（Defoe 170; 283-84）

　ブニュエルの映像は、ほぼこの通りに展開する。しかしこの場面、とりわ
けフライデーが浜辺を疾走する映像（図3）を目にする者は、ちょっとした

衝撃を受けずにいられない。というのも、本映画において、微塵のためらいもなく、まっすぐな軌跡で移動する物体を見るのは、これが初めてといってよいからだ。無人島の岩場や密林を移動するクルーソーの足取りは、しばしば危うく、ぎこちないものだった。その動きは画面を斜めに横切ることが多く、岩場を上り下りするときにはジグザグの軌跡を示す。このジグザグの動きは、本映画

図3 『ロビンソン漂流記』 ▶ 00:51:21

の次に撮影された『エル』では、理性を喪失して修道院に入れられたフランシスコが、その庭を歩む最終場面で印象的に用いられている（▶ 01:27:03-01:27:28）。すなわちこれは、引きこもる男の内的葛藤を暗示する動きである。平坦な道でさえ、長年無人島で暮らしたクルーソーは、どこか老人めいた、ぎこちない歩き方を見せることがある（▶ 00:43:04-00:43:12）。詳細は省くが、本映画に出てくる犬などの動物さえも、自由な運動に身も心も任せているようには見えない。物語の後半で、差し迫る死を逃れ、一目散に浜辺を横切る人物が現れて初めて、本映画の鑑賞者は純粋な運動を目撃し、心打たれることになる。

しかもこの映像は、クルーソーが望遠鏡で眺める光景をそのまま示すため、円い視野一面に広がる白い浜辺を黒い物体がサッと横切るように見える。この円い視野を眼球に置き換えるならば、疾走するフライデーはまさに眼を切り裂くカミソリである。このように、映像の危険な魅力を体現するものとして、フライデーが本映画の世界に出現している。ゆえに、それまで食人種を異様に恐れていたクルーソーが、（原作では長々と説明されている理由を一切省略して）迷わずフライデーを救出する姿には、いわく言いがたい説得力がある。クルーソーも、観客も、疾走するフライデーにすっかり幻惑されるのだ。フライデーの魅惑は、その動きだけでなく、筋肉質で引き締まった肉体にも表現されている。これと比べるとクルーソーの身体は精悍さとはほど遠く、とりわけ本映画の前半では肉体の弛緩ぶりを誇張するかのように、シャ

| 2 | 疾走するフライデー、あるいは映像の誘惑

ツを胸から腹まではだけ、皮を剝かれた果実のような無防備さをさらけ出している。

衝動的とも取れる形でフライデーを手に入れたクルーソーだが、その後、いわゆる食人種であるフライデーを心から信頼するまで時間がかかったことは、すでに述べた通りである。これがデフォーの原作に準じていることも指摘ずみであるが、ブニュエルの映画に関してひとつ興味深いのは、就寝中に襲撃されるのを避けようとして、クルーソーがフライデーに足かせを嵌めることだ（▶01:04:08-01:04:47）。これは原作にはなく、ブニュエルの創意か元から脚本にあったものかはわからないが、疾走するフライデーの足への注目を高める、ブニュエル的な細部であるのは間違いない。ここでフライデーの映像的魅力は『エル』や『小間使の日記』と同じく足へのフェティシズムに象徴され、同時に人肉食への恐怖という形で、欲望の対象が主体に与える不安も表現されている。なるほど、フライデーの誠実さに心打たれ、クルーソーは恐怖を克服する。しかしそれは、（これも原作通りだが）島の外の故郷に憧れるフライデーを自分の島へと足止めするという、見えない足かせを嵌めることで達成されているのに注意すべきだろう。

しかも、その後のクルーソーがフライデーに危険を感じなかったわけではない。主人の所持品から女物の服と金貨を見つけたフライデーは、クルーソーから金貨の一部を譲り受けると、それを首飾りにし、女物の服を身にまとい、大剣を振りまわして「戦士の踊り」だと興奮して叫ぶ。これを見たクルーソーは目を逸らし、すぐに服を脱ぐように命じている（▶01:08:18-01:09:45）。女性性と金を身にまとい、欲望のシンボルと化したフライデーを見るのを拒否することで、クルーソーは映像の魅力に呑みこまれるのを避けたのだ。ここもバトラーの脚本通りか否か定かではないが、ブニュエル自身は、前に述べた夢の場面のほか、「性生活（夢と現実）の要素をいくらか盛りこ」んだと言っているので（ブニュエル 320）、彼による加筆だとしてもおかしくない。

ゆえに、島におけるクルーソーとフライデーの関係は、書物の世界の孤独に倦み果てた前者が、生々しい映像の世界を体現する後者を獲得し、従者として手なづけるものと言い換えられる。書物的な秩序を撹乱する映像を、階層秩序に組み込むこと。この矛盾した試みに成功したことにより、本映画のクルーソーは精神的に孤独から救われ、次いで肉体的にも島から救出さ

れ、イギリスに帰還する。この結末について、物語の主たる流れは原作を踏まえている。すなわち、イギリス人の船乗りたちが島に上陸するが、船長など３名は反逆者によって身柄を拘束されている。この船長たちをクルーソーとフライデーが助け、反逆者を倒して船を取り戻し、その船で帰国するという点は、原作と映画で共通している。しかしながら、反逆者たちを制圧する作戦は、両者でまったく異なっている。原作では敵を分断して個別に襲撃するのだが、映画ではフライデーをおとりに使い、全員を一網打尽にする（▶ 01:21:27-01:24:42）。まずフライデーは、食物を入れた籠を捧げ物のように抱え、うやうやしく敵に近づく。連中は卑屈な「野蛮人」を嘲笑するが、フライデーの胸を飾る金貨に気づくと、彼らが金貨を貯蔵する場所まで案内するよう命じる。フライデーはクルーソーの住居に反逆者たちを誘い込み、彼らが金貨を探して無防備になっていると、クルーソーたちが住居の壁に空いた穴から銃口を差し向け、降伏を勧告する。

　この作戦がブニュエルの発案だと断定する証拠はないが、結果として彼の世界観を反映したものとなっているのは確かである。金貨をまとったフライデーは、フェティシズム的な欲望を具現化している。クルーソーはその誘惑に屈することなく、同時にフライデーとの友情を保つことで、バランスのよい人間性を獲得するが、反逆者たちはフライデーを友ではなく欲望の象徴としてしか見ていない。欲望の罠に嵌った者が破滅するのは、ブニュエルのほかの映画と同じ結末である。さらに言うならば、この反逆者たちは、クルーソーの人格のうち誘惑に駆られる部分を凝縮させたもうひとつの自我と見なすこともできるだろう。彼らを島に置き去りにし、自分は島を脱出するのは、クルーソーが欲望に苦悶する自我を克服し、晴れて世間に復帰することを寓話的に示唆しているように思われる。またこのとき、反逆者たちがクルーソーの住居にとらわれること、すなわち外界の危険から身を守るはずの住まいが、同時に世界から自分を隔離する牢獄にもなるという皮肉もまた、ブニュエル的というほかはない。

　原作小説とアダプテーション映画との関係を反復するかのように、書物的な階層秩序と映像的な現実性との宿命的な相克を主題としてきた本映画は、このように両者の和解もしくは調停によって、物語としてのポテンシャルを消尽し、必然的な終わりを迎えたかに見える。しかし、本映画の終幕には（▶

01:28:16-01:29:04）、そのような予定調和を疑わせる不穏さが漂っている。つ
いに島を脱し、ほかの人々とボートに乗って本船に向かうクルーソーの顔は、
不自然なほど曇っているし、彼方に見える船影も薄暗い。何よりもボートが、
あのフライデーの疾走のような運動性を体現することはなく、緩慢に、しか
も斜めにスクリーンを這っていく。まるでその目指す先にあるのが自由と解
放ではなく、新たな孤独と苦悩であるかのように。

　結局、危険な欲望を鎮めることに成功したクルーソーは、フライデーを知
る前の孤独に回帰するだけではないのか。この結末は調和の物語ではなく、
絶望的な反復を暗示するのではなかろうか。ジル・ドゥルーズは、ブニュエ
ル映画の特徴をニーチェ的な永遠回帰になぞらえているが（**ドゥルーズ 224-
25, 232-35**）、まさにブニュエルは、近代小説の原型であるはずの『ロビンソ
ン・クルーソー』を、脱近代的な永遠回帰へと再創造したのだ。本映画につ
いて、「最初はあまり気乗りがしなかったが、作業をしているうちにこの話
が面白くなってきた」とブニュエルは語っているが（**ブニュエル 320**）、彼自身、
他人の物語が自分の作品へと変容する過程を楽しんでいたのかもしれない。

　ゆえに、本映画の結末は、ブニュエルの代表作『皆殺しの天使』のそれを
予告するものである。『皆殺しの天使』では、夜会に集ったブルジョワたち
が会場から出られなくなり、何日も閉じ込められるが、ついに脱出に成功す
る。ところが、その後全員で教会の礼拝に参列したところ、今度は教会から
出られなくなる、という終わり方をする。これと同じく、ロビンソンをイギ
リスへと運ぶはずの船は、無人島に代わる新たな幽閉の場となるだけではな
いか。

　いや、むしろクルーソーは永遠に島に隔離され続ける、と言うべきかもし
れない。あらためて本映画の最初の場面を思い出してほしい。「ロビンソン・
クルーソー」と記された書物を開く人物は、顔こそ映されていないが、その
服装を見分けることはできる。すなわち、彼のジャケット、シャツ、そして
帽子にいたるまで、あの最後の場面でボートに乗るクルーソーと同一なのだ
（たとえば鮮やかな緑色の袖を比べてみること）。さらには書物さえも、最後
に島から持ち出される日記と同一に見える（日記の表紙には書名が記されて
いないが）。ならば、この人物はイギリスに帰る船に乗ったあとのクルーソー
にほかならない。そしてこの人物の映像が、ディゾルヴで遭難するクルーソー

へと切り替わるとき、監督ブニュエルが密かに示唆したのは、本映画の結末が冒頭に回帰し、映画全体が無際限に反復することではないだろうか。

5 おわりに

　本章では、ブニュエルの『ロビンソン漂流記』を分析することで、本映画が書物的孤独と映像的魅惑との確執というブニュエル作品に共通する主題を描いていること、その主題は小説の映画へのアダプテーションという本映画のあり方とシンクロし、独特の緊張を生んでいること、さらには、映像的魅惑が示唆する死・破滅と書物的孤独が暗示する終わりなき幽閉としての永遠回帰が、フライデーの表象と本映画の循環構造において描かれていることも示した。結果として本章は、この映画が紛れもないブニュエルの映画であることと、それは原作をなぞった脚本よりも、原作から逸脱した映像を分析してはじめて理解されることを論証した。ブニュエルのような個性的な映画作家によるアダプテーションを論じる際の事例として、参考になれば幸いである。

註

1) 以下の伝記的記述は、次の文献を参照して作成した。四方田 643-70, ブニュエル 330-31, Higginbotham 206-19,『ブニュエル─生誕一〇〇年記念特集』237。

2) 本作は 1952 年に製作されたが、54 年にようやく公開された（金谷 3-4）。また、映画『ロビンソン漂流記』の英語原題は *Robinson Crusoe* だが、本章では『ロビンソン・クルーソー』ではなく、日本公開時のタイトルを用いている。他方で原作の日本語表記は（これも新潮文庫の吉田健一訳では『ロビンソン漂流記』だが）『ロビンソン・クルーソー』とした。

3) 近代リアリズム小説の成立については、石塚［編］『イギリス文学入門』参照（99）。

4) ロバート・メイヤーによれば、『従者フライデー』は「『ロビンソン・クルーソー』［原作］と「結託する」ことを拒否」し、「デフォーの主人公を完全に否定的な姿に造形し直した」ものである（Mayer, "Three Cinematic Robinsonades" 45）。

5) この作品については、Mayer, "*Robinson Crusoe* in the Screen Age" 参照（224, 228-29）。

6) アンドリエフスキーの映画については、Semenza and Hasenfratz, *The History of British Literature on Film 1895-2015* 参照（253）。これは、特別なメガネをかけずに 3D 映像を楽しめる映画としても世界初の試みだった。なお、公開年については 1947 年という表記も見られる。また、世界初のカラー 3D 映画についても諸説あるが、少なくとも長編映画でカラー 3D 映像を含むものとしては、本作が世界初

| 2 | 疾走するフライデー、あるいは映像の誘惑　　**55**

であるようだ。

7) デフォー『ロビンソン・クルーソー』からの引用については、英語原作のページに続けて筆者による邦訳のページを併記する。

8) この指摘は、単に原作を読み間違えている。デフォーの原作にもしばしば文明批判は書かれている（Defoe 109-10; 186-87 など）。また、山羊を背負うクルーソーのイメージも、ウォルター・パジェットが原作に付した挿絵（1891 年発表）に類似した図案が見られる。河出文庫版『ロビンソン・クルーソー』（武田将明訳）の93 ページ参照。

9) ただし、この展開は原作通りである（Defoe 49-50; 85-86）。次の女物の服に関する場面のほうは、原作には見られない。

10) もっとも、デフォーの原作では、主人公が見えない他者への恐怖心から引きこもりのようになる場面も描かれている（Defoe 130-37; 221-33）。

スコットランドの文学と映画

すでに無声映画の時代から、ウォルター・スコット（Walter Scott, 1771-1832）の長編詩『湖上の美人』や小説『ラマムーアの花嫁』『ロブ・ロイ』『ミドロージャンの心臓』などが映画化（それぞれ 1912、1909、1913 他、1914）され、さらに 1926 年にはスコットの伝記映画も制作されるなど、スコットランドの文学作品と映画化の歴史は長い。その過程で、文学批評に起源を持つ語彙が、これら映画化作品やそれらと同様の傾向を持つ映画の批評にも転用されるようになった。たとえば、「タータンリー（Tartanry）」と言えば、高地地方の風景や音楽に衣装、18 世紀のジャコバイト蜂起などの歴史を前面に押し出した一連の表象を指し、上の『湖上の美人』や『ロブ・ロイ』はその最初期の例とされることが多い。あるいは、「菜園派（Kailyard）」とは、J・M・バリ（J. M. Barrie, 1860-1937）の『小牧師』（原作 1891、映画 1935）をはじめ、田舎の長老派教会の共同体を舞台に、牧師や教師、スコッツ語を話す村人たちによって、スコットランド独自の教会や学校制度に基づく物語が機知やユーモアとともに展開される作品群に由来している。

いずれも、ときに大衆的受容への懐疑を背景にこれらを偏った表象と批判する語だが、一方で、この二つはスコティッシュネスを分節化する主要な「神話」として、変奏、利用されてきた。1949 年にマッケンドリック監督により映画化されたコンプトン・マッケンジー（Compton Mackenzie, 1883-1972）の『ウイスキー大尽』（*Whisky Galore!* 1947）の場合、原作では高地地方島嶼部のゲール語話者が住む大小の島を舞台に、大トディ島の長老派社会をカトリックの小トディ島が相対化しつつ、また、映画版では二島を菜園派的な一つの島に統合し、そこにタータンリーを組み合わせつつ、どちらも中央官僚への島民の抵抗が演じられる。ジョン・バカン（John Buchan, 1875-1940）のスパイ小説『三十九階段』（1915）やヒッチコックによる映画化（邦題『三十九夜』1935）にも、ひとひねりしたこれらの言説の片鱗が顔をのぞかせる。他方、郷愁とナショナル・アイデンティティといった問題では、イングランドのヘリテージ映画をめぐる論点との比較も興味深い。

1990 年代のアーヴィン・ウェルシュ（Irvine Welsh, 1958- ）の『トレインスポッティング』（原作 1993、映画 1996）は、都市の、それも労働者階級を描く伝統的な舞台としての産業都市グラスゴー（この流れは、今度は「クライド主義」と呼ばれることがある）ではなく古都エディンバラの、若い失業者のスコッツ語をスタイリッシュな映像と音楽とともに届け、上と異なる表象の可能性を示した点でも評価された。その後、2017 年には、『ウイスキー大尽』のリメイク版（邦題『ウイスキーと2人の花嫁』）や『T2 トレインスポッティング』（2002 年初版出版時の『ポルノ』から改題）の映画版が公開され、複数のスコットランドのスクリーン上の応答は続いている。　　　　　　　　　　　　（松井）

3 反復と差異の歴史性

ヘンリー・フィールディングの『トム・ジョウンズ』と
トニー・リチャードソンの
『トム・ジョーンズの華麗な冒険』

吉田　直希

1　はじめに

　トニー・リチャードソン（Tony Richardson, 1928-91）の『トム・ジョーンズの華麗な冒険』（*Tom Jones,* 1963）は、18 世紀イギリスの小説家ヘンリー・フィールディング（Henry Fielding, 1707-54）の『トム・ジョウンズ』（*The History of Tom Jones, A Foundling,* 1749）を原作として作られたアダプテーション映画である。

　〈イギリス小説の父〉とも呼ばれるフィールディングは、サマセットシャーの名家の出身で、イートン校卒業後、ロンドンに出て劇作家となり、パロディを駆使した喜劇で人気を博した。1737 年に演劇検閲法が制定された後は、法廷弁護士に転身し、その傍ら、小説を書き始める。文学者としてフィールディングの名声を確かなものにしたのが、本章で取り上げる『トム・ジョウンズ』である。[1]

　この作品を映画化したリチャードソンは、ヨークシャーで薬局を営む中流階級の家庭に生まれた。オックスフォード大学在学中より数々の舞台の演出を務め、やがてロンドンの演劇の中心地ウェストエンドに進出、本作の脚色を担当しているジョン・オズボーン（John Osborne, 1929-94）らとともに、劇団イングリッシュ・ステージ・カンパニーを設立。1956 年オズボーン作、リチャードソン演出の『怒りを込めて振り返れ』（*Look Back in Anger*）が絶賛され、二人は「怒れる若者たち」の代表格となる。[2]「怒れる若者たち」とい

うのは 50 年代後半のイギリスに登場した一群の作家に与えられた呼称であり、彼らの作品の特徴は、既成社会に対する若者の反抗をリアリズムによって表現した点にある。その後、60 年には、アラン・シリトー（Alan Sillitoe, 1928-2010）原作、カレル・ライス（Karel Reisz, 1926-2002）監督の『土曜の夜と日曜の朝』（*Saturday Night and Sunday Morning*, 1960）をプロデュースし、大ヒットを記録する。この映画で主演を務めたアルバート・フィニー（Albert Finney, 1936-2019）が、本作でも主人公トムを演じている。さらにリチャードソンは、62 年に監督としてシリトー原作の『長距離ランナーの孤独』（*The Loneliness of the Long Distance Runner*, 1962）を手がけている。この作品は、労働者階級の生活をドキュメンタリーの手法を交えてリアルに描き出そうとした新しい映画運動、いわゆる「ブリティッシュ・ニュー・ウェイヴ」を代表する作品となる。これに続くのが、『トム・ジョーンズの華麗な冒険』であり、リチャードソンは本作でアメリカ・アカデミー賞の最優秀作品賞を受賞している。[3]

　まずは原作と映画のプロットを概観しておこう。全 18 巻 208 章からなる原作は、サマセットシャーの地主オールワージーの屋敷で捨て子が発見されるところから始まる。この子が主人公トムで、彼は地主の甥ブライフィルといっしょに屋敷で育てられる。隣村の地主ウェスタンの娘ソフィアはトムと幼馴染で相思相愛の仲なのだが、階級の違いから二人は結婚できない。他方、ブライフィルはその陰気な性格からソフィアに嫌われているが、彼女との結婚により、広大な土地の相続を狙っており、オールワージーを巧みに騙し、トムを屋敷から追放する。家を追われたトムは、ジャコバイトによる反乱鎮圧に向かう政府軍に合流するが、まもなく家出したソフィアを追ってロンドンへ向かう。トムは、彼女への永遠の愛を誓う一方で、道中何人かの女性と性的な関係を持ち、終盤では人妻との不倫がもとで決闘騒ぎとなり、殺人容疑で死刑判決を受けてしまう。結局はトムの無実が証明され、さらにトムの実の母親がオールワージーの妹であることが判明し、ソフィアとの結婚で大団円を迎える。

　さて、この小説の最大の特徴は、語り手「私」が頻繁に読者の前に姿を見せ、さまざまな話題について自分の考えを披露する点に認められるだろう。たとえば、第 5 巻第 1 章では、語り手がこの作品を「散文による喜劇的叙事詩」

と定義し、その理由を詳述してみせる（Fielding 181）。たしかに、さまざまな階層の人物を次々に登場させ、イギリス社会の全体像を示そうとするこの作品は、英雄の活躍を多くの登場人物の関係のなかで描き出す「叙事詩」と呼ぶこともできるだろう。しかしながら、トムは古代ギリシアの叙事詩『オデュッセイア』に登場する英雄にはまったく似ていない。では、なぜフィールディングは、この作品で敢えて叙事詩の形式にこだわったのだろうか。それは、スペインの小説家セルバンテスが、騎士道物語を読みすぎて、あたかも自分が騎士になったと信じ込んで旅をするドン・キホーテの滑稽さを描いたように、その影響を強く受けたフィールディングが、英雄ではないトムをあたかも英雄であるかのように意図的に描くことで、見た目と内実の落差を示し、それによってトムの人間味あふれる滑稽さを私たちに伝えようとしたからだろう。要するに、この作品には形式と内容の乖離が随所に確認でき、読者はそこに主人公の人間性とともにイギリス社会の二面性をも垣間見ることができるのである。

　映画のプロットも概ね原作を踏襲している。ただし、原作のエピソードを網羅することはそもそも不可能であり、トムの誕生後は、もっぱら青年期の恋愛体験を軸にストーリーが展開していく。さらにリチャードソンは、残忍で血なまぐさい鹿狩りや豪華絢爛な仮面舞踏会のシークェンスを最新のカラー映像で表現することにより、それまでのブリティッシュ・ニュー・ウェイヴに見られた陰鬱なスタイルとは一線を画す、流行の最先端を行くスタイルへと大きく方向転換している。なお、この映画では、時折ナレーションも入るが、原作における語り手の役割は主に撮影用のカメラが担っており、そのカメラワークもまた同時代の視座を強く反映するものとなっている。

　このように映画は、原作の一部を切り取り、それを忠実に再現しつつも、エピソードの取捨選択や脚色には 1960 年代に特有な時代精神が反映されている。そこで、以下の分析ではブリティッシュ・ニュー・ウェイヴを代表するリチャードソンが、18 世紀イギリス小説のアダプテーションを手がける際に、どのような歴史認識に基づいて原作と向き合い、「スウィンギング・ロンドン」と呼ばれる 60 年代の若者文化の到来を前に、同時代の問題意識をどのように映画に織り込んでいるかを考察してみよう。第 2 節では、小説と映画が作られた時代背景を振り返る。原作が書かれた 1740 年代のイギリ

スと映画公開の 1960 年代は、国際的な「冷戦」状態と国内の経済発展による社会構造の変化という点で奇妙に重なり合うことがわかる。このような時代の類似性を確認した上で、第 3 節では、リチャードソンのカメラワークに焦点を当て、小説の語り手と映画のカメラの類似性を検討する。第 4 節では、いっけんすると階級問題とは無関係に見えるハンティングの場面（シークェンス）を取り上げ、原作と映画における語り手の役割を検討することで、階級横断の可能性について考察してみよう。最後に、映画におけるセクシュアリティの表象を、ブリティッシュ・ニュー・ウェイヴの変化という観点からまとめる。以下の議論では、形式と内容の両面から原作と映画を比較し、リチャードソンのアダプテーションが提示する二つの歴史の重なり合いを議論することを目的とする。

2　アダプテーションにおける反復と差異

　リンダ・ハッチオンによれば、アダプテーションとは原作を忠実に映画化したものではなく、原作を現代の視点から解釈し、独自のアレンジを加えたまったく新しい「原作」と言えるものである。したがって、私たちはアダプテーションのなかに「反復と差異、つまり慣れ親しんだものと新奇なものとが混ぜ合わされている」状態を目にすることになる（Hutcheon 114）。このとき、アダプテーション映画の理想的な観客というのは、原作が映画的に再現されていることを確認でき、さらに原作にはない要素をそこに見出せる人々ということになるだろう。ハッチオンはまた、アダプテーションを通して、観客が「現在進行形で過去と対話」しつつ「二つ以上のテクストを体験」できるとも述べている（Hutcheon 116）。以下、ハッチオンの議論に従い、『トム・ジョーンズの華麗な冒険』を、1963 年公開当時の「現在」とフィールディングが原作で描き出した 18 世紀という「過去」とが互いに対話する場と見なし、そこで繰り広げられる歴史の「反復と差異」を考察していこう。

　さて、フィールディングは 1745 年に『トム・ジョウンズ』の執筆に取りかかっているのだが、同年イギリスでは、二度目の大規模なジャコバイトの反乱が起きている。ジャコバイトとは 1688 年の「名誉革命によって王位を追われたジェイムズ 2 世とその直系にあたるスチュアート家の男子こそが正当な国王であるとみなし、その復位を支持・擁護した人びと」を指し、

|3|　反復と差異の歴史性　　**61**

1745 年 7 月、フランスに亡命していたチャールズ・スチュアートはルイ 15 世の援助を得てスコットランドに上陸し、ロンドンを目指して南下している（今井 262）。結局、このクーデターは失敗に終わるが、名誉革命後も 50 年以上にわたってフランスの支援を受けたジャコバイトは、イギリス政府にとって大きな脅威と捉えられていたのである。一般に、ヨーロッパでは 1713 年のスペイン継承戦争の講和条約（ユトレヒト条約）によって、勢力均衡と和平の時代を迎えたと考えられているが、イギリスではジャコバイトを潜在的脅威と位置づけ、この敵対集団に対抗するため、軍事力を年々増強していった。また国内では、南海泡沫事件（1720 年に起きた株価の急騰、暴落によるいわゆるバブル）などの経済的混乱に端を発する社会的不安や道徳的混乱を立て直すためにさまざまな改革が行われ、その過程で伝統的な価値観や階級構造も変容を余儀なくされていった。このような歴史的背景を踏まえると、原作『トム・ジョウンズ』は、捨て子トムに権威を剥奪された国王を重ね合わせ、その正統性をめぐる国民の意識とりわけ階級と道徳に関する問題意識を読者に投げかけている小説とも解釈できそうである。[4]

　他方、映画が制作された 1960 年代のイギリスもまた、階級構造と道徳的価値観の揺らぎという点で 1740 年代に似ていると言えるだろう。イギリスでは、第二次世界大戦終結後の復興期に、労働党政権が「完全雇用」「団体交渉の維持」「ゆりかごから墓場までの福祉の実現」という政策目標を掲げ、労働者階級の生活改善を進めてきた。50 年代に入ると、世界的な好景気により、多くの国民の暮らしぶりは良くなり、57 年には、保守党のハロルド・マクミランが「わが国民の大部分にとってこんないい時代はなかった」と宣言するまでになった。しかし最近の研究によれば、労働者が当時実際に手にしたものは「機会の平等」と競争の「自由」だけであり、階級間の格差は以前より拡大したことがわかっている（トッド 167-68）。また、国際的には、米ソ対立の冷戦体制が安定化し、それに合わせて防衛費が増大する一方で、マイノリティに対する政策にはまったく手がつけられていなかった。表面上の豊かさの裏で、社会的弱者はより厳しい状況に置かれ、また、労働者階級の大多数にとっても、ある種の閉塞感が感じられるようになり、その不満が、一部のエリートに対する反抗につながっていった。この反エリート主義が、先に述べたブリティッシュ・ニュー・ウェイヴを形成し、のちに「スウィン

ギング・ロンドン」と呼ばれる 60 年代若者文化の誕生を促していったのである。[5]

　要するに、原作が書かれた時代とアダプテーションが制作された時代のイギリスは、敵対する勢力は異なるが、いずれの場合も国際的な「冷戦」状態の下にあり、国内においては階級構造の変容という歴史を経験しており、これらの点において二つの時代は奇妙に重なり合うのである。このように、原作とアダプテーションには共通の問題意識が認められるため、リチャードソンがこの小説をブリティッシュ・ニュー・ウェイヴの流れのなかでアダプテーションの原作に選んだことには必然性が感じられるのである。

3　原作とアダプテーションにおける「全知の語り手」

　前節では、『トム・ジョーンズの華麗な冒険』に表された国際／国内問題（冷戦と階級意識）の 2 点を取り上げ、現在の視点から過去を作り直すアダプテーションという観点から検討した。では、アダプテーションにおける「反復と差異」が語り手の視点から具体的にどのように表現されているのか見ていこう。

　一般に、語り手は 2 種類に分けられ、小説の場合、一人称もしくは三人称の語り手が用いられる。前者は物語のなかにいる登場人物の一人であり、後者は物語世界の外側から客観的に登場人物の行動や感情を描写する「全知の語り手」と呼ばれる存在である。映画でも基本的な区分は同じであり、「語り手」の役割を果たすカメラは、特定の登場人物の視点から物語世界を映し出す場合と、物語世界の外側から客観的にすべてを提示する場合がある。

　原作では、語り手は一人称の「私」として登場するが、この語り手は全編を通して物語世界の外側にいる「全知の語り手」である。いっけん紛らわしいのだが、『トム・ジョウンズ』は三人称形式の語り手を採用している。[6]映画も基本的には物語世界の外側にカメラを配置しているため、三人称形式を採用していると言えるのだが、そのカメラワーク（語り）はかなり特殊なものとなっている。映画は白黒で「英国西部の地主オールワージーが数カ月ぶりにロンドンから戻った」という字幕カットで始まる。この後、カントリーハウスに入ってくる 4 頭立ての馬車（パン、カラーのロケーション撮影）／馬車に駆け寄る使用人たち（パン）／字幕「妹のブリジット」／ブリジット

|3| 反復と差異の歴史性　　**63**

役のレイチェル・ケンブリッジ（クロースアップ）／字幕「使用人たち」／オールワージー役のジョージ・ディヴィーン（ミディアム・ショット）／カメラに向かって一人ずつお辞儀をする使用人たちと続く。リチャードソンがここで用いたカメラワークは、フランス・ヌーヴェル・ヴァーグのフランソワ・トリュフォー（François Roland Truffaut, 1932-84 『大人は判ってくれない』（*Les Quatre Cents Coups,* 1959））やジャン＝リュック・ゴダール（Jean-Luc Godard, 1930-『勝手にしやがれ』（*À Bout de Souffle,* 1959））に特徴的な手法（人物や場所の位置関係を示すためにパンやトラッキングによってカメラを大きく動かす）を意図的に取り入れたものである（Shail 57）。また、使用人が挨拶するここでの最後の場面では、意図的にカメラ目線が使われている。このとき、通常は物語世界の外側に置かれているカメラの存在に観客の意識が向けられる。このように、リチャードソンは、虚構の物語世界のなかに一瞬、現実の視点を導入することで、『トム・ジョーンズの華麗な冒険』が全編を通して完全なる虚構であることを強調する。原作の語り手とは登場の仕方は異なるが、アダプテーションのカメラは物語とは別次元に位置する語り手としてその存在感を観客に強く印象づけている。[7]

　カメラはその後、寝室へ入るオールワージーを追う。彼が衝立の後ろを通り抜けるとき、衣装は一瞬にして外出着から寝室着へと変わるが、これは1920年代にアクションとギャグで一世を風靡したバスター・キートン（Buster Keaton, 1895-1966)のトリック映像を彷彿とさせるものである。次のカットは、赤ん坊に気づいた地主の叫び声「ウィルキンス！」が音声ではなく字幕で示される。ここまで屋敷の主要人物紹介と主人公トム登場までにかかった時間はわずか1分32秒（▶00:00:00-00:01:32）である。このように、アダプテーションのオープニングはハープシコードのアップテンポな演奏とともに、きわめて喜劇的に仕上がっている。この部分を含め、映画の語り手であるカメラが物語の喜劇性をどのように演出しているかについて、セメンザとヘイゼンフラッツは次のように述べている。

　　リチャードソンは冒頭のシーンから、時代を反映する撮影技法を遊び心たっぷりに織り交ぜ、文学史ではなく映画史に訴えかけている。これを映画史についての回想録と呼んだら言い過ぎかもしれないが、映画の

スタイルと形式の歴史を参照することで、『トム・ジョーンズの華麗な冒険』はフィールディング自身が叙事詩やロマンス、歴史、小説といった文学形式について喜劇的な考察を行った点を巧みに取り込んでいるようだ。一例をあげると、フィールディングは、『トム・ジョウンズ』第5巻第1章「堅苦しい文章、およびそれが何のために書かれているか」のなかで、時間と場所の一致の法則について皮肉交じりに論じ、またイギリス喜劇における道化の歴史について簡潔なまとめを行っている。したがって、リチャードソンはきわめて巧みに文学論を映画論へと置き換えているが、それはひじょうに効果的かつ信頼できるものとなっている。
（Semenza and Hasenfratz 304）

　このように、リチャードソンは、原作の語り手が目指した喜劇性を多彩な撮影技法を駆使して映像化しているわけだが、ここで、引用に言及されている原作の第5巻第1章を読んでみると、そこでは、イギリス喜劇、特に当時流行したパントマイムに登場する道化が、神々や英雄といっしょに登場すると、それだけ一層、道化の持つ滑稽さが強調されると書かれている（Fielding, 183-84）。これは異質なものが対照的に用いられると片方のみの場合に比べて、それぞれが担う働きや効果が増幅することを意味している。語り手はこうした相乗効果が、『トム・ジョウンズ』の巻頭章と物語の本筋部分にも当てはまるとし、巻頭章の語り手はできるだけつまらないほうがいいのだと主張する。もちろん、このような自己卑下のポーズは、あくまで読者を語り手の存在に惹きつけるレトリックであり、巻頭章は退屈などころか、きわめて興味深い話題で読者を惹きつける。他方、リチャードソンは、小説における「全知の語り手」を映画撮影のカメラに置き換え、初期のサイレント映画からヌーヴェル・ヴァーグにいたるまでの撮影方法を映画史に沿って振り返り、さまざまな技法を織り交ぜて見せることで、アダプテーションが持つ喜劇性を演出してみせる。上記の批評に述べられているように、リチャードソンは、フィールディングによる道化と英雄の「対照の妙」に関する文学論を映画史の文脈に置き換えているわけだ。このように原作とアダプテーションを「全知の語り手」という観点から比較することによってもまた、1740年代と1960年代という二つの時代が重なり合って見えてくる。では次に、冷戦体

制を背景とする階級問題が具体的にどのようにアダプテーションにおいて表現されているか検討しよう。

4　ハンティングと階級問題

　『トム・ジョーンズの華麗な冒険』のオープニングでは、ブリティッシュ・ニュー・ウェイヴに特徴的な労働者階級のリアリズムという要素は確認できなかったが、リチャードソンにとって階級問題は、『怒りを込めて振り返れ』から一貫して重要なテーマとなっており、この映画でも、ハンティングのシークェンスでは、この問題が取り上げられている。[8]

　さて、18世紀のイギリスで貴族やジェントリー階級の地主は、田舎に所有するカントリーハウスでハンティングを行っていたが、たとえば、鹿狩りは単なる娯楽ではなく、国王の即位、結婚、祝事などに合わせて催される豪華な祝賀会には欠かせない一大政治イベントであった。この映画では、一つのシークェンスとしては最長の6分45秒の時間をかけて、地主ウェスタンが主催するハンティングが映像化されている。

　まず、原作でこのハンティングを描いた箇所（第4巻第13章）を読み返してみると、そこには、鹿狩りが行われたという事実のみが語られており、その具体的な記述は見当たらない（Fielding 172）。しかし、作品をさらに読み進めると、第12巻第2章で再びウェスタンがハンティングに向かう場面に出会う（Fielding 542）。この章も鹿狩りの詳細な記述はないが、章を一つ戻って巻頭章を読んでみると、三人称の語り手が貧しい労働者は領主の持ち物を横領しても罪に問われるべきでないと語っていることに気づく。語り手はさらに続けてこの意見を作品引用の妥当性に関する議論へと発展させ、同時代の作家は古典作品を自由に借用しても構わないという結論を導き出す。語り手の説明によれば、18世紀の作家は貧しい大衆にたとえられ、その大衆がギリシア、ラテンの古典文学（こちらは富める地主の持ち物にたとえられる）を略奪して自分の獲物（アダプテーション）にしてもよいというのである（Fielding 540）。要するにフィールディングは原作で、ハンティングにおける主体（地主階級のハンター）と客体（獲物である鹿）の関係を「階級」の問題として捉え直し、労働者という本来ハンターになりえない階級による横領を正当化することで、階級社会の横断性（あるいは転覆の可能性）を示唆し

ているのである。

　さて、リチャードソンによるハンティングのシークェンスは、第4巻を元に再現したものではなく、今見た第12巻で問題となっている階級横断の可能性を観客に伝えている。この点を確認するために、ハンティング開始前と開始後の二つのシー

図1　『トム・ジョーンズの華麗な冒険』
▶ 00:28:06

クェンスで、異なるリアリズムが用いられていることに注意し、そこでの階級問題の表し方を比較検討しよう。まず、ハンティングが始まる前の野外パーティのシークェンスでは、ドキュメンタリー映画の手法を用いて撮影が行われている。この部分でオズボーンが書いたスクリプトを読んでみると、ハンターたちが移動する方向、馬や猟犬の準備の仕方、人々のあいだを走り回る動物たちの避け方、などが詳細に指示されている（35-36）。しかし、大人数の役者とエキストラ、さらには数十頭の動物を集めた空間でト書きに従って正確に動くことはほとんど不可能である。完成した映像を見ると、野外パーティのシークェンスは撮影の舞台裏を垣間見させてくれる「特典メイキング映像」のような仕上がりになっており、たとえばトム役のフィニーをクローズアップで捉えようしとした瞬間に、彼はおそらくアドリブで、ワイングラスを口だけでくわえて、カメラに向かっておどけた表情を見せている（▶ 00:23:55）。ここでは、男も女も、使用人も主人も、そして人も動物も入り乱れて絶えず移動しており、階級格差による対立などまったく感じさせることなく、すべてが一体となってこのイベントを盛り上げている印象がはっきりと映し出されている。

　さて、実際にハンティングがスタートすると、ハンターたちが獲物を追いかける様子がトラッキング・ショットで撮影される。一頭の鹿を追う数十頭の猟犬と背景となる森の木々や農家や家畜が目まぐるしく過ぎ去る情景描写は、スピード感あふれる迫力ある映像に仕上がっている。このドキュメンタリー的シークェンスで特に観客の目を引くのは、ハンターの残忍さを視覚的に捉えた瞬間である。馬上の牧師は鐙を激しく打ちつけ、馬の脇腹が切れて

|3|　反復と差異の歴史性　　**67**

流血し（▶00:26:55）、それまで上品で控え目だったソフィアですら激しく鞭を左右に振り下ろし（ミディアム・ショット▶00:28:04）、興奮で少々引き攣った笑みを浮かべる（クロースアップ▶00:28:06 図1）。さらに、小作農が大事に飼育していた家畜が馬に踏みつけられて無残に殺され、貧しい労働者が無言のうちにその屍体を手に取る様子も一瞬ではあるが、はっきりと映し出される（クロースアップ▶00:27:15）。このとき、野外パーティで見られた上流階級の打ち解けて楽しげな雰囲気や人も動物もいっしょになって交わる牧歌的空間は消え去り、代わりに厳しく残酷な弱肉強食の世界が展開される。ハンティング後半のシークェンスを目にすると、先に見た労働者による横領や階級間の自由な横断といった可能性は完全に否定されてしまったかのように思われる。

　しかし、リチャードソンは2種類のリアリズム（メイキング映像とドキュメンタリー）を使い分けることによって、実は階級問題をより現実的視点から観客に問いかけているのである。まず、ハンティング開始前のメイキング映像では、野外パーティで勝手に走り回る動物たちやアドリブ的しぐさが多く映し出されているため、この部分は本番前の撮影現場をありのままに撮影したもの（現実）と捉えられ、観客は「これからいよいよハンティングの本番撮影が始まりそうだ」という期待を抱くことになる。こうなると、開始後に描かれる残忍なシーンは映画的に精巧に撮影されたもの（虚構）と認識されるだろう。要するに観客は、ここでの本番は作られた「現実」であり、ありのままの現実ではないと予め知らされているのである。実際、長時間におよぶハンティングのドキュメンタリー映像にはいくつか不自然な点が容易に認められる。鐙で切れた傷口から滲み出る絵の具のような鮮血、猛スピードで疾走する馬に横向きに腰掛けるソフィアの無理な体勢などは特にリアリティの欠如を感じさせるだろう。また、カメラが追い続ける1頭の鹿は、複数のアングルから撮られているため、体長や角の形状といった特徴が細部にいたるまではっきりと観客の目に焼きつく。そのため、ウェスタンが最後にカメラ目線で高々と掲げる獲物（▶00:28:43）が実はまったく別な屍体にすり替えられていることに観客の多くは気づくだろう。こうしてみると、ハンティング後半のシークェンスは、表面的には階級間での自由な横断の可能性を否定しているように見えるが、この否定自体が撮影された「虚構」として

提示されているため、階級の問題は完全に消滅しているわけではない。このとき、スクリーン上には本来その存在が認められないはずのカメラが観客によって意識されるという点は重要だろう。なぜなら、観客が物語世界を映し出す現実世界のカメラを意識することは、階級問題を「現在」の問題として捉え直す契機となるからである。要するに、虐げられた労働者の現状をリアリズムによって淡々と撮影するのではなく、18世紀の階級問題を「虚構」として外側から眺める現実的視点に私たち観客を移動させることによって、映画の外側にある「現在」を再認識させ、階級横断の可能性について再考することをこの映画は観客に要求しているのである。このように階級問題が過去と現在の対話の過程で示されるもう一つの例として、セクシュアリティを巡る議論を取り上げて、次の節で検討していこう。

5　セクシュアリティ

　では最後に、独自の視点から映画に再現されているセクシュアリティの問題に目を向け、リチャードソンが、原作におけるトムの女性遍歴を「スウィンギング・ロンドン」と呼ばれる60年代イギリスの若者文化との関係において、どのように差異化しているのかを見てみよう。映画の場合も原作同様に、トムはソフィア以外の3人の女性と肉体関係を持つのだが、まず、最初の相手となる猟番の娘モリーは、トムと同時に複数の男性と付き合っている性に奔放な女性であり、二人の関係は女性主導で進展する。オープニングのシークェンスが終わると、トムが猟銃を片手に夕闇の森を散策しているシーンに切り替わり「この森には——狩りの楽しみが待っていた」（▶ 00:05:38）とナレーションが入る。トムの前をうさぎやイタチなどの動物たちが走り抜け、いよいよ彼が銃を構えるかという瞬間に、トムを待ち伏せしていたモリーが草むらからおもむろに立ち上がる。彼女は、手にした小枝をゆっくりと動かしながら、トムの視線を彼女のはだけた浅黒い胸元へと引き寄せ、その後抱き合う二人は木陰へと沈んでいく。トムはハンターとして登場したはずなのに、一瞬にして罠にかかった獲物となってしまうのである。ハンティングの楽しみは、トムに特権的なものではなく、モリーにも与えられている、というよりむしろ、女性が積極的に求めるものとなっている。前節で確認したように、ハンティングには主客の力関係を転倒させる契機が存在しており、

|3| 反復と差異の歴史性　　**69**

図2 『トム・ジョーンズの華麗な冒険』
▶ 01:20:15

階級における上下関係だけでなく、男女のセクシュアリティにおいてもその関係の逆転は起こりうるようである。また、モリーとトムの性愛は森のなかで行われる野性的なものとして映し出されており、ここでのセクシュアリティはもっぱら肉体的な快楽を強調するものとなっている。

　二人目は、アプトンの宿屋で一夜をともにするウォーターズ夫人である。彼女は、物語前半では、トムの母親ジェニー・ジョーンズとして登場し、私生児を捨てた罪で村を追放された女性である。偶然再会した二人はお互いの素性を知らず同衾してしまうため、トムはのちに近親相姦の疑惑から苦境に陥ることになる（彼女がトムの本当の母親でないことは結末近くになって明かされる）。さて、このウォーターズ夫人との性愛は食事のシークェンスによって表されている（▶ 01:17:49-01:21:33）。リチャードソンはここで、食材やマナー（料理を口にする動作や表情）で性行為を暗示してみせる。たとえば、チキンレッグを両手でつかみ、せわしなくかぶりつくトムのミディアム・ショット（▶ 01:19:04）から、トムのアイラインからウォーターズ夫人に切り替わる。すると、彼女は右手で、チキンレッグの骨の部分を下に肉片を立てて持ち、舌を使って鶏皮をゆっくり舐めてから少しずつその肉を囓ってみせる（▶ 01:19:08）。また、牡蠣を食べるとき、夫人はおもむろに左を向いて、左手で殻を持ち上げ、頭を後ろに傾けながらトロッとした身を口に流し込む、そしてゆっくりトムのほうへ向きを変え、口を半開きにしてそのミルク色のかたまりを見せつけてから、溜息とともに嚥下する（▶ 01:20:15 図2）。こうした演出は映画独自のものであり、原作の第9巻第5章では、食事中のトムは空腹のあまり食べることに夢中で、ウォーターズ夫人の色目づかいにまったく気づかないと書かれている（Fielding 443）。しかし、原作を読み返してみると、語り手はこれより前の第6巻第1章で、「貪欲な食欲を一定量の繊細で白い人肉をもって満足させようという欲望、これはけっしてここに私が

70　第1部

主張する愛情と同じでないことを認めよう」と語っており、食欲と性欲が「愛情」とは別次元のものである点を強調することで、これら二つの欲望を同列に並べてみせていたことが確認できる（Fielding 234）。この点を踏まえると、リチャードソンによるアダプテーションは、原作を再現する際に、その一部を取り出してそのまま映像化しているわけではなく、別な文脈で語り手が述べている食欲と性欲に関する意見にも注目し、そこでの議論を巧みに織り交ぜて、性愛の技法を食事の作法に置き換えて表現しているとも言えるだろう。なお、ウォーターズ夫人の場合もまた、肉体的快楽の追求は女性主導で行われており、セクシュアリティに関して男女の力関係は逆転していることを付け加えておこう。

　最後に、ソフィアの親戚でロンドンの社交界に通じているベラストン夫人との関係を見ておこう。原作同様、この夫人はトムにソフィアとの仲を取り持つことを約束しながらも、ハンサムで若いトムとのアヴァンチュールを楽しもうとする上流階級の中年女性として登場する。ここでは、二人が最初に出会う仮面舞踏会での音楽とファッションに注目すると、その華やかさが1960年代の「スウィンギング・ロンドン」を連想させる。まず、階級の垣根を超えて人々が集う仮面舞踏会で演奏されている曲が、イギリスが世界を支配することを歌う「ルール・ブリタニア」であり、この愛国歌には全国民が自由を手にする時代が到来するという期待が込められている。なお、その歌詞は詩人ジェイムズ・トムソン（James Thomson, 1700-48）が1740年に作ったものであり、45年のジャコバイトの反乱では、陣営を問わず広く国民に歌われたことが知られている。歌詞の一節「決して奴隷にはなるまい」が、特に有名だが、映画では、この曲が流れるなか、トムはベラストン夫人の誘惑に負け、「あなたに絶対服従します」と返答する。ここで、トムを演じているフィニーが前作『土曜の夜と日曜の朝』では、50年代の労働者階級の不良青年を演じていたことを思い起こすならば、フィニーの変身は、支配階級に対する反抗心の消滅を意味し、また60年代の若者文化である「スウィンギング・ロンドン」の快楽主義を予示しているようにも思われるだろう。ベラストン夫人と一夜をともにした後、夫人は豪華な服装と鬘をあてがい、トムを上流階級のジェントルマンに仕立て上げる（▶ 01:37:44-01:51:09）。このとき、トム＝フィニーの自由なセクシュアリティはファッションという

| 3 | 反復と差異の歴史性　　**71**

図3 『トム・ジョーンズの華麗な冒険』
▶ 01:43:43

60年代消費文化を支える重要な要素と結びつく。フィニー＝トムはトップにボリュームをもたせた金髪のウィッグを被り、その両横はしっかり後ろになでつけられており、50年代のテディ・ボーイに特徴的なリーゼントスタイルとなっている（▶ 01:43:43 図3）。トムが上流階級のジェントルマンへと擬似的に変身していく過程で、50年代の不良労働者階級が持っていた暴力性は、彼らが身にまとうファッションに注目が集まることによって完全に骨抜きにされるだけでなく、フィニーのリーゼントスタイルが63年にはすでに時代遅れとなっているため、それが18世紀という遠い過去に流行したウィッグのスタイルであっても不思議でないという印象を与えることと相俟って、「労働者階級の反抗」のスタイルが変容したことを伝えている。このように、仮面舞踏会のシークェンスは、18世紀の自由なセクシュアリティを60年代「スウィンギング・ロンドン」の自由気ままな躍動感に重ね合わせつつ、すでに流行遅れとなっているテディ・ボーイの髪型を強調する滑稽さにより、ブリティッシュ・ニュー・ウェイヴの内に潜む消費文化への親和性を滲ませている。要するに、映画においては1950年代の労働者階級の「反抗」が、剥き出しの怒りや暴力へと向かうことなく、冷戦下の豊かな時代風潮に合わせて、陽気さや遊び心あふれる戯れを志向し、自由なセクシュアリティを楽しむことを肯定的に表現するように変容しているのであって、リチャードソンは『トム・ジョーンズの華麗な冒険』によって階級問題とセクシュアリティの接合を実現しつつ、ブリティッシュ・ニュー・ウェイヴに新たな可能性を切り開いたと一応の結論を得ることができるだろう。

6 まとめ

　本章ではまず、原作と映画が作られた時代について、それぞれの歴史的背景を調べることを出発点とし、1740年代のジャコバイトの脅威と1960年代

の米ソ冷戦体制とが奇妙に重なり合うことを確認した。二つの時代は、階級構造と社会的価値観の変容を経験しており、共通の問題意識を有していることがわかった。その上で、両者に共通する「三人称の語り手」の特徴を整理し、アダプテーション研究にとって重要な「反復と差異」について考察した。フィールディングは三人称の語り手が果たす喜劇的効果について説明しているが、他方、リチャードソンは映画史の文脈に沿ってさまざまなカメラワークを駆使することで、小説の語り手の主張を反復しつつ差異化して見せていた。内容面では、特に階級とセクシュアリティの表象に着目し、リチャードソンが、ブリティッシュ・ニュー・ウェイヴの作品から一貫して階級横断性に関する強い関心を見せていることが確認できたが、その際、アダプテーションでは、下層階級による暴力的あるいは非合法的な転覆や横領の可能性はほとんど表されていないことも明らかになった。ただし、リチャードソンはここでブリティッシュ・ニュー・ウェイヴに特徴的なリアリズムの手法を巧みに使い分けることで、階級問題の永続性を強く「現在」の観客に働きかけていた。また、セクシュアリティの問題についても、原作のエピソードを反復しつつ、1960年代という時代の影響を強く反映し、50年代の労働者階級の抵抗の限界と60年代の「スウィンギング・ロンドン」への移行を独自の視点から表現している点を確認した。本章では『トム・ジョーンズの華麗な冒険』を、「現在」と「過去」とが対話する場と見なし、そこで繰り広げられる歴史の「反復と差異」をたどってきたわけだが、重要なのは、アダプテーションが原作を忠実に反映しているかどうかを問うことではなく、原作の「過去」をアダプテーションの「現在」に読み込む作業を形式と内容の両面から行うことである。そのためには、原作全体の再読から見えてくる語りの複雑性をアダプテーション作家とともに再現していくことが必要になる。また、こうすることで、新たな問題も浮かび上がってくるだろう。それはたとえば、ブリティッシュ・ニュー・ウェイヴがそもそも50年代の労働者の反抗を「真の」意味で支配階級への抵抗として描いていたのだろうか、という根本的な問題である。本章でこの問題に取り組むことはできないが、アダプテーションにおける「反復と差異」により、私たちは「現在」の視点から歴史を再確認し続ける、はずである。

註

1) フィールディングの伝記としては、Paulson を参照。

2) この作品は 1959 年にリチャードソン監督により映画化もされている。

3) リチャードソンの伝記は死後、遺族によって自伝として出版されている。

4) フィールディングは 1747 年から翌年にかけて『ジャコバイト・ジャーナル』(*The Jacobite Journal*) という新聞を発行し、ジャコバイトの立場から筆を執ることで、ジャコバイトを諷刺している。

5) 「スウィンギング・ロンドン」は映画だけでなく、文学、アート、音楽、ファッションなどさまざまな文化のコラージュとして捉える文化現象である。この点については市橋を参照。「スウィンギング・ロンドン」における若者文化の反抗については、武藤を参照。

6) ここでの語り手の分類と役割については廣野を参照 (4-6)。

7) BBC 製作の『トム・ジョーンズ』(*Tom Jones,* 1997) では、ジョン・セッションズ (John Sessions, 1953-) がフィールディング役で登場し、折に触れて場面の説明を行っている。ただし、彼は作中の登場人物には見えないが、観客にははっきりと認識される「小妖精のような闖入者」であり、フィールディングの全知の語り手とはまったく異なる存在になっていると解釈できる (Battestin 504)。

8) ハンティングとジャコバイトの関係については、E. P. Thompson が重要である。

Column 3　詩と詩人と映画

　原則として明確なプロットを持つ小説や演劇に比べ、詩を原作とした映画はごく少ない。だが、詩そのものから映画を作ることは難しくとも、詩人の人生を伝記映画（biopic）にする形で、文芸映画は詩に居場所を提供してきた。著名な例としては、ウィリアム・ワーズワス（1770-1850）とサミュエル・テイラー・コールリッジ（1772-1834）の『抒情詩集』（1798）出版と、コールリッジの「クブラ・カーン」（執筆 1797、出版 1816）執筆の経緯を描いたジュリアン・テンプル監督の『伏魔殿』（*Pandaemonium*, 2000）や、シルヴィア・プラス（1932-63）とテッド・ヒューズ（1930-98）という詩人同士の破滅的な結婚生活と彼女の自殺を扱ったクリスティン・ジェフズ監督の『シルヴィア』（*Sylvia*, 2003）――ただしプラスはアメリカ詩人だが――などが挙げられる。

　上記の映画でも、そこかしこに断片的な詩の朗読が（しばしばヴォイスオーヴァーで）挿入されているが、ジョン・キーツ（1795-1821）の死を彼の恋人ファニーとの関係を軸にして描いたジェイン・カンピオン監督の『ブライト・スター』（*Bright Star*, 2007）では特に、エンドロールに重ねてキーツの「夜鳴鶯に寄せるオード」（1819）の全文が朗読される（全90行で、決して短い詩ではないのに）。夜鳴鶯の美声に魅せられて死を想うこの詩は一般に、彼が詩人に必要な資質と考えた「ネガティヴ・ケイパビリティ」という概念を体現したものと考えられているが、映画ではキーツの

死の報せに息ができなくるほど苦しむファニーの様子を写した後にこの詩を流すことによって、作品が謳う死の予感をキーツ（および二人の関係）の死に読み替えているのだ。

　このように、作品と作者を意図的に同一視するのが詩人の伝記映画の常套手段であるとすれば、作品の題材として、コールリッジやキーツらロマン派詩人の人気が高いのも当然のことと言えよう。初期近代まで詩業とは何よりもまず〈技芸〉であり、作品と詩人そのひとは必ずしも関係なかったのだが、ロマン派の時代に、詩と人生を重ね合わせる詩人観が流布するようになったからだ。そのなかでも特に人気が高いのはロード・バイロン（1788-1824）で、『悪しきバイロン卿』（*Bad Lord Byron*, 1949）、『レイディ・キャロライン・ラム』（*Lady Caroline Lamb*, 1972）、『取り憑かれた夏』（*Haunted Summer*, 1988）、『バイロン』（*Byron*, 2003［BBC によるテレビ映画]）など、彼を扱った映画は繰り返し製作されている。ただしバイロンの場合は、人生がドラマティックすぎて作品への真剣な興味をかえって霞ませた不幸な例なのかもしれない。

（岩田）

4 ポストフェミニズム時代の文芸ドラマ

ジェイン・オースティン『高慢と偏見』と
1995 年版 BBC ドラマ

高桑　晴子

1　はじめに──文芸ドラマとヘリテージ映画

　イギリス文学作品の映像化を語る上でテレビドラマというジャンルは重要
だ。"Classic Serials" と呼ばれる文芸ドラマシリーズは、BBC の定番プログ
ラムとしてテレビとともに発展してきた。[1]文芸ドラマにとって画期的だっ
たのは、1981 年に ITV で放送されたイーヴリン・ウォー（Evelyn Waugh,
1903-66）の 1945 年の小説を原作とする『ブライズヘッドふたたび』（*Brideshead
Revisited*）の大成功だ。それまでのスタジオセット中心、台詞中心のドラマ作
りとは異なり、この文芸ドラマではロケーションをふんだんに使い、従来の
ドラマよりも「映画的な」映像を提供することができた（Cardwell, "Literature"
189）。『ブライズヘッドふたたび』が大いに人気を博したことで、原作に忠
実な脚本とじっくりとした物語展開に加えて、時代背景に忠実な衣装やセッ
ト、ロケーションによってノスタルジアを喚起することが文芸ドラマの標準
となっていく。かくて、文芸ドラマは、同時期に成立した〈ヘリテージ映画〉
とともに、「特定の形の国家的遺産（ナショナル・ヘリテージ）」の形成に寄与するジャンル（Butt 164）
と見なされることが多い。

　ジェイン・オースティン（Jane Austen, 1775-1817）の『高慢と偏見』（*Pride
and Prejudice,* 1813）を原作とする 1995 年放送の BBC ミニ・シリーズは、こ
うしたヘリテージ映画的な文芸ドラマの形式の一つの頂点と捉えられる。こ
の『高慢と偏見』は社会現象となり、最終回放送時には放送時間に間に合う

ように帰宅する人々で交通渋滞が起きるほどだった（Fullerton 186）。新井潤美は、その要因を、「イングランドのカントリーハウスや田園風景の魅力をロケーションを使ってたっぷりと見せ」て「古き良きイギリス」を「鮮やかな映像として」甦らせたこと、登場人物に「現代的」な要素を持たせ「感情移入」を誘ったことだと分析している（269-70）。このノスタルジアと現代性という組み合わせがヘリテージものとしての成功のカギだったわけだが、[2]『高慢と偏見』にとっての現代性とは何だったのであろうか。本章では 95 年版ドラマがどのようにノスタルジアを喚起しているかを確認した上で、そこに投影されている 20 世紀末の感覚を〈ポストフェミニズム〉という観点から検討したい。それはどのような原作の読みを促し、どのような影響をオースティン受容にもたらしたのだろうか。

2 ポストフェミニズム時代のオースティン・ブーム

　1990 年代後半にオースティン作品の映像化はブームを迎え、全 6 作品が数年のうちにドラマ化または映画化された。90 年代はポストフェミニズムという現象が取り上げられるようになった時期でもある。ポストフェミニズムとは、フェミニズムを過去のもの、終わったものとする態度のことで、「連帯による社会運動の価値を認めずに、個人主義的で市場原理に則った自己実現を目標とする」（大貫他 45）。そこには、フェミニズムが呈した問題は「織り込み済みという態度（taken into accountness）」を取ることでフェミニズムを取り込み、自然化しながらも、同時にそれを否定し打ち消してしまう（McRobbie 12）という屈折した反動がある。オースティンのアダプテーションにこのようなポストフェミニズム的な様相があることは、一連の映像作品が「ポピュラーカルチャーのなかに進歩的なフェミニズムの要素が働いていることの証左」（Looser 159）と評価された一方で、単純な「ハーレクィン・ロマンス化」（Kaplan 178）であるという批判も受けたところに見て取れる。また、すぐれてポストフェミニズム的なジャンルである、現代の独身女性の恋愛事情を描いた小説／映画「チック・リット（Chick Lit）／チック・フリック（Chick Flick）」と隣接してオースティンが受容されていることも見逃せない。チック・リットの代表格に挙げられるヘレン・フィールディング（Helen Fielding, 1958- ）作『ブリジット・ジョーンズの日記』（*Bridget Jones's*

Diary, 1996）は、『高慢と偏見』を現代に換骨奪胎した話であり、その主人公はBBCで放送中の『高慢と偏見』に夢中になっている——このようなメタテクスト的な循環に示唆されるのは、『高慢と偏見』が、ヒロインが自らの強い意志で望ましい男性との恋愛をつかみ取る物語として、ポストフェミニズム的な女性の自己実現という文脈で読者に享受されているということだろう。

　ヘリテージ映画としてのオースティンの映像作品は、ヘリテージ産業と強く結びついて、視聴者に特定の過去を〈文化遺産〉として消費することを促すものでもあった。それは、モイラ・ハズリットが指摘するように「ナショナル・トラストが管理する景観とカントリーハウス、摂政時代のモスリンのドレス、チッペンデールの家具と、ウェッジウッドの陶磁器」とで構成された理想の田園生活としての過去だ（Haslett 203）。ドラマや映画では入念な時代考証を経て摂政時代の世界が再現されるが、そうした細部にいたるまでの〈過去〉への〈忠実性〉がフェティッシュなものとなり、ドラマのなかの品々はアンティークとして美化され消費されていく（Haslett 204-05）。実際、95年版ドラマのロケ地となったライム・パークはペンバリー散歩を求める観光客で賑わい、サドベリー・ホールはドラマの衣装を展示して人気を博した（Crang 118-19）。こうしたファンの態度には、「ファッション雑誌の継妹」と評されることもあるチック・リットの高度消費社会的な態度（Harzewski 50）と重なるものがある。憧れの田園生活というスタイルと若い女性の恋愛という取り合わせにより、「摂政時代のイングランドはわれわれの世紀末と共鳴する」場所となった（Looser 160）。BBCドラマ『高慢と偏見』はその典型としてオースティン・ブームを牽引した。

　ここで『高慢と偏見』のあらすじを確認しよう。イングランド南部のある村にビングリーという裕福な紳士が越してくる。5人の年頃の娘を抱えるミセス・ベネットは色めき立つ。ビングリーは好青年で長女ジェインと互いに好感を持つが、その友人で名家の出のダーシーは不愛想に振るまい、次女エリザベスの印象を悪くする。エリザベスは、ほどなく駐屯中の軍に加わったウィッカムという将校と親しくなり、彼がダーシーからひどい仕打ちを受けたという話を聞いて、ダーシーへの反感を強める。その頃、ベネット家には父親の死後その土地財産を相続する親類の牧師コリンズが訪れ、エリザベス

に求婚する。だが、卑屈で慇懃無礼なコリンズをエリザベスは固辞し、代わりにエリザベスの親友シャーロットがコリンズと結婚する。一方、ビングリーとジェインの仲はビングリーたちが急にロンドンに住居を移したことで頓挫し、エリザベスはダーシーの介入を疑う。新婚のシャーロットを訪れたエリザベスは、伯母のレディ・キャサリンを訪ねて来たダーシーと再会し、思いがけず求婚される。しかし、彼の横柄な物言いにエリザベスは怒り、ジェインやウィッカムのことを持ち出してダーシーを非難する。翌朝、エリザベスはダーシーから手紙をもらい、その説明を読むことで自分が大いに誤解していたことを知る。夏になり、エリザベスは叔父夫婦のガーディナー夫妻に誘われて国内旅行に出かけ、ダーシーの屋敷ペンバリーでダーシー本人と鉢合わせする。意外にも彼は別人のような丁寧な態度で接するのだった。そこに、家から末娘リディアがウィッカムと駆け落ちしたという知らせが届き、エリザベスたちは急ぎ帰宅する。数週間の捜索ののちに二人の居所が知れ、二人は結婚する。ほどなくエリザベスは秘かにダーシーがリディアのために動いてくれたことを知り感謝の念を抱く。そのころビングリーがダーシーを伴って戻ってきた。ビングリーとジェインの仲は再燃し、二人は婚約する。レディ・キャサリンのお節介のおかげでエリザベスの心境の変化を察したダーシーは再び彼女に求婚し、二人は結ばれる。

　1995年のテレビドラマ版の大ヒットにより、『高慢と偏見』は押しも押されもせぬ国民的名作として再認識された。だが、当時の文学批評においてオースティン作品のなかで最も注目されていたのは『マンスフィールド・パーク』(*Mansfield Park*, 1814)だった。エドワード・サイードが『文化と帝国主義』(1993)のなかでポストコロニアル批評の観点から『マンスフィールド・パーク』を論じたことから、長らく問題作とされてきたこの小説が脚光を浴びる。それに比して誰もがオースティンの代表作と認める『高慢と偏見』への批評的関心は低下したと言えるかもしれない。実際、『高慢と偏見』には一種の扱いづらさがある。小山太一は、エリザベスとダーシーが結ばれるこの小説の後半部についての批評家たちの論のなかに「奇妙な歯切れの悪さ」(114)を認め、それは後半のプロット運びが「読者に何らかの合理化」(116)を要請するものであるからだと指摘している。1970年代以降、オースティンの小説を当時の文化的・社会的コンテクストに置く研究が進むなかで、オースティンは

保守主義から革新的フェミニズムまでさまざまな論陣に取り込まれたが、そのどの立場にとっても『高慢と偏見』の後半部はすんなりと説明できるものではないということだ。それは、ダリル・ジョーンズが、この小説においては「［体制への］反抗と保守主義という明らかに相反する衝動が統合」され、「両者のいいとこ取り」が可能になっている（D. Jones 104）、と評していることと関係している。『高慢と偏見』はその折り合いによって「最も人当たりがよいように計算された作品」（D. Jones 104）であるがために議論しづらいのだ。映像化を通してますます強固になった『高慢と偏見』の大衆的人気と、文学批評におけるためらいがちな扱いとのギャップ——ここに、ポストフェミニズム的なものとしての『高慢と偏見』の特性が見えてくるのではないだろうか。

---

3 『高慢と偏見』とヘリテージ的風景

　まずは、1995年版『高慢と偏見』がヘリテージものとして見せる現代性とノスタルジアの絶妙なバランスを、第1話の最初の数分に見ておく。軽快なピアノで始まるオープニングクレジットは、まず女性の手が込み入った刺繍を施すクリーム色の布地を映し出し、次いで糸ボタンを施したピンクの服地、ピンクのサテン地、刺繍を施した白のモスリン、そしてレースとリボンを映し出す（▶00:00:00-00:00:48）。摂政時代の優雅な品々へのフェティシズムを誘いながら、[3]　オープニングは伝統的な女性の世界が映像として甦ることを読者に期待させる。だが、本編が始まると、まずは二頭の馬の脚のクロースアップが映し出され、次いで画面は牧草地を早駆けする二人の青年紳士のロング・ショットへと切り替わる（▶00:00:49-00:00:55）。小説の愛好者は有名な冒頭のベネット夫妻の室内の会話での幕開きを期待するだろう。しかし、脚本家アンドルー・デイヴィーズ（Andrew Davies, 1936- ）はあえて屋外で、しかもビングリーとダーシーという原作では3章まで登場することのない男性たちの躍動感あふれるシーンで始める。スタジオセットでのビデオ撮りや上品な台詞劇に慣れた文芸ドラマの視聴者にとっては意外性がある。

　その一方で、この始まりは、十分に文芸ドラマ的でもある。南部イングランドの田園と壮麗なカントリーハウスを遠写しにする〈風景ショット〉はヘリテージ映画に繰り返し現れる技法で、〈古き良きイギリス〉を舞台とし

たドラマ展開を期待させ
るものだ。牧草地を駆け
抜けたビングリーとダー
シーは、ネザーフィール
ド屋敷をはるかに眺め
る地点で立ち止まる（図
1）。セアラ・カードウェ
ルは、風景ショットが登
場人物の視点ショットに

図1　『高慢と偏見』第1話　▶ 00:01:04

続いて現れることで、ドラマの情動的(アフェクティブ)な力の源となっていることを指摘する（Cardwell, *Adaptation* 140）。ネザーフィールドを眺めるビングリーの満足げな眼差しが視聴者の視点と重なることで、ヘリテージ映画的なノスタルジアが生まれる。実際、第1話だけでなく、すべての挿話(エピソード)が屋外のショットあるいはシーンで始まる95年版『高慢と偏見』は、風景ショットが持つ情動的な力に意識的だ。古き良きイングランドに対する視聴者のフェティッシュな視線のなかに登場人物たちがパッケージされ、「風景は物語の欠かせない一部であり、主要なキャラクター」（Ellington 94）となる。このドラマが文芸ドラマのしきたりやコード(コンヴェンション)を極限まで押し進めたもの（Cardwell, "Literature" 190）と位置づけられる理由はこのあたりにある。

4　ポストフェミニズム時代のセクシュアリティ

　95年版のドラマにおいて必ず取り上げられるのが、エリザベスとの再会の直前にダーシーがペンバリーの池で泳ぐくだりだ（第4話 ▶ 00:46:10-00:47:30）。このシーンでは濡れたシャツをまとわりつかせたダーシーの肉体のエロティシズムが注目され、女性視聴者を中心に「ダーシーマニア」という熱狂を生み出した。「セックスとお金」が95年版ドラマのキーワードであったが（Birtwistle and Conklin v）、その狙いは当たり、コリン・ファース演じるダーシー像は、欲望の主体としてのポストフェミニズム時代の視聴者を刺激した。

　前節で触れたオープニングシーンや、池で泳ぐダーシーのシーンから明らかなように、〈身体性〉がこのアダプテーションでは大きなカギとなっており、20世紀末のセクシュアリティが強く打ち出されている。主人公エリザベス

からしてそうだ。このドラマのエリザベスはよく歩く。小説においてもエリザベスのこの活発さは大きな魅力で、彼女が〈歩く〉ことはもとより〈駆ける〉という記述も何度か見られる。デイヴィーズはこれらの描写に着目し、それをエリザベスの性的魅力の表れとして映像に最大限に活用する（Birtwistle and Conklin 4）。たとえば、ぬかるみをものともせず単身 3 マイル歩いて姉を見舞いに来たエリザベスに対して、ダーシーが「そこまでする必要があったのだろうか」と思いつつも「運動のおかげで輝きを増した顔の色つや」に感じ入る場面（Austen 36）は原作のなかでも印象深い。デイヴィーズは、そこにネザーフィールドの庭で猟犬と駆けっこをするエリザベスをダーシーが窓越しに見つめるシーン（第 1 話 ▶ 00:49:25-00:49:52）を付け加えることで、エリザベスの活動する身体の魅力を強調する。4) このプロダクションの衣装が胸元を強調するものであることも相俟って、ジェニファー・イーリーが演じるエリザベスは肉感的ですらある。原作のエリザベスの活動性は、20 世紀末の女性の身体性に翻訳され、「自立、精力、自由な思想」を体現するものとなっている（Pidduck 126）。

　デイヴィーズが捉えるオースティンの描いたエリザベスの現代性はこれだけではない。ドラマにおけるジェインとエリザベスの会話は、単に 19 世紀初頭の文脈をわかりやすく現代の視聴者に説明するためのものではなく、〈お金〉に縛られた女性の結婚事情の不自由さを現代的に示す機能も持っている。小山は「「愛情のない結婚をしてはならない」という禁止と「窮乏しないためには経済力のあるパートナーを見つけなくてはならない」という警告の世間的同居＝ダブルバインド」こそが、当時の結婚市場のプレイヤーたちを縛るものであり、『高慢と偏見』という小説が投げかける難問であること（131）を喝破している。ドラマもこの点を意識し、次のような姉妹の会話を用意する。

ジェイン：　私、できれば……できることなら愛のために結婚したいわ。
エリザベス：きっとそうなるわよ、大丈夫よ、ただお金持ちの人を好きになるように気をつければいいのよ。（笑う）
ジェイン：　（笑いながら）じゃあ、期待に添えるようやってみるわ。（エリザベスを見上げて）で、あなたはどうなの？

エリザベス：私はとても深い愛がなければ、絶対結婚しないって心に決めてるの……だからきっとオールド・ミスになってね、姉さんの子供10人に下手くそなクッション刺繍やピアノを教えるわ。（二人笑う）
（第 1 話 ▶ 00:09:05-00:09:49）

　エリザベスは、ダブルバインドに十分に自覚的だ——〈愛〉を結婚の必須条件とする以上、結婚できないかもしれないというリスクを負うことを理解している。冗談めかしてこそいるが、結婚できないとは〈お金〉が得られないということであり、身内のお情けにすがって生きていく不安定な立場に身を置くことだ。95 年版『高慢と偏見』のエリザベスは、そのような状況を理解し、〈愛〉を自己責任で求める結婚市場の「ハードなプレイヤー」（小山132）として造形されている。そこには、ライフスタイルという形で自己責任においてさまざまな選択を求められる 20 世紀末のポストフェミニズム的な女性のあり方と呼応するものがある。[5] ブリジット・ジョーンズは、現代女性が「すべてを手に入れよ（Having It All）」症候群に罹り（Fielding 71）、愛のある結婚もしたいがキャリア構築などの自己決定権も手放したくないともがいていることを自覚している。『高慢と偏見』が『ブリジット・ジョーンズの日記』の種本となったのは決して偶然ではない。
　濡れたシャツ姿のダーシーへの熱狂も、ポストフェミニズム時代の女性の願望を反映したものと捉えられる。乗馬、狩猟、ビリヤード、フェンシングそして水泳と、デイヴィーズはかなり自由にダーシーのシーンを作り出し、「肉体派」ダーシー（新井 270）を作り上げた。この造形が視聴者の心を揺さぶったのは、単にその肉体美や活動性にあるのではなく、シェリル・L・ニクソンが指摘するように、これらの身体活動が 20 世紀的な感情の表現となっているからだ（Nixon 24）。ダーシーは、ネザーフィールドの撞球室をエリザベスが無言で立ち去ると、撞球台のポケットに激しくボールを叩き込み（第1 話 ▶ 00:44:03-00:44:07）、エリザベスとの恋に破れた後は、何かに挑むかのようにフェンシングに打ち込む（第4 話 ▶ 00:36:42-00:37:16 図2）。そのフェンシング直後の「絶対に乗り越えてみせるぞ」という独白が示唆するように、ダーシーの身体活動はエリザベスへの抑えきれない思いを表すものとして、視聴者にとってエロティックなものとなる。このような身体の言語への視聴

| 4 | ポストフェミニズム時代の文芸ドラマ　　**83**

図2 『高慢と偏見』第4話 ▶ 00:36:54

者の熱い反応は、このドラマがエリザベスを見つめるダーシーのショットを第1話から積み重ねていくことによって、高められていく。メリトンの舞踏会での出会いのシーンに始まり、ルーカス家でのパーティ、エリザベスのネザーフィールド滞在中とダーシーの視点ショットが繰り返され、その先には常にエリザベスがいる。先に挙げたダーシーが庭で猟犬と戯れるエリザベスを見つめるシーンはその典型だろう。[6] 物思わしげなダーシーのクロースアップによって「エリザベスがダーシーの眼差しの対象となるとき、ダーシー自身がわれわれ視聴者の視線の対象物となる」(Hopkins 114)。ダーシーの眼差しそして身体活動は、小説においては限定的にしか記述されないダーシーのエリザベスに対する欲望を強調するものとして、(女性) 視聴者に訴えたのだ。

　90年代のオースティン映像化が「女性の欲望と女性の眼差しに供するもの」であり (Voiret 230)、これらの映像において「男性主役の容姿のフェティッシュ化」が起きている (Hopkins 119) ことはよく指摘される。ここで重要なのは、そのような欲望の発動は男性の容姿そのものによって起こっているのではなく、男性が女性を欲望する姿によって起こっている (Hopkins 120) ことだ。また、映像化されたオースティンのヒーローたちが、「ストイックで、独立していて、冷静沈着」という伝統的な男らしさを保ちつつ「平等主義で、敏感で、思いやり深く、感情豊か」な、すなわち女性への共感性の高い男性であってほしい、というポストフェミニズム時代の女性の願望に沿うものになっている (Voiret 238) ことも見逃せない。ダーシーは無口で感情を表現しないが、その身体は感情を雄弁に物語る。彼の視線の先にはエリザベスの存在がある。そして彼はエリザベスへの思いやりを内緒でリディアの駆け落ち事件を解決するという行為で示す。池のシーンが「ダーシーの精神的再生、プライドを捨てエリザベスへのより寛容な愛へと向かうことの劇的な視覚的

象徴」（Nixon 22）というきわめて強い印象を視聴者に与えたのは、まさにこのようなコンテクストに基づく。濡れたシャツ一枚という姿の無防備さに象徴されるダーシーの身体は、ポストフェミニズム時代の女性が男性に求める〈頼りがい〉と〈思いやり〉を体現するものだ。

5　ハッピー・エンディングの保守性

　このように、95年のBBC版は、20世紀末のポストフェミニズム時代の身体やセクシュアリティに通じる感覚を『高慢と偏見』に認め、それを強調した映像づくりをした。と同時に、その現代感覚は、原作への（基本的に）忠実なつくりや美しい風景ショット、摂政時代の優雅な衣装や調度というヘリージェンシー
リテージ映画のしきたりのなかにパッケージされている。ダーシーマニアから筋金入りの小説の愛好家や研究者にまでこのバージョンが幅広く受け入れられた理由はこの辺りにある。しかし、前節で見たようにポストフェミニズム時代のセクシュアリティを強調することは、『高慢と偏見』の恋愛ロマンスらしさを高めることでもある。ドラマ版においては、エリザベスとダーシーの結婚という「人当たりのよい」結末に向かう駆動力が殊更に強くなるということだ。別の言い方をすれば、批評家たちが小説の後半に感じた居心地の悪さをドラマ『高慢と偏見』は均してしまうということになる。

　実際、ドラマが敢えてナラティヴの順序を小説から変更し始めるのは後半の第4話からだ。エリザベスがダーシーから手紙を受け取る第4話冒頭のシーンを見てみよう。小説での順序はこうだ。ダーシーの求婚から一夜明けて散歩に出たエリザベスは、彼女を待っていたダーシーから手紙を受け取る。手紙には、まず、ダーシーがジェインとビングリーの間柄をどう見ていたかという説明があり、次いで、ウィッカムとダーシーとのあいだの事情が明かされる。それを読んだエリザベスは、手紙の内容を吟味し、ようやく自分がダーシーとウィッカムを見誤っていたことを認める。「なんて恥ずかしいことをしたんだろう！」に始まる独白において、エリザベスは自分の能力を過信し、虚栄心から偏見に陥っていたことを認める。「今のこの瞬間まで自分のことがわかっていなかったんだわ」（Austen 230）というエリザベスの劇的な自己認識の転換は、小説においては重要な瞬間となる。ところが、ドラマは、まず牧師館から戻ったダーシーが手紙をしたためるところを映し出す。手紙

はダーシーのナレーションとなり、画面上ではウィッカムとの顛末がフラッシュバックとして示される（▶ 00:02:46-00:08:04）。その後、手紙を書き終えたダーシーが散歩に出てきたエリザベスに手紙を渡す（▶ 00:09:06-00:09:33）。エリザベスが手紙を読む映像にも、ジェインとビングリーのことを説明するダーシーのナレーションが被さる（▶ 00:10:05-00:12:59）。[7] この順序の入れ替えによって起こることは、エリザベスの熟考を待つまでもなく、ウィッカムの破廉恥な行状は紛れもない事実として提示されるということだ。その結果、このドラマにおいて視聴者がエリザベスの辛い内省を共有することはなく、「自分のことがわかっていなかった」と自覚する決定的な瞬間は抑制されてしまう。つまり、このドラマは、苦悩しつつ手紙を書くダーシーの思いに焦点を当てるのと引き換えにエリザベスの自己理解という成長物語（ビルドゥングスロマン）の要素を弱めてしまっている。

〈語ること（テリング）〉よりも〈見せること（ショーイング）〉を重視する 95 年版『高慢と偏見』では、エリザベスの繊細な意識の変化や思考をたどることは放棄される。リディアの駆け落ち事件が一段落した後、エリザベスはダーシーとの結婚を失われた可能性として惜しむ——「エリザベスは今になってようやく、ダーシーが気質といい才能といい、自分にぴったりの男性だったと気づいた。そのものの見方や性格は、自分とは異なっているが、望みをすべてかなえてくれるものだった」（Austen 344）。そして、事件を解決に導いたダーシーの厚意を知ったのちには、彼との愛の可能性を打ち消しながらも「彼を誇りに思」うという心境に達する（Austen 361）。心情説明にヴォイスオーヴァーを使用することをよしとしないこのプロダクションにおいては、[8] こうしたエリザベスの複雑な意識は、もう二度と会うことはないかもしれないダーシーに悪く思われるのは耐えられない、というジェインへの問わず語りという表現を取らざるをえない（第 5 話 ▶ 00:49:25-00:49:33）。つまり、失われた可能性としてダーシーとのことを引き受けようとするエリザベスの意識、すなわち結婚市場の「ハードなプレイヤー」としての意識は、ダーシーに対する未練に変換されてしまう。しかも、ドラマは、ダーシーがリディアたちを捜索する様子を、不安を抱えて報せを待つエリザベスたちの様子とクロスカットさせるため（第 5 話 ▶ 00:24:28-00:44:33）、視聴者は、画面のエリザベスに反して、二人が互いを思い合っていることを知っている。小山は小説の後半の居心地の

悪さは「エリザベスにペンバリーの富を与えんがために都合のよい偶然事を積み重ねていくプロットのなかで、結婚というゲームの自発的なプレイヤーとしてのエリザベスの出番が加速度的に少なくなってゆくこと」に起因するとする（133）。それにならって言うならば、ダーシーの側の物語を積極的に挿入し、エリザベスの複雑な心理に立ち入ることを抑制するドラマ版は、より加速的にエリザベスを「自発的なプレイヤー」から〈恋愛ロマンスのヒロイン〉へと変貌させているのではないだろうか。

　ドラマ『高慢と偏見』が恋愛ロマンスとしてポストフェミニズム的な保守性を強く発揮するのはエンディングだろう。ドラマは、ダーシーの二度目の求婚の後、エリザベスが父親から結婚の許可を得る会話の場面へと続き、そしてロングボーンの教会でのエリザベスとダーシー、ジェインとビングリーのダブル・ウェディングを映して終わる。実は、二人の婚約成立後結婚までの期間を描く1章がまるまる省略されているのだ。その1章では、エリザベスがダーシーとこれまでの経緯を振り返る。なぜ自分に惹かれたのか、どうやって二度目の求婚を切り出すつもりだったのかと、いたずらっぽく問いかけるエリザベスの会話は「結婚というゲーム」の感想戦という性格を帯びる。そして、エリザベスの質問は非常に具合悪いものだ——「もしもわたしたちの幸せが約束を破ったことによってもたらされたということになったら、物語の教訓はどうなってしまうのかしら……」（Austen 422）。「約束を破ったこと」とは、リディアが秘密を漏らしてしまい、エリザベスがその結婚の裏事情を知ってしまったことを指している。つまり、この問いかけは『高慢と偏見』が「都合のよい偶然事を積み重ねて」大団円にいたったことを暴露するものなのだ。それに対するダーシーの答えもレディ・キャサリンの介入というもう一つの「都合のよい偶然事」を持ち出し、それに対してエリザベスは「レディ・キャサリンは非常に役に立ってくれた」という皮肉なコメントを禁じ得ない（Austen 423）。『高慢と偏見』の読者は、エリザベスとともに「結婚というゲーム」のハッピー・エンディングの作為性を幾分のアイロニーを交えて受け止めることになる。しかし、このアイロニーはエリザベスとダーシーの結婚を全き幸福として描くドラマ『高慢と偏見』には邪魔なものだ。

　さらに、『高慢と偏見』の最終章が描くものとドラマのダブル・ウェディングが描くものは微妙に、しかし決定的に異なっている。小説の最終章は、

誰がペンバリーのコミュニティへの参加を許されるのか、という視点で読むことができる。エリザベスと家族との交流は淡泊だ。父親やジェインと親しいのは変わらないし、四女キティの面倒も見ているが、母親と三女メアリが訪ねてくる気配は感じられない。実のところ、母親をはじめとする親戚の下品さは婚約中のエリザベスの頭痛の種で、そのため彼女は早く結婚してダーシーと二人きりになりたいとすら思っている。その一方で、ペンバリーは寛容な場所でもある。ウィッカムこそ来ないが、不始末をしでかしたリディアもエリザベスに意地悪な態度を取ってきたミス・ビングリーも来訪を許され、ついには甥の結婚にへそを曲げていたレディ・キャサリンまでもが訪れる。何よりも重要なのは、シティで商売をしているガーディナー夫妻がダーシー夫妻にとって最も大切な親戚となっていることだ。小説『高慢と偏見』はエリザベスとダーシーの結婚の先にダーシーに代表されるイギリスの支 配 層 が台頭しつつある中間層を受容し、活性化していくさまを見ている。だからこそ、フランコ・モレッティは、エリザベスの個人主義にブルジョワ的価値観を見（Moretti 64）、エリザベスとダーシーの結婚に個人と社会との融合という教養小説の原型を見たのだ（16）。小説のペンバリーは、新たな価値を取り込んでいく寛容な保守性を象徴する場となっている。

　これに対して、ドラマのダブル・ウェディングはきわめて家族主義的だ。ロングボーンでの結婚式には、ベネット家、ダーシーの家族、ビングリーの家族、友人知人が配される。この構図のなかでガーディナー夫妻が特別に取り上げられることはない。そして、興味深いことに結婚式の説教の文句とともにこの場から外されている人々が映し出される。結婚の定めは「子を生み殖やすこと」であるという言葉は、大広間に病身の娘と二人きりで不機嫌そうに座っているレディ・キャサリンの様子を映し出す。次いで「姦淫を避け、罪から救われること」という言葉とともに、寝室でだらしない恰好をしているウィッカム夫妻のショットが映る。そして「互いに良き友として、支え、慰め合うこと」という言葉とともにエリザベスとダーシー、ジェインとビングリーのショットへと戻ってくる（第6話 ▶ 00:48:45-00:50:09 図3）。結婚式の場面はきわめて伝統的な家族観と結婚観を視聴者に提示し、それを賛美する。「意志の強い、聡明で、正しい選択をしたい」と思っているヒロイン（Voiret 237）が、理想の男性との伝統的な結婚をみずからつかみ取る――そして結

婚をめぐるダブルバインドの問題はいつの間にか消えている。これがポストフェミニズム的なハッピー・エンディングの保守性だ。ベネット夫妻の「娘が3人も結婚して！ねえ、あなた、神様は私たちによくしてくれたわ

図3　『高慢と偏見』第6話 ▶ 00:50:04

ねえ」「そのようだね」という最後の台詞（第6話 ▶ 00:50:08-00:50:15）には何のアイロニーも混じらない。

6　おわりに

　本章では、95年版のドラマが『高慢と偏見』をポストフェミニズム的に見せることでヘリテージものとして成功してきたことを見た。それは、ポストフェミニズム時代に通じる問題意識を原作に見出し、『高慢と偏見』の本質を〈セックス〉と〈お金〉と捉え、恋愛ドラマを強調することで成立した。95年の放送以降、このドラマが『高慢と偏見』の参照点となっていく。ジョー・ライト（Joe Wright, 1972- ）監督の『プライドと偏見』（*Pride and Prejudice*, 2005）は、95年版ドラマのイメージをどのように乗り越えるかを腐心し、その結果としてロマンティックな読みをさらに強めたように見える。2001年に映画化された『ブリジット・ジョーンズの日記』も、『高慢と偏見』中毒の21世紀の若い女性がエリザベスと入れ替わって物語の世界を生きることになるITVの連続ドラマ『オースティンに恋して』（*Lost in Austen*, 2008）も、95年版ドラマをパロディ化しながら、恋愛ロマンスを追及する。こうして、〈挑戦的〉でありながらも最終的には〈安心〉なものとなるオースティン、ポストフェミニズム的なものとしてのオースティンは21世紀に引き継がれた。

註

1) 文芸ドラマの発展の歴史については Butt および Cardwell, "Literature" に詳しい。

2) 1990 年代半ば以降、ヘリテージ映画というジャンルは「現代の文化的想像力にとって意味のある物語を提供する歴史的な接合点」（101）を捉えようとするものとして、「過去についてのわかりやすいミザンセヌ」を提供しつつ新たな感性で過去と交渉することで今も拡大していっていると Belén Vidal は述べている（103-04）。

3) パステルカラーのフェミニンな品々を映し出すオープニングクレジットが、ハイヒールやハンドバッグなどをあしらったチック・リットの表紙のイメージ（Harzewski 46, 48）ともつながっているのは興味深い。

4) 岩田和男は、この点を間メディア的な翻案という観点から論じている（91-93）。

5) Vivien Jones は、オースティンがメアリ・ウルストンクラフト（Mary Wollstonecraft, 1759-97）らのラディカリズムに対する反動期の作家であることに注目し、その日常の細部へのこだわりや女性の教養（accomplishments）への肩肘はらない様子にポストフェミニズム的な態度に通じるものを見出している（72-78）。

6) このシーンのダーシーは入浴直後であり、ガウンだけを羽織った無防備な姿でエリザベスを見つめることになる。池のシーンの予兆となっていると言える。

7) 厳密に言えば、この部分は手紙を読むエリザベスの映像と手紙から彼女が回想したり想像したりするシーンとが頻繁に入れ替わる。

8) この点は、1980 年の BBC ドラマ『高慢と偏見』（*Pride and Prejudice*）と対照的だ。フェイ・ウェルドン（Fay Weldon, 1931- ）脚本の 80 年版は、ダーシーの最初の求婚の後から、エリザベスの心情をヴォイスオーヴァーとして語り、彼女の意識の変化を追うことを重視している。

Column 4　文学アダプテーションとテレビドラマ

　文芸ドラマ（Classic Serials）は、イギリス文学作品の大衆化に大いに寄与し、第1部第4章で取り上げた『高慢と偏見』（1995）をはじめとした優れたアダプテーションを残している。古典的名作のドラマ化がイギリスのテレビ界において重要な一ジャンルとなったのには、BBC の公共放送としての性格が多分に影響していると言われる。「情報を与え、教育し、楽しませる」のがラジオ局以来の BBC の娯楽番組の方針であり、文芸ドラマはこの方針に合致するものだった。かくて、『高慢と偏見』、『ジェイン・エア』、サッカレーの『虚栄の市』、『大いなる遺産』、ジョージ・エリオットの『ミドルマーチ』などは何度もドラマ化されることになる。

　文芸ドラマが定番となるにつれて「保守的で、真面目で、独創性がない」というイメージも出てきたが、ITV 放送の『ブライズヘッドふたたび』（1981）やポール・スコット原作の『珠玉』（The Jewel in the Crown, 1984）によってそれが変わった。原作に忠実で丁寧な筋の展開、イギリス出身の俳優の名演技、美しい風景や建物の映像などがドラマの品質保証となり、文芸ドラマは国際的に〈売れる〉コンテンツとなった。実際、多くのイギリスの文芸ドラマはアメリカのテレビ局や制作会社と提携し、国際的なマーケットを意識して作られている。

　文芸ドラマの性格上、アダプテーションの題材は、19世紀イギリス小説であることが多いが、『ボヴァリー夫人』（BBC, 2000）や『アンナ・カレーニナ』（Channel 4, 2000）など海外の小説や、ハニフ・クレイシの『郊外のブッダ』（BBC, 1993）やゼイディー・スミスの『ホワイト・ティース』（Channel 4, 2002）のような現代小説もドラマ化され、その幅を広げている。第1部第8章で論じられている『SHERLOCK』のように人気の原作を現代風にアレンジするなどパロディもある（ちなみに、ホームズに限らず、ポアロ・シリーズやモース警部ものなどの探偵小説は、ドラマ化の常連だ）。2005年 BBC 放送の『荒涼館』の場合は、放送時間をソープ・オペラ『イーストエンダーズ』直後の30分枠に移しモンタージュの手法を採用することで、ディケンズ小説という典型的な文芸ドラマの題材をスピーディなサスペンス・ドラマとして見せることに成功し、新たな視聴者を開拓した。

　最近ではドラマ作品が Amazon プライム・ビデオや Netflix、Hulu などビデオ配信サービスでより簡単に視聴できるようになり、長大で複雑な小説を繊細に映像化できる媒体として連続ドラマは文学アダプテーションにとって重要な形式であり続けている。（高桑）

5 呼びかける声に応えて／抗って

シャーロット・ブロンテと
キャリー・フクナガ監督の『ジェイン・エア』

木下　誠

1　はじめに

　シャーロット・ブロンテ（Charlotte Brontë, 1816-55）の『ジェイン・エア』
（*Jane Eyre,* 1847）は、いくつもの呼びかける声が響く長編小説である。たとえ
ば小説の冒頭、10歳のジェイン・エアは両親を亡くして親戚のリード家に
預けられている。そのゲイツヘッド・ホールで、カーテンの裏に隠れたジェ
インを虐めるために誘き出そうと呼びかける従兄弟ジョン・リードの声。そ
の後、ローウッド寄宿学校時代を経てソーンフィールド・ホールの住み込み
家庭教師（ガヴァネス）になったジェインが耳にする、屋敷の上の階から響
いてくる不気味な声。ジェインはその屋敷の主人エドワード・ロチェスター
との結婚式の日に、不気味な声の主はロチェスターが屋根裏に幽閉している
妻だと知らされる。幸せの極致で明かされた秘密に打ちひしがれるジェイン
が屋敷を去る前の夜、夢のなかで彼女に「わが娘よ、誘惑から逃れよ」（Brontë
286）とささやきかける亡き母の声。さらには物語の終盤、どこからともな
く「ジェイン！　ジェイン！　ジェイン！」（Brontë 374）と呼びかけてくる、
ジェインにだけ聞こえるロチェスターの声。小説『ジェイン・エア』の読者
は、こうしたさまざまな声に応える、あるいはときとしてそれに抗う、ジェ
インの姿を目にするわけだが、それと同時にジェインは、小説のなかから読
者に呼びかける声そのものでもある。彼女は小説の主人公であり、かつ一人
称の語り手でもあるからだ。「読者よ、私は彼と結婚しました。静かな結婚

92　　**第1部**

式でした。彼と私、教区牧師と書記だけが参列しました」（Brontë 399）——語り手としてのジェインは誰に促されたわけでもなく、私生活と感情を読者にさらけ出し、自分への共感を呼び起こそうとする。

　キャリー・ジョージ・フクナガ監督（Cary Joji Fukunaga, 1977- ）による映画『ジェイン・エア』（2011）[1] は、後述するように原作小説の語り手ジェインの声を映像テクストの構造に活かしたうえで、従来の映像化では抑圧されてきた別の声にあらためて重要な役割を与えた。その声とは、ジェインがソーンフィールド・ホールを去ったあと、彷徨う彼女を助ける教区牧師のシン＝ジョン・リヴァーズ（St. John Rivers）によるものである。シン＝ジョンはジェインに求婚するもうひとりの人物であり、男性登場人物としてはロチェスターに次いで重要と言える。

　だが、シン＝ジョンの存在は、『ジェイン・エア』の映像化においておおむね軽んじられてきた。たとえば、オーソン・ウェルズ（Orson Welles, 1915-85）がロチェスター役を、ジョーン・フォンテイン（Joan Fontaine, 1917-2013）がジェイン役を演じた 1944 年公開のロバート・スティーヴンソン監督（Robert Stevenson, 1905-86）による映画では、そもそもシン＝ジョンという人物は存在しない。ソーンフィールド・ホールを去ったジェインが向かう先は、原作の設定とは異なり、子供の頃に預けられていたリード家のゲイツヘッド・ホールとなっているためである。また、ウィリアム・ハート（William Hurt, 1950- ）とシャルロット・ゲンズブール（Charlotte Gainsbourg, 1971- ）がそれぞれロチェスター役とジェイン役を演じたフランコ・ゼフィレッリ監督（Franco Zeffirelli, 1923-2019）による映画化（1996）では、シン＝ジョンの役割は、ジェインに叔父のジョン・エアからの遺産相続を伝えるだけである。彼が牧師である必要はなく、ジェインに求婚する機会も与えられない。

　それに対してフクナガ監督は、ソーンフィールド・ホールを去った後に倒れていたジェインをシン＝ジョンが助けるという場面、原作小説の展開でいえば後半の半ばにあたる場面を映画の冒頭にもってくることによって、シン＝ジョンの存在を観客に強く印象づける。そしてそれ以前の、ジェインがソーンフィールド・ホールでガヴァネスとして働くまでの過去の時間は、彼女がシン＝ジョンとともにいる現在の時間における回想としてのフラッシュバックによって再現されることになる。いわば外を縁取るジェインとシン＝ジョ

| 5 | 呼びかける声に応えて／抗って　　**93**

ンの関係性は、その枠内に位置づけられるジェインとロチェスターのそれの参照枠（frame of reference）となるのである。

　フクナガ監督は『ジェイン・エア』の映像化の歴史においておそらくはじめて、ジェインへのもうひとりの求婚者のシン＝ジョンにスポットを当てることで、従来とは異なった角度から『ジェイン・エア』のフェミニズムを照らし出した。本章はそうしたフクナガ監督作品のフェミニズムを、小説『ジェイン・エア』のフェミニズムにおいては叛逆するジェインの「言表の政治学（the politics of voice）」よりはむしろ、彼女とほかの女性たちとの親密な「ガール・トーク」を介した「語らいの性愛学（the erotics of talk）」（Kaplan 72）が重要であると看破したカーラ・カプランの議論を踏まえて考察する。シン＝ジョンは〈語らいの性愛学〉を抑圧しようと父権的な力を行使しようとする存在である一方で、ジェインとロチェスターのロマンス成就は、〈語らいの性愛学〉の再擁護となる。フクナガ監督作品は 1980 年代半ば以降のヘリテージ映画の新たな展開の一例とされており、そうした「正典的文学作品のポスト・サッチャー期的／ポスト・レーガン期的アダプテーションの政治性を概括するのは不可能」とはいえ、その人気は「映画産業の複合企業化と政治の右翼化」という文脈において考察すべきだという（Semenza and Hasenfratz 341）。たしかに本作品のフェミニズムの特徴は、そのような歴史的文脈においてこそ、浮かび上がるものであるはずだ。

2　プライヴァシーを語る、回想する、沈黙する

　あらためて小説『ジェイン・エア』を紹介しよう。次に引用するように、標準的なあらすじの記述では、シン＝ジョンの役割は省略される場合が多い。──「主人公の波乱万丈の半生を一人称で語る自伝小説。孤児ジェインは伯母の屋敷で虐められ寄宿学校で辛酸をなめた後、ガヴァネスとしてソーンフィールド屋敷に赴任する。主人のロチェスターとの結婚が決まるが、精神異常で屋根裏に監禁されている西インド諸島出身の本妻バーサの存在が発覚し破談。学校教師として身を立て、叔父の遺産を獲得したのち、火事により妻を死なせ、自分も片手を失い盲目となったロチェスターのもとに駆けつけ、対等で愛のある結婚をする」（川崎 180-81）。たしかに物語の中心はジェイン、ロチェスター、バーサの関係にあり、登場人物の固有名としては最低

限、3人の名前を挙げれば充分とも言える。また、このあらすじのまとめ方も、限られた語数という条件においては的確である。

　フクナガ監督による映画化を取り上げる本章では、上に引用したあらすじに、シン＝ジョンの名前と彼の役割を書き加える必要がある。教区牧師のシン＝ジョンは、ジェインがロチェスターとの結婚の「破談」後に出会う人物である。彼は父親が亡くなったために妹のメアリとダイアナといっしょに実家のムーア・ハウスに戻っていたところ、ソーンフィールド・ホールを去って当てもなく彷徨っていた疲労困憊のジェインを助ける。そして健康が回復した頃、仕事を求める彼女に、「農民の娘たち」に「編み物、裁縫、読み方、書き方、算術」などを教える職を紹介する（Brontë 317）。ひとりで住む家——「ついに見つけたわが家」（Brontë 320）——もあてがう。こうしてジェインは、彼のおかげで「学校教師として身を立て」られるようになる。さらにシン＝ジョンは、ジェイン・エリオットと名乗っているジェインが本当はジェイン・エアであることを見抜き、亡き叔父ジョン・エアからの遺産2万ポンドを相続できると彼女に告げる。ジェインはその遺産を、自分と親戚関係にあることが判明したシン＝ジョン、ダイアナ、メアリと四分割して相続する。こうして5千ポンドを手にした彼は、かねてからの夢であったインドでの布教活動をジェインといっしょに行うために、彼女に求婚することになる。

　フクナガ監督は、これまでの映画化作品では抹消あるいは抑圧されていたシン＝ジョンにあらためて光を当てることを宣言するかのように、ロチェスターよりも先にシン＝ジョンを画面に映し出す。映画が始まって観客が最初に目にするのは、まもなく19歳になるガヴァネスのジェインが、ロチェスターの秘密を知ったあとに涙を流しながらソーンフィールド・ホールを去っていく姿である（▶ 00:00:57-00:01:35）。そして雨が激しく降る夜、疲労困憊となった彼女は戸口で倒れていたところを、シン＝ジョンに助けられてムーア・ハウスに運び込まれる。彼は暖炉の前でジェインを介護する妹たちに「名前を尋ねてみろ」と声をかける。兄の指示に従って「名前は？」と問いかけるダイアナとメアリに対して、意識朦朧となったジェインの声ではなく、どこからともなく聞こえてくる「ジェイン・エア」という男の声が響く。さらには、ジェインに「どう助けてあげたらいいか？」と尋ねるシン＝ジョンの声と再度の「名前は？」の呼びかけに続いて、またもやどこか遠くから響く

|5| 呼びかける声に応えて／抗って　　**95**

「どこにいる？」という男の声（▶00:04:42-00:05:00）。このように冒頭から、シン＝ジョンに助けられたジェインに向けて「おまえはだれか」「どこにいるのか」と問いかけるいくつもの声が交錯する。

　そしてなにかに怯えているようなジェインが「かくまって」（▶00:05:03）という言葉を絞り出した直後に、次のような短いショットが繰り返され、彼女の過去の回想へと映像は展開していく。まずは、いまジェインがいるムーア・ハウスの暖炉の前とは別の時空間である昼の屋敷──リード家のゲイツヘッド・ホールとわかる──のなかを歩く少女の後ろ姿が映る。すぐさま暖炉の前の場面に戻り、介護するシン＝ジョンたちと苦しむジェインの姿を映す切り返しショット。つづいて、ふたたびゲイツヘッド・ホールの室内の壁際で身を潜める少女ジェインの姿。そして「どこにいる？」と声をかけながら少女ジェインを探すジョン・リードと思われる少年の姿と、カーテンの裏に隠れている彼女の姿。こうしたショットが構成するシークェンスにより（▶00:05:04-00:05:13）、原作小説の物語展開でいえば後半の半ばに位置するムーア・ハウスの場面に、原作小説のほぼ冒頭のゲイツヘッド・ホールの場面が重ね合わされる。シン＝ジョンは心配して善意から「おまえはだれだ」と呼びかけている──実際に名前を尋ねているのはダイアナもしくはメアリだが、ふたりは「名前を尋ねてみろ」と命じたシン＝ジョンの代理にすぎない──はずである。だがジェインは彼に助けてもらったにもかかわらず、その声を、かつて伯母の家でジョン・リードが自分を虐めるために「おまえはどこだ」と呼びかけてきた声と、意識朦朧の状態でまるで混同しているかのようにも見える。こうした短いショットの繰り返しの後、フラッシュバックによる過去の再現が、ゲイツヘッド・ホールで過ごす少女ジェインの不遇の日々からローウッド寄宿学校に送り込まれる時点までしばらく続く（▶00:05:13-00:12:05）。そして「ジェイン・エリオットです」とシン＝ジョンに偽名を伝えるジェインのヴォイスオーヴァーによって、画面はムーア・ハウスで回復期を過ごす現在の彼女の描写に戻ってくる。

　このようなフラッシュバックを用いた始まりは、一人称の語り手のジェインが10歳の少女時代からロチェスターと結婚生活を送るまでの自分のプライヴァシーを語る、という原作小説の語りの構造を活かしたものである。フクナガ監督はジェインのガヴァネス時代までの過去の時間を、シン＝ジョン

に助けられたジェインの回復期という現在の時間における彼女の回想として再現する。つまり、小説における〈語り手ジェイン〉と語られる〈登場人物のジェイン〉という二重性は、映画においては〈回想するジェイン〉と〈回想のなかのジェイン〉という二重性に移し替えられていることになる。

　小説ではシン゠ジョンが〈語り手ジェイン〉の姿を見ることもその声を聞くこともないように、厳密には映画においても、彼が〈回想するジェイン・エア〉に対面することはない。あくまでもシン゠ジョンが目にしているのは、「おまえはだれだ」という彼の呼びかけに抗うためにジェインが偽った〈ジェイン・エリオット〉の姿である。〈回想するジェイン〉は、寡黙な〈ジェイン・エリオット〉というマスクで隠されている。シン゠ジョンの「男性的なまなざし（the male gaze）」[2]はジェインに向けられるが、それはマスクとしての〈ジェイン・エリオット〉を捉えるだけである。ジェインのプライヴァシー、すなわち〈回想のなかのジェイン〉は、シン゠ジョンの詮索する視線に晒されることなく、原作小説で〈語り手ジェイン〉が読者に呼びかけつつ自らのプライヴァシーを語るように、観客には密かに提示される。[3]こうして観客は、シン゠ジョンの「男性的なまなざし」ではなく、〈回想するジェイン〉という「女性的なまなざし（the female gaze）」に同一化して彼女の経験を共有することになる。

　ローウッド寄宿学校でのジェインの生活を映し出すフラッシュバックも、シン゠ジョンがムーア・ハウスでともに食事をしながら「寄宿学校ではどんなことを学んだのかな」（▶00:13:53）と彼女に問いかけたことをきっかけに始まる。映画の観客は〈回想するジェイン〉の頭のなかを覗き込むかのように、ときに反抗的で意志の強い少女だった彼女の過去の詳細を共有する（▶00:14:05-00:17:11）。それに対して、シン゠ジョンが知るジェインは、寄宿学校で「全教科を学んだのか」という彼の質問に「そうです」と返答するだけの寡黙なジェイン・エリオットである（▶00:13:58-00:14:04）。

　映画はシン゠ジョンの存在に光を当てながら、ムーア・ハウスでシン゠ジョンがジェインと共有しているつもりでいる現在の時間の流れに、彼が共有できないジェインの過去の回想という別の時間の流れをフラッシュバックの技法で挟み込み、ふたりのあいだに横たわる距離——ジェインのプライヴァシーの空間——の大きさを強調する。そしてジェインのプライヴァシーは、

| 5 | 呼びかける声に応えて／抗って　**97**

繰り返すが、シン＝ジョンの「男性的なまなざし」ではなく、〈回想するジェイン〉と彼女に同一化した観客の「女性的なまなざし」が捉える空間として広がっている。後述するようにその空間は、女性同士の親密さという〈語らいの性愛学〉の可能性を拓く。このようにフクナガ監督は、女が語る女の物語としての原作小説『ジェイン・エア』の魅力を、映像テクストの「女性的なまなざし」によって構造化している。

3 〈語らいの性愛学〉、あるいはおしゃべりする女性たちの親密さ

　フクナガ監督作品におけるフラッシュバックの技法は、19歳になろうとするジェインの現在と、彼女が回想する過去とのあいだのテーマ的な関連性を示唆する。たとえば、現在と過去において繰り返される新たな生活の始まりというテーマは、次のように表現される。ジェインはシン＝ジョンに助けられた後、健康状態が回復して村の少女たちを教育する学校の教師を務めることになり、それに合わせてひとりで生活する家の準備も整える。彼女は片づけを手伝ってくれたシン＝ジョンを家から送り出した後、自分の新たな居場所である家の暖炉の前にひとりたたずむ。その場面で、一年ほど前にローウッド寄宿学校を去ってガヴァネスとしてソーンフィールド・ホールに向かった回想のシークェンスが始まる。馬車でたどり着いたソーンフィールドでは、ジェインは家政婦のミセス・フェアファクスに迎えられて、自分用の個室に案内される。翌朝目覚めたジェインは、部屋のカーテンを開けて窓から外の庭を眺めて、新たな始まりの場を確認する（▶00:22:41-00:27:30）。村の女子学校の教師としてのジェインの生活は彼女がひとりで住むことになる家から、ロチェスターがパリから連れ帰ったアデルの家庭教師としての生活はソーンフィールド・ホールの個室から、それぞれ始まる。

　過去と現在のテーマ的関連性の表現としてより重要なのは、ジェインがほかの女性たちと育む親密さとその切断をめぐる反復である。ムーア・ハウスで介護してくれたダイアナとメアリとのあいだの親密さは、ローウッド寄宿学校での少女ジェインと年上の友だちのヘレン・バーンズのそれに重ね合わされている。そして彼女たちの親しさは、おしゃべりによって表現される。

　ムーア・ハウスの食卓においては、ダイアナとメアリは兄による食事前の祈りの言葉の重々しさとは異質な、そしてジェインに親しみを込めて彼女を

からかうような物言いで、「無縁墓地」「リンドルフの花嫁」「バビロンの陥落」
をめぐっての軽い言葉を交わす（▶ 00:12:26-00:13:07）。シン＝ジョンは、そ
うした妹たちの親しげなおしゃべりをたしなめる視線を投げかける。ジェイ
ンが仕事をみつけて食事のお礼をしたいとの申し出に対して、ダイアナとメ
アリは「働くのはまだ無理だわ」「ここにいて」と彼女に声をかけてひき続
きムーア・ハウスでいっしょに生活することを望むが、すぐさまシン＝ジョ
ンは、「妹たちは月末に家庭教師の仕事に戻る」と言葉をはさんで女性同士
の親密さの邪魔をする。彼はその代わりに、「お助けしましょう。お望みな
らば」とジェインに仕事探しの約束をする（▶ 00:13:20-00:13:40）。この現実
的な申し出は、妹たちがジェインに向ける親密さと対比される。

　そして前述したように、この場面でシン＝ジョンが寄宿学校での学びにつ
いて尋ねたために、ジェインのローウッド寄宿学校時代の回想が始まる。そ
のシークェンスの中心は、ともに学校で体罰を受けたことをきっかけに育ま
れた少女ジェインとヘレン・バーンズの友情である。愛のない環境で育った
身の上を悲しげに告白するジェインを、ヘレンが宗教的な言葉で慰める。そ
の場面の直後、画面はムーア・ハウスで絵を描きながら物思いにふけってい
るジェインにメアリが声をかけて彼女の絵を褒め称える場面へと切り替わ
る。過去と現在のジェインの精神的身体的な傷は、それぞれの時期に彼女と
ほぼ同年齢の女性たちとの親密さによって癒される。

　ところで、本章が『ジェイン・エア』における女性たちの親密さの重要性
を指摘する際に意識しているのは、フェミニストの詩人であり批評家であっ
たアドリエンヌ・リッチ（Adrienne Rich, 1929-2012）による論考「ジェイン・
エア──母のない女が出会う誘惑」である。リッチは小説『ジェイン・エア』
について、フェミニズムの観点から決定的に重要な指摘をしている。

　　この小説の美と深みは、ひとつには、選びうる別の道の表現（its
　　depiction of alternatives）にある。それは因習と伝統的な恭順に取っ
　　て代わる選択肢、そしてそう、女性が心のなかに内面化してしまった
　　社会的で文化的な条件反射に取って代わる選択肢の表現である。『ジェ
　　イン・エア』はさらに、ステレオタイプ化した女性同士のライヴァル
　　関係に代わる別のあり方（an alternative to the stereotypical rivalry of

women）も提示する。たんに三角関係のなかの一人物としての女でも
なく、男たちの一時的な代理としての女でもない、たがいに助け合う本
当の関係にある女性たち（women in real and supportive relationship
to each other）がいるのだ。（Rich 106, 下線は引用者）

　なぜ「母のない女」のジェインは、父権的な力に屈してあきらめてしまう
「誘惑」にその都度打ち克てるのか。それは、「たがいに助け合う本当の関係
にある女性たち」のおかげであるという。「因習と伝統的な恭順」や「内面
化してしまった社会的で文化的な条件反射」に叛逆するジェインの姿に、小
説が持つフェミニズムの力を認めつつも、リッチはそれとは別の、「作品の
創造者の想像力をつらぬいてさらにそれを超えるような糧（nourishment）、
かつてわたしが必要として今でもなお必要としている糧」こそが、『ジェイ
ン・エア』の「特別な力であり、生き残ってきた価値」であると評価する
（Rich 89）。その「糧」は、ジェインが「誘惑」に対峙するたびに、その「誘惑」
とは別の選択肢として姿を見せる女性のイメージ、「ジェインが自分のモデ
ルにできるような、サポートを求めることができるような、慈しみ、信条を
もち、気力に満ちた女性のイメージ」（Rich 90）に宿るという。すなわち、ジェ
インが預けられていたリード家の乳母のベッシー（スティーヴンソン監督に
よる映画化作品では、ロチェスターとの結婚破談後にソーンフィールド・ホー
ルを去ったジェインは、ベッシーを頼りにゲイツヘッド・ホールに向かう）、
ローウッド寄宿学校で親しくなるヘレンやテンプル先生、ソーンフィールド・
ホールのミセス・フェアファクス、本章の冒頭で引用したように「わが娘よ、
誘惑から逃れよ」とジェインの夢のなかで語りかけてくる亡き母、そしてムー
ア・ハウスのダイアナとメアリ、といった女性たちである。リッチは論考の
結論として、小説最後の結婚を「ジェインが自らを創造する行為の継続」と
位置づけるとき、その「父権制的な結婚ではない」というロチェスターとの
結婚がこうした女性たちとの「たがいに助け合う本当の関係」の延長線上に
あるとみなしているようだ（Rich 106）。
　『ジェイン・エア』のフェミニズムにおける〈叛逆するジェイン〉と女性
たちにサポートを求めて〈女性同士の親密さを育むジェイン〉という二面性
は、批評家カーラ・カプランによって、それぞれ〈言表の政治学〉と〈語ら

いの性愛学〉として捉え直される。〈言表の政治学〉は、「わたしは言わなければならない（*Speak* I must）」との決心のもと、伯母のミセス・リードに「わたしは嘘つきではありません。もし嘘つきならば、あなたを好きだと言います。でも、わたしはあなたが好きではないと、はっきり述べます」（Brontë 35）と言い返した少女ジェインの姿を原型とする。

　一方、リッチが「たがいに助け合う本当の関係にある女性たち」により重きを置いていたように、カプランが「小説全体を構成する――と同時に複雑にする」（Kaplan 72）との言い方で重視する〈語らいの性愛学〉は、ジェインとダイアナとメアリのおしゃべりを典型とする。それは、読者に語りかけてプライヴァシーを打ち明ける『ジェイン・エア』を読むことの快楽の源――リッチの言う「作品の創造者の想像力をつらぬいてさらにそれを超えるような糧、かつてわたしが必要として今でもなお必要としている糧」――である。映画における該当場面はすでに確認した通りだが、小説では以下のような親密さとして語られる。「わたしはダイアナの足もとの足台に腰をおろし、彼女の膝に頭をもたせかけ、わたしがちょっと触れた話題を徹底的に語らうダイアナとメアリにかわるがわるに耳を傾けるのが好きだった。ダイアナがドイツ語を教えてくれることになった。わたしは彼女に教えてもらうのを好んだ。彼女は教師の役を楽しみ、またそれが彼女に合っていた。わたしも生徒の役を楽しみ、同じくそれがわたしに合っていた。おたがいの気質がぴったり調和した。共有する愛情（mutual affection）、しかもこの上なく強烈な――それがもたらされた結果だった」（Brontë 313）。

　映画冒頭およびダイアナとメアリがガヴァネスとしての仕事先から戻って来る終盤のムーア・ハウスの場面は、原作小説における〈語らう女性たち〉のこうした親密さを踏まえている。「妹たちは月末に家庭教師の仕事に戻る」と告げるシン＝ジョンの声は、その語らいで結びつく女性たちを引き離そうとする力にほかならない。

4 〈語らいの性愛学〉の否定から〈言表の政治学〉によるその擁護へ

　フクナガ監督による映画化作品のシン＝ジョンは、〈語らいの性愛学〉としての女性たちの親密さを否定する父権的な存在である。それを表す例として取り上げたいのは、ローウッド寄宿学校でのヘレンとの別れと、ダイアナ

|5| 呼びかける声に応えて／抗って　**101**

とメアリがガヴァネスの仕事に戻るためにムーア・ハウスを去る場面の別れである。ここでもフラッシュバックが効果的に使用され、ジェインとほかの女性たちが育んだ親密さの切断というテーマが、過去と現在で反復される。まず、ムーア・ハウスでジェインが描いている絵をメアリが褒め称えた前述の場面で、ふたたびローウッド寄宿学校の頃をジェインが回想するシークェンスが始まる。ベッドに横たわるヘレンは、「ジェイン」と呼びかけて彼女の手をつかみ、その冷たい手を心配して自分のベッドに入るように促す。ジェインは咳き込む彼女に「大丈夫？」と声をかけ、ふたりは向き合って身体を寄せ合い、ベッドに横になる。肺炎のために死を覚悟しているヘレンは、ジェインに別れの言葉とともに、「行かないで、離れないで」と伝え、ジェインの「離れない、誰にも渡さない」との返事の後に、ふたりは額を合わせてまるでひとつになるかのように眠りに落ちる（図1）。だが、そこに大人の男の手が伸び、ジェインを抱きかかえて死亡したヘレンから引き離す（▶00:18:10-00:20:04）。画面は、「ヘレン」と叫びながら抵抗するジェインを男が連れ去る後ろ姿から（図2）、ムーア・ハウスのロング・ショットに切り替わる。続いて家の外で腕を組んで正面を見据えるジェインのミディアム・ショット、馬車に乗って去っていくダイアナとメアリを映すジェインの視点ショット（図3）、手前にシン＝ジョンとその後ろにジェインが立っているふたりのミディアム・ショット（図4）、と展開していく（▶00:20:05-00:20:25）。

　ローウッド寄宿学校の厳しい生活を語らいの親密さで耐えるジェインとヘレンは、肺炎によるヘレンの死によって引き離される。だがその別れは、大人の男が抵抗するジェインを無理やり連れ去ることによって、男性的な力の行使、しかも女性同士の過剰な親密さを禁じる父権的な力の行使として表象される。一方、ムーア・ハウスでのダイアナとメアリとの別れは、フラッシュバックの後に映し出されるため、ジェインの経験としてはヘレンとの別れの反復として位置づけられる。このときにダイアナとメアリがムーア・ハウスを去ったのは、ガヴァネスとして勤め先に向かうためである。だが前述したように、ジェインといっしょに引き続きムーア・ハウスで過ごしたいと望む妹たちの親しげな食卓での語らいをシン＝ジョンがたしなめるかのように、近いうちにふたりはガヴァネスの仕事でムーア・ハウスを離れると口をはさんでいたことを思い出すべきだろう。馬車を見送るジェインの視点

ショットの後、シン＝ジョンが
ジェインの前に、すなわち妹たち
とジェインのあいだに立つミディ
アム・ショットは、〈語らいの性
愛学〉による彼女たちの結びつき
を妨害する彼の位置を的確に映し
出している。「妹たちは月末に家
庭教師の仕事に戻る」と告げたシ
ン＝ジョンの声と馬車を見送る彼
の立ち姿は、ローウッド寄宿学校
でジェインをヘレンから引き離し
た父権的な力の反復である。

　このように〈語らいの性愛学〉
を否定するシン＝ジョンは、ジェ
インがジェイン・エリオットのマ
スクによって隠していたプライ
ヴァシーを突き止める「男性的な
まなざし」の人物となる。だがそ
の場面の前に、原作小説で明かさ
れる最大のプライヴァシーを確認
しておこう。それは、ロチェスター
が屋根裏部屋に幽閉していた妻
のバーサの存在である。彼はジェ
インとの結婚式の場面で、事務弁
護士のブリッグズが代読するバー
サの兄の証言文書によって、「商
人ジョナス・メイスン並びにその
妻、クレオールのアントワネッタ
の息女、つまり私の妹であるバー
サ・アントワネッタ・メイスン」
と婚姻関係にあると暴露される

図1　『ジェイン・エア』 ▶ 00:19:36

図2　『ジェイン・エア』 ▶ 00:20:00

図3　『ジェイン・エア』 ▶ 00:20:15

図4　『ジェイン・エア』 ▶ 00:20:23

| 5 | 呼びかける声に応えて／抗って　　**103**

（Brontë 260）。当初はソーンフィールド・ホールに響く不気味な声によって
のみ、その秘密はほのめかされていたが、ジェインがバーサと対面する場面
でも、かつては「（ジャマイカ島の）スパニッシュ・タウンの名うての美人」
「長身で、黒い髪と黒い瞳の美人」（Brontë 273）だったという彼女の容姿がはっ
きりと描写されることはない。それゆえにクレオールの娘というバーサの設
定の歴史的な意味も含めて、彼女のアイデンティティの曖昧さと境遇がフェ
ミニズム批評やポストコロニアル批評における小説『ジェイン・エア』解釈
のポイントになってきたし、映像化においても斎藤兆史が簡潔にまとめてい
るように、さまざまな解釈の可能性を提示してきた（斎藤 35-37）。だがフク
ナガ監督は、もはやそれが暴露に値するような秘密ではないかのようにあっ
さりと、屋根裏に幽閉されていたバーサを「髪をばさばさにした小柄な美人」
（斎藤 36）として映像化する。

　一方、本章の議論における重要なプライヴァシーの暴露は、シン＝ジョン
がジェインからジェイン・エリオットのマスクを剥がす瞬間に生じる。雪が
降る夜にシン＝ジョンはジェインの家を訪れる。彼は新聞で「ジェイン・エア」
なる人物を探している広告を見た、と告げる。そして「ジェイン・エリオッ
トなら知っている。だが、わたしがもっていた疑念の正しさは、この紙が証
明してくれた」と、ジェインが描いた自画像の横の「ジェイン・エア」のサ
インを示す。これによってシン＝ジョンは、映画冒頭でジェインに向けた「お
まえはだれだ」との問いかけの答えを、自ら導き出したことになる。

　ジェイン・エリオットのマスクを剥がしてジェインの隠されたプライヴァ
シーを知ることは、シン＝ジョンが彼女に対して優位に立つことを意味する
だろう。だがここでは、それとは異なった展開を見せる。叔父のジョン・エ
アが自分に 2 万ポンドもの財産を残してくれたと聞いたジェインは、命を助
けてくれたお礼として、それをシン＝ジョンとダイアナとメアリと四等分し
たいと申し出る。そしてダイアナとメアリをムーア・ハウスに呼び戻し、自
分を妹にして四人で暮らそうと提案する。これはかつてシン＝ジョンが引き
離した彼女たちの結びつきを、すなわち〈語らいの性愛学〉による女性たち
の親密さを取り戻すことを意味する。シン＝ジョンは宣教師としてインドに
向かう夢を叶えるためにも、分割された遺産の 5 千ポンドを手にする必要が
あり、ジェインの望みを受け入れる。この場面の後、画面はムーア・ハウス

に馬車が近づくロング・ショットに続いて、室内でジェインがダイアナとメアリを迎え入れて抱擁する様子が映し出される。

　だが、このムーア・ハウスにて〈語らいの性愛学〉が回復する場面に、食卓で聖書の言葉を読みあげるシン＝ジョンのヴォイスオーヴァーが響く。そして食後にその声を引き継ぐように、彼はジェインに宣教師の妻としてインドにいっしょに来て欲しいと訴える（▶01:42:36-01:44:24）。この求婚は、本章の議論の文脈においては、父権的なシン＝ジョンがふたたび示す〈語らいの性愛学〉への抵抗となる。そして荒野にてジェインとシン＝ジョンが対峙するクレーン・ショットから、「一緒にインドに行きます」とのジェインのヴォイスオーヴァーとともに、向き合うふたりのミディアム・ショットが続く。彼女は「ただし自由の身ならば」と、独身でのインド行きを申し出たために、シン＝ジョンを怒らせる。インドでの布教活動では「妻以外の立場は受け入れられない」し、「結婚すれば愛が生まれるはずだ」との彼の主張に、ジェインは「あなたとの結婚はわたしを殺します」と強い口調で反駁する（▶01:45:18-01:46:26）。これは、シン＝ジョンの前では一貫して寡黙であったジェインの、最初で最後となる〈言表の政治学〉の表現である。ジェインの〈言表の政治学〉による結婚の拒否は、物語の展開上は彼女がロチェスターに向けた愛へのこだわりなのだが、それは同時に、シン＝ジョンが結婚という異性愛制度によって否定しようとする女性たちの〈語らいの性愛学〉の擁護となるだろう。

5　おわりに——ふたたび〈語らいの性愛学〉に向けて

　「ジェイン！　ジェイン！　ジェイン！」と呼びかける声に導かれたジェインは、バーサが火を放ったために廃墟と化したソーンフィールド・ホールでひとりたたずむ。そこに突然、彼女の背後から「ジェイン・エア」と呼びかける女性の声が響く（▶01:49:41）。ミセス・フェアファクスの声である。彼女はジェインに火事の顛末を伝え、さらには、「なぜあのとき屋敷から去ったの？　あなたを助けられたのに。わたしには貯金があったし。わたしのところに来てくれていたら」と暖かい言葉をかける（▶01:50:52-01:51:03）。そしてふたりは抱擁する。ジェインの「彼はどこ？」との問いかけへの返答の代わりに、画面は彼女がロチェスターのもとへと向かって歩く姿を映し出す。

ちなみに、原作小説でソーンフィールド・ホールの火事とその前後の経緯やロチェスターの現在の居どころをジェインに説明するのは、偶然にもロチェスターの父が在命中に執事をしていたという宿屋の主人である。こうした役割をミセス・フェアファクスに移し替えたフクナガ監督作品は、『ジェイン・エア』における語らう女性同士の親密さというテーマの重要性を、最後にもう一度あぶり出したと言えるだろう。

　ミセス・フェアファクスのジェインへの思いやりは、ジェインがロチェスターに向ける愛情を後押しする。ロチェスターのもとへミセス・フェアファクスによって導かれたジェインは、視覚を奪われた彼に手のひらの身体的接触と語らいによって自分の思いを伝える。接吻を交わしながらもジェインとの再会を現実の出来事とは信じられず、「夢だ」とつぶやくしかないロチェスターに、ジェインは「目覚めて」と応える（▶ 01:53:53-01:54:03）。このやり取りが、眠る女性を目覚めさせる男性、というジェンダー関係の逆転であることは言うまでもない。

　しかし、それ以上に注目すべきは、負傷して弱々しいロチェスターの姿には、その直前の場面で語らい抱擁するミセス・フェアファクスとジェインの親密さが表現していた〈語らいの性愛学〉の障害となるような力は感じられないという点である。むしろそうした女性たちの親密さに、ふたりの男女の再会は支えられている。映画は、〈語らいの性愛学〉を否定する存在となるシン＝ジョンがジェインに「おまえはだれだ」と呼びかける声で始まり、シン＝ジョンからの求婚を拒否するジェインの〈言表の政治学〉の強い口調が終盤の重要な転換点となった後に、目の前にいる女性がジェインであることを必死に確認しようと力なく「ジェイン・エア」と呼びかけるロチェスターの声で終わる。その弱々しい声に、あるいはジェインの〈言表の政治学〉との対比に、まずはフクナガ監督の『ジェイン・エア』のフェミニズムがあると言える。

　そして何よりも重要なことに、映画のエンディングを飾るジェインとロチェスターの接吻は、すなわち親密さの表現としてのおしゃべりに代わるふたつの唇の身体的な接触は、原作小説におけるふたりの〈語らいの性愛学〉を代理表象している——「わたしたちは、そう、一日中語り合う。その語らいによって（to talk to each other）、わたしたちはより活き活きと、おたが

いの考えを声に出すことになる。わたしは全幅の信頼を彼に捧げ、彼もわたしを信頼してくれる。わたしたちはまったくもってひとつになり、完全なる調和がその結果としてもたらされる」（Brontë 401）。ふたりが「ひとつ」になる「完全なる調和」という「語らい」は、新婚のふたりが交わす性愛を婉曲に表現したものかもしれないし、あるいは負傷からの回復期にあるロチェスターとのあいだでは不可能な性愛に取って代わる親密なおしゃべりなのかもしれない。そうであるならば、はたして映画の最後、観客がジェインとロチェスターの唇の重ね合いに見るべきは、理想的な異性愛の表現なのだろうか。それとも、ジェインが希求していた女性同士の親密さという〈語らいの性愛学〉の、あくまでも代補なのだろうか。

　女性たちはキャリアの達成とロマンスの成就を、個々に自己責任のリスク管理のもとに同時に追い求める。もはやフェミニズムを必要としない——本章は、そのようなポストフェミニズムの時代とも評される現在、『ジェイン・エア』が内包するフェミニズムの可能性を考察してきた。フクナガ監督は「映画産業の複合企業化」による消費文化に抗うことなく、ロマンスの成就へと収斂させていく。だがそこに立ちはだかるのは、バーサではなく、父権的なシン＝ジョンの求婚である。ガヴァネスから女子学校の教師となったジェインは、ジェンダー・レベルでの「政治の右翼化」とも言える異性愛制度の婚姻関係の強要を〈言表の政治学〉で突き放し、〈語らいの性愛学〉に向けて自らのロマンスを成就させるのである。

註

1) 邦題は『ジェーン・エア』であるが、本章では混乱を避けるために、原作およびその他すべての映像化作品を『ジェイン・エア』と表記する。

2) 「男性的なまなざし」はローラ・マルヴィ（Laura Mulvey）の "Visual Pleasure and Narrative Cinema"（1975）の議論を踏まえており、その入門的解説としては Chaudhuri 31-39 を参照のこと。また、「女性的なまなざし」については Chaudhuri 39-43 を参照のこと。

3) 語る女性の「プライヴァシー」については、村山敏勝がブロンテ『ヴィレット』を中心に論じた『（見えない）欲望に向けて』の第四章から多大な影響を受けている。

|5|呼びかける声に応えて／抗って　**107**

6 二種の音楽による エミリー・ブロンテ『嵐が丘』 のラブストーリー化

ウィリアム・ワイラー監督『嵐が丘』

川崎　明子

1　はじめに──『嵐が丘』の映画化における音楽の重要性

　本章はエミリー・ブロンテ（Emily Brontë, 1818-48）の『嵐が丘』（*Wuthering Heights,* 1847）を翻案した『嵐が丘』（*Wuthering Heights,* 1939）における音楽を考察するものである。監督は 1930 年代後半から 60 年代にかけてハリウッドで活躍したウィリアム・ワイラー（William Wyler, 1902-81）、製作は業界有数のプロデューサーのサミュエル・ゴールドウィン（Samuel Goldwyn, 1879-1974）である。ブロンテ姉妹の小説は映画の誕生以来、常に翻案され続けてきたが（Semenza and Hasenfratz 13）、ワイラー版『嵐が丘』はそのなかでも特に名高いものである。文学の映画化を分析する際、聴覚的要素は視覚的要素と等しく重要である。文学テクストに音声はつけられないが、反対に映画には構成要素として音声が必然的に伴うため、映画はこの不在の音声を原作に基づいて創造しなければならない。この点で音声は映像と同様に、意匠と労を要する側面であり、鑑賞の不可欠な対象なのだ。さらに音声のうちでも、音楽は特に創造性が高い要素である。台詞であれば、原作に挿入される直接話法の部分をかなりの程度参考にできるかもしれない。しかし音楽となると、小説のなかで鳴っているものを再現したり、言及されるものを参考にしたりする程度で、あとは一から考えなくてはならない。今日の映画研究において、音楽は比較的未開拓な分野であるが、それでも 80 年代以降成長を続けている（Cooke xv）。映画製作においては、20 年代には業界紙に映画音楽欄が加

わり、34年からはアカデミー賞に音楽部門が加わった（**フリン** 8-9）。つまりワイラーの『嵐が丘』は、音楽の重要性が認識された後に作られ成功を収めた作品ということになる。

　本章は、映画『嵐が丘』の成功の一大要因が、音楽を独創的に使って複雑な原作を効果的に圧縮した点にあると考え、その前提のもと、そもそもなぜ原作の改変が必要であったのか、そして実際どのように音楽がその改変を実現するかを論じるものである。具体的には、まず第2節で本映画がハリウッドの映画産業、第二次世界大戦前夜のイギリスとアメリカ、文化的統一を図るイギリスのそれぞれの意図が合致した歴史的産物であることを確認する。第3節では、それらの条件を満たすために、いかにワイラーがブロンテの難解な長編小説を100分あまりの明快なラブストーリーに再編成したのかを検討する。そして第4節では、第2節と第3節で考察する原作の単純化と普遍化に、二種の音楽、すなわちアルフレッド・ニューマン（Alfred Newman, 1901-70）作曲の映画音楽と、映画の内部で鳴る音楽がいかに貢献しているかを具体的に分析する。

　議論に入る前に、原作『嵐が丘』が形式・内容の両面で複雑な作品であることを確認しよう。形式的には、1801年にヨークシャーに滞在しにきたロックウッドが、アーンショー家が住む嵐が丘屋敷とリントン家が住む鶫の辻屋敷で家政婦をしてきたネリーから聴いた長い話を、日記に書きとめるという体裁で、そのネリーの語りにさらに手紙の引用、別の家政婦の語り、登場人物の長い発言が挿入される入れ子構造である。第1巻の冒頭では、鶫の辻を借りたロックウッドが、家主であるヒースクリフを嵐が丘に訪ね、吹雪で帰宅困難となり、今は亡きアーンショー家の娘キャシー（キャサリン）の部屋に泊まり、彼女に似た幽霊が窓から侵入しようとする悪夢を見る。ヒースクリフが窓を開け彼女に呼びかける様子に好奇心を刺激され、鶫の辻に帰宅後、風邪の病床でネリーから両家の過去を聴く。ネリーが語るに、1770年代初頭、家長のアーンショー氏が、リヴァプールから孤児ヒースクリフを連れ帰り、息子同然に育てる。長男ヒンドリーは彼を虐め、その妹キャシーは彼と意気投合する。しかしアーンショー氏が死んで家長がヒンドリーに替わると、ヒースクリフは下男に降格させられる。それでも彼とキャシーは荒野で遊ぶなどして交流を続け、ある日鶫の辻屋敷の明かりに魅かれ覗きに行く。キャ

| 6 | 二種の音楽によるエミリー・ブロンテ『嵐が丘』のラブストーリー化　　**109**

シーは犬に噛まれて療養のため滞在し、洗練された姿で帰宅する。キャシーがリントン家の長男エドガーの求婚を受け入れたと知ったヒースクリフは失踪し、3年後に裕福な紳士となって、結婚したキャシーを鶫の辻に訪ねる。彼は財産強奪による両家への復讐を開始し、賭博でヒンドリーから嵐が丘屋敷を奪い、財産目当てでエドガー・リントンの妹イザベラと駆け落ちする。キャシーは憤り、絶食して病に倒れる。この後の第2巻は、キャシーが同名の娘を出産し死亡した後の18年を描く。この年月は、キャシーを失ったヒースクリフの苦しみを長引かせると同時に、第二世代が成長しヒースクリフの復讐を実現させるのに必要な時間である。彼は成長した二代目キャサリンを監禁して自分とイザベラのあいだにできた息子のリントン・ヒースクリフと強制的に結婚させるなどして、望み通り両家の財産を獲得するが、復讐心と食欲を喪失し原因不明の死を遂げる。圧政者なき今、ヒンドリーの息子でアーンショー家の跡継ぎであるヘアトンと、未亡人となった二代目キャサリンがめでたく婚約するが、同時にヒースクリフとキャシーの幽霊を見たという少年の不吉な証言も挿入される。

　結末で両家の平和と秩序が回復するとはいえ、『嵐が丘』のヒースクリフとキャシーをめぐる問題、たとえば二人の関係は実際どのような性質のものであったのか、キャシーの幽霊は存在したのか、したとしてヒースクリフは死後それに再会できたのか、といった謎は未解決のままである。独特な愛や超自然現象のほかにも、1500年に建てられた陰鬱な館、監禁、迫害、恐怖など、『嵐が丘』は小説が設定された時期に流行したゴシック小説の要素を多分に持つ。それらは二重・三重の語りに閉じられ、さらに第2巻で第一世代よりはるかに世俗的な第二世代の物語が展開することで、かろうじてリアリズム小説の枠内に収まっている。重層的・反復的な語りの構造と難解な内容が合体して実現する絶妙な均衡こそが、『嵐が丘』の大きな魅力と言えよう。

2　歴史的複合物としての『嵐が丘』——第二次世界大戦前夜の商品として

　ワイラー監督の『嵐が丘』は、検閲を通過した上で興行的に成功する作品を作ろうとするハリウッドの事業戦略、第二次世界大戦前夜に連帯強化を図ろうとする英米の二国家の関係、古典文学を確立することで自国の文化的統一を目指すイギリスの動向の三つが結晶してできた作品である。まずハリ

110　　第1部

ウッドについてだが、第二次世界大戦期にアメリカの映画産業はイギリスを題材にした映画を多数製作した。背景には自分たちの文化的ルーツへの愛着もあるが、その第一の動機は利潤追求である。イギリスはハリウッドにとって最大の海外市場であり、1930年代には海外収益の50％をたたき出していた（Glancy 20, 66）。ハリウッドは、イギリスから作家、有名俳優、監督、プロデューサーを好条件で呼び寄せ、絶頂期となる39年から40年にかけては、実に28本の〈イギリス映画〉を製作した（Glancy 157）。『嵐が丘』もこの〈ハリウッド版イギリス映画〉の系譜に連なるものである。

　次に英米の二国間関係についてだが、『嵐が丘』が全米で公開された39年4月当時、アメリカは公式には中立を保っていたが、第二次世界大戦が近づくにつれ、ハリウッドのイギリスへの共感は高まってゆく（Glancy 4）。ゴールドウィンをも含む多くの映画関係者は、作品でアメリカの戦争関与を促し、西側の価値観と伝統を示そうとした（Shachar 44-45）。こうして〈ハリウッド版イギリス映画〉は、本来娯楽のための文化的生産物でありながら、英米二国間の連帯強化のための政治的実践の場となる。開戦直前に製作された『嵐が丘』にも、戦争が長引くにつれ連合国側のプロパガンダ的様相を帯びていった〈ハリウッド版イギリス映画〉の特徴が既に見て取れる（Chitwood 517; Shachar 43）。

　英米二国間の連帯強化は、『嵐が丘』製作においては、おもにイギリス文化をハリウッドに〈移植〉する形で行われた。そのことを端的に示す要素は四つある。第一に、ワイラーは、原作の舞台となるヨークシャーでのロケは行わず、風景デザイナーのジェイムズ・バセヴィを採用し、カリフォルニア州コネホ・ヒルズの450エイカーの土地に、1,000本以上のヒース（ヘザー）を、文字通り移植して、北イングランドの荒野を再現した（Mills 419）。この荒野は、過去のイギリスと映画公開当時のアメリカの価値観をリンクさせ、両国の価値観の共有を強調する場となる（Shachar 43）。さらに、原作では嵐が丘屋敷より上方に位置するペニストン岩を、ヒースクリフとキャシーの逢引きの場に設定し、〈丘の上の恋人たち〉（hilltop lovers）として記憶されるイメージを創出した（図1）。二人が一体化したこの姿は、特定の状況を超越し、西側の文化、特に英語圏文学の優越と不朽の価値を象徴している（Shachar 45）。第二に、ヒースクリフ役に、イギリス文化のアイコンとも言

図 1 『嵐が丘』 ▶ 00:34:07

うべきローレンス・オリヴィエ（Laurence Olivier, 1907-89）を「輸入」した（Chitwood 517）。オリヴィエは、『嵐が丘』のほかにも、同様にイギリス小説の映画化である『レベッカ』（*Rebecca*, 1940）や『高慢と偏見』（*Pride and Prejudice*, 1940）に主演し、アメリカにおいても、特にイギリス紳士の演者として、トップスターとなる（Glancy 106, 161）。第三に、そのオリヴィエ演じるヒースクリフが、アメリカンドリームの体現者に再設定された。原作では彼が空白の 3 年間をどこでどう過ごしたのかは詳（つまび）らかでない。しかしワイラー版は、彼がアメリカで一財産築いたという「驚くべき補填」をする（川口 244-46）。南カリフォルニアに仮設したイギリスの風景と、イギリス的とは言えないアメリカ式の成功物語を合体させることで（Chitwood 518; Shachar 43）、映画は、原作が設定された 18 世紀後半や出版された 19 世紀中頃のイギリスに比べ、階級的上昇が容易であった 1930 年代のアメリカを連想させる物語となった（Stoneman, *Brontë Transformations* 132）。第四に、ワイラーは 18 世紀末から 19 世紀初頭の荒々しい北国の物語を、ハリウッド黄金期の〈プレステージ・プロダクション〉（prestige production）に改変すべく、相応の演出を施した。〈プレステージ・プロダクション〉とは、1934 年以降にハリウッドが製作した、スターを配し、多額の製作費をかけた古典文学の翻案映画のことである（Semenza and Hasenfratz 176）。ワイラーはブロンテの〈ゴシック小説〉を映画のジャンルに移し替え、40 年代に〈女たちの映画〉（women's films）へと発展することになる〈ハリウッド・ロマンス〉に作り直した（Semenza and Hasenfratz 185）。これに応じて、たとえばキャシーを演じるマール・オベロン（Merle Oberon, 1911-79）がまとう衣装は、18 世紀末のシンプルなスタイルではなく、1830 年代や（Shachar 55）1840 年代（Stoneman, *Brontë Transformations* 126）風の華美なものに変えられた。

最後に、イギリスの側から見ても、自国の古典文学の確立を通して国内の文化的統一を図り、その自国文学の不朽の価値を海外に広めることには利が

あった。シャーカーが概観するように、イギリス文学は 1920 年代初頭には大学の専門分野としての地位は高くなかったが、30 年代初頭にはきわめて重要な研究対象となった。第一次世界大戦によって従来の伝統や価値観が崩壊し、新たな文化的遺産が必要とされたからである。第二次世界大戦の戦雲が濃くなると、イギリス文学は、国内を統一する「健全な」文化として、西洋文明称揚の動きに組み入れられてゆく。個々の作品に関しては、モダニズムとも連動して、特定の時代性を超越した永久不滅の価値が評価されるようになる。ブロンテの『嵐が丘』も、作家ヴァージニア・ウルフ（Virginia Woolf, 1882-1941）や、批評家デイヴィッド・セシル（David Cecil, 1902-86）らにより、その普遍性が評価された（Shachar 45-47）。

　このような普遍性の評価は、小説『嵐が丘』の内的秩序の検証作業と軌を一にしていた。1847 年の出版以降、『嵐が丘』は無秩序な作品と見なされることが多かったが、20 世紀前半から中期にかけて、その首尾一貫性や統一的構造の発見に、批評の方向が変化する。1926 年に法律家のサンガー（C.P. Sanger, 1871-1930）が「『嵐が丘』の構造」（"The Structure of *Wuthering Heights*"）と題する小冊子で、出来事が起きる時間が厳密に計算されていること、アーンショー家とリントン家の系譜が見事な対称をなしていること、作中の法律の知識が正確であることなどを証明した（川口 34-40）。セシルは『イギリス小説鑑賞——ヴィクトリア朝初期の作家たち』（*Early Victorian Novelists*, 1934）で、アーンショー家を「嵐」、リントン家を「凪」とし、『嵐が丘』がこの二原理に従って統一された小宇宙であることを考察した（川口 43-45）。イギリス文学の古典の確立や『嵐が丘』の再評価と同時期に、エミリー・ブロンテは正式に評価を受け、ちょうど映画が公開された 1939 年に、ウェストミンスター寺院でシャーロットやアンとともに記念される。『タイムズ』紙はエミリーとシャーロットが英語圏文学の最高の誉れに列すると称賛した（Stoneman, *Brontë Transformations* 130）。

　こうしてイギリスの国民的作家による古典的小説となった『嵐が丘』は、ハリウッドの製作者側から見て翻案に好都合な作品となる。ハリウッドの検閲規定であるプロダクション・コード（通称ヘイズ・コード）は、1930 年代初期に、性的言動、暴力、倫理的な問題行動に関する指針を打ち立てていたが、題材が文化的価値の高い古典文学であれば、たとえ主題が道徳的に疑

わしくとも検閲を通過しやすく、これが文学作品の映画化を促進したのである（Corrigan 22-23）。『嵐が丘』は、当時の検閲を通過しそうにない要素を多数含むが、イギリスの古典として権威を持ち、さらに次節で見るように原作の暴力性を半減することで、その基準を満たしたのである。[1]

3　原作の省略と補塡——難解な長編から明快なラブストーリーへ

　ワイラー監督は、第2節で見たような当時の商業的・政治的・社会的要請に応えつつ高い統一性と普遍性を持ちうる作品を完成すべく、原作にあるものの省略や原作にないものの補塡を行い、長く複雑な原作を、共感を呼ぶ恋愛映画に作り変えた。原作『嵐が丘』の構造上最も顕著な特徴は、先に見た通り、語りの入れ子構造と、第一世代と第二世代の登場人物の反復性・対称性である。第一の特徴については、語り手の存在を提示し続けることは映像メディアでは性質上困難だが（水村 61）、冒頭でネリーがロックウッドに語り始める経緯を描き、途中でもネリーの語りを挿入し、結末で話をしている場面に戻ることで、原作の形式をある程度再現した。第二の特徴については、ワイラーは第二世代を完全に省略した。これは、長編小説を一般的な映画の尺に収めるのみならず、〈ハリウッド版イギリス映画〉としての存在価値を高める工夫と言える。まず第二世代を省略することで、ヒースクリフの犠牲となる二代目キャサリン、リントン・ヒースクリフ、ヘアトンを省略できる。さらに、原作後半で展開するヒースクリフの瀆神、計算高さ、所有欲、死体嗜好、忌み嫌うイザベラを妊娠させる性欲なども省略できる。その結果、原作の過剰で異常な印象は弱まり、『嵐が丘』はハリウッド的なロマンスに生まれ変わった（Semenza and Hasenfratz 185）。

　原作の後半の大部分を省略した分、必然的に、イザベラなど第一世代の人物の存在感が増すとともに（Winnifrith 504-05）、前半の主題であるヒースクリフとキャシーの関係が拡大される。ワイラーは特に、自身が探求中であった「理想化された愛」や「個人と社会の葛藤」の問題に取り組むべく（Miller 157-58）、二人の逢引きの場としてペニストン岩を設定する。二人が子供として、大人として、死後は幽霊として逢引きするペニストン岩は、原作の改変のうちでも特に重要である（Stoneman, "The Brontë Myth" 233）。原作では稀に言及されるにすぎないこの険しい場所は、映画では中心的地点（Semenza and Hasenfratz 185)、および唯一の不動の地点となる（Mills 417）。二人が荒野で幸せに語り合う場面は、原作にはない。原作では、二人の会話はもともと限られている上に、再現されるのは二人の分離を示す会話であり、反対に二人の融合を表す会話の叙述は省略されている（廣野、「隠された会話」225, 234）。二人が荒野で実際どう過ごすのかは不明であり、そのせいもあって、二人の関係の性質も謎である。それをワイラーは、ペニストン岩の逢引き場面を創出することで、二人の関係を特に珍しいところのないヘテロセクシュアルな愛として余すことなく映像化した。そしてそこでの会話が示唆するのは、二人の分離は上昇志向の強いキャシーにヒースクリフがついていけなくなったために起こり、彼さえ適切に対応していたならば二人は結婚できただろうということである（Stoneman, "The Brontë Myth" 233-34）。こうして、ヒースクリフとキャシーは環境によって引き裂かれたロミオとジュリエット風の人物に、『嵐が丘』は徹底したラブストーリーに変容した（Stoneman, *Brontë Transformations* 132）。

　小説後半が省略され、物語がラブストーリー化すれば、ヒースクリフの人物像もおのずと再形成される。ヒースクリフは、スターが演じるに相応しくキャシー以上に細やかに吟味される（Chitwood 517）。彼は一人の女性を愛し抜くロマンスの英雄であるのみならず、大戦間の理想の兵士像をも体現する。シャーカーの指摘通り、映画はヒースクリフの心身の痛みを執拗に追う。窓を開けキャシーの幽霊に呼びかけるショット（▶ 00:07:43-00:08:06）、キャシーとリントンの接近に苛立ち厩のガラス窓を両手で突き破るショット（▶ 00:40:59）などにおいて、黙って痛みに耐え身体を硬く保つ姿は、男性兵士が弛緩しないよう直立不動を保つ姿に似ている。このように原作では問題含みの主人公を英雄的に描くことは、1930年代から40年代の文学作品の翻案映画においては珍しくなかった（Shachar 55-59）。こうして原作では異常な欲望を持つ不可解なヒースクリフは、映画ではキャシーの強い上昇志向の犠牲者となる（Stoneman, "Adaptations" 211）。また、ヒースクリフは紳士的な対応のできる人物に、キャシーも道徳的で貞節を重んじる既婚女性に変わっている（武田 188-89）。ミルズは、製作のゴールドウィンが観客の反応を重視して二人を健全な好人物にしようとした可能性を指摘する（Mills 417）。映画のエンディングでは、ヒースクリフとキャシーの幽霊がペニストン岩に向かっ

て歩く後ろ姿が映されるが、もともとこの場面はなく、ゴールドウィンが試写会の様子からハッピーエンドにしたほうがよいと判断し、ワイラーに修正を要請したが拒否されたため、知り合いに頼み代役を使い撮影し、本公開前に急きょ挿入したものである（Mills 421）。第二世代の省略、ラブストーリーの強調、ヒースクリフの理想化により、文学研究においては夥しい数の解釈を生み出してきたヒースクリフとキャシーの謎の関係は、合理化・正常化・社会化・脱神秘化され、『嵐が丘』は激しい恋、叶わぬ結婚、不倫の葛藤に苦しむ男女の物語へと普遍化された。

---

4 二種の音楽による嵐が丘と鶫の辻の対立化 ──〈ディエゲーシス的音楽〉と〈非ディエゲーシス的音楽〉

　ワイラーは、第2節で見た時代の要請に応え、第3節で述べた原作の単純化・普遍化を行うために、音楽を最大限に活用した。映画のかなりの部分において、ニューマン作曲の音楽が流れるが、これは本作の特徴である。たとえば、同様にワイラー監督、ゴールドウィン製作、ニューマン作曲で、シンクレア・ルイス（Sinclair Lewis, 1885-1951）の小説『ドッズワース』（*Dodsworth,* 1929）の翻案である『孔雀夫人』（*Dodsworth,* 1936）や、ワイラーとゴールドウィンの作品で、ニューマンがディミトリ・ティオムキンと共同で音楽を担当した『西部の男』（*The Westerner,* 1940）では、音楽が流れる総時間はもっと短い。『嵐が丘』における音楽の前景化は、原作に即したものでもない。原作では、クリスマスの宴に楽隊や歌手を呼び楽しんだり、ネリーが子守歌やキャロルを歌ったりする場面はあるが、音楽的要素はさほど多くない。音楽の多用は、ワイラーが『嵐が丘』のために考案した演出である。

　映画研究では通常映画音楽には二種類あるとされており、本章ではその区分に従う。一つ目は〈ディエゲーシス的〉（diegetic）なもので、映画の語りにおいてその音源が基本的に見えるもの。もう一つは〈非ディエゲーシス的〉（nondiegetic）なもので、いわゆるバックグラウンド・ミュージックである（Cooke 9）。〈非ディエゲーシス的音楽〉はさらに、映像のなかの動きに合わせて音楽をつける〈ミッキーマウス化〉（mickey-mousing）と、ほぼ間断なく音楽を流し続ける〈飽和〉（saturation）に分けられる（Cooke 85-86）。これらのカテゴリーに従うと、『嵐が丘』は〈非ディエゲーシス的音楽〉

をかなりの程度〈飽和的〉に使った映画と言えよう。しかしニューマンの音楽を大部分で使用するからといって、〈ディエゲーシス的音楽〉を軽視しているわけではない。むしろ〈非ディエゲーシス的音楽〉はしょっちゅう聞こえるがために、かえって常態化し背景に退く。反対に、鼻歌、舞踏音楽、器楽演奏などの数少ない〈ディエゲーシス的音楽〉は、逸脱として注意を喚起し、介入的にさえ感じられる。ワイラーは、一方で〈非ディエゲーシス的音楽〉、特にその中心となるテーマ音楽をヒースクリフとキャシーの原点である嵐が丘的自然に対応させ、他方、映画の内部で聞こえる歌や演奏といった〈ディエゲーシス的音楽〉を鶫の辻屋敷の文化に対応させることで、異質な二つの世界を音声的に対立させているのだ。この二種の音楽の交錯は、ヒースクリフとキャシーが経験する嵐が丘的世界と鶫の辻的世界の葛藤の音声化にほかならない。

　二つの世界の音声的対立は、原作では〈小川のせせらぎ〉と〈木の葉のざわめき〉の二種の自然音が担っている。ヒースクリフが鶫の辻屋敷に侵入し、キャシーと最後の逢瀬を果たす直前の場面である。

　　　ギマトンの礼拝堂の鐘がまだ鳴っていました。それから、谷川いっぱいの水が朗らかに流れる音が、気持ちよく聞こえていました。このせせらぎは、今はまだ聞こえない夏の木の葉のざわめきに代わって、よい音を立ててくれていました。鶫の辻の方では、木の葉が生い茂ると、谷川の音楽をかき消します。嵐が丘では、川は、雪どけや雨季の後の静かな日には、いつも鳴っていました。（Brontë 138; 下線筆者）

嵐が丘では「音楽」としてよく聞こえるせせらぎが、社会制度の有効性を示す鐘の音とともにではあるが、ここ鶫の辻でも聞こえている。しかし鶫の辻では、夏に青葉が茂ると、そのざわめきが川音をかき消してしまう。次に、リントンに求婚されたキャシーが、ヒースクリフへの思いをネリーに語る有名な場面を見てみよう。

　　　「わたしのリントンへの愛は、森の木の葉みたいなもの。自分でもよくわかってる。時がくれば変わるって。冬がくると、木が変わるのと同じ

| 6 | 二種の音楽によるエミリー・ブロンテ『嵐が丘』のラブストーリー化　**117**

でね。わたしのヒースクリフへの愛は、足下に永久にある岩に似ている。目に見える喜びとは、とてもいえないけど、必要なもの。ネリー、わたしはヒースクリフなの」（Brontë 73; 下線筆者）

キャシーのリントンへの愛は、木の葉のように夏には繁るが冬には落ちる移ろいやすいものであるが、ヒースクリフへの愛は、彼女の存在が立脚する不変の基盤である。つまり、不断のせせらぎとしてのヒースクリフへの愛は、リントンへの思いによって一時的にかき消されていたにすぎない。この〈ヒースクリフ・嵐が丘・川音・岩〉と〈リントン・鶫の辻・葉音・木の葉〉の対比は、ワイラー映画では、永遠の巌のごとく存在し、だからこそ常に意識に上るわけではない〈ヒースクリフ・ペニストン岩・嵐が丘・風〉を音声化したニューマンのテーマ音楽と、注意を引き美しいがキャシーにとっては本質的ではない鶫の辻で鳴る〈ディエゲーシス的音楽〉の対立に置き換えられている。

　ワイラーの映画における二種の音楽を、いくつかのシークェンスを取り上げて検討しよう。まず映画の早い段階で、風とキャシーとテーマ音楽の三者が一体であることが提示される。冒頭で吹雪のなかをロックウッドが歩いてくると風の音が鳴り、彼が嵐が丘屋敷に入ると風音は止むが風を思わせる弦楽器の高音が続く（▶00:01:14-00:02:26）。彼が泊まる寝室には、風と、風を思わせる音楽の両方が鳴っている。外窓が強風にはためいてテーマ曲となり、キャシーの幽霊の声がして、風とキャシーの融合が示される（▶00:05:45-00:06:50）。この後ネリーが昔の出来事を語り始めても、嵐が丘の戸外や、屋敷の窓越しに見える荒野では、ほぼ常時風が吹いていることが、風音で聴覚化されるか、音声表現がない場合は木の葉や登場人物の髪や衣服の揺れにより視覚化される。

　〈風・ペニストン岩・嵐が丘・キャシーとヒースクリフ〉の世界に、リントン家が発する人工的音楽が初めて侵入する瞬間を見てみよう。テーマ曲が流れ風が吹くなか、キャシーと今では馬丁となったヒースクリフがペニストン岩で落ち合う（▶00:22:17）。まもなくキャシーは逃亡して金持ちになり迎えに来て欲しいと言い、ヒースクリフは一緒に逃げようと提案する。キャシーは貧しい暮らしは嫌だと返し、ヒースクリフはそばにいたいと言う（▶

00:23:13-00:23:37）。こうして二人の価値観の違いが明らかになったところで、耳ざといキャシーが、風に混じった舞踏音楽に気づき、「音楽よ。リントン家がパーティをしているんだわ。素敵な世界で踊って歌う、これこそ私が求めるもの。手に入れてやる」とヒースクリフを誘う（▶ 00:23:59-00:24:13）。原作では鶫の辻の明かりを見て二人は好奇心に駆られたが、ここでは視覚的要素ではなく聴覚的要素である音楽が、キャシーを新世界に駆り立てヒースクリフとの分離を始動するよう再設定されている。

　こうして開始した二種の音楽の相克は、キャシーが療養後に鶫の辻から嵐が丘に戻っても続く。リントンの訪問前にキャシーが入浴し身支度する場面では、舞踊曲調の明るく軽快な音楽が流れる（▶ 00:36:28）。これは〈非ディエゲーシス的音楽〉ではあるが、キャシーが覗き見たリントン家の舞踏会の音楽の続きであると同時に、この後キャシーが主催する舞踏会での演奏の先取りでもある。そこにヒースクリフが現れると、音楽は暗い調子に変わり、二人が言い争うあいだに、短くメインテーマが流れたり、再びわずかに軽快な調子の音楽が入ったりして、二つの世界が競い合う。ついにヒースクリフがキャシーの頬を平手で打ち、訪れたリントンと入れ違いに家を出て、二種の音楽の対立はひとまず停止する（▶ 00:37:34-00:40:13）。

　キャシーの結婚以降は、〈ディエゲーシス的音楽〉が目立つようになるが、〈非ディエゲーシス的音楽〉も原作における川音のように存続していることが示される。結婚式が終わり、教会から出てくるショットでは、教会の鐘と、教会のオルガンで演奏されている設定のメンデルスゾーンの『夏の夜の夢』の「結婚行進曲」が高らかに響く（▶ 00:53:01）。ネリーのナレーションの後、窓の外から鶫の辻の居間がクロースアップされ、キャシーは刺繍、イザベラは鍵盤楽器の練習、リントンとその父はチェスをし、ニューマンの音楽にイザベラの出す器楽音が混じる。イザベラが練習を止めると、無音楽となり、犬の吠え声がして、アメリカから帰英したヒースクリフが登場する（▶ 00:54:14-00:58:27）。しばし会話した後ヒースクリフとイザベラが立ち去ると、ニューマンの音楽が再開し、このシークェンスの始まりとちょうど逆に、カメラは窓から遠ざかり、木の葉が揺れ風の音が入る（▶ 01:02:14-01:02:35）。

　こうして提示された器楽演奏、手芸、ゲームといったアート（人工物・芸術）が展開する〈鶫の辻の室内文化・結婚制度〉と、ヒースクリフが代表す

図2 『嵐が丘』 ▶ 01:11:56

る〈戸外の風の世界・結婚制度の外〉の対立は、舞踏会場面でクライマックスに達する。キャシーが女主人として開催する舞踏会は、型の決まったダンス、指揮者が統制する楽隊、家庭的で精巧な機械としてのハープシコード、この楽器で披露される演奏技術など、鶫の辻の社会的・文化的秩序と洗練を体現する。この整然とした〈ディエゲーシス的音楽〉の世界に、嵐が丘の風の人であるヒースクリフがやってくる。彼を招待し、「ハープシコード演奏を楽しみましょう」と無邪気に誘うイザベラは、二つの世界の分断を知らない（▶ 01:11:10）。プロらしき女性が、鍵盤に力強い両手を自在に滑らせ、上段と下段を弾き分けて強弱をつけ、速めのテンポで「トルコ行進曲」（モーツァルト「ピアノソナタ第11番」第3楽章）を演奏する（▶ 01:11:41-01:13:15 図2）。残響の多いモダンピアノを聞き慣れた耳には、この演奏は機械的で技巧的に感じられる。この視覚・聴覚両方に訴える人工的パフォーマンスは、ヘア=サージェントが指摘する舞踏室全体の機械化（Haire-Sargeant 172）を強力に証明している。

　機械には人間の役に立つという目的がある。本映画では、社会的承認を伝達する教会の鐘、使用人を呼ぶ呼び鈴、集団の結束と秩序を強化する楽器が、音声的機械の代表となる。対照的に、風などの自然音は、人間が音楽のように感じることはあるとしても、本来目的を持たない。この自然音こそがヒースクリフとキャシーが子供時代に属した世界の音であった。しかし鍵盤奏者の演奏が終わるやいなや興奮した様子で真っ先に立ち上って拍手を送るキャシーを見れば、彼女が人工的・機械的洗練を積極的に好んでいることがわかる（▶ 01:13:15）。他方ヒースクリフは、一人だけ音楽を楽しめない風情である。「トルコ行進曲」が有名であることを考慮すると、ヒースクリフは舞踏会の出席者のみならず映画の観客とも〈ディエゲーシス的音楽〉を共有できないと解釈できよう。つまりこの場面の彼は、観客をも含めた映画の世界で孤立しているのだ。[2] この後ヒースクリフとキャシーはバルコニーに移動する（▶

01:14:42)。ここでも室内で演奏中のワルツが聞こえるが、二人が昔の自分たちの関係について話すうち、植物やドレスの襞が揺れ始め、風の音がし始める。ヒースクリフは風を確かめるように辺りを見渡してから、「音楽より大きく鳴っている」心の声に耳を傾けるよう、すなわち人工的な音楽の陰で鳴り続けているはずの自然の音を聞くように注意を促す（▶ 01:15:00-01:15:36）。

　ヒースクリフとイザベラの駆け落ちが発覚すると、キャシーは夫に、ヒースクリフを銃殺してでも結婚を阻止するよう迫る。リントンが妻の本心を悟ったかのように呆然としたところで、テーマ音楽が入る（▶ 01:23:28）。映画音楽には記憶を補助する機能があるため（Cohen 108-09）、既にテーマ曲が嵐が丘的世界を表現すると承知している観客は、妻自身は認め切れぬヒースクリフへの愛を夫が理解したことを、ここで音声的にも認識するのである。〈非ディエゲーシス的音楽〉は、実際は登場人物たちには聞こえないが、ヒースクリフの登場場面ではテーマ曲が流れることが多いため、彼がキャシーを愛し、さらにはその愛を自覚していることを、観客は映画が進行するにつれ理解するようになる。よって駆け落ちが発覚するこの時点では、ヒースクリフ、キャシー、リントン、観客のうち、いわばキャシーだけがテーマ音楽を聞いていない、つまり自分のヒースクリフへの思いに気づいていない状態にあると言えよう。

　キャシーがようやく本心を自覚し、テーマ音楽を心のなかで聞けるようになるのは、死ぬときである。リントンが病室のフランス窓を少し開けると、薄いカーテンがふわりと揺れ、風を表現するかのようにテーマ音楽が小さく開始する（▶ 01:29:56）。ペニストン岩のヒースを取って来てほしいと夫に頼むキャシーは、既にみずからの嵐が丘的世界への思慕を悟り、いわば観客とともにテーマ曲を聞いている状態にあると言えよう。ヒースクリフが登場するとメインテーマがより明確になり、二人は抱き合いキスをする。しかしキャシーのヒースクリフへの愛が聴覚化される一方で、彼女の涙をたたえた瞳と左手薬指の結婚指輪だけが白黒の画面できらめき、彼女が死ぬまで結婚制度のなかにあることが視覚化される（▶ 01:33:56-01:35:23）。キャシーが荒野を見たいと言い、ヒースクリフが抱きかかえて窓辺に行き、窓を開けると風音が聞こえ、キャシーはペニストン岩で待つと言い残して息絶える（▶ 01:37:19-01:38:30）。

以上のような二種の音楽による嵐が丘的自然と鶫の辻的文化の対比は、明快な分、原作の複雑さを二項対立に還元し、原作の持つ神秘性や繊細さを減じてしまう。しかし映画の時間的制約や、音声表現が台詞中心になる傾向などを考えると、主題を恋愛と結婚に絞り、二種の音楽を使い分けてこの主題の探求を徹底することで、ワイラーの映画は、単純だからこそ力強いハリウッド・ロマンスとして成功したのである。

5　おわりに——後続アダプテーション作品のオリジンとして

　ワイラーの『嵐が丘』が見事なラブストーリーとして人気を博したために、『嵐が丘』といえば原作以上にこの映画を思い浮かべる人は多く、〈丘の上の恋人たち〉は、本映画はもちろん、小説『嵐が丘』、さらには理想的な恋人像をも喚起する視覚イメージとなった（Stoneman, *Brontë Transformations* 127-29）。映画を先に見た人は、原作を読む際、映画で得た印象との整合性を無意識に見出だそうとするだろう。となればワイラーの映画は、ブロンテの小説の解釈にまで影響しうる。同業者への影響が多大であるのは言うまでもなく、ワイラーが使った映画的表現は、多くの後続アダプテーションに継承されている（Shachar 39）。小説『嵐が丘』の視覚イメージが〈丘の上の恋人たち〉であるならば、聴覚的イメージは風の音であろう。実際、原作において最も言及が多い気象は「風」（wind）で20％を占めるが（Chesney 21）、戸外のショットに風の音をつけ、植物や衣服が風に揺れる様を視覚化し、さらにニューマンの音楽を風と同類のものとして表現することで、嵐が丘的世界と風を分かち難く結びつけたのは、この映画に違いない。ワイラー版の影響を受けたと思われる後続作品の一つに、アンドレア・アーノルド（Andrea Arnold, 1961- ）監督の『嵐が丘』（*Wuthering Heights,* 2011）がある（Semenza and Hasenfratz 20）。アンドレア版は、エンディング・クレジットの歌以外に音楽はなく、代わりに風や雨の音、鳥や犬の鳴き声といった環境音が全体に満ちた、自然の音から嵐が丘の世界にアプローチした作品である（廣野、「Andrea Arnold 監督」63）。つまりアーノルド版は、〈ディエゲーシス的〉であれ〈非ディエゲーシス的〉であれ、音楽が大部分を覆うワイラー版を、音声面で大胆に修正したのだ。その結果観客は、ワイラー版を見るときとは大きく異なる鑑賞体験をする。しかしその新鮮な感覚も、音楽に満ちたワイラー版の印象が

122　　第 1 部

強いからこそ、得られるものであろう。このように 1930 年代のハリウッド
の内部事情、第二次世界大戦前の世界情勢、イギリス国内の文化的動向の結
晶である映画『嵐が丘』は、特定の歴史性を超越して生き続けるような、映
画界における『嵐が丘』のいわば〈原作〉となったのである。

註

1) 所々配慮は必要であった。ヘイズ・コードは結婚制度の保護を重視していたため、
たとえばキャシーの臨終場面ではヒースクリフ以外の人物も付添役的に登場する
（Hazette 182）。

2) 原作ではキャシーは 1783 年に結婚し翌年死亡するため、1784 年出版の「トルコ行
進曲」がこの間リントン家のようなイギリスの一般家庭で演奏された可能性は高く
ない。先述の「結婚行進曲」に関しては 1809 年生まれのメンデルスゾーンは誕生
さえしていない。ワイラーが想定した時代によっては二曲とも世に出ていたと思わ
れるが、重要なのは、原作と映画の歴史的整合性ではなく、両曲が映画の観客によ
く知られていること、つまり結婚式や舞踏会の場面において、ヒースクリフが観客
をも含む本映画の世界で疎外・孤立状態にあることである。

| 6 | 二種の音楽によるエミリー・ブロンテ『嵐が丘』のラブストーリー化　　**123**

7 「古さ」と「新しさ」の せめぎ合い

チャールズ・ディケンズとデイヴィッド・リーンの
『大いなる遺産』

猪熊　恵子

1　はじめに

　イギリス出身の映画監督デイヴィッド・リーン（David Lean, 1908-91）は
1990年、81歳でアメリカ映画研究所（the American Film Institute）から
生涯功労賞を授与された。その授賞式においてスティーヴン・スピルバーグ
は、「リーンの映画を見ると、今でも自分がいかに青二才かを痛感させられ
ます」と述べている(Collins)。またフランシス・フォード・コッポラ、ジョージ・
ルーカス、マーティン・スコセッシらも、リーンの偉大な功績を讃え、自身
への影響を認めている（Hastings）。ハリウッドの名だたる巨匠たちが激賞す
るリーンの代表作『アラビアのロレンス』（*Lawrence of Arabia*, 1962）は、当時
最新鋭のスーパー・パナヴィジョン70のカメラを使用し、ヨルダンやモロッ
コの過酷な自然環境のなかでロケーション撮影を行い、その圧倒的な映像美
を生み出した。どこまでも続く砂漠を背景とする本作の迫力は、テレビには
真似のできない映画の力を象徴的に示すものと言えるだろう。

　こうしてまとめてみれば、デイヴィッド・リーンが造り出したのは、現代
アメリカ、ハリウッド映画の典型のように思えるかもしれない。しかしなが
ら実際のところ、リーンの映画を「イギリス」という国家的枠組みから外し
て論じることは適切ではない。リーンが映画界に進出するきっかけを作った
のは、奇しくもアメリカ映画とイギリス映画とのあいだの緊張関係であった。
ハリウッド映画に代表されるアメリカ映画隆盛に押されたイギリス映画は

124　第1部

1926年、国内で上映される映画全体に占めるイギリス製映画の比率が、わずか5％にまで落ち込むという危機的状況を迎える（Semenza and Hasenfratz 158）。これを受けてイギリス議会は翌年、映画法（the Cinematograph Films Act）を通過させ、イギリス国内で上映・配給される映画のうち、イギリスまたはイギリス帝国内で生産された映画が7.5％以上を占めるべきと定めた。こうして国内映画産業が庇護されたことにより、次世代を担う多くの若者たちが映画界で頭角を現し、居場所を獲得していく。デイヴィッド・リーンもまた、まさに27年から映画製作会社ゴーモン・ブリティッシュ（the Gaumont-British）で使い走りとしてのキャリアをスタートさせ、徐々にカメラに近い場所へとその活躍の場を変えていったのである（Brownlow 50）。

　デイヴィッド・リーンのキャリアの起点と、イギリスの国内映画産業の再興とが、ある程度まで軌を一としているのなら、リーンがイギリスの古典文学に題材を求め、チャールズ・ディケンズ（Charles Dickens, 1812-70）の『大いなる遺産』（*Great Expectations*, 1860-61）を映画化したのは、必然の成り行きであったのかもしれない。本章では1946年に世に出されたリーンの『大いなる遺産』を取り上げ、それが彼個人の偶然／必然のみならず、イギリスという国家の歴史的偶然／必然といかに関わっているのかを考察したい。次節ではまず、リーンによる映画『大いなる遺産』が、ディケンズの原作に比べて主人公の「男性性」や「肉体性」を強調している点を確認する。そしてこの焦点化が、映画製作直前に終結した第二次世界大戦や、同時期に成立したイギリス初の労働党単独政権と、どのような関係を切り結ぶのかについて議論する。続く第3節では、主人公の肉体的成熟が強調される一方で、精神的成熟（読み書き能力の伸長やマグウィッチへの心情の変化）がほとんど映像化されない点に注目する。この点と絡めて、原作が出版された1860年代とリーンの映画が公開された1940年代に、それぞれ国民教育に関わる法整備が進んだことを指摘し、二つの年代で異なる法の仕組みが、映画と原作小説間の差異とどう関連しているのかを検討する。最終的に、これらの議論をもとにして、古典的文学作品を新たな時代の観点に照らして映画化するという一方向的図式を再考し、原作テクストとその映像化作品とが織りなす連鎖のなかで、「古さ」と「新しさ」が互いにせめぎ合い、その位置を交換し合うさまを確認したい。

|7| 「古さ」と「新しさ」のせめぎ合い　**125**

2 ピップの肉体的成熟とイギリス福祉国家の船出

映画『大いなる遺産』のオープニングでは、原作の書籍と、そのページをめくる手が映し出され、主人公ピップの朗読音声がヴォイスオーヴァーで重ねられる（▶ 00:01:20）。[1] このシーンを見る者は、スクリーン上で書籍をたぐる手とみずからの手を無意識のうちに一体化させる。多様な観衆を映画の世界に引き込み、主人公という個のもとに収束しようとする仕掛けの裏に、映画製作当時の時代背景を読み解いてみよう。第二次世界大戦が幕を閉じた 1945 年、イギリスの国力は、イギリス帝国の最盛期に遠く及ばなかった。39 年から 6 年続いた激しい戦いは連合国側の勝利に終わったものの、イギリスの産業も国民生活も、勝利という言葉のみで癒されるにはあまりに深い傷を負っていた。終戦後ほどなくしてインドなど主要な植民地が独立したことからも、イギリス国家の疲弊を明確に見て取ることができる。したがって、46 年製作の『大いなる遺産』の観衆たちが、ディケンズの小説テクストのもとに一体感を得ることは、とりもなおさず昔日の伝統的文化遺産のもとに、疲弊したイギリス国民が一つに団結することを意味した、と言い換えてみてもいいだろう（Hammond 114）。[2]

それでは、そもそもディケンズの原作はどのような世界を描き出すのだろうか。小説は、壮年の主人公ピップが自らの幼い日を振り返って語る自伝的回想録として構成される。両親に先立たれた貧しい少年ピップは、親戚のパンブルチュックに連れていかれた大邸宅「満足荘」で、ボロボロのウェディング・ドレスを着た老女ミス・ハヴィシャムと、輝くばかりに美しい少女エステラに出会う。しかしエステラは高慢で冷淡な態度でピップを翻弄する。身分違いのエステラへの恋心を胸に秘めたまま成長したピップは、ロンドンの弁護士ジャガースから突然の訪問を受け、自分が莫大な遺産の相続人であると告げられる。意気揚々としてロンドンに出たピップだが、次第にみずからの貧しい過去や、育ててくれた義兄のジョーを恥じる俗物的な人間に成り下がっていく。そんなとき、見知らぬ男マグウィッチがピップの前に現れ、誰あろう自分こそ、幼い頃のピップに窮地を救ってもらった脱獄囚であり、流刑地のオーストラリアで稼いだ金でピップを紳士にしたのだと明かす。「遺産」の出所が囚人であると知り、エステラとの結婚も所詮は夢でしかなかったと気づいたピップは、絶望に打ちのめされる。その姿を見たミス・ハヴィ

シャムは哀れを感じて煩悶し、はずみでウェディング・ドレスに暖炉の火が
ついて死んでしまう。一方、絞首刑になる危険と隣り合わせのマグウィッチ
のため、ピップは国外逃亡計画を企てる。しかしこれもうまくいかず、マグ
ウィッチは重傷を負って世を去る。その死を看取ったピップも全財産を失い、
心身ともに疲弊してイギリスを離れ、東洋へ赴く。11年の歳月ののちイギ
リスに戻ったピップは、廃墟と化した「満足荘」の庭でエステラと再会を果
たすが、その後の二人の関係は曖昧なまま語り残される。

　この梗概が跡付けるように、『大いなる遺産』全体に流れるトーンは一貫
して暗い。壮年のピップの視線や語り口は、どこか不確かで、不安げで、多
くの過ちを悔いた末にたどり着いた現在が、必ずしも盤石ではないことを予
感させる。そしてリーンの映画『大いなる遺産』は、白黒モノトーンの映像
によって、原作に漂う「暗さ」を見事に表現している。オープニング直後の
墓地の場面では、薄暗い灰色のトーンが画面全体を支配し、寄る辺ないピッ
プのいじらしさを映し出す（▶00:02:25）。満足荘内部へとピップが案内され
るシーンでは、墨を流したように真っ黒な屋敷内を、蝋燭を手に歩くエステ
ラのまばゆさが際立つ（▶00:22:38）。廊下の先にあるミス・ハヴィシャムの
部屋の扉を開けてみれば、薄汚れたウェディング・ドレス姿で佇む老女と、
その周りを囲む朽ち果てた婚礼の装身具類が、暗い背景から白々しく浮かび
上がる（▶00:23:20）。また古びたシフォンのドレスを着た亡霊のようなミス・
ハヴィシャムの横に、光沢のあるサテンのドレスを着たエステラが寄り添う
とき、色あせた老女と、若く美しいエステラとの対照が、見る者の目に強烈
に焼き付く（▶00:25:19）。

　こうした「白」／「黒」、「光」／「影」といった登場人物の衣装や背景の明暗は、
彼らの心情の反映としても機能している。不安げに満足荘に出かけていく幼
いピップは黒い服を着ており（▶00:20:36）、一方で「大いなる遺産」の相続
人として意気揚々とロンドンに向かうときには、胸元の真っ白なクラヴァッ
トを巨大な蝶々結びにしている（▶00:44:23）。また瀬死のマグウィッチの枕
元では、しっとりした紳士らしい黒い服を着こなしている（▶01:47:00）。こ
れらの例からも、白から黒へ、また黒から白へと変化する衣装と、その衣装
を身に着ける彼／彼女の置かれた状況や心情が、密接に関連し合っているこ
とが見て取れるだろう。

| 7 | 「古さ」と「新しさ」のせめぎ合い　　**127**

図1 『大いなる遺産』 ▶ 01:33:06

小説テクストが主人公ピップの内なる声をテクスト化するのに対して、映画では血と肉を得たピップがさまざまなトーンの服を着こなして自らの心の内を顕在化させる。このコントラストと響き合うように、原作がピップの精神的葛藤や成熟に焦点を絞るのに対して、リーンの映画はピップの男性的で身体的な側面を中心に描き出す。たとえば罪人マグウィッチに激しい嫌悪を感じていたピップが、次第に彼に心を開いていく経緯について、映画は詳しく描写しない。その一方で、マグウィッチを国外に逃亡させる計画とその実行にはかなりの時間を割いている。また、後年のアダプテーションではカットされることの多いテムズ川でのボートの練習シーンも映像化されているし（図1）、逃亡計画を進めていく段階で何度も敵側のスパイ行為に遭うシーンも前景化する（逃亡用のボートにピップとマグウィッチ、ハーバートが乗り込むのを影から見られるシーン（▶ 01:35:15）、隠れ家に止めてあるボートを見知らぬ二人の人間に偵察されるシーン（▶ 01:35:52）など）。3) 作戦を立て、実行のために身体を張って訓練を行い、ときとして相手の動きを偵察する／されるというシーン群の裏には、映画製作の直前に終結した第二次世界大戦での諜報活動のテーマが見え隠れする。

ことほどさようにピップの男性的で肉体的な側面が強調される点は、映画のエンディングにも大きく影響している。カミラ・エリオットが指摘する通り、一般的に原作書籍の表紙を紐解く形で始まった映画は、同じ原作書籍を閉じる形でエンディングを迎え、映画全体として丸く完結することが多い（Elliot 129-30）。しかしリーンの『大いなる遺産』はその典型を外れている。この点を考えるにあたって、まずはディケンズによる原作そのものに、二つの異なるエンディングが存在したことを確認しておこう。初稿段階のエンディングでは、東洋からイギリスに戻ったピップが、ロンドンの雑踏でエステラと偶然再会し、簡単な挨拶を交わす。しかしエステラはすでに別の相手

と再婚しており、二人はそのまま別れて小説は終わる（*Expectations* 508）。この哀しい結末について、ディケンズの友人で小説家のエドワード・ブルワー＝リットン（Edward Bulwer-Lytton, 1803-73）が異を唱えたため（*Letters*, vol. 9, 428）、ディケンズは二人の関係が曖昧なまま終わるよう新たなエンディングに書き直し、ゲラ刷りの段階で差し替えた。改訂版のエンディングでは、二人は満足荘の廃墟で、「冷たい銀色の霧」の向こう側に星が輝き始める時刻に再会する（*Expectations* 482）。エステラは在りし日を懐かしみながら、ピップに別れを告げる。しかしピップはその別れを拒み、目の前に広がる柔らかな月明りのなかに、エステラとの再度の別れを告げるものは「何もなかった」と述べて、小説の幕を閉じる（*Expectations* 484）。

　これらの二つの異なるエンディングに関して、批評家たちは古くから、差し替え前のほうが、つまりピップとエステラの将来に一切の希望を持たせない暗いバージョンのほうが、作品全体と調和するとして、ディケンズの改変を批判してきた（Forster 336; Johnson 992-94）。もちろん後述するように、新たなバージョンを積極的に支持する批評も（特に近年にかけて）増えてきている。しかし興味深いことに、改変を批判するにせよ支持するにせよ、批評家たちはほぼ一貫して、エステラとピップの未来の不確定性、または二人の将来の幸せが保証されない点を高く評価してきた。たとえば二つのエンディングのいずれもそれぞれに欠点があるとしたバーナード・ショー（George Bernard Shaw, 1856-1950）は、「エステラのような女性とピップが……末永く幸せに暮らしうるということを考えるだけでも不快」（Shaw 68）と評したし、改変を評価するジェローム・メッキャーも、作品はあくまでも読者に解釈を委ねたまま曖昧に幕を閉じているのだとして、安直なハッピー・エンドの不在を指摘している（Meckier 28-35）。ミルトン・ミルハウザーはピップの語りが一貫して過去時制で展開することに注目し、ピップの語りの現在においてエステラとの関係が何らかの形で進展を見ていることは疑いの余地がないのに、それを敢えて語らないピップの姿勢そのものを議論の対象とする（Milhauser 274）。いずれの批評も、その方向性の差異とは裏腹に、暗く悲しい雰囲気に支配された『大いなる遺産』は、希望に満ちた終わり方とは相容れない、という認識において見事に一致している。

　対してリーンによる映画は、明確なハッピー・エンドを提示する。最終

シーンにおけるピップとエステラの再会は、ピカデリーの喧騒でも、夕暮れ時の廃墟でもなく、ミス・ハヴィシャムが世を去ってなお、何一つ変わることのない満足荘で展開する。屋敷内に足を踏み入れたピップは、ミス・ハヴィシャムのかつての部屋にエステラの姿を認めて驚く（▶ 01:54:58）。屋敷とともに朽ち果てていったミス・ハヴィシャムの姿を忠実に再現するかのように、この屋敷こそ「自分の一部」だと言うエステラに、ピップは「この屋敷は死んでいる」と叫び、窓辺のカーテンを引きちぎって真っ暗な室内に光を入れる（▶ 01:55:29-01:56:10）。そして「君は僕の存在の一部だ、僕の一部なんだよ、エステラ」という力強い言葉で、彼女への変わらぬ愛を告白し（▶ 01:56:14）、エステラの手を取って満足荘の門を開け、外の世界に出ていくのである（図2）。

　こうして新たな未来へと駆け出していく二人の姿の裏に、映画が製作された当時のイギリスの国家的気運や、それを鼓舞しようとするリーンの姿勢を読み取ることは難しくない。映画製作直前の 1945 年に実施されたイギリス総選挙は、新しい国家の建設を望む国民の気持ちを浮き彫りにして見せた。第二次世界大戦を勝ち抜いたはずの首相チャーチルの率いる保守党は大敗し、「ゆりかごから墓場まで」をスローガンに福祉国家イギリスの建設を訴える労働党が、歴史上はじめて単独で政権政党となったのである。実際、秦が指摘する通り、この時期のリーンによるディケンズ作品の映画化は、大戦後のイギリスの「ナショナル・アイデンティティの再構築」と、分かちがたく結びついている（秦 133）。『大いなる遺産』のエンディングに焦点を絞っても、満足荘に背を向け、新たな明るい世界へと駆け出していくピップとエステラの姿は、長い戦争を戦い抜き、保守党政権の終焉と新たな労働党政権を選んだイギリス国民の姿と重なるように思われる。また、次頁の図2の場面に見られるように、屋敷の扉と庭の門とが直線上に配置され、暗い屋敷から明るい戸外への道筋がストレートかつ平坦であることも、古い世界から新しい世界への船出が、希望にあふれ、行く先が約束されたものであることを、隠喩的に示しているのかもしれない。

　しかしながら一方で、同じシーンをピップではなくエステラの視点から眺めてみれば、まったく異なる景色が見え隠れする。ミス・ハヴィシャムと満足荘を自らの「一部」だとしていたエステラは、最終シーンでピップに見出

され、今度は彼の「一部」として再規定される。新しい世界での生き方を知らないエステラは、ピップを見つめ、その手にすがることで新たな一歩を踏み出す。言い換えるなら、このシーンにおけるエステラの役割は、ミス・ハヴィシャムの復讐の道具から、ピップの新たな人生に華を添える妻という道具へと転

図2　『大いなる遺産』 ▶ 01:57:16

換したにすぎず、その背後に彼女の自発的な願望や将来への希望を読み取ることは難しいのである。4)

　ただし、エステラがピップの「妻」としての役割に収束するからといって、このエンディングが普遍的でお伽噺的なハッピー・エンドであると安直に断ずるのは適切ではない。むしろピップにすがるエステラの姿には、やはり当時のイギリスの「ナショナル・アイデンティティ」のはらんだ二重性が見え隠れする。リーンの映画よりおよそ20年前の1928年、イギリスでは女性にも男性と等しく普通選挙権が与えられている。また第二次世界大戦中の43年には、出征中の男性に変わって6万人以上の女性が機械関連の工場で働いていたというデータもある (Summerfield 29)。しかし忘れてはならないのは、戦時中に職を得た女性たちの多くが、軍需産業に従事していたことである (Morgan and Evans 68)。ノークスが指摘する通り、こうした仕事はあくまでも戦時中に限られた一時的な需要であり、ひとたび戦争が終わり従軍していた男性たちが本国に戻れば、女性たちの職務がたちまち消失することを意味していた (Noakes 20)。また、戦時中から存在した女性団体——母親連盟 (the Mother's Union)、カトリック女性連合 (the Catholic Women's League)、女性協議会 (the National Council of Women) など——も、男性と同じ領域で男性と同じように活躍することを目指すのではなく、あくまでも「女性の本来の場所は家庭」であると主張し、子育てや家事を果たすことで国家に貢献しようとする理想を掲げていた (Beaumont 9-15)。言い換えるなら第二次世界大戦終戦前のイギリスには、女性が男性と同じ領域で活動

|7| 「古さ」と「新しさ」のせめぎ合い　　**131**

しなければならない物理的必然と、それとは裏腹に、戦争が終わりさえすれば女性たちは「本来の」場所たる家庭におさまるべきだという伝統的家族観とが、危ういバランスで共存していたのである（Noakes 17）。そうであってみれば、終戦直後に封切られたリーンの映画の最終局が、「妻」としてピップを支えるエステラの姿を示唆するのは、女性たちを「本来の場所たる家庭」へと再び誘おうとする当時のイデオロギーの反映なのかもしれない。[5] そしてこのエンディングは、時を超えたお伽噺的ヴィジョンではなく、むしろ戦争を乗り越えた先の「新しい」福祉国家イギリスのヴィジョンが、その裏に抱え込んだ反動的で保守的な女性観の縮図なのかもしれない。

　もちろん、現代から振り返って過去の因習を論ずることはたやすい。むしろ現代から過去を振り返るのではなく、監督デイヴィッド・リーンの制作年代の周囲を見渡してみれば、彼の作り出したエステラは、それ以前、または彼と同時代の監督たちが描き出したどのエステラよりも、血と肉を得た生身の女性として完成している。たとえば最初期の映像化作品とされるロバート・ヴィニョーラ監督（Robert G. Vignola, 1882-1953）のサイレント映画『大いなる遺産』（1917）では、エステラの造形は原作のそれとまったく異なっている。そもそも彼女は高慢で冷淡でさえなく、映画序盤で早々にピップと恋に落ちるが、身分の低い男との結婚に難色を示すミス・ハヴィシャムに介入され、なかなか想いを遂げることのできない、か弱い乙女なのである（Hammond 89）。1934年にアメリカで製作されたスチュアート・ウォーカー監督（Stuart Walker, 1888-1941）による『大いなる遺産』でも、エステラは表面的な冷たさとは裏腹に、胸の内にピップへの熱い恋心を秘めた一途な女性として描かれる（Hammond 97）。すなわち世界大戦前の作品に描き出されるエステラはいずれも、ピップにとっての「美しく浮世離れした夢の女性」として、また「ミス・ハヴィシャムが生きているうちは自分自身の感情を口にすることなど思いもよらないロマンスのヒロイン」として提示される（Hammond 115）。これらの作品群とリーンの映画を比べてみれば、後者がエステラの人生の紆余曲折とそれに伴う感情の揺れを豊かに表現していることは間違いない。そしてジェニー・デネットが指摘する通り、リーンの描くミス・ハヴィシャムもまた、美しいエステラの恋に横槍を入れる年老いた魔女という役回りではなく、哀しい過去に縛られ、苦悩の日々を生きる一人の女性として、確固た

る内面を獲得している（Dennett 58）。

　このように、デイヴィッド・リーンの映画を明確に特徴づけるピップとエステラのハッピー・エンドの上には、「古さ」と「新しさ」とが重層的に折り重なっている。それでは同じエンディングを、また異なる視点から眺めてみれば一体どんな景色が見えてくるのだろうか。次節では、ピップの成長を跡付ける「教育」というテーマを中心に考えていきたい。

3　ピップの「読み書き」──国民教育の「進歩」と「後退」

　原作『大いなる遺産』は、はじめから書籍として出版されたのではなく、週刊誌『一年中』（*All the Year Round*, 1859-95）に 1860 年 12 月 1 日から 61 年 8 月 3 日までの計 36 号にわたって連載された。この出版形式は当時の読者層形成に大きな影響を与えている。ヴィクトリア朝小説の多くが三巻本形式で出版され、三冊セットで 31 シリング 6 ペンスの値段であったのに対し、『一年中』は一号わずか 2 ペンスで販売され、ウィルキー・コリンズ（Wilkie Collins, 1824-89）やチャールズ・リーバー（Charles Lever, 1806-72）ら人気作家たちの小説や、社会・経済問題に関するコラム記事などを連載／掲載した。当時の労働者階級が週給 30 シリングで十分に生活できたことを鑑みれば（Eliot 38）、三巻本小説と庶民生活との隔たりを、それとは裏腹にディケンズの「週刊誌連載」と庶民生活との親和性を、容易にうかがい知ることができる。

　興味深いことに、『大いなる遺産』出版からおよそ 10 年後の 1870 年、イギリスでは「初等教育法」（the Elementary Education Act）が制定されている。中世の昔から、イングランドにはさまざまな初等・中等・高等教育機関が多く存在したが、国家は個々の運営母体に介入せず、結局のところ各々の学校はカリキュラム、費用などの面でバラつきが激しかった（Aldrich 27-28）。その後も「自由を尊重し、伝統との調和を図る」イギリスにおける公教育導入は、教会その他の権力集団からの抵抗を受け、「きわめて緩慢な歩み」を取らざるをえなかった（三好 340）。[6)]その歩みの末に、「最も実現可能な妥協立法」として、歴史上「それまでにない」レベルまで国家が国民の教育に介入し、国民初等教育の質的量的担保を実現したのが、1870 年の初等教育法である（Lawson and Silver 314）。したがって原作『大いなる遺産』は、この法整備へと向かう直前、つまり国家的で包括的な初等教育の施行が喫緊の

| 7 |　「古さ」と「新しさ」のせめぎ合い　**133**

課題として人々の心にあった時代に書かれたもの、と言い換えてみることができる。そして実際、原作を紐解いてみれば、ピップの「読むこと」や「書くこと」への憧れを示すエピソードをいくつも抽出することができる。

　たとえば第一章で教会墓地にたたずむピップは、両親の墓石に彫られた名前から、見たことのない父と母の姿を思い浮かべる。"Phillip Pirrip" という父の名を刻んだ文字の形から、「がっちりして体格のよい、黒い巻き毛の日に焼けた」男性を想像し、"Also Georgiana the Wife of the above" という母の碑銘からは「そばかすがあって、病気がち」な女性を想像する（*Expectations* 3）。ここでピップは、アルファベットの個々の形や雰囲気を手掛かりに意味を想像しようとしている。また、よろずやを営む村の婆さんによって運営される夜間学校に週2ペンスを払って通い、読み書きを習ったピップは、次のような「書簡」をしたためる。

　　"MI DEER JO i OPE U R KRWITE WELL i OPE i SHAL SON B
　　HABELL 4 2 TEEDGE U JO AN THEN WE SHORL B SO GLODD
　　AN WEN i M PRENGTD 2 U JO WOT LARX AN BLEVE ME
　　INF XN PIP." (*Expectations* 45)
　　（My Dear Joe, I hope you are quite well. I hope I shall soon be able
　　for to teach you, Joe. And then we should be so glad and when I am
　　apprenticed to you Joe. What lark and believe me. In affection, Pip.）
　　（Stewart 194 を参照）

ピップの書簡は、彼の労働者階級の発音を再現し、単語のはじめの H の脱落や不要な H の挿入を見せている（hope → ope, able → habell）。これらのエピソードから明らかなように、幼い彼は読むにしても書くにしても、アルファベットを正しく使いこなすことができず、むしろ文字の大きさや形に過剰な意味を読み取り、みずからの音声をそのまま文字に接続しようとする。ところが時を経て、マグウィッチが成長したピップを訪ねてみれば、彼はソファに座って静かに本を読む紳士然とした男性へと成長を遂げているのである（*Expectations* 314）。したがって、ピップの社会階級の変化と彼の読み書き能力の変化とが、近似した上昇カーブを描くことは間違いない。[7] そして

134　　第 1 部

その裏側に、『大いなる遺産』を読んだヴィクトリア朝読者たちの姿を透かし見ることができるだろう。紳士になることに憧れ、知識を獲得しようとするピップと、その成長を 2 ペンスの週刊誌上で購読した当時の読者たちとは、同じ想いを胸に秘めていたと考えられるのである。

　ここからデイヴィッド・リーンの映画に視点を移し、「教育／知識の獲得」というテーマをもう一度考え直してみよう。興味深いことに、映画が公開される 2 年前の 1944 年、「バトラー法」（the Butler Act）という新たな教育法が制定されている。これは 1870 年の初等教育法以降、初等教育の拡充が進んだため、次の一手としてイギリスの各地方に教育管轄当局を置き、公立中等学校を完全無償化したものである（Wells and Taylor 6-8）。つまりバトラー法が制定されたということは、イギリスにおける教育関連の法整備が、初等教育から中等教育の段階に移行したことを示す（Wardle 36）。いみじくもこの時代を背景とするリーンの『大いなる遺産』では、ピップが両親の墓碑銘から容姿を想像するシーンも、村の夜間学校で四苦八苦して知識を得ようとするシーンも、ジョーへの手紙を書くシーンも、そしてマグウィッチが、ピップの部屋で書棚いっぱいの本を見て狂喜するシーンも、すべてカットされている。これは、『大いなる遺産』を映像と音で消費した 1940 年代の映画観衆たちが、週刊誌を購読した 1860 年代の読者たちと比べて、初等教育の段階でつまずくことも、つまずきながら前に進むピップの姿に共鳴することも、格段に少なかったという証左なのかもしれない。

　しかし、ディケンズの原作とリーンの映画のあいだの差異が、明らかにイギリス社会における国民教育の「進歩」を裏付けるものだとしても、それが直線的で不可逆な「進歩」ではない点には注意が必要だろう。バトラー法の施行とともにイギリス教育制度は大きく変化し、初等教育修了時（11 歳）にイレブン・プラスと呼ばれる試験が実施され、子供たちはその成績に応じてグラマー・スクール、中等技術学校、中等近代学校のいずれかに振り分けられることとなった。この振り分けによって子供たちの将来の道筋はほぼ決定されてしまう——言い換えればバトラー法およびイレブン・プラスは、初等教育を終える「10 歳か 11 歳の年齢で、子供が将来どこまで伸びるかは明らかである」という考えに基づいていた（Chitty, *Education* 24）。クライド・チッティによれば、こうした施策の思想的背景には、明らかに優生学的思想が隠

されているという。[8] 事実、バトラー法施行からさかのぼること 10 年ほど前の 1933 年、イギリス教育改革に多大な発言権を有していた教育心理学者シリル・バート（Cyril Burt, 1883–1971）は、人の IQ は先天的／遺伝的に決定され、生涯を通じて不変である、という優生学的考えを披歴している（Burt 28-29）。加えてバートは、社会階級が高ければ高いほど IQ も高くなるとさえ主張してはばからなかった（当然ながら、この主張の根拠であるデータの集計方法に問題があることは、後年にいたって明らかになる）（Chitty, Education 25）。これはチッティが看破した通り、中等教育の機会を平等化するという美しい謳い文句とともに施行されたバトラー法が、先天的に優れた遺伝子を持つ（と考えられた高い階級の）子供たちと、それ以外の子供たちとのあいだに、明確な線引きをするものであり、結果として平等化の理念とは裏腹に、既存の階級格差を温存し再強化しかねない可能性を秘めていたことを示唆している（Chitty, Eugenics 76）。こうして「新しい」イギリスの未来を担う教育改革であったバトラー法は、その裏に「古い」階級制度の温存と再強化という矛盾を抱え込んでいたのである。

　それではこの点を念頭において、最後にもう一度リーンの映画に立ち返り、ベントリー・ドラムルという人物について考えてみよう。ディケンズの原作において、若き日のエステラはピップの恋心をもてあそんだ挙げ句、貴族の肩書を持つドラムルと結婚する。ただしドラムルは一貫して放蕩で邪悪な冷血漢として描かれ、エステラは彼との結婚生活で辛酸を舐め、彼が落馬事故により命を落としたことで寡婦となる（Expectations 482）。これとは対照的に、リーンの映画におけるドラムルは、鼻持ちならない人間として描かれはするものの、原作で描かれたような、しかるべき「罰」を受けることがない。彼は罪人の娘というエステラの出自を知り、彼女との婚約を解消するのみであり、最終的に落馬事故に遭うことも命を落とすこともない（▶ 01:54:35）。つまりリーンの映画におけるドラムルは、身分違いの娘を切り捨てた高慢で冷淡な男としてのみ提示され、一方同じ映画におけるピップとエステラのハッピー・エンドは、階級的に相応しい二人が、さまざまな苦難を経た末についに正しい伴侶に巡り合う予定調和にも思われる。裏を返せばリーンの映画は、上流階級／貴族階級の退廃をあからさまに暴き出すというよりも、むしろ既存の階級格差を(消極的な形ではあれ)是認しているかにも思えるのである。[9]

加えて、財産を得てロンドンに出たピップが、ダンスやフェンシングなどの手ほどきを受けるシーン（▶00:44:54-00:45:38）についても同じことが言えるだろう。ピップが次第にジョーやビディを忘れ、社交界に染まっていく様子について、リーンの映画は批判的角度から映し出そうとはしない。これらの点を考え合わせてみれば、やはり、ドラムルとの結婚のエピソードを抹消し、未婚のエステラがついにピップの愛を受け入れるという映画の最終シーンには、デイヴィッド・リーンの、そして1940年代の「福祉国家」イギリスの、内的矛盾が隠されているのかもしれない。バトラー法が、教育機会の拡大と階級格差の再強化とのあいだを危うく揺れ動いたのと同じように、リーンの映画が寿ぐピップとエステラの行く末にも、古さと新しさが重層的に織りなされ、複雑な光と影を投げかけている——朽ち果てた満足荘を捨て、手を取り合って新たな生活を獲得するエステラとピップを、また違う角度から眺めてみれば、古くからある因習に則って同じ階級の人間と結ばれるという、きわめて保守的で硬直的な社会の一コマにも映るのだから。

4　おわりに

　これまでの議論に基づいて、ある映画作品を歴史的／社会的背景から読み解く試みとはいったい何なのか、最後に考えてみたい。ひとまずは、特定の映画製作時の時代精神に照射する試みだと言えるだろう。のみならず、その過程で現代のわれわれの批評的視野を縛るイデオロギーを、相対的視点から再確認する試みである、とも言ってよいだろう。しかしなによりも、個々の時代の精神や、個々の時代のなかで作られた映画／文学作品を、過去から現代へと流れる垂直的で直線的な軸上に位置づけることの限界を知り、「古さ」と「新しさ」という一見した二項対立の裏側で、時の流れが循環していることを——一度は「新しく」見えたものが「古く」、かつては「古く」見えたものが実はすぐれて「新しい」ということを——知る営みなのかもしれない。

註

1) この形式は、ロバート・スティーヴンソン（Robert Stevenson, 1905-86）監督の『ジェイン・エア』（*Jane Eyre*, 1943）、マイケル・パウエル（Michael Powell, 1905-90）とエメリック・プレスバーガー（Emeric Pressburger, 1902-88）監督の『カンタベリー

物語』（*A Cantebury Tale*, 1943）など、同時代のアダプテーション映画の多くに共通して見ることができる（Semenza & Hasenfratz 211-17）。

2) 一方で、ラファエル・サミュエルの指摘する通り、リーンの映画はヴィクトリア朝の文化遺産をイギリス国民団結の旗印として利用しながらも、イギリス帝国主義やその時代性を称揚するというよりはそれらを「批判」し、それを乗り越えたところに新たな時代精神を規定しようとしている（Samuel 419）。

3) 舞台をアメリカに移し、ピップを画家志望の青年に変えたアルフォンソ・キュアロン監督の『大いなる遺産』（1998）では、そもそも逃亡計画がはじめから存在せず、マグウィッチとピップは再会を果たした当日に刹那的に追手から逃亡する。またBBC製作によるテレビ映画『大いなる遺産』（1999）でも、ピップがボートの練習をするシーンは映像化されていない。

4) 加えてリーンの映画における脇役女性キャラクターたちの扱いも興味深い。ピップの姉は映画序盤であっけなく世を去るし（▶ 00:33:40）、ピップとビディとの淡い恋愛関係もすべて消去されている。

5) 実際パット・セインは、1928 年から 64 年までを「普遍的に、安定的で、長期間持続する結婚生活が存在した黄金期」と定義している（Thane 198）。

6) ただしスコットランドは国民皆教育に対してきわめて積極的であり（Wardle 21）、1707 年の連合王国成立以降も、独自の教育立法を施行してきた経緯があるため（Clark 3）、ここではスコットランドを切り離して「イングランド」と表記する。

7) たとえばブライアン・カーク監督による『大いなる遺産』（2011）でも、ピップの社会的地位の上昇に合わせて、彼の署名がぎこちないスタイルから流麗な書きぶりへと変容していくさまが描かれる（参照 ▶ 00:43:35 および ▶ 01:10:18）。

8) 優生学（Eugenics）とは、進化論における「適者生存」の概念を人間社会にも適用し、遺伝学的な見地から人間を「適者」と「不適者」に峻別し、「適者」を多く誕生させることで、より良い社会の実現を目指そうとする思想である。現在ではドイツ・ナチズムなど極端な差別思想との連想が強いが、そもそもこの概念はダーウィンのいとこにあたるフランシス・ゴルトン（Francis Galton, 1822-1911）が 1883 年に初めて使用したもので、1907 年にイギリスで発足した優生学教育協会（the Eugenics Education Society）には当時の著名な政治家や医師たちが名を連ねていた。チッティは、この思想が後のイギリスの教育政策立案にも無視できない影響を与えたと指摘している（Chitty, *Eugenics* 27-36）。

9) 実際ブライアン・カーク版（2011）と比較しても、リーンの映画におけるドラムルの処遇の甘さは明らかだろう。カーク版におけるドラムルは、馬に対して容赦ない虐待を日常的に加え（▶ 02:20:28-02:20:45）、エステラにもはっきり痣が残るほどのドメスティック・バイオレンスを加えている。最終的に、手ひどい虐待を加えた馬が暴れ出しドラムルは命を落とすが、そこに駆けつけたエステラは、夫との生活から解放してくれた馬に対して、「ありがとう」という言葉さえかけている（▶ 02:41:57-02:43:04）。

D・H・ロレンスと映画

　D・H・ロレンス（D. H. Lawrence, 1885-1930）の作品にはある種の超俗性があり、その部分の映画化はきわめて難しい。たとえば、小説『息子と恋人』（*Sons and Lovers*, 1913）第1章の最後に、百合の花や降りそそぐ月の光などとの宗教的交歓を通して世俗を脱した境地にたゆたう人物が描かれるが、これをそのまま映像にしても原作に描かれた経験の強度は伝わらない（1961年アカデミー賞（撮影）受賞作『息子と恋人』（1960）では、肝心のこの箇所が省かれている）。

　その点で、最も成功したのは、フランスで2006年に公開され、翌年セザール賞を受賞した『レディ・チャタレー』（*Lady Chatterley*）だろう。監督のパスカル・フェラン（Pascale Ferran, 1960- ）は3種類ある『チャタレー夫人の恋人』（*Lady Chatterley's Lover*, 1928）のテキストから第2稿を選んで、女性の視点を強く感じさせる繊細な美しさを持つ作品を作り出すことに成功した。恋人たちの恋愛が美しい自然描写と結びつけられ、男性にも共有される「女性的」なものの気高さが示される。この映画を考察する場合は、本作に関する論文とともに、監督インタヴューなどの邦訳を掲載した日本公開時のプログラムの精読が必須である。そして、ロレンスの『チャタレー夫人の恋人』の3つの稿すべてを読み、その相違点を把握した上で、監督の作品解釈を、監督の発言を参考にしながら、それをうのみにせず、自分の頭で考えなくてはならない（映画には、ロレンスの別の小説『アーロンの杖』（*Aaron's Rod*, 1922）の場面からの借用もあるので、それも読む必要がある）。他の『チャタレー』映画と比較考察するという選択肢もある。

　鬼才ケン・ラッセル（Ken Russell, 1927-2011）が作ったロレンスの小説を原作とする3つの映画（『虹』（*The Rainbow*, 1989）、『恋する女たち』（*Women in Love*, 1969）、『チャタレイ夫人の恋人』（1995）のなかで最も見応えがあるのは、彼の出世作『恋する女たち』だろう。ただ、ストーリーだけ追ってゆくと荒唐無稽な印象しか受けないだろうから、原作の精読と十全な理解が大切である。また、この映画では裸の男女がたくさん出てきて不可解な出来事がたくさん起きるわけだが、作品が作られた1960年代後半における「裸体」の意味といった歴史的考察を試みてもいいかもしれない（ほかに『虹』と『恋する女たち』を原作とするものに、BBCの文芸ドラマ『恋する女たち』もある）。

　さて、和文献としては、ポール・ポプラウスキー編著『D・H・ロレンス事典』（1996, 邦訳2002）の後半部分にロレンスと映画に関する資料があって役に立つ。洋書では、Louis K. Greiff, *D. H. Lawrence: Fifty Years on Film* (2001) がある（ただ、最重要作『レディ・チャタレー』は、これらの著作の出版後に公開されたので、別途、先行研究のリサーチをしなければならない）。　　　　　（武藤）

8 手の物語

アーサー・コナン・ドイル『緋色の研究』と
『SHERLOCK』第1話「ピンク色の研究」

大久保　譲

1 はじめに

　アーサー・コナン・ドイル（Arthur Conan Doyle, 1859-1930）のシャーロック・ホームズ・シリーズには、ほぼ映画の歴史に相当する100年を超えるアダプテーションの蓄積がある。21世紀に入ってからだけでも、ロバート・ダウニー・ジュニアをホームズ役に迎えたガイ・リッチー監督の『シャーロック・ホームズ』（*Sherlock Holmes,* 2009）と続編『シャーロック・ホームズ　シャドウ・ゲーム』（*Sherlock Holmes: A Game of Shadows,* 2011）、舞台を現代のニューヨークに設定し、ドクター・ワトソンをアジア系女性俳優ルーシー・リューが演じる『エレメンタリー　ホームズ＆ワトソン in NY』（*Elementary,* 2012- ）、NHKが制作した三谷幸喜脚本の人形劇『シャーロック ホームズ』（2014-15）、イアン・マッケランが晩年の名探偵に扮した『Mr. ホームズ　名探偵最後の事件』（*Mr. Holmes,* 2015）など、話題になったアダプテーションには事欠かない。[1]

　そのなかでも、BBC制作の『SHERLOCK』（*Sherlock,* 2010- ）は、創造的で巧妙な原作の改変と世界的な人気において特筆すべき存在となっている。シリーズの成功は、シャーロック・ホームズを演じたベネディクト・カンバーバッチ（Benedict Cumberbatch, 1976- ）とジョン・ワトソンを演じたマーティン・フリーマン（Martin Freeman, 1971- ）を国際的なスターに押し上げたほどだ。

　『SHERLOCK』の舞台は現代のロンドン。シャーロックは原作通りの推

理力を誇る名探偵だが、電報のかわりにスマートフォンでメッセージを送り、新聞や事典ではなくインターネットで情報を得、犬ではなく GPS で犯人を追跡する。現代人にふさわしく禁煙中で、パイプではなくニコチンパッチを使っているため、「赤毛連盟」("The Red-Headed League," 1891) の有名なセリフ「これはパイプ三服ぶんの問題だよ」(Doyle 1:276) は、『SHERLOCK』第 1 作「ピンク色の研究」("A Study in Pink," 2010) では「パッチ三枚ぶんの問題」になる。相方のジョンは原作と同様、アフガニスタンの戦役から帰国した軍医だが、[2] PTSD に苦しんでおり、ブログを通してシャーロックの活躍を発表する。それゆえ原作の「ボヘミアの醜聞」("A Scandal in Bohemia," 1891) でホームズが言う「僕のボズウェル [伝記作者] がいなければどうしようもない」(Doyle 1:243) は、「大いなるゲーム」("The Great Game," 2010) においては「僕のブロガーがいなければどうしようもない」と書き換えられる。

　新たなテクノロジーは物語のなかで用いられるばかりではない。『SHERLOCK』の BBC 公式ウェブサイトには、作中に登場するシャーロック自身のウェブサイト「推理の科学」("The Science of Deduction") やジョン・ワトソンのブログがリンクされ、後者ではドラマと連動しながらシャーロックとの活動が報告されたのだ。もちろん、ウェブサイトを活用するのは制作者だけではない。世界中の『SHERLOCK』ファンが SNS を使って解釈や二次創作を発信している。それを制作者・脚本家のスティーヴン・モファット (Steven Moffat, 1961-) とマーク・ゲイティス (Mark Gatiss, 1966-) のチームが読み、次のシリーズに応用することもあった。最も顕著なのはシーズン 3 第 1 話「空の霊柩車」("The Empty Hearse," 2014) で、シーズン 2 で墜死したはずのシャーロックがどのようにして生き返るのか、ウェブ上で沸騰したファンによる論争が、作中の登場人物の議論として取り込まれているのだ (シーズン 3 の DVD に映像特典として収録された "Sherlock Uncovered: The Return" の制作者・出演者インタビューによる)。

　「BBC『SHERLOCK』は＜生まれながらのデジタル＞である……このホームズはデジタル時代の住人として提示されている」(Taylor 131)、「『SHERLOCK』の表象する先端的なメディア環境は……本格ミステリ、映像メディア双方の今日的な変容を反映させたアクチュアリティをはらんでいる」(渡邊 113) のように論じられる所以である。こうした議論に一定以上の

正当性を認めながらも、本章では、「ピンク色の研究」における身体の表象を、現代よりはむしろコナン・ドイルの原作が書かれた19世紀末から20世紀初頭の文脈に接続して解釈を試みる。

2　シャーロック・ホームズ（と）映画の歴史

　まず確認しておきたいのは、原作のシャーロック・ホームズが、映画というジャンルそのものと踵を接して誕生したということだ。ホームズ（および相棒のジョン・ワトソン）が登場する初めての作品『緋色の研究』（*A Study in Scarlet*）が発表されたのは1887年だが、ホームズの人気を決定的なものにする短編連載が月刊誌『ストランド・マガジン』で始まったのは1891年7月である。2年に及ぶ連載の掉尾を飾る「最後の事件」（"The Final Problem," 1893）でいったん読者の前から姿を消すものの、復活を望む読者の声に押されて、名探偵は『バスカヴィル家の犬』（*The Hound of the Baskervilles,* 1901）で復活を遂げる。

　一方、知られる通り、映画の歴史は——前史としてゾーエトロープやエジソンのキネトスコープなどが存在するものの——1895年12月28日、フランスのリュミエール兄弟が発明したシネマトグラフによる上映会に始まったとされている。シャーロック・ホームズと映画は、1890年代という近代の転換点において、ドーバー海峡をはさんでいわば双生児のように誕生したのだ。

　『スクリーンにおけるシャーロック・ホームズ』で、アラン・バーンズは「ホームズの創造と映画の誕生が同時であったため、その気になれば、シャーロック・ホームズがどのように表現されてきたかを通して、映画の歴史・文化・技術の変遷をたどることができるだろう」（Barnes 8）と述べている。同書ならびにニール・マッコーの論考「ホームズをアダプトする」を参照しながら、ホームズのアダプテーションの歴史を簡単に振り返っておこう。

　確認されている最も古いホームズものの映画は、1900年にアメリカで制作された『シャーロック・ホームズの混乱』（*Sherlock Holmes Baffled*）。初期の映像トリックで消えたり現れたりする犯人に、名探偵が翻弄されるというだけの、パロディとさえ呼べない、わずか35秒の他愛ないフィルムである。これに対し、本当の意味で最初のホームズ映画とされるのが1905年、同じくアメリカで制作された『シャーロック・ホームズの冒険、あるいは営利誘

拐』（*The Adventure of Sherlock Holmes, or Held for Ransom*）。ただしストーリーはドイルの原作ではなく、映画オリジナルである。1908 年にはポーの「モルグ街の殺人」に基づく『シャーロック・ホームズと殺人の大いなる謎』（*Sherlock Holmes and the Great Murder Mystery*）が公開される。また同年から、デンマークのプロダクションで、ヴィゴ・ラーセン（Viggo Larsen, 1880-1957）監督による一連のホームズ作品が数年にわたって制作され、いくつかは逆輸入される形でイギリスでも公開されている。

　このように最初期のホームズの映像作品を通覧すると、名探偵のキャラクターはすでにコナン・ドイルによる原作を離れて独り歩きし、ネーションや言語を超え、ほかの作家の作品とも融通無碍に交じり合う（デンマークで制作されたシリーズには、同時代の大衆小説のやはり人気キャラクターだったラッフルズやルパンも登場する）横断的・混淆的な存在だったことが窺える。むしろ、原作に忠実なアダプテーションのほうが遅れて登場するのだ。

　「忠実」なホームズ映画の嚆矢とされるのが 1921 年から 23 年にかけてストール・フィルム社が制作したエイル・ノーウッド（Eille Norwood, 1861-1948）主演のシリーズである。ノーウッドは原作の探偵を忠実に再現することを心がけ、そのためにたとえばバイオリンを習うことまでした。ドイルもこのシリーズを評価していたという（McCaw 200-01）。ドイルが亡くなった翌 1931 年からは、アーサー・ウォントナー（Arthur Wontner, 1875-1960）がホームズを演じるシリーズが作られ、「現代の映画において、ウォントナーを超えるホームズは考えられない」とまで評された（Barnes 261）。これらはいずれもイギリスで制作されたホームズ映画だったが、20 世紀前半に最大の成功を収めたのはアメリカ産のホームズだった。『バスカヴィル家の犬』（*Sir Arthur Conan Doyle's The Hound of the Baskervilles,* 1939）で登場したバジル・ラスボーン（Basil Rathbone, 1892-1967）のホームズは、ナイジェル・ブルース（Nigel Bruce, 1895-1953）演じるドクター・ワトソンとともに、1946 年の『殺しのドレス』（*Dressed to Kill*）にいたる全 14 作を通して、映像におけるホームズ像のスタンダードとして一時代を築いた。もっとも、第 1 作・第 2 作こそドイルの作品に基づいていたものの、ラスボーン主演のシリーズはたちまち原作から離れていった。ことに『シャーロック・ホームズと恐怖の声』（*Sherlock Holmes and the Voice of Terror,* 1942）をはじめとして第二次世界大戦中に作られた

|8| 手の物語　　**143**

作品は、時局にふさわしく反ナチスのプロパガンダ映画になっている。ホームズはスパイの魔手からイギリス（および潜在的にはアメリカ）を救う愛国的ヒーローとして描かれ、観客からは喝采をもって迎えられた（McCaw 204）。もっとも、ドイツを相手にホームズが情報戦で活躍するという発想自体は、ドイルの「最後の挨拶」（"His Last Bow," 1917）などに既に見られるものであり（19 世紀末から 20 世紀前半の英米におけるドイツ敵視の言説を共有しているため）必ずしも原作に「不実」な改変とは呼べないかもしれない。

　パロディやパスティーシュを含め、その後もそれなりに魅力的なホームズ映画が作られ続けたが、ラスボーンのホームズ像を決定的に塗り替えたのはイギリスのグラナダ・テレビジョンが制作し、ITV で放送された『シャーロック・ホームズの冒険』（*The Adventures of Sherlock Holmes,* 1984-94）だった。ジェレミー・ブレット（Jeremy Brett, 1933-95）をホームズ役に迎えたこのテレビドラマは、出発点においては可能なかぎり原作に忠実な映像化が目標とされ、ブレットの死によって終了するまでに 41 作品が制作された。19 世紀末ロンドンの街並みや風俗が丁寧に再現され、「フェティッシュ的なまでにドイルの原作に忠実」（Barnes 26）と評される同シリーズは、しかし、現在から振り返ってみると、まさにその忠実さゆえに、1890 年代よりも 1980 年代のエートスを感じさせる。歴史的建造物を「ヘリテージ」として保存しようとするサッチャー政権のヘリテージ法（1983 年）と同時に誕生したグラナダ版ホームズは、マーチャント・アイヴォリー・プロダクションズによる一連の映画と同質の「ヘリテージ・フィルム」と考えるのが妥当だろう（Semenza and Hasenfratz 342-47）。[3]

　数多くのアダプテーションを通して、シャーロック・ホームズは、絶えず書き換えられるパリンプセスト的なキャラクターになったとマッコーは指摘する。「ホームズがどのような人物かという、固定された、均質な、共有された見方は存在しない。かわりに、複数の、重なり合い、時に競合する傾向がホームズのアダプテーションには存在する」（McCaw 206）。その結果、シャーロック・ホームズのアダプテーションからは、制作者および観客の、時代や文化ごとに異なる不安や欲望を読み取ることができる。そのことはおそらく『SHERLOCK』においても変わらない。

　20 世紀末から盛んになったアダプテーション研究にとって格好の題材と

いうことだろう、アカデミズムの領域でも『SHERLOCK』論は少なからず刊行されている。論文集としても、『SHERLOCK』を中心に、ガイ・リッチー監督版など、21世紀のホームズ・アダプテーションについて考察するもの（Porter, *Sherlock Holmes*; Porter, *Who is Sherlock?*）、『SHERLOCK』に特化し、メディア環境の変化とファンとのインタラクティヴな関係に注目したもの（Stein and Busse）、現代のホームズ・アダプテーションにおけるジェンダーとセクシュアリティの表象を論じたもの（Farghaly）などが刊行されている。

　有益な指摘も随所に見られるとはいえ、これらの『SHERLOCK』論の多くには、ひとつひとつのエピソードを作品として解釈する姿勢が希薄である。日本の映画研究者による、「『SHERLOCK』の企画やストーリー、キャラクター造形と描写、ファンカルチャーについての論考が充実しつつある一方、具体的な映像や演出についての分析は意外に乏しい」（鷲谷 61）との指摘は正鵠を射ている。むろん、こうした傾向には、映画研究が、フィルムを自立したテクストとみなして分析するという黎明期の（ニュークリティシズムからポスト構造主義にかけての文学研究の動向を踏まえた）スタイルから、コンテクストを重視するメディア研究へと移行したという事情も反映しているだろう。しかし、映像のディテールやイメージを分析の対象とするアプローチも、とりわけ今回のように原作との比較を前提とした議論を行う場合には、いまだに有効性を失っていないはずだ。

3　「ピンク色の研究」あるいは、遍在する「手」

　それでは、『SHERLOCK』には具体的に何が映されているのか。第 1 作「ピンク色の研究」に絞って見てみよう。「ピンク色の研究」はパイロット版が 2009 年に制作され、正式に始まったシリーズにおいても最初の作品として放送された。[4]タイトルからもわかる通り、ドイルのホームズもの第 1 作『緋色の研究』の、（自由な換骨奪胎を常とする『SHERLOCK』の基準においてではあるが）比較的「忠実な」アダプテーションになっている。シャーロック・ホームズとジョン・ワトソンの病院での出会いと同居生活の始まり、毒を使った連続殺人、被害者が書き残した「RACHE」の文字、そして最後に明らかになる犯人の職業といった要素が、『緋色の研究』からそのまま引き継がれている。

|8| 手の物語　　**145**

図1　「ピンク色の研究」▶00:12:37　第4の被害者が毒薬の瓶に手を伸ばす。

　一方で、原作をひとまず措いて映像作品としての「ピンク色の研究」を見た場合、これは何よりも「手」のドラマだということが可能だろう。視覚的にも、物語においても、あからさまに手というモチーフが強調されているからだ。

　ここでシャーロックが手掛けるのは、連続殺人ならぬ連続自殺事件である。無関係な人々が、相次いで同じ毒薬を飲んで「自殺」する。それらの場面で強調されるのは、怯える被害者たちの表情以上に、毒薬の小瓶を持った被害者たちの震える「手」のクロースアップである（▶00：02：51ほか　図1）。さらに、事件についてスコットランド・ヤードが会見している際、レストレード警部とジャーナリストたちの携帯電話に、ホームズから「まちがっている（Wrong）」というメッセージが届く。シリーズを通して初めてのシャーロックの介入であり、フランチェスカ・コッパが的確に指摘するように、生身の身体を欠くテクスト・メッセージという形で視聴者の前に姿を現すのは、いかにもデジタル時代の探偵にふさわしいのだが（Coppa 211）、ここで注目したいのは、シャーロックの「登場」に合わせて警部とジャーナリストたちが一斉に手元の携帯電話を持ち上げてのぞき込むしぐさが印象的に描かれるということだ（▶00:05:01-00:07:00）。21世紀の名探偵は、まず人々の掌のなかに登場する。これらの描写はパイロット版には登場せず、ポール・マグイガン（Paul McGuigan, 1963-　）の演出は、放映版「ピンク色の研究」が手をめぐるドラマになることを冒頭から強調している。

　シャーロックがジョンと出会い、最初に「アフガニスタンかイラクから帰国した軍医」と見抜く場面は『緋色の研究』をほぼそのままなぞっているが、「ピンク色の研究」では推理を再現する際、ジョンの左手首がクロースアップされたうえで「日焼けしていない」と推理される（▶00:19:05-00:19:08）。手がシャーロックの推理の起点になるのはスマートフォンの場合も同じだ。

そもそもが手に収まるように作られたガジェットであるスマートフォンをもとに、シャーロックはジョンの兄の存在と、その飲酒癖を推理する。「充電端子の周囲に小さな傷がたくさんついている。毎晩、充電するために繋ぐだが、手が震えるか

図2 「ピンク色の研究」 ▶ 00:24:33 被害者の左手に重ねられるシャーロックの推理。

らだ。素面の人間の携帯にはこんな傷はつかない。飲酒癖の人間の携帯には必ずついている」(▶ 00:20:28-00:20:35)。手は否応なしに痕跡を残し、探偵による追跡を可能にする。

　犯行現場に到着したシャーロックが最初に目を向けるのも、被害者の左手である。探偵の思考が画面上にテクストとして浮かび上がるのは『SHERLOCK』の演出における最大の発明だが、[5] これが初めて用いられるのが――つまり事件についてのシャーロック最初の推理が――遺体の手のクローズアップに重なる「左利き（left handed）」という文字だ（図2）。渡邉大輔は、「むろん、21世紀のホームズも依然として依頼人の身体の痕跡などから推理を働かせることは少なくない」と断りつつも、「『SHERLOCK』において顕著なのは……本格ミステリ特有の指標的な物証や推理の乏しさである」と指摘する（**渡邉 112**）。シリーズ全体に関しては肯綮に中っているであろう指摘だが、「ピンク色の研究」については当てはまらない。シャーロックはまず被害者のコートを自らの手で入念にまさぐり、「濡れている（wet）」と触覚的な情報を手に入れる。さらにシャーロックは被害者の左手薬指から結婚指輪を抜き取り、そこから不幸な結婚生活を推理してみせる（▶ 00:24:30-00:25:40）。わずか1分あまりの、この最初の現場検証のシークェンスで、白い手袋をはめたシャーロックの手とピンク色のネイルが印象的な被害者の手が、交互に繰り返しクローズアップされるのである。遺体の検分を任されたジョンが、まず被害者の口元の匂いを嗅ぐのとは対照的に、シャーロックの知は手を通して得られる、きわめて触覚的なものなのだ。事実、最

| 8 | 手の物語　　**147**

図3 「ピンク色の研究」▶ 00:39:27　ジョンの左手を握って観察するマイクロフト。

終的に彼が犯人にたどりつくのも、携帯電話という手のなかの知を通じてである。

　しかし、この作品が真に「手」のドラマとしての相貌を現すのは、ジョン・ワトソンの変化を通してである。シャーロックとの冒険の過程でPTSDに起因するジョンの手の震えが収まっていくのだ。物語の中盤、ジョンは謎の男（最後にはシャーロックの兄マイクロフトだと判明する）にこう告げられる。「きっと君は、いろいろな人からシャーロックから離れろと警告を受けたはずだ。だが、君の左手を見れば、そうはならないことがわかるよ」。「僕の何だって？」ジョンが問い返すと、マイクロフトはジョンの左手を自分の手に取ってから説明する（図3）。

　　マイクロフト：ロンドンを歩き回る人の大部分が目にするのは、せいぜい街路や店や車だ。けれどもシャーロック・ホームズと一緒だと、街は戦場になる。もうわかっただろう？
　　ジョン：僕の手がどうだって言うんだ？
　　マイクロフト：君は左手に断続的な痙攣があるね？（ジョンうなずく。）セラピストはPTSDによるものだと診断したはずだ。戦場の記憶に苦しんでいるのだと。
　　ジョン：あんたはいったい何者だ？　なんで知っている？
　　マイクロフト：彼女は藪にしたまえ。事実は正反対だ。今、君は強いストレスにさらされ、そして手の震えは完全に止まっている。君は戦争に苦しめられてるんじゃない。戦争が恋しいんだよ。（▶ 00:38:55-00:40:12）

　ロンドンという「戦場」で、ジョンのトラウマから解放されるのは左手だ

けではない。冒頭からジョンの右手に握られていたステッキは、犯人を追っ
てシャーロックとロンドンを駆け巡るあいだに忘れ去られる。ジョンは自由
になった右手に拳銃を握り、ラストシーンではシャーロックを精神的に追い
込んだ犯人を射殺してみせる。当初、自分を救ってくれたのがジョンだと気
づかなかったシャーロックは、レストレードに向けて射撃者のプロフィール
を推理してみせる。「そいつの手はちっとも震えていなかった。暴力に慣れ
ている証拠だ」（▶ 01:22:15）。「ピンク色の研究」について「アンバランスか
つ空虚な状態に置かれたジョン・ワトソンを冒頭で提示したうえで、その後、
彼が当初喪失していた能動的な意志と欲望を回復し、その欲望を最終的に成
就させるプロセスを見せていく」（鷲谷 63）とする評価は正しいが、このド
ラマが刺激的なのは、それをあくまでも「手」の物語として提示する点にあ
る。事件の解決後、シャーロックがジョンを夕食に誘い、「ベイカー・スト
リートの端に、夜中の2時まで開いているいい中華料理屋がある。いい中華
料理屋かどうかは、ドアのノブの下三分の一を観察すればわかるんだ」（▶
01:24:20）と語るのは、手の痕跡が何よりも重要だった作品の締めくくりに
ふさわしい冗談だろう。

4　クロースアップと寸断された身体

　では、「ピンク色の研究」に遍在する「手」のモチーフを、どのような文
脈に位置づけることが可能だろうか。[6] 注目したいのが、反復される手のク
ロースアップ（被害者の、探偵の、ジョンの、そして犯人の）である。言
うまでもなくクロースアップは、初期の映画がしばしば比較された演劇には
ありえない技法であり、映画独自の文法の確立においてきわめて重要な発明
だった。ベラ・バラージュは『視覚的人間』（1924）において、クロースアッ
プについて初期の理論的な説明を与えているが、特権的なモチーフとしてま
ず取り上げられるのは「手」である。「シネマトグラフの拡大鏡［クロースアッ
プ］は、生の個々の細胞を間近に見せ、生の肌触りと実質を具体的な細部に
おいて感じさせてくれる。それは人に、自分の手が何をしているかを教えて
くれる。通常、手が誰かを撫でたり殴ったりしても、人は手そのものには注
意を払わず気づきもしない。手で生きていながら、手に注意を向けることは
ない。映画カメラという拡大鏡は……人が無意識に手にした煙草の冒険と運

命を明かし、気づかれないために秘められたままのあらゆるものの生を明らかにする」（Balàzs 38）。クロースアップは何よりもまず「手」の秘密を明らかにするための技法だったのだ。その意味で「ピンク色の研究」における手のクロースアップの多用は、紛れもなく映画史の一端に触れているといえる。

一方、松田和子は、シュルレアリスムをはじめとする 20 世紀芸術における「手」の遍在を跡づけた興味深い研究のなかで、身体の「部分」を強調するクロースアップが、寸断された身体、ことに切断された手のイメージを呼び起こすことを指摘している（松田 327-84）。ルイス・ブニュエル（Luis Buñuel, 1900-83）監督の『アンダルシアの犬』（*Un chien andalou,* 1929）に出てくる切断された手はその代表的なものだろう。また美術史家リンダ・ノックリンは「現代芸術において、身体の断片・断片化された身体が、多義的ではあっても中心的な位置を占めているという事実」があると述べる（Nochlin 53）。映画ではなく写真について、香川檀は「写真の切り抜きという現実的断片として差し出すフォトモンタージュの技法は、全体ではなく部分をクロースアップして凝視しようとする、モダニズム写真に顕著に現れ始めた視線の欲望と呼応し合っている。あるいは、その欲望をなぞり、際立たせている」と論じる。続けて「この〈部分への欲望〉は身体の、とりわけ脚に向けられる」（香川 144）と主張しているが、これは性的対象としての女性の表象については正しいとしても、寸断された身体のモティーフのすべてに当てはまるわけではない。第一次世界大戦のさなかに描かれたエルンスト・ルートヴィヒ・キルヒナーの《兵士としての自画像》（1915）を解釈しながら、シュプリンガーは「切り落とされた手」に、戦争プロパガンダから画家の不安まで、重層的な意味を見出している（シュプリンガー 109-52）。サンタヌ・ダスは、やはり第一次大戦の戦争詩人を分析し、そこに「手」のモティーフの氾濫を読み取る（Das 379-97）。断片化された身体、ことに手のイメージは、表現主義からダダイズムやシュルレアリスムまで、「戦後」の身体表象に取り憑くのだ。アフガニスタンでの戦争のシーン（ジョンの回想）から始まる「ピンク色の研究」に、手のイメージが横溢しているのも故なしとはしない。[7]

とはいえ、「切断された手」のイメージを 20 世紀の芸術と結びつけるだけでは不充分だろう。身体から自立して動く「死者の手」が、人間の主体の一貫性を脅かし、主体／客体の二元論を揺るがすモティーフとして、初期

近代と 19 世紀のフィクションにおいて愛用されたという指摘もある（Rowe 1-23）。ダスもまた、第一次世界大戦前後の「手」の表象の背後には、「ヴィクトリア時代の手へのオブセッション」があると述べている。「ウォルター・ペイターによるヴィンケルマンの〈汚れない手〉の賞賛からスティーヴンソンのハイド氏の毛深い野獣のような手まで、ユライア・ヒープのひょろ長い骸骨めいた手からドリアン・グレイの肖像の美しい手に滲み出す血まで、ヴィクトリア時代のあらゆる観念——退化・人種・病気、宗教と科学、ジェンダーとセクシュアリティ——は、手の上に、手を通して表現されているかのようだ」（Das 383）。

　ダスは挙げていないが、手に憑かれた一連のヴィクトリア時代の作家・作品のなかに、当然コナン・ドイルとシャーロック・ホームズの名を加えることができるはずだ。『四人の署名』（*The Sign of Four,* 1890）でホームズはワトソンに自分の論文を紹介する。「これもちょっと面白い研究で、職業が手の形に及ぼす影響を論じたものだ。スレート工、船乗り、コルク切り職人、植字工、織工、ダイヤモンド磨き職人の手を石版刷りで示してある。これは科学的探偵にとって非常に実用性の高いものなんだ」（Doyle 1:126）。事実、「赤毛連盟」では手を見るなり依頼人の経歴を当ててみせる。「どうして私が肉体労働（manual labour）をしていたとわかるんですか？　実際、もともとは船大工から仕事を始めたんです」と驚く依頼人に対し、ホームズは「あなたの手ですよ。右手が左手よりずっと大きい。右手を使い続けてきたから、そちらの筋肉が発達したのです」（Doyle 1:265）と応じる。ワトソンの手もまたホームズの観察を逃れえない。「君の左手の人差し指と親指のあいだにできたへこみを見れば、君が金山にささやかな投資をするつもりがないと確信するのは簡単だったよ」（Doyle 1:806-07）。さらにドイル最晩年の作品「這う男」（"The Adventure of the Creeping Man," 1923）に目を向けてみよう。シャーロック・ホームズは、第一次大戦を経て、『ユリシーズ』や『荒地』が刊行されたあとになっても、執拗に「手」を見つめ続けていたのである。

　「教授の指関節を見たかい？」
　見ていない、と答えざるをえなかった。
　「太くごつごつしていて、これまで僕が見たことのないタイプだ。どん

なときでもまず手を観察するべきだよ、ワトソン」(Doyle 2:669)

　これらはホームズものにおける「手」への言及の一部にすぎない。「19 世
紀末のゴシック小説・探偵小説は、切り離された手の持つ、アイデンティ
ティを暴露し、あるいは形成する力を強調している」(Briefel 14)のだとして、
その中心にいる一人がドイルだといっても過言ではないだろう。[8]「およそ
あらゆる探偵小説の中心にあるのは身体であり、フィクションの探偵はその
身体に視線を向けて、独自の解釈の力をふるうのだ」(Thomas 2)。そのさい
重要なのは、ミステリにおける身体が、探偵の視線によって部分に分割され
たものだということだ。アダプテーションにおける原作への「忠実さ」を言
うのであれば、「ピンク色の研究」の映像は、身体を方法的に断片化し、手
をクローズアップするホームズの視線を忠実にトレースしている。[9]

5　おわりに　19 世紀末のデジタル・ネイティヴ

　『SHERLOCK』の主な登場人物たちが、いつでもスマートフォンを手
にし、パソコンのキーボードを叩いていることを改めて確認しておこう。
『SHERLOCK』において、事件は指先で起こるのである。
　こうした手の専制について、シャーロック・ホームズと同時代に生まれ、
同じく現代の神話となった――ホームズものに劣らぬ量のアダプテーショ
ンを生んだ――小説に興味深い記述がある。H・G・ウェルズ（H. G. Wells,
1866-1946）の『宇宙戦争』（*The War of the Worlds,* 1898）だ。語り手は火星人の
異様な外見を説明しながら、架空の雑誌記事を紹介する。

　　その筆者の指摘によれば……機械的な装具が充分に発達すれば、必然
　的に四肢は必要なくなる。化学的な装置が充分に発達すれば、消化器が
　必要なくなる。髪、突き出た鼻、歯、耳、顎も人間に必須の部位ではな
　くなり、自然淘汰の流れに沿って、次第に消滅していくだろう。脳だけ
　が必要不可欠な中心として残るだろう。それ以外に身体の部位で生き
　残るのは、「脳の教師にして代理人」である手のみである。身体の他の
　部分が縮小していくのに対し、手だけは巨大化していくだろう。(Wells
　127)

ここからも 1890 年代の「手」に対する強い関心を読み取ることができる。それにしても、戯画的に提示される「脳」と「手」に特化した未来人の姿は、つねに手のなかで電子機器を弄ぶ『SHERLOCK』の探偵や犯罪者たちによく似ているではないか。

　最後にもう一度『緋色の研究』に戻ろう。「ピンク色の研究」の原作にふさわしく、この小説も間違いなく手の小説である。いや、指の小説というべきだろうか。犯行現場で、探偵の指は、まるで体から独立したように自由に動き回る。「ホームズが話しているあいだ、軽やかな指は、ここ、そこ、あらゆる場所で、触れ、押し、ボタンを外し、検分する……」（Doyle 1:26）。

　手と指の小説としてのホームズ・シリーズが、デジタル時代のミステリー・ドラマ『SHERLOCK』を生み出したのも当然だろう。デジタル（digital）とは、第一義的には「指」を意味する形容詞なのだから。

註

1) シャーロック・ホームズのアダプテーションに限らず、ヴィクトリア時代の小説が現代において「ネオ・ヴィクトリアニズム」とも呼ばれる新たな関心を引き起こしている点については、ジュリー・サンダーズの次の指摘が有益である。「ヴィクトリア時代は、アダプテーションにとって実り多いものである。なぜなら、この時代は、ポストモダン時代の重要な関心事に光を当てているからだ——アイデンティティをめぐる問題、環境と遺伝の問題、抑圧されたセクシュアリティ、犯罪と暴力、都市と新しいテクノロジーの可能性に対する関心、法と権威、科学と宗教、そして帝国のポストコロニアルな遺産」（Sanders 161）。サンダーズは幅広いヴィクトリア時代の文学作品を想定して述べているが、言うまでもなく、これらはシャーロック・ホームズ・シリーズにおける特権的な主題でもある。

2) 『緋色の研究』のワトソンが参加したのは第二次アフガニスタン戦争（1878-81）、『SHERLOCK』のジョンの場合は 2001 年秋にアメリカ合衆国主導で始まり、イギリスも参戦した対テロ戦争のこと。マーク・ゲイティスは次のように述べている。「ドイルの書いた第 1 作でワトソン博士がアフガニスタンで負傷して戻ったというのは、奇遇だなって。同じように先の見えない戦争が、いまもまた起きているんだから。あれが、ひらめきの瞬間というやつだった。そうか、現代にもってこられるじゃないか、とね」（トライブ 12-13）。第二次アフガニスタン戦争は中央アジアにおけるイギリスとロシアのあいだの覇権争いである「グレート・ゲーム（The Great Game）」の過程で起きた。言うまでもなくシーズン 1 第 3 話「大いなるゲー

|8| 手の物語　　**153**

ム」の原題である。

3) グラナダ・テレビジョンのプロデューサー、マシュー・コックスは、『シャーロック・ホームズの冒険』に先駆けて、イーヴリン・ウォー（Evelyn Waugh, 1903-66）の同名小説を原作とするドラマ『ブライズヘッドふたたび』（*Brideshead Revisited,* 1981）をヒットさせている。カントリーハウス——ヘリテージ産業の中核を担うトポス——を魅力的に描いたこのテレビドラマもまた、同時代のヘリテージ・フィルムとの類縁性を指摘されている（Hill 77）。同作の成功が、イギリス国外での収益を前提としたヘリテージ・テレビドラマの制作を促し、『シャーロック・ホームズの冒険』を可能にしたとバーンズは論じている（Barnes 24）。

4) ただしシリーズ第1作として放映された「ピンク色の研究」は、パイロット版を流用せず、新しく撮り直したものである。監督もコーキー・ギェドロイツからポール・マグイガンに交代している。

5) 『SHERLOCK』を特徴づけるこの視覚的工夫が、「ピンク色の研究」と「大いなるゲーム」の演出を担当したマグイガン監督の提案によるものだったとスー・ヴァーチュー（プロデューサー）が証言している（**トライブ** 300）。

6) 本章では詳述する余裕がないが、映画の視覚性ではなく触覚性に注目した近年の議論も、『SHERLOCK』の解読に有効な視点を提供してくれるだろう。「ピンク色の研究」から、触れえない裸の皮膚のドラマというべき「ベルグレーヴィアの醜聞」（"A Scandal in Belgravia," 2012）を経て、ガラス越しに触れ合う兄妹の手がクライマックスをなすシーズン4第3話「最後の問題」（"The Final Problem," 2017）にいたるまで、「触れること」は『SHERLOCK』の特権的な主題系を形作っている。触覚的映画論については岡田温司の概説を参照（**岡田** 10-13）。

7) シャーロックの部屋には、文字通り断片と化した身体があふれている。「ピンク色の研究」では電子レンジから目玉が見つかり、冷蔵庫のなかには、「大いなるゲーム」では男の頭部が、「ベルグレーヴィアの醜聞」では親指が入っているのだ。ささやかなブラックジョークだが、シャーロックやモリアーティやマグヌッセンのデジタル化された身体との対比で、これらの断片化された身体を考察することが可能だろう。

8) ブリーフェルはドイルの怪奇小説「茶色い手の物語」（"The Story of a Brown Hand," 1899）——ホームズものの休載中に『ストランド・マガジン』に発表された——の分析を通して、この作家の「手」をめぐる想像力を議論している（Briefel 36-43）。

9) こうしたホームズの分析的な視線のありようを、カルロ・ギンズブルグが同時代のフロイトの精神分析、モレッリの美術鑑定と並べて「推論的範例（パラダイム）」と名づけたことは広く知られている。「19世紀の末頃——より正確に言えば1870年から80年にかけて」「症候学に基礎を置いた推論的範例（パラダイム）」が人間科学に応用されるようになった、と（**ギンズブルグ** 188）。それが犯罪捜査に応用されると、パリ警視庁でベルティヨンが発明した人体測定法となり、フランシス・ゴルトンらによる指紋の活用となっ

154 　第1部

たことについては、多くの先行研究が存在する（Gunning 18-34; Thomas 201-19; ギンズブルグ 218-22; 橋本 82-178）。トム・ガニングの論文は、ドイルの作品にも言及しながら、身体によるアイデンティティの認証と初期映画の関連を論じており、とりわけ示唆に富んでいる。

9 メロドラマ性と
メタ・メロドラマ性の相克

トマス・ハーディ『ダーバヴィル家のテス』と
ロマン・ポランスキー監督『テス』

松本　朗

1　はじめに

　ロマン・ポランスキー監督（Roman Polanski, 1933- ）の作品について語る
のは難しい。フランス系ポーランド人の監督ポランスキーは、1960 年代に
ヨーロッパの芸術系映画とアメリカン・ニュー・シネマのあいだをいくスタ
イルで名声を確立したが（Morrison 1-3）、その映画は、監督自身のセンセー
ショナルな人生と結びつけられることがしばしばあるからだ。[1] たしかに、
幼少期の数年をクラクフのユダヤ人ゲットーで過ごした後、母親をアウシュ
ヴィッツで亡くし、その後ポーランド、フランス、イギリスを経てアメリカ
合衆国の映画産業で監督として地歩を固めるも、69 年にロサンゼルスの自
宅で妻をカルト集団に殺害され、77 年には自身も少女に対する淫行事件を
起こしたその人生は、なるほどそれ自体が映画の素材と言える。とはいえ監
督の人生が映画の評価に否定的に用いられることもしばしばで、『テス』（*Tess,*
1979）に関して言えば、それが淫行事件後フランスへ脱出して製作された第
一作目にあたることもあり、当時 18 歳のナスターシャ・キンスキーを抜擢
し、男性人物に陵辱されて転落していく無垢な娘テスを演じさせるこの映画
は、それ自体が、ポランスキー監督による児童ポルノグラフィと見なせると
批判する批評家もあった（Marcus 90-93）。[2] こうした見方は、ハリウッドの
映画産業全体が男性中心主義的であるとの批判が業界の女性たちの主導でな
されはじめた現在、決して軽視できるものではない。だが、『テス』を現在

156　　第 1 部

でもポランスキーの「卓越した手腕の極致」（Sarris 20）と見なす批評家があるのも事実であり、監督のスキャンダルによる語りにくさのせいで一時停滞していたポランスキー研究は、2000年以降に新たな活気を帯びつつある。[3]

　本章では、トマス・ハーディ（Thomas Hardy, 1840-1928）の小説『ダーバヴィル家のテス』（Tess of the d'Urbervilles, 1891）を原作とするポランスキー監督の『テス』を取り上げる。ここではひとまず監督のスキャンダルについては措き、この映画を英米映画史とポランスキー研究史に位置づけ、同時期に興隆していたメロドラマ映画研究とフランス系フェミニスト批評の言説のなかに再配置する。それによって、この映画テクストが、古い時代から新しい時代への変容に引き裂かれるスペクタクル的形象としてヒロインを表象し、観客がそのスペクタクルを消費し涙することで自身の中流階級的道徳観を確認するメロドラマ的快楽を提供しつつも、他方では、フェミニスト批評の観点からイギリス中流階級の道徳感によって支えられているメロドラマ性を揶揄する、反メロドラマ的、メタ・メロドラマ的瞬間をも表象していることを明らかにする。『テス』は、メロドラマ性とメタ・メロドラマ性の相克を刻印する、矛盾する政治性をはらんだ複雑な魅力を有する映画テクストなのである。

2　イギリス映画史における『テス』とメロドラマの問題

　ポランスキーの『テス』は、一般に映画史に位置づけにくいと言われる。じじつ、この映画は、一方では、ヘリテージ映画への布石を打ったパナヴィジョン・アダプテーションと呼ばれる、パナヴィジョン社製カメラを使用して風景を崇高かつ壮大なヴィジョンとして撮影する1960年代〜70年代の一連の映画と同時代性を有する。だが、この映画テクストには、それと同列に扱うことを困難にする〈実験的な作家性〉と〈ミザンセヌに重点を置く演出方法〉のあいだの、なにか〈あいだ〉のスタイルとでも言うべきものがあるらしい（Semenza and Hasenfratz 301）。それでいて『テス』は、1981年にブームが始まるヘリテージ映画の一つに数えられることもない。他方、ポランスキーのキャリアにおいても、この作品は、作家主義的な前半期からアダプテーションが主流となる後半期への変化と連続性の両方を示す、一種の境目をなす映画テクストと見なされている（Mazierska 3-6; Morrison 2-5）。『テス』は、アダプテーション史およびポランスキー研究史の両方において、境目的なス

|9|メロドラマ性とメタ・メロドラマ性の相克　　**157**

タイルで特徴づけられるようだ。

　では、この〈あいだ〉のスタイルとはなにか。そもそもハーディが一つの枠組みやスタイルに収まりきらない作家であることはつとに、批判的に言及されてきた。たとえば、ハーディは、イングランドの田舎の「農民」を題材とする「田園的リアリズム」の系譜に属しながらも、それに見合う文体や言語を用いる資質に「欠けている」、つまり、古き良き田舎の生活を描く年代記作家でありながら、オックスフォードやケンブリッジで学んでいない「独学者」であるために、その作品には「田園的リアリズム」の正統的作家に見られる文体や言語の洗練が足りないなどの「矛盾」があるとの指摘が、1890年代から1970年代末までの「ブルジョワ」的批評家によってなされてきたのである（Eagleton 126-30; Dolin, "Critical Responses II" 84; Williams 97）。これを一蹴したのがレイモンド・ウィリアムズで、彼に言わせれば、近代化の過程で田舎と都会の人びとの関係が変容するなかで、ハーディの小説に描かれる、田舎の慣習的な生活と教養人の生活の狭間に生きる者が経験する複雑な感情や思想こそが、彼を偉大な作家たらしめているという（97）。

　興味深いのは、この「田舎の慣習的な生活と教養人の生活の間に生きる者が経験する複雑な感情や思想」が生まれる要因である、古き良き〈田舎〉と資本主義を基盤とする新興勢力である〈都会〉の葛藤、そして資本主義経済に翻弄され疎外される一女性労働者の苦難が、ポランスキーの『テス』の構造をも規定し、またこの映画テクストの〈あいだ〉のスタイルを形成しているように思われることである。そして、この〈あいだ〉のスタイルは、『テス』公開の少し前に興隆したメロドラマ映画の問題と深い関連を有している。

　じじつ、ポランスキー映画には初期からメロドラマ性が存在すると言われていたのだが（Morrison 19-35）、いみじくも1970年代後半にメロドラマ研究が盛んになり、メロドラマというジャンルの革新性に新たな光が当てられる状況が生じた。周知の通り、端緒を開いたのは、ピーター・ブルックスの『メロドラマ的想像力』（1976）である。同書では、フランス革命後に貴族の支配が崩壊した神なき世界で、市民的な道徳を問い、主人公にふりかかる悲劇的運命を過剰な情動を喚起しつつ描写するジャンルとしてメロドラマが台頭したことが明らかにされている。キリスト教的価値観が脱中心化されて悲劇というジャンルが死んだ世界で、メロドラマが描くのは、記号としての〈無

垢〉や〈美徳〉が〈悪〉によって汚され破壊される、わかりやすい倫理で観客に訴えかける善悪二元論的なドラマなのだが、要はその市民的日常ドラマが誇張的に美学化される型《スタイル》にある（Brooks 24-55）。この議論を契機に、従来はロウブラウなお涙頂戴ものと見なされてきたメロドラマ映画が、教養ある観客によって読み解かれる、重要な文化的テクストとして再評価される状況が生じた（Mercer and Shingler 24-30）。[4]

　つまり、普通なら「ありそうにない」偶然がプロットを構成し、リアリズムに通俗劇《メロドラマ》という大衆的ジャンルが接ぎ木されるハーディ小説の「問題点」が作家の力量不足に帰されていた1970年代に（Eagleton 126）、メロドラマを美学の観点から再評価する土壌が整い、ここにきてようやく、善良無垢な主人公が、時代の変容の煽りで〈古い規範〉と〈新勢力〉のあいだで引き裂かれ、まさにシステムの矛盾を生きる苦難が洗練された文体で描かれる点に注意が向けられる気運が高まったと言える。以下では、このメロドラマの観点から『テス』を分析していく。

3　ポランスキー監督の『テス』とメロドラマ的〈あいだ〉のスタイル

　まずは、小説『ダーバヴィル家のテス』のプロットを概略しておこう。舞台は19世紀末のイングランドの村。ジョン・ダービフィールドは貧しい労働者階級の行商人だが、自身が貴族のダーバヴィル家の末裔であるとの話を牧師から聞かされ、妻と一計を案じる。美しい娘テスを近隣のダーバヴィル家にやって、こちらが本家であると告げて金をせしめるのだ。両親に強いられたテスが件の邸を訪問すると、長男アレックはその美貌に魅せられ、彼女を養鶏場で働かせるよう手配した上であの手この手で誘惑し、陵辱する。テスは実家に戻るも、このときすでに身ごもっていた。被害者であるにもかかわらず〈堕ちた女〉と私生児に世間は無情で、父と教区牧師から酷い仕打ちを受け、赤ん坊も病死する。その後、酪農場で仕事を得るテスは、遠い土地での開拓をめざして酪農を勉強する牧師の息子エンジェル・クレアと恋に落ち、求婚される。自身の過去を彼に打ち明けようとするも運命のいたずらに幾度も阻まれるテスは、新婚旅行先でようやくその機会を得る。だがそれを聞いたエンジェルは、自身も身を持ち崩した過去を持つにもかかわらず妻は許さず別居を提案、単身ブラジルへ渡ってしまう。その後、農業の季節労働

| 9 | メロドラマ性とメタ・メロドラマ性の相克　**159**

者の身分に堕ちるテスは、路頭に迷う実家の家族のことでアレックにつけこまれ、海岸の歓楽都市で彼の情婦となる。そこへ病に罹ったエンジェルが帰国、テスに許しを乞う。激情に駆られてアレックを刺殺するテスは、エンジェルとともに逃避行を開始し、最終的にストーンヘンジで警察に捕らえられる。

　映画のプロットは、大筋において原作のプロットを踏襲している。〈悪〉に近い存在によって暴力的に汚される〈純粋無垢〉なヒロインの物語は、たしかに市民的倫理を問うており、その意味では、ブルックスが論じるメロドラマの枠組みに落とし込みやすいテクストだと言える。ここで注目したいのは、ポランスキーの『テス』において、近代化の過程で表出する新旧二勢力の衝突がいかに表され、またその争いに巻き込まれ転落するテスが、いかに時代の変容とシステムの矛盾のあいだで生きる苦悩を体現する美学的形象になりえているかという、メロドラマの〈あいだ〉のスタイルの問題である。このスタイルは、イングランド的な風景が残存するロケ地として選択されたフランスの田舎で、ハーディ・カントリーのイメージを表面的には忠実に再現しつつも、象徴的形象（シンボル）を効果的に用いて映像の意味に複雑さを加え、「見る」行為と認識の問題に挑戦的姿勢を示す初期のポランスキーの手法[5]を織りまぜることで成立しているように思われる。

　そもそもハーディの小説世界はしばしば絵画的であると言われるが（Howe 410）、ポランスキーの『テス』は、その再現をめざしつつ監督の作家性も保持するとの意識からか、古典的なリアリズムを基調にしつつもそれがなんらかの手法でずらされる。たとえば、映画の冒頭やエンディングのイングランドの緑の風景は靄がかかった形で撮影されて、典型的な田園風景を予期する観客の期待を微妙に裏切り、〈見る〉行為や伝統的イングランド性に問いを投げかける。田舎のイメージをずらす手法は、田舎に襲いかかる近代化の問題を表象する際に、より鮮やかに顕在化する。それは、農場で使用される巨大な機械の爆音、機械に従属して機械的に夜まで労働させられる人間の労働（▶ 02:08:00）といった直接的な形で表されるほか、イングランドの田舎の純粋無垢な娘の記号であるテスと周囲の人物の関係の表象においても隠喩的に示唆される。たとえば、〈田舎〉と〈都会〉の葛藤は、テスとアレックの関係において空間的に、テスとエンジェルの関係においては時間的に、エンディングではその両方でと、プロットの進行とともに先鋭化していく。そして、

そのシステムの矛盾を一身に引き受けるテスの形象は、衣装を含むミザンセヌの過剰さでその語られない内面の戸惑いが露わにされて、美学化される。

　まず、産業構造の変容のなかではその家の没落と上昇が同じコインの裏表であるはずのテスとアレックの相克は、空間的に、〈田舎〉対〈都会〉の葛藤として表される。テスが訪れるダーバヴィル邸は、金で家名を買った成金の産業家であるダーバヴィル一族の〈偽物性〉と〈新興性〉を表すべく、おとぎの国風のデザインの安普請の建物となっていて、庭にはサーカスを連想させるオレンジ色と白色のストライプのテントが張られている。その内側から長男アレックが、都会的に洗練されたファッションに身を包んだ性的エネルギーを感じさせる人物として登場する（▶ 00:16:45-00:17:58）。ここで出会うテスとアレックは、それぞれ、〈純粋無垢な田舎の娘〉対〈消費的・性的エネルギーにあふれた都会から来た新興成金の男〉という空間に基盤を置く対立項を代理的に表象していると言える。馬車を運転するときや馬を疾走させる際のアレックのスピードも、彼の性的エネルギーと彼が運ぶ新興のモダニティの文化を表していて、寡黙に静的な美を湛えたテスが彼に消費されることが印象づけられている。

　とはいえ、映画テクストが原作以上に強調するのは、アレックが代理的に表象する〈都会性〉と〈消費文化〉に対して、テスが心の底ではアンビヴァレントな魅惑を感じており、そうしたものの絶対的な対立項とはなりえていないことである。原作の第11章の末尾でテスは眠っているあいだにアレックに陵辱され、第12章の冒頭ですぐに実家に戻るのだが、映画テクストでは、短い期間ではあるが情婦として邸にとどまることになっている。アレックの性的エネルギーの暴力的な発露が美しく官能的な森を背景に起こるアンビヴァレントかつ皮肉な陵辱シーン（原作では具体的には描かれない）の直後に置かれるのは、アレックにプレゼントされた帽子の箱を開けてほんの一瞬だが確実に歓喜するテスの表情を捉えるミディアム・ショットである（▶ 00:40:13）。その後も、陰鬱な表情を示しながらも、レースとフリルがふんだんにあしらわれた白地のドレスとパラソルを身につけ（図1）、装飾的なモノが詰まった居室にテスがしばらくとどまることは、そうした消費文化の魅惑にテスがとらえられて抗えない部分を持っていることを示している。それだけでなく、テスの白い衣装のレースや美しいモノでむせかえるような居室の

| 9 | メロドラマ性とメタ・メロドラマ性の相克　　**161**

図1 『**テス**』▶ 00:40:55-00:41:05
アレックが漕ぐボートに乗るテス。水面には、「愛、美、純粋、結合」を象徴する複雑な形象と解釈できる白鳥が二羽浮かぶ。決定不可能な矛盾する意味の充満。

　装飾の過剰さは、階級的に場違いな空間に引き入れられた上に、情婦でありながら純粋無垢のイメージを背負わされる彼女が体現する矛盾を暗示する。つまり、〈田舎〉の娘であるテスは、陵辱後も隠喩的な意味で〈無垢〉を保持するのだが、〈都会〉の消費の快楽を知ったという意味では、都会からやって来たモダニティの文化を空間的に〈経験〉したことになるのであり、不機嫌に借り物の衣装に身を包みアレックの支配する空間にとらわれる彼女の自家撞着性とその存在が体現する階級的・空間的矛盾という〈あいだ〉性は、装飾の過剰さという美学化されたスタイルで表されていると考えられる。

　他方、テスとエンジェルの関係では、メロドラマ的な矛盾を含む〈あいだ〉のスタイルは、時間的に表される。アレックがテスの肉体に暴力を揮う人物であるならば、エンジェルは、大学町という都会の教養人として精神面で暴力を揮うことで「アレックを補完」（Howe 415）する人物なのだが、彼が揮う精神的暴力が、物事を正しく見たり認識したりすることができない彼のディレッタンティズム（Howe 415）に起因することは、小説テクストのみならず、ポランスキーの映画テクストにおいても繰り返し暗示される。その一例は、小説と映画の冒頭に置かれる村の婦人会のクラブダンスのシーンである。このクラブダンスは、村に残存する古代ローマの文化というよりは、19世紀末の時点では観光客や学者向けに提供される見世物的な催し、つまりカッコ付きの〈ローカルな文化〉としての側面が強かったのだが、エンジェルは、そうした〈ローカルな文化〉に歓喜してダンスに加わる（▶ 00:07:55-

00:10:08)。さらにエンジェルは、その場にいる類い希なる美貌を誇るテスの存在に気づかない一種の盲目性をも示す（原作の第17章でも映画テクストでも、テスのほうは、後に酪農場でエンジェルに会うとき、彼がかつて故郷の村のクラブダンスに立ち寄った都会の教養人で、自分には目もくれなかった人物であることに気づく）。

　このように都会の教養人であるエンジェルが、〈見る〉力、そしてそれと深く関係する〈物事を認識する力〉に欠ける人物であることは、テスと恋に落ちる酪農場では映像的に強調される。エンジェルは、酪農場で働く労働者階級の人物たちとは階級的に一線を画した、開拓者として土に根ざした生活をすることを目指して酪農を熱心に学ぶ孤高の人物として登場するのだが、彼は、農場の労働者階級の人々、とりわけテスに対して、プリミティヴな労働者階級の姿をとどめた、現代の世界に汚されていない人物たちであって欲しいとの西洋社会のプリミティヴィズムにも似た欲望を投影し（Dolin, "Melodrama, Vision, and Modernity" 338-39）、彼らの姿に〈過去〉の理想型を幻視する側面を有する。したがって、農場で酪農を学ぶ自身についても、なにがしかの理想像を幻視しているところがあり、そうした彼の特徴は、パストラルをテーマにしたイタリア絵画に登場する、麦わら帽子姿で笛を吹き哀切な音色を奏でる牧童の像として、つまりメタ絵画的・メタパストラル文学的イメージに則った、ディレッタントでやや自意識過剰気味の彼自身の自己イメージ的ショットとして、表される。テスに対しても、〈汚れを知らない
素朴^{プリミティブ}なイングランドの田舎の娘〉という過去の像すなわち虚像を見ているため、その恋心も、〈恋は盲目〉の言葉通り夢遊病者然となったエンジェルの目の表情で表現されることになる（▶ 01:10:15-01:11:20）。

　だが、前述した通り、テスは都会の消費文化における消費の快楽を知った、つまりその意味では〈無垢〉を失い、〈経験〉を得た人物であり、〈過去〉の〈素朴〉な〈田舎〉の娘などではない。言うなれば、イングランド文化の神話にとらわれたエンジェルの幻視的な視線と誤った認識を通して、テスの内面と外面のイメージは、〈現代〉と〈過去〉という異なる時間のあいだで引き裂かれている。[6] それが複雑に美学化された形で表されるのが、新婚旅行先の宿でエンジェルとテスが一緒に手を洗うシーンである。手を洗いながら二人は、「どちらが僕の手でどちらが君の手だい？」「全部あなたのもの」との原作

図2 『テス』▶ 01:30:32

　第34章にあるものとほぼ同じ会話をかわすのだが、ここで壁面の鏡に焦点がぼやけた二人の姿が映ることは（図2）、二人および観客が虚像を見ていることを表すと複数の先行研究で指摘されている（Riquelme 162）。だが、このシーンの重要性は、二人は一心同体だと思いたいエンジェルの願望と、彼を喜ばせふさわしい伴侶として振るまいたいとのテスの気遣いを表す言語行為(スピーチ・アクト)が、二人の相互の愛情をパフォーマティヴに成立させる一方で、鏡の像に加えて壁面に大きくテスの影が広がる点にもあるのではないかと思われる。この黒い影は、エンジェルが過去の理想の女性像を自分に見ていることと、これから自分の過去を告白することへのテスの不安を暗示するものと思われるが、鏡の虚像と壁の影の両方が二人の言語行為の効果を打ち消し、その場を虚偽のイメージや言葉がリフレクトし合う空間にして不安を高めるこのシーンは、ある種マニエリスム的に、イメージと実体のあいだで引き裂かれたテスが、他者の虚像と化して漂うさまを示す、美学化された〈あいだ〉のスタイルと解釈できる。

　この直後のテスの告白により、自身が抱いていたイメージが裏切られたと感じたエンジェルは、妻テスを置いて旅立つ。季節ごとの重労働仕事を転々とする身分に堕ちるテスは、父の死後に路頭に迷うようになった実家の家族のことでアレックにつけこまれ、海辺の歓楽都市で彼に愛人として囲われることになる。だが、帰国したエンジェルの訪問と謝罪を受けるとき、激情に駆られてアレックを刺殺してしまうのだ。そこから、ちょっとした錯乱状態に陥ったテスとエンジェルの逃避行が始まるのだが、二人が逃走劇の果てに

164 第1部

図3 『テス』 ▶ 02:46:58

　エンディングでたどり着くのがストーンヘンジであり、ここでメロドラマ的スペクタクルの大団円が示される。夕闇と靄で視界が悪いなか、疲れきったテスはエンジェルの制止をふりきって、古代の異教徒が設置した巨大な平石の上に横たわり、眠りに落ちる。明け方、原作の第58章では「その無意識の姿に一筋の光が射した」（Hardy 312）との描写があるのみだが、映画テクストは、図3の通り、この場面のテスを、泥だらけになった深紅の美しいドレスとブーツを身につけたまま無防備に横たわる全身像として映し出す（▶ 02:46:58）。カメラがテスに寄っていき、〈田舎性〉と〈都会性〉、〈実体〉と〈過去のイメージ〉という異種の空間性と時間性の〈あいだ〉で、両者の暴力で引き裂かれて血を流すかのように深紅のドレスで力尽きて横たわる無垢な美しい女性の全身像が徐々に大きくなるこのシーンは、この映画テクストの一番の見せ場となっている。このショットは、メロドラマ的な映像の美学によってある意味では崇高の概念を喚起しつつ、アレックが選んだ不釣り合いな衣装に身を包んだテスが、自身の置かれている状況を認識できぬままに横たわり、モノの過剰さのなかに逆説的に世界の無意味さや空虚さが強調されるのだ。そしてカメラの動きがぴたりと止まるとき、テスはカメラと警察によって〈発見〉され、殺人の罪で捕らえられる。

　このようにポランスキーの『テス』は、全般的にはリアリズム的なカメラワークで風景やミザンセヌを丁寧に映し出しつつも、要所要所で〈あいだ〉の美学とも呼びうるメロドラマのモードを意識したショットを織り込み、テスの物語が、新旧の勢力によって引き裂かれた女性の悲劇であると同時に、

| 9 | メロドラマ性とメタ・メロドラマ性の相克　　**165**

それが男性による一方的なイメージづけ、すなわち〈見ること〉〈認識〉することの失敗に由来することを映像的に表している。しかしながら、メロドラマには、〈苦しみ引き裂かれる無垢な女性がスペクタクルとして表される一方で、観客はその美的スペクタクルを美的に消費してその運命に涙し、その身になって代理的に苦しむことで、自身の善良な市民としての道徳観を確認する快楽を味わう〉という、ミソジニー（女性嫌悪）と自己満足が複雑に絡み合う快楽が支える（Evans 366）側面もあることを想起するとき、ポランスキー監督が、そのような美学と構造の枠組みにテスという美しいヒロインを捕らえて押し込めている可能性も当然ながら否定できない。いや、わたしたち観客も、中流階級の観客の欺瞞的な自己満足を織り込んで製作されるメロドラマ的テクストを消費する行為に巻き込まれている可能性がないとは言えないだろう。社会と男性によって暴力を揮われる存在が苦しむ女性の姿を美的に回収してしまうテクストの危険はここにある。ポランスキーは、「わたしは、満足を感じるとき、同時に最悪の気分でもある」（Stevenson 146）と述べたというが、これは、彼が上記のメロドラマ映画の欲望のメカニズムがはらむ矛盾に気づいていながら意識的にそのような映像作りを行ったことを示すものなのだろうか。

4　1970 年代フランス系フェミニズムと『テス』のメタ・メロドラマ性

　このようにポランスキーは、メロドラマの美学がはらむ危険に意識的であったと思われるが、同時にそうしたメロドラマ的市民道徳に内在する自己満足の死角を突く契機を映画テクストの内部に忍び込ませていたように思われる。幼少期にユダヤ人ゲットーに暮らし、後年になって、第二次世界大戦時のホロコーストを生き延びたポーランド系ユダヤ人の伝記を基にした『戦場のピアニスト』（The Pianist, 2002）を製作したポランスキーが、定住地を奪われて食料もないままに放浪する人々の姿を共感的に描くことは動機としても理解できる。[7]『テス』におけるそうした〈反メロドラマ性〉は、テスが移動労働者の身分に堕ちて放浪の民と化す部分で顕在化する。

　夫であるはずのエンジェルに見棄てられたテスは、中流階級の男性の夫人であるにもかかわらず、現実にはその身分とイメージを剥ぎ取られ、生活の糧と住処を失い、短期労働の職場を転々とする身分に転落する。灰色がかっ

166　　第 1 部

た風景のなか、美貌を隠すために顔を灰色の布で覆い、泥まみれのスカートと靴で路上をさまよう彼女は、男性が支配する社会と資本主義経済の暴力によって社会、血縁、姻戚関係などあらゆる庇護を奪われて「剥き出しの生」（Agamben 8）を生きる身体であると同時に、残酷な暴力の結果、心の大部分をも奪われて心身ともに死にかけた抜け殻のような存在となる。そのような彼女のアウトサイダー性と寄る辺なさは、酪農場時代の元同僚女性の小屋の窓を叩くテスの姿が暗闇のガラス越しに浮かぶシーン（▶ 01:55:06-01:55:07）で強く印象づけられる。このショットにおけるテスは、共同体の〈外〉に放り出されて行き場を失いながら、なおも共同体の周縁を彷徨する魂のような亡霊性を帯びている。

　そのような状況に陥ったテスは、アルコール依存症ゆえに酪農場を追われて最下層の労働者に転落した元同僚女性マリアンの紹介で仕事を得て、痩せた土地の苛酷な労働に従事することになるのだが、原作の第42章と第43章では、テスはマリアンの友情に支えられ、彼女を心から信頼しながらも、名義上はエンジェルの妻であるとの自負心から、マリアンとすべての行動をともにはしないことで自身の心のなかで品位を保とうとする。たとえばマリアンが「酒で浮かれた気分」になり、「キャーキャーとかん高い声をあげて笑う」とき、テスはそうしたいわゆる〈下層階級性〉を前に「生真面目に知らぬ顔をきめこみ」（Hardy 225）、酒を勧められても、礼儀上、一度「すする」だけにとどめて（Hardy 225）、彼女との関係に一線を引いた状態を保つのである。

　しかしながら、映像テクストでは、テスは、マリアンの住処に到着した直後と、凍てつく寒さのなかで蕪を掘るつらい労働に従事する際に、マリアンに酒瓶を手渡されて、あおるように酒をぐいと一口飲む（▶ 01:58:16-01:58:25）。さらに、農場の雇い主の男性からかつてダーバヴィル家で働いていたときにアレックの情婦であったことを指摘され、屈辱的な言葉を投げかけられた上に厳しい労働ノルマを課されるとき、テスは幸福だった頃の境遇や、中流階級気取りだった以前の農場の主についてマリアンと言葉をかわすうちに、自身の境遇の変化と農場主の中流階級意識の偽善性に笑いがこみあげてきて止まらなくなり、彼女と抱き合いながら周囲が驚いて見るほどの哄笑をあげる（▶ 01:59:45-01:59:58）。ここで注目したいのは、このような原作

| 9 | メロドラマ性とメタ・メロドラマ性の相克　　**167**

には存在しない女性労働者二人の破壊的な笑いである。

　考えてみれば、テスは、映画テクストの冒頭から、ほとんど台詞らしい台詞を口にしない上に感情を表にあまり表さない、寡黙で静的な人物として造形されている。彼女は、〈言語〉という男根論理中心主義的な父の世界を象徴するシステムを我がものとしていない人物であるために、たとえ欲望や自我を所有していたとしても、それに無意識的であるか、それを表す術を知らない。その静止画的イメージであるテスから、言語では表しきれない情動が一瞬噴出するのがこの哄笑のシーンである。イギリス社会の男性中心主義に振り回されて転落した自身の運命をメタ的に見て男性と自身の両方を嘲笑うかのようなこのシーンは、〈無垢〉で〈善良〉なヒロインを〈無力な犠牲者〉として示して中流階級の観客の道徳心に訴えかけるメロドラマの全体的な基調からすると異質な、表面上は美しいはずのテスの不気味さや〈下層階級性〉が回帰するものと解釈でき、この映画テクストの〈裂け目〉とも言える。

　このシーンの読解には、『テス』が公開された年の4年前の1975年に発表されたフランスのフェミニスト批評家エレーヌ・シクスーの論文「メデューサの笑い」の一節が示唆的かもしれない。70年代といえば、第二波フェミニズムが草の根レヴェルで世界的に広まった時代だが、文学史に埋もれている〈女性作家の系譜〉の発掘を精力的に行うなど経験主義的リアリズムの傾向が強いアングロサクソン系のフェミニスト批評とは異なり、フランス系のフェミニスト批評では、精神分析批評を援用して〈女性性〉の問題を理論的に先鋭化する研究がなされた。そのようなフランス系フェミニスト批評家の代表的存在であったシクスーは、「男性の文化と社会に「抑圧されているもの」が戻ってくるときには、極度にすさまじい抑圧に見合った、まだ一度も解放されたことのない力が、爆発的に、完全に破壊的に、人々の度肝を抜くような勢いで戻ってくるのです」(30)と述べ、それを表現するために〈エクリチュール・フェミニン〉と彼女が呼ぶ、〈男性のもの〉とされた理性的な言語に依拠せずに、イメージやリズムと関連が深く、両性具有性を帯びたオルタナティヴな方法を創出して女性が書くべきであると提唱した(7-48)。ここで注目したいのは、「男性の文化と社会に「抑圧されているもの」」が破壊的な形で回帰するとき、そのような「抑圧されたもの」を抱えている女性の身体が「メデューサと深淵との間」という男性が作り出した二つの「神

話」的イメージのあいだで「身動きがとれない」（27）状態に置かれている
と論じられていることである。メデューサは、自身を見る者を石に変えてし
まうゴルゴンと呼ばれる、ギリシア神話の怪物の一人だが、ここでシクスー
は、男性を中心に構成される文化や社会のなかで、欲望や自我を持つ女性は
メデューサのような怪物と同一視されるか、あるいは、自分にも理解できな
い深淵を内に抱える存在となるかのどちらかであり、女性はその二つの強力
な神話的イメージの〈あいだ〉で「身動きがとれない」と論じる。そして、「も
しわたしたちのこんな状態が続かなければ、世界の半分を笑い出させること
になるのですが」（27）と述べ、こうした状態が続いているからこそ、世界
の半分である女性が笑うことができないという逆の現実を示唆し、女性たち
は笑うために、〈エクリチュール・フェミニン〉の文体を獲得して書き始め
ることが必要であると説く。

　もちろん、テスはこの時点で〈エクリチュール・フェミニン〉の文体を獲
得してはおらず、したがって、シクスーが論じる意味での〈メデューサの笑い〉
を見せることもない。しかしながら、社会の最下層に堕ちたテスが、アレッ
クやエンジェルなどの男性によって貼り付けられたイメージと、自身の内な
る深淵とのあいだで板挟みの状態にあることは事実である。環境による制約
によって社会や家父長制を批判するまでの知性は有していないものの、エン
ジェルの残酷さやアレックの暴力に対する怒りはきちんと言語化されないま
まテスの内面に堆積しており、さきに言及したシーンでは、それが破壊的な
笑いとなって爆発し、観客のメロドラマに浸る心性に冷や水を浴びせかける。
これはまさに、メロドラマ性が突き放される、メタ・メロドラマ的あるいは
反メロドラマ的瞬間と言ってよい。しかも、この哄笑が抱き合う女性二人に
よって上げられることは、この瞬間が女性同士の連帯を示唆するフェミニス
ト的瞬間でもあることを示しており、これは、メロドラマに内在するミソジ
ニー（女性嫌悪）に通じる快楽に否を突きつけるものでもある。つまり、ポ
ランスキーは、『テス』におけるヒロインを単にメロドラマ的美学の枠組み
に押し込め、ミソジニー（女性嫌悪）と観客の共犯関係を誘ったわけではな
い。『テス』には、落ちぶれたノルマン人貴族の末裔であるはずの寡黙なヒ
ロインが、フランス系フェミニストと化してイギリス中流階級の道徳感を揺
さぶる瞬間がひそかに仕掛けられているのである。

| 9 | メロドラマ性とメタ・メロドラマ性の相克　　**169**

そのように考えるとき、アレックを殺す前後にテスが錯乱し、エンジェルと逃避行に出る殺人以降のシークェンスで赤と血のイメージに彩られた狂気に近いものがテスの人格を支配しかけることは、〈エクリチュール・フェミニン〉と〈内面の深淵〉の〈あいだ〉で彷徨う、テスによる内面の表出の方法と考えられるかもしれない。その意味で言えば、『テス』は、家父長制を不可避的にはらむ側面を持つメロドラマ性と、フェミニスト的メタ・メロドラマ性が拮抗する、複雑に矛盾をはらんだ映画テクストである。

5 結び

本章では、ポランスキー監督の『テス』を英米映画史とポランスキー研究史に再配置した上で、映画が製作された時期に興隆していたメロドラマ映画研究とフランス系フェミニズム批評の言説と並置しつきあわせることによって、この映画テクストが、美しいヒロインを新旧の時代に引き裂かれ転落していくスペクタクル的形象として表象することによって、観客がそのスペクタクルを美的に消費することで自身が有する中流階級的道徳感を自己満足的に確認するメロドラマ的快楽を提供していることを明らかにした。しかしながら、ポランスキーは、このミソジニー（女性嫌悪）に通じるメロドラマ映画の特質に無意識的であったわけではない。同時代のフランス系フェミニスト批評の観点から見ると、『テス』は、原作と差異化する形で、社会の最下層に転落するテスと元同僚女性が映画のメロドラマ性を自意識的に批判するかのような、フェミニスト的かつメタ・メロドラマ的瞬間を刻印していると解釈できる。メロドラマ性とメタ・メロドラマ性が相克するこの複雑な政治性こそが、『テス』を比類なき映画テクストにしているのではないだろうか。

註

1) ポランスキーに関する伝記としては、本人による自伝に加えて、Leaming や Sandford がある。インタヴュー集でも伝記的事実に関する質問が多くなされる（Cronin）。映画作品とポランスキーの人生の両方を紹介する書物としては、Greenberg と Ehrenstein を参照。

2) ハーディによる原作が提起する性暴力の問題は重要で、大衆消費文化における性暴力の表象とも関係がある。大ヒットとした E・L・ジェイムズの『フィフティ・シェイズ・オブ・グレイ』のアダプテーション映画（*Fifty Shade of Grey,* 2015）の冒頭にハーディのこの作品への言及があることは、批判的に考察されなくてはならない。

3) じじつ、1979 年から 80 年代の『サイト・アンド・サウンド』（*Sight and Sound*）誌にポランスキー監督の『テス』に関する批評的言及はない。2000 年頃まで、スキャンダルのせいでポランスキーは扱いにくい監督と見なされていたようである（Cousins 1-2; Mazierska1-3）。だが、2000 年以降は、ポランスキー研究は新しい形で興隆し（Mazierska, Morrison, Orr, Caputo 等を参照）、映画研究者だけでなく、文学研究者もアダプテーション映画を論じる機会が増えていることが、Wright や Niemeyer などからわかる。

4) 現在では、メロドラマはジャンルではなく様式であると考えられており、パニック映画などについてもその映像におけるメロドラマのモードが刺激的な形で論じられることが多い。例としては、Linda Williams の論文 2 点を参照のこと。

5) こうした点については、Caputo, Ehrenstein を参照。

6) もちろん、テスに自身の欲望を投影するのはエンジェルだけではない。ハーディは、さまざまな立場の人々が、田舎、女性、労働者階級などに持っているイメージを投影する形象としてテスを造形しており、だからこそポランスキーはこの映画テクストにおいて、著名な絵画になぞらえる形でテスを映像化するいくつかのショットを構成していると思われる。赤ん坊に乳をやるシーンがフランス画家ジャン＝フランソワ・ミレー（Jean-François Millet, 1814-75）の絵画に似ているのはその一例であり、赤ん坊を埋葬するシーンにしても、いささか過剰に作り込まれているように感じられるのは、そのようなメタ絵画性、メタ・イメージ性を意識しているからであろう。つまり、テスは、直に触れることが難しい人物としてつくられているのである。

7) 『ピアニスト』とポランスキーのゲットー経験の関連については、Stevenson を参照。

Column 6　ヘリテージ映画

　本書が示す通り、イギリス文学の作品を原作とするアダプテーション映画は、映画の創成期から製作され続けており、アダプテーション史やイギリス政治史・文化史の一部をなしている。たとえばアダプテーション映画は、1930年代には、英国王室ものと合わせてイギリス文化の格式を強調する「プレスティッジ・フィルム（Prestige Film）」と呼ばれ、イギリス文化の格式と質の高さを示すべく製作された側面があり、（Semenza and Hasenfratz 176）、1940年代には、ハリウッドに対抗するイギリス映画の黄金時代を創出する原動力と見なされた。つまり、ナショナル・アイデンティティの問題と関連づけられるかたちで、各時代を作り出し、反映する側面があったのである。

　1980年代以降に製作されたイギリス文学の作品を題材とするアダプテーション映画も、同様の側面を色濃く有しており、同時期に製作されたコスチューム・フィルムやピリオド・フィルムと呼ばれる英国王室を題材とする時代劇映画と合わせて、一般に「ヘリテージ映画（Heritage Film）」と呼ばれる。"Heritage" という語が「過去の文化遺産」を意味するように、ヘリテージ映画は、イギリスが1970年代には国家財政の逼迫や失業率の上昇によってストライキが多発する「英国病」の症状を示してナショナル・アイデンティティの危機に陥るなかで、1970年代末以降、サッチャリズム（経済面での新自由主義と道徳面での新保守主義）と呼ばれるサッチャー

保守党政権が打ち出した強力なイデオロギーの下で、過去の文化遺産を商品化するかたちで興隆した。そこでは、国家の威信を回復することを目的に、カントリーハウスやイングランド南部の田園風景といったイギリスの伝統的文化遺産を再ブランド化することによって、観光産業やメディア産業を含めたヘリテージ産業全体の活性化が目指されたのである。

　このヘリテージ映画の嚆矢は、1924年パリ五輪でのイギリスの陸上選手の活躍を描く『炎のランナー』（*Chariots of Fire*, 1981）や、イーヴリン・ウォー原作のTVシリーズ『ブライズヘッドふたたび』（*Brideshead Revisited*, 1981）とされている。その後もマーチャント・アイヴォリー・プロダクションズ（アメリカ人映画監督ジェイムズ・アイヴォリー、インド生まれのプロデューサー兼監督イスマイル・マーチャントが設立した映画製作会社。ドイツ生まれの脚本家ルース・ジャブヴァーラも関わる）によって、E・M・フォースター原作の『眺めのいい部屋』（*A Room with a View*, 1986）や『モーリス』（*Maurice*, 1987）や『ハワーズ・エンド』（*Howards End*, 1992）など、イギリス帝国が最後の輝きを放ったと言われる1880年代から1940年代のアッパー・ミドルクラスの生活を描く映画が陸続と製作され、興行的にも成功を収めた。同時期のピリオド・フィルム系ヘリテージ映画として高い評価を受けたのは、エリザベス女王が国家と結婚することを誓う『エリ

ザベス』（*Elizabeth,* 1998）。ヘリテージ映画の特徴として挙げられるのは、エスタブリッシング・ショットとして、ディープ・フォーカスのロング・ショットでカントリーハウスと周辺の田園風景を印象づけ、アッパー・クラスやアッパー・ミドルクラスの人々の生活様式やファッション、建物内の装飾を正確な時代考証に基づいて再現し、上質の映像美としてノスタルジアを込めて提示する点である。こうした映像美が国内外の女性観客に好意的に受容された、と言われている。

　だが、専門家の評価は厳しかった。主要な男性映画評論家は、1980年代の現実のイギリス社会に見られた都市化・多民族化への反動としてアングロサクソンが支配的であった時代や田園風景を愛好するその小英国主義や、イギリス帝国の繁栄を無批判に描くその保守性を批判し、「ミドルクラスの女性向け映画」と揶揄したのである。実際には、たとえばフォースターの小説のナラティヴは同性愛やシングル・マザーを描いたり帝国主義の批判をするなど、急進的な側面を有しているのだが、上記の映像美がナラティヴの急進的な意図を妨害する役割を果たしていると見なされたわけである。

　だが最近では、映像だけでなくナラティヴの面にも注目してヘリテージ映画を再評価する気運が高まっている。事実、1990年代中葉以降のヘリテージ系映画では、初期ヘリテージ映画の保守性を覆す革新性と多様性が際立っている。若者の愛と儚さをスピード感あふれる映像で魅惑的に見せる『ロミオ＋ジュリエット』（*Romeo + Juliet,* 1996）、人物がカメラを覗き込むメタ的意匠を用いてジェンダーとセクシュアリティの自由さを遊び心豊かに描くヴァージニア・ウルフ原作『オルランド』（*Orlando,* 1992）、カントリーハウスの過去を懐疑的に描くカズオ・イシグロ原作の『日の名残り』（*The Remains of the Day,* 1993）などは、ヘリテージ映画をメタ的かつ批判的に再定義する、ポスト・ヘリテージ映画とも呼ばれる新しい潮流の重要な一角をなすと言ってよい。関心のある向きには、労働者階級や女性の人生を丁寧に描くトマス・ハーディの作品や、英米の国際関係を描くヘンリー・ジェイムズの作品を原作とするヘリテージ系映画にも着目してみてほしい。

（松本）

10 盗まれた写真

オスカー・ワイルド『ウィンダミア卿夫人の扇』の
ルビッチ版における性愛と金銭

田中　裕介

1　はじめに

　エルンスト・ルビッチ（Ernst Lubitsch, 1892-1947）監督による『ウィンダ
ミア卿夫人の扇』（*Lady Windermere's Fan,* 1925; 原作戯曲の初演は 1892 年、刊行は
1893 年）は、オスカー・ワイルド（Oscar Wilde, 1854-1900）の戯曲のサイレン
ト映画化という難事に挑戦して成功を収めた。[1] 華麗にして饒舌な台詞が最
大の売り物といってよいワイルド劇を見事に無声映画に移し替えたその成功
は、『世界映画全史』を著わした映画史家ジョルジュ・サドゥールから、ア
メリカの文学批評家エドマンド・ウィルソンまでが賛辞を捧げた圧倒的なも
のだった（Weinberg 88）。上映直後は、原作改変への違和感を表明する辛口
の評価もあったが、[2] ジェイムズ・ハーヴェイは、ハリウッドでの名声をル
ビッチにもたらした「そのサイレント映画のなかでも有数の傑作」（Harvey 7）
と評価し、ルビッチ研究の古典的著作『ルビッチ・タッチ』において、ハー
マン・G・ワインバーグは「ワイルドの劇作品の映画化で、英米においてこ
のルビッチ作品に比肩するものはひとつもない」（Weinberg 89）とまで断言
している。

　その圧倒的な成功は、むろんデイヴィッド・デイヴィッドソンが分析した
ように、ルビッチの卓抜な映画術によってもたらされたものであることは疑
いない。本作で効果を上げているカメラワークについては、デイヴィッドソ
ン論文がおおかたは指摘している。しかし強調されるべきは、サビーン・ヘ

イクが指摘するように、この映画が「ルビッチによる戯曲テクストの読解の反映」（Hake 142）であるという事実である。ルビッチがこのワイルド劇をいかに読み解いたのかについて、本章では、映画版における原作テクストの換骨奪胎の操作を検討することを通して考察したい。しかしその作業が原作中心主義の論述に陥るのを避けるために、まずは映画において強調された性的誘惑者としてのアーリン夫人の像を浮き彫りにし、次いでそれを1920年代の時代背景との関わりで捉え返した上で、映像作品から抹消された金銭関係を中心とする社会的要素を原作テクストから析出する手続きを踏む。

2　アーリン夫人の誘惑

　まず全4幕からなるワイルドの原作戯曲の第3幕までの梗概を示しておこう。[3] ロンドンのウィンダミア卿の邸宅で、みずからの誕生日に開催される舞踏会を夜に控えているウィンダミア卿夫人に、夫がアーリン夫人という謎の女の家に足繁く通い、大金を貢いでいるという情報がもたらされる。夫人はこの事実を問い詰めるが、卿は今夜の舞踏会にアーリン夫人を招くと主張する（以上が第1幕）。第2幕は、当夜の舞踏会。アーリン夫人の登場に衝撃を受けたウィンダミア卿夫人は、彼女と夫の仲睦まじげな様子を見て、書き置きを残して家を出てしまう。第3幕は、ウィンダミア卿夫人に愛の告白をしていたダーリントン卿の家。卿夫人がダーリントン卿の帰宅を待っているところに、書き置きを読んだアーリン夫人が訪れ夫のもとに帰るように説得する。ウィンダミア卿夫人が心動かされたところで、ダーリントン卿が、ウィンダミア卿たちとともに帰宅し、二人の女性は奥に隠れる。男たちの会話がひとしきり続くが、そこにはウィンダミア卿が夫人に贈った扇が残されていた。そこでウィンダミア卿夫人の窮地を救うべくアーリン夫人が名乗り出て、自分が過失で持って来てしまったと述べる。ウィンダミア卿夫人はその場からひそかに逃れる。

　上述のプロットにおいて焦点となるのは、アーリン夫人の身元である。なぜこの怪しげな女はウィンダミア卿に接近したのか、そしてなぜ卿夫人の危機を救うのかがその設定にかかっているからである。アーリン夫人が、20年前に夫と子供を棄てて出奔した、ウィンダミア卿夫人の母親であることが読者＝観客に明示的に伝えられるのは、現行テクストでは、第2幕401行

| 10 | 盗まれた写真　　**175**

目から 405 行目のアーリン夫人の「何も変わっていないとわかって嬉しいわ。マーガレットだけは別だけど。とてもきれいに育ったのね。最後に見たとき、20 年前は、フランネルにくるまった化け物だった」という台詞であり、460 行目からの娘が自分の「悲劇」を繰り返すことへの嘆きによってそれが確実になる。しかしながら、検閲済台本版において前者は存在せず、また後者も別の表現がなされており、初演および初演以前においては、この段階ではまだアーリン夫人の身元は謎として残されていた。[4] 当初ワイルドは、同時代のシャーロック・ホームズ物の探偵小説のように、アーリン夫人の身元の謎解きをこの戯曲のプロットの基軸としていたといってよい。それを劇中盤で明かす改変を行ったのは、謎解きへの知的関心よりも「母娘もの」としての感情移入を望む意見への妥協のためであり、上演後の劇評だけでなく、ジョージ・アレグザンダー（劇場のアクター・マネージャーであり初演でウィンダミア卿を演じた）もそのような意見を呈していた（Powell 26-27）。

　一方で、ルビッチはこの謎を冒頭近くで字幕とともにいともあっさりと明かしてしまう。大筋において原作に忠実であるルビッチの映画作品のプロットにおける最大の改変は、戯曲では第 1 幕以前の前史をなす一連のエピソードの映像化であろう。すなわち、原作戯曲では第 1 幕は舞踏会当日に設定されているが、映画では、舞踏会の数日前に準備に思い惑うウィンダミア卿夫人をダーリントン卿が訪問する場面から始まる。そしてここで早くもアーリン夫人がウィンダミア卿に自分が妻の母親であると名乗り出る（▶00:13:03）。このように原作には明瞭であった謎解きの要素を完全に排除したのは、純然たる映像の魅力で作品を成立させることができるという監督の自信の現れであると同時に、物語構成上の配慮が働いているとも言える。

　アイリーン・リッチ演じるアーリン夫人がバート・ライテル演じるウィンダミア卿に妻の母親であることを告げる直前、夫人は卿を窓際に置かれた二人掛けの長椅子へと誘う。卿はそれを拒絶し、手紙の意図を硬い表情で問い詰める（▶00:12:04-00:12:49）。この長椅子への誘いは、アスコット競馬場で知り合ったオーガスタス卿が初めて夫人を訪問した際に反復される。こちらはそれを嬉々として受け容れると膝を突き合わせての会話が始まり、親密な関係が成立する（▶00:36:32-00:37:11）。長椅子への誘いがアーリン夫人の性的誘惑の身振りの一部であるとすれば、しかしながらそれは、ウィンダミア

卿が拒絶する一方、オーガスタス卿が受諾するという明解な対比に還元できない意味のさざ波をこの映画に立てている。卿夫人の母親であることの告白は、誘惑を禁じるというメッセージを発すると同時に感情的な親密さを強要する点で誘惑の延長線上にあるとも言える。そうであればこの誘惑は一度の拒絶で途絶えてしまう儀礼的なものではなく、アーリン夫人からウィンダミア卿へ向けられる性的要素を含む感情は、この映画において一貫して底流していることになる。そして卿にとって、この秋波は完全に考慮外であったと決めつけられるだろうか。

　いくつかの場面で、ウィンダミア卿の身振りは誘惑に翻弄されている者のそれと区別がつかない。最初の面会のため部屋を出る際の、心せくように愛人のもとに出かける男そのものの軽佻浮薄な仕草だけではない（▶00:07:16）。舞踏会当日にアーリン夫人を訪れるウィンダミア卿は、自家用車ではなく、自宅から少し離れたところに停車するタクシーに乗り込むのだが、その浮き立っているとも形容できそうな軽快な足取りを、メイ・マカヴォイ演じるウィンダミア卿夫人は書斎の窓からロナルド・コールマン演じるダーリントン卿とともに見下ろす（▶00:45:57-00:46:30）。この視点ショットで捉えられた構図を、ルビッチは、ウィンダミア卿夫人が舞踏会の夜に出奔する姿をアーリン夫人が見下ろす場面において反復する（▶01:25:17-01:25:50）。この構図の反復を通じて、後者の場面の「家庭を棄てて恋人（候補）の家へと向かう者のひそかな外出」という安定した意味づけが前者の場面の読み方を遡って規定する。

　ウィンダミア卿の随所での身振りは、アーリン夫人の誘惑の試みが単に不首尾に終わったのではないというルビッチの原作戯曲の読みを示している。たしかにウィンダミア卿はアーリン夫人に対して冷淡な対応に終始しているように見える。しかし卿のぎこちない所作と取り繕った表情は、むしろ（もちろん感情の上だけではあるが）アーリン夫人の誘惑の成功を物語る。この女性が妻の母親であるという、自由恋愛にとって禁断の社会的設定によって、かろうじて彼はその誘惑から身をかわしているのにすぎない。これはアーリン夫人が独善的に描き出す恋愛の勝利者としての幻想でしかないのかもしれない。しかしその相手の幻想の世界に、ウィンダミア卿はのまれてしまっている感がある。全方位的な誘惑のゲームを展開するアーリン夫人はそのよう

な成行きを知悉して楽しんでいる。母娘の関係を導入した物語設定の上では否定されているかに見える、夫人のウィンダミア卿夫人に対する恋愛上の対抗意識は、実際は一貫しているというのがルビッチの原作解釈なのである。アーリン夫人が母親であることを冒頭で開示するという戦略は、結婚の関係をものともせずに誘惑を仕掛ける女性を中心に据えた前作『結婚哲学』(*The Marriage Circle,* 1924) の延長線上で造形された、いかにもルビッチ的な誘惑者としてのアーリン夫人の像と、それに微弱な力で抵抗する者としてのウィンダミア卿の像を印象づける効果を上げている。

3 アーリン夫人の衣装

　ワイルド戯曲の受容において、ドイツ人ルビッチは同時代のイギリス人と比べれば有利な状況に置かれていた。イギリス本国では、1895年のワイルド裁判を契機とした作家の没落によってワイルドの文学的評価の沈滞の時期が続いた一方で、ドイツ語圏では1905年にいち早くリヒャルト・シュトラウスが『サロメ』をオペラ化するなどワイルドの芸術は熱狂的に受け容れられていた。シュトラウスを触発したのはマックス・ラインハルト演出の舞台であるが、当初は俳優志望であったルビッチは11年にラインハルトの劇団に入団している。20世紀初頭にあっては、ドイツ語圏の俳優志望者だったためにイギリスよりもワイルド戯曲が身近であったと言える。[5] このような文化的な親密さの一方で、ルビッチは時代的な距離を意識して、本映画を、世紀末社会を背景とした歴史劇ではなく、25年時点での現代劇として撮影している。

　世紀末にはありえなかった風俗的な細部として映画において最も目立つのは、ウィンダミア卿がアーリン夫人に会いに行くために、あるいはウィンダミア卿夫人がダーリントン卿の家に向かうために、そしてまた結末でアーリン夫人がイングランドを去るためにそれぞれ乗り込む自動車である。しかしより重要な意味を帯びているのが、女性のファッションである。とりわけアーリン夫人のスタイルは、耳元で毛先をカールさせた短髪と合わせて、1920年代の最先端であったアール・デコ風のファッションである（図1）。この衣装は舞台初演時のアーリン夫人のものと比較すると大きく異なることは一目瞭然である（図2）。[6] 初演時の衣装はコルセットでウェストを極度に絞った

図 1 映画『ウィンダミア卿夫人の扇』において、舞踏会で初めて対面するアーリン夫人（左）とウィンダミア卿夫人（右）、中央はウィンダミア卿（▶ 01:17:07）。

図 2「セント・ジェイムズ劇場の『ウィンダミア卿夫人の扇』」（*Lady,* 10 March 1892）中央が第4幕のアーリン夫人（マリオン・テリー）、左が第2と3幕、右が第4幕のウィンダミア卿夫人（リリー・ハンベリー）

ように見えるシルエットのために、むしろハイ・ヴィクトリアンの上品なドレスのほうに近い。[7] その成立事情を参照するならば、ワイルドは観客である上流階級を想定して、アーリン夫人の像を当初構想していたゴシック小説に登場するような悪女からよりリスペクタブルな婦人へと修正を施していた。舞台衣装のほうもそれに呼応して、劇場から注文を受けた新興のドレスメーカー「サヴェッジ・アンド・パーデュー」が製作したアーリン夫人の衣装は、ウィンダミア卿夫人のものと変わらず華麗でありながら上品さを保ったスタイルであり、従来のメロドラマが依拠していた道徳上の善悪二元論を揺るがす視覚的役割を果たした（Kaplan and Stowell 18）。初演後に刊行された『ウィンダミア卿夫人の扇』のテクスト成立過程において認められる、アーリン夫人の悪女性の緩和とそれに比例して強化された体制順応的な枠組みは、当時の劇場と観衆の状況のみならず、舞台衣装との相互反映の関係のなかで生じたと言えよう。[8]

映画では、原作にはないアスコット競馬場の場面（▶ 00:21:32-00:34:17）で、巧みな視点ショットの活用を通して社交界において「見られる存在」としてのアーリン夫人の像が焦点化されるのだが（Hake 142）、同時にファッションが枢要な役割を果たしている。[9] 冒頭で競馬場の観客がロング・ショットで

| 10 | 盗まれた写真　　**179**

捉えられ、それがミディアム・ショットに切り替わると、最先端の帽子の羽根飾りによって特徴づけられるアーリン夫人の姿が捉えられる。彼女が移動すると男たちの視線が追いかける。その凝集する視線を映像構成に移行させるように、しばし匿名の観客たちによる双眼鏡越しの多元的な視点ショットによって、アーリン夫人が映し出される（図3）。次いでオーガスタス卿の存在を知らせる字幕が入り、ウィンダミア卿および夫人たちの一団が映し出される。ここでアーリン夫人の視点ショットが導入されて、彼女の視線はウィンダミア卿夫人の姿を追うのだが、卿夫人の後ろに座っていたオーガスタス卿は、それを自分への誘惑の眼差しと勘違いする。その次に三人の老婦人連が焦点化され、彼女たちは、あいだに視界を遮る二人に座られてしまったがゆえに、いっそう熱心にアーリン夫人の姿を双眼鏡で捉えようとする。そして双眼鏡の倍率を極端に上げてアーリン夫人の髪に混じった白髪を発見すると、それを周囲に誇大に吹聴するのである。すでに妻の母親であることを弁えているウィンダミア卿はそれをたしなめ、老婦人はウィンダミア卿夫人に「なぜ卿はあの女を庇うのか」とささやくが、一座は気まずい雰囲気に包まれる。まもなくレースが始まるが、オーガスタス卿は席を立ってアーリン夫人を追いかける。

　この場面で、視点ショットを駆使して注目の的としてアーリン夫人を意味づけておいたからこそ、後の舞踏会の場面においては視点ショットを敢えて抑制して、引き気味のミディアム・ショットで広間の全容を捉えることで、自然とアーリン夫人が人びとの注視の中心となる社交空間を客観的に構成することが可能になった。しかしカメラワークに劣らず興味深いのは、ファッションである。競馬場においてウィンダミア卿夫人たちはつば広の帽子を被り、衣装もヴィクトリアン・スタイルの延長にあるベル・エポック調のドレスであるのに対して、ひとりアーリン夫人のみ最新流行の細身の黒のモダンスタイルである。舞踏会の場面では、アーリン夫人はそのアール・デコ風の最新スタイルであることは変わらないが、この場では女性たちはあたかもアーリン夫人に倣うかのように、腕と背中とデコルテを露出させたシルエットがすっきりした衣装を身につけている。このファッションの移行を伴う場面の構成によって、時代のファッション・アイコンとしてのアーリン夫人という意味づけが行われている。だからこそアーリン夫人にその衣装を褒めら

れた老婦人は、夫人への厳しい視線を手もなく和らげるのである。

　映画を通してアーリン夫人が身にまとう最新のドレススタイルは、同時代フランスを代表するアール・デコのイラストレイターであったジョルジュ・バルビエ（George Barbier, 1882-1932）の描き出すファッションそのも

図3　映画『ウィンダミア卿夫人の扇』のアスコット競馬場でのアーリン夫人（▶ 00:23:12）

のであり、1920年代における現代劇であったからこそ、ルビッチはその衣装を通じて美貌と機知にあふれた新しい自立自存の女性であるという意味を夫人に与えることができた。そこに「ルビッチ・タッチ」ともいうべきひねりを加えているのが、そのようなモダンスタイルの女性の髪に入り混じる白髪である。この白髪によって、アーリン夫人が第一次世界大戦以前のベル・エポックの社交界を追放された亡霊のような女性であるという事実が映像に刻みつけられている。そうであるならばアーリン夫人の最新ファッションの意味もまた変わってくる。1920年代のモダンスタイルは、「ブライト・ヤング・ピープル」だけのものではなく、化粧が一般化したこの時代であったからこそ、[10]年齢を越えたファッション性を打ち出すのに最適な社交上の武器としての意味を帯びる。ルビッチは、アーリン夫人をベル・エポックからアール・デコの時代を生き抜いてきたモダンな女性として描出することで、彼女のファッショナブルな卓越性に根ざした性的な魅力を、説得力をもって物語内に把捉することができた。[11]世紀末の聖なる怪物としてのアーリン夫人を、ルビッチは、アメリカ生まれのモダンダンサー、イサドラ・ダンカン（Isadora Duncan, 1877-1927）のような、年齢を感じさせない1920年代の「モダンガール」として甦らせた。ルビッチが、そのみずからを拘束する時代性を逆用して、原作のテクストにおいては埋没していたアーリン夫人の性的魅力を賦活する映像的操作を成し遂げたことは、本作品の最大の功績といってよいだろう。

|10| 盗まれた写真　　**181**

4　アーリン夫人の強請り

　ルビッチ映画から拭い去られたいくつかの要素には、イギリスの階級社会にかかわるコノテーションが含まれている。たとえば原作では、第1幕と第2幕に登場し忘れがたい存在感を放つベリック公爵夫人とその娘のアガサであるが、映画ではその存在は抹消されている。この母娘は、娘の結婚相手探しを差配する母親とその指示にひたすら忠実な娘という役割でコミカルな味を作品に添えている。それにとどまらず、オーストラリア出身の富豪の息子をめぐる母娘の振るまいは、娘の結婚相手次第では家の存続が左右されるまでに悪化していた財政状態に多くがあった当時の貴族階級の生態を誇張しつつも的確に伝えている。[12]『真面目が肝心』においても認められるこの貴族階級の財政問題をめぐる社会的コンテクストが、この戯曲の読解に濃い影を投げかける。というのもその財政状況に関して具体的な記述がないウィンダミア家ではあるが、アーリン夫人の強請りに屈して支払いを続けるならば、家庭の財政的基盤が脅かされかねないという感覚が、世紀末の上流社会の現実としてたやすく共有されうるものだったからである。夫の預金通帳に度重なる不可解な振込記録を発見して愕然とするウィンダミア卿夫人の姿には、上流階級夫人にとって家政の根幹に関わる切実な懸念という時代の刻印が捺されている。[13]また原作では誕生日の贈り物として夫から扇のみを受け取るウィンダミア卿夫人であるが、映画ではそれは数々の贅沢な贈り物の、あくまでも一つにすぎない（▶ 00:42:03-00:43:30）。

　歴史的事実として、世紀末において着実に財政的窮状を深めていたイギリスの貴族階級は、20世紀に入ると戦間期にいたるまでのあいだに、一般的にはその財政的基盤を失い、解体的再編を強いられるようになっていた。映画版のアーリン夫人の同時代人といえるウィンストン・チャーチル（Winston Churchill, 1874-1965）は、歴史家デイヴィッド・キャナダインが強調するように、表面的には優雅な大貴族の生活を営んでいたが、一家の財政はつねに火の車で借財に借財を重ねていたのであり、そのような財政状況が当時のイギリスの上流階級においては例外ではなかった。一方、社会的および政治的権力を貴族階級が喪失するのと並行して、チャーチルの『マールバラ公爵伝』（*Marlborough: His Life and Times,* 1933-38）が典型的であるように、戦間期にはイングランドの貴族とそのカントリーハウスを中心とした伝統を理想化して顕

182　　第 1 部

彰する著作が多く現れるようになっていた。物語の時代背景を、原作戯曲の世紀末から映画製作時点の現代である 1920 年代へと置き換えたルビッチ映画は、監督がイギリスの外部の人間であったがゆえに、その上流社会の生態を社会的現実から切り離して夢想の対象として描き出したというよりも、従来の貴族階級の生活の美化というイギリスを含めて顕在化していた現象の一部を構成している。たとえば本映画と同じくアスコット競馬場をイギリス貴族の社交場として描き出すジョージ・キューカー（George Dewey Cukor, 1899-1983）監督『マイ・フェア・レディ』（*My Fair Lady,* 1964）がその一つの成果である、社交界を美的秩序として創造する伝統は、同時代の著作物と連動していた 1920 年代のサイレント映画にその淵源の一つがあると言えよう。[14)]

　一方、ワイルドの原作において描き出されるのは、性愛だけではなく金銭をもめぐるパワーゲームであり、そこで上流階級の若い夫妻は、身元不明の外部者に圧倒されている。ルビッチは、原作テクストでは家族愛というヴィクトリア朝的道徳の表面の下に潜在していたといってよいその性愛の側面を浮き彫りにし、逆に原作テクストにおいては自明の社会的前提となっていた金銭の側面を削除した。前述のように、ウィンダミア卿とのあいだに妻の知らない取引を遂行しえたことをもって恋愛のパワーゲームにおいて自分は勝利を収めているというのがアーリン夫人の認識である。金銭においても、ウィンダミア卿から強請り取った金額の分だけアーリン夫人の勝利であり、もはやハプニングとして娘への愛情が発生した舞踏会後の状況のもとでは、ウィンダミア家に対してはこれで終戦ということになるだろうか。

　しかしもう一歩踏み込んだ解釈ができるように思われる。そこで第 4 幕において、ウィンダミア卿夫人がアーリン夫人に贈る息子とともに写された写真が大きな意味を帯びてくる。第 4 幕の舞台は、舞踏会の翌朝のウィンダミア卿宅である。ウィンダミア卿はアーリン夫人を悪女として罵るが、妻は自分を救ってくれた彼女を弁護する。そこにイギリスを離れるアーリン夫人が別れの挨拶のために現れる。妻が席を外しているあいだ、卿はアーリン夫人に嫌悪感を示し、夫人が母親であるという真実を妻に明かすと言うが、アーリン夫人は禁じる。夫人は婚約したオーガスタス卿とともに出発し、最後には夫人に理解を示したウィンダミア卿と妻の幸福が回復されて終幕となる。原作では、この別れ際にアーリン夫人がウィンダミア卿夫人に所望する写真

によって、現在のウィンダミア卿からその息子への将来における家系の存続という要素がこの物語に導入されていると判断できる。ゆえにこの息子の存在が抹消されている映画版では、結末でのウィンダミア卿のアーリン夫人に対する嫌悪感は、清純な妻から悪女たる母親を遠ざけたいという個人としての感情の率直な表明以上の意味は持たない。一方原作では、子供の導入によって、次代においても子供の祖母であるという血縁関係が継続することが明らかであるかぎり、ウィンダミア卿にとって、悪女としての評価は解消してはいないが、妻に譲る形で一方的な嫌悪感は棄てて寛容を示すことになっていることが納得できる。原作戯曲と映画版における、結末におけるアーリン夫人に対するウィンダミア卿の態度の違いは、物語設定上の跡継ぎの男子の存在の有無によって生じているのである。

　ここで素朴ながら重大な一つの疑問を提起しておきたい。ウィンダミア卿夫人は、アーリン夫人が自分の母親であると気づかなかったのだろうか。原作において、第３幕で、それまで敵と思っていた年長の女性の動機不明の優しさにふれ、第４幕では、その女性が自分と母親と同じ名前であるマーガレットという名前であることが判明するのみならず（295-98行）、アーリン夫人は「あなたの子供のことを忘れないで。わたしはあなたのことを母親として考えたい。あなたも自分自身を母親として考えて欲しい」（And never forget your child—I like to think of you as a mother. I like you to think of yourself as one.）（343-45行）と語りかける。ここで 'as a mother' という語句は、アーリン夫人がウィンダミア卿夫人を「母親として」考えたいと解釈するのが前後の台詞から判断すれば自然であるだろう。しかし自身を「母親として」規定した上で、ウィンダミア卿夫人のことを考えたい、と受け取ることも可能であるこの表現によって、不定冠詞の挿入による一般化のためらいを挟みつつも、アーリン夫人は母親であることを告白しているようにも聞こえる。そうであるならば、ウィンダミア卿夫人が、アーリン夫人が実母であると気づかないことのほうが不自然に思える。ルビッチによる「マーガレット」から「イーディス」へのアーリン夫人の名前の改変はこの不自然な鈍感さを和らげるための処置であるだろう。しかしこの改変によって、ウィンダミア卿夫人はアーリン夫人が母親であることを察しつつ黙っていたという可能性が封じられてしまった。そしてその緘黙は、やはり夫妻において共有さ

184　第１部

れていたウィンダミア家の跡継ぎの息子から有害な親族を遠ざけるという意思において求められる。ウィンダミア卿夫人は、個人的にはアーリン夫人に深く感謝する一方で、その息子への将来の影響を斟酌した冷静な評価において、親族としての認知を積極的に拒絶しているのではないだろうか。[15)]

　その一方でアーリン夫人は、実の娘への愛情を思いがけず自己認識し、また適当な結婚相手を見つけたため、ウィンダミア家に関しては金銭的野心を棄てて大人しく遠ざかったのか。そうではなくて別の妥結点にいたったことの物証となっているのが、アーリン夫人がウィンダミア卿夫人から譲られた二つのもの、すなわち扇と写真である。原作戯曲において、扇は、ファーストネイムを媒介として娘から母親へと移譲される、動産としての「所有物」（property）（第4幕110行目）の役割を舞台上で果たす。同時にそれがネガのように喚起するのは、観客の眼前に具体的に描き出されることはない社会的権力の基盤、つまり父親から息子へと家名の下に継承される不動産である。[16)] 戯曲中では所有者が不安定に移転するウィンダミア卿夫人の扇という主題は、将来におけるウィンダミア家の財産継承に対する確実な保証という枠組みと対になっている。写真が息子の存在を告げ知らせる記号であるかぎり、それを最後にアーリン夫人が入手することの意味は、単なる記念品であることを超えている。息子の代という将来におけるアーリン夫人のウィンダミア家への金銭的な面も含む介入の余地が、この写真という物証によって保全されているのである。

　ウィンダミア卿夫人がアーリン夫人に写真を与える際に、なかなか見つけられなかったのは「夫が盗んでいた」からという不可解な言及がある（第4幕288行目）。この写真がアーリン夫人の手に渡ることが、すなわち将来における夫人のウィンダミア家への介入（再度の強請りであれ寄食であれ）の可能性を意味することを察知したウィンダミア卿が意図的に事前に隠しておいたのではないだろうか。その写真を所有物とし、加えて扇によってウィンダミア卿夫人の母親であると将来名乗り出る根拠となる物証も手に入れた戯曲でのアーリン夫人のウィンダミア家からの撤退は、ゆえに一時的な休戦と考えられる。原作は、その表面的にはヴィクトリア時代的な道徳を遵守しているように見える結末において、そのあまたのパワーゲームをくぐりぬけてきたしたたかな個人主義者としてアーリン夫人の像をひそかに保持している。

| 10 | 盗まれた写真　　**185**

ひるがえって、扇に同じマーガレットという名前が刻まれているという設定が存在しないことに加えて、母と息子が写った写真が登場しないルビッチ映画においては、アーリン夫人を徹底的な個人主義者として最後まで一貫させる構造的な枠組みが消失している。そのため映画では、原作の第4幕にあたる部分の構成が薄弱になっているのは否めない。ルビッチ映画は、性愛のパワーゲームの鮮明な視覚的描写に特徴があった一方で、家の社会的存続基盤にかかわるはずの金銭については、挿話的な扱いにとどめているのである。

5 おわりに

前項で述べたルビッチ映画における金銭をめぐるパワーゲームの脱落は、しかしながら単なる読み落としではなく、彼の映画という芸術ジャンルに対する認識に基づく意図的な削除であったと考えられる。ワイルド戯曲は、ヴィクトリア朝道徳の枠組みを維持しつつも、その下で過去・現在・未来に及ぶ長い時間軸に沿って熾烈に展開する性愛と金銭のパワーゲームを舞台化するものであった。これが財産継承を主題とする19世紀の社会小説の問題系を、世紀末において圧縮して提示する役割を帯びていたことは間違いない。自ずとヴィクトリア朝小説と読者の関係と同様に、舞台と観客において共有されている社会的コンテクストが、作品理解にとって不可欠の要素となっている。その一方、ウィーンでジークムント・フロイト（Sigmund Freud, 1856–1939）が自我と性愛の理論を練磨していた1920年代、性愛と欲望の機能は、道徳とも称することができる、自我が従うべき既成の社会通念を切り裂くまでに先鋭化していると公然と捉えられるようになっていた。ルビッチを偉大なる先導者として位置づけることができるハリウッドのスクリューボール・コメディは、そのように同時代の思想と芸術において先鋭化されていた欲望を生け捕りにすることのできる洗練された形態としての社交的作法を、むしろハリウッドという実験室的な場所だからこそ映像に定着することができた。

ルビッチは、ワイルド戯曲の読解を通して、道徳がむしろ欲望の刺激剤であるような想像空間として社交界を表象する。彼の『ウィンダミア卿夫人の扇』のアダプテーションが成功を収めたのは、その社交界の映像構成に当たって、アスコット競馬場の場面からもうかがえるように、映画による視覚的な自律空間の生成という強固な認識に依拠しえたからである。必ずしも同じ時

空間を共有する観客＝読者の存在を想定しなくても、カメラによって織りなされる登場人物間の視線の錯綜によって成立可能である自律的な想像空間を映画においてこそ前提とすることができる。それによってルビッチは、小説と戯曲のテクストにおいては伝達することが比較的容易な社会背景にかかわる要素を排除することと引き換えに、映画に固有の視覚的技術を駆使して、原作テクストにおいて埋もれていた一つの主題系に強烈な光を当てる賭けを行いえた。そして言語への依存が封じられているサイレント映画という条件が、視覚言語の洗練ともいうべきルビッチの映画術の展開に確かな道筋を用意したことは疑いない。

註

1) 『ウィンダミア卿夫人の扇』の映画化は、1913 年のロシア作品、16 年のイギリス作品（監督フレッド・ポール）、19 年のアメリカ作品に続いて、ルビッチの試みが 4 番目になる（Tanitch 105-07）。

2) たとえば、Mordaunt Hill の映画評（*New York Times*, December 28, 1925: 19）を参照。

3) 『ウィンダミア卿夫人の扇』の戯曲テクストは、1893 年初版に依拠するイアン・スモールによる編集本を使用した。

4) 本戯曲については 6 種類の異稿の存在が知られている。詳しくはスモール編集本の xxxv-xxxviii を参照。上記刊本では脚注において刊行本と各々の異稿のあいだの異同が記されている。なお検閲済台本版は上演許可を得るためにロード・チェンバレンに送られた原稿であり、1892 年 2 月 15 日という日付の受理印が押されている。

5) ワイルド作品のヨーロッパにおける受容については、Evangelista 参照。ドイツ語圏については 4 本の論文が扱っている。

6) 初演時のアーリン夫人およびウィンダミア卿夫人の衣装の具体的記述については、Kaplan and Stowell 13-20; 佐々井 61-83 を参照。

7) この衣装は「グレーの羽根が端についたグレーのベルベットのルダンゴット」であった（佐々井 72）。

8) たとえば、ワイルドは、第 2 幕でアーリン夫人の噂として書き込まれていた「そして彼女は間違いなく破廉恥だ」（and she is absolutely unscrupulous）という文を決定稿では削除している（*Lady Windermere's Fan* 40）。また初演リハーサルにおいて、劇中のアーリン夫人を指しての台詞「あの女」（That woman!）を「あのひどい女」（That *dreadful* woman）に改変した件でアレグザンダーに注意している（*More Letters of Oscar Wilde* 113）。

9) 本映画を通しての視点ショットの分析については、Davidson 特に 125 を参照。

10) 1920 年代における化粧の日常化については、Drowne and Huber 109 を参照。な

お「ブライト・ヤング・ピープル」とは、1920 年代のロンドンにおいて、派手な身なりで享楽的生活に耽っていた上流階級の若者たちを指して当時のジャーナリズムがつけた名称。

11) Paul 140 で指摘されている本映画の空間構成と照明によって演出される軽妙な開放感もまた、アーリン夫人のモダンスタイルとのあいだに相乗効果を生じている。

12) 世紀末の上流階級の財政状況に関しては、Harris 100-06 を参照。

13) アーリン夫人への支払いが、原作では数度にわたる振込だったのに対して、映画では一度の小切手の授受であった。前者は継続的な支払いがもたらす家計への漸次的な圧迫を予示する。

14) また一つの淵源に 1920 年代以降にジャンルとして定着したファッション写真がある。『ヴォーグ』を中心に活動した写真家セシル・ビートン（Cecil Beaton, 1904-80）は、ファッション写真の成立に大きく寄与したと同時に、ハリウッド映画界に深く関与し『マイ・フェア・レディ』の衣装担当も務めた。イギリス社交界という美的伝統の代表的創造者として挙げておく。

15) 妻の動機を夫の動機と切り離すならば、それは母性愛であり、後の『何でもない女』（*Woman of No Importance,* 1893 年初演）の主題上の萌芽がここに存在するともいえよう。

16) この論点については、Tanaka 参照。

Column 7　LGBTと文学・映画

　同性愛や性の越境は、文学作品にも文学を扱った映画のなかにもさまざまな形で描かれてきた。『モーリス』(*Maurice*, 1987) や『オルランド』(*Orlando*, 1992) など文学作品自体の映画化もあれば、オスカー・ワイルド (1854-1900) の複数の伝記映画のように作家の人生が映像化されたものもある。こうした映画のなかに文学作品や作家が生きた時代の再現を見るだけでなく、映画化された時代の文脈に注目したり、いくつかの作品をあわせて考えたりしてみると、文学・映画と社会の関わりがより複層的に、現在ともつながるものとして立ち現れてくる。

　E・M・フォースター (1879-1970) の小説『モーリス』(1971) は1910年代に執筆されたが作家の死後まで出版されなかった。そして、ジェイムズ・アイヴォリーと彼の公私にわたるパートナーのイスマイル・マーチャントのマーチャント・アイヴォリー・プロダクションズによる映画版が公開された1987年は、エイズ危機の時代であった。男性間の性行為がいまだ犯罪であった英国で作家が夢見た二人の男性の幸福な結末は、時代を超えてアメリカでエイズ危機下の希望をも託された。さらにその流れの先に、マーチャント亡き後89歳のアイヴォリーが脚本を執筆した『君の名前で僕を呼んで』(*Call Me By Your Name*, ルカ・グァダニーノ監督、2017) も置いてみると、美しいイタリアの風景とノスタルジックな幸福に満ちた性愛の描写に、フォースターのイタリアと英国が映り込んでくるだろう。

　また、アイルランドに目を向けると、『クライング・ゲーム』(*The Crying Game*, ニール・ジョーダン監督、1992) や『アルバート氏の人生』(*Albert Nobbs*, ロドリゴ・ガルシア監督、2011) が性の規範と文学・映画の興味深いつながりを示す。アイルランドの1980年代の紛争を背景とする『クライング・ゲーム』は、1920年代のアイルランド内戦を扱うフランク・オコナー (1903-66) の短編「国賓」("Guests of the Nation," 1931) を下敷きに性のモチーフを組み込む。『アルバート氏の人生』はジョージ・ムア (1852-1933) の中編「アルバート・ノップスの人生」(1918) が原作である。どちらの映画も国籍、人種、ジェンダーとセクシュアリティにおけるアイデンティティの複雑なあり様を描き、原作との相違や時代ごとの社会規範、映像の力についても深く考えさせる。

　ほかにもヴァージニア・ウルフ (1882-1941) のように作品の映画化 (『オルランド』ほか)、伝記映画 (*Vita and Virginia*, 2019)、作家をモチーフにしたフィクションの映画化 (『めぐりあう時間たち』*The Hours*, スティーブン・ダルドリー監督、2002) と取りそろえた作家もいる。LGBT映画、LGBT文学という旗の下に広がるこの豊かな地層をぜひ探求してほしい。

(長島)

11 複製技術時代の〈作者の声〉

ジョウゼフ・コンラッドの『闇の奥』から
フランシス・コッポラ監督の『地獄の黙示録』へ

中井　亜佐子

1　はじめに──指揮官なき戦争

　始まりは音である。規則正しい羽ばたきのような、モーターの回転音のような音が、暗いスクリーンに被さるように聞こえる。3秒後、スクリーンにはジャングルのパノラマショットが現れ、音が大きくなるとともにヘリコプターが一機、視界を横切っていく。ヘリコプターが過ぎ去った後には、土埃のような黄色い煙がスクリーン下方から立ちのぼり、ドアーズ（1960年代から70年代にかけて活動した米国のロックバンド）のサウンド・トラックの導入部が流れ始める（▶00:00:23）。機械音はその間も、音量を変えながら続いている。二機目のヘリコプターの機体の一部が視界をかすめた直後、ジャングルはいっせいに炎に包まれ、ドアーズのヴォーカル、ジム・モリソンの歌声が響く──「これが終末だ、麗しき友よ」（▶00:01:16）。燃え上がるジャングルと行き交うヘリコプターの映像とともに歌声が続き、画面の左側にはいくどか男の顔のクローズアップが上下逆さに浮かび、消える（図1）。ふたたび最初に聞こえていた機械音が大きくなると、部屋の天井で回転する扇風機が映し出される（▶00:02:38）。燃えるジャングルの映像は徐々にフェイドアウトし、場面はウィラードのホテルの居室へと切り替わっていく（▶00:03:24）。

　フランシス・フォード・コッポラ（Francis Ford Coppola, 1939- ）監督映画『地獄の黙示録』（*Apocalypse Now,* 1979, 2001）のオープニング・シークェンスは、

190　　第1部

この映画においては音がそれ自体で重要な意味を持つことを示している。シークェンス全体を通じて持続する、この機械音の音源は何なのだろうか。シークェンスの前半では、その音は戦闘用ヘリコプターの映像に結びつけられており、ヘリのプロ

図1 『地獄の黙示録』 ▶ 00:02:14

ペラ音であることが示唆されている。その後しばらく、音は実際にはホテルの部屋の扇風機の回転音であったかのように演出されるが、ホテルの部屋のシーンに完全に切り替わった後、扇風機の回転音とはまた別のプロペラ音が聞こえ、オーディエンスはカメラワークによって、窓の外へと音源を求めて誘導される（▶ 00:04:10-00:04:27）。しかし、音の正体であるべきヘリの姿はそこにはない。

　この「ヘリコプターの音」は、まさにこの『地獄の黙示録』を通じてベトナム戦争の換喩（事物や概念をそれと密接に関係するものによって表す比喩）となった音である。しかし同時に、それはハリウッドの映画製作においてコッポラ自身が確立した、徹底した分業体制——たとえばサウンドの編集作業ですら、ヘリコプター音、銃声、ボートのモーター音はそれぞれ別の者が専属で担当する——による生産物である（Elsaesser and Wedel 161）。とすれば、この音の「作者」は誰なのか——その作者性（authorship）は誰に帰属すると考えればよいのか。音源を特定することができないということは、映画の起源としての作者もまた特定できないという事実とつながっているのである。音といえば、このシーンでもうひとつの重要な音はもちろん、ドアーズの音楽である。映画はまだ始まったばかりであるのに「これが終末／終わりだ（This is the end）」と告げる歌の歌詞は、その瞬間には、映像の真の意味——この映画の始まりは、すでに映画の終わりを予告している——を解説する「含意された作者（implied author）」の声としてのヴォイスオーヴァー・ナレーションのようにも聴こえる。だが、その声はただちに、逆さにスーパーインポーズされる主人公ウィラード（マーティン・シーン）の顔とも関係づけられ、ひとりの登場人物の主観的な声にすぎないとも解釈できることにな

| 11 | 複製技術時代の〈作者の声〉　　**191**

る。ここでもまた、すべてを統括する俯瞰的な視点と、そうした視点から語られる権威づけられた〈作者の声〉は、敢えて特定できないようにされている。

　つまり、このオープニング・シークェンスの音をめぐる謎と不確定性は、映画というメディアに対する以下のような問いを凝縮している。映画という芸術を統御する単一の権威（authority）、あるいは単一の作者（author/auteur）は存在するのか。そして、どのような起源（origin/source）によって、権威や作者性（authorship）は生み出されるのか。

＊

　ベトナム反戦映画の金字塔『地獄の黙示録』は、構想から10年以上の歳月をかけ、フィリピンでの長期間にわたるロケーション撮影を経て、3,000万ドル以上に膨れ上がった巨額の資金を費やして完成された超大作である（Semenza and Hasenfratz 317）。この映画を製作したアメリカン・ゾエトロープは、コッポラがジョージ・ルーカス（George Lucas, 1944- ）とともに、フランスのヌーヴェル・ヴァーグの影響の下、1930年代以降にきわめて商業化していたハリウッド映画とは一線を画す作家主義映画（auteurist film）を志して設立した制作会社である。コッポラは自身の出世作『ゴッドファーザー』（*The Godfather,* 1972）をもじって、ニュー・ハリウッドの「ゴッドファーザー」と称されることもある（Menne 1）。

　だが、映画という複合的な文化形式において近代小説の執筆者をモデルとするような「作者」が存在するかどうかは、「作家理論（auteur theory）」の創始者とされるフランスの映画批評家アンドレ・バザンの有名な論考「作者のポリティーク」（1957）においてですら、すでに疑問視されていた。バザンは当時のハリウッド映画の隆盛について、それが監督個人の優れた才能だけではなくアメリカ映画の持つ「伝統」に由来していること、映画の分析には「生産過程に対する社会学的アプローチ」（Bazin 251）が必要であると述べている。同じく作家理論の担い手として知られるピーター・ウォレンもまた、映画の「作者」を特定の個人に帰することはできないと考えた。ウォレンは構造主義的なアプローチをとることによって、映画における「作者」とはア・プリオリに措定される演出家としての映画監督ではなく、作風やモティーフ、構造の分析を通じて「暗号解読（decipherment）」され、経験的に再構成される存在だと定義しているが（Wollen 186）、これはウェイン・ブー

スが『小説の修辞学』(1961) で提唱した「含意された作者」の概念に近い。

　「天才は水爆だ。ウランの分裂が、水素の核融合を引き起こす。だが、栄光は個人の分裂からのみ誕生することはない。この分裂が、それを取り巻く芸術に影響を及ぼさないかぎり」(Bazin 252)——バザンのこの物騒な「水爆」のメタファーが示唆するのは、「作者」という問いが映画批評における技術的な問いであっただけではなく、時代の要請でもあったということである。冷戦、米ソの帝国主義的拡大、核開発競争、そしてベトナム戦争——後期資本主義およびネオ帝国主義の制御不能な暴力性を前にして、歴史という名の物語（フランス語で histoire は「歴史」「物語」の両方の意味を持つ）はそれに先立つ（「始源的な」）主体によってつくられ統御されているという啓蒙主義以来の西洋の知の前提が、徹底的に問い直されていた。ミシェル・フーコーは「作者とは何か」(1969) において、作者をいくつかの機能に分解して説明しようとしたが、それはすなわち「主体……から始源的根拠としての役割を奪い取り、それを言説の可変的で複雑な機能として分析する」(フーコー 412) ということであり、近代文学が前提としてきた書く主体、すなわち「作者」を否定することでもあった。

　『地獄の黙示録』が文学テクストのアダプテーションでもあるということは、この映画の「作者」という問いにかかわる要素のひとつである。ジョウゼフ・コンラッド (Joseph Conrad, 1857-1924) の『闇の奥』(*Heart of Darkness,* 1899, 1902) は、エンドクレジットでは言及されていないものの、コッポラは 1960 年代半ばにジョン・ミリアスに脚本を依頼したときから、この小説の基本的な枠組みを使うことを指示していたとされる (Phillips 133)。実際に映画は、基本的なプロットや登場人物の名前をこの小説から借用しており、また思いがけない細部においても小説への引喩（よく知られる文学作品などに間接的に言及して深い意味を持たせる修辞法）を散りばめている。コンラッドの小説における 19 世紀末のヨーロッパ帝国主義批判のメッセージが、時代設定を変えて 1960 年代から 70 年代のアメリカの覇権主義が引き起こした悲惨な戦争の批判に適用されたというだけではない。20 世紀の転換期にコンラッドの『闇の奥』は、すでに入れ子状の語りや全知の視点の欠落といった脱伝統的な小説技法を模索することによって唯一無二な「作者」という存在を解体しつつあったが、『地獄の黙示録』は映画というメディアによって、

同じ問いを別の形式で問い直した。すなわち、映画というメディアの複合芸術としての特性と技術的可能性を極限まで追究することによって、むしろ逆説的に「作者」の不在を暴露したのである。

　『闇の奥』と『地獄の黙示録』に共有される、「作者」という始源的主体への懐疑は、制御不能に陥った帝国主義の暴力の深い批評（クリティーク）でもある。1897年、友人でアナーキストであったカニンガム・グレアムに宛てた手紙のなかで、コンラッドは近代文明を「編み機（knitting machine）」に喩え、その制御不能性について次のように語っている。「いちばんうんざりさせられるのは、こいつは自己生成する。思考せず、良心もなく、先の見通しもなく、目もなく、心もないままに、自己生成するのだ」（Karl 425）。コンラッドが描いた自己生成機械としての近代資本主義／帝国主義世界のイメージは、『地獄の黙示録』では、指揮官（commanding officer）を欠いたまま続行する戦争として語り直されている。[1) 本章では、『地獄の黙示録』を『闇の奥』のアダプテーション映画として分析することを通じて、この映画が体現する〈指揮官なき戦争〉のメカニクスを記述してみたい。

2　「それは60年前の本だった」

　『闇の奥』のプロットは単純で、10行ほどで要約できてしまえる。物語の主要な部分は中年の船乗りマーロウがかつてアフリカの大河を旅したときの経験であり、ロンドンのテムズ川に停泊中の巡航船上で同業の仲間たちに向かって語っているという設定である。アフリカに赴任したマーロウは、駐留所でクルツ（Kurtz）という優れた人物の噂を耳にし、彼が病気であると知らされる。マーロウは物資輸送船の船長として、大河を上流へと遡る。奥地の駐留所にたどり着くと、クルツは象牙への欲望に取り憑かれて狂気に陥っており、アフリカ人を残酷なやり方で支配している。マーロウはクルツを救出して船に乗せるが、クルツは「地獄だ！　地獄だ！（"The horror! The horror!"）」という言葉を残して帰路の船上で亡くなる。ヨーロッパへ帰還後、マーロウはクルツの婚約者に会いに行き、彼の最後の言葉が「あなたの名前」だったと嘘を告げる。

　しかし、このように要約してみたところで、この小説を的確に説明したことにはならない。重要な登場人物であるクルツが実際に登場するのが、小説

を三分の二以上読んだ後でしかないからである。小説の大部分はマーロウが
目的地に到達するまでの過程であり、そこには主要なプロットからは脱線し
ているが、それぞれに意味深長ないくつかの挿話がある。小説のもうひとつ
の特徴は、具体的な地名や年号がほとんど書き込まれていないことである。
小説で描かれる「アフリカ」がベルギー王レオポルド二世の私的植民地コン
ゴであること、ヨーロッパ大陸の都市がブリュッセルであることは、コンラッ
ド自身の伝記的事実からも推測できるが、小説中にはテムズ川（ロンドン）
以外には、正確な地名は出てこない。

　大枠のプロットが単純であることに加えて、物語を実在する場所や時代と
結びつける具体的な指標を欠いていることもまた、この小説が特定の歴史的
文脈を超えて適用可能（アダプタブル）な寓話として読まれ、後世の作家たちに「書き直し」
をされてきた重要な理由であろう。20世紀後半以降、アフリカやそのほか
の旧英国植民地を舞台とする英語小説は、しばしばなんらかの形で『闇の奥』
のプロットを応用してきた。コンラッドの影響を強く受けた代表的な小説家
のひとりであるV・S・ナイポール（V. S. Naipaul, 1932-2018）は、偶然にも『地
獄の黙示録』公開と同年に出版された『河の湾曲部』（*A Bend in the River,* 1979）で、
『闇の奥』の舞台を20世紀半ばのアフリカ（コンラッドの小説と同じく実
在の国名は挙げられていないが、モデルは当時のザイール）に移し、独立直
後の政治的混乱を描いている。

　「コンラッドの闇」（"Conrad's Darkness," 1974）というエッセイで、ナイポー
ルは『闇の奥』のあるひとつの挿話に注目している。マーロウは、クルツ
のいる「奥地の駐留所」に向かう途上で立ち寄った小屋で、一冊の本を発
見する。本のタイトルは『操船術の心得について（*An Inquiry into Some Points of*
Seamanship）』、著者は「タウワーとかタウソンとか、そんなふうな名前」で、
60年前に出版されたものだった。「たいして魅力的な本でもないんだが、一
目でわかるのは、まっすぐな意図（a singleness of intention）、仕事の正
しいやり方に対する真摯な関心（an honest concern for the right way of
going to work）が、その本にはあるってことだ」（Conrad 99）。主要プロッ
トの枠組みからすると脱線のようにも見える挿話であるが、ナイポールは
この部分を読んで「コンラッドが——60年前、大いなる平和の時代に——
わたしの前のいたるところにいたのを発見した」（Naipaul 216）と感銘を受け

｜ 11 ｜ 複製技術時代の〈作者の声〉　　**195**

たという。つまりナイポールは、この挿話をある種の寓話として——彼自身がコンラッドの本を発見したこと、コンラッドの本はこれから自分が書く本のお手本として存在していたこと、すなわち『闇の奥』という小説の適用可能性そのものの寓話として——読解したのである。

　ここでナイポールが使っている「わたしの前のいたるところにいた（everywhere before me）」というフレーズは、『闇の奥』のなかでマーロウがクルツについて語っているときの表現でもある。ナイポールは、マーロウが発見する『操船術の心得について』がマーロウの先駆者としてのクルツの比喩であると解釈し、そのクルツがマーロウに先行して存在したように、コンラッドはナイポールに先行する存在であり、両者はいわば、オリジナルとコピーの関係にあると考える。「模倣（mimicry）」はその後、独立後の旧植民地の文化と社会を批判する際に、ナイポールが頻繁に使用する語になった。[2]
だが、このオリジナル（先行テクスト）とコピーの力関係は、コンラッド自身のテクストのなかではかならずしも自明のものではなかった。マーロウはそもそも『操船術の心得について』の作者の名前すら正確に記憶していない（タウワーかタウソンか覚えていない）し、彼の饒舌はクルツの声を完全に圧倒している。クルツは「声として現前した」（Conrad 113）にもかかわらず、マーロウの語りのなかでクルツの発話はごく一部しか再現されておらず、後者の「すばらしい雄弁（splendid monologues）」（Conrad 132）の内容を読者が直接知ることはない。コンラッドの『闇の奥』は、コピー（アダプテーション）がオリジナルを凌駕する可能性をすでに示唆していたとも言える。

　「コンラッドの闇」のなかでナイポールは、「コンラッドの小説は凝った解説付きの単純な映画のようである」（Naipaul 229）とも述べている。その言葉の通り、コンラッドの作品は映像技術との親和性が高く、かなり早い時期から映画へのアダプテーションも試みられていた。コンラッドが小説の執筆を開始した 1890 年代後半は映画の黎明期と重なっており、彼は小説という形式を用いてきわめて映画的な世界観を描こうとした最初期の作家のひとりでもある。エドワード・サイードは、コンラッドが「書き言葉を超越して、直接的な発話と視覚を表現するために、散文を否定的に用いようとした」（Said 109）と論じており、コンラッドが過剰なまでにエクリチュール（書き言葉）を紡ぎながら、同時にエクリチュールを否定あるいは超越する視聴

覚効果を狙っていた点を指摘している。映画監督のD・W・グリフィス（D. W. Griffith, 1875-1948）はコンラッドの中編小説『ナーシサス号の黒人』（*The Nigger of the "Narcissus," 1897*）の序文の有名な一節をもじって、「わたしが達成しようとしている仕事は、あなたに見させること（to make you see）である」と宣言したと伝えられている（Jacobs 119）。オーソン・ウェルズ（Orson Welles, 1915-85）は 1939 年に「ファシズムの寓話」として『闇の奥』の映画化を試みており、「すべてのコンラッドの物語は映画である」という言葉を残している（Welles and Bogdanovich 32）。しかし、「一人称カメラ」（主観ショットのみによる撮影）によって『闇の奥』のマーロウの語りを忠実に再現しようとしたウェルズの試みが失敗に終わったように、コンラッドのテクストにおける視聴覚効果はあくまで言語による構築物であり、当然ながら、文字テクストをそのまま映画化できるわけではない。

　コンラッドの作品はいずれも寓話性が高く、「書き直し」を試みる小説家だけではなく、作家志向の強い映画監督にとっても、作品世界を忠実に再現するよりはむしろルース・アダプテーションによって独自の世界観や芸術性を追究するための素材となった。『密偵』（*The Secret Agent,* 1907）のアダプテーションであるアルフレッド・ヒッチコック（Alfred Hitchcock, 1899-1980）監督『サボタージュ』（*Sabotage,* 1936）は、コンラッドの小説が作家映画に適用された初期の代表例である。ヒッチコックは『サボタージュ』の舞台をコンラッドの 19 世紀末ロンドンから 1930 年代のロンドンへと移し、スラム映像のモンタージュを駆使して『密偵』よりも社会的リアリズムを強調しつつ、プロット自体も特に結末を大きく変更している。批評家が注目する重要な変更のひとつは、小説中で主要登場人物ヴァーロックとウィニーが経営するポルノショップが、『サボタージュ』では映画館に置き換えられているという点である。カウボーイ映画のポスターが貼られ、ウォルト・ディズニー制作のアニメ映画（『誰がクックロビンを殺したのか』、*Who Killed Cock Robin,* 1935）が上映される場末の映画館「ビジューシネマ」は、芸術性の高いヒッチコック映画とは無関係の場所のようでありながら、「ヒッチコック」もまたこの映画館で上映されるような商業化された映画に結びつけられうることを示唆しているとも解釈できる（Fleishman 54）。

　『地獄の黙示録』は『サボタージュ』の系譜に連なる、コンラッド作品の

作家映画によるルース・アダプテーションである。時代と場所は1960年代末のベトナムとカンボジア、船乗りマーロウは米陸軍大尉ウィラード（マーティン・シーン）、クルツは米軍から脱走してカンボジアに潜入し、自身の「王国」を築いているカーツ（Kurtz）大佐（マーロン・ブランドー）に置きかわっている。登場人物について言えばもう一人、『闇の奥』でクルツの信奉者として登場するロシア人の若者には、『地獄の黙示録』ではやはりカーツ大佐を崇拝するアメリカ人フォトジャーナリスト（デニス・ホッパー）が対応している。ウィラードがカーツを探し出すために巡視船に乗って川を遡るというプロットの大枠も、小説をなぞっている（ただし、ウィラードがカーツに会う目的は、米軍からの指令に従って彼を暗殺することであるが）。ウィラードを運ぶ巡視船の一行が黒人兵士（チーフ、クリーン）と白人兵士（シェフ、ランス）から成るのは、『闇の奥』の蒸気船の乗組員の人種構成を意識したものとも考えられる。映画の最後の三分の一、巡視船がカーツの王国に到着してからウィラードがカーツを刺殺するまでのシークェンスには、特に『闇の奥』を想起させる演出が多い。ただし、文学作品のアダプテーションであることが、1979年公開当時、この映画に特に肯定的な評価を付加したわけでもなさそうである。ヴェロニカ・ゲングは『ニューヨーカー』誌に寄稿した映画評で『闇の奥』への過剰なまでの引喩をむしろ揶揄しており、カーツ刺殺のシーンの最後に挿入されているミディアム・ショット――カーツのタイプライターの前にたたずむウィラード（▶ 03:11:59-03:12:16）――について、ウィラードがそのタイプライターを使って「カーツはいまやぐっすり眠っている」と書いてほしかった、とからかい気味に書いている（Geng 72）。

　1970年代といえば、文学研究や批評においてもマイノリティの視点が可視化されるようになり、『闇の奥』を帝国主義批判の書として読むという従来の読解が疑問に付され始めた時期でもある。ナイジェリア出身の小説家チヌア・アチェベ（Chinua Achebe, 1930-2013）は「アフリカのイメージ」（"An Image of Africa," 1977）というエッセイで『闇の奥』におけるアフリカ人表象を人種差別的であると指摘し、論争を巻き起こした。先に述べたように、V・S・ナイポールはコンラッドの小説の枠組みを帝国主義批判ではなく植民地独立後の独裁政権批判へと援用し、独立後の国家の混乱を帝国主義の負の遺産や経済先進国によるネオ帝国主義支配ではなくアフリカ人自身の責任に帰

した。そしてそのことによって、ナイポールはコンラッドとともに帝国主義に加担していると批判されることにもなった。「60年前に書かれた本」の作者の権威と威信は、それ自体が大きく揺らぎつつあったのである。

3　遅延、脱線、「サボタージュ」

　『地獄の黙示録』が『闇の奥』から受け継いだのは、プロットや登場人物、背景の小道具だけではない。むしろ本章が注目したいのは、コンラッドの「映画的」な小説技法を実際の映画技術によってコッポラ映画がどのように表現しようとしたのか、そうした実験的な表現技法が映画の主題とどのような関係にあるのか——すなわち、この映画の技法そのものが、主体なき戦争機械に対していかなる批評たりえているのかという点である。

　本章の冒頭で論じた『地獄の黙示録』のオープニング・シークェンスについて、ヤコブ・ルテは映画の冒頭から聞こえる機械音の扱いが、コッポラによる「遅延される解読（delayed decoding）」の映画的実践であると指摘している（Lothe 183）。「遅延される解読」はイアン・ワットがコンラッドの描写の特徴を印象主義と結びつけて説明するために用いた術語で、ワットの定義によれば「精神が外界からメッセージを受信するときの時間的な前進運動と、それよりはずっと遅い、意味を理解する内省的プロセスとを組み合わせた」（Watt 175）語りの技法である。読者もまた、登場人物の内省の時間を経て、真の意味を理解することになる。この知覚と意味解読のあいだの時間差は、小説中では一人称の語りによって可能になるが、映像によって表現するのは実際には困難である。[3] このオープニング・シークェンスの「遅延される解読」は、ルテによれば、音と映像の組み合わせが変わることによって音源がヘリコプターのプロペラから扇風機、そして最後に窓の外へと移動することであるが、コンラッドの場合にもよくあるように、最終的には真の音源は不明なまま「解読」されることはない。

　「遅延」は単に技法上の問題であるだけではなく、それ自体がコンラッドの小説のひとつの重要な主題である点にも注目したい。クルツのいる奥地の駐留所へたどり着くまでに、マーロウはしばしば待機状態や遅延を経験する。彼はアフリカに到着した後にも、海岸の駐留所で10日間待たされて苛立っており、また船旅の出発点である中央駐留所では、船の修復のために——修

| 11 | 複製技術時代の〈作者の声〉　　**199**

復に必要な鋲がないために（Conrad 83-88）――数か月間もの足止めを食らっている（この遅延が、クルツの救出を遅らせるために駐在所の所長らが仕組んだ積極的な妨害である可能性も、小説では示唆されている）。ようやく船に乗り込んだ後も、運航困難な場所があったり、寄り道をしたり、濃霧に包まれたり、アフリカ人（のちにクルツの私兵とわかる）の襲撃を受けたりするなど、目的地への到着は遅れに遅れる。

　『地獄の黙示録』でも、この「遅延」の主題は再演されている。マーロウと同様、ウィラードはしばしば待つこと、遅れることに苛立っている。映画のオープニングに続くホテルの居室のシーンでは、任務を与えられる前の待機状態にあるウィラードの焦燥感が描かれているし、巡視船のアメリカ兵らが小船に乗っていたベトナム農民を虐殺する挿話においても、彼はつねに目的地到着が遅れてしまうことを気にしている（▶ 01:32:37-01:37:51）。2001 年に公開された『地獄の黙示録特別完全版』（*Apocalypse Now Redux*）では、1979年版では割愛されていた 49 分もの映像が復活しており、ウィラードがカーツ大佐に会うまでの道程はさらに長いものになっている。特に『完全版』にしか含まれない重要な挿話は、巡視船の一行がバニーガールとセックスする挿話と、フランス人のプランテーションを訪れる挿話であるが、この両者にはともに女性とセックスがかかわっている（フランス人のプランテーションで、ウィラードは美しい寡婦ロクサンヌ（オーロール・クレマン）とベッドをともにしている）。このことは、『闇の奥』のマーロウの女性嫌悪的な台詞を想起させる。「やつらは――女のことだが――外だ――中に入れちゃいけない。女が自分たちのきれいな世界にとどまっていられるように、われわれは手助けしてやらなきゃならん。じゃないと、こっちの世界がもっと悪くなるからな」（Conrad 115）。これらの挿話が 1979 年版で割愛されてしまったのは、映画製作の現場でも、女性にまつわるシーンは戦争映画にはふさわしからぬ脱線だと判断されたからなのだろうか。

　『完全版』を詳細に論じているパメラ・デモリーは、復活した映像のうち、フランス人入植者のプランテーションを訪問する挿話に特に注目している。ウィラードと巡視船の一行は、河岸に廃墟のように見える家屋を発見する（図 2）。廃墟の奥には、1950 年代のまま時が止まってしまったかのようなプランテーションがあった。直前の銃撃戦で命を落としたクリーンの葬儀の後、

フランス人一家との長い夕食のシーン、そしてウィラードがロクサンヌとベッドで阿片を吸うシーンが続く。デモリーの議論のうちで特に興味深いのは、この挿話が『闇の奥』でマーロウが『操船術の心得について』という本を発見した挿話に対応す

図2　『地獄の黙示録』▶ 1:54:27

ると論じている点である。たしかに、プランテーションが発見された状況はマーロウが見棄てられた小屋を発見した状況に類似しており、ベトナム戦争の前史としてのフランス植民地支配は、タウワー（またはタウソン）の書いた「60年前の本」に呼応している。デモリーはまた、この本の「まっすぐな意図」や「仕事の正しいやり方に対する真摯な関心」は、夕食にふるまわれる（プランテーションのベトナム人コックがつくった）完璧なフランス料理が体現していると指摘している（Demory 344）。だが、プランテーションの挿話が『操船術の心得について』を想起させるとすると、それはみずから大いなるアイロニー———『闇の奥』の対応するシーンにも内在していたアイロニーであるが———を露呈することになる。つまりこの挿話自体は、正しい仕事のやり方をまっすぐな意図でもって粛々と遂行するという労働倫理からは、完全に逸脱してしまっている。

　『地獄の黙示録』が『闇の奥』と共有するこの「遅延」という問題系を、より政治的な文脈のもとに解釈することも可能である。「遅延」には、ウィラードの任務遂行を積極的に妨害する行為、ヒッチコックを経由した用語で言えば「サボタージュ」としての意味合いもある。クリストファー・ゴウグウィルトによれば、この語はもともと労働運動の戦略としての妨害行為を指したが、ヒッチコックが『サボタージュ』を撮った30年代後半に、テロリストによる破壊行為というあらたな意味が誕生していた（GoGwilt 161-73）。カーツ殺害の任務を遅延させるということは、帝国主義戦争の粛々たる遂行を妨害するテロリズムに等しいとも言える。

4 再生される音

　ふたたび「音」の話題に戻ろう。ミシェル・シオンは、映画における音の役割を、映像に「付加価値」を与えることであると述べる。「付加価値という語で私が意味するのは、表現あるいは情報にかかわる価値であり、それによって音は映像を豊かにし、明確な印象をつくりだす……」（Chion 112）。アダプテーション映画においては、原作のテクストは台詞やヴォイスオーヴァーといった音として現れ、映像に説明や解釈を与える。シオンはまた、音の重要な機能として、映像に時間感覚をもたらす機能を指摘している。ばらばらに撮影された二つのショットが自然につながっている、すなわち時間的に（クロノロジカルに）連続しているという感覚は、しばしば二つのショットに被さる音の連続性によって生み出されているのである。その意味で、音は映画の物語性と大いに関係がある。こうした観点から『地獄の黙示録』のオープニング・シークェンスの音の「遅延される解読」（実際には解読すらされない）の問題を再考すると、この「遅延」は映像と音の伝統的な結びつきの攪乱であり、またそうした結びつきがつくりだすナラティヴの妨害であるとも言えるだろう。

　『地獄の黙示録』には、音と映像がちぐはぐな印象を与えるシーンが多い。有名なのは、キルゴア大尉（ロバード・デュバル）率いるヘリコプター隊が農村を攻撃するシークェンスのバックに流れる「ヴァルキューレの騎行」である（▶00:36:40-00:40:50）。エルセサーとヴェーデルが指摘するように、ここでのワーグナーは、暴力の美学化というよりはむしろ音楽がつなぐ二つのシーン——戦闘機械と化した米軍と、無垢なベトナムの農民たち——のあいだの「不調和」の感覚の強度を増す効果を果たしている（Elsaesser and Wedel 167-69）。音楽がテープレコーダーから再生されているという設定にも注目したい（図3）。映画で使われる音は複製された音であり、それはいつでもどこででも再生可能なのであって、特定のイメージと自然に結びついているわけではないことを、レコーダーの存在は暴露しているようでもある。テープレコーダーから再生される音が映像と不調和をきたすシーンは、ほかにもある。巡視船の一行はベトコンの攻撃を受け、クリーンが銃で撃たれて死ぬのだが、戦闘が始まる直前、彼は母親から届いたメッセージ・テープをレコーダーで再生して聞いていた。レコーダーの音声は彼が死んだ後もそのまま流

れ続け、彼の死に衝撃を受けるチーフの上半身、横たわる血まみれのクリーン、死んだクリーンの腕をとるチーフと続くミディアム・ショットに、家族の消息を伝え、息子の無事を祈る母親の声が被さる（▶ 01:51:31-01:52:20）。

図3 『地獄の黙示録』▶ 36:40

　『闇の奥』では、マーロウにとってクルツは「声」であり、彼に会う目的はその声を聴くことであった。だが、『地獄の黙示録』による『闇の奥』のアダプテーションの最大のアイロニーは、ウィラードはカーツ暗殺の使命を与えられる際に、彼の写真を見せられるだけではなく、テープレコーダーで再生された彼の声をすでに聴いてしまっているという点にある（▶ 00:13:06-00:14:36）。このことは、19世紀末に雑誌連載された『闇の奥』ではかろうじて維持されていた「声」の持つアウラが、1970年代のハリウッド映画においては完全に消失していることを暗示している。カーツの声は、もはや物語が遡及的に発掘する起源(オリジン)なのではなく、物語の始まりの時点ですでに複製(コピー)され、再生可能な音声でしかない。しかも、オーディエンスがついにマーロン・ブランドー扮するカーツに出会い、彼の声を「直接」聞くときですら、それは技術的には、あくまで録音され、再生された音声なのである。言うまでもなく、映画の技法上、音声と身体イメージとは容易に分離可能である。カーツが登場するシーンにはほとんどつねにローキー・ライティングが採用されており、クロースアップでも容貌がはっきりとは映されないことが多いため、しばしば音声が身体（顔）とは遊離して聴こえる。そうした印象を敢えて強化する演出の例としては、カーツがT・S・エリオット（T. S. Eliot, 1888-1965）の「虚ろな人びと」（"The Hollow Men," 1925）を朗読するシーンがある（▶ 02:54:43-02:55:23）。朗読の声は、ディゾルヴとスーパーインポーズを繰り返す、宮殿の外部と内部を映した一連のショットに被せられ、朗読が始まってから30秒以上経過した後にようやく、本を開いて朗読するカーツ自身を映したショットが出現する。この「虚ろな人びと」のエピグラフには「カーツ氏は死んだ」という『闇の奥』の台詞（Conrad 150）が引用されており、引用を

入れ子状に重ねるという手の込んだ演出の一例でもある。だが、ウィラード
の剣に倒れたカーツの横顔のクロースアップが現れ、彼の唇が動いて「地獄
だ！　地獄だ！」という台詞を発するときですら（▶03:08:49）、それはもち
ろん『闇の奥』という先行テクストからの引用であり、技術的にもそれは複
製・再生された音声である。

　しかしながら、カーツ自身に語らせたいという欲求を、『地獄の黙示録』
は完全に封印することはできなかったらしい。小説『闇の奥』では読者がク
ルツの雄弁を直接「聴く」ことはできないが、映画にはウィラードを聞き役
に設定したカーツ自身のモノローグがあり、米軍を脱走して王国を築いた動
機が説明される。全体では6分にもわたる長いモノローグの途中で、カーツ
は米軍特殊部隊での任務について語る（▶02:59:36-03:03:13）。あるとき彼は、
収容キャンプのベトナム人の子供たちにポリオの予防接種を行ったが、その
後ベトコン兵士は子供たちの注射された腕をすべて切り落としてしまった。
子供たちの小さな腕が山と積まれているのを見てカーツは慟哭するが、その
とき彼は、これこそが米軍がベトコンに勝てない理由だと悟った。カーツに
よれば、ベトコン兵士の強さとは、感情や道徳判断に惑わされることなく機
械のように正確に任務を遂行する能力にあった。彼の王国の目的は、みずか
らそうした完璧な戦争機械をつくることだったのである。だが、カーツにとっ
てそれが地獄となったのは、彼自身が結局、みずから機械の一部と化すこと
ができなかったからなのだろう。映画的な演出をしばし中断したかのような
長い説明的モノローグは、映画という機械のなかで「作者」という語る主体
であることを放棄できない、コッポラ自身の声のようにも聴こえる。

5　結び──「作者」という問い

　映画『地獄の黙示録』は、『闇の奥』というそれ自体が適用可能性の寓話
であるテクストを下敷きに、さらにさまざまな先行テクストや映像からの引
用の堆積のうちに成立しており、そのことによって「作者」という単一の
始源的主体──歴史に先立って歴史を書く主体──を徹底的に問い直してい
る。映画における「作者（auteur）」という問いは従来、映画というメディ
アの複合的な特性や映画産業における生産プロセスの問題との関連で提起さ
れてきた。しかし、本章で見てきたように、『地獄の黙示録』における「作者」

の問題は、映画製作についての自己言及的な問いであるだけではない。映画産業を駆動する作者なき機械は、映画が表象し物語化している帝国主義戦争の、指揮官を欠いたまま運転し続ける機械と等価になる。

　「映画にとって作者とは何か」と問い続けることに、どのような意味があるのだろうか。そのように問い続けること自体が、そうした機械への抵抗の意志、機械による目的の遂行を遅延させ、妨害し、サボタージュする意志の表明にもなりうるのではないだろうか。わたしたちが「作者はどこにいるのか」と問うことをやめ、映画を単なる文化商品として消費するとき、すなわち主体をめぐる問題系が完全に無効化されるとき、映画という機械は完成する。だがそのとき、映画は、現実世界への人間的、批判的介入であることをも完全に放棄してしまうのだろう。

註

1) 『地獄の黙示録』に現れる具体的な〈指揮官なき戦争〉の例としては、米軍の前哨基地のあるド・ラン橋のシーンが挙げられる。そこでウィラードは、総指揮官が不在なまま戦闘が続行する狂気を目の当たりにしている。

2) ナイポールの「模倣（mimicry）」は否定的なニュアンスが強いが、ホミ・バーバの精神分析用語である「擬態（mimicry）」は、むしろ植民者の権威を転覆する被植民者の戦略として肯定的に捉えられている。バーバによるこの場面の解釈については Nakai 1-28 参照。

3) 『地獄の黙示録』ではそのほかにも、霧のかかった風景、極端なカメラ・アングル、映像に登場人物の発話を組み合わせることなどによって試みられている（Lothe 189-190）。

12 イライザの声と
そのアフターライフ

ジョージ・バーナード・ショー『ピグマリオン』から
『マイ・フェア・レディ』にいたるヒロイン像の変遷

岩田　美喜

1　はじめに

　1927 年、音声が映像にシンクロする「トーキー映画」（talking picture; talkie; sound film）が登場すると、映画界はいろいろな変革を迫られた。[1] この大きな技術革新によって、金融資本と映画資本の結びつきが高まり、産業としての映画そのものが変化・拡大したのはもちろんのこと、アメリカのミュージカル映画『雨に唄えば』（*Singin' in the Rain,* 1952）がコミカルに描き出すように、無声映画時代の有名俳優がトーキー時代に取り残されるなど、映画界に従事する人材にも大きな移動が見られた。

　こうした一連の変化には、映画が扱うテーマやジャンル、原作がある場合は作品の選び方も含まれることになるが、そうした変化を示す好例として、ジョージ・バーナード・ショー（George Bernard Shaw, 1856-1950）の戯曲『ピグマリオン』（*Pygmalion,* 初演 1913［ウィーン］; 1914［ロンドン］）を下敷きにした同名の映画（1938）を挙げられるだろう。ロンドン労働者階級の訛りが強い花売り娘イライザが、音声学の専門家ヒギンズに上流階級の発音を学ぶことで自我を確立していくというこの芝居では、作品のテーマと音声があまりに深く結びついているので、サイレント映画時代から映画化の企画はあったにもかかわらず、作者ショーは決して応諾しなかった。だが、トーキーの到来でショーの態度は軟化した上、年来の友人であったゲイブリエル・パスカル（Gabriel Pascal, 1894-1954）の頼みもあって、ついに 1938 年、パスカルが

206　　第 1 部

プロデューサーを務め、ショー自身が脚本を担当し、アントニー・アスキス（Anthony Asquith, 1902-68）と主演のヒギンズ役も務めた俳優レズリー・ハワード（Leslie Howard, 1893-1943）が共同で監督した映画版が実現したのである。

　だが、映画版のエンディングは、ショーが戯曲の受容に対して抱いていた不満を増幅させることとなった。ショー自身はこの芝居を、発音矯正を通じて階級という軛を越える可能性を示した社会主義的な作品と考えていたのだが、1914年4月11日のロンドン初演でヒギンズを演じたハーバート・ビアボウム・ツリー（Herbert Beerbohm Tree, 1852-1917）が、彼に別れを告げるイライザの膝に取り縋るなどメロドラマ的な演技をアドリブで見せたこともあり、二人は結婚するだろうと観客に解されてしまったのだ。[2]憤懣やるかたないショーは、1916年に作品を出版する際、長い「後日譚」を付して「イライザがヒギンズに、たとえ頼まれても結婚しないと告げたとき、彼女は別に気をひいて（coquetting）いたのではない。熟慮の上の決断を公言していたのだ」（351）と弁明した。だが、イライザがヒギンズの元を去る宣言をして退場する戯曲版のエンディングに対し、映画版ではイライザが立ち去った後、ヒギンズが彼女の面影を探してロンドンの街中を歩き回り、自宅に戻ってしんみりと彼女の記録音声を聞いていると、当人が戻って来て肉声で語るという、ミュージカル『マイ・フェア・レディ』（*My Fair Lady,* 1956）に引き継がれたハッピー・エンディングになっている。

　この変更に顕著なように、『ピグマリオン』は、戯曲から映画、ミュージカル、ミュージカル映画（1964）へと改変される度に、イライザとヒギンズの恋愛ものとしての要素を強めていき、連動して演出的にはイライザの〈声〉よりも〈容姿〉のほうが強調されるようになっていく。本章では、戯曲『ピグマリオン』からミュージカル映画『マイ・フェア・レディ』にいたるヒロイン表象を概観し、技術の進歩や時代の嗜好に従って、イライザがいかに〈語る主体〉から〈見られる客体〉へと時代を逆行するかのような変化をしているかを分析する。だが、それでいてなお、彼女が「（労働者階級の）女性は自分の声で語れるのか」という問題を提起し続けていることが、こうした一連の改変の最も驚くべき点だというのが、本章の結論となるだろう。

| 12 | イライザの声とそのアフターライフ　　**207**

2　ショー自身の『ピグマリオン』改筆

　前述のように、ショーは映画版『ピグマリオン』の脚本を自身で担当したが、映画のエンディングには不満を抱いていた。ショー自身が執筆した二通りの脚本では、出て行ったイライザは路上でフレディと口づけを交わし、それをヒギンズがバルコニーから見下ろす（Conolly 149）、またはケンジントンで花屋を営むイライザとフレディの未来図が映った後にスクリーンが現在の時間に戻り、路上で呆然としているヒギンズに警官が挨拶する（Conolly 151）終わり方になっていた。しかし、プロデューサーのパスカルならびに監督のアスキスとハワードは、これとは異なるヴァージョンをショーに内緒で撮り、ショーがそれを見せられたのは公開初日のわずか 2 日前であった。ゆえに、イギリスの日曜新聞『レノルズ・ニュース』（*Reynolds News*）のインタヴュー記事（1939 年 1 月 22 日）で、「嫌がっていたはずの〈陳腐なハッピー・エンディング〉を映画版で許したのは何故か？」と問われたショーは、「許してない。『ピグマリオン』の物語において、マザコンで独身主義者の中産階級の中年教授と 18 歳の花売り娘の恋愛より不幸なエンディングは、自分には思いつけない。その類のことは、わたしのシナリオでは一切強調されなかった」（*Shaw on Cinema* 141）と答えている。

　とはいえ、ダグラス・マクファーランドは映画版『ピグマリオン』をダシール・ハメットの『影なき男』（Dashiell Hammet, *The Thin Man*）を原作とした同名のアメリカ映画（1934）と比較し、映画版のエンディングを評価している。彼によれば、映画『ピグマリオン』は、それまでのイギリス映画にはなかったスクリューボール・コメディ（1930 年代のアメリカで作られた風変わりな人物を主人公にした展開の速い喜劇映画）を取り入れたとまでは言えないが、『影なき男』に登場するおしどり夫婦探偵のような「言葉の応酬が愛情のしるし」になるカップルを生み出した点で、「ショー自身が到達しえなかったレヴェルにまで、映画版を高めた」という（McFarland 42）。マクファーランドの意見は、大西洋横断的な映画史の文脈から見て興味深く、さらに重要なことに、アスキス＝ハワード両監督とショーが『ピグマリオン』の映画化にあたっていかに違う方向を向いていたかをよく示している。ハリウッドでも俳優として活躍していたハワードと違い、基本的にロンドンの舞台を活動の場としていたショーにとって、アメリカ喜劇映画の動静などどうでもよい

ことであったのだ。

　かくて、映画版のエンディングが「決定版」として拡散することを恐れたショーは、自身の映画用脚本を反映させた戯曲『ピグマリオン』の「決定版」（"the Authorised Version"）を 1941 年に出版する。現在では、『ピグマリオン』を上演する際には著者が決定版としたこのテクストに基づくのが通例となっているが、そのおかげで皮肉にも、1914 年にロンドンで上演された際の『ピグマリオン』や、その後 20 年にわたってちょこちょこと続けられていた改変は、等閑視されることになってしまった。だが、ショーの「決定版」と1914 年版を比較検討してみれば、彼の主張とは裏腹に、決定版がいかに映画版と協調関係にあるかが見えてくる。

　ここで、『ピグマリオン』のあらすじを（イライザとヒギンズに物語を絞って）もう少し丁寧に確認してみよう（引用の頁は 1914 年版に拠る）。花売り娘のイライザ・ドゥリトルは、コヴェント・ガーデンで雨の晩にヘンリー・ヒギンズという音声学者に出会う。彼は彼女の訛りをドブ暮らしの英語だと非難し、自分であれば彼女の発音すら矯正できると豪語する。翌日、イライザが路傍の花売り娘から花屋の正店員への出世を夢見てヒギンズの家を訪ねると、ヒギンズと彼の友人ピカリング大佐は彼女を対象に、大使館の舞踏会（どこの国の大使館かは明らかにされない）で身元がばれなければ、ピカリングが彼女の教育にかかわる一切の費用を支払うという賭けを企てる。ヒギンズの母の家で醜態を晒すなどの苦労の末、大使館の舞踏会で完璧な成功を収めたイライザだが、ヒギンズが彼女に一切の心遣いをせず、「やれやれ、やっと終わった」（330）と喜ぶのを聞いて深く傷つき、口論の末ヒギンズ邸を飛び出す。ヒギンズの母の元に一晩泊めてもらった彼女は、今一度ヒギンズと話し合いを試みるが、彼は決して変わらない（変われない）ことを悟り、決別を口にして舞台を退場する。

　1914 年の上演台本に基づく 1916 年版テクストと 1941 年版テクストの両方で、この基本線は守られているが、それでも両者には多くの違いが存在する。そのすべてを検証することは紙幅が許さないため、主なものだけを抜き出せば、以下の 5 点が注目に値する。（1）1916 年版ではイライザがタクシーに乗ったところで第 1 幕が終わるが、1941 版では彼女が貧しい自宅に帰宅してぼんやり鏡を見つめる場面が加わる。（2）1941 年版に、ヒギンズ宅に

| 12 | イライザの声とそのアフターライフ　　**209**

寄宿することになったイライザが入浴する場面が追加される。（3）1916年版では、大使館の舞踏会の場面は存在しない（ヒギンズが母親から「生きた人形で遊ぶのはやめなさい」と怒られて第3幕の幕が下りた後、第4幕の冒頭ではすでに舞踏会が終わっている）が、1941年版では第3幕の後半に舞踏会の場面が挿入され、ヒギンズの一番弟子であるハンガリー人ネポマックが、イライザを王族だと吹聴するなどの新しいエピソードが加わる。（4）元々の第4幕は、ヒギンズと口論をしたイライザが家を飛び出すところで終わるが、1941年版では戸口で出くわした若者フレディとキスをして警官に怒られ、一緒にタクシーに乗るという場面が加わる。（5）第5幕の幕切れで、イライザが彼に別れを告げる台詞が大きく改変されている。

　一瞥してわかるように、これらの改変はいずれも1916年版に何かを書き足す形になっており、削った箇所はほとんどない。また、そのほとんどがイライザに関することであるから、全体としてショーはイライザの人物像をより詳しく描写するために推敲を重ねたと言える。ではまず、彼女のキャラクター性の変化を最も観客に印象づける、（5）エンディングの台詞の違いを確認してみよう。いずれの版でも、イライザが「ではもう二度と会うことはないでしょうね、先生。さよなら」（350; 105）と言って出て行こうとすると、それを真剣に受け止めないヒギンズは、帰りにハムとスティルトン・チーズを注文し、イール＆ビンマンという紳士服店でトナカイ皮の8号の手袋と自分の新しいスーツに似合うネクタイを購入するよう告げる。これに答えて劇中のイライザが発する最後の台詞は、1916年版では「自分で買いなさい」（"Buy them yourself," 350）という簡潔にして毅然とした拒絶であった。

　観客が、この短い台詞からヒギンズの元に戻るイライザを想像することは難しい。というのも、彼女の簡潔さはイライザがヒギンズと理解し合う希望を捨ててしまったことを示唆するからであり、それが正しいことは、直後のヒギンズが母に向けて言う「心配しないで。イライザはちゃんと買って帰るから。じゃあね」（350）という、的外れな台詞によく現れている。つまりこの芝居は、相互理解ではなくヒギンズの誤謬で幕を閉じるのだが、それが逆説的に、イライザが独り立ちしたことを示す機会になっているのである。このとき、これまでイライザに同情的だったヒギンズの母が急に、「お前、あの娘を駄目にしたのではないの」（350）と、彼女を警戒するような台詞を発

するのも、効果的にイライザの変化を伝えている。彼女はもはや、中産階級の夫人が安閑としてパトロン顔をしていられる存在ではないのだ。

　ところが1941年版では、イライザの台詞が大きく拡充され、彼女はヒギンズの要求の一つ一つに、訂正を加えながら答えていく。

　　　ライザ［軽蔑的に］もし、ラム・ウールで縁取りした手袋が欲しいのでしたら、8号はあなたには小さすぎます。それに、洗面台の引き出しに入れっぱなしで忘れてる新品のネクタイが3本もあるじゃありませんか。ピカリング大佐はスティルトンよりもダブル・グロスター・チーズのほうがお好きです。どうせあなたには味の違いもわからないでしょうけど。ハムなら、今朝のうちにピアス夫人にお電話して、忘れないように頼んでおきました。私がいなくなったらあなたがどうやっていくつもりなのか、想像もできません。（105）

　こうした彼女のパフォーマティヴな言葉遣いからわかるのは、自分がどれほどヒギンズの生活に深く食い込んでいるかを、彼女は今なお彼に知らせた・・・・・がっている・・・・・ということだ。ヒギンズに必要とされたがる1941年版の彼女は、いわば「恋するイライザ」であり、意地悪な見方をすれば「後日譚」でショー自身が否定した「気をひくこと」（coquetting）をやってしまっているのである。これに呼応して、ヒギンズ夫人とヒギンズの終幕のやり取りも、恋愛と結婚を強く匂わせるものに変更されてしまう。母親が「お前、あの娘を駄目にしたのではないの。これであの娘がピカリング大佐よりお前のほうを好きだとしたら、あなたたちの関係が心配よ」と話しかけると、ヒギンズは「ピカリングだって！　馬鹿馬鹿しい、あいつはフレディと結婚するんですよ。はっは！　フレディ！」（105）とヒステリックに笑い出す。かくて、ヒギンズの神経症的な笑いのなかで幕が下りると、やはりこの芝居は恋愛と結婚に関する芝居だったのではないかという印象が、劇終後の観客席に漂うことになるだろう。要するに、ショーはおのれが嫌ったはずの方向へ自作を改変したのであり、その意味では映画版のエンディングと共謀関係にないとは、決して言えないのだ。

　ショーの伝記的背景を踏まえて精神分析的な作品分析を試みたアーノル

| 12 | イライザの声とそのアフターライフ　　**211**

ド・シルヴァーは、初演時にイライザを演じた女優パトリック・キャンベル夫人（Mrs Patrick Campbell, 1865-1940）と劇作家との関係の変化が改稿に反映されていると考えた。1912 年に『ピグマリオン』の草稿を書き始めたときのショーは、そもそも彼女を念頭に置いた当て書きをしていた。だが、翌年に彼女との駆け落ちが失敗に終わり、しかも彼女が別の男と再婚したことで、彼の愛は憎しみに変わったと。[3] シルヴァーの見るところ、一連の『ピグマリオン』改訂にはその恨みが込められており、一見イライザの擁護に見える 1916 年版の「後日譚」にすら、すでに彼女の自立性を奪い、貶める要素が盛り込まれている。たしかに、劇中では「自分が得た技能を活かして発音矯正の教師になり、自分がフレディを養う」という旨の経済的自立宣言を高々としていた彼女が、「後日譚」では何故か一切その可能性を追求せず、ピカリング大佐に金銭的援助を受けながら、苦労して花屋を始め、挙げ句の果てに「今でもイライザがウィンポール通り［＝ヒギンズ宅］の家政にどれほど介入し得ているかは、驚くほどである」（360）などと、作者に呆れられてしまう謎は、それである程度説明がつくだろう。

シルヴァーはこうした一連の改変を否定的に捉え、「愛によって書かれた芸術作品を憎悪によって改稿しても、成功するはずがない」（Silver 128）と一刀のもとに切り捨てている。改変のすべてをキャンベル夫人への復讐に帰することができるかどうかについては、もちろん疑問の余地が残るが、少なくともこう結論することはできるだろう——『ピグマリオン』が恋愛と結婚の物語になってしまったのは、半ば以上はショー自身の仕事であったと。

3　映画『ピグマリオン』における〈見られる〉イライザ

上で確認したように、ショーの改稿は主にイライザから〈自立性〉を奪う機能を持つのだが、それはとりも直さず、彼女が自分の言葉で語る〈声の力〉を減ずることにつながる。その 1941 年版が映画版との共謀関係にあったのだとすれば、映画版がイライザを〈語る主体〉から〈見られる客体〉へと変貌させているのも当然のことである。さらに、視線の操作——登場人物間のそれにせよ、観客のそれにせよ——に関して、舞台よりはるかに長けた映画という様式は、〈見る／見られる〉ものとしてのイライザを殊に強調する。たとえば、（1）イライザの貧しい自宅の様子には、映画版では彼女が鏡で自

分の顔を眺めて物思いに耽る場面（▶ 00:13:30-00:13:44）が加わり、顧客の貴婦人たちと自分の違いを彼女が視覚的に反芻していることが示唆されている。

鏡のモティーフは、(2) 入浴の場面でも繰り返し使用されている。そもそも 1916 年版では、イライザの入浴は完

図1　『ピグマリオン』▶ 00:23:59

全に舞台裏で行われ、家政婦のピアス夫人に連れられて退場した彼女が小ざっぱりして再登場することにより、観客はその間彼女が入浴していたことを知る構造になっていた。また、このときイライザは風呂に満足しており、見違えたと驚く父親に対し、「ここじゃ体を洗うのなんか簡単なんだ。お湯も水も蛇口をひねれば出てきて、好きなだけ使えるんだ。……体をこするにも柔らかなブラシがあるし、木製の石鹸受けときたらサクラソウみたいな香りだもん。貴婦人があんなに身綺麗なのも納得さ。お風呂って、あの人たちにゃ、ご馳走なんだ」(315) と報告している。ところが、映画版および 1941 年版ではイライザは怯えきっており、無理やりバスローブを脱がして体を洗うピアス夫人は、ヒギンズが体現する暴力性の代理表象となっている（▶ 00:22:10-00:24:05）。J・L・ゲイナーは、この場面について、「ショーは、映画の撮影時期に脚本に加えたレズビアン的なレイプの場面で、ヘンリーが一貫して抑圧するイライザへの物理的、性的な暴力を、ピアス夫人に投影している」(Gainor 235) とコメントしているが、映画版ではこれに加え、バスローブを脱がされる瞬間、自分が姿見に映っていると気づいて叫ぶイライザを、その鏡像を通じてスクリーンに示す場面が追加される（図1）。このときイライザは、単に自身の裸体に羞恥を感じているのみならず、それが図像として鏡面に映し出されている事実によって、その裸体が自分でない者の目にも晒されていることを認識して怯えるのだ。このように、作品の冒頭 30 分以内で鏡のイメージを繰り返すことで、映画版は彼女が他者の眼差しを内面化し、自らを見られるモノとして客体化してしまうプロセスを描き出すので

| 12 | イライザの声とそのアフターライフ　　**213**

ある。

　このようにイライザを〈視線の対象〉とした1941年版／映画版の目玉が、(3) 大使館での舞踏会の場面になるのは、自然な成り行きと言える。繰り返しになるが、戯曲の初演時には、舞踏会の場面は存在しなかった。戯曲の本来の要諦は発音矯正を通じてイラ

図2　『ピグマリオン』▶ 01:00:23

イザが自我を確立することにあるのだから、ボロを出さないよう決められた言葉だけを話さなければならない舞踏会は、むしろ存在してはならない。大使館での彼女は、生きた人間からヒギンズ（ピグマリオン）の作った彫像へと逆行するからだ。ところが本来舞台には余計だった舞踏会は、映画的なドラマツルギーには打ってつけの題材であった。映画版は、「お招きいただき光栄です」の発音練習や敬称の使い方を学ぶイライザのみならず、短いショットを矢継ぎ早に多用して、優雅な会釈やワルツの踊り方をヒギンズから教わる彼女や、果ては顔に泥パックを施されて足の爪を磨いてもらう彼女などをクロースアップで映し出す（▶ 00:48:55-00:51:23）。かくて容姿を磨いた果てにあるイライザの勝利は、皇太子に見初められて彼とイライザが踊る場面によって映像的に示されることになる（図2）。

　さらに見逃せないのは、イライザの視覚的な魅力が強調されるにしたがって、作品全体にロマンティック・コメディの要素が濃くなっていくことである。かくて、(4) イライザが家を飛び出す場面では、映画版・1941年版ともに、彼女がフレディと出くわし、キスをするところを警官に見咎められる場面が挿入される。舞台版では警官の介入は一度だが、映画では二度になっており、カップルがキスをしようとするたびに邪魔が入るという喜劇的装置の側面が強い（▶ 01:13:40-01:14:17）。だが同時に映画版の演出は、イライザが常に誰かに見られていることを印象づけてもいる。そう、映画版のイライザは常に誰かに見られているのだ。思い返せば、プロデューサーのパスカルにこっそり破棄されたショー自身の映画版エンディングも、ヒギンズがイライザとフ

レディの二人を見ているところで終わっていた。そのジャンル的特性上、映画版はイライザの視覚的客体性をより際立たせることに成功し、ショー本人も知らぬ（ふりをした）『ピグマリオン』の持つパノプティコン的な欲望を顕在化したのである。

4 『マイ・フェア・レディ』の歌と吹き替えの問題

だが、『ピグマリオン』変遷の歴史はここでは終わらない。プロデューサーとしてのパスカルはこの作品を非常に有用なコンテンツと考えており、1950年にショーが死去した後、彼はそのミュージカル化を目論んだ。彼は当初、『オクラホマ！』(*Oklahoma!*, 1943) や『王様と私』(*The King and I*, 1951) などで知られるミュージカル作家オスカー・ハマースタイン (Oscar Hammerstein II, 1895-1960) と作曲家リチャード・ロジャーズ (Richard Rogers, 1902-79) のコンビにミュージカル化を依頼したのだが、ここでも恋愛という主題をどの程度重視するかが懸案事項となった。「『ピグマリオン』は恋愛ものでないというショーの主張に従うと生起する種々の問題を解決できないとして、ハマースタインは企画から降りてしまった」のである (Riis & Sears 148)。代わって引き受けたのは、アラン・ジェイ・ラーナー (Alan Jay Lerner, 1918-86) とフレデリック・ロウ (Frederick Loewe, 1904-88) の二人組であったが、権利問題が片付かないうちにパスカルが死去してしまう (1954年)。ラーナー自身の表現によれば、彼らは「純粋に『ピグマリオン』をやることで、『ピグマリオン』をやろう」(*Street* 43-44) という決意でこの難局を乗り切り、1956年の頭頃に『マイ・フェア・レディ』というタイトルに落ち着いたこのミュージカル版は、同年3月15日にブロードウェイのマーク・ヘリンジャー劇場で初演を迎え、同年のトニー賞を受賞する成功作となった。

だが、『マイ・フェア・レディ』が「純粋に『ピグマリオン』をやる」という当初の原則に従っているどうかには、議論の余地があるだろう。たしかに一般的には、『マイ・フェア・レディ』は原作にかなり忠実なミュージカルだと言われている。ショー擁護派には悪名高いエンディングも、既述のように実際はショーの生前に撮影された映画版を踏襲しただけであるし、アスコット競馬場のシーンなどわずかな例外を除けば、戯曲にも1938年映画版にも存在しない場面を加えることを、ラーナーはほとんどしていない。さら

|12| イライザの声とそのアフターライフ　　**215**

に、ミュージカル化によってイライザが歌う場面が加わったことで、構造的には彼女の声の力はむしろ増したと考えることもできる。

　その上、初演時の配役が、イライザの声の魅力をいや増している点も否定しがたい。初演時のイライザがミュージカル女優ジュリー・アンドルーズ（Julie Andrews, 1935-）によって演じられたのに対し、ヒギンズを務めたのは非ミュージカル畑出身のレックス・ハリソン（Rex Harrison, 1908-90）であった。結果として、イライザが音楽性の高い流麗なアリアを歌うのに対し、ヒギンズはオペラ用語で言うところのレチタティーヴォ――旋律的なふるまいの低い、非音楽的な朗唱――を担当するという構造が生まれ、必然的にヒギンズがソロで歌う楽曲もイライザに比べてかなり少ない。デュエットの場合でも二人の差は歴然である。2幕5場（戯曲第5幕に相当）でイライザが、ヒギンズから教わった練習文を援用し、「スペインの平野<ruby>平野<rt>プレイン</rt></ruby>には／やはり雨<ruby>雨<rt>レイン</rt></ruby>が降るのよ／それだって変わらない／あなた無しでも／わたしだってやって行ける」（249）と、自立を歌い上げる場面を例に挙げよう。ここでは、歌による掛け合いが行われるのではなく、戯曲版の台詞をそのまま踏襲したヒギンズの罵り言葉――「なんという図々しい女！　その頭に詰まっている考えや口から飛び出す言葉はすべて、俺が叩き込んだものじゃないか！」（249）――が、旋律の音楽性を断裂するように挿入されており、歌唱力の差異がイライザのエンパワーメントを象徴的に示している。

　だが、それでいてなお、ミュージカル化がイライザに〈自立した声〉を取り戻したとは言い難い。それどころか、歌の力が加わったことにより、イライザの魅力が視覚的なそれに収斂してしまう恋愛ものとしての要素は、かえって強まってしまっている。『マイ・フェア・レディ』のなかで最も人口に膾炙<ruby>膾炙<rt>かいしゃ</rt></ruby>した曲の一つ「踊り明かそう」（"I could have danced all night"）は、この逆説を典型的に示している。1幕5場で、ついに「スペインの雨は主に<ruby>雨<rt>レイン</rt></ruby><ruby>主<rt>メイン</rt></ruby>平野<ruby>平野<rt>プレイン</rt></ruby>に降る」と流暢に言えるようになったイライザは、興奮して「ただわかっていたのは、あの人が／私とともに踊り始めたとき、／自分は一晩中だって、踊って、踊って、踊れたはずだってこと！」（205-06）と歌い出す。

　このときイライザが、発音矯正のレッスンをダンスになぞらえていることは重要だ。これにより彼女が、ヒギンズが自分の手を取って踊るという恋愛めいたイメージを心に抱いていることが明確になるとともに、このイメージ

が1幕11場における大使館での舞踏会の予表として機能しているからである。というのも、ラーナーは『マイ・フェア・レディ』において、イライザと皇太子が踊るという映画版の見せ場を書き換えて、ゾルタン・カーパシー（戯曲版のネポマックに相当する人物）に出会ったヒギンズが、

図3　ミュージカル『マイ・フェア・レディ』（1幕11場）

「陽気に挨拶を返し、イライザの腕を取って彼女とともに踊りながら去って行く」（221）場面にしてしまったからだ（図3）。歌のなかで比喩的なダンスを踊っていた二人が実際に踊る様子を視覚化することで、ミュージカル版は師弟関係と恋愛関係を等価にしてしまったのである。

この傾向は映画版『マイ・フェア・レディ』でより明示的になり、イライザは皇太子と踊った後に、さらにヒギンズにダンスを申し込まれる（▶ 01:50:09-01:52:00 図4）。だが、〈女性の

図4　映画『マイ・フェア・レディ』（部分）
▶ 01:51:16

声〉ということに関して、映画版はダンスの過剰な呈示よりもはるかに深刻な問題を露呈している。『マイ・フェア・レディ』が映画化されることになったとき、ミュージカル版でイライザを務めたアンドルーズは降板し、新たにオードリー・ヘップバーン（Audrey H. Hepburn, 1929-93）が起用された。当時のアンドルーズは『メアリー・ポピンズ』（*Mary Poppins,* 1964）や『サウンド・オヴ・ミュージック』（*The Sound of Music,* 1965）など、後の代表作に出演する前の映画未経験女優であったため、製作会社ワーナー・ブラザーズから信用されなかったのだ。[4]

| 12 | イライザの声とそのアフターライフ　　**217**

自身にとって初のミュージカル映画『パリの恋人』（*Funny Face,* 1957）では
歌も歌ったヘップバーンだが、ラーナーとロウを含む製作陣はイライザのた
めのオペラ的な楽曲は彼女には無理だと考えたため、ソプラノ歌手マーニ・
ニクソン（Marni Nixon, 1930-2016）が歌曲を吹き替えることになった。また、
この決定は映画公開前からマス・メディアによって報じられたため、ニクソ
ンの名は映画のクレジットに入れられなかったにもかかわらず、公開時の観
客の多くは、ヘップバーンは歌っていないことを知っていたと考えられる。
ブロードウェイ・ミュージカル版のイライザが有していた、ヒギンズを圧倒
する声の力は、映画版の吹き替え操作によってその真正性が失われ、出所不
明のものになってしまったのだ。さらに、『パリの恋人』や『麗しのサブリナ』
（*Sabrina,* 1954）など、当時のヘップバーンは「平凡な女の子がパリに行って
素敵な淑女に変身する」というシンデレラ映画に多く出演していたため、本
来階級打破的であったはずのイライザの変身も、同様の文脈に置かれてしま
うこととなった。
　とすると、ヘップバーンの起用によって恋愛映画としての『マイ・フェア・
レディ』は完成の域にいたったかに見える。だが、映画の吹き替えが内包す
る問題は、一見するより複雑だ。『聴覚の鏡』（1988）によって、それまでイメー
ジ分析中心だったフェミニスト映画批評に、音声という位相を加えたカヤ・
シルヴァーマンは、映画ではしばしば、女性の声が（女性の姿同様）男性的
な管理の対象になっていると指摘している。たとえば、本章の冒頭で言及し
た『雨に唄えば』では、サイレント映画時代の大女優リナのダミ声は、実
際は男性俳優が吹き替えたもので、ヒロインのキャシーが吹き替えたことに
なっている美声は、実際はリナを演じた女優ジーン・ヘイゲン（Jean Hagen,
1923-77）の肉声であったりする。シルヴァーマンによれば、こうした操作は
「［映像と音声の］同期の規則は、男声よりも女声をより徹底的に支配すると
同時に、一層の弾圧を必要とする」ことを示しており、映画においては「女
性のイメージと声の整合性」が、男性のそれよりも問題になっていることを
示している（Silvermann 46）。
　『マイ・フェア・レディ』においても、同様の管理がイライザになされて
いるように思われるのだが、ミュージカル研究者マーシー・レイは、ふたつ
の映画が公開された時代背景の違いが、当時の観客に異なる印象を与えたと

考えている。『マイ・フェア・レディ』公開の前年、ベティ・フリーダン（Betty Friedan, 1921-2006）による女性論『女という神秘』〔邦訳『新しい女性の創造』〕（*The Feminine Mystique*, 1963）が出版され、映画公開時には百万部以上を売り上げる全米ベストセラーとなっていた。第二波フェミニズムの旗印と目されるこの書でフリーダンは、神秘化された社会通念としての〈女性〉と自身のなかにわだかまる「内なる声」（the inner voice）とのあいだで、女性が引き裂かれていると主張し、「女の神秘という声がもはや、完全体になるよう女に促す内なる声をかき消すことが出来なくなる時は近い」（378）という希望的な宣言を結論として提示している。

　レイが論じるところでは、フリーダンの『女という神秘』を新しい概念として受け止めたばかりの当時の観客にとっては、誰が歌っているのかわからないイライザの声——映画の外部から発せられる力強い歌声——は、イライザの「内なる声」として受け止められていた可能性がある。レイに従えば、ニクソンの歌は「映画版のイライザに、舞台版ミュージカルには欠けていた内なる独白を与えた」のみならず、「ヒギンズ教授は、イライザの歌声をグラモフォンで録音したわけではないので、ニクソンの声は手の届かないところにあり続け、抵抗性を持ち続けている」（Ray 308）ことが重要である。吹き替えのために映画の外部で録音された歌声のみが、ヒギンズによる音声データ採取という作品内における管理と支配を免れ得るという逆説により、映画版のイライザの歌声は一種の自由と自立を獲得し、観客を鼓舞しえたのだ。

　以上、『ピグマリオン』が演劇から映画、映画からミュージカル、ミュージカルからミュージカル映画へと変化を遂げた足跡をたどってきたが、それとともに作品の主題は社会問題から恋愛へ、その提示法は音声的効果から視覚的効果へと軸足を移してきた。だが、レイが示唆するようにニクソンの歌声を〈男性の管理をすり抜ける女性の内なる声〉なのだと肯定的に解釈すれば、こうした変化が極まったと思われる映画版の『マイ・フェア・レディ』において、実は 1914 年の芝居が持っていた女性が自ら語る可能性というプロト・フェミニズム的な問題提起が、新たに焦点化されたことが見えてくる。それは取りも直さず、その時々の観客が、各ヴァージョンが有する個別的な文脈に即して、こうした問題系を（再）発見してしまうということであり、「イ

|12| イライザの声とそのアフターライフ　**219**

ライザは語れるか」という問いは、時代を超えて重要な問題であり続けているのである。

註

1) 「トーキー」とは、音を映像に同期した映画を指す。世界初のトーキー映画は一般にアラン・クロスランド監督の『ジャズ・シンガー』(*The Jazz Singer,* 1927) とされるが、これは歌唱部分だけを同時録音した部分的なもので、全編同時録音の映画としては、翌年の『紐育の灯』(*Lights of New York,* 1928) が最初のものである。

2) 正確を期せば、『ピグマリオン』の初演は 1913 年 10 月 16 日にウィーンで行われたドイツ語版である。だが、ロンドン公演が予定より遅れたのはショーにとって不本意なことであり、演劇史上も、ショー自身による英語版『ピグマリオン』を問題にする際には、1914 年のロンドン公演を初演と考えるのが通例である。

3) 1913 年 8 月 11 日、落ち合うはずのホテルで待ちぼうけをくらったショーは、キャンベル夫人に宛てて「君は私の虚栄心を傷つけた。それはおよそ想像もつかない図々しさであり、決して許すことのできない犯罪だ」("Letter" 324) という有名な手紙を書き残した。

4) リチャード・スターリングは、ラーナーら現場スタッフからはアンドルーズを推す声が強かったことを紹介した上で、ジャック・ワーナーの「私は映画産業において、誰が客と金を映画館に呼び込むのかをわきまえていた。ヘップバーンは決して興行的にしくじることがなかった」(Stirling 121) というコメントを紹介している。

Column 8　イギリス映画のなかの移民たち

マイケル・ボンド（1926-2017）の児童文学を原作とした映画『パディントン』（*Paddington*, 2014）の冒頭を見て、少し驚かれた方も多いだろう。大地震で住居を奪われた熊が、イギリスは移民に優しい国だと信じて船に乗り込み、密入国する。彼は家を探すが、外見の違いゆえに相手にすらしてもらえない。これは、まるで現代の移民問題ではないか。

現代のイギリスが多民族・多文化国家であることを考えれば、これは驚くべきことではないのかもしれない。イギリスはかつて広大な植民地を持っていた。第二次世界大戦後に安価な労働力を必要としたイギリスは、多くの移民を受け入れた。その後移民法は改正され、新たな移民は減少する。戦後直後の移民の二世が育ってきた 1980 年代以降になって、彼らの声が芸術やメディアに広く反映されるようになった。

なかでもイギリス映画界に衝撃を与えたのは、パキスタン系作家ハニフ・クレイシ（Hanif Kureishi, 1954- ）が脚本を、テレビ映画などでキャリアを積んでいたスティーヴン・フリアーズ（Stephen Frears, 1941- ）が監督を担当した『マイ・ビューティフル・ランドレット』（*My Beautiful Laundrette*, 1985）であろう。主人公は、サッチャー政権下をたくましく生きていくパキスタン系移民二世のオマール。白人至上主義のスキンヘッドの集団にいたジョニーと再会する。オマールがジョニーを雇うという植民地主義の図式を逆転させた構図を持ち、人種差別の現実、横行する違法ビジネス、オマールとジョニーの男同士の恋を描いたこの作品は、いまでも新鮮である。

この成功を機に移民を主人公に捉えた映画も多く生み出され、移民作家の作品も次々と翻案されていく。パキスタン系俳優アユブ・カーン＝ディン（Ayub Khan-Din, 1961- ）の戯曲『ぼくの国、パパの国』（*East Is East*, 1996）は 1999 年に映画化され、多くの映画賞を受賞した。異世代間ギャップをめぐるコメディとしては秀逸である。バングラデシュ系作家モニカ・アリ（Monica Ali, 1967- ）のデビュー作『ブリック・レーン』（*Brick Lane*, 2003）は、2007 年に映画化されている。監督は、後に『未来を花束にして』（2015）で有名になるサラ・ガヴロン（Sarah Gavron, 1970- ）。バングラデシュ系移民女性の不幸な結婚生活だけでなく、9.11 同時多発テロ前後の社会の緊張関係をも描いている。インド系映画監督グリンダー・チャダ（Gurinder Chadha, 1960- ）の大ヒット映画『ベッカムに恋して』（*Bend It Like Beckham*, 2002）は、2015 年にミュージカルに翻案されている。

このように、移民たちは単にイギリスの文学や映画に登場するだけの存在ではない。むしろそれらを活気づける重要な作り手であり、イギリス文化の新たな担い手と言ってよい。

（板倉）

13 死（者）の労働

ジョン・ヒューストンの『ザ・デッド』は
ジェイムズ・ジョイスの「死者たち」の
テクスチュアリティにどこまで忠実であるのか

中山　徹

1　解釈の二律背反を超えて

　　ジェイムズ・ジョイス（James Joyce, 1882-1941）の短編集『ダブリンの市
民』（*Dubliners*, 1914）の掉尾を飾る「死者たち」（"The Dead"）の終結部は、「批
評家にとっての急所＝難問」（Scholes and Litz 291）と呼ばれている。これに
は、ジョン・ヒューストン（John Huston, 1906-87）監督の『ザ・デッド』（*The
Dead*, 1987）にもそのまま引き継がれた物語の展開が深く関係している。舞
台は映画冒頭の説明字幕（インタータイトル）にもあるように 1904 年（おそらく 1 月初旬）のダ
ブリン。大学講師ゲイブリエル・コンロイと妻グレタは、叔母姉妹が主催す
る新年恒例の晩餐会にやって来る。ダンス、ピアノ演奏、歌、ディナー、ス
ピーチ……毎年繰り返されてきたであろう一連の平凡な出来事のあとで、ゲ
イブリエルにエピファニー的な瞬間が訪れる。グレタは晩餐会の終了後、一
階への階段を降りる途中で立ちどまり、二階から聞こえてくる歌声に耳を傾
ける。夫は思う。「暗がりの階段に立ち、遠くの音楽に耳を傾けている女は
いったい何の象徴だろう。もし自分が画家だったら、その姿の彼女を描くだ
ろう。……もし自分が画家だったら、その絵を《遠くの音楽》と呼ぶだろう」
（1158）。[1] だが、この夜二人が宿泊するホテルの部屋の場面では、グレタが
このときマイケル・フュアリーという「わずか十七歳で死んだ」（1472-73）「ガ
ス工場で働く男の子」（1477）を思い出していたことが判明する。夫は「屈
辱を感じ」る。「自分が妻と二人だけの秘密の生活の思い出に満たされ……

222　　第 1 部

ているときに、妻は心のなかで自分を別の男と比較していたのだ」（1476-81）
と。これがきっかけとなって夫は死をめぐる内省に入っていく。主人公の意
識の描出方法（自由間接話法）に変化はない。だが、主人公の意識を構成す
る言葉はこれまでとは異質なものになる。終結部では、言葉自体がこれまで
になく濃密な象徴性を帯びるのである。

　　［妻に対する寛容の］涙は目のなかでさらにあふれ、自分が片隅の暗
　がりのなかで若い男の姿が雨の雫の滴る木の下に立っている情景を目に
　している、と想像してみる。他の者の姿も近くにある。自分の魂は大勢
　の死者たちの群がるあの領域に近づいている。その気まぐれに揺らめい
　ている存在を意識したが、それを理解することはできない。自分の正体
　も灰色の得体の知れない世界に消え失せていこうとしている。これらの
　死者たちがかつて築きあげ、暮らしていた堅固な世界そのものが、溶け
　て縮んでゆく。
　　……彼は眠そうな眼差しで銀や黒の雪片が街灯の明かりを背景にして
　斜めに降るのを眺めた。自分も西への旅に出る時が来た。……雪はアイ
　ルランドじゅうに降っている。……アレンの沼地にもやさしく降り、さ
　らに西では、暗く騒ぎ立てるシャノン川の波にもやさしく降っている。
　またマイケル・フュアリーが埋葬されている、丘の上の淋しい教会墓地
　の至る所にも降っている。……彼の魂はゆっくりと知覚を失っていった。
　雪が宇宙にかすかに降っている音が聞こえる。最後の時の到来のように、
　生者たちと死者たちすべての上に降っている、かすかな音が聞こえる。
　（1605-15）

　この一節はその複雑な象徴性ゆえに解釈の分裂を生んできた。それが「難
問」と呼ばれるゆえんである。一方には、これをゲイブリエルが「無に帰す
る」場面として捉える批評家がいる。彼らにとって主人公の「個性」は「ア
イルランドの全身麻痺を象徴化する雪のなかで失われる」。他方には、この
部分に「麻痺」ではなくその乗り越えを読みとる批評家がいる。彼らにとっ
て主人公は「自己認識」を得て「人類全体に対する無私の意識」に到達する
（Scholes and Litz 291）。つまり問題となるのは、主人公が「ダブリンという不

| 13 | 死（者）の労働　　**223**

毛で麻痺した世界から逃れられるのかどうか、ナルシシズムの閉域に閉じ込められたままなのかどうか」（Schwarz 77）ということである。こうしてわれわれは解釈の二律背反に直面する。ここでは、矛盾する二つの解釈——主人公は「麻痺」を超越しているというテーゼと、彼は「麻痺」に陥っているというアンチテーゼ——がともに成立するのである。

　この種のアポリアは、もちろんこの作品に限られたことではない。それはむしろ解釈一般にかかわる問題である。これには一つの解決策がある。二律背反は真の意味には到達できないという認識をもたらすが、これを、この到達不可能性自体が真の意味であるという認識へ反転させるのである。これによってテクストの本質は、テクストの彼方に置かれた意味にではなく、意味への到達を阻むかに見える障害（アポリア、矛盾）に位置づけられる。意味の決定不可能性から決定不可能性という意味への反転によって得られるこの本質は、テクスト一般に備わる特性と言ってよい。現代批評はそれを「テクスチュアリティ」と呼んでいる。

　「死者たち」の終結部が批評家にとって「難問」であるなら、それはこの作品の映画化を試みる者にとっても同様であろう。アダプテーションをめぐる重要問題の一つ、「忠実さ」（バザン）という観点から言えば、現代批評から見て真正なと言える映画化に要求されるのは（原作で雪が降っているから映画でも雪を降らせるといった）テクストの字面に対する忠実さではなく、原作のテクスチュアリティに対する忠実さである（にもかかわらず、Pederson, Philipp, Shout といった批評家は、話法を含むテクストの字面に対する忠実さしか問題にしない）。この要求に応えるのは容易なことではない。だが、『ザ・デッド』はそれを成し遂げた貴重な例である。そのことは逆説的にも、原作との見た目の同一性ではなく差異——文章への忠実さを旨とするヒューストンが原作に敢えて付け加えた台詞や人物や場面、また文学的素材（言葉）とは異質な映画的素材（光と影）特有の意味作用——を通じて確認されるだろう。そのためにはまず、問題となる原作のテクスチュアリティを正確に捉えねばならない。

2　カント的象徴

　先に見た二律背反は質的に異なる二つの空間によって構成されている。

テーゼの側は「人類全体」という感性を超えた普遍的空間に関わり、アンチテーゼの側は「アイルランド」という特殊な空間に関わる。前者における普遍性が「麻痺」からの超越を暗示するとすれば、後者における特殊性は「麻痺」への転落を暗示する。終結部にはたしかにこうした二項対立が機能している。そこでは普遍的空間が「得体の知れない世界（the impalpable world）」という超感性的な空間として導入されるのに対し、特殊な空間がアイルランドのいくつかの具体的な地名と、知覚可能なイメージであるその空間を覆う雪とを通じて喚起されている。

　この二つの空間はしかし、単に並置されているのではない。両者はむしろ重ね合わされている。そうでなければ、二律背反（超越かつ麻痺、普遍かつ特殊）はそもそも発生しないだろう。問題は、この重ね合わせがいかに成立しているかである。すぐに思い浮かぶのは、雪の世界は「得体の知れない世界」の象徴であるという答えである。象徴主義的な言語では、「わたしの尊い記憶は石よりも重い」（ボードレール）という詩句が典型的に示すように、非感性的なもの（記憶）と感性的なもの（石）とが共通の感性的性質（重さ）によって統合される。「死者たち」の二つの空間にも同じことが言える。両空間は色彩的に似ているからだ（「得体の知れない世界」は「灰色」であり「雪片」は「銀や黒」である）。『ザ・デッド』はこの原作の象徴主義に忠実と言える。その終結部では、白黒のトーンの、雪に覆われた墓地のショットに「自分も死者の灰色の世界に消えていく」というゲイブリエルの独白が被せられるのである（▶ 01:15:20）。

　だがここではさらに、これとは対極にある象徴概念、カントの象徴概念を参照する必要がある。カントの言う象徴は、概念と直観とのあいだの感性的な類似ではなく、ある概念に関する「反省の形式」とある直観に関する「反省の形式」との合致に基づく（259）。[2]「死者たち」の雪はまさにそうした意味での象徴ではないか。「得体の知れない世界」は死だけでなく生とも結びつく。主人公が「大勢の死者が群がるあの領域」に近づくきっかけとなった、雨のなかに立つ「若い男」は明らかに生者の姿をしている。同様に「雪」は「生者たちと死者たちすべての上に降っている」、つまり生と死、両方に結びついている。雪の世界が「得体の知れない世界」の象徴であるのは、両者が感性的に似ているからではなく、それぞれの対象に関する「反省の形式」の

| 13 | 死（者）の労働　　　**225**

あいだにこうした「類比」が成り立つからである。

　この「類比」関係を整理すれば、以下のような交差配列（chiasmus）の体系が得られるだろう。3) この体系が普遍と特殊（二つの世界）の対立を維持しつつ、その対立を解体するように両者を交差させることを考えれば、問題のテクスチュアリティの正体は、象徴主義的な象徴というより、カント的な象徴の基盤となっているこの交差配列に求めるべきである（そもそもテクスチュアリティは感性的な対象ではない）。

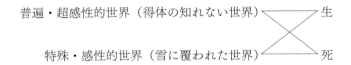

　ここで新たな問題が浮上する。この体系が二律背反の元となるカント的象徴を生み出すほどに十全に機能するためには、その基盤である「反省の形式」がそれにふさわしい強度を持つ必要がある。これは言いかえれば、交差配列を構成する二項間のつながりが恣意的ではなく必然的でなければならない、ということである。恣意的であれば、反省自体が恣意的となり、象徴化は効力を失う。では、この必然性はどのように確保されるのか。まず「生―超感性的世界―死」の連関を可能にしているのは若くして死んだ男フュアリーである。重要なのは、この男の死が必然的であること、そして超感性的な存在ゆえの死でなければならないことである。「死者たち」のテクスチュアリティを規定するこの認識的な条件は何によって可能となるのか。次に「生―感性的世界―死」の連関においては、生者と死者を覆う（ゆえに両者を結びつける）雪だけでなく、このヴィジョンを導入する契機となった特異な知覚――「雪が……降っている音が聞こえる」――にも注目すべきである。空から降る雪は普通視覚によって捉えられる。しかしここでは、雪の「音が聞こえる」と言われている。つまり雪の像を見るのではなく聞くという、知覚の交差配列が作動している。そうであるなら、この場面でカント的象徴を機能させるために必要な二つの「反省の形式」の「類比」は、認識的な交差配列と知覚的なそれとの「類比」ということになる。この異種混交的な「類比」はいかにして可能なのか。そしてこの「類比」を映画化するという難題に、ヒュース

トンはどう応えるのか。[4]

3　人物システムの再／脱構築

　終結部における普遍性と特殊性との矛盾は、ゲイブリエルという人物を通じて導入されている。言いかえれば、この人物には、この矛盾を解決する（テーゼとアンチテーゼを媒介する）役割が与えられているということである。このことは終結部に先立つ二つの場面からも確認できるだろう。まず、ダンスの相手ミス・アイヴァーズとの一連のやりとりで、彼はアイルランドとの同一化を拒否し──「アイルランド語はぼくの言語じゃない」(471-72/ ▶ 00:26:37)「ぼくは自分自身の国にうんざりしている」(480-81/ ▶ 00:26:46)──代わりに文化的国際主義とも言える大陸志向を表明する。アイヴァーズの勧める「アラン諸島」には行かず、複数の「外国語」に触れるためにフランスやドイツへ「自転車旅行」に行く、と。だが、その後のスピーチの場面では一転して普遍的なもの（「理念」）を否定し、代わりにアイルランド特有の感情的美徳を（いささかシニカルにであれ）評価する。彼はアイヴァーズを念頭に言う。

> 　新しい世代がわたしたちの間には成長しつつあります。それは新しい理念や新しい主義につき動かされている世代です。この世代はその新しい理念に対して真摯であり情熱的です。……ですが、わたしたちは懐疑的な、そしてこう言ってよろしければ、思想に苛まれた時代に暮らしているのです。そして時折わたしは、これらの教育のある、あるいは過度の教育を受けている新しい世代には、古い世代に具わっている思いやり、歓待、心やさしいユーモアなどの特質が欠けているのではないかと危惧しております。(935-50)

　要するに、ゲイブリエルは知的国際主義と情緒的地域主義を統合する形象なのである。その意味で、終結部において表出された彼の意識内容の一部である、二つの世界の交差配列的な混交は、この政治的矛盾とその解決の現れであるといってよい。

　この二項は互いに対立するだけでなく、それぞれが固有の対立項を持って

　13｜死（者）の労働　　227

いる。知的国際主義がアイヴァーズの体現する、「ゲール語復興運動」のような文化ナショナリズムと対立するとすれば、情緒的地域主義は「新しい理念や新しい主義」と対立する。では、この「理念」「主義」は具体的には何を指しているのか。アイヴァーズは食事をとらず晩餐会をあとにするが、原作ではその理由を語らない。しかしヒューストンは敢えて、それを明示する台詞を付け加えた。アイヴァーズは「ジェイムズ・コノリーの講演」を聴くために「組合の集会」に行くのである（▶ 00:34:14-00:34:21）。コノリー（James Connolly, 1868-1916）は 1896 年に「アイルランド社会主義共和党」を創立した、第二インターナショナルに範を仰ぐマルクス主義者である。この脚色によって先のスピーチの一節における「新しい主義」には、革命的社会主義という指示対象が明確に付与される。つまりヒューストンはアイヴァーズという人物を、ナショナリズムと社会主義——コノリーはまさにこの対立を乗り越えようとした（Connolly, "Socialism and Nationalism"）——を統合する形象として解釈＝脚色したのである。

　この意味でヒューストンの『ザ・デッド』は、原作に潜在していた不完全な作中人物システムを完成に導くものだと言える。そのシステムは、グレマスの意味の四角形を用いれば、次のように図示できるだろう。

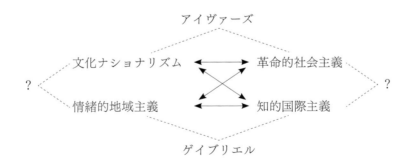

　ヒューストンの脚色の重要な特徴の一つは、このシステムの構築に資する、原作にはない場面や台詞を付け加えたことである。疑問符によって示された図の二つの空所を占める作中人物について考えてみよう。まず左側の空所、文化ナショナリズムと情緒的地域主義との総合を体現するのは、作中人物の大多数、晩餐会の主宰者（モーカン姉妹、姪のメアリー・ジェイン）と客た

ちである。彼らの情緒的地域主義は、たとえば年配の客たちがアイルランドの古きよき時代、「ダブリンでもすばらしい歌の聴けた時代」（790-91）を感傷的に懐かしむ場面（▶ 00:41:05-00:44:00）から読みとれる。ここにおいてヒューストンは重要な介入をする。彼は原作では年配の人たちに限られていたかに見えるこの感情の共有を、若い人たちにも広げるのである。メアリーの音楽の生徒である「裕福な家庭の子女たち」（29-30）は、原作にはない次のような会話を交わす。「あなたが弾いていたあの素敵なワルツは何？」「美しいでしょう、ムーアの「メロディーズ」よ」「そうだと思ったわ」「ムーアは間違いなくアイルランド音楽の天才よ」（▶ 00:13:27-00:13:37）。この美的経験の共有は、やがて晩餐会の参加者全員を飲み込むまで拡大される。客のひとり、原作には登場しないグレイス（この名は『ダブリンの市民』所収の短編「恩寵」（"Grace"）を想起させる）は、当時の著名な劇作家グレゴリー夫人（Augusta Gregory, 1852-1932）によって英訳された 18 世紀のアイルランド語の詩を朗読する。その直後、客たちは恍惚感のなかで、老いも若きも口々に賛辞を述べる。「とても不思議な詩だけれど美しい」「とても神秘的だわ」云々と（▶ 00:21:13-00:24:05）。こうしてこの中産階級の人々は音楽や詩を通じてアイルランドの文化的、美的価値を確認し合う。だが、それは情緒的な懐古趣味から逸脱するものではない。彼らの言動には多かれ少なかれ美学的ナショナリズムが認められるが、それが「脱英国化」論のようなラディカルな解放の政治学につながることはないのである。

これも原作にはない場面だが、グレイスがディナーの席でアイルランド国民党党首チャールズ・スチュアート・パーネル（Charles Stewart Parnell, 1846-91）の失脚を惜しむ発言をしかけたとき、ケイト叔母は「政治の話は無し、委員会の会合の時にとっておいて」と言って「政治」を排除する（▶ 00:39:26-00:39:40）。この場面のアイロニーを見逃すことはできない。コノリーは、パーネル主義者が党首失脚後「ますます保守化し反動化した」ことを批判した（Connolly, "Parnellism and Labour"）。つまりここで問題となる「政治」は労働者階級とは関係がないのである。また「委員会（committees）」という言葉が喚起する、『ダブリンの市民』所収の短編「蔦の日の委員会室」（"Ivy Day in the Committee Room"）との共鳴関係も無視できない。この作品に、国民党公認の市会議員選挙候補と「労働者階級代表」の候補が「いんち

き野郎」と「誠実な男」として対比される場面がある。ある批評家は作中人物の一人が言う次の言葉に「コノリーへの間接的な言及」を読みとっている（Manganiello 126）。「労働者は……ひどい目に遭わされっぱなしだ。しかし生産はすべて労働によるんだ」（114-15）。『ダブリンの市民』全体のなかで、この「労働者」を体現できる作中人物はフュアリーしかいない。『ザ・デッド』におけるコノリーへの直接的な言及は、フュアリーという人物のこうした（原作に潜在していた）政治的位置づけを顕在化し、確実なものにする。

　右側の空所、革命的社会主義と知的国際主義との総合は、一般的に言えば、インターナショナルに連帯する社会主義革命の主体としてのプロレタリアートが担う役割である。しかしそうだとすれば、それは二重の制約ゆえに不可能と言わざるをえない。第一に物語的制約。中産階級の老姉妹とその縁者が集まる晩餐会を舞台にしたこの作品では、労働者階級が入り込む余地、物語上の可能性はない。実際「死者たち」には産業労働者は出てこない。厳密に言えば、生者としては出てこない。第二に歴史的制約。20世紀転換期のアイルランドにおいて、社会主義革命の主体としてのプロレタリアートは存在しなかった。コノリーはアイルランドでの社会主義革命が不可能であることを認識し、1903年にアメリカに渡ったのである（それゆえ1904年1月に彼がダブリンで講演するという設定には無理がある）。10年にアイルランドに帰国後、彼が妥協策として選んだのはナショナリズム（パトリック・ピアス）との共闘であり、それは16年の復活祭蜂起に帰着する。われわれの図式で言えば、コノリーは図の右側の空所からアイヴァーズのいる位置へと移動したのである。この意味でヒューストンの脚色は復活祭蜂起を「予期表示的」に表象するものである（Barry 51）。実際、コルソンも指摘するように（Colson 64）、映画版のアイヴァーズは、コノリー、ピアスとともに復活祭蜂起に関与したもう一つの勢力、シン・フェイン党を暗示する、原作にはない台詞を言う。ゲイブリエルを「西のイギリス人」と呼んで揶揄する場面で、彼女はその言葉の意味を「われわれ自身に頼る代わりにイギリスに助けを求めるひと」（▶ 00:25:05-00:25:17）と説明するのだ。言うまでもなく「シン・フェイン（Sinn Fein）」は「われわれ自身」を意味するアイルランド語である。

　ヒューストンによって再構築された「死者たち」の人物システム、あるいはその基盤であるイデオロギー構造は、社会主義と国際主義の総合としての

プロレタリアートの存在を要請する。しかしそれは作品の歴史的、物語的限界を超えた要請であり――そのためこの再構築はみずからを脱構築する――これに応えるためには、逆説的にこの存在を、不在の存在、知覚不可能な存在として表象せざるをえない。この難題を解決しうる人物がいるとすれば、それは作品における唯一の産業労働者、死者であるフュアリー以外にいない。

　ここにおいて「ガス工場」労働者という彼をめぐる設定は、きわめて重要な役割を果たすことになる。それによってフュアリーは、社会主義と国際主義を媒介する形象となるだけでなく、「死者たち」のテクスチュアリティを規定する重要な条件――その死は超感性的な存在が被る必然的な死でなければならない――を満たす存在になるのである。まず「ガス工場」労働者であることでフュアリーの存在は、歴史的な意味で超感性的な性質を帯びる。なぜならこの設定はこの人物に、プロレタリアートという理念的な資格、ナショナルな枠を超えて広がる労働者の連帯の一部となる資格を与えるからである。比喩論的に言えば、彼は万国の労働者という超感性的な全体性を代表する部分、この全体性の提喩（シネクドキー）になるのだ。5) 作品の終結部で、フュアリーの知覚可能な「姿」はゲイブリエルを「得体の知れない世界」という死者たちの全体性に導いたわけだが、この部分と全体の提喩的な関係は、「ガス工場」労働者という設定が生み出す提喩的機能と切り離すことはできない。次にこの設定はフュアリーを生と死、両方に結びつける。「ガス工場」での労働は具体的な生産活動に従事する生きた存在のイメージを喚起するが、その一方で彼を必然的に死者として規定してしまう。『ダブリンの市民』のあらゆる版の注釈で説明されているように、当時の「ガス工場」は石炭から光熱用のガスを精製する場所であり、不潔で空気汚染がひどかった。実際フュアリーは「肺病か何か」（1512）を患っていた。「ガス工場」での労働は人々の生を支える生産活動であると同時に、まさに死の労働でもあったのだ。まただからこそ、フュアリーは解放されるべきプロレタリアートの形象としてふさわしいのである。

　ヒューストンの脚色は、画面には現れないこの死者の、以上のような政治的、美学的存在意義を鮮明に浮かび上がらせる。その意味で『ザ・デッド』は「ヒューストンのアダプテーションがいかにテクストの解釈行為であるか」（McFarland and King xvii）を示す重要な事例なのである。

4　知覚の交差配列

　すでに述べたように、終結部における雪の世界は「得体の知れない世界」のカント的な意味での象徴である。両者は感性的特徴を媒介にして象徴主義的に等置されるだけではなく、「反省の形式」——ここでは生と死の交差配列的な結合形式——を共有するのである。だが、雪の世界にはもう一つの交差配列、知覚の交差配列（雪が降るのを聞く）が備わっている。したがって、雪の象徴作用がより十全なものになるには、「得体の知れない世界」にも知覚の交差配列と「類比」関係にある形式が備わる必要がある。この問題は原作および映画においてどのように解決されるのか。

　「宇宙に降る雪」が雪の世界全体を提喩的に表す部分であるとすれば、「得体の知れない世界」全体を提喩的に表す部分は「若い男」である。だとすれば、「宇宙に降る雪」に相関して交差配列的に知覚されるべき対象は、この男フュアリーということになる。まず原作から考えてみよう。「遠くの音楽」の場面でグレタは、「オクリムの乙女」を歌うミスタ・ダーシィの声を聴きながらフュアリーを思い出している。フュアリーもこの「歌をよく歌ってくれた」（1452/ ▶ 01:06:56）からである。ただし彼女が思い出していたのは、彼の声というより姿であっただろう。この歌が彼のお気に入りであったことをゲイブリエルに告げた直後、彼女はこう言うからである。「あの子の姿がはっきり目に浮かぶわ……あの子の目、大きな目だった！　それにあの目の表情——何とも言えない表情なのよ」（1456-58/ ▶ 01:07:05-01:07:16）。つまりこの場面において彼女は、耳で姿を見ていたと言ってよい。一方、ゲイブリエルは眼で声を聞く。彼はこのとき絵画に比せられるグレタの姿を通じて歌声を聞き取ろうとするからだ（そうである以上、この歌声はフュアリーの歌声でもある）。要するに、フュアリーとは、宇宙に降る雪と同様に交差配列的に知覚される対象なのである。

　では、映画の場合はどうだろうか。『ザ・デッド』では「遠くの音楽」の空想は再現されていない。また、原作の終結部において知覚の交差配列は聴覚動詞と視覚的な目的語との組み合わせ（"he heard the snow falling faintly through the universe and faintly falling"）によって生じているが、ヒューストンはこの部分を、ヴォイスオーヴァーを用いて処理した。彼はこの文の自由間接話法を直接話法に変換し、ゲイブリエルの内的独白（"The

232　｜　**第 1 部**

snow is ... falling faintly through the universe and faintly falling." (▶ 01:15:33-01:15:46)）として再現したのである。だが、このとき聴覚動詞は脱落し、結果的にこの独白は単なる雪の詩的な描写となってしまう。つまり映画においては、知覚の交差配列は生じていないのである（文体レベルでの交差対句 "falling faintly ... faintly falling" は維持されているが）。

図1 『ザ・デッド』 ▶ 01:07:13

　しかし『ザ・デッド』にその「等価物」（バザン）がないとは言い切れないだろう。ここで注目すべきは、ベラ・バラージュ（Béla Balázs, 1884-1949）が映画の「素材」として定義した視覚的要素、「光と影」である（166）。すでに述べたように、産業労働者フュアリーはこの作品の物語空間に居場所を持たない。だが、彼の存在はこの空間のいたるところに換喩的に（つまり彼と隣接関係にある事物を通じて）浸透している。彼のような「ガス工場」労働者が生産したガスは、映画および原作のあらゆる時空間（「管理人の娘」がせわしく働く玄関や食料貯蔵室、会場となる部屋、ゲイブリエルとグレタを乗せた馬車が走る通り、ホテルの部屋の外）で、ガス灯の灯として輝いているからである。その灯はいわば、ガス工場労働者が生き、生産していることの証しである。さらにガス灯の灯は換喩的のみならず隠喩的にもフュアリーと結びつけられるが、そのとき光は生ではなく死と結合する。グレタが彼について語るホテルの場面で、ガス灯の灯は死者＝幽霊として描写されるのだ。「街灯の幽霊のような明かりが差し込み、窓からドアまで長い一条の光となっている」（1359-60）。一方、光と対立関係にある影は死者の隠喩となっており、またそれゆえに生者と必然的に結びつけられる。死はあらゆる生者の運命だからである。ゲイブリエルはジューリア叔母の最期を想像したあとに想う――「一人ずつみんなが影になってゆく」（1584/ ▶ 01:14:34）。こうして光と影、生者と死者の四項は交差配列を構成する。光と影のうち、どちらが生者でどちらは死者であるかはもはや決定できない。両者はともに、生者であると同時に死者でもあるからだ。

ヒューストンはこの交差配列を、文字通り光と影を使った演出によって再現している。それはまさに、グレタが「オグリムの乙女」を歌っていた「男の子」の名をゲイブリエルに明かす場面（▶ 01:06:16-01:07:22）で起こる。画面手前では、グレタが右横顔を見せながら自分の前方に視線を向け、画面奥ではゲイブリエルが立ち、視線をグレタに向けている（図1）。部屋の窓がある方向からは光、原作でいう「街灯の幽霊のような明かり」が差し込み、ゲイブリエルの左側の壁に彼の影を映し出す。重要なのは、この影がちょうどグレタの黒髪ごしに位置するため、画面上は黒い人影がまるで彼女の頭から生えているように見えることである。この演出によって、この影はゲイブリエルを表す（それは彼の影である）と同時にフュアリーを表すことになる。なにしろこの影は、フュアリーのことを想いながら彼について語るグレタの頭から生えているのだから。ヒューストンは「妻は心のなかで自分と別の男を比較していた」というゲイブリエルの意識を（ヴォイスオーヴァーを使って言葉で伝えることはせず）影という映画的「素材」を通じて表出するのだ。こうして画面は光と影、生と死の交差配列的な戯れを生み出していく。死者の光（ガス灯の灯）は生者ゲイブリエルを影に変え、この生者を死者フュアリーと同一化する。一方、死者フュアリーは影として現れることで生者ゲイブリエルと同一化されるのである。[6]

5　内なる外部としての労働者

だが、『ザ・デッド』には原作に対する「忠実さ」だけでなく批判的応答としての側面もないだろうか。これまで見てきたように、「死者たち」に特有の象徴言語は、産業労働者という、中産階級から見た絶対的な差異への志向性を不可欠の条件とする。しかし、この象徴言語が生成されたあとでは、この差異は抹消される。「死者たちがかつて築きあげ、暮らしていた堅固な世界そのものが、溶けて縮んでゆく」。階級社会という「堅固な世界」は現実的には解消されない（それには社会主義革命が必要である）。それはむしろ、ジョイス的な象徴言語が生成されるためには維持されねばならない。それが「溶けて縮んでゆく」のは、あくまで美学的な領域においてなのである。ヒューストンは、美学的に利用（搾取）され抹消されるこの労働者の存在を、「組

合の集会」という原作にはない言葉を通じて、たとえ物語の外部においてであれ再導入したのだ。とはいえ、この存在は完全な外部にいるわけではない。それは内部の成立を可能にする外部だからである。「ガス工場」労働者が存在しなければ、ジョイスの詩的言語も真冬の夜の中産階級の晩餐会も成立しえない。

図2 『ザ・デッド』 ▶ 00:23:24

『ザ・デッド』では、この内なる外部に位置づけられる人物がもうひとりいる。管理人の娘リリーである。彼女はこの日、料理、客の出迎え、食卓の準備を一人でこなさねばならない。つまり端的に言って、彼女の労働がなければ晩餐会は成立しないのである。その一方で彼女は階級的だけでなく美学的にも晩餐会の外部にいる。示唆的な例を一つ挙げよう。彼女はグレイスによる朗読の途中で部屋の奥に現れるが、中には入らずその場で最後まで朗読を聞く（図2）。詩に魅了された中産階級の子女たちとは対照的に、部屋に入った彼女はただケイトにガチョウが焼けたこととトイレのタオルをとりかえたことを伝える。どこか冷淡でうろたえたようなケイトの対応は、リリーの言動がこの場にそぐわないことを強調する（▶ 00:24:18-00:24:28）。ヒューストンの脚色と演出は、原作に潜在していた、フュアリーとも共鳴するリリーのある種の労働者としての性質（労働によって中産階級的な空間を支えつつもその外部にとどまる）を顕在化させる。

『ザ・デッド』においてはさらに、この逆説的な外部が物語内容だけでなく映画の構成原理のレベルにおいても機能している。冒頭のフェイドイン（▶ 00:02:53）は、暗黒の画面から物語の舞台となる建物を背景にした一本のガス灯のショット（図3）への移行によって構成されている。一方、エンディングのフェイドアウト（▶ 01:16:10）は、夜空に舞う雪（原作における「宇宙」に降る雪）のショットから暗黒の画面への移行によって構成されている。ガス灯の灯はフュアリーを表す比喩形象であり、雪は彼を表す象徴であるのだから、映画の物語空間はまさに不在の労働者によって枠づけられていることになる。（まったく同じガス灯のショットは晩餐会が終わった直後にも挿

| 13 | 死（者）の労働　**235**

図3　『ザ・デッド』▶ 00:03:00

入されている（▶ 00:52:53）。これにによりガス灯は晩餐会の場面全体のいわば外枠として機能する。）つまり、このはじまり方と終わり方は、原作の内的空間（美学的であれ物語的であれ）の成立にとって必要不可欠な内なる外部——不在の産業労働者——のアレゴリーなのである。

　ある批評家によれば、『ザ・デッド』の最後のショットはヒューストンの終生の方針、テクストを解釈せず原作にできるかぎり誠実であることの証しである（Shout 94）。では、冒頭のショットはどうか。この方針に従えば、映画は「管理人の娘リリー」(1) のショットから始まるはずである。では、ガス灯のショットは原作に対して不誠実なのか。そうではない。なぜならその冒頭のショットは、原作の「急所」にある産業労働者への志向性に対して、原作の冒頭よりも忠実と言えるからである（リリーは労働はするが産業労働者ではない）。この志向性——バザン流にいえば原作の「精神」——に対する忠実さなくして、原作のテクスチュアリティに対する忠実さはありえない。

註

1) *Dubliners* の翻訳は、ジェイムズ・ジョイス『ダブリンの市民』結城英雄訳（岩波書店、2004年）に依拠している。引用に際しては原書における短編ごとの行番号を括弧内に示す。
2) たとえば飛翔はあらゆる因果性からの自由という理念の象徴になりうる。そうした自由は思惟することは可能であるが経験の対象ではない。飛翔は人間にとって想像可能であるが実現可能ではない。飛翔が自由の象徴たりうるのは、それぞれに関する「反省の形式」のあいだにこうした類比関係が成り立つからである。
3) たとえば（のちに触れるように）耳、眼、聴覚（聞く）、視覚（見る）という四項のあいだに「耳で聞く」「眼で見る」という平凡な結合とは別に「眼で聞く」「耳で見る」という掛け合わせが成立しているとき、そこには交差配列が成立している。
4) 本章の第1節と第2節は拙論「モダニズムのアレゴリー」（『言語社会』第13号、2019年、67-81頁）に字句を変更した上で部分的に取り込まれている。後者はジョイスのモダニズムとド・マン的脱構築との関係を論じたものであり、本章とは視点もテーゼもまったく異なっている。

5) 提喩とは、ある全体をその全体の一部によって表す修辞法である。

6) メルジャックはこの場面に二人の身体的、心理的距離だけを読み取り（Meljac 300）、二人をつなぐ影を無視している。ブリルはグレタの頭と影の接触に注目し、ここに三つの時間の共存——未来（夫妻が精神的接触を取り戻す可能性）、過去（夫妻のかつての親密な関係）、現在（夫を押しのけているフュアリー）——を読み取っているが（Brill 212）、生者ゲイブリエル＝死者フュアリーという関係には気づいていない。

14 擦れ違いの力学

グレアム・グリーンの『権力と栄光』と
ジョン・フォードの『逃亡者』

小山　太一

1　はじめに

　文学の映画化を含むあらゆるアダプテーションの根幹に存在するのは、擦れ違い（being at cross-purposes）の運動ではないだろうか。そこには「擦れ」＝ アダプトされるものとアダプトするものとが接近し接触することと、「違い」＝ 両者が離れ隔たってゆくことが含まれている。二つの軌跡が接近し、そしてまた離れてゆくさま、それが「擦れ違い」である。本章は、アメリカの映画監督ジョン・フォード（John Ford, 1894-1973）による、イギリスの小説家グレアム・グリーン（Graham Greene, 1904-91）がメキシコを舞台として書いた小説『権力と栄光』（*The Power and the Glory,* 1940）の映画化作品『逃亡者』（*The Fugitive,* 1947）を題材として、文学と映画の擦れ違いに作用する諸々の力の分析を試みるものである。

　『権力と栄光』と『逃亡者』の擦れ違いを論じる際に可能な切り口をいくつか挙げておくならば、（a）グレアム・グリーンの特異なカトリシズムを映像化することの難しさ、（b）グリーンの小説のニヒリスティックな保守性・現状肯定性と、フォード映画のリアリズム的保守性およびそれと裏腹な破壊性、（c）民衆的でシンプルなアートの作り手としてのフォードと、意識的かつ審美的なアーティストとしてのフォード、（d）ハリウッドのスタジオ・システムがフォードに課した枠組みと、その枠組みを越える試みとしての『逃亡者』──といったものが考えられる。本章では（a）および（b）をも意識

しつつ、軸足を『逃亡者』という映像テクストに置き、アクション映画の作り手として名を馳せたフォードがアクションの圧殺を前面に押し出した特異な映画として『逃亡者』を見直すことにより、抑圧と監禁の映像的表象に満ちたその高度な審美性が映像作家フォードの特質とどのように関わるのかを考えてみたい。後述するように原作者グリーンは『逃亡者』を原作の意図の大いなる歪曲として嫌い抜いたのだが、グリーンが立腹したあからさまな「違い」のなかに、意外な「擦れ」（原作者の意図と映画の作り手の意図が接近／並走する局面）が見られることを、フォード作品の考察を通して浮かび上がらせることが本章の目的である。

　なお、ここで、読者の便宜のために『権力と栄光』と『逃亡者』の筋書を紹介しておこう。『権力と栄光』の舞台は革命政権が権力を掌握したあとのメキシコで、カトリック弾圧に熱心な州。主人公は「ウィスキー神父」と呼ばれる酒浸りの聖職者で、私生児の娘がいる。革命信奉者の警察副署長の追跡を逃れて州内をさまよいつつ、彼は神父としての務めを少しでも果たそうとあがき続け、ついにはイスカリオテのユダを思わせる混血児のたくらみにわざわざ引っかかるようにして副署長に捕えられ、処刑される。

　『逃亡者』は『権力と栄光』に登場する脇役たちのエピソードを大胆にカットしてストーリーラインを単純化している。また、私生児の母マリアは「悲しみのマリア」を意味する「マリア・ドロレス」に名前を変えられ、彼女が生んだ娘はまだ赤ん坊で、父親は副署長という設定に変えられている。

2　『逃亡者』への批判──審美性への傾倒、イコン化、パラドックスの喪失

　ジョン・フォードは、最も気に入っている自作のひとつに『逃亡者』を挙げている（*Interviews* 100）。対照的に、この映画への最も痛烈な嫌悪を示したのは、ほかならぬ原作者のグレアム・グリーンである。第二次世界大戦前に映画評論家としても活躍したグリーンは、同じフォードが監督した『男の敵』（*The Informer*, 1935）と『若き日のリンカン』（*Young Mr. Lincoln*, 1939）を高く評価した過去があるが（*Film Reader* 327）、こと自作の映画化『逃亡者』に関しては折に触れて非難を繰り返し、1984年にナショナル・フィルム・シアターで行われた公開対談では「ヘンリー・フォード［原文ママ］は『逃亡者』という題名で『権力と栄光』の耐えがたい映画版を作ったのですが、この映

画で彼は神父が生ませた私生児を警察署長［筆者注：副署長との混同か］が生ませたことにしてしまっている。その点こそ『権力と栄光』の要なのですよ」と述べている。

　批評家の『逃亡者』評価も、総じて芳しくない。たとえば、アメリカにおける作家主義的映画批評の代表格といえるアンドルー・サリスは「グリーンの小説において逆説的であったものはフォードの映画では裁断的になり、弁証法的であったものは教条的になってしまっている」と述べているし（Sarris 206）、フォード評伝の作者スコット・アイマンは「『逃亡者』は映画というよりも構成に凝りすぎたスティル写真の連続だ」と評している（Eyman 306）。

　『逃亡者』への批判は、おおむね次の三種類に分類することができよう――（a）『権力と栄光』は、背徳の飲んだくれ聖職者「ウィスキー神父」がいかに神の権力と栄光を体現できるかがテーマであったのに、『逃亡者』では神父が道徳的な殉教者に変えられ、彼と対置される副署長が背徳性をすべて押しつけられるという善悪の平面化が生じている、(b)『権力と栄光』に込められていた逆説的な宗教性がすべてストレートなものに変換され、聖人伝のごとき仕上がりになっている、(c) この作品の映像は、活劇性が抜き去られた活人画と化している。

　三種類の批判は、それぞれに重なり合いながら、『権力と栄光』と『逃亡者』の擦れ違いを読み解くに当たってのひとつの方向を示している。それは、監督のフォードと脚本家のダドリー・ニコルズ（Dudley Nichols, 1895-1960）、それに撮影監督のガブリエル・フィゲロア（Gabriel Figueroa, 1907-97）が、『権力と栄光』というテクストに充満しているグリーン的な逆説に共通の企画をもって背を向け、主人公の神父を殉教者としてイコン的に美化するための手段を尽くしたというものだ。

　グリーンの小説（とりわけ、罪と贖い／許しを中核とするカトリック的作品群）のトレードマークと言うべき逆説性について深入りすることは、本論では避けたい。ただ、同時代の小説家ジョージ・オーウェル（George Orwell, 1903-50）がグリーン的な逆説性への批判を提示していることには触れておくべきだろう。オーウェルはグリーンの『事件の核心』（The Heart of the Matter, 1948）の「ある種の俗物性」を指摘し、「ボードレール以来ずっと世間に流

布している、神に断罪される罪人であることは何やら高級だという考えをグリーン氏も共有しているようだ」と、いかにも彼らしい率直な言葉遣いで述べている（405）。

オーウェルは同じ書評で、『事件の核心』が西アフリカのイギリス植民地の警察官僚を主人公としながら植民地統治の権力性に無関心であることを指摘し、この小説の出来事がロンドンの郊外で演じられたとしてもさほどの違いは生ずるまいと論じてもいる。『権力と栄光』のメキシコにしても、カトリックの迫害はア・プリオリなものとしてそこにあり、その歴史的・政治的・経済的要因はまったく言及されていない。この点に関して思い起こされるのは、『逃亡者』の冒頭に配置されたナレーションである。

> これからお見せする劇映画の内容は、時代を越えたものだ。物語は真実の物語（true story）であり、かつまた、聖書で最初に語られた古い物語でもある。……この映画の全編は、わが国に隣接する共和国メキシコにおいて、メキシコ政府およびメキシコ映画界の好意ある招待により撮影された。舞台は架空である。この小さな州（state）は、赤道から千マイルも離れた場所にある。北か南か、それは誰にもわからない。（▶ 0:01:50-0:02:27）

『逃亡者』のメキシコでの撮影を可能にしたのは、メキシコと合衆国の関係改善である。メキシコの社会主義革命を強権によって混乱から制度化へ導くと同時にカトリック教会を激しく弾圧したカジェス大統領（Plutarco Elías Calles, 1877-1945, 在任 1924-28）の統治期、カジェスによる院政・腐敗の時期を経て、社会主義体制をカリスマ的に牽引したカルデナス大統領（Lázaro Cárdenas del Río, 1895-1970, 在任 1934-40）の時代にいたるまで、メキシコは合衆国によって敵視され続けた。合衆国を特に怒らせたのは、カルデナス時代に断行されたメキシコの石油産業国有化と外国資本の締め出し（1938 年）である。それを軌道修正し、合衆国を過度に刺激しない政策に転じたのがカマチョ大統領（Manuel Ávila Camacho, 1897-1955, 在任 1940-46）だった。フォードたちが「好意ある招待」を受けることができたのも、こうした政治的状況の変化によるものである。しかしフォードとニコルズは、メキシコを「真実

| 14 | 擦れ違いの力学　　**241**

の物語」の撮影現場として活用しつつ、『逃亡者』という作品を枠づけるものとして、無時間的・空間超越的な普遍性を強調し物語をメキシコから引き離すナレーションを冒頭に配置した。このナレーションを担当しているウォード・ボンドが、本編では合衆国で強盗殺人を犯して逃亡してきた「グリンゴ」を演じてもいるという奇妙な事態は、『逃亡者』の制作が含んでいる文化的収奪の要素へのフォードの弁明なのか、それとも開き直りと見るべきか。

　主要なシーンをメキシコで撮影し、現場スタッフのほとんどをメキシコの映画界から調達し、明らかにメキシコの近過去における反カトリックの歴史を踏まえた物語を「聖書で最初に語られた古い物語」へと抽象化したフォード。そして、メキシコでの取材から『掟なき道』（*The Lawless Roads,* 1939）という精細な観察の書をものしつつ、『権力と栄光』においてはメキシコ革命をもっぱらウィスキー神父の逃亡と自責と使命感のドラマの触媒として用いたグリーン。そして、メキシコの歴史へのコミットメントを回避し劇空間を抽象化しているという点においては、『権力と栄光』と『逃亡者』の軌跡は、「違う」どころか並走に近い「擦れ」を演じている。

　だが、同時にフォードがグリーンの小説のパラドクシカルな宗教性を映画から抜き去ることに力を入れたことにより、二者のあいだに大きな「違い」のモーメントが生じることになる。ニコルズの「メキシコを舞台として、現代における受難劇のアレゴリーとしての脚本を書きたい」という提案を受け入れたフォードは、共同執筆者と言えるほど緊密にニコルズと連携して脚本を書き上げた。フォード自身の意識において、グリーンの小説の宗教的パラドックスから離れて物語を再編するという企ては一貫していたようである。フォードは、この映画の主題は「迫害され追い立てられる人間の魂」なのだと語っている（McBride 439）。

　だが、このフォードの言葉は、『権力と栄光』と『逃亡者』という作品の企図の——そしてグリーンとフォードの作家的な資質の——擦れ違いにおける「擦れ」の力を強調するものでもあるように思われるのだ。グリーンは 1949 年のインタヴューで「あなたは今日の世界の形而上的不安と苦悩を表現するために探偵小説の形式を用いていると非難されることがありますが……」という質問に対し、自作は探偵小説でなくスリラーだと訂正し、「20

世紀半ばのわれわれが興味を抱くのは誰が犯人かではなく、犯罪者として追いつめられる人間がどれほど打ち棄てられた（abandoned）状態になるかです」と述べている（Donaghy, *Conversations* 25）。

　迫害され、追い立てられる人間の窮境と孤独は、フォードが映画作家として幾度となく立ち戻ったテーマでもある。サイレント時代のフォード西部劇の集大成『三悪人』（*3 Bad Men,* 1926）から、フォード最大の問題作であるオブセッションに満ちた西部劇『捜索者』（*The Searchers,* 1956）を経て最後の作品『荒野の女たち』（*Seven Women,* 1966）にいたるまで、迫害／追跡はフォード映画を駆動するモティーフであり続けた。その系列に連なる『逃亡者』をフォードのフィルモグラフィ中の黒羊にしているのは、反映画的に見えかねないほどの——そしておそらく、批評家のほとんどが反映画的だと考えた——アクションの抑圧である。ヘンリー・フォンダが演じる主人公の神父に関して、その傾向は特に著しい。彼が呆然と突っ立っていたり、椅子から立ち上がれなかったり、動きなくぼそぼそとしゃべったり、死んだように眠り込んだりしている無活動の時間がこの映画の尺に占める割合は、神父を中心としてドラマを進行させることをフォードは拒否しているのではないかと疑われるほどに大きい。アースキン・コールドウェル（Erskine Caldwell, 1903-87）の小説をフォードが食欲と自動車をめぐる陰惨なドタバタ喜劇と化せしめた『タバコ・ロード』（*Tobacco Road,* 1941）の前例を考えれば、グリーンの原作でウィスキー神父が少しだけ肉の残った骨を農園の犬と取り合う箇所などは滑稽かつ悲惨なアクションの題材として恰好のものだったろうと思われるのだが、この場面も『逃亡者』は切り捨てた。そしてアクションの代わりに前景化されるのが、映像の審美性である。

　この映画がもともと予定していた撮影監督が『怒りの葡萄』（*The Grapes of Wrath,* 1940）および『果てなき航路』（*The Long Voyage Home,* 1940）で明暗の対照を際立たせた画面作りを見せたグレッグ・トーランド（Gregg Toland, 1904-48）であり、実際に起用されたのがトーランドの下で学んだフィゲロアであることを考えれば、フォードとニコルズが『逃亡者』の映像に光と影の大胆な配置を望んだであろうことは想像に難くない。だが問題なのは、光と影のドラスティックな配置が画面にドラマとアクションを呼び込むのではなく、それらをしばしば抑圧していることである。その抑圧の極致と言うべき

14｜擦れ違いの力学　　**243**

は、人物（たち）が静止したイコンと化してしまう瞬間だろう。教会の扉を開けた神父の後ろから射し込む光によって床に伸びる影が十字架の形になるショット（▶ 00:03:36）、ミサの始まりにマリア・ドロレスの頬を伝う涙を光らせる上方からの光（▶ 00:10:49）、神父の処刑の前夜に獄房の丸窓からひそかに十字架を差し入れたあと、丸窓からの光に照らされた上向きのアップで雨に打たれながら涙を流すマリア・ドロレスのアップ（▶ 01:34:19-01:34:24）といった映像は、自発的なアクションによる物語の進行をむしろ阻害する要素となっている。「フィゲロアによる映像の圧倒的な美しさにもかかわらず、個々のシーンの静止的で過剰に象徴的な性質は、力動的作用の可能性を殺し、有機的でリズムを持った全体が形作られる望みを失わせている」というジョーゼフ・マラムの評言（Malham 184）は、『逃亡者』の映像の〈フォードらしからぬ〉反アクション性に対する批評家の不満を要約するものと言えるだろう。

3　アクションの阻害を描く映画作家としてのジョン・フォード

　だが、ここで考えるべきことがある。フォードは、アクションに対するのと同じくらいアクションの阻害／喪失に対して関心を持つ映像作家ではなかったか？

　フォードをハリウッドのメジャーな監督として一般に認識させた大作西部劇『アイアン・ホース』（*Iron Horse*, 1924）は、技法的にはまだ発展途上の作品であるが、カメラの前で発生するアクションをつないでゆけば物語とサスペンスが生まれるということの驚異をひたすら楽しんでいるようなその作風のなかにも、動けなくなったものへの関心を示すショットやシークェンスは存在する。大陸横断鉄道が伸びてゆくにつれて町も移動してゆく、その移動前夜の騒ぎに巻き込まれて殺された男の新しい墓のそばに立った妻が、移動してゆく列車を呆然と見送りながらその場にくずおれるショット（▶ 01:12:04-01:12:11）。白人めがけて突進してくる最中に撃たれて倒れたインディアンの死体に飼い犬が駆け寄り、顔を舐める長いシークェンス（▶ 01:55:40-01:55:55）。アクションによって進められてゆく物語のなかに差しはさまれたこの二つのインアクションは、見るものに強い印象を与えずにおかない。アクションの阻害に対するこの関心は、フォードがキャリアの後期に監督した

『荒鷲の翼』（*The Wings of Eagles*, 1957）のラストシーンでは、椅子に固定された主人公が宙吊りにされ、ヴィスタヴィジョンの横長画面のなかで極小の存在となって海の上を運搬されてゆくというきわめて残忍な形で発露されることになる。

　こうした作品やシーンの存在を念頭に置いて『逃亡者』を見直してみると、「とても単純な男についてのとても単純な映画」というフォードの主張にもかかわらず、彼がある手の込んだ剣呑な振るまいで『逃亡者』全編を支配した可能性が浮上してこないだろうか。その振るまいとは、光と影の入り組んだ構図の束縛力によって、モノクローム画面に囚われた人物が自発的アクションを起こす可能性を極限まで削ぎ落すことである。これを端的に示すものとして、エンディング近くの神父銃殺のシーンを『権力と栄光』の同じ場面と比較してみよう。『権力と栄光』の描写はこうだ。

　　　……警官たちが男を運ぶようにして反対側の壁の前に連れて行くと、隊長がハンカチで男に眼隠しをした。おやっ、あの男は知っているぞ、とテンチ氏は思った。なんてことだ、どうにかしなくては。近所の知り合いが銃殺されるところを目撃しているような気分だった。……

　　　もちろん、どうしようもなかった。すべてはお決まりの手順のようにすみやかに進んだ。隊長が脇にどき、銃殺隊のライフルが構えられたとき、小さな男がいきなり両手をびくびくと動かした。何か言おうとしているのだ。こういう場合に必ず言うことになっているフレーズは何だったろう？　これまたお決まりのはずだが、男は口がからからに乾いているのか、声になったのは「お許し」のように聞こえる一言だけだった。ライフルの発射音がテンチ氏を揺さぶった。内臓が中から震えるような感覚に、気分が悪くなって目をつぶった。それから、一発の銃声が聞こえた。ふたたび眼を開けると、隊長はピストルをホルスターに戻しつつあり、小さな男は壁の前で型通りにくずおれた塊になっていた──片付けねばならない無意味な物体だ。(215-16) [1]

　『権力と栄光』で、神父の銃殺を見てしまったテンチ氏（故国イギリスに妻を置いてメキシコに居ついてしまった歯科医）は「この場所から出てい

図1 『逃亡者』▶01:38:01
（十字型の格子窓の影、小さく切られる十字）

こう、永遠におさらばするのだ」(216)と考えるが、彼が実際にメキシコを去り得るかどうかは多少とも疑わしい。同じ段落の最後で彼を捉えるのは、「[神父の死によって]自分は[メキシコに]取り残されてしまった」という思いなのである。遺棄という主題は、地上からいくら神に呼びかけても応えてもらえない神父を主人公とする『権力と栄光』を貫くものだが、この場面において、テンチ氏は自分が遺棄された場所から脱出できなくなってしまった人間の無力感と悲哀を神父から受け継ぐことになる。

　一方、『逃亡者』の銃殺シーンにおいては、遺棄・監禁・身動きの取れなさという主題がテンチ氏から副署長に転移させられている。原作のテンチ氏に代わって警察の署長室から神父の銃殺を目撃する副署長は、上半身を画面の左手に配置され、右手の格子窓から差し込む光を浴びている。太く厚い格子は牢獄を思わせる堅牢さであり、その形作る影が副署長の身体に落ちている。ライフルの一斉射撃の銃声を聞いた副署長は思わず右の手を上げて格子につかまり（この動作によって副署長の顔はしばらく右腕に覆い隠される）、ややあって顔をうつむけたまま右手を下ろして心臓にあてがい、とどめのピストルの銃声とともに視線を上げて右手の窓外を見やる——だが、「型通りにくずおれた塊」となったウィスキー神父の死体に語りが焦点を合わせる『権力と栄光』と違い、『逃亡者』の処刑シーンでは、神父と銃殺隊が刑場に到着して以降、カメラの視線は副署長に注がれたままなのである。やがて副署長は、左胸の上でゆっくりと十字を切る。そして、ぶっきらぼうなカットつなぎで場面は教会でのラストシーンに切り替わるのだが、そこまでの31秒の長回し（▶01:37:42-01:38:13）の間、副署長は光と影が厳格で幾何学的なコントラストをなす画面に呪縛されたかのように、窓辺に釘付けになっている。無神論者を標榜してきた副署長が最後に切る十字（映画だけにあるディテール）もきわめて小さな動作であり、動きを封じられた人物が必死の力を振り絞ったように行われる。かくして、『逃亡者』における神父と副署長の関係は、

刑場へ向かう銃殺隊と神父を見上げるショット——きわめて強い遠近感を形作る壁に両側をはさまれた階段を、銃殺隊にエスコートされた神父が遠近法の消失点（画面上方に切り取られた空と階段の境目）へと上がってゆく——を最後に神父が去り、副署長が身動きならぬまま取り残されるという形で終わるのである。

　マイケル・G・ブレナンは、『権力と栄光』において「正義の人」である副署長が「悪い聖職者」であるウィスキー神父を追跡するという関係が最後にはウィスキー神父が殉教のために副署長を求めるという関係に逆転し、その過程で二人の役割（追うものと追われるもの）が混淆してゆくと分析している（Brennan 71）。2010 年のブレナンの主張を映画論において先取りするごとく、『逃亡者』において副署長が神父のドッペルゲンガーとして表象されていると論じたのが、この映画に対する数少ない積極的な論考のひとつである 1986 年のタグ・ギャラガーのフォード論だ。ギャラガーの分析のうちで本論に最も深く関わってくるのは、「神父と同じく、副署長は幾何学的な背景——神々しい光の柱、神へ通じる迷宮のなかを導いてゆく出入口——と関係づけられている」（Gallagher 238）という一節だろう。『逃亡者』において、神父と副署長はいずれも、光と影で構成された迷宮の囚人なのだ。

　1967 年のインタヴューでフォードは「私は特に西部劇が好きというわけじゃない。オープン・スペースに出るのが好きなんだ」と述べている（Pearly, *Interviews* 116）。フォードのいわゆる「オープン・スペース」の中核をなすのは、空間の広がりを象徴する地平線の存在ではないだろうか。人・動物・乗り物がそのなかを移動してゆくことのできる、地平線によって大らかに規定されたパノラミックな風景こそ、フォードが映画に求めたオープン・スペースのあり方だった。

　だが一方でフォードは、アクションが阻害・抑圧される閉鎖空間を探究する映画の作り手でもあった。その探求が一気に前景化されるのは、ホームグラウンドのフォックス／ 20 世紀フォックスではスタジオ的なストーリーテリングの明快性を尊重する（ふりをする）ほかなかったフォードが、RKO（Radio Keith Orpheum Entertainment）に制作担当として着任したメリアン・C・クーパー（Merian C. Cooper）からオファーを受けて題材を選び、1935 年に監督したハイ・アート指向の文芸作品『男の敵』（*The Informer*）に

おいてである。独立前のアイルランドを舞台とするこの作品は、全編にわた
る光と影の配置——指名手配のポスターが貼られた薄暗い壁、霧のなかから
治安部隊の兵士が向けてくる懐中電灯の強烈な光、通夜が行われている家の
玄関を照らす街灯、朝まだきの教会の闇——によって、主人公ジポ・ノーラ
ンがダブリンをさまよう一夜を、脱出不可能な迷宮への監禁として描き出し
た。ジポの巨体が派手なアクションを演じるほどに彼は迷宮の罠にからめ取
られ、ついには自分の死が決定づけられる地下室の奈落へ転げ落ちることに
なる。この迷宮空間に地平線はない。あるのは、壁、狭い街路、階段、出入
口といった、登場人物の動きを規制し、人々が取りうるルートを指示するも
のばかりだ。この空間的制約のテーマとハイ・アート指向は、ユージン・オ
ニール（Eugene O'Neil, 1888-1953）の劇を原作としてトーランドが撮影監督を
務めた『果てなき航路』の閉塞性に満ちた画面づくりにおいて再び明らかに
なる。

　そして『逃亡者』は、フォードのハイ・アート指向が見つけた、最後にし
て最大のはけ口となった。『男の敵』や『果てなき航路』と比べても、『逃亡者』
の幾何学的に計算されたモノクロームの画面構成が人物たちを監禁し誘導す
る力は際立っている。丸窓と鐘楼から光の射し込む教会（▶ 00:04:18-）、騎
馬警官が次々と通ってくる警察署のアーチ屋根の通路（▶ 00:16:10-）、警官
たちが図面のように整列する広く真っ白い中庭の俯瞰ショット（▶ 0:16:43-）、
船に乗りそこねる場面の前後に神父が往復するきわめて長い回廊の遠近法描
写（▶ 00:41:50- および 00:45:28-）、神父がミサ用のワインを求めて訪れるホテ
ルにいたる薄暗いアーチ屋根の街路（▶ 00:48:39-）、神父がワインを知事の
弟たちにがぶ飲みされる場面での、知事の弟と瓶を手前で大写しにしつつ神
父を画面奥に押し込む配置（▶ 00:53:20-）、神父の代わりに人質に取られた
男が警官たちに護衛されて警察署のアーチをくぐって進んでくるショットで
観客の眼を打つ、男のシャツの白さと人物配置の対称性（▶ 00:59:16-）、神
父処刑のシーンで空に向かって伸びる階段と両側の壁（▶ 01:37:07-）。これ
らはみな、フレーミングされた人物から人格を奪い、彼らの動き（あるいは
その欠如）を美学的スキームによる操作の結果のように見せるものである。
とりわけ顕著な一例として、オープニング近く、教会でマリア・ドロレスと
出会った神父が信者たちを集めるために鐘楼に上がって鐘を鳴らすシークェ

ンス（▶ 00:07:55-）をショット分析してみよう。

1. 画面中央の奥で光の枠となっている鐘楼の階段へと近づく神父。階段前でシルエットとなった神父、半身をカメラに向ける。マリア・ドロレスが数歩駆け寄り、彼女の背中を左上方の窓からの光が照らす。神父「洗礼前の子を持つ親を集めなさい」カット。2. ヴェールをかぶり、ヴェールの裾で包んだ赤ん坊を抱いたマリア・ドロレスの、聖母マリアを思わせる横向きの上半身ショット。窓からの光でシルエットになっている。「私が呼んでも、男は来ても女は来ません」カット。3. 神父のバストショット。カメラ（＝マリア）に向けた顔（表情がわからない程度の影になっている）を、階段のほうに向ける。向こう向きで「私が集めよう」と言い、階段へと行きかける。カッティング・イン・アクション（人物などの動作の途中でいったんカットし、次のショットで動作を続行させる技法）。4. 階段の光の枠全体を中央に配するカメラ位置（1. と同じ）。神父、階段を上がってゆく。マリア・ドロレス、階段の裾まで駆け寄る。神父の足、フレーム・イン・フレーム（スクリーンというフレームのなかに、より小さなフレームとして置かれる窓やドア口など）としての光の枠の上方にフレームアウト。

図2　『逃亡者』▶ 00:08:05
（計算され尽くした光と影の配置、顔を奪われる人物たち）

このシークェンスを支配しているのは、神父でもマリア・ドロレスでもなく、鐘楼への階段からの光のフレームと高窓からの光線である。神父とマリア・ドロレスはどちらも逆光によって表情を奪われていること、二人の対話の視線の合わなさが強調されていることに注意すべきだろう。

戸外のシーンにさえ、幾何学的な束縛は加えられている。ミサの翌朝に騎馬隊を率いて村を急襲した副署長が村人たちを前に演説するシーンで、副署長は乗っている馬を巧みに操って村人たちの前を何度も往復する。カメラも左右にレール移動を繰り返して、副署長の往復運動を追う（▶ 00:29:45-00:30:29）。フォード映画で馬が登場する場面としては異様なことに、この移動ショットは自由な運動（の可能性）をいささかも感じさせないのである。

| 14 | 擦れ違いの力学　　**249**

移動する副署長を挟み撃ちにするように、画面手前には村人たち、画面奥には馬から下りて手綱を押さえた警官たちが、どちらも微動だにせずに立っているのだ。このディープ・フォーカス（巻末「映画用語集」参照）のショットは、革命を信じつつ何ら村人たちに働きかけることができない副署長のアクションの限定性を赤裸々に暴き出し、彼を神父のドッペルゲンガーに変える。

4 監禁と迫害、そして逆説的な救済 ——『権力と栄光』と『逃亡者』が擦れ合う地点

『逃亡者』の撮影監督ガブリエル・フィゲロアは、ディープ・フォーカスの技法をトーランドに学びつつ、師とは趣を異にするディープ・フォーカスの活用で知られている。すなわち、トーランドが『市民ケーン』（*Citizen Kane,* 1941）で見せたような監禁と抑圧と権力の構造を画面の奥行きのなかに提示するディープ・フォーカスとは異なり、人物たちを包摂する広がりの感覚を画面に持たせる技法としてのディープ・フォーカスである。だが、『逃亡者』においては、フィゲロアはトーランドの代役としてフォードの審美的要請に応えることに専念したようだ。

　フィゲロアのディープ・フォーカスが帯びている開放性の象徴とも言うべきは、モノクロームの画面に鮮やかに映える「フィゲロアの雲」の浮かぶ開放的な風景である。フォードは「『逃亡者』では、自分が普段やらない、光の具合を待つこともやった」（Bogdanovich 85）と語っているが、そのなかには、「フィゲロアの雲」が浮かぶ夕空のもとを騾馬に乗った神父が行くショットも含まれているのだろう。だが、騾馬といっしょにトラッキングしてきたカメラが止まり、神父を見送るようにパンして夕空を映し出すこの長回しショット（▶ 00:37:31-00:38:33）においても、水道橋であろうか、神父の行き先をあらかじめ規定するような連続アーチの建造物が画面奥で延々と続いているのである。カメラがパンするあたりでアーチの建造物は切れ、「フィゲロアの雲」が画面の大部分に展開することを許すが、その頃には神父を警察に売る混血児がすでに追いつき、騾馬の口綱をしっかり握っている。

　グリーンが『権力と栄光』の次に書いたスリラー小説『恐怖省』（*Ministry of Fear,* 1943）の映画化は、ドイツ表現主義の流れを汲むフリッツ・ラング（Fritz

Lang, 1890-1976）の監督のもと、『逃亡者』に先行して公開された（1944年）。『逃亡者』はフォードがラング的な精緻に設計された悪夢と迷宮の世界、人間の自由意志が徹底して否定される世界に最も近づいた作品と言えるかもしれない。同時にグレアム・グリーンは、生涯を通じて、自由意志の否定を前提としてこそ成り立つ逆説的な救済のヴィジョンを作品の駆動力とし続けた小説家だった。

　そして、実は『逃亡者』にも逆説的な救済の瞬間は含まれているのかもしれない。先に神父の処刑シーンを検討した際、私は刑場へと向かう神父の様子には軽く触れただけだが、実はここでひどく奇妙なことが起こっているのである。空へと続く長い階段を上がってゆく途中、神父はタッタッタッと小走りになるのだ——それも、四度まで繰り返して。これが、神父が自分の意思で足を早めているように動けという演出によるものでないとは考えにくい。だとすればこれは、自発的アクションの阻害・抑圧というフォード映画の一面を極度まで推し進めた『逃亡者』のなかにあって、極小の自発的アクションの重要性が映像によって逆説的に強調される——あるいは、ほとんど宗教性を帯びて祝福される——瞬間と言えるのではないだろうか。そしてまた、窓辺に釘づけにされた神父のドッペルゲンガー、副署長が胸の上で苦しげに切る極少の十字も。そう考えると、グリーンとフォードの擦れ違いは、彼らの作品歴を巻き込みつつ、いっそうの「擦れ」を含んでいるように思えるのだ。グリーンとフォードのメキシコがともに帯びている抽象性は、彼らがそれぞれに異なったやり方で主人公を抑圧し、かつ逆説的な救済を与えるという運動の純粋さを確保するために必要なものだったのではあるまいか。

　『掟なき道』の最後でメキシコから空襲管制下のイギリスに帰還したグリーンは、イギリスを覆う暴力の予感とメキシコを重ね合わせ、「メキシコとはひとつの心的状態である」と述べている（224）。現地取材の報告である『掟なき道』の最後の最後で、グリーンは世界観の象徴として抽象化されたメキシコへと舵を切っているわけだが、『逃亡者』のフォードにとっても、メキシコとはひとつの心的状態、世界観の象徴だった。『逃亡者』（*The Fugitive*）と表裏一体の題名を持つ『捜索者』（*The Searchers*）の残忍にして孤独な主人公を、自分と同じく残忍なインディアンを追跡する旅へと駆り立てるアメリカ合衆国の空間は、『逃亡者』の無垢にして孤独な神父が自らのドッペルゲンガー

である副署長に追跡されるメキシコの空間によってすでに予告されていたのである。存在論的な追跡を主題として書き続けた小説家グリーンと、アクション／インアクションをめぐる作品を撮り続けた映画監督フォードの（一見のところ意外な）接近遭遇は、決して故なきことではない。

註

1) 現行の『権力と栄光』の翻訳には斎藤数衛訳（ハヤカワ epi 文庫）があるが、本論では論述の都合上、引用箇所は斎藤訳を参照しつつ新しく訳させていただいた。

Column 9　南アフリカの英語文学は「南アフリカ英語映画」になる？

多言語社会南アフリカでの英語文学の発展は、英語が昔から公用語だったからだけではない。アパルトヘイト時代、反体制派の作家は人種や国を超えて状況を訴える必要があり、特に作品の発禁処分や、作家の軟禁、逮捕、亡命が続く場合、せめて作品が国外で読まれるためには英語である必要があったのだ。当然、当時世界で配給された欧米資本による反アパルトヘイト英語文学を原作とする映画（俳優のほとんどが英米人）の言語は英語であった。1951年に映画化されたアラン・ペイトン（1903-88）の小説『叫べ、愛する国よ』（*Cry, the Beloved Country*, 1948）や89年映画化のアンドレ・ブリンク（1935-2015）の小説『白く乾いた季節』（*A Dry White Season*, 1979）はその代表的な例であろう。

国内の「南ア人による南ア英語文学の映画化」では多少事情が異なる。まず南ア人俳優が起用されるため、本場の南ア英語が話される。政治的な作品を上演し劇団員も観客も人種統合を追求する演劇人の作品の映画化では、その傾向は特に顕著である。劇作家アソル・フガード（1932- ）の『ボスマンとレナ』（*Boesman and Lena*, 1969）の73年映画化と『8月のマリーゴールド』（*Marigolds in August*, 1979）の同年映画化はその典型で、フガード自ら脚本を手がけ出演している。黒人劇作家ムボンゲニ・ンゲマ（1955- ）にいたっては、ソウェト蜂起を描いた高校生ミュージカル『サラフィナ！』（*Sarafina!*, 1986）が94年民主化への動きと連動して世界各地で上演された後、英米資本が製作した映画版（1992）では脚本家はンゲマ、原作に出演した南ア俳優も多く起用し、ンゲマ自身も出演している。

94年以降は欧米制作の「南ア映画」でも南ア人俳優の起用が増え、生の南ア英語や、新たに南ア公用語となった諸民族語が話される場面も増えた。ハリウッドリメイク版『叫べ、愛する国よ』（1995）やJ・M・クッツェー（1940- ）の『恥辱』（*Disgrace*, 1999）の豪州映画化（2008）でも同様である。そして南ア映画界では、かつて禁書であった南アの抗議文学が、現代の南アの問題やその多言語社会に寄り添う（つまり英語が消える！）形で映画化され、国民との邂逅を果たしている。ジャブロ・ンデベレ（1948- ）の中編「愚者たち」（"Fools," 1983）の映画版（1997）ではズールー語を中心に多言語が飛び交い、アレックス・ラ・グーマ（1924-85）の中編「夜の彷徨」（"A Walk in the Night," 1962）の映画版（1998）では舞台を94年以降のヨハネスブルグに移し、主要言語もアフリカーンス語だ。世界配給を前提に英国・南ア合同で映画化（2005）したフガードの小説『ツォツィ』（*Tsotsi*, 1980）も、21世紀のヨハネスブルグのタウンシップを舞台に南ア人俳優のみを起用し、全編民族語や土地の混成語でリアリズムを追求し、アカデミー賞の外国語映画賞を受賞している。　　　　　　　（溝口）

15 敵のいない戦場、
死者のいない都市

J・G・バラードとスティーヴン・スピルバーグの
『太陽の帝国』

秦　邦生

1　はじめに

　1984 年の出版直後、数々の文学賞を受けた小説『太陽の帝国』（*Empire of the Sun*）は、それまで知名度は高くてもカルト的評価しか受けてこなかった実験的 S F 作家 J・G・バラード（J. G. Ballard, 1930-2009）を、一躍現代イギリス文学のメインストリームに押し上げることになった。第二次世界大戦中の上海における日本軍の欧米民間人収容所で過ごした彼自身の経験を素材としたこの自伝的小説は、たとえば『クラッシュ』（*Crash,* 1973）などでスキャンダラスな悪評をかき立てた彼独特の暴力と倒錯に満ちた世界観に、戦時中の壮絶な「原体験」という正当な理由づけを与え、多くの読者にとってより受け入れやすいものに変える役割を果たしたのだ。[1]

　他方、その三年後の 1987 年に製作・公開されたスティーヴン・スピルバーグ（Steven Spielberg, 1946- ）監督による映像版に対する当初の評価は、毀誉褒貶相半ばするものだった。『ジョーズ』（*Jaws,* 1975）や『E.T.』（*E.T. the Extra-Terrestrial,* 1982）などで若くして大きな商業的成功を収め、スタジオ・システムの崩壊を経て複合メディア産業の一部と化したニュー・ハリウッドを代表する監督となったスピルバーグの映画は、長くやや大衆迎合的として酷評される傾向が続いていた。『太陽の帝国』に関しても、一部の好意的評価（Sarris, Combs）にもかかわらず、原作の悪夢的リアリズムを水で薄め、感傷的な「無垢」と「冒険」の物語へと改竄したとの批判が続出したのであ

254　　**第 1 部**

る（Hoberman; Mars-Jones; Petit）。しかし 1990 年代半ば以降、『シンドラーの
リスト』（*Schindler's List*, 1993）、『プライベート・ライアン』（*Saving Private Ryan*,
1998）、『ミュンヘン』（*Munich*, 2005）など史実に材を取った数々の映画が公
開され、スピルバーグが真剣な芸術的考慮に値する映画監督としての地位を
確立するにいたって、『太陽の帝国』評価も一変した。かつて失敗作との烙
印を押されたこの映画はむしろ、のちの一連の「歴史映画」を先駆ける転換
期の作品として、重要な位置づけを与えられるようになったのである。[2]

　本章はこうした再評価の波を踏まえながらも、スピルバーグに関する作家
主義的観点よりは、原作と映像版が共有する 1980 年代の時代状況に注目し
てアダプテーションを考察する。そもそも第二次世界大戦という現代史の重
要な一幕を背景とする点で、『太陽の帝国』小説版と映画版との関係を考え
るには、「歴史」という巨大なもう一つのテクスト——安易に確定しうる客
観的現実というよりは、記録・記憶・虚構が複雑に織りなす言語構築物——
を考慮に加えねばならない（Hunter 222-23）。ここで考えるべきなのは、過
去の回顧と（再）物語化が現実の「歴史」にどの程度忠実であるのかと同程
度に、それがいかなる回顧者自身の現在の価値観を反映したり、現代の特定
の必要性に応えたりしているのかという問題でもある。作家バラードが 40
年前の自伝的経験を物語化し、それを受けたスピルバーグが戦時下の上海を
映像化した 80 年代とは、一方の米英ではレーガン／サッチャー政権が新自
由主義政策を展開し、他方の中国では毛沢東死後の共産党政権が改革開放路
線に踏み出すことで、現代的なグローバル経済秩序の構築が始まった時代で
もあった。[3] いわばこの時代は、1949 年の共産党政権設立以降、経済的・文
化的鎖国状態にあった中国との新たな関係の構築を、西側諸国が模索してい
る時期であった。このような時期に第二次世界大戦時の上海を振り返り、文
学・映像で表象することには、いかなる意味があったのか。

　この問いを大きな枠組みとして念頭に置きつつ、本章ではまず『太陽の帝
国』原作と映画版がともに、主人公ジム少年の戦争経験を通じてナショナ
ル・アイデンティティの不安定化をテーマとして共有することを確認する。
それと同時に、スピルバーグの映画はバラードの「映画的」小説を触媒とす
ることで、戦争状況における映像メディアと想像力自体の役割を批判的に問
い直す自己省察的側面を有している。そのような特徴を有する小説と映画の

| 15 | 敵のいない戦場、死者のいない都市　　**255**

あいだでなされたアダプテーションが、「中国」といういっけん「イギリス的」とはほど遠い舞台と主題とをどのように映像化したのか、そしてそれは、80年代の国際状況においていかなる役割を担ったのか——最終的に本章では、そのことを問題化したい。

2　ナショナル・アイデンティティの混乱と喪失

　『太陽の帝国』原作の物語は、1941年12月、パールハーバー襲撃に合わせて日本軍が上海の国際共同租界に侵攻し、11歳の少年ジムのそれまでの日常が崩壊する時点から始まる。両親と生き別れ、終戦まで過酷な収容所に捕われたジムのサヴァイヴァルが、以下三部構成で語られてゆく。第一部ではまず、裕福なイギリス人家庭の一人息子としての何不自由ない生活を失ったジムが、カオス状態の上海をさまよううちにアメリカ人の元水夫ベイシーらと知り合う。その後日本軍に捕まった彼らは、ほかの欧米人らとともに軍用滑走路に隣接する龍華収容所へと移送される。第二部ではそれから4年近くのち、日本兵たち、ベイシー、イギリス人の医師ランサム、ミセス・ヴィンセント（映画では名前がそれぞれローリンズ、ヴィクターに変更）などと、14歳のジムがアメリカ軍による空襲が始まり終戦が近づく不安定な日常を生きるさまが描かれる。最後の第三部では、収容所を出たジムが、秩序回復以前の危険な状況で暴力と生存への欲望にとり憑かれた人々に翻弄される日々が続いたのち、ついに両親と再会し上海を離れる。いずれの時期においてもジムは、慢性的な飢餓感と疲労、死と隣り合わせの日常ゆえに、しばしば極限的な精神状態に陥り、奇妙な幻覚を体験する。

　ではスピルバーグの映画は、この原作をどのように翻案したのだろうか？まず物語のレヴェルにおいて映画版は、ややエピソード的な構成の原作に対して、第一部・第二部から主要な挿話を取捨選択し、また小説の第三部は大幅に圧縮して約2時間半の物語へと再構成している。テーマの面では、多くの研究者が、このアダプテーションがさまざまな方法で家族の主題を強調している点を指摘してきた。たしかにバラードの原作でも、孤立したジムは父母と再会する日をたびたび夢想するが、その希望はあたかも終戦までに枯渇したかのごとく、結末でジムは両親といつのまにか再合流しており、「感動の再会」が描かれることはない。対照的に映画は、ジムを含む両親から引き

離された多くの子供たちと、その両親たちとの再会の場面で終わる。冒頭と結末のサウンドトラックで流れ、物語半ばでは収容所のジムが特攻隊士に敬礼を送りつつ歌う歌曲は「スオ・ガン」というウェールズ語民謡——

図1　『太陽の帝国』▶ 01:21:38

——内容的には、母が幼子に歌う子守歌——であり（Gordon 217-18; Stiller 344-35）、母による庇護の欠如を暗示している。重要なのは、両親の顔を忘れたジムがその代用物として収容所の自室の壁にかけるイメージだろう。原作ではこれは、彼が報道写真から切り抜いた匿名のカップルでしかなかった（*Empire* 137）。それが映画では、当時絶大な人気を博したアメリカの大衆画家ノーマン・ロックウェルが1941年に描いた『恐怖からの自由』という絵画の複製に置き換えられている（図1）。子供たちを寝かしつける父母を描いたこの作品は、しのびよる戦火の不安のなかで家族の庇護者としてふるまう男女の姿を描いている。ほぼ同様の構図が、映画の物語序盤、戦争勃発前にジムを寝かしつける両親の場面で再現されていることは（▶ 00:08:39）、結果的にはジムを見失い、守ることができなかった両親の無力、そして家族神話の失効を皮肉に暗示するものだろう（Friedman 203-4; Kendrick 151-59）。

　だがモリー・ハスケルも示唆するように、家族の解体というテーマがいかにしてより大きな政治的文脈へと接続されるかをここでさらに掘り下げるべきだろう（Haskell 121）。そもそもジムの幸福な子供時代がこうも急速に崩壊するにいたった理由は、上海という舞台設定と密接に関わっていた。ジムとその両親が暮らす上海租界の起源は、1842年アヘン戦争に勝利したイギリスが（香港割譲と同時に）租借権を獲得した地区であり、それは欧米諸国による植民地と見まがうような空間だった（Balfour 50）。1937年に日中戦争が始まり、近隣で戦闘が行われても、この地区だけは治外法権で守られていた。いっけん恵まれたジムの家庭生活はそもそも、19世紀以来の欧米の帝国主義とそれに対抗する日本の帝国主義（「太陽の帝国」）、二つの勢力の緊張の

| 15 | 敵のいない戦場、死者のいない都市　　**257**

はざまに置かれたもろい「繭」のようなものでしかなかったのだ。

　危険な「外部」といっけんは安全な「内部」という空間的分断（小説でも映画でも、序盤で繰り返される自動車のシーンに象徴される）の解体は、ジムのアイデンティティの危機へと直結する。上海租界に生まれ育ったジムにとってイングランドとは、「子供の本に出てくる景色」のような奇妙な異国でしかなく（*Empire* 4; cf. 13; 46）、収容所生活に適応したジムは、故国への「郷愁」に浸って戦争の現実を否認するイギリス人たちを見下すようになる（131）。代わりにジムは、敵であるはずの日本軍が混乱状態に陥った上海のなかで「彼に唯一の保護を与える」者だと早々に認識し（42）、彼を閉じ込める収容所に倒錯した愛着を抱き始める（96）。その極致は、将来は神風特攻隊の一員となるという彼の奇妙な幻想だろう（108）。だが戦争が終局に向かうにつれてジムは、今度はアメリカ人たちに惹かれ、収容所に隣接する滑走路を爆撃するムスタング戦闘機に強烈な憧憬の眼差しを向ける（151-52）。いったん安定した基盤を喪失したジムのアイデンティティは敵味方の境界を逸脱し、イギリス、日本、そしてアメリカと、同一化できる対象を求めてせわしなく流動し、ますます混濁してゆく。

　映画版もまたこのようなナショナル・アイデンティティの流動性を再現している。映画のジムは、戦争勃発前から、将来は日本空軍のパイロットになるという夢を嬉々として語って父を困惑させる（▶ 00:06:03）。また、収容所で彼に英詩やラテン語を教え込むドクター・ローリンズとの会話ではイギリスからの距離感を明言し（▶ 01:15:26）、ベイシーには生気のないイギリス人収容者たちへの軽蔑を隠そうともしない（▶ 01:18:48）。このひとつのクライマックスは、鉄条網の外に鳥の罠を仕掛ける、という試練を見事に果たしたジムが、それまで住んでいたイギリス人居住区を出て、アメリカ人たちのねぐらへと敬礼で迎えられる場面だろう（▶ 01:36:57-01:38:50）。「お前は今からアメリカ人だ」というベイシーからの言葉は、ジムの願望充足の瞬間と見なすこともできよう。ただし、このような挿話を受けて、主人公ばかりか映画版『太陽の帝国』自体のアメリカ偏向を指摘するのは（Gormlie 135-36）、やや早計だろう。というのも、日本兵の暴行で負傷したベイシーの所持品を守るという任務に失敗したジムは、そこからも結局は追い出され、もとのイギリス人居住区にあるヴィクター夫妻の部屋にふたたび迎え入れられるまで、

収容所のなかですら一時的に居場所を失うことになるからである。

　原作には存在しないこのエピソードの映画での追加は、ナショナル・アイデンティティの虚構性以上の重要な問題を暗示している。たとえネイションが「想像の共同体」でしかなかったとしても、その帰属から離れることは生きる場所そのものの喪失につながるかもしれない。ハンナ・アーレントが論じたように、1917 年のロシア革命や 30 年代ドイツにおけるナチズムの台頭などは、安住の地を追われた白系ロシア人やユダヤ人をはじめとする「無国籍者」という 20 世紀特有の存在を生み出していた（251）。当時の上海は、歴史的な偶然ゆえにこのような人びとが査証なしで入国できる世界唯一の都市だった。特に 30 年代後半からはナチス・ドイツに追われたユダヤ人たちの多くが上海に流入し、虹口地区に二万人近い難民からなるいわゆる「上海ゲットー」を形成していた（Ristaino 100-08）。バラードの原作では、ジムの家庭教師として雇われる 17 歳の白系ロシア人娘ヴェラや、ドイツ人たちに迫害を受けるユダヤ人の子供たちなどを通じて、こうした背景は物語の片隅にたしかに書き込まれている（*Empire* 7-8; 23）。

　映画ではジムの家庭教師ヴェラは省略されているが、鉤十字をつけた年上の子供たちに追われるユダヤ人少年たちを、ジムが車窓から目撃する場面は再現されている（▶ 00:11:08）。だが、こうした細部以上のレヴェルで、ナショナル・アイデンティティを見失い居場所すら失う危機に瀕するジムの物語は、当時実在した国籍喪失者たちのジレンマと寓意的に重ねうるだろう。この小説の脚本化を担当した劇作家トム・ストッパード（Tom Stoppard, 1937- ）はそもそもチェコスロヴァキア出身のユダヤ人であり、戦後にイギリスに移住する前は、ナチス・ドイツを逃れて家族とともにシンガポールに移住した過去を持っていた（彼の父は戦争中に死去している）。脚本執筆中のストッパードは、バラードの物語がみずからの経験に「近すぎる」との思いを吐露していた（Nadel 355）。また、やはりユダヤ系の監督スピルバーグも、当時父方の親戚が上海に亡命していたという（McBride 394）。6 年後に撮影されるホロコーストを題材とした『シンドラーのリスト』の構想段階にすでに入っていた彼にとって、やはり収容所を舞台とした『太陽の帝国』は、確実にその準備運動以上の意味を持っていたはずである。

　デイヴィッド・パディは 1970 年代末以降のバラードの長編小説が、それ

| 15 | 敵のいない戦場、死者のいない都市　　**259**

までの彼が多くの小説で描いたロンドン郊外を離れて世界各地を舞台とすることに、同時代の新たなグローバル秩序の台頭に応答するバラードの「国際的転回」を見出している（Paddy 205）。この文脈で見たとき、小説『太陽の帝国』は、グローバル化の先史をイギリス帝国主義とその退潮に遡りつつ、ネイションの虚構性の暴露によって、特に80年代のサッチャー政権時に盛り上がった偏狭なナショナリズムに冷水を浴びせる諷刺とも見なせるだろう。[4] その映画化が、当初監督を予定されていたイギリスの名匠デイヴィッド・リーンではなく、スピルバーグに交替して実現したことには、単純なアメリカ化ではなく、むしろアメリカ的観点すらも潜在的には相対化する「無国籍性」に関する歴史的経験が読み込まれねばならないのである。

3 現実と幻想のはざま

　ただしナショナル・アイデンティティの混乱と喪失のはらむ両義的価値には、ここであらためて留意しておきたい。それは一方でネイションの虚構性を暴露するが、他方で無国籍者の歴史的経験が教えたのは、なによりも帰属を失った者たちの絶望的な苦境だった。物語に即して考えれば、ジムのアイデンティティの揺らぎは、みずからを迫害し利用する他者としての日本兵やアメリカ人へのトラウマ的同一化である（Gasiorek 146）。だが他方で、デニス・ウォルダーが示唆するように、ジムの逸脱的な同一化は敵味方の境界線を越えた逆説的な共感の可能性を切り開いてもいないだろうか（Walder 162）。この点で、次の小説序盤の一節は示唆的である。

　　あまりにも多くの戦争フィルムのせいで、頭がどうかしてしまったのだろうか？……不気味にも、戦車や急降下爆撃機がごたまぜになった夢で見るイメージには、まったく音がなかった。まるで睡眠中のジムの意識が、パセやブリティッシュ・ムービートーンが作り上げる戦争ごっこから、現実の戦争を区別しようとするかのようだった。

　　現実の戦争がどちらなのか、ジムにははっきりしていた。1937年の日本による中国侵略以来、彼がその目で見たものすべてが現実の戦争なのだ。……そこでは、自分がどちら側についているのか誰も知らず、国旗も実況放送も無ければ、勝者もいない。現実の戦争には、敵はいな

かった。(*Empire* 5-6)

　この場面で、大量の欧州戦線のニュース映画を見せられたジムは、夢と現実とを一時的に混同するものの、最終的には自分の周囲で起きている日中戦争こそが「現実」だと判断するにいたる。メディアがイデオロギー的に構築する敵味方の区別は、現実の戦争の混乱のなかでは不可避に解体されてゆく。究極的には戦場では誰もが等しく死の危険に直面するという意味において、そこには「敵はいない」のだ。その後の物語の展開では、日・英米開戦後の混乱に巻き込まれるなかで、ジムがこの直観を保持し続けていられるかが問われてゆくことになる。

　ここで問題となるのはまさしく、ジムの想像力を侵犯する映像メディアの力そのものである。そもそも戦前の上海は金融・商業のみならず、林立するナイトクラブや映画館など、エンターテインメント産業でも爛熟をきわめた大都会だった。開戦直前、両親とともにキャセイ・シアターという「世界最大の映画館」に『ノートルダムのせむし男』(*The Hunchback of Notre Dame,* 1939)を観に出かけた原作のジムは、宣伝のために貧民街から集められた200人もの現実の「せむし男」に圧倒され、「映画館の外のスペクタクル」に魅了される(24)。その後の彼の戦争経験を特徴づけるのは、まさしくこのような現実自体の虚構的スペクタクル化にほかならない。国際租界での砲撃のただなかに置かれたとき、ジムは奇妙にも（映写機が作り出すような）「光のちらつき(flicker)」(26; 28; 33)を介して戦場と化した都市空間を体感する。収容所に移送された後も、あるときは現実逃避のため(135-36)、またあるときは目前に繰り広げられる戦闘機の爆撃を「パノラマ」(146)や「叙事詩的戦争映画」(182)のように特等席で眺めるために、ジムは「現実の戦争」をあたかも映像メディア表象であるかのように享楽してしまう。

　ここでの真の難問は「現実」と「幻想」との安直な二項対立ではなく、むしろ二種類の虚構、または二種類の想像力の相互侵犯と差異化である。初期のバラードはフランスの前衛芸術運動シュルレアリスムを賛美し、「外部の現実世界と内部の精神世界との融合」、いわば、想像力と無意識の原理による現実の変容を信奉していた(*A User's* 84)。ところが60年代以降の爛熟したマス・メディアと大衆消費文化がもたらしたのは、世界そのものがますま

| 15 | 敵のいない戦場、死者のいない都市　　**261**

すフィクションで覆われ「幻想の領域」と化してゆく、という倒錯した事態だった（Gasiorek 13）。この展開を受けて、バラードの立場も微修正を迫られる。『クラッシュ』への 1995 年の序文で彼が述べた通り、いまや作家の使命は現実を空想化することではなく、むしろ想像力自体によって、世界を覆う「幻想の領域」のなかの「現実」を探り出すことにある（Introduction）。80 年代半ばに書かれた『太陽の帝国』もまた、こうした問題意識を反映した歴史の再物語化として読み解かれるべきだろう。具体的には、メディアに煽られた戦争への熱狂的関心と死の恐怖とに引き裂かれたジムの暴走気味の想像力を、単なる幻覚や妄想として切り捨てるのではなく、読者はむしろそのただなかに「現実」が再浮上する瞬間を探り出すべきなのだ。

このように映像メディアと批判的に戯れる小説を、ハリウッド映画化するにあたっての課題は明らかだろう。そもそもハリウッドの映画産業は戦時中に多くのプロパガンダ映画を製作して「敵と味方」の構図の強化に貢献するばかりか（Friedman 181-82）、その後も作られたスペクタクル的戦争映画は、圧倒的な暴力によって命を落とす兵士や民衆たちの現実の姿をかき消してきたとすら言えるかもしれない。戦争を映像スペクタクル化しながらも、その幻想を越えた「現実」をいかにして表象しうるのか——古典的ハリウッドの遺産を彼なりに継承する監督としてのスピルバーグにとって、この困難な課題は映画の役割自体の自己省察へと展開している。

映画への直接的言及が繰り返される原作とは対照的に、映画『太陽の帝国』においては、開戦後にジムが遭遇する日本軍のニュース映画撮影班（▶ 00:37:35）や、巨大な『風と共に去りぬ』（*Gone with the Wind*, 1939）のポスターなど（▶ 00:38:00）、映画そのものを映した場面はそれほど多くはない。ただしナイジェル・モリスが指摘するように、暗い屋内にさしかかる光線や布地に映る影など、この映画にはさまざまな場面で「自己省察的な映画的イメージ」が現れている（Morris 145）。また、終盤近くのアメリカ戦闘機による爆撃のエピソードでは、巧みな編集によって、シーンそのものの幻想性が暗示される。小説第 23 章に対応するこのエピソードで、ジムは半壊した建物の屋上へと駆け上がり、目線と同じ高さで滑空するムスタング戦闘機を夢中で凝視する。この場面ではまず、ジムの主観ショットから接近する飛行機がスローモーションで示され、その切り返しショット（飛行士目線？）は恍惚状

態のジムの表情を映すが、さらにジムの主観ショットはキャノピーを開けて自分に手を振るパイロットを目撃する（Shinyard 237）。だが直後のショットでは通り過ぎる戦闘機のキャノピーは閉まっており（Morris 145）、一連のやり取りがジムの幻想であったことが示唆される（▶ 01:53:41-01:54:10）。このシーンの過剰なスペクタクル性自体が、その虚構性を暗示するのである。

　さらに重要なのは、視覚そのものを条件づけ、映画自体の隠喩としても機能する「光」のモティーフだろう。バラードの原作ではすでに言及済みの「光のちらつき」のみならず、照りつける太陽によっても暗示されるこの要素は、根本的な両義性を帯びている。一方でこの「光」は熱病にうなされたジムが幻視したアメリカ空軍機の銀色の輝きとともに不吉な倍音を奏で始め（*Empire* 102; cf. 84, 91）、さらに第23章の戦闘で撃墜されたパイロットが焼死するさまを目撃したジムは、そのときに知覚した奇妙な「光輪（halo）」を繰り返し想起し、それは死にまつわる彼の奇妙な幻覚を彩るようになる（151-58; 177; 195）。他方でジムは収容所の病院で多くの人が死ぬ瞬間を目撃するうちに、その眼のなかに「魂が抜けるときの一瞬の光」（162）を見つけようと試みるようになり、かつては「無神論者」を自認していたにもかかわらず、光と霊魂の存在とを連想するようになる。このように光のモティーフには「死」の恐怖と「死後の生」の暗示が矛盾しつつ共存するのであり、その極点に置かれるのが、ジムがスタジアムで目撃した（と信じる）長崎に投下された原爆の「光」である。この場面で彼は、「あの光は自分の死を予告するものであり、彼の小さな魂がより大きな死にゆく世界の魂に加わろうとしている光景」なのだと感じている（210）。核兵器の使用という新しい「太陽の帝国」の台頭を告知した大量虐殺の光は、極限状態に置かれたジムの心理にとって、ここで奇妙なやすらぎとともに体験されている。

　この原爆の場面はスピルバーグの映像版にも巧みに再現されているが、この「光」が、時折画面に現れる白色によってたびたび予告されていたことには注意しておこう。この「白」は序盤の全体にやや強めのハイキー・ライティングのみならず、子供部屋の模型飛行機を照らす母親のタバコの火などの形で早くも登場しているが（▶ 00:07:42）、それが決定的に不吉な暗示を帯び始めるのは、開戦の混乱で両親とはぐれたジムが自宅に戻って、荒らされた母の部屋の床に散乱するタルカム・パウダーを目撃した場面以降だろう

図2 『太陽の帝国』▶ 02:17:25

(▶ 00:30:55)。これと近似する白色は、収容所へと向うトラックのかたわらで中国人たちが掘る大地や（▶ 01:03:52）、滑走路建設のために強制労働に従事させられた労働者たちの身体を覆う白粉として反復されている（▶ 01:06:45）。特に重視すべきは、この映画では幻想的な「ホワイト・アウト」の技法が二度、大きな場面転換時に使われていることだろう（Gordon 215）。ジムが日本兵に捕縛される中盤の場面直後のホワイト・アウト（▶ 00:54:15）と対比すると、ジムがスタジアムで光を目撃した直後のホワイト・アウトは、あたかも登場人物のみならず観客をも包み込むような「原子の光」として、物語世界内の出来事と擬似因果関係で結ばれている（▶ 02:10:18）。

　小説版・映像版ともに、この「光」は生死の境界が究極的に曖昧化する地点であり、まさに表象の限界を暗示する形象として提示されている。文字通り「崇高」なこの光は、ジムとマンゴーを分けあおうとしたところを誤解されて射殺された日本人少年兵を、ジムが蘇生させようと試みる終盤の一幕でもう一度だけ登場する（▶ 02:16:51-02:18:36）。この遺体が一瞬、ジム自身の姿と入れ替わることで、少年兵の蘇生の試みが、ジム自身の失われた少年時代を取り戻す「不可能」な試みともなっていることはすでに繰り返し指摘されている。作家論的見地からは、藤井仁子が言うように、「みんなを生き返らせてみせる」とうわごとのように繰り返しながら心臓マッサージを続けるジムの姿に、映画によって「歴史の敗者を救済する好機」に賭けるスピルバーグ監督自身の寓意を見出すことも可能だろう（101）。ただここでは、マッサージを始めるジムの姿が、あたかも死んだはずの日本人少年兵側からの主観ショットでもあるかのようにローアングルで映され、逆光として機能する太陽が後光となってその姿がシルエット化するショットに注目したい（図2）。生死の境界を曖昧化する崇高な光を背負った彼が、敵味方の区別を逸脱してみずからと同じ一人の少年を蘇生させようとするこのシーンは、いっけんど

れほど狂気じみていても、バラードの原作におけるジムが直観した「敵のいない戦場」という「現実」を、幻想的な映像美によって凝縮しつつ、たしかに表現している。いわば、映像的知覚の批判を内包したバラードの小説を翻案する試みは、たとえ一時的にではあっても、過去のハリウッド的戦争映画の（負の）遺産を清算する機会をスピルバーグに与えたのである。

4 復活の都市、都市の復活

　ここまで本章はスピルバーグの映画がバラードの原作を高いレヴェルで翻案していることを確認してきたが、議論を収束させるにあたり、この二つが決定的に分岐する地点も指摘しておきたい。具体的には、蘇生＝復活のテーマと戦争との関わり、さらにそれを通じた上海表象そのものの問題である。上述した通り、映画版においてジムが少年兵の蘇生を試みるシーンは一連の「光」のテーマのクライマックスであると同時に、ベイシーに制止されたジムは、最終的には死からの復活の不可能性を明確に自覚するにいたる。対照的に、この場面に部分的に対応するバラードの原作第41章でのジムは、日本人パイロットの屍体を実際に復活させたという幻想に浸り、そこから彼は、その戦争におけるあらゆる死者——その時点で既に死んでいると彼が思い込む両親のみならず、収容所の仲間たち、日本人たち、さらには数百万の中国人たちまで——を復活させようと願うにいたる。だがこのような壮大な救済幻想は、戦争への異様なまでの執着と切り離せない。というのも彼は、「飛行中隊を再建するために」日本兵たちを蘇らせようと考えているのだから（*Empire* 270-71）。つまり映画の蘇生幻想は一瞬のものとして比較的に純粋化されているのに対して、原作の復活幻想は「永続する戦争」というより大きな悪夢的ヴィジョンに巻き込まれている。思い返せばジムは、開戦直前に遭遇した日本兵たちを「前の戦争の死者たち」のように見ていたし（20）、第三部に登場する狂気じみたプライス中尉は、「いち早く墓から蘇り、新たな世界大戦を始めようと意気込む死者」（241）として、ジムに強い恐怖感を抱かせる。つまり小説版における死者の復活は、戦争からの解放ではなく、永遠に繰り返される戦争のなかでの、生者と死者の境界線の消滅を強く印象づけるものなのである。

　いっけん主人公ジム（そして作者バラード）の倒錯的な戦争愛の表現にも

| 15 | 敵のいない戦場、死者のいない都市　　**265**

思える「終わりなき戦争」という幻想は、じつのところ一定の歴史的妥当性を有している。そもそも1941年の日・英米開戦以前に日本と中国はすでに長い戦争状態に入っていたのであり、またある場面でジムは、百科事典で見たイープルやソンムなど第一次世界大戦の戦場跡を想起している（115-16）。さらに第三部での彼は、太平洋戦争の決着にもかかわらず混乱の続く上海郊外をさまようなかで、国民党軍と共産党軍との局地的戦闘を目撃し（259-61）、「第三次世界大戦」の勃発を予感する（245; 265）。クライマックスで登場する原爆は、冷戦の開始をも告知していたと言えるかもしれない。史実的にも1949年に共産党が中華人民共和国を設立するまで中国ではいわゆる「第二次国共内線」が続いていたのであり、1945年に「終戦」を見るのは、じつは欧米や日本など一部の地域限定の、偏った歴史観でしかないのである。

　ところが、原作第三部の内容を大幅に圧縮した映画版が観客に与えるのは、まさにそのような戦争の「終わり」という印象である。小説に書き込まれた国共内戦の予感は映画ではほぼ完全に削除されている。前者における「復活＝次の戦争の準備」、という両義的イメージが、後者ではかなりの程度純化されているのはこのためだろう。さらに、無数の死者たちに向けられた救済幻想としての復活のテーマは、映画版では上海という都市そのものの復活へと、微妙に強調点が移されている。この例証として、物語全体を縁取るかのように、映画の冒頭と終幕において、国際共同租界の商業・金融の中心地だった「外灘（The Bund）」の賑わいを映すロング・ショットが用いられていることに注目したい（図3）。旧香港上海銀行（HSBC）ビル（ドーム状の屋根を持つ中央左の建物）や、隣接する江海関（税関として用いられた建物）など新古典主義様式の一連の建築群は、1920年代にイギリスが建造した経緯から言っても、帝国主義と国際資本主義の権威と繁栄を象徴していた。ところが興味深いのは、外国による支配の刻印であったはずのこうした建造物が、特に1990年代以降改革開放路線を一段と進める中国において、かつて国際商業・金融の中心地として発展した過去の上海の象徴として捉え返されるようになった、という事実である。帝国主義・植民地主義の負のイメージを都合よく忘却することで、過去の「繁栄」とグローバル市場に再登場する現代の都市とを美学的に短絡する「上海ノスタルジア」（Zhang 355）にとって、この映画において戦時中の混乱を経て回帰する外灘のロング・ショット

は、たしかに都合のよいイメージであったはずである。

しかしながら、バラードとスピルバーグの『太陽の帝国』をも、このようなノスタルジア的上海表象の先駆的表現と留保なく見なしうるかどうか

図3　『太陽の帝国』 ▶ 02:25:33

は（Law 292-93）、慎重な検討が必要だろう。第2節で論じた通り、バラードの原作小説は、帝国主義の過去と無国籍性をめぐる歴史を想起することで80年代台頭期のグローバル経済秩序への批判的視座を用意するものだった。他方で、スピルバーグの映画が、70年代末に始まった改革開放路線を好機として、共産党政権樹立以来はじめて中国本土での3週間の撮影許可を得て製作されたハリウッド映画でもあったことは注目に値する（Wasser 129-36）。[5] 公開当時の宣伝資料によれば、スピルバーグのチームは上海の映画スタジオや、外国との共同製作を目的に1979年に創設された中国電影合作制片公司（the China Film Co-Production Corporation）と協力して『太陽の帝国』の製作にあたっていた。撮影中には現地の映画人向けに、当時の中国では一般公開されなかった『E.T.』や『カラーパープル』（*The Color Purple*, 1985）などの上映会も行われたという（"Empire" 3）。つまりこのアダプテーションの背後には、中国の国家的後援も存在していたのである。

そのような後援は、このアダプテーションにいかなる影響を与えたのか。そもそも、改革開放路線を進めた80年代の中国共産党指導部においては、国際メディアにおける文化的プレゼンスの向上がすでに図られており、一方でこの動向は陳凱歌（チェン・カイコー）（1952- ）の『黄色い大地』（1984）や張芸謀（チャン・イーモウ）（1951- ）の『紅いコーリャン』（1987）など、芸術志向の第五世代映画監督の作品への支援に結びついたものの、他方では、そうした映画は欧米観客の好奇の眼差しに対して国内の貧困や社会問題をことさらに露呈するようなものとして、中国国内の保守派による反発・批判も招いていたという（Yau 98）。ウェンディ・スーは、特に90年代以降、ハリウッド映画の受容や共同製作は、「中国のソ

|15| 敵のいない戦場、死者のいない都市　　**267**

フト・パワーを向上させるために文化産業を変容させる」政府の方針の下に
進められた、と指摘している（Su 11）。新たな市場開拓を目論むハリウッドと、
ソフト・パワーの改善に勤しむ中国との利害の一致が、映画製作の現場に対
して中国のパブリック・イメージへの配慮を求める暗黙のプレッシャーを生
み出していたとしても、不思議ではない。

　厳密に言えば、スピルバーグの映画は 90 年代に入ってそうした傾向が強
まる直前の作品である。だがたとえば第 3 節で言及したように、小説の冒頭
近くには数多くの上海の貧民たちがハリウッド映画の宣伝にかり出される印
象的な挿話があり、メイキング映像にはスピルバーグがこの場面の再現のた
めに役者たちに演技指導を行っている様子が記録されている。ところが、こ
の「せむし男」たちの場面は完成版の映画からは削られており、ここからは
貧困表象への忌避がうかがえるだろう。[6] ほかにも原作第 27 章での日本兵
たちによる中国人労働者のリンチ殺人や、結末部に回帰する港に浮遊する屍
体のイメージなど、凄惨な描写の多くが映画では省略されている。そのこと
を指摘し、批判すること自体は難しくない（Mantel 35）。しかしより重要な
のは、小説に書き込まれた無数の中国人たちの屍体を省略し、美的な都市景
観のショットに置き換えるこのような操作が、巨大資本を投下し、ときに国
際的協力も要する映画製作の集団的特性によっていかに要請されたのかを考
えることだろう。そこではじめて私たちは、『太陽の帝国』のアダプテーショ
ンが、過去の物語化のみならず、新たな国際秩序の構築に向けたひとつの序
曲でもあったことに気がつくことになるのだ――2000 年代以降加速度的に
深まる、グローバルな文化産業におけるハリウッドと中国との緊張をはらん
だ連携関係という、すぐれて現代的な事態への序曲である。[7]

5　おわりに――「イギリスらしさ」の外部

　確信犯的にイギリス的であることを嫌った作家バラードを正典的イギリス
文学史に位置づけることの困難は、その死後 10 年近く経っても変わってい
ない。だが、そのようなバラード小説の「非イギリス的」特性が上海におけ
る忘却されたイギリス帝国の歴史を背景としたものであること、またそれゆ
えに 80 年代以降の中国を一つの軸としたグローバル化に機敏に応答しえた
ものであることは、見逃されてはならない。本章の前半で論じてきたように、

現代ハリウッドを代表する監督スピルバーグによるその映像化は、「無国籍性」というテーマを介することで、イギリス、アメリカ、日本、中国というナショナルな枠組みを越えた「歴史」の再物語化を試みたものだった。この映画は、そのような歴史の再物語化が、それぞれの文化の衝突と交渉を反映しつつ、批判的にも働く可能性を示しているだろう。

　他方で、本章の後半で示したように、バラードの『太陽の帝国』は、改革開放以後の中国を舞台として、新たな連携を模索するハリウッドと中国の文化産業にとって好都合な素材を提供するものでもあった。そのアダプテーションのなかで、何が得られ、何が失われたのかを丁寧に検証する作業は、原作至上主義的な価値観による「忠実さ」への拘泥以上の問題と向き合っている。イギリス文学の国際的流通、受容、翻案のプロセスが 80 年代以降のグローバル化の利害・関心に介入しつつも、同時にいかなる共犯関係を築いていたのか──そのような問題に触れる点で、この作品はイギリス文学のアダプテーション史の周縁と同時に、それ自体の限界と可能性を測る、いわば境界線上に位置しているのである。

註

1) ただし、このような読み方への批判としては、Luckhurst, Chapter 5 を参照。
2) 英語圏におけるスピルバーグ再評価の一つの里程標としては、Morris による 2017 年刊行の論集を参照。
3) この標準的な歴史記述としては、ハーヴェイを参照。
4) 出版時には、同じ収容所にいたと主張する複数の者たちから、この小説はイギリス人たちを実際よりも悪く書いているとする抗議の投書が相次いだという（Baxter 137）。この挿話は、ナショナリズムに彩られた記憶に対するバラードの抵抗と挑発を証明するものだと理解できよう。
5) なおほぼ同時期には、北京を舞台としてイタリアのベルナルド・ベルトルッチ（Bernardo Bertolucci, 1941-2018）監督による『ラスト・エンペラー』（*The Last Emperor*, 1987）も製作されていた。
6) 日本版 DVD に特典映像として収録されているレス・メイフィールド監督によるメイキング映像（*The China Odyssey: Empire of the Sun,* 1987）の 17 分あたりを参照。
7) アイン・コカスによれば、ハリウッドと中国映画産業との連携関係は、中国が WTO に加盟し、共同投資が増加した 2001 年以降にますます深まっており、この状況下でハリウッド映画における中国のパブリック・イメージへの配慮はさらに強まってきている（Kokas 9）。

| 15 | 敵のいない戦場、死者のいない都市　　**269**

16 遅れてきた作家主義者

『贖罪』（イアン・マキューアン）の翻案としての
『つぐない』（ジョー・ライト監督）

板倉　厳一郎

1　はじめに

　『つぐない』（*Atonement*, 2007）はイアン・マキューアン（Ian McEwan, 1948- ）
の『贖罪』（*Atonement*, 2001）の比較的忠実な翻案でありながら、ジョー・ラ
イト監督(Joe Wright, 1972-)が異なる才能を発揮した独創的な作品である。『つ
ぐない』は、『贖罪』よりもロマンスの色合いが強く、そのジャンルの慣習
に従っている。悲運の恋人たちには、作中の小説のなかとはいえ幸福な結末
が与えられる。片思いの少女は最終的に過ちを悔い、観客は彼女を許す。そ
の一方で、ライトのスタイルや美学も印象的だ。イギリス人なら誰もが知る
歴史上の事件（ダンケルクの撤退）が極端な長回し（▶ 01:05:13-01:10:18）で
現れるのはその好例であろう。このような突出した技法は、必然的にその技
法自体に注意を喚起してしまう。ライトは、原作や脚本に動画をつけるだけ
の「演出家」（metteur-en-scène）になることをよしとせず、独自のスタイ
ルで新しい意味を生み出す映画制作者——「作家」（auteur）[1]——になろ
うとしている。興味深いことに、彼は「職人」および「芸術家」というふた
つの異なるタイプの「作家」に同時になろうとしている。
　本章では、『つぐない』に見られるこの異なる力のせめぎ合いを解き明かす。
『贖罪』は、主人公ブライオニー・タリスの「つぐない」の物語であると同
時に、美学的にも際だったテクストでもある。第二次世界大戦前夜、13 歳
の少女ブライオニーは、使用人でありながら苦学生でもあるロビーに密かに

270　　第 1 部

思いを寄せている。しかし、彼は彼女の姉セシーリアと相思相愛であった。ブライオニーはさまざまな情景を目にして混乱してしまい、ロビーがローラを暴行した犯人だと証言する。このことで、彼の人生——そしてセシーリアの人生——は狂ってしまう。ふたりが再会できぬまま戦時中に命を落とすなか、彼女は生き延びて作家となる。ベテラン作家となった彼女は「つぐない」をすべく、小説のなかで自分自身の罪を告白し、ふたりに再会の機会を与える。この倫理的なテーマが、作品の美学的な構成、とつながる。ブライオニーが書いている小説が、どうやら読者が読んでいる『贖罪』なのだ。小説を書いているのがその小説の登場人物であるという「メタフィクション」的な仕掛けに加え、このテクストには文学作品への言及も多い。ここでは、『贖罪』から『つぐない』への翻案の過程で、この倫理的テーマと美学的な特徴がどのように移し変えられているかを探る。ライトが採った戦略は、彼がジャンルの慣習と独自のスタイルの双方を追い求める「作家」であることを示している。この試みは、1980年代以降英文学の翻案において支配的であったヘリテージ映画の伝統から離れているという意味でも、興味深いだろう。

2　饒舌な顔

　『贖罪』および『つぐない』のテーマは、主人公ブライオニーのつぐないである。それは彼女が過ちを心から悔い改め、そのつぐないとして最適な行為をしたことを必ずしも意味しない。彼女は過ちを恥じると同時に、それをなんとか取り繕おうとする。このいかにも人間らしい反応は、小説と映画でそれぞれの媒体の特徴を活かした方法で表現され、その力点も違っている。『贖罪』が語りによってブライオニーの未熟さを露呈させるのに対し、『つぐない』は顔のクロースアップというきわめて映画的な方法によって彼女への共感を喚起する。

　『贖罪』では、ブライオニーの反応は作品の語りに表れている。『贖罪』のなかでブライオニーは小説家になるのだが、どうやら『贖罪』自体が彼女の書いている小説らしいことがわかる。面白いのは、「作者」ブライオニーは、彼女自身を信頼しないよう読者に仕向けていることだ。彼女がいかに無力で何もできない人間であり、物語という新たな「嘘」をつくことでしか「つぐない」を表現できないことを読者に理解させようとしている。

たとえば、ブライオニーがローラの暴行犯として無実のロビーを告発する第1部13章は、読者への警告に満ちている。この章は「それから三十分のうちに、ブライオニーは罪を犯すことになる」という全知の語り手による予告で始まる（156）。[2] 次の文から少女ブライオニーに視点が移り、彼女の（誤解に基づく）ロビーに対する憤懣と恐れが示されるのだが、この冒頭の一文は作品のメタフィクション的な構造を踏まえると、単なる全知の語り手ではなく、老いて自分の行為を悔いる作者ブライオニーの言葉だとも読める。この章では、読者はブライオニーに全面的に共感するというよりも、少女時代の彼女が誤った状況認識と独善的な正義感に突き動かされる様子に注意するよう誘導されていく。ブライオニーは、自分がロビーを糾弾することによって彼に憎まれることになり、それが彼女自身の「昇格」につながるのだと考える（157）。したがって、彼女が男性に暴行を受けたローラを見つけたときにも、同年代の女性被害者に対する同情ではなく、「奇妙な興奮」を感じながら、彼女に犯人はロビーだと言わせようとする（165）。冒頭に警告があるおかげで、このような彼女の浅はかさや過ちが際立ってくるのだ。このエピソードを彼女の罪の告白、「つぐない」の一部として読めるのはこのためだろう。

　ローラの結婚式の場面では、ブライオニーの反省と身勝手さが奇妙に混じり合う。式場でポール・マーシャルを見たとき、いまや看護師となった若きブライオニーは、あの日の記憶を仔細に思い出し、式の最中に立ち上がって司祭に結婚式を中断せよと言う自分の姿を思い描く（324）。この啓示の瞬間を、彼女は「発疹や肌についた汚れ」のような「ちくちくした細部」を感じたと描写する（324）。「雷に打たれたように」といった劇的な表現ではなく、あえて「発疹」と言ったのは、ロビーの人生を狂わせたことに対する彼女の強い後悔よりも、彼女が抱いていた居心地の悪さを読者に気づかせるためとも言える。この場面で、看護師ブライオニーはローラを自分の罪の共犯者として想像し直す。彼女の嘘が完成したのは、すべてを知っていたローラが沈黙したからだ。だからこそ、自分の姿を見せて、彼女に反省を促そうとさえする（326-27）。ブライオニーが本当に小説を通じて「つぐない」をしていると考えるのなら、彼女の「つぐない」はまず読者の前に自らの未熟さ——他人を破滅させた記憶を「発疹」程度にしか感じられない身勝手さ——をさ

らけ出すことなのだろう。
　『つぐない』ではこれを顔のクロースアップを用いて表現するのだが、ブライオニーがローラを見つけ、その後ロビーを暴行犯として告発する場面は、おおむね原作の趣旨に沿って

図1　『つぐない』▶ 00:42:55

いる。ブライオニーがローラを見つけ、誰がやったのかと問い詰めるとき、ブライオニーのクロースアップとブライオニーの肩越しに見えるローラのクロースアップが繰り返される。ここであえてブライオニーの肩越しのタイト・フレーミングでローラを捉えていることは重要で、ブライオニーの息つく間もない質問攻めに彼女は息苦しくなり、あたかもブライオニーが彼女を襲っているかのように見える。そこで、「ロビーよね？」とブライオニーが切り出すと、クロースアップで捉えられたローラは一瞬驚きと安堵の入り交じったような表情を見せる（▶ 00:42:55　図1）。この沈黙はローラの欺瞞に満ちた沈黙であり、『贖罪』では第3部になって明かされるものだが、『つぐない』ではこの一瞬の謎めいた表情を観客の脳裏にすり込ませるようにしている。

　サイレント時代には台詞の代わりにもなった顔のクロースアップがトーキーになってもなくならなかったのは、大写しになった表情が言葉や沈黙に違う意味をつけうるからである（Aumont 44-49; Steimatsky 67-70）。ローラの表情は、言葉より雄弁に彼女の心境を物語る。ポールが最初にローラに語りかけたとき、彼女は彼を誘惑するような表情を浮かべていた（▶ 00:18:31-00:20:23）ことに気づいた観客も多いだろう。先回りして言えば、この誘惑と安堵の表情が伏線となり、ローラの結婚式の際に観客は真実を理解することになる。

　一方、この場面のブライオニーは勝ち誇ったような表情を浮かべ、その後もひとりで証言を続ける。二階の窓からロビーが逮捕されて連行される車を見送る際には、横顔がクロースアップで映し出され、その表情の冷たさを強調する（▶ 00:49:00-00:49:23）。画面左側に副次的コントラストとなって映し出されているのは、聖マティルダの像だ。聖マティルダがカトリックの聖

| 16 | 遅れてきた作家主義者　　**273**

図2 『つぐない』 ▶ 01:36:54

人であり、罪を犯した人への寛大さや虚偽の罪で罰せられた人へのあがないで知られていることを考慮すると、このミザンセヌも彼女の罪を暗示する伏線となっていると言える。

これに対して、看護師となったブライオニーがローラの結婚式に出る場面は、『つぐない』ではより劇的な演出がされており、絶妙な心理描写は改悛の物語へと変えられる。結婚式で司祭の言葉を聞きながら、ブライオニーはローラの暴行犯がポールであったことに思いいたる。13歳の自分が決定的な証言をする瞬間が二度フラッシュバックし、18歳の彼女は息をのむ（▶ 01:36:54　図2）。教会の窓から差す優しい光を浴びた彼女の表情には、「発疹や肌についた汚れ」にかゆみを覚えているようなばつの悪さは見られない。むしろ、こういった場面で使うのにより標準的な表現である「雷に打たれたような」という表情に近い。固く閉じられた唇は、決意の固さとも、動揺を隠そうとするイギリスの中流階級的なマナーの現れとも解釈できよう。この映像は、その直後に現れる記憶のなかのポールと対照的である。このたかだか1秒前後にすぎない短いショットのなかで、ポールは懐中電灯の光の輪に捉えられ、逃げるような仕草をする（▶ 01:36:55）。その姿は、F・W・ムルナウ（F. W. Murnau, 1888-1931）の『吸血鬼ノスフェラートゥ』（*Nosferatu*, 1922）で、エレンの首に噛みつこうとしたオルロックが昇る朝日に気づいた場面（▶ 01:30:01）に似た、古典的な構図で捉えられているのだ。ここでは、昼と夜、光と闇、善と悪といった対比が強烈に印象づけられる。悪漢ポールとの対比で、改悛したブライオニーがあたかも聖女であるかのように見えてしまう。『贖罪』でも看護師の服装が「キリストの花嫁」のように見えてしまう点は指摘されているのだが、それはあくまで彼女が花嫁のように純真でもなく、ましてや聖女でもないことを際立たせるためだ（324）。これに対して、『つぐない』では彼女がほんとうに聖女に見えてしまう。このような劇的な——メロドラマ的な——展開が、映画『つぐない』の「つぐない」のプロットを特徴づけている。

この違いは、結末にもはっきり現れている。マキューアンの『贖罪』では、この箇所は一人称でありながら、語り手の年老いたブライオニーの個人的心境よりも、作品のメタフィクション的な仕掛けを前景

図3　『つぐない』 ▶ 01:52:30

化する。ここで、作家にとって作品による作品外の罪の「つぐない」が可能かという芸術上の問題に焦点が当てられる。

> 結果を決める絶対的な権力を持つという意味では神だと言える小説家が、どのようにして贖罪をなしうるのか？　この五十年間の問題はこれにつきる。彼女が訴えかけ、和解を求め、許しを請うことができるような高次の存在はない。彼女の外には何も存在しない。小説家は、自分自身の想像力でその世界の条件と限界を設定する。神は、そして小説家は──たとえ無神論者の小説家でも──贖罪できないのだ。それは常に不可能な作業だが、そのことが重要でもある。試みることがすべてなのだ。（371）

この問いは、読者の感情に訴えかけるというよりも知性に訴えかける。「たとえ無神論者の小説家でも」という一節には、マキューアン自身の「反宗教」的立場が垣間見られる。3)　また、ブライオニーが一般的な存在としての「小説家」（a novelist）を「彼女」（she）で受けているところにも、彼女の女性作家としての意識──あるいは男性作家であるマキューアンの考える女性作家の意識──が反映されている。芸術と倫理の問題に加え、マキューアン自身の政治的立場の表れたこの文章を読んで、ブライオニーにストレートに感情移入することは難しい。また、そのような読み方を求められてもいない。
　映画『つぐない』は、この語り手の言葉を繰り返すことはせず、年老いたブライオニーのゆがんだ表情のクローズアップで表現している。テレビ取材を受けているあいだ、カメラは彼女にズームしていき、フラッシュバックが

| 16 | 遅れてきた作家主義者　　**275**

挿入された後、彼女の顔はずっと極端なクロースアップで捉えられている（▶
01:51:57-01:53:10　図3）。これにより、ブライオニーの表情の背後にある情動
や感情が言葉や説明的な演出の介在なしに伝わってくる。全編にわたってク
ロースアップが多用されるカール・テオドール・ドライヤー（Carl Theodor
Dreyer, 1889-1968）の『裁かるゝジャンヌ』（*La Passion de Jeanne d'Arc,* 1928）が
情動的作品と言われるように、顔のクロースアップは感情的な読みを要求す
る（Deleuze 70）。『つぐない』も『裁かるゝジャンヌ』も、ともに苦悶する
女性の表情をクロースアップで捉えており、単色の背景――それぞれ黒と白
――によって遠近法を消すことで顔に視線を集中させる（Deleuze 107）のだ
が、『つぐない』ははるかにストレートである。ドライヤーはジャンヌの顔
を何度もアングルを変えて捉え、彼女の視線にある人々や天井までも――と
きとして極端な構図で――映し出し、彼女のなかに湧き起こる名状しがた
い強い情動の現れを、いっさい言葉で説明することなく映像で直接的に伝え
る。一方、ライトはテレビの取材という設定にふさわしく、真っ黒な背景に
老年期のブライオニーを真ん中に据える。その唇はこわばり、少し引き寄せ
られた眉や緊張した上瞼とともに、罪悪感や恥といった感情を明示している。
ライトは彼女の悔恨のみを映すことに徹しているのだ。このクロースアッ
プは、彼女が語る戦時中の真実へのフラッシュバックによって中断される。
この中断は、ロビーと彼と恋仲にあった自分の姉セシーリアから彼女が永
遠に引き離されていることを強調する。ジャン＝リュック・ゴダール（Jean-
Luc Godard, 1930- ）の『女と男のいる舗道』（*Vivre sa vie,* 1962）とは対照的だ
ろう。ゴダールは『裁かるゝジャンヌ』のジャンヌと彼女に火刑を告げる修
道士、それに劇場でそれを観て涙を流す主人公ナナを切り返しで映し出す
（00:14:55-00:17:19）。このことで、ナナがジャンヌに同一化し、ふたつの精神
――『小さな兵隊』（*Le Petit Soldat,* 1963）のブルーノの台詞を借りれば、「魂」
（l'âme）――が交わるような印象を与える（Aumont 9-10）。この意味では、姉
とさえ「魂」が混じり合うことのないブライオニーは、ひとりで映画を観る
ゴダールのナナよりも孤独だ。理性的に考えれば同情すべき対象ではないと
わかっていても、大写しになった無力な老作家の姿は痛々しい。その意味で、
『つぐない』は年老いたブライオニーに憐憫の情を覚えるよう仕向けられて
いると言える。

こういった映画全体の作りを考慮すると、陳腐なロマンスだと批評家から非難を浴びた（たとえば Childs 152）『つぐない』の結末も理解しやすい。作家となったブライオニーは、自分が書いている小説のなかでロビーとセシリアにハッピーエンドを贈る。これは『贖罪』の結末とは異なるし、単純すぎるようにも見える。しかし、『つぐない』の結末はクロースアップの多用に見られるように、知的というよりも感情的反応を引き起こすタイプの映画である。理性的な反応——孤独な老女のささやかな罪滅ぼしを自己満足にすぎないと批判すること——を要求しないテクストだと言える。

　倫理的主題に注目すると、『つぐない』が、読者に知的な反応を引き起こす『贖罪』を感情的な反応を引き起こすテクストに変えていることがわかる。『贖罪』のメタフィクション的な転回は、共感的な読みを促すクロースアップに変換される。それは明らかに「演出」の域を超えており、『贖罪』を情動的な作品として読み直す可能性すら示唆している。だが、ライトの試みが『裁かるゝジャンヌ』のように複雑で芸術的かと言われると、異を唱えざるをえない。『愛の燈明』（*The Love Light*, 1921）から『カサブランカ』（*Casablanca*, 1942）や『ローマの休日』（*Roman Holiday*, 1953）にいたるまで、ヒロインへの共感を誘うためのクロースアップはロマンスの常套句となっていた。逆に言えば、そういったジャンルの慣習に作品を引き寄せ、ロマンスを作る「職人」に徹することで、ライトは「作家」としての自らの「署名」を残していると言えよう。

3　映画とのロマンス

　『つぐない』が『贖罪』と異なるのは、それがロマンス的であることだけではない。ライトは原作のメタフィクション的な仕掛けを採用しなかったが、それは『つぐない』が『贖罪』の持つ実験性を無視したことを意味しない。原作の豊かな引喩法、すなわち他作品への言及で作品世界を膨らませる技法は、過去の映画へのおびただしい言及やオマージュとなって現れ、際だった印象を残す。『贖罪』がヴィクトリア朝から現代にいたる文学遺産を取り込んだテクストだ[4]という以上に、『つぐない』は古典映画の遺産を取り込んだテクストなのだ（Bradshaw 49）。ロビーの死の間際に繰り返される詩的リアリズムの傑作『霧の波止場』（*Le Quai des brumes*, 1938）の「引用」は、その

| 16 | 遅れてきた作家主義者　　**277**

最たるものだろう。他作品への言及や引用をはさむことで作品世界を広げていくことは、ロマンス職人の仕事ではない。芸術家の仕事だ。

『贖罪』と『つぐない』の双方で、ロビーの死の場面では、文学作品や映画作品への言及が効果的に用いられている。無実の罪で投獄され、服役後、ロビーは軍隊に入隊。混沌としたヨーロッパ戦線で敗走を続ける。彼はダンケルクの撤退の直前に命を落とす。熱にうなされるロビーに、記憶の断片が走馬灯のように流れていく。ここで、マキューアンは成就されなかったセシーリアとの恋だけでなく、彼自身の戦場での罪悪感にも焦点を当てる。

> ああ、君を愛しているとき、僕は清廉で勇敢だった。だから、彼は自分たちがやってきたことをすべて逆再生しながら引き返し、……坂道を上って鉄道わきのさびれた農家に戻るだろう。あの木のそばに。泥のなかから焼けた縞模様の布きれ、パジャマの切れ端をかき集め、あの子の死体を運ぶ。かわいそうに、失血のあまり真っ白な顔をした少年。ちゃんと葬ってやる。きれいな顔だった。罪ある者に罪なき者を葬らせよ。そして何人にも証拠を改竄させてはいけない。(262-63)

最初の一文はA・E・ハウスマン（A. E. Hausman, 1859-1936）の詩集『シュロップシャーの若者』（*A Shropshire Lad,* 1886）からの引用であり、ロビーがセシーリアと恋仲であった頃に思いを馳せていることがわかる。ハウスマンの詩が「今や熱狂は過ぎ去り／何も残らなくなった／近隣の者は言うだろう／僕が自分を取り戻したと」と続くことを考えれば、彼が恋愛の熱狂やブライオニーへの憤怒から自分を取り戻し、自分自身の戦場での罪を顧みていることも納得できよう。夢のように無秩序に現れる記憶の断片を通じて、ブライオニーのつぐないだけではなく、ロビーのつぐないまでもが問題視される。原著で40ページ弱前に描かれた戦場での無辜の市民の死、とりわけ若者の痛ましい死とぞんざいな埋葬は、ロビーのみならず読者にも強烈な印象を残す。この一節は、人は誰の死を悼むことができるのかといった倫理的な問いを投げかけている。

これに対し、そもそも戦場での少年の死が出てこない『つぐない』では、ロビーの死が強調され、悲恋の物語が前面に出される。ただし、「ふつう」

の悲恋の物語にはなっていない。『つぐない』で強烈な印象を残すのは、ロビーの死の直前に現れたマルセル・カルネ（Marcel Carné, 1906-96）の『霧の波止場』の引用であろう。怪我を負って意識が朦朧としながら水を求めるロビーの傍らで、この映画が上映されている（▶ 01:11:14-01:11:58）。この映像はまた、死の淵をさまようロビーの脳裏にも蘇ってくる（▶ 01:17:57-01:18:02）。これは、『霧の波止場』の主人公の脱走兵ジャンが、ヒロインのネリーとキスをする場面だ（▶ 01:06:13-01:06:35）。ジャンは画家ミシェルのパスポートを持ってベネズエラへ逃げ、人生をやり直そうとする。しかし、彼は正体がばれて射殺され、彼の儚い夢もふたりの恋愛も永遠にかなわぬものとなる。クリスティーン・ジェラティが優れた『つぐない』論で指摘しているように、この作品は、作中であからさまに引用されている他作品との関連で理解される（Geraghty 100-01）。だが、それ以上に興味深いのは、『霧の波止場』がそもそも持っていた自意識——それ自身が属するジャンルに対する意識——をも、この引用が明らかにしていることだろう。ジャンはネリーに言う。

> 一目ぼれってやつさ。ラブロマンスだ。天使が弓を引いて始まる恋だよ。木に相合傘彫って最後には涙を流すんだ。まったく愛だの恋だのいつもおきまりな話ばかり。（▶ 00:19:56-00:20:21）

　日本語字幕には現れないが、彼はここで恋愛を映画にたとえている。引用箇所の前半をやや説明的に訳せば、「映画みたいだ。俺はお前を見る。すると俺は恋に落ちる。ビビッと来たってやつ。いや、発作かな。愛ってやつだ。」（Comme au cinéma. Je te vois, et tu me plais. C'est le coup de foudre. Le coup de bambou. L'amour, quoi.）となる。これはロマンティック・コメディから悲恋の物語まで、多くの映画で踏襲されてきたパターンでもある。「まったく愛だの恋だのいつもおきまりな話ばかり」と訳されている箇所は、「いつも同じ。安物一座だ」（C'est toujours pareil : vacheries et compagnie.）となっており、一目惚れから恋愛、涙の別れという流れがいかに陳腐な筋書きであるかを思い出させてくれる。にもかかわらず、『霧の波止場』はそれを踏襲してもいる。『霧の波止場』はきわめて自意識的な作品なのだ。そしてこれを引用する『つぐない』もまた、ロビーの戦場での贖罪という隠れた

テーマを押し殺しても——「安物一座」とひとくくりにされて批判されようとも——『霧の波止場』と同じようなロマンスを目指している。ジャンとネリーのキスにロビーのかなわぬ願いを重ねるのは、むしろ自然な読み方であろう。『つぐない』は『霧の波止場』のようなロマンスでありながら、その自意識——もっとも、『霧の波止場』も自意識的なのだが——によってそこから離れようとしているテクストでもある。

『つぐない』の自意識は、ロビーとセシーリアという作品内のロマンスだけでなく、この作品とほかの映画作品のあいだの「ロマンス」をも前景化する。ジェラティは、看護師となったセシーリアとロビーがティールームで出会う場面（▶ 00:52:25-00:55:26）が、デイヴィッド・リーン（David Lean, 1908-91）の『逢びき』（Brief Encounter, 1945）のローラとアレックが「逢びき」する様子に似せられていると指摘している（99）。もちろんセシーリアとロビーは不倫をしているわけではないし、邪魔をする無神経な中年女性が割って入るわけでもないが、この類似性は彼らの愛情の強さと離別のつらさを思い出させる。18歳のブライオニーが重体の負傷兵リュックを看護する場面（▶ 01:29:31-01:33:59）には、イングマール・ベルイマン（Ingmar Bergman, 1918-2007）の残響を見ることもできるだろう。病棟のなかでここだけは深紅のカーテンが引かれており、赤と白が強烈なコントラストをなすように意識して画面が作られている。深紅のカーテンに白い服の対比、死にゆく人と見守る人という対比は『叫びとささやき』（Viskningar Och Rop, 1972）にも似ている。[5]『叫びとささやき』の使用人アンナのように愛情が深いわけでも心が清いわけでもないが、深紅と白の創り出す厳かな雰囲気のなかで、ブライオニーは瀕死のリュックを通じて人の痛み——そして夢や希望——を知る。さらに言えば、ブライオニーがセシーリアとロビーと再会し、自らの非を詫びる場面では、レンガ造りの家、やかんや牛乳瓶などの生活じみた細部が強調される。ジェラティが指摘するように、これはイーリング・スタジオの『日曜はいつも雨』（It Always Rains on Sunday, 1947）、もしくはその後の「キッチン・シンク」（kitchen sink）と呼ばれるリアリズム映画で馴染みがある、質素な生活を示す符牒であろう（102）。興味深いことに、このエピソードは彼女が書いている小説内で起こっている。実際にはこんなことは起こっていない。だからこそ、ブライオニーが体験して知りえた特別な細部ではなく、リアリズム映画のおきまりの小道

具が用いられる。このように、『つぐない』はほかの映画作品を参照しつつ、参照された作品の記憶によってこの作品自体の理解をより深くさせる。

　このような自意識性は、『つぐない』で最も有名なダンケルクの長回しの見方にも影響する。つまり、この場面も過去の映画作品との「ロマンス」から読み解こうとしてしまうのだ。上述のジェラティが指摘しているように、この場面にもいくつかの映画作品への参照が潜んでいる。観覧車の映像が『第三の男』（*The Third Man*, 1949）への言及だというのはやや強引にしても、いくつもの戦争映画と類似したショットが見られるのは事実である（Geraghty 99）。だが、オマージュや言及だけが「ロマンス」ではない。戦争映画を参照しながら、そこから離れようとしているのが『つぐない』の特徴でもある。この長回しでは、薄暮の淡い光に包まれたダンケルクの海岸でロビーを追いかける。沈みゆく夕陽は象徴的な意味を持つことが多く、物語に叙事詩的な深みを持たせることが多いが、ここで私たちが目にするのは混沌とした様子だ。軍馬の銃殺、走り回る兵士、聖書を焼く兵士、壊れた船、その上で叫ぶ者、傷病兵、ひとりで鞍馬を楽しむ兵士、集団で海へ向かう者、戦災に遭った女性、子供、老人、兵士たちを乗せたメリーゴーランド、そして賛美歌「恵み深き主よ」（"Dear Lord and Father of Mankind," 1884）を歌う兵士たち。この長回しを全体として捉えた場合、ジェラティが引き合いに出す作品と共通する物語はここには見出せない。イギリスで生まれ育った人なら誰もが知るダンケルクの撤退というつらい集合的記憶を呼び覚まし、「苦境を耐える不屈の精神があったからこそ今がある」といった愛国的なメッセージを与えることもない。人間や動物の命から文明にいたるまですべてが浪費されるその様子は、さながらフェリーニ（Federico Fellini, 1920-93）の『サテリコン』（*Satyricon*, 1969）で主人公が愛する少年奴隷を連れて逃げた娼館の町のように猥雑で、非歴史的ですらある。一方で、戦場の狂気を描いた現代的な戦争映画とも異なる。ショッキングな描写は極力抑えられ、希望を失い、絶望することすらやめた兵士たちの倦怠感が伝わってくる。ロビーは苛立つが、結局何もできない。異なる意味を持ったもの、異なる感情を引き起こすものが、ワンカットで捉えられることで、渾然一体となって現れる。このシーンは、過去の戦争映画への言及に満ちながらも、そこから異なる意味を生み出している。

　この悪夢のような独特の非現実感は、カメラの動きによっても強調され

| 16 | 遅れてきた作家主義者　　**281**

る。典型的な撤退のシークェンスは、不利になりつつある戦況を示す戦場の
ショット、傷病兵や野戦病院のショット、敗走のショットから構成されるだ
ろう。そのように編集されていれば、不利な戦況から多数の死者が出て、撤
退を余儀なくされるという意味を容易に見出すことができる。ところが『つ
ぐない』では、戦争の悲惨さ、戦場の狂気、死、極限状況でのユーモア精神
といったさまざまな意味を持つ映像の集まりを一続きで見せる。それらの映
像はひとつの意味に収斂しない。これに加え、カメラの動きもロビーという
ひとりの主観に収斂しない。カメラは概してロビーの動きを追っているもの
の、ロビーは二度フレームから外れる。ロビーがフレームから外れたあと、
カメラは左へと動きながら、止まっている彼を左手後方から捉える。ふたた
びカメラは後ろ姿のロビーをフレームから外すのだが、その後、彼は左前方
から歩いてフレームに戻ってくる。そしてまたしばらくロビーを追ったあ
と、カメラは立ち止まったロビーを置き去りにする。この一連のカメラの動
きは、ロビーとカメラの動きが一致していないことを敢えて強調している。
つまり、この映像は、ロビーがいかに周囲を知覚したかという純粋な主観的
イメージとして提示されているわけではない。むしろこれは「半主観的」イ
メージとでも呼ぶべきもので、登場人物の主観的な現実の知覚とカメラマン
が捉える客観的な現実——あるいは経験論的主観（登場人物が現実と思って
いるもの）と超越論的主観（登場人物が現実と思っているものを含め、すべ
てを見ることができる「超越的」な視点から見えるもの）——のあいだに存
在するものである（Deleuze 72, 73-74）。もちろん、ロビーはグロテスクな現
実を悪夢のように体験している。一方で、観客はそれがロビーの狂気によっ
てのみ生まれているものだと考えることはできない。それはロビーの知覚を
表すと同時に、「超越的」なカメラマンの知覚をも表しているからだ。この
「半主観的」イメージを自由間接話法にたとえ、理論化を試みたのがパゾリー
ニ（Pier Paolo Pasolini, 1922-75）だったことも興味深い（Deleuze 72-73）。ライ
トはパゾリーニの『テオレマ』（*Teorema*, 1968）を高く評価している（Phillips）。
この場面に直接的な影響があるとは考えにくいものの、『テオレマ』と同じ
ように、登場人物の狂気と世界の狂気の「あいだ」を描くテクストとして『つ
ぐない』を読み直すこともできるからだ。さらに言えば、このライトの解釈
を通して『贖罪』に新たな解釈を付け加えることもできるかもしれない。

『贖罪』が過去の文学作品を参照している以上に、『つぐない』は映画作品への言及に満ちたテクストである。興味深いのは、『つぐない』がこの映画作品との「ロマンス」によってロマンスというジャンルから離れ、新しい意味を生み出していることだろう。そもそも「ジャンル物」の制約に縛られていない『贖罪』では、このような芸術的試みが際だって見えることはない。これに対し、『つぐない』は映画ジャンルの慣習をあえて守ろうとしているからこそ、この試みが際立ってしまう。『つぐない』は、ライトの職人としての側面と芸術家としての側面が共存しているテクストなのだ。

4　結び

『つぐない』が翻案として興味深いのは、ライトが『贖罪』を確立された映画ジャンルに近づけようとする一方で、彼自身の芸術家としてのオリジナリティも追求するという一見矛盾した方針で翻案していることだろう。その意味で、彼自身の監督作品『プライドと偏見』（*Pride and Prejudice,* 2005）とは対照的かもしれない。『プライドと偏見』はいわゆるヘリテージ映画への参照に満ちており、そのジャンルの制約から大きく外に出ることがない（Catrmell and Whelehan 96）。これに対して、『つぐない』はそういったイギリス映画の伝統から抜け出している。[6] ライトはフランスの詩的リアリズムからハリウッド黄金期まで醸成されてきたロマンスのジャンルを採り入れ、優れた娯楽作品を作り出している。また、その一方で『つぐない』は独自の美を追い求め、新しい解釈の可能性を創り出している。ライトはフェリーニやベルイマンらの作品が持つ豊かさを世界の文豪たちに劣らぬものだと熱弁を振るう（Hdez; Phillips; Osenlund）が、それは翻案においても翻案が原作の下座に置かれるべきではないという彼の信念の表れでもあろう。職人としての技術と芸術家としての野心の混在が、『つぐない』を娯楽として楽しめると同時に「再読」にも耐えるテクストにしている。

さらに言えば、この職人と芸術家の両立は、21世紀の翻案者が乗り越えなければならない挑戦を示しているかもしれない。トマス・リーチによれば、翻案作品の監督が「作家」として振るまうふたつの方法は、これまで本章で使ってきた言葉で使えば、職人になることと芸術家になることだ（238-43）。前者の代表格として、リーチはヒッチコック（Alfred Hitchcock, 1899-1980）を

挙げている。『見知らぬ乗客』（*Strangers on a Train,* 1951）などは、原作テクストを既成の映画ジャンルに引き寄せる職人の技で、新しいテクストを創り上げる。芸術家の代表は『ロリータ』（*Lolita,* 1962）のキューブリック（Stanley Kubrick, 1928-99）だ。新たなシーンやダイアローグを加えて大胆な解釈を示すことで、芸術家として「署名」を残している。『つぐない』の場合、「陳腐なロマンス」という批判を受けたように、「ロマンス」を創る職人の度合いが大きい。アート系映画が衰退していくなか、芸術家としてのみ「作家」的な創作活動をするのは難しい。『つぐない』でライトが示した職人と芸術家のバランスは、21世紀初頭の翻案者が商業的に成功し、みずからの芸術的野心を満たしうるぎりぎりのバランスだったのかもしれない。

註

1) トリュフォー（François Truffaut, 1932-84）は、脚本に絵を与えるだけの監督を「演出家」として批判し、「作家」的な監督を礼賛した（25, 26）。彼の作家の定義は不明瞭であるものの、その後批評家たちによって理論化される。サリスは作家の条件を、技術の高さ、「署名」（signature）となるような自分自身のスタイル、自律的に意味を創り出す創造性としており、ピーター・ウォーレンもこれをおおむね踏襲している（Sarris 452-53; Wollen 456）。
2) 小山太一氏の訳を参照させていただいたが、本章の文脈に沿うよう引用に際しては拙訳を使う。
3) マキューアンは無神論者であることを公言している。『ニューヨーク・タイムズ・マガジン』紙2007年12月7日号のインタヴューでも、『ニュー・リパブリック』誌2008年1月21日号のインタヴューでも、自分が無神論者であると明言している。
4) たとえば、直接本文中に名前が出されている作品を除いても、舞台設定にジェイン・オースティンやイーヴリン・ウォーの作品への参照が見られる（Hidalgo 83, 89）という指摘や、ブライオニーの抱える倫理的問題にオーデンの詩との近親性が見られる（Grmelová 157）という指摘もある。
5) ベルイマンによるこの赤と白の対比は、リアリズムというよりも表現主義的な作品を創ろうとした試みの一環として捉えることもできる（Hubner 109）。
6) ここに、トリュフォーの作家論との類似性を見出すことも可能だろう。彼にとって、フランスに蔓延していた「心理的リアリズム」――その作品の多くが文学作品の翻案――の「良質の伝統」（la Tradition de la Qualité）を乗り越え、自律的に映画を作り出せる監督こそ「作家」であった（16, 26）。「暗い」心理的リアリズムと「お上品」なヘリテージ映画は一見真逆のようにも見えるが、「文学的」な説明の過多、複雑な主題を一般に受け容れられやすい反権威主義にすり替える安易さ、原作にがんじがらめになった登場人物など、トリュフォーの批判はヘリテージ映画にも当てはまるものが多い（20, 21, 24）。

第 2 部

1　舞台から映画へ

ミッシング・リンクとしての 19 世紀大衆演劇

岩田　美喜

1　はじめに──映画史における初期映画の重要性

　21 世紀に生きるわれわれは、〈映画〉というメディアを所与のものとして受け止めてしまいがちだ。だが、言語そのものと同じくらい古い歴史を持つ詩歌や、紀元前 5 世紀には高度に制度化されていた演劇に比べ──それどころか、18 世紀に成立した新参者の小説に比べても──映画は際立って新しい。スクリーンに投影された動画を複数人が同時に見るものとしての〈映画〉は、1895 年 12 月 28 日にフランスのリュミエール兄弟（Auguste Marie Louis Lumière, 1862-1954 & Louis Jean Lumière, 1864-1948）がパリで行ったシネマトグラフによる動画上映会に始まるとされ、今なおわずか 1 世紀強の歴史しかない。当時の技術では長くても 1 分足らずの動画しか撮影できなかったため、当初の映画は日常の一コマを切り取った物語性の低いものであった。

　20 世紀に入って 5 分以上の撮影が可能になってからも、最初期の映画の題材として人気があったのは、ボクシングの試合や猛スピードで走る蒸気機関車など、センセーショナルに視覚に訴える〈実録もの〉であった。要するに、映画の物語性というのは当時あまり問題にされていなかったのだ。だが、1927 年にトーキー映画が登場するまでのわずか 30 年程度のあいだに、映画は先行ジャンルである演劇を意識しながら急速な発展を遂げ、物語芸術の一ジャンルとしての地位を築いてゆく。つまり、映画が無声であった最初の30 年間には、映画というメディアが現代にまで続く独自の文法を生成して

ゆく過程が刻印されているのである。本章では、サイレント時代の映画に焦点を絞り、今では見過ごされがちな演劇と映画の歴史的な関係を繙いてゆくことで、〈物語芸術としての映画〉が持つ特徴そのものを炙り出していきたい。

　一般に、映画に物語を取り込んだ最初の作品は、アメリカのエディソン社が製作した『大列車強盗』（*The Great Train Robbery,* 1903）だと考えられている。しかし、イギリスではそれより早い映画の創生期から『ナンシー・サイクスの死』（*Death of Nancy Sykes,* 1897）や『コルシカの兄弟』（*The Corsican Brothers,* 1898）といった、文学作品を題材にした映画が作られていた。[1] しかし注意すべきは、ここで〈文学作品〉と称したものが、具体的には何を指しているのかということだ。『ナンシー・サイクスの死』はチャールズ・ディケンズ（Charles Dickens, 1812-70）の長編小説『オリヴァー・トウィスト』（*Oliver Twist,* 1837-39）からの有名な一場面であるし、『コルシカの兄弟』の原作をたどれば、大デュマ（Alexandre Dumas, père, 1802-70）の中編小説『コルシカの兄弟』（*Les Frères corses,* 1844）へと行き着く。では、これら初期映画の直接の原作が本当に小説だったのかといえば、答えは否である。彼らが直接の材源としたのは、小説作品を舞台用に改変したメロドラマだった（そもそも無声映画は、ミュージック・ホールやヴォードヴィル劇場でパントマイムやダンスといったほかの演し物とともに上映され、パフォーミング・アーツの一種と考えられていた）。まだ海の物とも山の物ともつかぬ存在であった映画が物語芸術へとゆるやかに成長していく際に、映画関係者が参考にしたのは演劇（特にメロドラマ）であったのだ。[2]

　メロドラマとはそもそも、観客の情動反応を誘導するために場の雰囲気に合わせて音楽を伴奏した演劇を指し、ジャン＝ジャック・ルソー（Jean-Jacques Rousseau, 1712-78）の『ピグマリオン』（*Pygmalion,* 1760 頃執筆、1770 初演）がその嚆矢とされる。しかし、本来「旋律を用いる劇」というほどの意味でしかなかったこの語は、徐々により広い意味で用いられるようになり、19世紀半ばまでには、台詞づかいで詩情や物語性に訴えるよりも恐怖やサスペンスといった観客の感覚刺激を引き出すことを狙いとした、視覚効果重視の芝居を指す語になっていた。[3] かくて、新奇な刺激を観客に与え続けるために作品の量産を余儀なくされたメロドラマ作家たちは、材源としてしばしば小説（ときには物語詩や演劇）を頼った。結果として、シェイクスピア（William

| 1 | 舞台から映画へ　　**287**

Shakespeare, 1564-1616）の『夏の夜の夢』（*A Midsummer Night's Dream, c.1596*）は、妖精の女王ティターニアとロバ頭のボトムを中心とした妖精たちのレヴューに書き換えられ、『オリヴァー・トウィスト』は、小説中最もセンセーショナルな場面が抜き出されて、『ナンシー・サイクスの死』となったのだ。

スー・ゼムカによれば、まだ連載中だった『オリヴァー・トウィスト』で、ナンシーが情人ビル・サイクスに殺される場面が出版されたのは、1838年11月のことだったが、早くもその10日後には、ジョージ・アルマー（George Almar）が3幕もののバーレッタ版『オリヴァー・トウィスト』をサリー座で上演し、「ナンシー殺しの場」をそのクライマックスに据えた（Zemka 29）。さらに、アルマー版が世に出る以前からディケンズ本人も、『オリヴァー・トウィスト』の戯曲化をみずから企画していた。1858年にディケンズが述べた「あらゆるフィクションの書き手は、たとえ演劇の形式を用いなくても、実質上は舞台のために書いているのです」（Ley 75）という言葉が如実に示すように、演劇的志向をふんだんに持っていた彼は、晩年には公開朗読会で「ナンシー殺しの場」をメロドラマ的に熱演することに情熱を注いだ。

このようにヴィクトリア朝におけるメロドラマの状況を概観すると、「センセーショナルに視覚に訴える」という初期映画の特徴は、メロドラマのそれと一致するということが見えてくる。映画黎明期の興行主や監督は多くが演劇畑出身であったことを考え合わせれば、両者が重なるのは必然とすら言えるだろう。ところが、文学と映画に関する批評は、この点にほとんど注意を払ってこなかった。映画に与えた演劇の影響が軽視されてきたことについては、セルゲイ・エイゼンシュテイン（Sergei Eisenstein, 1898-1948）が、死後出版の映画論集（1949）のなかでこのように述べている。

　　読者がどう感じるかはわからないが、私個人としては、映画というものには親もあり血統もあり、過去もあれば、かつての時代の豊かな文化的遺産と伝統を引き継いでいるという事実を何度でも思い知らされるのは、常に喜ばしいことである。映画芸術が信じがたい処女懐胎によって生まれたという前提に則って、映画のための新たな法や美学を建設できるのは、非常に考えなしで図々しい人だけだ！

　　ディケンズに加え、ギリシア人やシェイクスピアにまで遡った祖先の

一団をかき集め、言わずもがなの注意喚起とするがいい。グリフィスやわれわれの映画は、その起源がエディソンやその仲間の発明家にのみにあるのではなく、巨大な文化に裏打ちされた過去にも等しくあることの証明になっているのだ。（232）

　ここで彼が映画の文化的起源として挙げているディケンズ、シェイクスピア、ギリシア人（古代ギリシア演劇の換喩）といった名詞群がみな、文脈上は演劇的な文化遺産を意味する記号として並べられていることに注意すべきだろう。本章はこのような文脈を踏まえ、ジョージ・アルバート・スミス（George Albert Smith, 1864-1959）の『コルシカの兄弟』（*The Corsican Brothers,* 1898）およびパーシー・ストウ（Percy Stow, 1876-1919）の『あらし』（*The Tempest,* 1908）を取り上げ、またジェイムズ・ヤング（James Young, 1872-1948）の『鈴の音』（*The Bells,* 1926）にも触れながら、この点を実証的に論じる。かつてスーザン・ソンタグは、「小説と映画の覚え書き」（1961）のなかで、「50年にわたる映画の歴史は、200年以上に及ぶ小説の歴史を大雑把に概括したものである」（Sontag 242）と述べた。彼女の言は、その文脈においてまったく正しいのだが（この点は後述する）、にもかかわらず初期映画がいかに小説ではなく演劇から多くのものを引き継いだのかを、具体的な作品を参照しながら明らかにしたい。演劇と映画が持っていた原初的な関係を確認することで、かえってソンタグ言うところの〈映画〉がどのように演劇と異なるのかが、はっきりと見えてくるはずである。

2　『コルシカの兄弟』とG・A・スミス

　既に述べたように、映画『コルシカの兄弟』（1898）は、大デュマの中編小説(1844)を下敷きにしたメロドラマを原作としている。まずはウジェーヌ・グランジェ（Eugéne Grangé, 1810-87）とグザヴィエ・ド・モンテパン（Xavier de Montépin, 1823-1902）が、1850年にフランス語で舞台化し、アイルランド出身のメロドラマ劇作家ディオン・ブーシコー（Dion Boucicault, 1822-90）がそれをさらに英語版に改作した。ブーシコー版は1852年2月24日にロンドンのプリンセス座で初演され、それまでのどの『コルシカの兄弟』にも増して爆発的な成功を収めたのだが、その鍵は小説の脚本化に当たって創出さ

| 1 | 舞台から映画へ　　**289**

れた新たな見せ場と、それを見事に具現化した特殊なトラップ・ドア（奈落に通じる落とし戸）にあった。

　いずれの版にも共通する基本的なプロットは、以下のように概括できる。一卵性双生児のルイ（デュマ版ではルシアン）とファビアンは、離れていても互いの心身の痛みに感応する体質だ。コルシカ島のファビアンは、自分が感じる不調のため、パリにいるルイの身を案じていたが、ある日彼の幻影を見てルイが殺されたことを確信し、フランスに渡って仇を討つ。デュマの小説において物語は時系列に沿って語られるが、グザヴィエ＝モンテパン版は舞台化に当たって大きな改変を施した。第1幕では、コルシカを訪ねたルイの友人に自宅で兄弟の感応能力を語って聞かせるファビアンの元へ、ルイの亡霊が現れて幕切れとなる。だが第2幕で舞台がパリへ移るとルイの生前へと時間が巻き戻る。彼が愛する女性の名誉を守るために決闘に臨み、第2幕の終わりで決闘相手に殺されると、紗幕を隔てた舞台奥に、コルシカの自宅とそこで驚き恐れるファビアンたちの姿が登場する。つまり、第1幕と第2幕は時間が並行して流れており、それぞれのクライマックスが同じ瞬間に収斂する仕組みになっているのだ。

　ところが原作においては、亡霊を見るのはファビアン一人、そして一度だけである。第19章で、空のはずのルイのベッドの上に突然血まみれの彼の死体が現れ、消えたという話をファビアンが語るものの、ほかの目撃者はいないので、その真偽は曖昧である。デュマにおいて、亡霊とはあくまで現実と夢のあわいにあるものなので、仇討ちを果たした後も特段超自然的なことは起こらない。だが舞台版は、第3幕の大詰めにおいても、三たびルイの亡霊を登場させ、すべての幕が亡霊の姿とともに降りるようになっている。「舞台上に現れた動く亡霊を見る」という見世物的体験が、グザヴィエ＝モンテパン版の根幹にあったことが、こうした改変から看取できるだろう。

　ブーシコー版も、基本的には彼が種本としたフランス語版をほとんどそのまま踏襲しているが、彼による英語版のほうが大受けしたのには理由がある。主役の兄弟を一人二役で務めた役者兼劇場支配人のチャールズ・キーン（Charles Keane, 1811-68）が、亡霊の登場シーンのために、コンベア・ベルトを用いた特別なトラップ・ドアを考案し、亡霊役の俳優が単に垂直方向にせり上がるだけでなく、舞台後方から前方に向かって徐々に上昇するという特

殊効果を上げたのだ（この装置は「コルシカの落とし戸」と通称された）。1852年2月29日付の『エラ』誌は、「亡霊の訪いの場面では、驚くべき仕掛けが考案されていた。キーン氏の似姿が床から立ち昇ってくるように見えたのだ。……メロドラマ効果がこれほど完璧に演出された試しはない」(11) と、新しい特殊効果の衝撃を興奮気味に伝えている。作中で亡霊登場の場面に用いられた楽曲のスコアが出版された際の表紙を見ても、この場面こそが作品の目玉であったことがわかる（図1）。[4]

図1　『ゴースト・メロディ』

　人口に膾炙したこの場面を、イギリス初の映画監督とも目されるG・A・スミスがよく知っていたとしても不思議ではない。彼は元々ブライトンの劇場で幻燈を用いた催眠術の興行師をしており、女優だった妻のローラ・ベイリー（Laura Bayley, 1864-1938）とともに、劇場を生計の糧としていたからだ。彼が、セシル・ヘプワース（Cecil Hepworth, 1874-1953）による「ファントム・ライド」（列車の先頭にカメラを取り付け、移り変わる景色を撮影した動画）に、自分と妻で演じた車両の内部を示す動画をつないで、列車がトンネルに入るとキスをして、トンネルを出るタイミングで素知らぬ態度に戻るカップルという〈物語〉を作った『トンネル内のキス』（The Kiss in the Tunnel, 1899）は、イギリス初の編集工程を経た複数の場面を持つ映画とされている（Gray 51-62）。

　つまり、それ以前の映画はすべて回しっぱなしのワン・カットだったわけだが、そのことと物語性の欠如は必ずしも一致しない。ワン・カットの1、2分のなかでオリジナルの物語を作ることも可能だったろうし、何より初期映画製作者たちは、既によく知られた芝居や民話の一場面を主題に選ぶことで、文脈を説明する手間を省いたからだ。スミスが『トンネル内のキス』の前年に作成した『コルシカの兄弟』は、まさに後者の典型と言える。残念ながら『コルシカの兄弟』の映像それ自体は現存が確認できないが、この映画の一場面がスチール写真として残っているので（図2）、おおよそのところを

推測することはできる。マーティン・ハーヴィ（Martin Harvey, 1863-1944）演じるファビアンのもとへ、同じくハーヴィ演じるルイが自分の死を知らせに来たところである。言うまでもなく、原作にないこの場面はメロドラマ版の見せ場であり、ルイとファビアンの一卵性双生児を同じ俳優が演じるのも、演劇的な伝統に添っている。だが、スミスは映画という新技術を用いて、これまでの舞台版がどうしてもできなかったことをやってのけた。二重露光（double exposure）によって、ルイとファビアンが同時に登場する場面でも代役を立てない一人二役を可能にしたのである。

図2　映画『コルシカの兄弟』

　幻燈興行師であったスミスには、トリック映画を作成する技術と興味の両方が備わっており、ワン・カット時代の作品にも実際にはこうした編集工程が豊かに用いられている。だが同時に、こうした新技術を用いた特殊効果映像の発展は、これまで演劇界が培ってきた舞台上の特殊効果の延長線上にあったことを忘れてはならない。特に『コルシカの兄弟』はスミス版の後も、ディッキー・ウィンズロウ版（1902）、オスカー・アプフェル＆J・サール・ドーリ版（1912）、ジョージ・リーシー版（1915）、アンドレ・アントワーヌ版（1917）、コリン・キャンベル＆L・J・ギャスニア版（1920）と、初期映画製作者たちによって連綿とリメイクされている。ブーシコーとキーンによる「コルシカの落とし戸」がロンドン演劇界に与えた衝撃は、半世紀を過ぎてもなお、トリック映画の製作者たちにとって重要なインスピレーション源であったのだ。

3　サイレント時代のシェイクスピア

　メロドラマと並んで、しばしば初期映画の題材となった演劇作品といえば、シェイクスピアであった。最も古いものは、当時の著名なシェイクスピア俳優ハーバート・ビアボウム・ツリー（Herbert Beerbohm Tree, 1852-1917）が『ジョ

ン王』の5幕7場を演じた『ジョン王』(1899) である。だがこれは『ジョン王』を観た（読んだ）ことがあり、ビアボウム・ツリーはスィンステッド寺院で毒を盛られたジョン王が死ぬところを演じているのだと推測できる人物以外の視聴者には、中年の男が椅子の上で1分ほど悶えているだけの、謎の映像に見えてしまうかもしれない。そもそも視覚効果を重視して作られたメロドラマとは違い、元来は見るべきものというよりは〈聴くべきもの〉として書かれたシェイクスピア劇を、その要諦である台詞を抹消した無声映画に作り変えることなど、できたのだろうか。

　結論から言えば、もちろんできた。だが、無声映画が直接シェイクスピアのテクストから生まれた訳ではない。映画の時代にいたるまでに、シェイクスピア作品は長い時間をかけてバーレスク化していたのだ。1737年の劇場検閲法が、台詞のある芝居（正統演劇）の上演を、ドルリー・レインとコヴェント・ガーデンにあった二つの勅許劇場にのみ許可するようになると、それ以外のロンドンの劇場の多くは必然的に、パントマイムやバレエ（当時バレエは高尚な芸術とは思われていなかった）などの非言語的な演劇（非正統演劇）に頼らざるをえなくなった。しかし、18世紀後半にシェイクスピア崇拝ブームが起こると、イギリスを代表するこの文化資本を勅許劇場に独占されることをよしとしない劇場関係者たちは、彼の作品をパントマイムやバレエなど、台詞のない形態に改変して上演するようになる。こうした非正統的なシェイクスピアが人気を博すと、やがて勅許劇場でもこれに倣うようになり、ヴィクトリア朝後期には、シェイクスピアは大衆劇場のスペクタクル文化にも組み込まれていたのである。[5] それはすなわち、無声映画の観客層がすでにシェイクスピア劇の名場面の改作上演に馴染んでいたことを示しており、また実際に最初期のシェイクスピア映画はしばしば、実際の上演を下敷きにそのカメオ的な記録として制作されていた。

　しかし、パーシー・ストウによる『あらし』(1908) は、この慣例から離れた撮り下ろしの映画であり、映画産業が演劇業界から袂を分かって行く過渡期の特徴をよく示している。ジュディス・ブキャナンは、この作品は、映画独自の新しい表現を模索する急進的態度と、慣習的な演劇表現に寄り添おうとする保守的傾向のあいだで分裂傾向にあると指摘する (Buchanan 74-88)。前者の好例としては、プロスペローが魔術で嵐を起こす直前に、にわか

| 1 | 舞台から映画へ　　**293**

図3 『あらし』 ▶ 00:04:31

にかき曇った空を映す場面が挙げられる（▶ 00:04:18）。フィルムに引っ掻き傷を入れて雷を表現する工夫のみならず、もっと根本的なことに、観客の視線を垂直方向に誘導しているからだ（これは劇場の演出では起こりにくい）。その一方、大団円の場面で、解放されて喜ぶエアリアルと、再会と和解に沸き立つほかの人々が同じ画面に雑然と収まっているのは（▶ 00:10:45-00:11:00）、演劇の風習を無批判に受け入れたがための失敗である。カメラ・アイによって観客が見るべきものをはっきり焦点化できるという映画の利点を、ストウはここで棄ててしまっているのだ。もちろん、映画と演劇の異なる演出法が、分裂ではなく調和している場面もある。たとえば、作品中盤に現れる「嵐の場」では、二重写しの技法によってプロスペローの洞窟を示すセットの向こうに本物の海の映像が広がっており、リアリスティックなロケーション映像を見る喜びと、演劇的な大道具・小道具の類を視覚的に味わう喜びが、必ずしも対立するわけではないという証明になっている（図3）。

しかし、本作品が真に過渡期的だと言えるのは、おそらくその〈語り方〉においてではないだろうか。既述のように、最初期の映画は長くてせいぜい5分程度であったため、好むと好まざるにかかわらず、名場面のカメオにならざるをえなかった。だが1907年頃から、長いフィルムを巻けるリールが登場し（また複数台のリールを用いることが可能になって）、映画の長さが最長20〜40分程度にまで延びると、自律的にすべての物語を語ろうとする映画が出て来る。ストウの『あらし』は12分程度に過ぎないが、それでもこの作品はシェイクスピアの『あらし』を語り尽くすべく、作品を11の場面に区切って、それぞれに「ファーディナンド、無事に上陸」、「アントーニオの一行、エアリアルの策にかかる」といった簡単な場面説明を加えている。

これに関して、さきほど筆者は「作品中盤に現れる「嵐の場」」と述べたが、鋭い読者であればここで頭を捻ったはずだ。「嵐の場」は、シェイクスピア

においては、もちろん作品の冒頭にあるからである。ホラティウスの用語を借りれば、芝居としての『あらし』がまず「事件の核心へと」（in medias res）観客を引きつけて、徐々に登場人物の過去を明らかにするのに対し、ストウの映画版『あらし』は、「卵から」（ab ovo）語ろうとする。「嵐を起こす」という詞書が付された場面に先立つ4つの場面――「プロスペローの上陸」、「キャリバンを発見」、「エアリアルを［シコラックスの魔法から］解放」、「10年後、エアリアルがキャリバンからミランダを守る」――はすべて、本来はプロスペローとほかの登場人物たちの会話から判明する、作品以前の出来事である。ブキャナンはこの点について、台詞に頼ることができない無声時代のシェイクスピア映画が、戯曲では作品の外部にある出来事を作品の内部に開いて時系列順に提示するのは、よく見られた手法であると説明している（80）。その説明に一面の真実があることは確かだ。だが、こうしたわかりやすい説明の背後には、もっと根本的な芝居と映画の〈時間感覚〉の差異という問題が潜んでいるように思われる。

　言うまでもないことだが、生身の人間が観客の前で演技をする演劇の時空間は、常に〈今、ここ〉である。作品そのものが何度再演されようとも、その都度再現される行為は常に一回性のものであり、観客の現前でまさに生起しつつあるものだからだ。そのため、演劇の時間感覚は、われわれが日常の生活のなかで有するそれとさして異ならない。アリストテレースの『詩学』に言う、「美は大きさと秩序にある」ので、「身体や生物の場合、それが一定の大きさを持ち、しかもその大きさは容易に全体を見わたすことができるものでなければならないように、筋の場合にも、それは一定の長さを持ち、しかもその長さは容易に全体を記憶することができるものでなければならない」（40）という規定は、ある意味では、われわれの通常の時間感覚を大きくはみ出してはいけないと言い換えることも可能だろう。古典主義劇作家たちが、（アリストテレースはそう述べていないにもかかわらず、彼を根拠として）1本の戯曲が扱う時間は24時間以内であるべきだと主張したのも、故のないことではないのだ。

　また、登場人物の会話を通じて作品の外部にある過去を徐々に紐解くというドラマツルギーを用いて、1本の戯曲の自然な時間感覚では扱いきれない長い時間を凝縮させることは、「事態の急変」（peripeteia）や「認知」

（anagnorisis）といったアリストテレース悲劇論の重要な概念とも分かち難く結びついている。仮にソポクレスの『オイディプス王』(*Sophocles, Oedipus Rex, c. 427, B.C.*) が、オイディプスの誕生から始まったとしたら、認知の瞬間にはすべての劇的緊張感が失われてしまっていることだろう。これに対し、シェイクスピアのロマンス劇は親子二代にわたる長い期間を扱って、古典的な演劇の時間に抵抗しているという反論もあるかもしれない。だが実際には、『ペリクリーズ』(*Pericles, c. 1608*) においては時の翁、『冬物語』(*The Winter's Tale, c. 1610*) においては詩人ガワーを狂言回しとして登場させ、シェイクスピアは芝居の時間を意図的に切断している。これによって、観客は時間感覚をいったんリセットして、新たに若者たちの物語へと没入することが可能になるのだ。

　ところが映画の時間感覚はこれとはどうも異なる。ソンタグは先に挙げた「小説と映画の覚え書き」で、「映画と小説には有用な類似があり、それは私見では、映画と演劇の類似よりもずっと大きなものである」(243) と述べている。[6] 小説を読む行為において、読者が作者の思想や描写をその導きのまま追って行くしかないのと同様に、映画の観客は監督が選んで画面に写したものを見るほかないからだ。「われわれの目は、舞台をさまようように画面をさまようことは許されていない」(Sontag 243) のである。これは正鵠を射た指摘であり、映画の時間感覚についても同じことが言える。演劇においては、演出家の演出や俳優の演技にもかかわらず、芝居とは最終的には観客の眼前で生起するものである。しかし映画の場合は、観客は製作者によってすでに編集され、完結したものを、後追いで鑑賞することになる。つまり、芝居の時制が常に現在形なのに対し、映画の時制は基本的に過去形なのだ——小説がそうであるように。

　現在の観客の時間からは引き離された〈過去〉の物語は、どれだけ長くても構わない。むしろ、演劇的な〈今、ここ〉の切迫感を持っていては、不自然ですらある。かくて、時系列に則って書かれていたデュマの『コルシカの兄弟』がそのままでは演劇化できなかったのと対照的に、『あらし』を映画化するに当たっては、演劇的な時間感覚に則って折り畳まれた時間を開く必要が感じられたのではないだろうか。先行する舞台上演を下敷きとしないストウ版が『あらし』という芝居に加えた改変には、最初期の映画が演劇に深

く依拠しつつも、〈時間の操作〉という点において演劇から離れて行く有様が、はっきりと刻印されているのである。

4 結び——『鈴の音』（1926）に見るメロドラマの残滓

前節では、1908 年のストウ版『あらし』を題材に、いかに映画という新しい産業が、演劇的な伝統とは異なる独自の文法を明らかにしていったか、その瞬間を考察した。だが、だからと言って、演劇的な慣習を取り入れることが、映画産業からすぐに廃れたわけではない。最後に、ジェイムズ・ヤングの『鈴の音』（1926）という作品を瞥見して、無声映画の最晩年まで（トーキー映画の登場は 1927 年）ヴィクトリア朝大衆演劇の残滓が生き残っていたことを確認し、本章の結びとしたい。

『鈴の音』は、もともとエルクマン＝シャトリアンの合作によるフランス語の芝居『ポーランド系ユダヤ人』（Erckmann-Chatrian, *Le Juif Polonais,* 1867）を、レオポルド・ルイス（Leopold Lewis, 1828-90）が英語に翻案し、1871 年 11 月にロンドンのライシアム劇場で初演されたメロドラマである。同劇場の支配人だったヘザカイア・ベイトマン（Hezekiah L. Bateman, 1812-75）はこのとき経営破綻寸前だったが、ヘンリー・アーヴィング（Henry Irving, 1838-1905）を主役マサイアスに据えた『鈴の音』が 151 日連続公演の大成功作となり、劇場の経営危機を救うとともに、アーヴィングの名を一躍有名にしたのであった。ヤングの映画版は、原作の芝居が 1868 年にアルザス地方で起こった実際の殺人事件に基づいていることを冒頭で説明し、最後に「この戯曲は過去半世紀にわたって何度か上演されているが、最も有名なのは故ヘンリー・アーヴィング卿によるものである」という詞書を加えて、自らが受け継いだ演劇的な遺産を明確にしている（▶ 00:00:20-00:00:45）。

だが時間の操作においては、ヤングもストウ同様に、芝居の約束から離れてしまう。まず、戯曲のプロットは以下のように進む。クリスマス・イヴの晩に市長マサイアスが経営する宿屋に集まった人々が、15 年前に起こった未解決のユダヤ人殺害事件について思い出話をしている。そこへ隣県への出張から帰宅したマサイアスが登場すると、彼の耳に橇の鈴の音が鳴り響き、その眼前に過去の幻影が蘇る。実は、ユダヤ人を強盗殺害したのは彼であり、その金で現在の地位と名誉を手に入れていたのだ。精神的に追い詰められた

彼は、ほかの人々には聞こえない、殺害の晩にユダヤ人が乗っていた橇の鈴の音を始終聞くようになる。クリスマスの晩には夢のなかで裁判を受け、絞首刑となると、それと同時に現実の彼も息絶える。物語の全容としては15年の時間を扱いながら、芝居の時間は、12月24日の夕方から26日の朝までという〈演劇的時間感覚〉の範囲内に収まるよう構成されていることがわかる。

　これに対しヤングの映画版は、事件全体を夏からクリスマスまでの半年に縮めてしまい、それを逐一描き出す。野心家マサイアスはひそかに市長の座を狙っているが、隣人フランツからの借金返済に苦しみ、市長どころか破産の憂き目にあいそうである。この、原作には登場しない「隣人フランツ」はメロドラマの典型的な悪役で、マサイアスの一人娘を借金のカタに寄越せと彼を脅して、マサイアスを心理的に追い詰める役割を担っている。クリスマスまでに借金を返せなければ一家の破滅だと思いつめたマサイアスは、イヴの夜に現れたユダヤ人の金鎖のベルトに目が眩み、発作的に殺人を犯してしまう。原作では作品以前にあったことを提示するのに、映画全体（1時間13分）の半分近い時間（35分）を惜しみなく使ってしまうのは、ストウ版『あらし』と同様だが、ヤングが書き込む原作の外部はそれだけではない。戯曲においては、マサイアスは出張先で催眠術師が被術者の秘密を聞き出すショーを見たことを妻に告げ、それが彼の心理的負担になっていることがほのめかされる。だが映画では、ボリス・カーロフ（Boris Karloff, 1887-1969）演じる催眠術師が実際に秋祭りでマサイアスの村を訪れるのみならず、女占い師がマサイアスの手相を見て怯える場面が加わり、クリスマスの殺人に向けての予表がしつこいほどに強調されるのだ（▶ 00:20:00-00:25:39）。

　この一連の改変には興味深い逆説がある。この、順を追ってすべての経緯を説明しようとする情熱それ自体は、明らかに演劇的な時間感覚とは異なる、映画という新しいメディアが生んだ時間感覚の産物である。それでいてなお、ヤング版『鈴の音』がこうした映画的な説明のために依拠するのは、借金のカタに無体な結婚を強いる悪役、謎の催眠術師と手相占いなど、ヴィクトリア朝メロドラマの典型的な道具立てなのである。それに比べたら、無声映画においてマサイアスにだけ鳴り響く鈴の音をどのように表現しうるのか、という問題に対するヤングの工夫も色褪せて見える。彼が出した答えは、「橇

の鈴がなる様子をマサイアスの耳元に二重露光にして映す」（図4）なのだが、二重露光がスミス版『コルシカの兄弟』の時代から行われてきた、最初期のトリック映像であったことを考えると、さして新奇なアイデアとも思われない。やはり、演劇的な感性と映画的なそれとのあいだで絶え間なく行われる交渉こそが、ヤング版『鈴の音』を、真に面白い映画にしているのだ。

図4　『鈴の音』▶ 00:40:12

　以上、映画の黎明期から1920年代まで、初期映画がいかに19世紀演劇の伝統と慣習に多くを追いながら発展してきたかを、3つの作品を取り上げて概観してきた。これらの作品が教えてくれるのは、映画という新しい技術を用いて、これまで誰も見たことのないものを作ろうとしていた製作者たちが、実際には演劇を足がかりにしていたことである。『リア王』の冒頭で老王リアが末娘に言うように、「無からは何も生まれない」（1.1.90）のである。だが同様に注意すべきは、映画と演劇との本質的な差異がまた、同じ試みのうちに露呈していることだ。演劇を足がかりに映像ならではの表現を探求することによって、彼らはおのずと、〈今、ここ〉という演劇の時間感覚が映画のそれとは一致しないことを明らかにし、映画独自のドラマツルギー（filmic dramaturgy）を成型していたのである。[7]

註

1) 『ナンシー・サイクスの死』（1897）の詳細は、Semenza and Hasenfratz 37-44 参照。
2) 加藤幹郎が主張するように、常設映画館の登場後も、「すくなくとも一九二〇年代までの無声映画期全般を通して、実演と映画のむすびつきは長いあいだ消えることはなかった」（加藤 60）。なお、加藤が念頭に置いているのはアメリカの無声映画時代のことなのだが、イギリスにおいても事情は大同小異であったと考えてよい。
3) ピーター・ブルックスが、メロドラマ論の射程を演劇から小説に押し広げ、メロドラマの持つ過剰性の背後に旧社会の規範が崩壊した近代における新しい道徳規範への渇望を見出したことは、つとに知られている。彼によれば、「法たるものが沈黙してしまう時、それでもまだ基本的な倫理規範のはたらきを見つけて示すことは可

能なのだと表明するために……道徳法を語る新しい創造的修辞法が起こってくる」
（110）のだが、それこそがメロドラマであった。だが本章では、メロドラマの〈ド
ラマ性〉を論じるため、ブルックスのメロドラマ論にはこれ以上深入りしない。

4) ブーシコーの脚本は、グザヴィエ＝モンテパン版の模倣と考えられ、文学テクスト
としての価値をしばしば疑われてきた。ブーシコー版『コルシカの兄弟』を、台
詞ではなく舞台装置に依拠するヴィクトリア朝演劇の典型と考えるジェレイント・
ダーシーなどがその代表である（D'Arcy 12-22）。本章執筆者は、この意見に必ず
しも与しないが、この点は本章の射程を超えるので、詳しくは岩田 267-93 を参照。

5) 19 世紀に大衆化したシェイクスピア劇がいかに流布していたかを知るには、この
時代にバーレスク化されたシェイクスピア作品を集めた Stanley Wells, *Nineteenth
Century Shakespeare Burlesques*（1977-78）が格好の資料である。

6) ただし、ソンタグの意見は単に映画と小説が似ているという指摘にとどまらない。
むしろ、映画は純粋芸術としては後発組であるがゆえにこそ、既存の芸術様式を自
由に取り入れる「汎芸術」（245）でありうるのだというのが、彼女の結論である。

7) アメリカのプロデューサー兼脚本家ジェリー・D・ルイス（Jerry D. Lewis, 1912-
96）は、*Great Stories about Show Business*（1957）で、"filmic dramaturgy" を鞄語にし
た "filmaturgy"（243）という語を用いたが、なぜかまったく定着しなかった。な
お、*OED* によれば「映像撮影技術」の意の "cinematography" の初出は 1897 年で、
こちらは映画誕生とほぼ同時に生まれていたことがわかる。

現代劇作家と映画脚本

　本書第2部第1章で詳述するように、映画と演劇は似て非なるものである。20世紀のイギリスを代表する演出家ピーター・ブルック（1925- ）は、「過去のイメージ」を映す映画に対し、「現在の自己」を提示する直接性こそが演劇の重要な特色だと考えたが、20世紀半ばまでの演劇人にはこの一回性・現在性が持つアウラを好み、映画への出演をよしとしない者もいた。たとえば、著名なシェイクスピア俳優ジョン・ギールグッド（1904-2000）は、1930年には映画デビューを果たしていた同世代のローレンス・オリヴィエ（1907-89）とは対照的に、四半世紀後のジョウゼフ・L・マンキーウィッツ監督による『ジュリアス・シーザー』（1953）まで映画出演には積極的ではなかった。

　しかし、20世紀後半に入ると、パフォーミング・アーツの世界においても映画の存在は看過しようがないほど大きくなり、ハロルド・ピンター（Harold Pinter, 1930-2008）、トム・ストッパード（Tom Stoppard, 1937- ）、アラン・ベネット（Alan Bennet, 1934- ）、デイヴィッド・ヘアー（David Hare, 1947- ）、リー・ホール（Lee Hall, 1966- ）など、両ジャンルの差異をむしろ積極的に享受して、映画と演劇の両方にまたがって活動をする劇作家が増えてくる。若いころは映画に警戒心を持っていたギールグッドとは違い、彼らは生まれた時からすでに映画が身近にあった世代であり、ストッパードが11歳の時に生まれて初めて観た『ハムレット』がオリヴィエによる映画版（第1部第1章参照）であったという事実は、現代劇作家の演劇体験が実際は映画体験と切り離せないものであることを如実に物語っている。

　彼らの多くが、映画用の脚本を書き下ろすほか、自作の戯曲が映画化される際には自ら脚本を担当している。ピンターの『管理人』（クライブ・ドナー監督、1962）、ストッパードの『ローゼンクランツとギルデンスターンは死んだ』（監督も本人、1990）、ベネットの『ヒストリー・ボーイズ』（ニコラス・ハイトナー監督、2006）といった映画を原作と比べてみれば、いずれもきわめて舞台的な（そして時に抽象的な）空間を念頭に置いて制作された戯曲が、劇作家自身によってどのように映画的に翻案されているかがわかるだろう。なお、ホールの代表作『ビリー・エリオット』（映画の邦題は『リトル・ダンサー』、2000）は、映画脚本のほうが先に書かれ、後にミュージカルとして舞台化（2005）されたという変わり種だが、舞台化にあたってホールは映画の印象的なエンディングを変えてしまった。詳しくは実際に観て欲しいので敢えて伏せておくが、これも映画と演劇が持つ差異への意識が生んだ工夫と言えよう。　　　　（岩田）

2 時間旅行から「ポストヒューマン」まで

イギリスＳＦ小説の伝統と映画の交錯

秦　邦生

1　はじめに

　「1970 年代末から現代にかけてＳＦは、主に書き言葉による観念の文学か<ruby>（アイディア）</ruby>ら、主に視覚による詩的イメージとスペクタクルの表現形式へと変貌した」（Roberts 400）──自身ＳＦ作家でもあるアダム・ロバーツは、その浩瀚（こうかん）なＳＦ史において、このような大胆な仮説を提起している。ジョージ・ルーカス（George Lucas, 1946- ）監督の『スター・ウォーズ』（*Star Wars,* 1977）を筆頭として、リドリー・スコット（Ridley Scott, 1937- ）の『エイリアン』（*Alien,* 1979）、ジェイムズ・キャメロン（James Cameron, 1945- ）の『ターミネーター』（*The Terminator,* 1984）など、次々と続編が製作され、ＴＶドラマやアニメーション、ゲーム、ノヴェライゼーション、キャラクター・グッズなどへと大規模にフランチャイズ展開される数多くの映画シリーズの商業的成功と文化的存在感を抜きにしては、もはや「サイエンス・フィクション」を語ることはできないのではないか──ロバーツの主張の背後にあるのは、このような情勢判断ばかりではない。現代映画の洗練された特殊効果が演出する「視覚的崇高（the visual sublime）」は、ジャンルとしてのＳＦの根幹にある「センス・オブ・ワンダー」を強烈に刺激できる（Roberts 414）。このような観点からすれば、ＳＦと現代映画との連携、そして文学からの重点移動は、ひとつの歴史的・美学的・技術的必然だったことになるのかもしれない。

　現代世界におけるＳＦ映画の人気と存在感を思えば、上述したロバーツの

302　　第 2 部

主張は一定以上の説得力を有しているが、これは必ずしも広く受け入れられた見解ではないようだ。ＳＦ批評の内部には、ルーカス以後の現代ハリウッド映画の成功をＳＦの「通俗化」として退け、むしろ「観念の文学」としてのＳＦジャンルをあらためて擁護する（守旧派的な？）傾向も根強く存在しているという（Van Parys and Hunter 4-6）。このような立場からすれば、商業的なＳＦ映画は最先端の特殊効果をまぶして手あかのついた「観念」を使い回しているにすぎず、「科学的推論」によって、新しい観念の追求というジャンルの崇高なる伝統を継承しているのは、あくまでも正統派のＳＦ小説であるということになるのだろう。

　この論争は、いっけん「文学派」対「映画派」の不毛な対立とも取られかねないが、サイエンス・フィクションというジャンルの定義にも関わる重大な問題に触れているところがある。ＳＦ的想像力にとっては、観念の言語的説明と驚異の視覚的提示、どちらがより本質的なのだろうか？　あるいは、定義上経験不可能な「未来」を想像するためには、言語と映像、どちらがより有効な表現媒体となるのだろうか？　イギリスＳＦ小説と映画との関係を考察する上で興味深いのは、このような不可避かつ解答不可能な疑問が、映画という新しいテクノロジーの登場と発展とともに、個別具体的なアダプテーションの技術的問題への直面を介して、時代を越えて繰り返し問われ続けていることである。映画は、その社会的余波を探求されるべき新しい科学・技術の一部としてＳＦ的想像力への刺激となると同時に、言語の相対化を通じて、その想像力の媒体自体への省察を促してきたとも言えるだろう。

　本章では、いくつかのイギリス発のＳＦ小説とその映像版とを具体例に、「言語」と「映像」とが対立、葛藤、恊働、相補性など、多様かつ複雑な関係性を発展させてきた経緯を見てゆく。周知のように「サイエンス・フィクション」という用語は雑誌編集者のヒューゴー・ガーンズバックによって1920年代末頃に作られ、その後50年代のペイパーバック・ブームや固定ファンの台頭によってサブジャンルとして確立したが、それが主流派文学とは別個の「ゲットー」の形成を促したという面もあった（Gordon 105）。以下ではまず、この「アメリカ的伝統」と並走したＳＦの「イギリス的伝統」の代表的作家であるＨ・Ｇ・ウェルズ（H. G. Wells, 1866-1946）と映画との関わりを論じる。次に、現在にいたるまでなおＳＦ映画の金字塔である『2001年宇

| 2｜時間旅行から「ポストヒューマン」まで　**303**

宙の旅』（*2001: A Space Odyssey*, 1968）を共作した映画監督スタンリー・キューブリック（Stanley Kubrick, 1928-99）と作家アーサー・C・クラーク（Arthur C. Clarke, 1917-2008）との緊張をはらんだ協働関係を考察する。最後に本章では、小説家カズオ・イシグロ（Kazuo Ishiguro, 1954- ）の代表作『わたしを離さないで』（*Never Let Me Go*, 2005）とその映画版に触れることで、ＳＦ的想像力が「ゲットー」を脱して、より広い文学・文化一般に影響力を振るいつつある現代の状況を確認したい。

2　時間旅行とユートピア

　1895 年 10 月 24 日、イギリスの機械技師ロバート・Ｗ・ポール（Robert W. Paul, 1869-1943）は、ある新案特許の申請を行っていた。申請書によればこの新案は、現代のテーマパークに見られるいわゆるシュミュレーターライドのはしりのようなもので、可動式の観客席と模型セット、そして（未来や過去の場面と想定される）映像投影装置を組み合わせ、観客たちに「時間を移動する機械に乗る旅の感覚」を与えるように工夫されたものだった（Ramsaye 155-57; Christie 27-31）。のちにイギリス映画のパイオニアの一人となったポールは当時、アメリカの発明家トマス・エジソンが開発したキネトスコープ（のぞき眼鏡式の初期の動画再生機）を改良し、スクリーン投影を行う方法を独自に模索していた（「映画の父」とされるフランスのリュミエール兄弟の発明とほぼ同時期のことである）。そこで、この新しい技術を何に活用すればいいのか思案していたポールに霊感を与えたのが、ちょうどそのとき雑誌連載されていたウェルズの『タイム・マシン』（*The Time Machine*, 1895）だったのだ。ポールはウェルズに手紙を書いて協力を請い、この新案特許について相談したとのちに回顧している（Ramsaye 153）。

　残念ながら資金難のためこの新案が実際に建造されることはなかったが、これはＳＦ的想像力と草創期の映画との交錯の驚くべき実例となっている。ウェルズの『タイム・マシン』について多言は不要だろうが、これは時間旅行装置を発明した主人公が、柔和だが虚弱な地上人エロイと、野蛮な人食い地底人モーロックとに分化した約 80 万年後の未来社会を訪問するという物語である。時間旅行装置はそれに乗る主人公にたびたび奇妙な視覚経験を与えている。たとえば主人公が未来に向けて出発する場面では、部屋を

横切る家政婦が「ロケットのように飛んでゆく」のが見え、逆に彼が現代に帰還するときには、同じ動作が「前とまったく逆」に再現される（*The Time* 18, 86）。これらは微速度撮影による高速動画や、フィルムの逆回転など初期のトリック映像を想起させるが、さらにウェルズの物語は、テクノロジーによって「進化の年表」を形成する長大な時間の流れそのものを可視化している（Williams 25）。この視覚経験に重点を置いた小説が、ポールの新発明に大きな刺激を与えたのも当然だろう。

　ただし、ここにあるのは小説（言語）から映画（視覚）への一方通行的な影響ではなかったのかもしれない。テリー・ラムゼイの指摘によれば、たとえば逆回転などのトリック映像はすでにエジソンのキネトスコープの時点から活用されており、ウェルズはそうした視覚経験に想を得ていた可能性があるという（Ramsaye 154）。また、『タイム・マシン』のテクストを特徴づけるのは言語の不完全性の自覚である。この小説は時間旅行者の冒険談を聞いた「私」による枠物語の構成を取っているが、彼の話を書き留めた「私」は、伝達媒体としての「ペンとインクの不完全さ」に忸怩たる思いを吐露している（*The Time* 17）。また、時間旅行者は 80 万年後の世界でエロイやモーロックの退化した言語に遭遇し、たびたび意思疎通の困難を経験している（39, 54）。さらに彼は、三千万年後のほとんどの生命が死滅した地球に到達し、まさしく言語に絶する静寂を味わっている（85）。この物語における進化論的かつ地質学的な「悠久なる時間」の追求はウェルズに言語の限界を意識させ、必然的に、視覚的表現の模索へと誘っていたのである。

　だが、このような草創期の映画との遭遇にもかかわらず、ウェルズ自身が映画製作へのより積極的な関与に乗り出すのはようやく 1920 年代に入ってからと、いささかのタイム・ラグがあった。その間にウェルズは、彼自身の初期ＳＦ小説を特徴づけた進化論的ペシミズムから、科学技術の進歩とエリート的テクノクラートの支配によるグローバル・ユートピアの未来観へと急転回していた（Luckhurst 41-2; 小野 219 -23）。特に第一次世界大戦後、二度目の破局的大戦の予感に世界が震えていた戦間期において、ウェルズの関心はみずからのユートピア観の普及と奨励による世界恒久平和の実現に注がれていた。この脈絡で、彼が製作に協力した最も重要な映画が、1933 年のユートピア的幻想文学『来るべき世界の姿』（*The Shape of Things to Come*）を原案と

| 2| 時間旅行から「ポストヒューマン」まで　　**305**

した大作ＳＦ映画『来るべき世界』(*Things to Come,* 1936)である。この当時、ウェルズはみずからの観念を広く大衆にわかりやすく説く道具としての役割を映画という媒体に期待していたことになる。[1]

　映画の原案となった『来るべき世界の姿』は「小説」と呼ぶのもためらわれる、じつに奇妙な作品である。その全体は 2106 年の未来人の観点から回顧された、未来のユートピア社会成立にいたるまでの歴史叙述として書かれている。それによれば、1940 年に勃発した大戦争と疫病によって人口は半減し、世界はいったん壊滅状態に陥る。ところが、一群のテクノクラートが率いる〈世界協議会〉（別名〈空の独裁〉）が台頭して教育心理学の革新と社会組織の急速な再編が進み、22 世紀初頭までには反動勢力も鎮圧され、完全な「普遍的知性の支配」が確立するとされる(*The Shape* 371)。特徴的なのは、この作品には一握りの人名を除いて、ほとんど個人的キャラクターが登場せず、叙述自体がきわめて「非個人的」であることだろう（348）。これは、「個性を昇華」し（443）、まったく新しい集団性を達成したとされる未来のユートピア人たちの「個人」への無関心を反映したものである。その意味でこのテクストは、その本質において、きわめて反物語的かつ反小説的な形式となっているのだ。

　この作品の出版後ウェルズは、当時ロンドン・フィルムを設立してイギリス映画産業再生に貢献していたハンガリー出身の映画製作者アレクサンダー・コルダ（Alexander Korda, 1893-1956）からの依頼を受けて、脚本化に着手した。だが、世界崩壊後の復興とユートピアの完成、という大きな未来史の流れこそ同一だが、原案と映画版とはその物語性という点で大きく異なっている。ウェルズ自身の言によれば、原作はさまざまな社会的・政治的問題を議論したものだったが、「映画は議論の場ではない」（*Things* 9）。長々とした複雑な議論を展開する代わりに、映画という媒体で自身の未来観を魅力的に提示するためにウェルズは、反動勢力の鎮圧を指揮するジョン・キャバルと、未来世界のリーダーとなるその孫オズワルド（同一の俳優が演じる）を主人公に配し、彼らを中心にした物語を新しく構築している（これに伴い、ユートピアの完成時期は 2106 年から 2036 年へと、ちょうど 70 年早められている）。だがこの工夫はかえって、個人崇拝のようないびつな印象を生んでしまっている。また映画では「エブリタウン」という架空都市を物語の舞

台とすることで、原作が描いた世界史的スケールの再現が試みられているが、この寓意的手法はあまり成功しているとは言い難い。

当時として最先端のモダニズム建築やデザインの特徴を反映したこの映画の視覚的側面は、いっけん理想的な未来社会像の構築に成功している（Frayling 62-75）。ウェルズは、ドイツのフリッツ・ラング

図1 『来るべき世界』▶ 01:29:34
未来のエブリタウンの様子。ショットの上半分以上がミニチュア模型製。

（Fritz Lang, 1890-1976）監督によるＳＦ映画の古典『メトロポリス』（*Metropolis*, 1927）が提示した負の未来像を嫌悪し、その「対極」を目指すべきだとデザイナーたちに指令していた（*Things* 13）。[2]『メトロポリス』は富裕層の独裁によるディストピア的未来を描いており、その映像においては、超高層建築がロボット化した労働者たちの姿を矮小化している。対して『来るべき世界』においてユートピアが完成したあかつきの 2036 年のエブリタウンでは、田園地帯の地下空洞に超高層建築や透明のエレベーターが配され、光あふれる広場を行き交う群衆の姿が映されている（図1）。これは鏡を使って、実際の俳優の演技とミニチュア・セットとを合成して撮影するシェフタン・プロセスと呼ばれる特殊効果を応用したものだった（Frayling 67; Williams 220）。奇妙なのは、この技法はウェルズが仮想敵とした『メトロポリス』の未来都市を映像化する際にも用いられた手法だったということだろう（Loew 63-5）。つまり「対極」であることを意図された理想の未来都市（『来るべき世界』）と、暗黒の未来都市（『メトロポリス』）とは、実際には同一の特殊撮影技法によって映像化されていたのである。

この技法が生み出した二作品の視覚的特徴もまた、奇妙な類縁関係を持っている。たしかに、暗く陰鬱な後者の都市像と、明るく清潔な前者の都市像とは表面的には対照的だ。ところが、トリック映像によって拡大された建造物が人間たちの姿を矮小化する、という（意図せざる）効果を生んでいる点

| 2 | 時間旅行から「ポストヒューマン」まで　　**307**

では、前者は後者とさほどかけ離れていない。当時として破格の30万ポンドの制作費にもかかわらず『来るべき世界』は興行的には失敗し、ウェルズがまず言葉で想像した未来像が、多くの観衆を魅了することはなかった。映像で具体化されたとき、それは理想像よりもむしろ、「冷たく非人間的」なものに見えてしまったのである（Richards 19）。

3　核時代の宇宙の旅

　ウェルズの予言とは異なり、第二次世界大戦後の世界は、社会崩壊にもユートピア設立にも向うことはなく、アメリカ率いる資本主義諸国とソヴィエト連邦を中核とする共産主義諸国との半恒常的対立に規定された。いわゆる「冷戦時代」である。1945年8月6日、広島に初投下された原子爆弾の威力と恐怖は、従来のような科学の進歩やテクノロジー的合理性についての楽観的な信頼を困難なものにした（Luckhurst 80）。冷戦期には、米ソ両大国による核戦争の勃発が人類滅亡を招きかねないという不安が広まり、しばしばその危機が近未来小説に表現された。代表的なのは、1959年に映像化もされた作家ネヴィル・シュートの小説『渚にて』（*On the Beach,* 1957）だろう。興味深いのは、この時代の人々の熱狂的な関心を集めた宇宙開発もまた、核戦争の不安と裏腹のものであったということだろう。米ソの「宇宙開発競争」は、ソヴィエト連邦による1957年のスプートニク衛星打ち上げに始まり70年代まで続くが、元をたどれば、その背後には第二次世界大戦中の大陸間弾道ミサイル開発と、その宇宙探査ロケットへの転用があった。つまりロケット技術の進歩において、超大国間の軍事開発競争と宇宙探査は表裏一体に結びついていたのであり、そのひとつの究極の形が、衛星軌道上からの核攻撃という想像上の恐怖だった（Seed 342-45）。

　この時代の宇宙ロケット開発にまつわる軍事的利害に心を痛めていた一人が、当時のイギリスを代表するＳＦ作家アーサー・Ｃ・クラークだった。その彼がキューブリック監督と共作した『2001年宇宙の旅』においても宇宙探査の希望と核戦争の不安とは複雑に絡み合っているが、この作品では、小説版と映画版とで、それがやや異なる表れ方をしている。小説・映画ともにこの物語は原始時代の猿人たちが「モノリス」という謎の物体に遭遇して道具の使い方を教えられる時点から始まるが、物語の本筋は、21世紀初頭に

月面に到達した人類が、地下に埋められていたモノリスに再遭遇するところから動き出す。モノリスが発した信号を追って、人類は宇宙飛行士たちを外惑星（小説では土星、映画では木星）へと派遣するが、その途中、故障した人工知能ＨＡＬによって彼らは次々と殺害され、唯一生き残ったデイヴィッド・ボーマンは、巨大モノリスとの接触を経て、謎めいた〈スター・チャイルド〉へと超進化する。

　小説版と映画版との差異を考察するために、先にその成立経緯を整理しておこう。1964年春にキューブリックからの共同製作の打診を受けたクラークは、まず48年に書いた「前哨」（"The Sentinel"）という短編をたたき台として長編小説を共同執筆し、その後、小説をもとに映画脚本を作り上げるプロセスで、当初キューブリックと合意した。ところが物語のだいたいの筋が定まり、65年12月に映画の撮影が開始されて以降も、脚本も小説も度重なる修正が加えられて完成しなかった。最終段階ではクラークは、小説原稿をもとにした脚本原稿、脚本原稿をもとにした映画のラッシュを見ながら小説の仕上げに取り組んだという（*The Lost* 29-49）。小説がようやく出版されたのは映画公開の2か月後、68年7月のことだった。つまり厳密に言えば、小説『2001年宇宙の旅』は（しばしば誤解されるように）映画の原作ではなく、むしろ、小説版と映画版とは、同一の小説・脚本草稿からほぼ同時並行的に、言語と映像との複雑な相互作用を経つつ製作されたのである。

　小説の脱稿が遅れに遅れた一つの大きな原因は、キューブリックからクラークへの度重なるダメ出しだった。重要なのは、製作段階でのそれほどの「言葉」へのこだわりにもかかわらず、キューブリックが映画『2001年宇宙の旅』を「本質的に言語にはよらない体験」、映像と音声によって「知性よりも、潜在意識と感情に訴える作品」と規定していたことだろう（アジェル 13）。宇宙ステーションや宇宙船の模型など、物語の舞台設定やメカ・デザインには当時として最先端の技術的知識が総動員され、当初この映画には、そうした科学的背景を説明するナレーションまで用意されたが、キューブリックはこうした説明的要素を製作の最終段階でほぼ完全に削除した。同時に会話もぎりぎりまで刈り込まれている（Krämer 51）。結果的に映画版の物語の理解可能性はかなり縮減されているが、超越的な知的生命体との遭遇による人類の超進化というシナリオの神秘性は、言語的説明を伴わない映像・音声の謎め

| 2 | 時間旅行から「ポストヒューマン」まで **309**

いた魅力によって、かえって飛躍的に高められることになった。

　核戦争の脅威と宇宙開発の希望の表裏一体性について、キューブリックはクラークと関心を共有していたが、映画からの言語的要素の削除によって、このテーマの扱い方には小説と映画とで差異が生じている。クラークの小説が描く未来では、世界の核保有国が 38 まで増えているとされ、小国による核使用の危機が語られる（*2001* 38）。だが同時に月面基地の開発は、冷戦時代に発達したテクノロジーの善用であることが示され、人類が「戦争と同じくらい興奮すべきこと」をようやく見つけ出した、と述べられている（61）。また、結末で〈スター・チャイルド〉へと変貌したボーマンは地球に舞い戻り、衛星軌道上の大量の核爆弾を破壊する（252）。クラークの小説ではいわば、宇宙探査も人類の超進化も、現実の核戦争の危機がもたらす不安への象徴的な「解決」として想像されているのである。

　これとは対照的にまず映画では、地球に戻った〈スター・チャイルド〉の意図はわからず、超進化の意味も目的もはっきりしない。キューブリックは数多くのアダプテーションを手掛けた監督だが、エリーザ・ペゾッタが指摘するように、独自の映像制作手法によって原作をほぼ完全に自家薬籠中のものとしている。その特徴は、いっけん無関係な挿話群を説明なしにつなぐ「省略（ellipsis）」的なプロット構築と、幾何学的なシンメトリーを重視したミザンセヌである（Pezzotta 36, 56）。この最も有名な例は、原始時代の猿人が宙に放り投げた動物の骨製の武器が、宇宙空間を漂う長方形の衛星に切り替わる序盤のジャンプ・カットだろう（▶ 00:19:41-00:19:55）（図 2）。形態の類似性のみに依拠して一挙に数百万年の隔たりを省略的に接続する、キューブリックの魔術的な映像美学がきわだつ瞬間である。

　ところが、クラークの小説や映画の製作資料を参照すると、このジャンプ・カットの背後に隠された論理を説明することも不可能ではない。実のところこの衛星は当初、「軌道をめぐる核兵器」としてデザインされたものだったが、キューブリックはみずからの前作『博士の異常な愛情』（*Dr. Strangelove,* 1964）と連想されるのを嫌い、明確な説明を削除したのだという（ビゾニー 70）。つまりこれは、小説版の結末で〈スター・チャイルド〉が破壊するはずの核兵器として当初予定されていたのである。この知識を踏まえて先述のジャンプ・カットをもう一度見直すと、モノリスによって刺激された人類の発明の才を

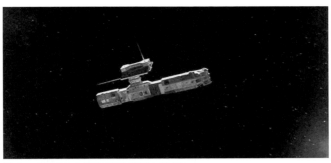

図2　『2001年宇宙の旅』 ▶ 00:19:51
当初、衛星軌道を周回する核兵器としてデザインされた人工衛星

象徴する骨製の武器が、軍事衛星に発展的に置き換わっていることがわかる。すると、もともとここに含意された歴史観は、たとえば次のようなものだったと言えるかもしれない。原始時代の人類を勝利に導いた闘争精神は、核時代の宇宙開発技術へと直結する。しかしそのような人類そのものの自滅を招きかねない攻撃的科学精神は、超知的生命体へと進化した未来の人類自身の手によって、やがて廃棄されるだろう、と。

　だがこのような筋書きは、言語を省略・排除するキューブリックの美学によってかき消され、結果的に残された映像は、視覚的な優美さとその背後に含意された暴力の不安とをあわせ持つ、神秘的な両義性を帯びている。小説の出版時には、クラークの作品を映画の謎への「説明」として歓迎する書評が数多く見られたが、このように小説版と映画版とを完全に混同・同一視することは、映画の多義性を抹消することになりかねない（Hunter 49）。だが同時に、この映画と小説をあわせ読むこと自体が禁じられているわけではない。むしろこの映画の確立したカルト的地位は、その意味をめぐる多種多様な言語的テクストを無限に増殖する傾向にあると言えるだろう。I・Q・ハンターが巧みに表現するように、この映画はその謎の究極の答えを求める「インターテクスト的オデッセイ」へと向けて、映像を起点とした言語的探求へと観客・読者を誘っているのだ（56）。『2001年宇宙の旅』の映画版と小説版とは、相互の自律性を主張しつつ、映像と言語とが相補的にはたらく事例ともなっているのである。

4　ポストヒューマンの地平

　クラークとキューブリックが想像した〈スター・チャイルド〉は、突然変異(ミューテーション)によって超能力を備えた新人類の子供たちの出現、というＳＦにはお馴染みのパターンの一変種と見なすことができるだろう（"Children in SF"; "Mutants"）。イギリスではオラフ・ステープルドン（Olaf Stapledon, 1886-1950）の『オッド・ジョン』（*Odd John*, 1935）、アメリカではＡ・Ｅ・ヴァン・ヴォークト（A. E. van Vogt, 1912-2000）の『スラン』（*Slan,* 1946）など、このテーマでは多くの名作が書かれてきた。だが昨今の脳科学によってかつては真剣に研究されていた超能力が明確に否定されるにいたって、この話題がハードＳＦで扱われることは近年減ってきているという（Slonczewski and Levy 176）。代わりに増えてきているのは、遺伝子工学などバイオ・テクノロジーの飛躍的進歩による、人間観・生命観そのものの根源的な見直しである（180-81）。特にクローン技術は、人工知能（ＡＩ）の開発やサイボーグ技術などとともに、現在、人間存在の固有性をめぐるさまざまな不安や憶測を刺激している。西洋のルネサンス以来、500年近く継承されてきた人間中心主義(ヒューマニズム)の根幹にあった「人間性(ヒューマニティ)」という概念自体の批判的修正や再検討――いわゆる「ポストヒューマン」の問題系である（"Preface" xi）。ポストヒューマンの逆説の一つは、クローン技術やサイボーグなど、いっけん人間の精神を単一の身体から解放するかに思えたテクノロジーの進歩が、あらためて人間の存在条件としての「身体性」への関心を集めている、ということである（Sheehan 251）。

　1997年に公表されて耳目を集めたクローン羊ドリーの誕生や、近年のＡＩ技術革新への広範な関心も反映してか、こうしたテーマは狭義のＳＦジャンルに限らず、広く現代文学・文化一般に普及している。カズオ・イシグロの『わたしを離さないで』はその代表例だろう。この物語は、31歳の主人公キャシー・Ｈの回想として一人称で語られている。彼女は、ルースやトミーなど、幼馴染みたちとともに謎めいた寄宿学校ヘールシャムで育ったが、成人後にはある一定の時期から臓器提供を繰り返し、若くして死ぬことを運命づけられていた。生徒たちはそもそも、臓器移植の目的で生み出されたクローンだったのである。キャシーの回想では、彼女たちクローンが、この冷酷な宿命と葛藤しつつ結局は従順に受け入れてゆくさまが、冷静に、だが痛切な哀感とともに語られてゆく。

2017 年にはノーベル文学賞も受けたイシグロのこの作品は、いわゆる主流の「純文学」がジャンル小説のモティーフや約束事を活用する近年の傾向の目立った実例でもある。ただし、イシグロ自身はＳＦ的物語の創作を試みるにあたって、ジャンル小説へのかすかな抵抗感も覚えていたらしい。2001 年に書き出して以降、イシグロは彼より 16 歳年少の作家アレックス・ガーランド（Alex Garland, 1970- ）との定期的な会話を通じて、さまざまなＳＦ小説、映画、グラフィック・ノベルなどについて教えを受けていたという（Ishiguro, "Introduction" viii）。このようにイシグロの創作を助けたガーランドは映画脚本家でもあり、ダニー・ボイル（Danny Boyle, 1950- ）監督の映画『28 日後...』（*28 Days Later,* 2002）などに脚本を提供し、近年はみずからの監督・脚本でアンドロイドＳＦ『エクス・マキナ』（*Ex Machina,* 2015）も製作している。マーク・ロマネク（Mark Romanek, 1959- ）監督による 2010 年の映画版『わたしを離さないで』の脚本を担当したのもまた、ガーランドであった。ここにもまた、小説執筆段階からの言語的想像力と映像的想像力との緊密な共同作業が存在していたのである。[3]

　ただし、イシグロの小説には、ＳＦ的設定を補強する「科学的詳細」についての説明がほぼ欠如しており、現実にはまだ存在しないクローン技術や臓器移植制度は、主人公たちが生きる日常生活の当然の一部のように提示されている（Lochner 226）。この小説で特徴的なのは、こうしたＳＦ的設定が読者に対してはじめは明らかにされず、ゆっくりと開示される手順である。たしかに、キャシーたちがやがて「提供者」となること自体は物語の序盤から示されているが、彼女たちが普通の人間をモデルに製造された「クローン」であることが明確となるのは、ヘールシャムを去った後、ルースが自分の「ポシブル」探しに乗り出す、ようやく物語中盤に入ってからである（*Never* 139）。さらに、1950 年代に生命科学の革新が起こり、クローン技術の医学利用が急速に制度化したという歴史改変ＳＦ的な設定が、エミリ先生（ヘールシャムの元校長）の口を借りて、キャシーとトミーのみならず読者の前にも明かされるのは、ようやく最後から二番目の章に入ってからである（262）。

　ここでエミリ先生がついでのように語る、科学者ジョン・モーニングデールの逸話は、イシグロの物語と伝統的ＳＦ小説との関係を考える上で示唆的である。これはモーニングデールが遺伝子工学を利用して、優秀な知性と身

| 2 | 時間旅行から「ポストヒューマン」まで　　**313**

体を有する子供たちを生み出し人々に提供しようと計画したが、自分たちよりも優れた世代に取って代わられることを恐れた大衆によって彼の実験がつぶされた、という事件である（263-64）。この事件が遠因となって、クローンたちにたんにより人間らしい成育環境を与えようとしていただけのヘールシャムも求心力を失い、やがて閉校に追いやられてしまった。特異能力を持った新世代の子供たちに対する旧世代からの反発は、突然変異の子供たちを扱ったＳＦ小説で繰り返し語られたテーマだった。この点でイシグロの小説は、やはり特殊能力を持つ子供たちの学校を舞台としたイギリスのＳＦ作家ジョン・ウィンダム（John Wyndham, 1903-69）の『恐怖の村』（*The Midwich Cuckoos,* 1957）などに類似している（Atwood 168; Sawyer 240）。[4] ただし大きく異なるのは、ウィンダムの物語では子供たちは実際に超能力を有する、普通の人間とはきわめて異質な存在であるのに対して、イシグロのクローンたちは、人工的に生み出されてはいても、皮肉にもごくあたりまえの人間となんら変わるところのない存在である、ということである。

　『わたしを離さないで』という物語のＳＦ的設定の提示法は、上で考察した問題と深く関連している。キャシーたちクローンは、過酷な宿命を背負わされた「ポストヒューマン」的存在であると同時に、その物語への共感が読者たちを自身の「基本的な人間の条件」（Ishiguro, "Introduction" ix）の省察へと導くものでもなければならない。言い換えれば、この物語の主人公たちは逆説的にも、「人間」とは異質な存在として提示されると同時に、異質な存在として見なされすぎてもならないのである。言ってみれば、読者の頭のなかで主人公たちのイメージが「人間」と「非人間」との境界線上を絶え間なく揺れ動き続けることではじめて、このポストヒューマン的物語による「人間性」への批判的省察が機能するのである。先述した小説版におけるＳＦ的設定のゆるやかな開示は、序盤でまず読者をキャラクターへの人間的共感へと誘いながら、あとからその共感の前提条件を攪乱するための戦略的な手法だったのではないか。

　このような考察を踏まえると、『わたしを離さないで』映画版にはいくつか重要な改変が加えられている。まず、1950年代以降の生命科学の飛躍的進歩という歴史改変ＳＦ的設定は、映画版では小説のように最後にではなく冒頭で、字幕によってはじめから提示される。また、小説ではクローンたち

図3 『わたしを離さないで』 ▶ 00:08:24
赤く点滅する壁の機械にブレスレットをかざすヘールシャムの生徒の身振り

が臓器摘出手術を受ける局面は決して正面から語られていないが、映画版ではトミーの手術場面が冒頭と終盤で示され、さらにクライマックス直前では、臓器を摘出されたルースの生命反応が途絶えるシーン（原作にはまったく存在しない）が追加・挿入されている（▶ 01:20:04-01:21:03）。キャシーの一人称の語りや、ほかのキャラクターたちの何気ない言葉を通じて、「あたりまえ」のように特異な設定を導入する小説版の手法を、アダプテーションにおいて忠実に再現するのは困難だったようだ。映画版では代わりに、ＳＦ的設定を序盤から視覚的に明示する戦略が選ばれている。

だが、このような彼女たちの運命の異質さを（結果的に）強調する映像によって、キャラクターたちへの人間的共感をかき立てることはできるのか？これは映画版への評価と関連して意見の分かれる点だろうが、この問題を考える一つの手がかりとして、アダプテーションにおけるもう一つの重要な追加に言及しておきたい。小説版でも映画版でも、物語の大きな謎の一つは、なぜクローンたちは逃げたり抵抗したりしないのか、という疑問である。この謎に関連して、映画版では小説版にはなかった小さなＳＦ的設定が追加されている。どうやら彼女たちは、ヘールシャムでの生徒時代から金属製のブレスレット着用を義務づけられているらしく、それはクローンの外出を管理するシステムに利用されている。映画では三度、生徒時代（▶ 00:08:23）とコテージ生活の時期（▶ 00:46:19）、そしてキャシーの「介護人」生活の合間（▶ 00:56:53）で、彼女たちが玄関口の機械にブレスレットを読ませ、外出と帰宅を記録している様子が示される（図3）。ガーランドの脚本では、このブレスレットはクローンたちの識別標としても機能し、一般人たちに嫌悪の

|2| 時間旅行から「ポストヒューマン」まで　　315

目で見られているが（Garland 57）、映画ではより控えめな仕草を通じて、日常の背後に存在する監視社会的システムが暗示されている。

　この細部の追加もまた、クローンたちの異質さを強調しているだろうか？だが、もしもあなたがそう感じるとしたら、このクローンたちの日常的動作がＩＣカードで交通機関を利用したり、社員証で職場への入退出時間を記録したりする私たち自身の習慣や、それを支える複雑な情報化社会の仕組みとどのように異なるのか、あらためて自省してみるべきかもしれない。私たちは日頃当然だと思っている身振りで、監視の危険をはらむシステムの内部にみずからをますます深く埋め込んでいるのではないか。映画版のクローンたちを究極的な運命の甘受へと方向づけているのもまた、まさにそのような、何気ない日々の習慣的動作の積み重ねだったのである。

5　おわりに──ＳＦ的想像力の系譜と未来

　上で論じた『わたしを離さないで』の事例は、ＳＦ的想像力が、テクノロジーに浸透された現代社会を批判的に異化する優れた道具であることを私たちにあらためて認識させてくれる。現代文化において、主流文学とＳＦジャンルとの垣根がますます低くなっている一つの要因は、ここにあるのだろう。だがあらためて思えば英文学の伝統には、オルダス・ハックスリー（Aldous Huxley, 1894-1963）の『すばらしい新世界』（*Brave New World,* 1932）、ジョージ・オーウェル（George Orwell, 1903-50）の『一九八四年』（*Nineteen Eighty-Four,* 1949）、カナダのマーガレット・アトウッド（Margaret Atwood, 1939- ）の『侍女の物語』（*The Handmaid's Tale,* 1985）など、真剣な目的を持ったディストピア小説の系譜が存在し、ＳＦ的想像力はそこでフルに活用されていた。本章では詳しく論じる紙幅の余裕がなかったが、特に『一九八四年』と『侍女の物語』は現代まで繰り返し映像化されており、ディストピア文学のアダプテーションもまた、十分に重要な研究関心となるだろう。[5]

　他方で、本章の冒頭でも触れた通り、豪華な特殊効果やＣＧＩを贅沢に活用して毎年のように量産されるＳＦ映画の現代的人気は、そのイメージを私たちにとってあまりにもお馴染みのものにしてしまっているかもしれない。別の言い方をすれば、ＳＦ的想像力の根幹にある「認識異化」の美学（批評家ダルコ・スーヴィンの用語）に対する私たちの感性は、視覚的驚異の飽食

状態によって鈍化してしまっていないだろうか。だが、もしそうだとしたら、ＳＦ小説と映画とのアダプテーション研究の存在意義の一つをここに見出せるかもしれない。本章で検討してきた通り、サイエンス・フィクションのアダプテーションは、言語と映像との緊密で多様な相互関係を構築してきたからである。いわばその伝統は、言語的想像力によって映像表現の限界を押し広げつつ、視覚的想像力によって言語表現の限界を乗り越えることで、ＳＦ的想像力自体の潜在力を拡張してきたのである。表現媒体自体を自省的に異化しつつ、ＳＦ的想像力の未知の可能性との遭遇に備えること——どうやら、「インターテクスト的オデッセイ」の継続に賭ける価値はありそうである。

註

1) なお、ウェルズ自身が関わらなかったものでも、彼のＳＦ小説は数多く映像化されている。なかでも映画史的に興味深い例としては、ジェイムズ・ホエール（James Whale, 1889-1957）監督の『透明人間』(*Invisible Man,* 1933)、ジョージ・パル（George Pal, 1908-80）監督の『タイム・マシン』(*The Time Machine,* 1960) の二作を挙げておこう。

2) ウェルズが『メトロポリス』に特に強く反発したのは、みずからの過去のディストピア小説『〈眠り人〉目覚めるとき』(*When the Sleeper Wakes,* 1899) からのアイデアの無断借用をそこに見出したからでもあった。

3) 日本で製作された『わたしを離さないで』の舞台版（2014 年）とテレビドラマ版（2016 年）への翻案については紙幅の都合上本章では扱わないが、菅野の詳細な論考を参照。

4) なおウィンダムの小説からは、『未知空間の恐怖／光る眼』(*Village of the Damned,* 1960) というタイトルで、小品ながら興味深いイギリス映画が作られている（続編もある）。

5) オーウェルの『一九八四年』は、1956 年と 84 年の二度映画化され、50 年代半ばにはそれぞれアメリカとイギリスでＴＶ映画にもなっている（新しい映画版の企画もあるようだ）。アトウッドの『侍女の物語』は、90 年にフォルカー・シュレンドルフ（Volker Schlöndorff, 1939- ）監督による映画版が作られ、最近では、2017 年にインターネット動画配信サービス Hulu によってドラマ化され賞を獲得するなど、フェミニズムＳＦへの新たな関心を巻き起こしたことが記憶に新しい。

Column 11　中世英文学を題材にした映画に見られる「中世性」

　著者や著作権といった観念が希薄だった中世においては、文学作品の多くは既存の作品の改作であった。つまり、物語は決まった形があるものというよりは、改作され形を変えていくものであったと言える。一方、現代においても、文学作品を映画や芝居などにする際には、原作にさまざまな脚色が加えられ、これと似たような作業が行われている。中世文学に基づく映画では、現代的な視点から大胆な脚色が加えられることも少なくないが、そこで行われていることは、中世以来の文学継承の伝統の延長線上にあると見ることもできるだろう。ここでは映画化された中世英文学の作品について、若干の例を紹介しておこう。

　8世紀前半の作とされ、古英語文学の至高とも言うべき『ベーオウルフ』（Beowulf）は、英雄ベーオウルフが怪物グレンデルやドラゴンを退治する英雄詩だが、20世紀末以降これに基づく映画が相次いで作られている。いずれも、もはや原作と同じ物語とは言い難いほどの脚色が施されているが、なかでもストゥルラ・グンナールスソン監督の『ベオウルフ』（Beowulf & Grendel, 2005）やロバート・ゼメキス監督の『ベオウルフ──呪われし勇者』（Beowulf, 2007）にはそれが特に顕著である。英雄的行いで社会秩序を保つ正義の勇者と、これを脅かす邪悪な怪物とが鮮やかな対照をなす原作とは異なり、両作品では、責めを受けるべきは必ずしも怪物ばかりでなく、英雄に代表される人間の側にも非があり、怪物の襲来も、もとを正せば自らの行いに由来するものだとする物語の再解釈が行われている。特に前者は『ベーオウルフ』を怪物の視点から書き直したジョン・ガードナーの小説『グレンデル』（Grendel, 1971）と通ずる視点からの物語とされている。このほか、『ベーオウルフ』に基づく映画として最も商業的成功を収めた、ジョン・マクティアナン監督の『13 ウォーリアーズ』（The Thirteenth Warrior, 1999）も、中世の別の作品に由来する要素が大幅に付け加えられ、上記二作とはまた少し違った形ではあるが、やはり原作とは異なる新たな物語とされている。

　12世紀前半のジェフリー・オブ・モンマス（Geoffrey of Monmouth）による『ブリタニア列王史』（Historia regum Britanniae）に端を発するアーサー王伝説群は、中世において既存の物語がさまざまな形に作り変えられ発達していったことを示す良い例と言えるが、15世紀後半のトマス・マロリー（Thomas Malory, 1415x18-71）による『アーサー王の死』（Le Morte d'Arthur）はそうして発達したアーサー王伝説の集大成と言える作品である。この作品はジョン・ブアマン監督『エクスカリバー』（Excalibur, 1981）として映画化され、かなりの商業的成功を収めているが、やはり原作にないシーンが少なからず含まれている。そして、その多くはアーサー王伝説群に含まれる別の作品から採られたものである。同様に、14世紀後半に作られた

作者不詳の『ガウェイン卿と緑の騎士』（Sir Gawain and the Green Knight）も同伝説群の一部をなす作品だが、その映画版、スティーブン・ウィークス監督『ガウェインと緑の騎士』（Gawain and the Green Knight, 1973）にも、同伝説群に属する別の物語からの要素が多く含まれている（同監督によるリメイク版 Sword of the Valiant,（1984）も同様）。アーサー王伝説群に基づく物語は、マロリー以降も書き続けられたが、映画などにおけるアダプテーションを通じ、ある意味で今なおその伝統が受け継がれ発達していると言えるかもしれない。

14世紀後半に活躍した中英語期を代表する詩人ジェフリー・チョーサー（Geoffrey Chaucer, c. 1340-1400）の『カンタベリ物語』（The Canterbury Tales）も、ピエル・パオロ・パゾリーニ監督『カンタベリ物語』（The Canterbury Tales, 1972）として映画化されているが、やはり原作とは大きく異なる部分が多く、特に原作と比べ性的な描写がことさら強調されていることで知られている。ともに巡礼地カンタベリを目指す一団の人々が道すがらそれぞれ物語を語るという設定の原作は、チョーサーが途中で執筆を断念し、結局一行がカンタベリに到着することなく未完のまま終わるのに対し、映画版は原作の一部のみを映画化したものにもかかわらず、一行がカンタベリに到着するまでが描かれている。チョーサーの死後、15世紀には、実際に未完の部分を補う物語を書いた人もいるが、映画版でもこれと通ずることが行われていると言える。

中世の文学作品を映画化する際には、現代的な世界観、価値観、興味に基づき物語の語り直しや改変が行われがちで、結果として原作とは大きく異なる物語となっていることも少なくないが、中世文学それ自体がアダプテーションの連鎖のなかに発達したものだということを考えれば、映画化された中世文学作品もまた、中世的な文学の受容・継承の伝統のなかにあるものと捉えることもできるだろう。　　　　　　　　　　　　　（唐澤）

3 ゴシック小説から ゴシック映画へ

《怪物》の示しうるもの

小川　公代

1　はじめに──怪物の「神話性」

　20世紀以降、ゴシック映画は怖いものを「見たい」大衆に消費される媒体として広く受容されてきた。同様に、18世紀末のイギリスでも、身の気もよだつ物語を「読みたい」という読者たちの欲求に後押しされ市場を拡大したのがゴシック小説であった。しかし、文章を読んで想像するという行為と、映像と音響の効果が視聴者にもたらす感覚現象とのへだたりはひどく大きいように感じられる。しかもアダプテーション（翻案）という話になれば、小説から映画という異なるメディアへと置換され、それぞれのインパクトは当然ながら一様ではない。小説を「読んで」恐ろしいと思えたものを、どのように映像中心の媒体に「翻訳」するかというのは、制作者側の演出や脚本、あるいは配役や俳優の演技によっても随分と変わるだろう。もちろん、時代を経て、原作の魅力が語り継がれることなく一般大衆に忘れられてしまう場合もある。

　たとえば、『ユードルフォの秘密』（*The Mysteries of Udolpho,* 1794）はゴシック小説の大家とされるアン・ラドクリフ（Ann Radcliffe, 1764-1823）の代表作だが、これまで映画化されたことがない。ホレス・ウォルポール（Horace Walpole, 1717-97）によるゴシック小説の嚆矢『オトラント城奇譚』（*The Castle of Otranto,* 1764）でさえ、現代では研究者以外にはさほど知られておらず、忠実な映画版も存在しない。ヤン・シュヴァンクマイエル（Jan Švankmajer, 1934- ）監督

の『オトラントの城』（*The Castle of Otranto,* 1973-79）というパロディ映画が唯一の翻案作品だろうが、登場人物を切り紙アニメーションで表現した史実のルポルタージュという体裁で、いわゆるゴシック映画に分類することはできないだろう。

他方で、メアリ・シェリー（Mary Shelley, 1797-1851）の『フランケンシュタイン』（*Frankenstein,* 1818）、ブラム・ストーカー（Bram Stoker, 1847-1912）の『ドラキュラ』（*Dracula,* 1897）、ロバート・ルイス・スティーヴンソン（Robert Louis Stevenson, 1850-94）の『ジキル博士とハイド氏の奇妙な事件』（*The Strange Case of Dr Jekyll and Mr Hyde,* 1886）、オスカー・ワイルド（Oscar Wilde, 1854-1900）の『ドリアン・グレイの肖像』（*The Picture of Dorian Gray,* 1890）などに関しては、これまでにおびただしい数の映画作品が制作されてきた。[1]

このようにゴシック小説には、文学史だけにその名を留める作品群と、繰り返し映像化され現代のポピュラー・カルチャーに広く普及している作品群とのあいだに大きな違いが存在する。この二つの作品群の命運を分けたのは記憶に残る《怪物》像の在・不在であると言えるだろう。たしかに『フランケンシュタイン』という小説のタイトルになっている名前が怪物（被造物）のものだという誤解は今でもしばしば起こり、『吸血鬼ドラキュラ』のヴァンパイアも毒気を抜かれてパロディの領域を出ないものも多い。

だが、われわれが若干のズレを許容しながらも文化的記憶のなかで《怪物》たちを存続させてきているのは、人々がそれらを人間の恐怖や欲望の結晶として見なしてきたからではないか。大石雅彦に言わせれば、この二大ゴシック・モンスターが増殖し続ける理由は、その「神話性」にある（84）。同じく、テレビや映画に登場する怪物には「神話的」な位相があると述べたのはレスリー・フィードラーである。彼によれば、怪物や「フリークス」たちは恐怖や嫌悪といった感情、あるいは自己の「隠れた内部」（the secret self）を投射する対象であり、それによって視聴者が過剰な自制や抑圧状態から解き放たれるのである（Fiedler 23）。

歴史をさかのぼってみると、このような神話性を強めたのは、19世紀に大衆的に流通したさまざまな諷刺画だった。フィードラーは、シェリーが創造した名無しの人造人間、ドラキュラ、ハイドなどといった架空の怪物は、規律の厳しいイギリス国教会に批判的であった文化的土壌が育てたと主張す

る。このような神話性が政治的文脈によっても強化されるという点について
は、クリス・ボルディックが、いかに「怪物」が、保守派と急進派の両視点
から戯画化され政治的言説に組み込まれていたかについて詳細に分析してい
る。19 世紀末に映画という新たなメディアが台頭し、こうした「怪物」像
の神話化をさらに高めていったのは、このような歴史の積み重ねの延長線上
であったのである。

　本章では、映画化されるゴシック小説とそうでないゴシック小説を画する
ものとしての「怪物」表象に着目しながら、特に『フランケンシュタイン』と『ド
ラキュラ』を対象として、その「他者性」を検証する。前者については科学
実験のスペクタクル化とそれが覆い隠す怪物自身の「主体性」について、後
者については吸血鬼の他者性とそれを象徴するセクシュアリティが、とりわ
け女性と関連づけられて映像化される両義的な展開について考察したい。本
章ではこの二作のアダプテーション研究を通じて、文学作品と映像芸術の根
本的な関係性を捉え直し、ゴシック小説が映画化される意義について考えて
みよう。

2　スペクタクル化される「怪物」の身体性

　　“monster” の語源に注目すると、ラテン語では “monstrum” となり、主
に「みせもの」という意味になる。「モンスター」と見なされるものはいつ
の時代も「公共の場」——ルネサンス期には宮廷で、17・18 世紀にはパブ
やコーヒーハウス——で〈スペクタクル〉になり、それが「怪物的身体の
商業化」の始まりともなった。モンストゥルムの身体や、政治的な諷刺画
にも見られた「スペクタクル性」がまさに「映画興行界」（motion-picture
industry）における怪物表象へと発展していったと言えるのだ（Braidotti
135）。[2]

　諷刺画などを通じて増幅された「怪物」神話は、まずフランス革命直後の
政治的文脈から生まれた。メアリ・シェリーの父、ウィリアム・ゴドウィン
（William Godwin, 1756-1836）が書いたゴシック小説『ケイレブ・ウィリアムズ』
（*Things As They Are; or The Adventures of Caleb Williams,* 1794）がその原型であろう。[3]
この小説は、まさにフランス革命直後の社会で人々が集合的に共有していた
政治的無意識を「家族関係」（Hunt xiii）の物語として具現化した作品である。

革命は王（＝父）に対する国民（＝子）の失望とその拒絶の表れであり、父のように慕っていたフォークランド（主人）に犯罪の過去があることを突き止めた召使ケイレブが、後ろめたさを感じながらもその真実を追求していくという政治的な物語は当時大変な人気を博した。フォークランドが度々ケイレブを「怪物」（monster）と呼ぶのも、主従関係の逆転がこの時代において怪物的であるとされていたからである。しかも、保守派の雑誌『アンチ＝ジャコバン・レヴュー』（*The Anti-Jacobin Review* V, 1800）において、国家権力に盾つく急進思想家は「怪物をはらむ種」（spawn of the monster）として揶揄され、そのなかに、シェリーの両親ゴドウィンとメアリ・ウルストンクラフトも言及されている（427）。

だが興味深いことに、19世紀に諷刺画を通じて神話化されていったのはゴドウィンの描いたケイレブではなく、その娘の作品『フランケンシュタイン』に登場する怪物だった。先述した通り、『ユードルフォの秘密』、『オトラント城奇譚』、『ケイレブ・ウィリアムズ』といったゴシック小説には、いわゆる人間の欲望や深層心理を映し出す怪物の《身体性》が不在である。たとえばフォークランドは自己防衛のためにケイレブを「怪物」に仕立て上げるが、実際には後者は無実である。また、ケイレブを貶めようとする悪漢フォークランドでさえ、裁判所での結末の場面において自分の罪を告白するのだ。こうした小説の悪漢たち（モントーニ、マンフレッド、フォークランド）はそれぞれ道徳悪の権化ではあるものの、身体的に人間の範疇を超えた怪物性を呈することはない。

対照的に、シェリーは父ゴドウィンに『フランケンシュタイン』を捧げたが、それまでは政治的隠喩（メタファー）として機能した「怪物」を意図的に身体化している。留保すれば、フランケンシュタインとは科学者の名前で、彼自身は文字通りの「怪物」ではない。この科学者の被造物も実は名前をもたない「被造物」（クリーチャー）と呼ばれており、けっして「怪物」と命名されているわけではない。物語の主人公ヴィクター・フランケンシュタインは生まれ育ったスイスを離れ、ドイツの大学に通い始めるも、自分の科学実験に夢中になる。死体を墓場などから集め、継ぎ接ぎの人造人間を作り、そこに新しい生命を宿そうと日夜実験を繰り返す。ところが、実際にその被造物が「息も止まるほどの恐怖と嫌悪感」を与える形相をして動き出したとき（Shelley 57）、彼は《父親》の役

割を投げ捨ててしまう。その恐ろしさは、「悪魔のような屍」(58)や「わたしが生命を与えてしまったあの怪物」(58)とも表現されている。「蘇ったミイラでも、あれほどひどい顔はしていない」(58)という醜悪な姿のために、クリーチャーは創造した当人にさえ見捨てられ、言葉さえ話せない状態のまま放浪し、人間から迫害を受ける。

　ただし、シェリー原作の怪物を特徴づけるのはその視覚的な醜悪さばかりではなく、彼に付与された一定の主体性でもある。創造者に見捨てられた彼は、その人並外れた強靭な肉体のため生き延び、野山を越え、最終的には言語も習得し雄弁さを獲得する。人間らしい感情を吐露し、自らの境遇をジョン・ミルトンの『楽園喪失』にたとえながら語るクリーチャーを(130)、読者は単なるおぞましい存在と割り切ることはできない。自分の伴侶となる異性の被造物を創造してくれるよう彼に頼まれたフランケンシュタインは、同種の怪物が増殖することを恐れ、その要求を拒否する。孤独に絶望したクリーチャーは復讐心に燃え、次々とフランケンシュタインの家族や友人たちを殺害してゆく。今度はフランケンシュタインがクリーチャーを追いかけ北極海までやって来るものの、その追跡は難航し、北極点をめざしていた探検家ロバート・ウォルトンの船に救出される。この物語自体が、フランケンシュタインがウォルトンに語っている内容なのである。力尽きて息を引き取ったフランケンシュタインの遺体を見出し、クリーチャーはその死を嘆く。

　読者は、愛や共感を求める切実さがかえって彼を復讐に駆り立ててしまう皮肉を理解し、外見の醜さよりむしろ内にある人間的な危うさや情念に触れることになる。そこで、醜悪な姿のクリーチャーか、無責任に人造人間に命を吹き込んで捨て置いた創造者か、いずれが真の「怪物」なのか、あるいは彼らは分身／ドッペルゲンガー(Doppelgänger)なのか、読者は思いを巡らすのだ。

　だが、この物語の翻案を考える上でまず重要なのは、映画というメディアを先取りするようなこの小説自体の視覚性だった。その良例は、1831年の序文に描かれた印象深い場面に見出せる。彼女の回想によれば、バイロン卿と夫のパーシー・シェリーらが生命原理やエラズマス・ダーウィン(Erasmus Darwin, 1731-1802)の科学実験について話しているのを聞いた直後、彼女は小説のプロットの核になる「青白い顔」をした大学生のおぞましい夢を見た

という。ここで注目すべきなのは、彼女自身が思いついた物語であるにもかかわらず、夢から着想を得たからなのか、まるで映画のワンシーンを観客が見ているかのような描写となっている点である。この夢のなかではある青年が、人造人間がぎこちなく動き出す姿を眺めている。彼は急に恐ろしくなって「生命の火花」が消えるのを待つが（Shelley 9）、実際はその人造人間の生命は持続し、眠りから目覚めた青年をじっと見つめ返す。このようにこの原初の夢の場面は、映像の連鎖のように語られている。

　この青年というのは、やがて小説の主人公の科学者として描かれる人物だが、シェリーは序文で "scientist" ではなく、あえて "artist" という言葉を用いている（9）。物語の主人公である「科学者」と、物語を創造した「作家」シェリー自身が重なり合うことを強く意識していたからだろう（Bloom 10）。この序文で最も映像的な恐怖が喚起されるのは、ベッドの傍らに立つ「あの恐ろしい存在」と、「黄色くよどんだ目」という箇所である（Shelley 9）。青年のまなざしの対象が「存在」から「目」へと移行する過程で、映画のフレーミングで言うと「フル・ショット」から「クロースアップ」へと対象との距離感を縮める描写がなされている。本質的にスペクタクル化の欲求が内在しているゴシック小説は多いが、シェリーは最初からきわめて映像的に物語を構築していたわけだ。

3 『フランケンシュタイン』──科学的スペクタクルと怪物の声

　このような原作自体の視覚性を受けて、19世紀に諷刺画を通じて普及した『フランケンシュタイン』の怪物神話は、最初期の映画から題材として人気を博した。だが、そのような視覚性自体の強調によって、サイレント映画でも、ユニヴァーサル制作のクラシック・ホラー映画群においても、原作に見られたクリーチャーの雄弁さと主体性は完全に封じられ、科学実験によって生命を誕生させる一大スペクタクルばかりが前景化されることになった。たとえば、エジソン・スタジオで撮影されたJ・サール・ドーリ（James Searle Dawley, 1877-1949）監督のサイレント映画『フランケンシュタイン』（1910）では、主人公が液体を大きな容器に入れ、見るも恐ろしい姿の創造物にでき上がっていく過程が映し出される。最初に火花が散って煙が出る場面は科学実験を彷彿とさせるが、ミイラ状態の骨格が、どこからともなく飛

| 3 　ゴシック小説からゴシック映画へ　　**325**

図1　ハンフリー・デイヴィーの講義
©Science History Images/Alamy Stock Photo

んでくる肉片を少しずつ身にまとい、次第に軀が構成されていくプロセスは、まるで錬金術師の超自然の力に依拠しているかのようでもある。この映画では、「クリーチャー」ではなく「モンスター」（monster）と呼ばれているのも、小説とは異なる点であろう。ただ、アビゲイル・ブルームが指摘する通り、「鏡」を用いた示唆的な演出（鏡のなかで被造物と創造主が重なり合うイメージが映し出される）によって科学者フランケンシュタインもまた怪物であるという暗示がなされており、原作におけるドッペルゲンガーのテーマはここではかろうじて引き継がれている（Bloom 19-20）。

　後世の「怪物」イメージを決定づけたジェイムズ・ホエール（James Whale, 1889-1957）監督の『フランケンシュタイン』（1931）とその続編『フランケンシュタインの花嫁』（1935）においてもまた、ボリス・カーロフ（Boris Karloff, 1887-1969）演じる「首にボルト」が特徴のクリーチャーには知性が欠けており、原作における彼の主体性はほぼ完全に抹消されている。この映像版では、科学実験をスペクタクル化するという一点において、原作の再現が試みられていると言えるだろう。このような化学実験のスペクタクル性は、そもそもメアリ・シェリーの原作においてかなり意識的に表現されていた。彼女は、エラズマス・ダーウィンのみならず、当時の科学者たち――たとえばハンフリー・デイヴィー（Humphry Davy, 1778-1829）、ルイージ・ガルヴァーニ（Luigi Galvani, 1737-98）、ジョン・アバーネジー（John Abernethy, 1764-1831）ら――が実際に〈スペクタクル〉として行っていた科学実験を強く意識していた。執筆当時19歳であった彼女は、夫のパーシーや彼の主治医でもあったウィリアム・ローレンス（William Lawrence, 1783-1867）から、たとえば、ガルヴァーニが神経や筋肉の動因と考えて1791年に行ったカエルの「動物電気」の実験などをよく聞かされていた。デイヴィーが1807年から11年にかけて行ったボルタ電堆の実験では、爆発、閃光、騒音などが生じることも彼女は熟知

していたのである（図1）。

　ダイアン・サドフの見立てでは、ホエール監督が「映画のもつ電気的魔術」（electrical wizardry of cinema）によって改変したのは、まさにシェリーが執筆当時関心を持っていたこのような科学実験の〈スペクタクル〉というテーマだったのである（Sadoff 109）。この映画でヘンリー・フランケンシュタイン（小説ではヴィクター）は、友人のヴィクター（小説ではヘンリー）、エリザベス、ウォルドマン博士らが目撃するなか、電気が充電された巨大装置、飛び交う火花、煙が立ち込めるビーカー、グルグル回るハンドルなど、まさに見世物としての科学実験に着手する（▶ 00:15:00-00:25:14）（図2）。まるで、シェリーの序文をなぞるように、映像は怪物の体全体を映し出すフル・ショットから、ぴくぴくとした手の動きを捉えるクロースアップに移行する。そして、フランケンシュタインは感極まってこう叫ぶ「生きている！」（It's alive!）。

図2　『フランケンシュタイン』実験場面
▶ 00:23:33

　これと同じパターンは『フランケンシュタインの花嫁』でも繰り返される。まるで「二つの誕生は（科学者が創造を見届ける「目撃者」を必要とするように）、断片が縫い合わされた怪物の身体のように、やはり（さまざまな構成部分を持つ）映画もまた、観客を必要とする存在であることを象徴している」（Sadoff 110）。たしかに、怪物とその花嫁の二体の誕生場面は映画の創作を彷彿とさせる。怪物に花嫁の製作を要求され、それに従ったフランケンシュタインは、彼女が生命を吹き込まれた瞬間もまた「彼女は生きている！」（She is alive!）と興奮混じりの声を上げる。彼女の、まるでミイラのように包帯で巻かれた身体全体を映すフル・ショットから、頭の一部の包帯を取り外して「目」を映し出すクロースアップへと移行する場面は、原作者シェリーが自分の夢を視覚描写によってスペクタクル化した瞬間の再現でもあるようだ（▶ 01:09:15-01:09:30）。[4]

　このような科学実験のスペクタクル性への関心は近年にも引き継がれている。1990年代には、クローン羊ドリーの生物医学的な実験が成功し、科学技

術による生殖プロセスへの介入を大きく取り上げた大衆メディアは、多くの人々に『フランケンシュタイン』の主題、自然への科学的介入を想起させた（Sadoff 103）。ケネス・ブラナー（Kenneth Branagh, 1960-）監督・主演の『メアリ・シェリーのフランケンシュタイン』（1994）では、シェリーが序文で言及しているような科学のイメージを強調することによって、現代の自然と人工が混在する生殖医療技術をテーマ化した。この映画では、たとえば、ガルヴァーニによるカエルの電気実験を真似た緻密な場面が挿入されている。ちょうど電気によってカエルの足を痙攣させることに成功した直後に、突然エリザベスとヘンリーが現れ、一緒に故郷に戻るように促すが、フランケンシュタインは「科学実験を何よりも優先させなければならない」と答え、実験を再開する。彼は人の身体をかたどった大きな容器に継ぎ接ぎのクリーチャーを入れ、脳や肢体の各神経経路に針を突き刺す。ブラナー自身もコメントしている通り、シェリーが想定したような実験プロセスに寄り添いながらも、「羊水」（amniotic fluid）のイメージを組み合わせつつ、生物的な活動をよりリアルに再現させる科学実験のワンシーンを作り出している（Laplace-Sinatra 262）。大掛かりな機械から電気を発生させ、それを継ぎ接ぎの身体に充電させる場面は、ホエール版よりはるかに緻密でリアリティがある。

　だがブラナーによる映画版が真に画期的なのは、このような科学実験のスペクタクル性に加えて、従来の映像版が抹消してきた怪物の主体性をある程度回復させた点にある。『フランケンシュタイン』原作はその副題「近代のプロメテウス」も示す通り、神話的な側面を有していた。ギリシア神話のプロメテウスが、主神ゼウスを裏切って天界の火を盗み人類に与えたように、主人公フランケンシュタインも、神に対する冒瀆的行為である生命創造の「知」を獲得し、人類に対してプロメテウスに類した役割を担うことを夢想している（100）。またこの小説は、ミハイル・バフチンのいう「多声性」さながら、他者との対話や相互主観的な関係のなかで、複数の声がオーケストレーションされて構成されている（バフチン16）。小説冒頭の語り手でもある探検家ロバート・ウォルトンなどを含む数名の語り手の手記を入れ子式に組み込んだ書簡体は、矛盾し合う「他者」の言語を組織化する脱中心的で「開かれた」性質を有している。なによりも重要なことに、その語り手たちのなかには、「怪物」として他者化されたはずのクリーチャー自身の声も含まれ

328　　第2部

ているのだ。

『フランケンシュタイン』はさらに、先述したように『楽園喪失』のアダムとイヴの物語も下敷きにしている。クリーチャーは、「彼（アダム）は神の手から生まれた完璧な存在で、創造主の特別な配慮に守られて、幸福と繁栄を謳歌している」と言い、自分をアダムになぞらえながらも、彼自身は呪われた境遇から脱することができない（Shelley 129）。ブラナー版では、このキリスト教的な神話を皮肉な視点から捉えたクリーチャーを映像化している。フランケンシュタインが、みずからが生み出した被造物のおぞましさに絶望し、その「失敗作」を鎖で天井高く吊るし上げる場面である。アダムやサタンへの直接的な言及の代わりに、「十字架」の格好をした創造物が天井に吊るされる姿は、キリスト教的な原罪を示唆するものとして観客の目に焼きつけられる（▶ 00:48:16-00:49:05）。つまり、クリーチャーが知性を身につけ、雄弁に語り出す点においても、また映像的に「楽園喪失」のテーマを表現した点においても、ブラナー版はそれまでのどの作品よりも原作に忠実と言えるのである。

人々をこの小説の映画化に駆り立ててきた欲望については、スラヴォイ・ジジェクが興味深い指摘をしている。先述したように、ゴドウィンとシェリーの小説の違いは明白である。1790 年代に両親が保守派の雑誌で「怪物」として祭り上げられたのは、シェリーにとっては負の遺産であり、当然『フランケンシュタイン』の怪物表象にも反映されている。急進思想を体現したケイレブを主人公にしたゴドウィンとは異なり、フランス革命後の恐怖政治を経て保守化したシェリーは、必ずしも怪物をプロメテウス的英雄としては描かない。正義の声を持ちながらも、復讐のために殺人鬼に変貌するクリーチャーは英雄でも悪漢でもない両義的存在としてテクスト中に浮遊する。ジジェクは、この矛盾を解消しようとしたのがこれまでに制作されてきた無数の映画制作の試みであったと主張する（Žižek 77）。

この観点を受けて、上で分析してきた例を再整理すれば、1930 年代のホエール版は、クリーチャーの「声」を奪うことによって怪物性の他者性をことさらに強調し、他方、より最近のブラナー版ではクリーチャーに「声」だけでなく知性を与え、戦略的に女性パートナーを創造させることによって物語に一貫性をもたらそうとした。ブラナーは、クリーチャーが復讐相手の前

でその花嫁エリザベスの心臓をもぎ取り、さらにはその美しい顔を傷つける
という演出を追加する。科学者は、彼女の生命の蘇生と顔の修復（その結果
醜い顔へと変貌する）へと追い込まれるメロドラマ的な犠牲者の役割を担っ
ている。自分が怪物と化したことに絶望したエリザベスは、自らの身体を燃
やして死んでしまい、物語は悲劇の結末を迎えるという流れである。『フラ
ンケンシュタイン』のような多声的・両義的な物語を映像化することによっ
て一つの解釈に収束させようとするなら、そこには、不可避的に翻案者たち
の選択を左右した価値観が浮上するのである。

4　『吸血鬼ドラキュラ』が表象する「他者性」

　次に、吸血鬼表象の変容に関して「他者性」の問題をさらに具体的に見て
ゆこう。ブラム・ストーカーの『吸血鬼ドラキュラ』の物語は、弁理士ジョ
ナサン・ハーカーがトランシルヴァニア奥地の城に住むドラキュラ伯爵を訪
ね、イギリス移住のための手伝いをするうちに彼の恐ろしい正体に気づくと
ころから始まる。伯爵は海路でイギリスに向かい、ルーシー・ウェステンラ
を毒牙にかけ、その友人でハーカーの恋人でもあるミーナにも接近する。エ
イブラハム・ヴァン・ヘルシング教授や科学者ジャック・スワード博士は、
科学や知力のあらゆる手段を用いてハーカーに加勢し、吸血鬼退治に挑む。
この原作には生々しい吸血場面の描写などは少ないものの、ドラキュラ伯爵
の魔の手が主人公ハーカーの妻となるミーナに忍び寄る場面は緊迫感があ
る。

　この小説が描く他者性でまず重要なのは、当時の移民や異人種の問題であ
る。吸血鬼はいわば国外からの移民であり、吸血という行為によって「混
血」「人種の劣化」が生じうる不安の具現化であったことは、丹治愛が詳細
に論じている通りである。作者のブラム・ストーカーは、独立運動が盛んに
なった世紀末アイルランドでアングロ・アイリッシュとして小説を書いてい
た。そのようなハイブリッドのアイデンティティを持つ作者だからこそ、両
義的な立場から人種、社会階層の境界線の曖昧さや互いが侵食しうる恐怖を
生々しく捉えることができたと言えよう（Valente 9）。『吸血鬼ドラキュラ』は、
イギリスの内側にも他者なる植民地を抱えていた人々の不安を如実に表して
いる。また、日記、書簡、新聞記事、手記などを並べた、複数の登場人物の

330　　第2部

視点から語られるドキュメンタリー形式を採用したこの小説は、『フランケンシュタイン』の多声的テクストとも類似している（もっともシェリーの描く「クリーチャー」の場合とは異なり、この小説では吸血鬼という「怪物」自身の声は、その不在を通じて不気味に暗示されるのみであるが）。

　このようにストーカーの小説は、帝国拡張に伴う移民の流入や異人種の混淆のテーマを、双方向的な視点から描き出したが、当時のイギリス人にとって外国人だけが脅威の対象だったわけではない。19世紀末には女性参政権運動へと進展してゆくフェミニズム運動が始まっており、女性の周縁化・他者化もまた問い直されるようになっていた。ただし1890年代といえば、たしかに「新しい女性」（New Woman）が現れ始めてはいたが、ヒステリーと診断された多くの女性が実験や治療の対象となり、彼女たちの主体性が抑圧された時期でもある。ストーカーは、フランスの精神医学者ジャン＝マルタン・シャルコー（Jean-Martin Charcot, 1825-93）の生体磁気説に基づいた催眠療法の実践を描き、女性ヒステリー患者の他者性を強調した。具体的には、男性科学者の家父長的な価値を体現するヴァン・ヘルシングは、シャルコーを引用しながらミーナに催眠術をかけることを正当化している（Stoker 171）。ミーナは、伝統的な中流階級の淑女であると同時に、「新しい女」の表象でもある（Auerbach and Skal xi）。つまりこの小説は、ヴィクトリア朝の家父長制を内から打ち崩す脅威を内包した女性の二重性——犠牲者かつ誘惑者——を象徴的に描いているのだ。

　この物語の映像化作品が量産されてきたのは、こうした重層的な他者性を内包したテクストが、後世の人々による多様な解釈と変奏を可能にしたからではないか。吸血鬼を扱った膨大な数の映画は枚挙にいとまがないが、ストーカーの原作に比較的忠実な映画化の例を挙げると、トッド・ブラウニング（Tod Browning, 1880-1962）監督の『魔人ドラキュラ』（1931）、テレンス・フィッシャー（Terence Fisher, 1904-80）監督の『吸血鬼ドラキュラ』（1958）に始まるハマー・ホラー・シリーズ、ジョン・バダム（John Badham, 1939- ）監督の『ドラキュラ』（1979）、そして、フランシス・フォード・コッポラ（Francis Ford Coppola, 1939- ）監督の『ドラキュラ』（1992）などが代表的だろう。

　興味深いことに、本来は恐怖の対象であるべき「怪物」としての吸血鬼は、最初期の映画から女性にとって抗しがたい性的魅力を放つ存在として演出さ

れ、結果的にメロドラマやロマンス化した『ドラキュラ』の翻案が人気を誇って
いた。というのも、1920 年から 30 年代の映画視聴者の大半が女性であり、
ハリウッドもとりわけ女性観客を意識した映画を制作していたからである
（Stokes 43-44, 47）。たとえば、『魔人ドラキュラ』で黒いマントを身にまとっ
た吸血鬼を演じたベラ・ルゴシ（Béla Lugosi, 1882-1956）は、女優キャロル・
ボーランドに「こんなに人を惹きつけてやまない男はいない。（映画館に）座っ
て彼を見つめるだけで女性はみな骨抜きになる」と言わしめたほどの魅力が
あったという（Skal 176）。

　ところが 20 世紀の後半には、吸血鬼像が象徴するセクシュアリティが、
女性たちによってより主体的に捉え返されるようになる。1960 年代といえ
ば、ベティ・フリーダン（Betty Friedan, 1921-2006）の『女という神秘』〔邦訳：
『新しい女性の創造』〕（The Feminine Mystique, 1963）の出版と全米女性組織ＮＯ
Ｗの結成（1966）が一時代を画し、ウーマン・リブ活動が世界中に広まった
時代である。たとえば 1966 年に制作されたフィッシャー監督によるシリー
ズ第三弾『凶人ドラキュラ』（Dracula: Prince of Darkness）で注目を浴びるのは、
もはや原作のミーナのような「お行儀のよい」人間の女性ではなく、「知的」
な女吸血鬼ヘレンである。その舞台も「トランシルヴァニア」からアメリカ
の「カールスバッド」（Carlsbad）へと移されることによって、少なからず当
時のアメリカの状況を連想させている。

　同じ女吸血鬼でも、ヘレンと原作でドラキュラの毒牙にかかって吸血鬼化
するルーシーとでは、まるで対照的である点に注目したい。小説では、スワー
ド博士の視点から語られるルーシーの杭打ちの場面は、半ば読者の涙を誘う
ほど悲痛である。婚約者のアーサーも、かつて彼女を愛していたスワード博
士も、「メデューサ」にもたとえられるほどの恐ろしい怪物と化したルーシー
を前にして躊躇しつつも、その葛藤に打ち勝ち、胸を撃ち抜くことに成功す
る（Stoker 188-192）。他方、『凶人ドラキュラ』で映像化された杭打ち場面
は、吸血鬼となったヘレンの側の視点から描かれる。抵抗しようとする彼女
の力強い肉体が、淡々と効率よく動く修道士たちによって石の台に運ばれ、
まるで「集団レイプ」にも似た行為のように描かれる。彼女を葬るに際して、
いずれの男性の逡巡も描かれない。ここでは、犠牲者としての（まだ人間ら
しい）ヘレンの恐れおののいた姿が映し出され（Auerbach 398）、かえってそ

332　　第 2 部

の悲劇性が浮き彫りになるのだ（▶ 01:17:00-01:18:40）。

これに続くバダム監督の『ドラキュラ』（1979）においてもまた、女性のセクシュアリティのありさまが表現されている。

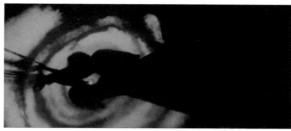

図3　『ドラキュラ』　▶01:02:14
抱き合うドラキュラとルーシーの黒いシルエット

ウーマン・リブ運動は「性の革命」（sexual liberation）を伴って台頭したが、それは既存の性規範、とりわけ女性の性について問い直すイデオロギーで、女性の肉体的、心理的な性の解放を目的としていた。この映画では、抑圧されたルーシーの性を解放する導き手としてのドラキュラ伯爵の演出が際立つ。夕食会で初めてルーシーがかける言葉も、「ドラキュラ伯爵、あなたは生を渇望されているようですね」（You seem to have lust for life）であり、"lust"という言葉が示唆する通り、"life"には「生」と「性」という意味が込められている（▶ 00:20:05-00:20:20）。また、小説で催眠術を用いて抑圧された女性の治療を行うのはヴァン・ヘルシングだが、この映画では、女性を催眠術にかけるのはドラキュラ伯爵である。それは明らかに、自然を統制する科学としての治療法ではない。なぜなら、伯爵は「私は生／性を享受しない女性を軽蔑する」（I despise women with no life in them, no blood.）とセクシュアリティの充足を高らかに宣言するからだ（▶ 00:21:48-00:21:55）。

おそらく、この映画で最も印象深いのは、伯爵がハーカーに「彼女［ルーシー］は他の女性よりも強いのではないですか」という場面である。鼻っ柱の強いフェミニスト的な女性であるルーシーが伯爵に血を吸われる場面は、犠牲者としてではなく、むしろ陶酔しながらも彼女の主体性が殺されない演出になっている。さらに、それまでの吸血鬼映画では見られなかった肉体の接触が大胆に映し出される。二人の黒いシルエットが鮮烈な赤いスクリーンに浮かび上がり、エロティシズムが強調されるのだ（▶ 01:01:10-01:03:20）（図3）。

このようなエロティシズムは、コッポラの『ドラキュラ』（1992）にも継

承されている。この映画ではルーシーやミーナだけでなく、ドラキュラ伯爵が城に囲っている妖艶な女吸血鬼らによっても、過剰なセクシュアリティが表象されている。このような表象は、女性たちにとって主体的なセクシュアリティの解放となるのか、それともむしろ、このようなエロティシズムは男性目線によってポルノグラフィー的に消費されるのか——このような両義性自体が『ドラキュラ』映画の伝統を持続させてきたのかもしれない。

5 おわりに

　長い歴史的変容のなかで、『フランケンシュタイン』も『吸血鬼ドラキュラ』もその時代の視聴者が求める作品が制作されてきた。ゴシック映画のスクリーンの向こうには〈スペクタクル〉を欲するわれわれ視聴者の存在がいる。しかも、われわれは自己の隠れた内部——欲望や恐怖心——を表象／反復（represent／re-present）することを期待しているのである。そもそも原作『フランケンシュタイン』のスペクタクル性は、メアリ・シェリー自身が脳内に映し出していた映像を言語化したものでもある。急速に発展する生命科学により「神」が放逐される恐怖を描いた原作は、20世紀に映画に翻案されるプロセスにおいて、科学の介入がより鬼気迫る形でスペクタクル化された。『ドラキュラ』は原作の小説のみならず、20世紀の映画アダプテーションにおいても、既存の性規範、とりわけ女性の性についてのイデオロギーを問い直す装置として機能した。ゴシック映画が描いてきた怪物という「他者」のなかには、どのような主体性が潜在していたのか——そう考えると、18世紀末に流行したゴシック小説に描かれた貞淑／不貞な女性についても興味深い分析ができそうだ。「ゴシック」とは、漠然とした恐怖や不安の感情、あるいは社会の闇を暴き出し、映像として投射することによって視聴者に心理的なカタルシスを与えうる存在なのかもしれない。

註

1) 20世紀を通して、『ジキル博士とハイド氏の奇妙な事件』に基づく相当数の映画が発表され、『ドリアン・グレイの肖像』も、1940年代以降、映画だけでなくドラマにも多数翻案されているが、紙幅の関係で本章ではそれらには触れない。
2) レスリー・フィードラーは、これに類する言葉として、"freaks", "oddities", "abnormalities", "mutants", "very special people" などに言及している。

3) ただし、1980 年に英国・ドイツ合作でテレビドラマ版は制作されている。ドイツでは 1980 年に、英国では 1983 年にそれぞれ放映されている（監督：ロビン・チャップマン、主演：ミック・フォード）。

4) このほかに、科学実験が「見世物」になっているヴァージョンとしては、メル・ブルックス監督（Mel Brooks, 1926- ）の『ヤング・フランケンシュタイン』（*Young Frankenstein,* 1974）などがある。ただし、この映画はパロディ化されており、コミカルな助手が間違って「異常者」（abnormal）の脳を手に入れたり、ドレイシー（盲人）とのコミカルなやりとりなどが特徴である。この映画が「滑稽化しながらも、ヴィクターとクリーチャーとの間に人間味溢れる関係性をもたらした点において」シェリーの原作に最も近いと評されることもある。

Column 12 中世英文学とファンタジー文学・映画

ファンタジー文学の原型となる作品は、既に19世紀にも書かれているが、これが文学ジャンルとして確立され広く一般に認知されるようになったのは20世紀中頃以降のことと言っていいだろう。特にJ・R・R・トールキン（J. R. R. Tolkien, 1892-73）の『ホビット』（The Hobbit, 1937）や『指輪物語』（The Lord of the Rings, 1954-55）、および、C・S・ルイス（C. S. Lewis, 1898-1963）の『ナルニア国物語』（The Chronicles of Narnia, 1950-56)の影響は非常に大きく、これらによりファンタジー文学の一つの様式が確立されたと言っても過言でない。トールキンとルイスはともにオックスフォード大学で教鞭をとった中世英文学の専門家で、彼らのファンタジー作品には中世文学や神話・伝説などから得た着想が大いに利用されている。その意味で、ファンタジー文学の世界は中世文学の世界と密接な関係を持っていると言える。

一方、近年においては、J・K・ローリング（J. K. Rowling, 1965- ）の『ハリー・ポッター』（Harry Potter, 1997-2007）シリーズが絶大な人気を誇っているが、この作品にもファンタジー文学の伝統である中世的なモティーフがいたる所に顔をのぞかせる。魔法使いの存在それ自体が既に中世文学の影響下で発達したファンタジー文学の伝統を反映したものであるし、魔法使いが使う呪文の多くがラテン語やそれを模した言葉になっているのも中世以来の伝統を意識したものである。魔法使いのほかにも、ドラゴンやキメラの類、妖精や巨人、トロールやユニコーンなど、不思議な生物が多く登場するのもまた中世的な世界観を模したファンタジー文学の伝統に従ったものだと言える。

このように、『ハリー・ポッター』シリーズも、トールキンやルイス以来のファンタジー文学の伝統の延長線上にあると言えるが、トールキンやルイスの作品における物語世界とローリングの作品におけるそれを比較した場合、顕著に異なるのは世界観のスケールだと言える。トールキンは自らの作品世界の地図を作成し、これを作品とともに出版しているが、そこにも反映されているように、彼は「中つ国」（Middle-earth）と呼ばれる世界そのものを、そこにおける言語や歴史とともに構築し、そのなかに物語を見出すという形で作品を著した。同様に、ルイスの「ナルニア国」（Narnia）も現実の世界とはまったく別の中世的な世界のなかに位置し、民族移動や侵略、王朝の交代などをも含む独自の歴史を持つ国とされ、物語の主要な部分はこの異世界において展開する。一方、ローリングの作品にも不思議な生物が多く登場し、現実では起こりえないことが起こるが、舞台となる世界そのものは多かれ少なかれ現実世界をモデルとしたものである。したがってたとえば、ロンドンの街や実在の鉄道駅への言及があり、そこでは魔法が使えず現実世界と同じ生活をするマグル（muggle）と呼ばれる人々が魔法使いたちと共存しており、魔法使いの世界は現実世界のどこかに人知れず存在

するもののように扱われている。

　このような世界観のスケールの違いは、それぞれの映画版にも反映されているところがある。映画版『ハリー・ポッター』（*Harry Potter,* 2001-11）は原作同様、基本的に現実の英国をモデルにした世界で物語が展開するため、その多くが英国内で撮影されており、実在の建物や通りなどが多く使われている。ホグワーツ魔法魔術学校も現実世界の寄宿学校をモデルとしたもので、映画版の撮影にはオックスフォード大学の学寮が使われている。一方、映画版の『指輪物語』（*The Lord of the Rings,* 2001-03）、『ホビット』（*The Hobbit,* 2012-14）、『ナルニア国物語』（*The Chronicles of Narnia,* 2005-10）は、その多くがニュージーランドなど、現実の英国とはかけ離れた風景や雰囲気を持つ土地で撮影されており、そうすることで原作に見られる中世的な独自の物語世界の再現が試みられている。

　物語世界のスケールにおいてこのような違いはあるものの、上述のように、トールキンやルイスの作品だけでなく『ハリー・ポッター』にも、随所に中世的世界観に影響を受けた要素が見られ、これにより現出される不思議な世界における出来事を楽しむべく物語が構成されているという点において、これらの作品はいずれも一定の共通した方向性を示していると言える。『ハリー・ポッター』は原作が出版されてまもなく映画化されたが、トールキンやルイスによる上記の作品は、い

ずれも出版から約半世紀を経た 2000 年代になってから、ちょうど『ハリー・ポッター』シリーズの出版および映画化を追いかけるようなタイミングで相次いで映画化されている。『ハリー・ポッター』シリーズにより引き起こされた近年のファンタジー文学ブームにより、同ジャンルの「古典」に対する関心が再び高まったことは疑いがなく、「古典」作品の映画化がこの時期に相次いで行われたのも偶然ではないだろう。　　　（唐澤）

資料

序章
いま、新たに「イギリス文学と映画」を学ぶために
秦 邦生

引用・参考文献

- Andrew, Dudley. *The Concepts in Film Theory*. Oxford UP, 1984.
- —. "The Economies of Adaptation." MacCabe, pp. 27-39.
- Bordwell, David. *On the History of Film Style*. Harvard UP, 1997.
- Cardwell, Sarah. "Pause, Rewind, Replay: Adaptation, Intertextuality and (Re) defining Adaptation Studies." Cutchins, pp. 7-17.
- Cartmell, Deborah, editor. *A Companion to Literature, Film, and Adaptation*. Wiley Blackwell, 2012.
- —, and Imelda Whelehan, editors. *The Cambridge Companion to Literature on Screen*. Cambridge UP, 2007.
- Corrigan, Timothy. "Literature on Screen, a History: In the Gap." Cartmell and Whelehan, pp. 29-43.
- —, editor. *Film and Literature: An Introduction and Reader*. 2nd ed., Routledge, 2012.
- Cutchins, Dennis, Katja Krebs, and Eckart Voigts, editors. *The Routledge Companion to Adaptation*. Routledge, 2018.
- Leitch, Thomas. *The Oxford Handbook of Adaptation Studies*. Oxford UP, 2017.
- MacCabe, Colin. "Introduction: Bazinian Adaptation: *The Butcher Boy* as Example." MacCabe, pp. 3-25.
- —, Kathleen Murray, and Rick Warner, editors. *True to the Spirit: Film Adaptation and the Question of Fidelity*. Oxford UP, 2011.
- Marcus, Laura. *The Tenth Muse: Writing about Cinema in the Modernist Period*. Oxford UP, 2007.
- Naremore, James, editor. *Film Adaptation*. Rutgers UP, 2000.
- Ray, Robert. "The Field of 'Literature and Film'." Naremore, pp. 38-53.
- Semenza, Greg M. Colón, and Bob Hasenfratz. *The History of British Literature on Film 1895-2015*. Bloomsbury, 2015.
- Stam, Robert. "Beyond Fidelity: The Dialogics of Adaptation." Naremore, pp. 54-76.
- Trotter, David. *Cinema and Modernism*. Blackwell, 2007.
- Woolf, Virginia. "The Cinema." *The Essays of Virginia Woolf. Volume 4 1925-1928*, edited by Andrew McNeillie, Harcourt, 1994, pp. 348-54.
- 飯島正『映画のなかの文学　文学のなかの映画』白水社、1976 年。

- 岩田和男・武田美保子・武田悠一編『アダプテーションとは何か——文学／映画批評の理論と実践』世織書房、2017 年。
- 大橋洋一「シェイクスピアと黒澤明映画の文化的可能性」野崎、pp. 23-40.
- 佐藤元状『グレアム・グリーン　ある映画的人生』慶應義塾大学出版会、2018 年。
- 沼野充義「「アダプテーション論的転回」に向けて」『文学とアダプテーション——ヨーロッパの文化的変容』小川公代・村田真一・吉村和明編、春風社、2017 年、pp. 5-12.
- 野崎歓編『文学と映画のあいだ』東京大学出版会、2013 年。
- ——「新しい「言語」を求めて」野崎、pp. 41-60.
- バザン、アンドレ「不純な映画のために——脚色の擁護」『映画とは何か（上）』野崎歓・大原宣久・谷本道昭訳、岩波書店、2015 年、pp. 136-76.
- ハッチオン、リンダ『アダプテーションの理論』片渕悦久・鴨川啓信・武田雅史訳、晃洋書房、2012 年（Linda Hutcheon, *A Theory of Adaptation*. Routledge, 2006.）
- 波戸岡景太『映画原作派のためのアダプテーション入門——フィッツジェラルドからピンチョンまで』彩流社、2017 年。
- 若島正「書評　佐藤元状『グレアム・グリーン　ある映画的人生』」『毎日新聞』2018 年 6 月 3 日掲載。

第 1 部　［1］
オリヴィエの『ハムレット』とシェイクスピアのことば
桒山 智成

映像資料
- 『ハムレット』、監督ローレンス・オリヴィエ、出演ローレンス・オリヴィエ／ジーン・シモンズ／ベイジル・シドニー、ジェイ・アーサー・ランク・オーガニゼーション、1948 年、Blu-ray、ポニーキャニオン、2011 年。
- 『ハムレット』、監督ケネス・ブラナー、出演ケネス・ブラナー、ケイト・ウィンスレット、デレク・ジャコビ、製作キャッスル・ロック・エンターテイメント、1996 年、Blu-ray、ワーナー・ホーム・ビデオ、2010 年。

引用・参考文献
- Crowl, Samuel. *Screen Adaptations: Shakespeare's Hamlet*. Bloomsbury, 2014.
- Dawson, Anthony B. *Hamlet*. Manchester UP, 1995. Shakespeare in Performance Series.
- Dent, Alan, editor. *Hamlet: The Film and the Play*. World Film Publications, 1948.
- Donaldson, Peter. "Freud, Hamlet, and Olivier." *Shakespearean Films/Shakespearean Directors*. Unwin Hyman, 1990, pp. 31-68.
- Hapgood, Robert, editor. *Hamlet*. Cambridge UP, 1999. Shakespeare in Production Series.
- Hindle, Maurice. *Shakespeare on Film*. 2nd ed., Palgrave, 2015.

☐ Jackson, Russell. *Shakespeare and the English-speaking Cinema*. Oxford UP, 2014.

☐ Kliman, Bernice W. "A Palimpsest for Oliver's *Hamlet*." *Comparative Drama*, vol. 17, no. 3, 1983, pp. 243-53.

☐ Nicoll, Allardyce. *Film and Theatre*. Thomas Y. Crowell, 1936.

☐ Olivier, Lawrence. *On Acting*. Weidenfeld and Nicolson, 1986.

☐ Rosenthal, Daniel. *100 Shakespeare Films*. British Film Institute, 2007.

☐ Salt, Barry. *Film Style and Technology*. 3rd ed., Starwood, 2009.

☐ Sijll, Jennifer Van. *Cinematic Storytelling*. Michael Wiese, 2005.〔ジェニファー・ヴァン・シル『映画表現の教科書』吉田俊太郎訳、フィルム・アート、2012 年。〕

☐ Thompson, Ann, and Neil Taylor, editors. *Hamlet*. Thomson Learning, 2006. Arden Shakespeare 3rd Series.

第 1 部　［2］
疾走するフライデー、あるいは映像の誘惑
ルイス・ブニュエルによるダニエル・デフォー『ロビンソン・クルーソー』のアダプテーション
武田将明

映像資料

☐ *Robinson Crusoe on Mars*. Directed by Byron Haskin, performance by Paul Mantee / Victor Lundin, Paramount, 1964. Paramount Home Entertainment, 2010.

☐『アンダルシアの犬』、監督ルイス・ブニュエル／サルバドール・ダリ、出演ピエール・バチェフ／シモーヌ・マルイユ、ルイス・ブニュエル／サルバドール・ダリ、1929 年、IVC、2016 年。

☐『エル』、監督ルイス・ブニュエル、出演アルトゥーロ・デ・コルドバ／デリア・ガルセス、プロデュクシオネス・テペヤック、1953 年、紀伊國屋書店、2005 年。

☐『哀しみのトリスターナ』、監督ルイス・ブニュエル、出演フェルナンド・レイ／カトリーヌ・ドヌーヴ、エポカ／タリア／セレニア／レ・フィルム・コロナ（スペイン・フランス・イタリア合作）、1970 年、NBC ユニバーサルエンターテイメント、2012 年。

☐『キャスト・アウェイ』、監督ロバート・ゼメキス、出演トム・ハンクス、イメージムーヴァーズ／プレイノート、2000 年、NBC ユニバーサルエンターテイメント、2012 年。

☐『黄金時代』、監督ルイス・ブニュエル、出演ガストン・モド／リア・リス、ド・ノワイユ子爵、1930 年、ジュネス企画、2005 年。

☐『小間使の日記』、監督ルイス・ブニュエル、出演ジャンヌ・モロー／ミシェル・ピッコリ、セルジュ・ジルベルマン／ミシェル・サフラ（フランス・イタリア合作）、1964 年、NBC ユニバーサルエンターテイメント、2012 年。

☐『砂漠のシモン』、監督ルイス・ブニュエル、出演クラウディオ・ブルック／シルビア・ピナル、グスタボ・アラトリステ、1965 年、IVC、1991 年。

☐『皆殺しの天使』、監督ルイス・ブニュエル、出演シルビア・ピナル／エンリケ・ランバ

ル、グスタボ・アラトリステ、1962 年、IVC、1991 年。

□『ビリディアナ』、監督ルイス・ブニュエル、出演シルビア・ピナル／フェルナンド・レイ、グスタボ・アラトリステ／ UNINCI、1961 年、IVC、1991 年。

□『ブルジョワジーの秘かな愉しみ』、監督ルイス・ブニュエル、出演フェルナンド・レイ／ポール・フランクール／デルフィーヌ・セイリグ、セルジュ・シルベルマン（フランス・イタリア合作）、1972 年、NBC ユニバーサルエンターテイメント、2012 年。

□『昼顔』、監督ルイス・ブニュエル、出演カトリーヌ・ドヌーヴ／ジャン・ソレル／ミシェル・ピコリ、アンリ・バオム／ロベルト・アキム／レイモン・アキム（フランス・イタリア合作）、1954 年、紀伊國屋書店、2008 年。

□『ロビンソン・クルーソー』、監督 A・エドワード・サザーランド、出演ダグラス・フェアバンクス、製作者不詳、1932 年、ファーストトレーディング、2011 年。

□『ロビンソン漂流記』、監督ルイス・ブニュエル、出演ダニエル・オハーリヒー／ハイメ・フェルナンデス、ウルトラマル・フィルム（メキシコ）／ユナイテッド・アーティスツ（アメリカ）、1954 年、紀伊國屋書店、2008 年。

引用・参考文献

□ Defoe, Daniel. *Robinson Crusoe*. 1719. Edited by Thomas Keymer. Oxford UP, 2007.〔ダニエル・デフォー『ロビンソン・クルーソー』武田将明訳、河出文庫、2011 年。〕

□ Green, Martin. *The Robinson Crusoe Story*. The Pennsylvania State UP, 1990.〔M. グリーン『ロビンソン・クルーソー物語』岩尾龍太郎訳、みすず書房、1993 年。〕

□ Haywood, Susan. *Cinema Studies: The Key Concepts*. 5th ed., Routledge, 2018.

□ Higginbotham, Virginia. *Luis Buñuel*. Twayne Publishers, 1979.

□ Mayer, Robert. *"Robinson Crusoe* in the Screen Age." *The Cambridge Companion to Robinson Crusoe*, edited by John Richetti, Cambridge UP, 2018, pp. 221-33.

□ Mayer, Robert. "Three Cinematic Robinsonades." *Eighteenth-Century Fiction on Screen*, edited by Robert Mayer, Cambridge UP, 2002, pp. 35-51.

□ Mellen, Joan, editor. *The World of Luis Bunuel: Essays in Criticism*. Oxford UP, 1978.

□ Parker, Gilliam. "Crusoe Through the Looking-Glass." *The English Novel and the Movies*, edited by Michael Klein and Gillian Parker, Frederick Ungar, 1981, pp. 14-27.

□ Semenza, Greg M. Colón, and Bob Hasenfratz. *The History of British Literature on Film 1895-2015*. Bloomsbury, 2015.

□ 石塚久郎［編］『イギリス文学入門』三修社、2014 年。

□ 岩尾龍太郎『ロビンソン変形譚小史』みすず書房、2000 年。

□ 金谷重朗「イントロダクション」、『ロビンソン漂流記』解説冊子。

□ ドゥルーズ、ジル『シネマ1＊運動イメージ』財津理・齋藤範訳、法政大学出版局、2008 年。

□『ブニュエル──生誕一〇〇年記念特集』『ユリイカ』9 月号、2000 年。

□ 蓮實重彦「ルイス・ブニュエル、または越境者の論理」『映像の詩学』ちくま文庫、2002 年、pp. 137-69。

□ ブニュエル、ルイス『映画、わが自由の幻想』矢島翠訳、早川書房、1984 年。
□ 四方田犬彦『ルイス・ブニュエル』作品社、2013 年。

第 1 部 ［3］
反復と差異の歴史性
　　ヘンリー・フィールディングの『トム・ジョウンズ』とトニー・リチャードソンの『ト
　　ム・ジョーンズの華麗な冒険』
吉田 直希

映像資料
□『トム・ジョーンズ』、監督メーティン・フセイン、出演マックス・ビースリー／サマン
　　サ・モートン、BBC、1997 年、アイ・ヴィー・シー、2004 年。
□『トム・ジョーンズの華麗な冒険』、監督トニー・リチャードソン、出演アルバート・フィ
　　ニー／スザンナ・ヨーク、ウッドフォール・フィルム、1963 年、紀伊國屋書店、2003 年。

引用・参考文献
□ Battestin, Martin C. "*Tom Jones* on the Telly: Fielding, the BBC, and the Sister
　　Arts." *Eighteenth-Century Fiction*, vol. 10, no. 4, 1998, pp. 501-05.
□ Fielding, Henry. *Tom Jones*. Edited by John Bender and Simon Stern. Oxford
　　UP,1996.
□ Hutcheon, Linda and Siobhan O'Flynn. *A Theory of Adaptation*. Routledge, 2013.
□ Osborne, John. *Tom Jones: A Film Script*. Faber and Faber, 1964.
□ Paulson, Ronald. *The Life of Henry Fielding: A Critical Biography*. Blackwell, 2000.
□ Richardson, Tony. *Long Distance Runner: A Memoir*. Faber and Faber, 1993.
□ Semenza, Greg M. Colón and Bob Hasenfratz. *The History of British Literature on
　　Film, 1895-2015*. Bloomsbury, 2015.
□ Shail, Robert. *Tony Richardson*. Manchester UP, 2012.
□ Thompson. E. P. *Whigs and Hunters: The Origin of the Black Act*. Penguin, 1990.
□ 市橋秀夫「ニュー・カルチャーの誕生？──1960 年代文化の再考」『イギリス文化史』
　　井野瀬久美惠編、昭和堂、2010 年、pp. 275-91.
□ 今井宏編『世界歴史大系　イギリス史2──近世』山川出版社、1990 年。
□ トッド、セリーナ『ザ・ピープル──イギリス労働者階級の盛衰』近藤康裕訳、みすず
　　書房、2016 年。
□ 廣野由美子『一人称小説とは何か──異界の「私」の物語』ミネルヴァ書房、2011 年。
□ 武藤浩史「ビートルズ──時代と階級・言葉と身体力・セクシュアリティ」『愛と戦い
　　のイギリス文化史 1951-2010 年』川端康雄・大貫隆史・河野真太郎・佐藤元状・秦邦生編、
　　慶應義塾大学出版会、2011 年、pp. 119-35.

第1部 ［4］
ポストフェミニズム時代の文芸ドラマ
ジェイン・オースティン『高慢と偏見』と 1995 年版 BBC ドラマ
高桑　晴子

映像資料

□『高慢と偏見』、監督サイモン・ラングトン、出演コリン・ファース／ジェニファー・イーリー、BBC、1995 年、アイ・ヴィ・シー、2011 年。

□ *Pride and Prejudice*. Directed by Cyril Coke, performance by Priscilla Morgan, Elizabeth Garvie, and David Rintoul, BBC, 1980. Just Entertainment, 2007.

引用・参考文献

□ Austen, Jane. *Pride and Prejudice*. Edited by Pat Rogers, Cambridge UP, 2006.

□ Birtwistle, Sue and Susie Conklin. *The Making of* Pride and Prejudice. Penguin Books/BBC Books, 1995.

□ Butt, Richard. "The Classic Novel on British Television." *A Companion to Literature, Film, and Adaptation*, edited by Deborah Cartmell, Wiley-Blackwell, 2012, pp. 159-75.

□ Cardwell, Sarah. *Adaptation Revisited: Television and the Classical Novel*. Manchester UP, 2002.

□ ─. "Literature on the Small Screen: Television Adaptations." *The Cambridge Companion to Literature on Screen*, edited by Deborah Cartmell and Imelda Whelehan, Cambridge UP, 2007, pp. 181-95.

□ Crang, Mike. "Placing Jane Austen, Displacing England: Touring between Book, History, and Nation." Pucci and Thompson, pp. 111-30.

□ Ellington, H. Elisabeth. "'A Correct Taste in Landscape': Pemberley as Fetish and Commodity." Troost and Greenfield, pp. 90-110.

□ Fielding, Helen. *Bridget Jones's Diary: A Novel*. Picador, 1996.

□ Fullerton, Susannah. *Happily Ever After: Celebrating Jane Austen's* Pride and Prejudice. Frances Lincoln, 2013.

□ Harzewski, Stephanie. *Chick Lit and Postfeminism*. U of Virginia P, 2011.

□ Haslett, Moyra. *Marxist Literary and Cultural Theories*. Macmillan, 2000.

□ Hopkins, Lisa. "Mr. Darcy's Body: Privileging the Female Gaze." Troost and Greenfield, pp. 111-21.

□ Jones, Darryl. *Jane Austen*. Palgrave MacMillan, 2004.

□ Jones, Vivien. "Post-Feminist Austen." *Critical Quarterly*, vol. 52, no.4, 2010, pp. 65-82.

□ Kaplan, Deborah. "Mass Marketing Jane Austen: Men, Women, and Courtship in Two Film Adaptations." Troost and Greenfield, pp. 177-87.

- Looser, Devoney. "Feminist Implications of the Silver Screen Austen." Troost and Greenfield, pp. 159-76.
- McRobbie, Angela. *The Aftermath of Feminism: Gender, Culture and Social Change.* Sage, 2009.
- Moretti, Franco. *The Way of the World: The Bildungsroman in European Culture.* Translated by Albert Sbragia, new ed., Verso, 2000.
- Nixon, Cheryl L. "Balancing the Courtship Hero: Masculine Emotional Display in Film Adaptations of Austen's Novels." Troost and Greenfield, pp. 22-43.
- Pidduck, Julianne. "Of Windows and Country Walks: Frames of Space and Movement in 1990s Austen Adaptations." *The Postcolonial Jane Austen*, edited by You-me Park and Rajeswari Sunder Rajan, Routledge, 2000, pp. 116-38.
- Pucci, Suzanne R. and James Thompson, editors. *Jane Austen and Co.: Remaking the Past in Contemporary Culture.* SUNY P, 2003.
- Troost, Linda and Sayre Greenfield, editors. *Jane Austen in Hollywood.* 2nd ed., UP of Kentucky, 2001.
- Vidal, Belén. *Heritage Film: Nation, Gender and Representation.* Wallflower, 2012. Short Cuts: Indroduction to Film Studies.
- Voiret, Martine. "Books to Movies: Gender and Desire in Jane Austen's Adaptations." Pucci and Thompson, pp. 229-45.
- 新井潤美「ジェイン・オースティン作品の映像化」『ジェイン・オースティン研究の今——同時代のテクストも視野に入れて』日本オースティン協会編、彩流社、2017 年、pp. 267-80.
- 岩田和男「アダプテーションを間メディア性から考える——『運動』の表象をめぐって」『アダプテーションとは何か——文学／映画批評の理論と実践』岩田和男・武田美保子・武田悠一編、世織書房、2017 年、pp. 82-118.
- 大貫隆史他編著『文化と社会を読む　批評キーワード辞典』研究社、2013 年。
- 小山太一「ゲームの規則——『自負と偏見』再読」『一九世紀「英国」小説の展開』海老根宏・高橋和久編著、松柏社、2014 年、pp. 114-35.

第 1 部　[5]

呼びかける声に応えて／抗って

シャーロット・ブロンテとキャリー・フクナガ監督の『ジェイン・エア』

木下 誠

映像資料

- 『ジェーン・エア』、監督キャリー・ジョージ・フクナガ、出演ミア・ワシコウスカ／マイケル・ファスベンダー／ジェイミー・ベル／ジュディ・デンチ、BBC フィルムズ、2011 年、ギャガ GAGA、2012 年。
- 『ジェイン・エア』、監督フランコ・ゼフィレッリ、出演シャルロット・ゲンズブール／ウィ

リアム・ハート／ジョーン・プローライト／アンナ・パキン、ミラマックス、1996 年、エムスリイエンタテインメント、2015 年。

□『ジェーン・エア』、監督ロバート・スティーブンソン、出演ジョーン・フォンテーン／オーソン・ウェルズ、20 世紀フォックス、1943 年、20 世紀フォックスホームエンターテイメント、2011 年。

引用・参考文献

□ Brontë, Charlotte. *Jane Eyre: An Authoritative Text.* Edited by Deborah Lutz. 4th ed., W. W. Norton, 2016.〔C・ブロンテ『ジェイン・エア』（上）（下）小尾美佐訳、光文社古典新訳文庫、2006 年。〕

□ Cahudhuri, Shohini. *Feminist Film Theorists: Laura Mulvey, Kaja Silverman, Teresa de Lauretis, Barbara Creed.* Routledge, 2006.

□ Chitwood, Brandon. "Mixed Signals: Narrative Fidelity, Female Speech, and Masculine Spectacle in Adapting the Brontë Novels as Films." Hoeveler and Moses, pp. 513-27.

□ Corrigan, Timothy, editor. *Film and Literature: An Introduction and Reader.* 2nd ed., Routledge, 2012.

□ Hiltner, Ken. "The Temptations of a Daughterless Mother: *Jane Eyre* and the Feminist/Postcolonial Dilemma." Hoeveler and Moses, pp.321-38.

□ Hoeveler, Diane Long and Deborah Denenholz Morse, editors. *A Companion to the Brontës.* Wiley Blackwell, 2016.

□ Kaplan, Carla. *The Erotics of Talk: Women's Writing and Feminist Paradigms.* Oxford UP, 2006.

□ MacCabe, Colin, Kathleen Murray, and Rick Warner, editors. *True to the Spirit: Film Adaptation and the Question of Fidelity.* Oxford UP, 2011.

□ Mayne, Judith. "Readership and Spectatorship." Corrigan, pp. 252-61.

□ Rich, Adrienne. "Compulsory Heterosexuality and Lesbian Existence." *Signs: Journal of Women in Culture and Society*, vol.5, no.4, Summer 1980, pp. 631-60.

□ —. "Jane Eyre: The Temptations of a Motherless Woman." *Ms.*, vol.2, no.4, October 1973, pp. 89-106.〔アドリエンヌ・リッチ「ジェイン・エア——母のない女が出会う誘惑」『嘘、秘密、沈黙。1966-1978』大島かおり訳、晶文社、1989 年、pp. 148-80.

□ Sanders, Julie. *Adaptation and Appropriation.* 2nd ed., Routledge, 2016.

□ Semenza, Greg M. Colón, and Bob Hasenfratz. *The History of British Literature on Film 1895-2015.* Bloomsbury, 2015.

□ Winnifrith, Tom. "*Jane Eyre* and *Wuthering Heights* and Their Filmic Adaptations." Hoeveler and Moses, pp.503-12.

□ 川崎明子「シャーロット・ブロンテ」『イギリス文学入門』石塚久郎ほか編著、三修社、2014 年、pp. 180-81.

□ 斎藤兆史「文学研究と語学学習——『ジェイン・エア』のバーサの表象に着目した授業案」日本英文学会（関東支部）編『教室の英文学』研究社、2017 年、pp. 30-38.
□ 村山敏勝『(見えない) 欲望に向けて——クィア批評との対話』人文社、2005 年。

第 1 部　[6]
二種の音楽によるエミリー・ブロンテ『嵐が丘』のラブストーリー化
ウィリアム・ワイラー監督『嵐が丘』
川崎 明子

映像資料
□『嵐が丘』、監督ウィリアム・ワイラー、出演ローレンス・オリヴィエ／マール・オベロン、サミュエル・ゴールドウィン・プロダクションズ、1939 年、ファーストトレーディング、2006 年。

引用・参考文献
□ Brontë, Emily. *Wuthering Heights*. Oxford UP, 2009.
□ Chesney, Rebecca. "The Brontë Weather Project 2011-2012." *Brontë Studies*, vol.39, no. 1, 2014, pp. 14-31.
□ Chitwood, Brandon. "Mixed Signals: Narrative Fidelity, Female Speech, and Masculine Spectacle in Adapting the Brontë Novels as Films." Hoeveler and Morse, pp. 513-27.
□ Cohen, Annabel J. "Film Music from the Perspective of Cognitive Science." Neumeyer, pp. 96-130.
□ Cooke, Mervyn. *A History of Film Music*. Cambridge UP, 2008.
□ Corrigan, Timothy, editor. *Film and Literature: An Introduction and Reader*. 2nd ed., Routledge, 2012.
□ Glancy, H. Mark. *When Hollywood Loved Britain: The Hollywood 'British' Film 1939-45*. Manchester UP, 1999.
□ Glen, Heather, editor. *The Cambridge Companion to the Brontës*. Cambridge, 2002.
□ Haire-Sargeant, Lin. "Sympathy for the Devil: The Problem of Heathcliff in Film Versions of *Wuthering Heights*." Lupack, pp. 167-91.
□ Hazette, Valérie V. Wuthering Heights *on Film and Television: A Journey Across Time and Cultures*. Intellect, 2015.
□ Hoeveler, Diane Long, and Deborah Denenholz Morse, editors. *A Companion to The Brontës*. Wiley Blackwell, 2016.
□ Lupack, Barbara Tepa, editor. *Nineteenth-Century Women at the Movies: Adapting Classic Women's Fiction to Film*. Bowling Green State University Popular Press, 1999.
□ Miller, Gabriel. *William Wyler: The Life and Films of Hollywood's Most Celebrated Director*. UP of Kentucky, 2013.

- Mills, Pamela. "Wyler's Version of Brontë's Storms in *Wuthering Heights.*" *Literature/Film Quarterly*, vol. 24, no. 4, 1996, pp. 414-22.
- Neumeyer, David, editor. *The Oxford Handbook of Film Music Studies.* Oxford UP, 2014.
- Semenza, Greg M. Colón, and Bob Hasenfratz. *The History of British Literature on Film, 1895-2015.* Bloomsbury, 2015.
- Shachar, Hila. *Cultural Afterlives and Screen Adaptations of Classic Literature*: Wuthering Heights *and Company.* Palgrave Macmillan, 2012.
- Stoneman, Patsy. "Adaptations, Prequels, Sequels, Translations." Thormählen, pp. 207-14.
- —, "The Brontë Myth." Glen, pp. 214-41.
- —. *Brontë Transformations: The Cultural Dissemination of* Jane Eyre *and* Wuthering Heights. 2nd expanded ed., Edward Everett Root, 2018.
- Thormählen, Marianne, editor. *The Brontës in Context.* Cambridge UP, 2012.
- Winnifrith, Tom. "*Jane Eyre* and *Wuthering Heights* and Their Filmic Adaptations." Hoeveler and Morse, pp. 503-11.
- 川口喬一『「嵐が丘」を読む――ポストコロニアル批評から「鬼丸物語」まで』みすず書房、2007年。
- 武田美保子「『嵐が丘』の受容をめぐって――小説と映画のあいだ」『アダプテーションとは何か――文学／映画批評の理論と実践』岩田和男・武田美保子・武田悠一編、世織書房、2017年、pp. 182-213.
- 廣野由美子「隠された会話――『嵐が丘』における劇的瞬間」『英語と英米文学』（山口大学文理学部英米文学研究室）第33巻、1998年、pp. 225-43.
- ―.「Andrea Arnold監督 *Wuthering Heights*」『ブロンテ・スタディーズ』（日本ブロンテ協会）第5巻第6号、2014年、pp. 59-65.
- フリン、カリル『フェミニズムと映画音楽――ジェンダー・ノスタルジア・ユートピア』鈴木圭介訳、平凡社、1994年。
- 水村美苗「完全な『三角関係』をめぐって」（インタヴュー）、聞き手・内藤千珠子、『ユリイカ』第34巻第11号、2002年9月号、pp. 58-71.

第1部 ［7］
「古さ」と「新しさ」のせめぎ合い
チャールズ・ディケンズとデイヴィッド・リーンの『大いなる遺産』

猪熊 恵子

映像資料
- 『大いなる遺産』、監督デイヴィッド・リーン、出演ジョン・ミルズ／ヴァレリー・ボブソン、シネギルド・ユニヴァーサル、1946年、コスミック出版、2016年。
- 『大いなる遺産』、監督アルフォンソ・キュアロン、出演イーサン・ホーク／グウィネス・

パルトロウ／ロバート・デ・ニーロ、20 世紀フォックス・エンターテインメント、1998 年、20 世紀フォックス・ジャパン、2002 年。

□『大いなる遺産』、監督ジュリアン・ジャロルド、出演シャーロット・ランプリング／ヨアン・グリフィス、BBC、1999 年、アイ・ヴィー・シー、2003 年。

□『大いなる遺産』、監督ブライアン・カーク、出演ダグラス・ブース／レイ・ウィンストン、BBC、2011 年、アイ・ヴィー・シー、2014 年。

引用・参考文献

□ Aldrich, Richard. *Education for the Nation*. Cassell, 1996.

□ Beaumont, Caitríona. *Housewives and Citizens: Domesticity and the Women's Movement in England, 1928–64*. Manchester UP, 2013.

□ Brownlow, Kevin. *David Lean: A Biography*. St. Martin's Press, 1996.

□ Burt, Cyril. *How the Mind Works*. Allen & Unwin, 1933.

□ Chesterton, G. K. *Appreciations and Criticisms of Charles Dickens*. J. M. Dent and Sons, 1911.

□ Chitty, Clyde. *Education Policy in Britain*. Palgrave, 2004.

□ —. *Eugenics, Race and Intelligence in Education*. Continuum, 2007.

□ Clark, Margaret M. and Pamela Munn, editors. *Education in Scotland: Policy and Practice from Pre-school to Secondary*. Routledge, 1997.

□ Collins, Andrew. "The Epic Legacy of David Lean." *Guardian*, 4 May 2008.

□ Dennett, Jenny. "Sentimentality, Sex and Sadism: The 1935 version of Dickens's *The Old Curiosity Shop*." *From Page to Screen: Adaptations of the Classic Novel*, edited by Robert Giddings and Erica Sheen, Manchester UP, 2000, pp. 54-70.

□ Dickens, Charles. *Great Expectations*. Edited by Charlotte Mitchell. Penguin, 1996.

□ —. *The Letters of Charles Dickens:*（*The British Academy/ Pilgrim Edition*）*: Vol. 9, 1859–1861*. Edited by Graham Storey and Margaret Brown, Clarendon Press, 1997.

□ Eliot, Simon. "The Business of Victorian Publishing." *The Cambridge Companion to Victorian Novels*, edited by Deirdre David, Cambridge UP, 2012, pp. 36-61.

□ Elliot, Kamilla. *Rethinking the Novel/ Film Debate*. Cambridge UP, 2003.

□ Forster, John. *The Life of Charles Dickens*, vol. 3. Chapman and Hall, 1874.

□ Johnson, Edgar. *Charles Dickens: His Tragedy and Triumph*, vol. 2. Simon and Shuster, 1952.

□ Hammond, Mary. *Charles Dickens's* Great Expectations: *A Cultural Life, 1860–2012*. Ashgate, 2015.

□ Hastings, Chris. "Scorsese Prepares to Realise David Lean's Dying Wish." *Telegraph*, 21 April 2002.

□ Lawson, John and Harold Silver. *A Social History of Education in England*. Methuen, 1973.

□ Meckier, Jerome. "Charles Dickens's *Great Expectations*: A Defense of the Second

Ending." *Studies in the Novel*, vol. 25, no. 1, 1993, pp. 28-57.

☐ Millhauser, Milton. "*Great Expectations*: The Three Endings." *Dickens Studies Annual*, vol. 2, 1972, pp. 267-77.

☐ Morgan, David and Mary Evans. *The Battle for Britain: Citizenship and Ideology in the Second World War*. Routledge, 1993.

☐ Noakes, Lucy. *War and the British: Gender, Memory and National Identity*. I. B. Tauris, 1998.

☐ Samuel, Raphael. *Theatres of Memory: Past and Present in Contemporary Culture*. Verso, 2012.

☐ Semenza, Greg M. Colón, and Bob Hasenfratz. *The History of British Literature on Film, 1895-2015*. Bloomsbury, 2015.

☐ Shaw, George Bernard. "Introduction to *Great Expectations*." *Bloom's Modern Critical Views: Charles Dickens*, Updated ed., Infobase Publishing, 2006, pp. 59-70.

☐ Stewart, Garrett. *Reading Voices: Literature and the Phonotext*. U of California P, 1990.

☐ Summerfield, Penny. *Women Workers in the Second World War: Production and Patriarchy in Conflict*. Routledge, 1984.

☐ Thane, Pat. "Family Life and 'Normality' in Post-War British Culture." *Life After Death: Approaches to a Cultural and Social History of Europe during the 1940s and 1950s*, edited by R. Bessel and D. Schumann, Cambridge UP, 2003, pp. 193-210.

☐ Wardle, David. *English Popular Education, 1780-1970*. Cambridge UP, 1970.

☐ Wells, M. M. and P. S. Taylor. *The New Law of Education*. 5th ed., Butterworths, 1961.

☐ 秦邦生「福祉国家のためのディケンズ？──イギリス「文芸映画」とアダプテーションの歴史性」『文学とアダプテーション──ヨーロッパの文化的受容』小川公代・村田真一・吉村和明編、春風社、2017 年、pp. 113-39.

☐ 三好信浩『イギリス公教育の歴史的構造』亜紀書房、1968 年。

第 1 部　［8］
手の物語
アーサー・コナン・ドイル『緋色の研究』と『SHERLOCK』第 1 話「ピンク色の研究」
大久保 讓

映像資料
☐『SHERLOCK/ シャーロック シーズン 1-3』、製作マーク・ゲイティス／スティーブン・モファット他、監督ポール・マクギガン他、出演ベネディクト・カンバーバッチ／マーティン・フリーマン、BBC、2010-14 年、角川映画、2015 年。

☐『SHERLOCK/ シャーロック シーズン 4』、製作マーク・ゲイティス／スティーブン・モファット他、監督レイチェル・タラレイ他、BBC、2017 年、角川映画、2017 年。

引用・参考文献

- Allen, Janice M. and Christopher Pittard, editors. *The Cambridge Companion to Sherlock Holmes*. Cambridge UP, 2019.
- Balàzs, Béla. *Béla Balàzs: Early Film Theory*: Visible Man *and* The Spirit of Film. Edited by Erica Carter, translated by Rodney Livingstone, Berghahn Books, 2011. 〔ベラ・バラージュ『視覚的人間』佐々木基一・高村宏訳、岩波文庫、1986 年。〕
- Barnes, Alan. *Sherlock Holmes on Screen: The Complete Film and TV History*. Titan Books, 2011.
- Briefel, Aviva. *The Racial Hand in the Victorian Imagination*. Cambridge UP, 2015.
- Cherney, Leo and Vanessa R. Schwartz, editors. *Cinema and the Invention of Modern Life*. U of California P, 1995.
- Coppa, Francesca. "Sherlock as Cyborg: Bridging Mind and Body." Stein and Busse, pp. 210-23.
- Das, Santanu. "The Theatre of Hands: Writing the First World War." Marcus et al., pp. 379-97.
- Doyle, Arthur Conan. *Sherlock Holmes: The Complete Novels and Stories*, vol. 1. Bantam, 2003.
- —. *Sherlock Holmes: The Complete Novels and Stories*, vol. 2. Bantam, 2003.
- Farghaly, Nadine, editor. *Gender and the Modern Sherlock Holmes: Essays on Film and Television Adaptations since 2009*. McFarland and Company, 2015.
- Gunning, Tom. "Tracing the Individual Body: Photography, Detectives, and Early Cinema." Cherney and Schwartz, pp. 15-45.〔トム・ガニング「個人の身体を追跡する」『アンチ・スペクタクル——沸騰する映像文化の考古学』加藤裕治訳、長谷正人・中村秀之編訳 、東京大学出版会、2003 年、pp. 93-135.〕
- Hill, John. *British Cinema in the 1980s*. Oxford UP, 1999.
- Marcus, Laura, Michele Mendelssohn and Kirsten E. Shepherd-Barr, editors. *Late Victorian into Modern*. Oxford UP, 2016.
- McCaw, Neil. "Adapting Holmes." Allen and Pittard, pp. 199-212.
- Nochlin, Linda. *The Body in Pieces: The Fragment as a Metaphor of Modernity*. Thames and Hudson, 1994.
- Porter, Lynnette, editor. *Sherlock Holmes for the 21st Century: Essays on New Adaptations*. McFarland and Company, 2012.
- —, editor. *Who Is Sherlock?: Essays on Identity in Modern Holmes Adaptations*. McFarland and Company, 2016.
- Rowe, Katherine. *Dead Hands: Fictions of Agency, Renaissance to Modern*. Stanford UP, 1999.
- Sanders, Julie. *Adaptation and Appropriation*. 2nd ed., Routledge, 2016.
- Semenza, Greg M. Colon, and Bob Hasenfratz. *The History of British Literature on Film 1895-2015*. Bloomsbury, 2015.
- Stein, Louisa Ellen and Kristina Busse, editors. *Sherlock and Transmedia Fandom:*

Essays on the BBC Series. McFarland and Company, 2012.

☐ Taylor, Rhonda Harris. "The 'Great Game' of Information: The BBC's Digital Native." Porter 2012, pp. 128-43.

☐ Thomas, Ronald R. *Detective Fiction and the Rise of Forensic Science*. Cambridge UP, 1999.

☐ Wells, H. G. *The War of the Worlds*. Penguin, 2005.

☐ 岡田温司『映画は絵画のように──静止・運動・時間』岩波書店、2015 年。

☐ 香川檀『ダダの性と身体──エルンスト・グロス・ヘーヒ』ブリュッケ、1998 年。

☐ ギンズブルグ、カルロ「徴候──推論的範例の根源」、『神話・寓意・徴候』竹山博英訳、せりか書房、1988 年、pp. 177-226.

☐ シュプリンガー、ペーター『右手と頭脳──エルンスト・ルートヴィヒ・キルヒナー《兵士としての自画像》』前川久美子訳、三元社、2010 年。

☐ トライブ、スティーヴ『シャーロック・クロニクル』日暮雅通訳、早川書房、2014 年

☐ 橋本一径『指紋論──心霊主義から生体認証まで』青土社、2010 年。

☐ 松田和子『シュルレアリスムと＜手＞』水声社、2006 年。

☐『ユリイカ』2014 年 3 月臨時増刊号「総特集シャーロック・ホームズ──コナン・ドイルから『SHERLOCK』へ」、青土社、2014 年。

☐ 鷲谷花「『SHERLOCK』または「ジョン・ワトソンの物語」──暴力的欲望の《サブテキスト》」、『ユリイカ』、pp. 60-68.

☐ 渡邉大輔「情報化するミステリと映像──『SHERLOCK』に見るメディア表象の現在」、『ユリイカ』、pp. 107-16.

第 1 部　［9］

メロドラマ性とメタ・メロドラマ性の相克

トマス・ハーディ『ダーバヴィル家のテス』とロマン・ポランスキー監督『テス』

松本 朗

映像資料

☐『テス』、監督ロマン・ポランスキー、出演ナスターシャ・キンスキー／ピーター・ファース／リー・ローソン、レン・プロダクションズ、1979 年、角川書店、2013 年。

引用・参考文献

☐ Agamben, Giorgio. *Homo Sacer: Sovereign Power and Bare Life*. Translated by Daniel Heller-Roazen. Stanford UP, 1995.

☐ Brooks, Peter. *The Melodramatic Imagination: Balzac, Henry James, Melodrama, and the Mode of Excess*. Yale UP, 1976.〔ピーター・ブルックス『メロドラマ的想像力』四方田犬彦・木村慧子訳、産業図書、2002 年。〕

☐ Caputo, Davide. *Polanski and Perception: The Psychology of Seeing and the Cinema of Roman Polanski*. Intellect, 2012.

- Cousins, Mark. "Forward: Polanski's Fourth Wall Aesthetic." Orr and Ostrowska, pp. 1-3.
- Cronin, Paul, editor. *Roman Polanski: Interviews*. UP of Mississippi, 2005.
- Dolin, Tim. "Critical Responses II: The Novels from 1970." Mallett, pp. 84-98.
- —. "Melodrama, Vision, and Modernity: *Tess of d'Urbervilles*." Wilson, pp. 328-44.
- Eagleton, Terry. *Walter Benjamin, or, Towards a Revolutionary Criticism*. Verso, 1981. 〔テリー・イーグルトン『ワルター・ベンヤミン──革命的批評に向けて』有満麻美子・髙井宏子・今村仁司訳、勁草書房、1988年。〕
- Ehrenstein, David. *Masters of Cinema: Roman Polanski*. Phaidon, 2012.
- Evans, Nicola. "How to Make Your Audience Suffer: Melodrama, Masochism and Dead Time in Lars von Trier's *Dogville*." *Culture, Theory and Critique*, vol. 55. no.3, 2014, pp. 365-82.
- Greenberg, James. *Roman Polanski: A Retrospective*. Abrams, 2013.
- Hardy, Thomas. *Tess of the D'Urbervilles: An Authoritative Text*. Edited by Scott Elledge. 3rd ed., W. W. Norton, 1991.
- Howe, Irving. *Thomas Hardy*. Macmillan, 1967.
- Ingham, Patricia. *Authors in Context: Thomas Hardy*. Oxford UP, 2003. 〔パトリシャ・インガム『時代のなかの作家たち3 トマス・ハーディ』鮎澤乗光訳、彩流社、2012年。〕
- Leaming, Barbara. *Polanski: A Biography: The Filmmaker as Voyeur*. Simon and Schuster, 1981.
- Mallett, Phillip, editor. *Thomas Hardy in Context*. Cambridge UP, 2013.
- Marcus, Jane. "A Tess for Child Molesters." *New Casebooks*: Tess of the d'Urbervilles, edited by Peter Widdowson, Macmillan, 1993, pp. 90-93.
- Mazierska, Ewa. *Roman Polanski: The Cinema of a Cultural Traveller*. I. B. Tauris, 2007.
- Mercer, John, and Martin Shingler. *Melodrama: Genre, Style, Sensibility*. Wallflower, 2004. 〔ジョン・マーサー、マーティン・シングラー『メロドラマ映画を学ぶ──ジャンル・スタイル・感性』中村秀之・河野真理江訳、フィルムアート社、2013年。〕
- Morrison, James. *Roman Polanski*（*Contemporary Film Directors Series*）. U of Illinois P, 2007.
- Niemeyer, Paul J. *Seeing Hardy: Film and Television Adaptations of the Fictions of Thomas Hardy*. McFarland, 2003.
- Orr, John and Elżbieta Ostrowska, editors. *The Cinema of Roman Polanski: Dark Spaces of the World*. Wallflower, 2006.
- Riquelme, John Paul. "Dissonance, Simulacra, and the Grain of the Voice in Roman Polanski's *Tess*." Wright, pp. 153-69.
- Sanford, Christopher. *Polanski*. Century, 2007.
- Sarris, Andrew. "The Perils of Polanski: Art Imitates Life in *The Ghost Writer*." *Film Comment*, vol. 46. no. 3, May/June 2010, pp. 20-21.

- Semenza, Greg M. Colón, and Bob Hasenfratz. *The History of British Literature on Film 1895-2015*. Bloomsbury, 2015.
- Stevenson, Michael. "The Pianist and Its Contexts: Polanski's Narration of Holocaust Evasion and Survival." Orr and Ostrowska, pp. 146-57.
- Williams, Linda. "Mega-Melodrama!: Vertical and Horizontal Suspensions of the 'Classical'." *Modern Drama*, vol. 55. no. 4, Winter 2012, pp. 523-43.
- —. "Melancholy Melodrama: Almodóvarian Grief and Lost Homosexual Attachments." *Journal of Spanish Cultural Studies*, vol. 5. no.3, October 2004, pp. 273-86.
- Williams, Raymond. *The English Novel: from Dickens to Lawrence*. Hogarth, 1984.
- Wilson, Keith, editor. *A Companion to Thomas Hardy*. Wiley-Blackwell, 2013.
- Wright, T. R., editor. *Thomas Hardy on Screen*. Cambridge UP, 2005.
  シクスー、エレーヌ「メデューサの笑い」『メデューサの笑い』松本伊瑳子・国領苑子・藤倉恵子訳、紀伊國屋書店、1993 年、pp. 7-48.

第 1 部　[10]
盗まれた写真
オスカー・ワイルド『ウィンダミア卿夫人の扇』のルビッチ版における性愛と金銭
田中 裕介

映像資料

- 『ウィンダミア夫人の扇』、監督エルンスト・ルビッチ監督、出演ロナルド・コールマン／メイ・マカヴォイ、ワーナー・ブラザーズ、1925 年、アイ・ヴィー・シー、2012 年。

引用・参考文献

- Cannadine, David. *The Aristocratic Adventurer*. Penguin, 2005.
- Davidson, David. "The Importance of Being Ernst: Lubitsch and 'Lady Windermere's Fan.'" *Literature/Film Quarterly*, vol. 11, no. 2, 1983, pp. 120-31.
- Drowne, Kathleen and Patrick Huber. *The 1920s: American Popular Culture Through History*. Greenwood, 2004.
- Evangelista, Stefano, editor. *The Reception of Oscar Wilde in Europe*. Bloomsbury Academic, 2015.
- Hake, Sabine. *Passions and Deceptions: The Early Films of Ernst Lubitsch*. Princeton UP, 1992.
- Harris, Jose. *Private Lives, Public Spirit: Britain: 1870-1914*. Penguin,1994.
- Harvey, James. *Romantic Comedy in Hollywood: From Lubitsch to Sturges*. Da Capo, 1998.
- Kaplan, Joel H. and Sheila Stowell. *Theatre and Fashion: Oscar Wilde to the Suffragettes*. Revised, Cambridge UP, 1994.

- Paul, William. *Ernst Lubitsch's American Comedy*. Columbia UP, 1983.
- Powell, Kerry. *Oscar Wilde and the Theatre of the 1890s*. Cambridge UP, 1990.
- Tanaka, Yusuke. "The Dramatist as Historian: Oscar Wilde's Society Comedies and Victorian Anthropology." *London and Literature, 1603-1901*, edited by Barnaby Ralph, Angela Kikue Davenport, Yui Nakatsuma, Cambridge Scholars Publishing, 2017, pp. 127-42.
- Tanitch, Robert. *Oscar Wilde on Stage and Screen*. Methuen, 1999.
- Weinberg, Herman G. *The Lubitsch Touch: A Critical Study*. 3rd Revised and Enlarged ed., Dover, 1977.〔ハーマン・G・ワインバーグ『ルビッチ・タッチ』宮本高晴訳、国書刊行会、2015 年。〕
- Wilde, Oscar. *More Letters of Oscar Wilde*. Edited by Rupert Hart-Davis. Vanguard, 1985.
- —. *Lady Windermere's Fan*. Edited by Ian Small. 2nd. ed., New Mermaids, 2002.
- 佐々井啓『ヴィクトリアン・ダンディ――オスカー・ワイルドの服飾観と「新しい女」』勁草書房、2015 年。

第 1 部 ［ 11 ］
複製技術時代の〈作者の声〉
ジョウゼフ・コンラッドの『闇の奥』からフランシス・コッポラ監督の『地獄の黙示録』へ

中井 亜佐子

映像資料
- 『地獄の黙示録』特別完全版、監督フランシス・フォード・コッポラ、出演マーロン・ブランドー／ロバート・デュバル／マーティン・シーン、オムニ・ゾエトロープ、2000 年、角川映画、2002 年。

引用・参考文献
- Achebe, Chinua. "An Image of Africa." *Massachusetts Review*, vol. 18, 1977, pp.782-94.
- Bazin, André. "On the politique des auteurs." *Cahiers du Cinema the 1950s: Neo-Realism, Hollywood, New Wave*, edited by Jim Hillier, Harvard UP, 1985, pp. 248-59.
- Chion, Michel. "Projection of Sound on Image." Stam and Miller, pp. 111-24.
- Conrad, Joseph. *Youth, Heart of Darkness, The End of the Tether*. 1902. Oxford, 1984.
- Demory, Pamela. "*Apocalypse Now Redux: Heart of Darkness* Moves into New Territory." *Literature/Film Quarterly*, vol. 35, no.1, 2007, pp. 342-49.
- Geng, Veronica. "Mister Kurtz – He Dead." *The New Yorker*, 3 September 1979, pp. 70-72.
- GoGwilt, Christopher. *The Fiction of Geopolitics: Afterimages of Culture, from Wilkie*

Collins to Alfred Hitchcock. Stanford UP, 2000.

☐ Elsaesser, Thomas and Michael Wedel. "The Hollow Heart of Hollywood: *Apocalypse Now* and the New Sound Space." Moore, pp. 151-75.

☐ Fleishman, Avron. "*The Secret Agent* Sabotaged?" Moore, pp.48-60.

☐ Jacobs, Lewis. *The Rise of the American Film: A Critical History.* Harcourt, Brace and Company, 1939.

☐ Karl, Frederick R. and Laurence Davies, editors. *The Collected Letters of Joseph Conrad,* vol. 1. Cambridge UP, 1983.

☐ Lothe, Jakob. *Narrative in Fiction and Film: An Introduction.* Oxford UP, 2000.

☐ Naipaul, V. S. *The Return of Eva Perón with The Killings of Trinidad.* André Deutsch, 1980.

☐ Nakai, Asako. *The English Book and Its Marginalia: Colonial/Postcolonial Literatures after* Heart of Darkness. Rodopi, 2000.

☐ Menne, John. *Francis Ford Coppola.* U of Illinois P, 2014.

☐ Moore, Gene M., editor. *Conrad on Film.* Cambridge UP, 1997.

☐ Phillips, Gene D. *Conrad and Cinema: The Art of Adaptation.* Peter Lang, 1995.

☐ Said, Edward W. *The World, the Text, and the Critic.* Harvard UP, 1983.

☐ Semenza, Greg M. Colón, and Bob Hasenfratz. *The History of British Literature on Film 1895-2015.* Bloomsbury, 2015.

☐ Stam, Robert. "The Author: Introduction." Stam and Miller, pp. 1-29.

☐ Stam, Robert and Toby Miller, editors. *Film and Theory: An Anthology.* Blackwell, 2000.

☐ Watt, Ian. *Conrad in the Nineteenth Century.* U of California P, 1979.

☐ Welles, Orson and Peter Bogdanovitch. *This Is Orson Welles.* Harper Collins, 1993.

☐ Wollen, Peter. "The Auteur Theory." 1972. *Film and Literature: An Introduction and Reader,* edited by Timothy Corrigan, 2nd ed., Routledge, 2012, pp. 185-98.

☐ フーコー、ミシェル「作者とは何か」『フーコー・コレクション2──文学・侵犯』小林康夫他編、ちくま学芸文庫、2006年、pp. 371-437.

第1部　［12］

イライザの声とそのアフターライフ
ジョージ・バーナード・ショー『ピグマリオン』から『マイ・フェア・レディ』にいたるヒロイン像の変遷
岩田美喜

映像資料

☐『ピグマリオン』、監督アントニー・アスキス＆レズリー・ハワード、出演レズリー・ハワード／ウェンディ・ヒラー、パスカル・フィルム・プロダクションズ、1938年、アイ・ヴィー・シー、2014年。

□『マイ・フェア・レディ』、監督ジョージ・キューカー、出演オードリー・ヘップバーン／レック
ス・ハリソン、ワーナー・ブラザーズ、1964 年、パラマウント・ジャパン、2009 年。

引用・参考文献

□ Conolly, L. W., editor. *Pygmalion*, by G. B. Shaw, Methuen, 2008.

□ Friedan, Betty. *The Feminine Mystique: With a New Introduction*. Norton, 1997.

□ Gainor, J. Ellen. *Shaw's Daughters: Dramatic and Narrative Constructions of Gender*. U of Michigan P, 1991.

□ Kent, Brad. "Bernard Shaw, the British Censorship of Plays, and Modern Celebrity." *ELT*, vol. 57, no. 2, 2014, pp. 231-53.

□ Lerner, Alan Jay. *My Fair Lady. American Musicals: The Complete Books and Lyrics of Eight Broadway Classics*, edited by Laurence Maslon, vol. 2, The Library of America, 2014, pp. 161-254.

□ —. *The Street Where I Live*. George J. McLeod Ltd., 1978.

□ McDonald, Jan. "Shaw among the Artists." *A Companion to Modern British and Irish Drama 1880-2005*, edited by Mary Luckhurst, Blackwell, 2006, pp. 63-74.

□ McFarland, Douglas. "Playful Banter in Shaw's *Pygmalion*." *Modern British Drama on Screen*, edited by R. Barton Palmer and William Robert Bray, Cambridge UP, 2013, pp. 31-43.

□ Ray, Mercie. "*My Fair Lady*: A Voice for Change." *American Music*, vol. 32, no. 3, 2014, pp. 193-200.

□ Riis, Thomas L, Ann Sears, and William A. Everett. "The Successors of Rodgers and Hammerstein from the 1940s to the 1960s." *The Cambridge Companion to the Musical*, edited by Everett and Paul R. Laird, Cambridge UP, 2002, 137-66.

□ Shaw, George Bernard. *Bernard Shaw on Cinema*. Edited by Bernard F. Dukore, Southern Illinois UP, 1997.

□ —. "Letter to Mrs Patrick Campbell." *The Portable Bernard Shaw*, edited by Stanley Weintraub, Penguin, 1986, pp. 323-24.

□ —. *Pygmalion*. 1916. *George Bernard Shaw's Plays*. Edited by Sandie Byrne, Norton, 2002, pp. 286-360.

□ —. *Pygmalion*. 1941. Edited by Dan H. Laurence, introduction by Nicholas Grene, Penguin, 2003.

□ Silver, Arnold. "The Playwright's Revenge." *George Bernard Shaw's* Pygmalion, edited by Harold Bloom, Chelsea House, 1988, pp.107-30.

□ Silvermann, Kaja. *The Acoustic Mirror: The Female Voice in Psychoanalysis and Cinema*. Indiana UP, 1988.

□ Stirling, Richard. *Julie Andrews: An Intimate Biography*. St. Martin's, 2009.

□ Weintraub, Rodelle. "Bernard Shaw's Henry Higgins: A Classic Aspergen." *ELT*, vol. 49, no. 4, 2006, pp. 388-97.

第 1 部　［13］

死（者）の労働

ジョン・ヒューストンの『ザ・デッド』はジェイムズ・ジョイスの「死者たち」のテクスチュアリティにどこまで忠実であるのか

中山　徹

映像資料

□『ザ・デッド　ダブリン市民より』、監督ジョン・ヒューストン、出演アンジェリカ・ヒューストン／ドナルド・マッキャン、ゼニス・エンターテインメント／リフィー・フィルムズ、1987 年、ウエストブリッジ、2008 年。

引用・参考文献

□ Barry, Kevin. *The Dead*. Cork UP, 2001.

□ Brill, Lesley. *John Huston's Filmmaking*. Cambridge UP, 1997.

□ Colson, Robert L. "Taking Gabriel at His Word: Narration and Huston's *The Dead*." *John Huston as Adaptor*, edited by Douglas McFarland and Wesley King, SUNY P, 2017, pp. 57-73.

□ Connolly, James. "Parnellism and Labour." 1898. McCarthy, pp. 30-31.

□ —. "Socialism and Nationalism." 1897. McCarthy, pp. 23-26.

□ Joyce, James. "The Dead." *Dubliners: Authoritative Text, Contexts, Criticism*, edited by Margot Norris, W. W. Norton, 2006, pp. 151-94.

□ —. "Ivy Day in the Committee Room." *Dubliners*. 99-116.

□ Manganiello, Dominic. *Joyce's Politics*. Routledge & Kegan Paul, 1980.

□ McCarthy, Conor, editor. *The Revolutionary and Anti-Imperial Writings of James Connolly 1893-1916*. Edinburgh UP, 2016,

□ McFarland, Douglas, and Wesley King. "Editor's Introduction: Huston as Reader." *John Huston as Adaptor*, edited by Duglas McFarland and Wesley King, SUNY P, 2017, xiii-xix.

□ Meljac, Eric Paul. "Dead Silence: James Joyce's 'The Dead' and John Huston's Adaptation as Aesthetic Rivals." *Literature/Film Quarterly*, vol. 37, no. 4, 2009, pp. 295-304.

□ Pederson, Ann. "Uncovering *The Dead*: A Study of Adaptation." *Literature/Film Quarterly*, vol. 21, no. 1, 1993, pp. 69-70.

□ Philipp, Frank. "Narrative Devices and Aesthetic Perception in Joyce's and Huston's 'The Dead.'" *Literature/Film Quarterly*, vol. 21, no. 1, 1993, pp. 61-68.

□ Scholes, Robert, and A. Walton Litz, "Editors' Introduction to Criticism Selection." 1967. *Dubliners: Text, Criticism, and Notes*, by James Joyce, edited by R. Scholes and A. W. Litz, Penguin, 1996, pp. 289-91.

□ Schwarz, Daniel R. "A Critical History of 'The Dead.'" *The Dead: Complete, Authoritative Text with Biological and Historical Contexts, Critical History, and Essays from Five Contemporary Critical Perspectives*, by James Joyce, edited by D. R. Schwarz, Bedford Books of St. Martin's, 1994, pp. 63-84.

□ Shout, John D. "Joyce at Twenty-Five, Huston at Eighty-One: *The Dead*." *Literature/Film Quarterly*, vol. 17, no. 2, 1989, pp. 91-94.

□ カント『カント全集 8　判断力批判（上）』牧野英二訳、岩波書店、1999 年。

□ バザン、アンドレ「不純な映画のために――脚色の擁護」、『映画とは何か（上）』野崎歓・大原宣久・谷本道昭訳、岩波書店、2015 年、pp. 136-76.

□ バラージュ、ベラ『視覚的人間――映画のドラマツルギー』佐々木基一・高村宏訳、岩波書店、1986 年。

第 1 部　［ 14 ］

擦れ違いの力学
グレアム・グリーンの『権力と栄光』とジョン・フォードの『逃亡者』
小山 太一

映像資料

□『逃亡者』、監督ジョン・フォード、出演ヘンリー・フォンダ、アーゴシー・ピクチャーズ／ RKO ピクチャーズ、1947 年、アイ・ヴィー・シー、2016 年。

□ *Iron Horse*. Directed by John Ford, performance by George O'Brien, Fox Film Corporation, 1924. U. S. Version, Twentieth Century Fox, 2007.

□ *The Informer*. Directed by John Ford, performance by Victor McLaglen, RKO Pictures, 1935. Warner Archive Collection, 2016.

□ *The Long Voyage Home*. Directed by John Ford, performance by John Wayne, Argosy Pictures, 1940. Warner Home Video, 2006.

□ *The Wings of Eagles*. Directed by John Ford, performance by John Wayne, Metro-Goldwyn-Mayer, 1957. Warner Home Video, 2007.

引用・参考文献

□ Bogdanovich, Peter. *John Ford*. Revised and enlarged ed., U of California P, 1978.

□ Brennan, Michael G. *Graham Greene: Fictions, Faith and Authorship*. Continuum, 2010.

□ Davis, Ronald L. *John Ford: Hollywood's Old Master*. U of Oklahoma P, 1995.

□ Donaghy, Henry J., editor. *Conversations with Graham Greene*. UP of Mississippi, 1992.

□ Eyman, Scott. *Print the Legend: The Life and Times of John Ford*. Simon and Schuster, 1999.

□ Gallagher, Tag. *John Ford: The Man and His Films*. U of California P, 1986.

□ Greene, Graham. *The Lawless Roads*. 1939. Vintage, 2002.

□ ─. *The Power and Glory*. 1940. Vintage, 2002.〔『権力と栄光』斎藤和衛訳、ハヤカワ epi 文庫、2004 年。〕

□ McBride, Joseph. *Searching for John Ford: A Life*. St. Martin's Press, 2001.

□ Malham, Joseph. *John Ford: Poet in the Desert*. Lake Street Press, 2013.

□ Orwell, George. "Review of *The Heart of the Matter* by Graham Greene." *The New Yorker*, July 17, 1948. *It is What I Think: 1947-1948: The Complete Works of George Orwell*, Vol. XIX, Secker and Warburg, 1998, pp. 404-07.

□ Parkinson, David, editor. *The Graham Greene Film Reader: Reviews, Essays, Interviews & Film Stories*. Applause, 1995.

□ Pearly, Gerald, editor. *John Ford: Interviews*. UP of Mississippi, 2001.

□ Sarris, Andrew. *"You Ain't Heard Nothin' Yet": The American Talking Film, History and Memory, 1927-1949*. Oxford UP, 1998.

第 1 部 ［15］

敵のいない戦場、死者のいない都市
J・G・バラードとスティーヴン・スピルバーグの『太陽の帝国』
秦 邦生

映像資料

□『太陽の帝国』特別版、監督スティーヴン・スピルバーグ、出演クリスチャン・ベール／ジョン・マルコヴィッチ、アンブリン・エンターテインメント、1987 年、ワーナー・ホーム・ビデオ、2002 年。

引用・参考文献

□ Ballard, J. G. *Empire of the Sun*. Simon & Schuster, 1984.〔『太陽の帝国』高橋和久訳、国書刊行会、1987 年。〕

□ ─. Introduction to *Crash*. HarperCollins, 2008. Unpaginated.

□ ─. *A User's Guide to the Millennium*. Picador, 1997.

□ Balfour, Alan. "British Shanghai." *World Cities Shanghai*, edited by Alan Balfour and Zheng Shiling, Wiley-Academy, 2002, pp.49-61.

□ Baxter, Jeanette. *J. G. Ballard's Surrealist Imagination*. Ashgate, 2009.

□ Combs, Richard. "Master Spielberg's Search for the Sun." *Listener*, vol.18, February 1988, p. 29.

□ "Empire of the Sun" Production Information. British Film Institute Reuben Library.

□ Friedman, Lester D. *Citizen Spielberg*. U of Illinois P, 2006.

□ Gasiorek, Andrzej. *J. G. Ballard*. Manchester UP, 2005.

□ Gordon, Andrew. "Steven Spielberg's *Empire of the Sun*: A Boy's Dream of War." *Literature/Film Quarterly*, vol. 19, no. 4, 1991, pp. 210-21.

359

Gormlie, Frank. "Ballard's Nightmares/Spielberg's Dreams." *The Films of Steven Spielberg*, edited by Charles L. P. Silet, Scarecrow, 2002, pp. 127-38.

Haskell, Molly. *Steven Spielberg: A Life in Films.* Yale UP, 2007.

Hoberman, J. "Empire of the Sun." *Village Voice*, 22 December 1987, pp. 85, 102.

Hunter, I. Q. "Spielberg and Adaptation." Morris, *A Companion*, pp. 212-26.

Kendrick, James. *Darkness in the Bliss-Out: A Reconsideration of the Films of Steven Spielberg*. Bloomsbury, 2014.

Kokas, Aynne. *Hollywood Made in China.* U of California P, 2017.

Law, Andrew. "Postcolonial Shanghai: An Urban Discourse of Prosperity and Futurity." *Colonial Frames, Nationalist Histories: Imperial Legacies, Architecture, and Modernity*, edited by Mrinalini Rajagopalan and Madhuri Desai, Routledge, 2012, pp. 285-304.

Luckhurst, Roger. *"The Angle Between Two Walls": The Fiction of J. G. Ballard.* Farrar, Straus & Giroux, 1997.

Mantel, Hilary. "Unlucky Jim." *Spectator*, 2 April 1988, pp. 35-36.

Mars-Jones, Adrian. "A Boy's Own War." *Independent*, 24 March 1988, p. 17.

McBride, Joseph. *Steven Spielberg: A Biography*. UP of Mississippi, 2011.

Morris, Nigel, editor. *A Companion to Steven Spielberg*. Wiley Blackwell, 2017.

—. *The Cinema of Steven Spielberg: Empire of Light*. Wallflower, 2007.

Nadel, Ira. *Double Act: A Life of Tom Stoppard*. Bloomsbury, 2004.

Paddy, David Ian. *The Empires of J. G. Ballard: An Imagined Geography*. Gylphi. 2015.

Petit, Chris. "One Shot at a Time." *New Statesman*, 1 April 1988, pp. 29-30.

Ristaino, Marcia Reynders. *Port of Last Resort: the Diaspora Communities of Shanghai.* Stanford UP, 2001.

Sarris, Andrew. "A Boy's Own Story." *Village Voice*, 12 December 1987, p. 109.

Shinyard, Neil. "A Very Cruel Death of Innocence": Notes Toward an Appreciation of Spielberg's Film of *Empire of the Sun*." Morris, *A Companion*, pp. 227-40.

Stiller, Lewis. "'Suo-Gan' and *Empire of the Sun*." *Literature/Film Quarterly*, vol. 24, no. 4, 1996, pp. 344-47.

Su, Wendy. *China's Encounter with Global Hollywood.* UP of Kentucky, 2016.

Walder, Dennis. *Postcolonial Nostalgias: Writing, Representation, and Memory.* Routledge, 2011.

Wasser, Frederick. *Spielberg's America*. Polity, 2009.

Yau, Esther C. M. "International Fantasy and the "New Chinese Cinema."" *Quarterly Review of Film and Video*, vol. 14, no. 3, 1993, pp. 95-107.

Zhang, Xudong. "Shanghai Nostalgia: Postrevolutionary Allegories in Wang Anyi's Literary Production in the 1990s." *Positions: East Asia Cultures Critique*, vol. 8, no. 2, 2000, pp. 349-87.

アーレント、ハナ『全体主義の起源2　帝国主義』みすず書房、1972 年。

□ ハーヴェイ、デヴィッド『新自由主義——その歴史的展開と現在』作品社、2007年。
□ 藤井仁子「I Can Bring Everyone Back——スピルバーグの＜現在＞と接近遭遇するためのノート」『現代思想』2003年6月号 第31巻第8号、pp. 94-107.

第1部 ［16］

遅れてきた作家主義者
『贖罪』（イアン・マキューアン）の翻案としての『つぐない』（ジョー・ライト監督）
板倉 厳一郎

映像資料
□『女と男のいる舗道』、監督ジャン＝リュック・ゴダール、出演アンナ・カリーナ他、製作プレヤード他、配給パンテオン、1962年、紀伊國屋書店、2017年。
□『吸血鬼ノスフェラートゥ』、監督F・W・ムルナウ、出演マックス・シュレック他、製作プラーナ＝フィルム、配給フィルム・アーツ・ギルド、1922年、紀伊國屋書店、2003年。
□『霧の波止場』、監督マルセル・カルネ、出演ジャン・ギャバン／ミシェル・シモン／ミシェル・モルガン他、製作シネ＝アリアンス、配給レ・フィルム・オッソ、1938年、ファーストトレーディング、2006年。
□『裁かるゝジャンヌ』、監督カール・テオドール・ドライヤー、出演ルネ・ファルコッティ／ウジェーヌ・シルヴァン／モーリス・シュルツ他、製作ソシエテ・ジェラール・デ・フィルム、配給ゴーモン、1928年、紀伊國屋書店、2005年。
□『つぐない』、監督ジョー・ライト、出演シアーシャ・ローナン／ジェームズ・マカヴォイ／キーラ・ナイトレイ他、製作スタジオ・カナル他、配給ユニヴァーサル・ピクチャーズ他、2007年、ジェネオン・エンタテインメント、2008年。

引用・参考文献
□ Aumont, Jacques. *Du Visage au cinéma*. Seuil, 1992.
□ Bradshaw, Nick. "Atonement." *Sight and Sound*, vol. 17, no. 10, 2007, p. 49.
□ Childs, Peter. "Atonement: The Surface of Things." *Adaptation*, vol. 1, no. 2, 2008, pp. 151-52.
□ Cook, Pam. *Fashioning the Nation: Costume and Identity in British Film*. British Film Institute, 1996.
□ De Groot, Jerome. *Remaking History: The Past in Contemporary Historical Fictions*. Routledge, 2016.
□ Deleuze, Gilles. *Cinema 1: The Movement-Image*, translated by Hugh Thomlinson and Barbara Habberjam. U of Minnesota P, 1986.
□ "Dressing for Royalty." https://timothyeverest.co.uk/dressing-for-royalty/
□ Geraghty, Christine. "Foregrounding the Media: *Atonement*（2007）as an Adaptation." *Adaptation* vol. 2, no. 2, 2009, pp. 91-109.
□ Grmelová, Anna. "'About suffering they were never wrong, the old master': An

361

Intertextual Reading of Ian McEwan's *Atonement*." *Litteraria Pragensia*, vol. 17, no. 34, 2007, pp. 153-57.

☐ Hdez, Irene. "Entrevista a Joe Wright: 'Cuanto más tiempo paso en América más marcianos me parecen los estadounidenses." *El Mundo*, 8 January 2008, http://www.elmundo.es/metropoli/2008/01/08/cine/1199810799.html.

☐ Hidalgo, Pilar. "Memory and Storytelling in Ian McEwan's *Atonement*." *Critique*, vol. 46, no. 2, 2005, pp. 82-91.

☐ Higson, Andrew. *English Heritage, English Cinema: Costume Drama since 1980*. Oxford UP, 2003.

☐ Hubner, Laura. *The Films of Ingmar Bergman: Illusions of Light and Darkness*. Palgrave, 2007.

☐ Leitch, Thomas. *Film Adaptation and its Discontents: From* Gone with the Wind *to* The Passion of the Christ. Johns Hopkins UP, 2009.

☐ McEwan, Ian. *Atonement*. Vintage, 2002.〔イアン・マキューアン『贖罪』小山太一訳、新潮文庫、2008 年。〕

☐ Monk, Claire. "The British Heritage-Film Debate Revisited." *British Historical Cinema: The History, Heritage and Costume Film*, edited by Claire Monk and Amy Sargeant, Routledge, 2002, pp.176-98.

☐ Osenlund, Kurt. "Interview: Joe Wright Talks *Anna Karenina*, Love for *Holy Motors*, and More." *Slant*, 16 November 2012, https://www.slantmagazine.com/features/article/interview-joe-wright.

☐ Phillips, Sarah. "Portrait of the Artist: Joe Wright, Film Director." *The Guardian*, 22 August 2011, https://www.theguardian.com/culture/2011/aug/22/joe-wright-film-director.

☐ Semenza, Greg M. Colón, and Bob Hasenfratz. *The History of British Literature on Film, 1895-2015*. Bloomsbury, 2015.

☐ Steimatsky, Noa. *The Face on Film*. Oxford UP, 2017.

☐ Wolf, Werner. "Intermediality." *Routledge Encyclopedia of Narrative Theory*, edited by David Herman et al., Routledge, 2005, pp. 252-56.

☐ 前協子「Ian McEwan の *Atonement* におけるタリス邸――継承・楽園・贖罪の意味」『人文研紀要』（中央大学人文科学研究所）、第 82 号、2015 年、pp. 75-93、http://ir.c.chuo-u.ac.jp/repository/search/binary/p/8279/s/6422/

第 2 部 ［1］
舞台から映画へ
　ミッシング・リンクとしての 19 世紀大衆演劇
岩田 美喜

映像資料

☐ *The Bells.* Directed by James Young, performances by Lionel Barryore and Boris Karloff. Chadwick Pictures, 1926.

☐ *Silent Shakespeare.* Produced by Caroline Millar. BFI, 1999.

引用・参考文献

☐ Altman, Rick. *Silent Film Sound.* Columbia UP, 2004.

☐ Boucicault, Dion. *London by Night. Victorian Melodramas: Seven English, French and American Melodramas,* edited by James L. Smith, Dent, 1976, pp. 219-49.

☐ —. *Selected Plays.* Edited by Andrew Parkin, Colin Smythe, 1987.

☐ Brooks, Peter. *The Melodramatic Imagination: Balzac, Henry James, Melodrama, and the Mode of Excess.* 1976. Yale UP, 1995.

☐ Buchanan, Judith. *Shakespeare on Silent Film: An Excellent Dumb Discourse.* Cambridge UP, 2009.

☐ Daly, Nicholas. *Sensation and Modernity in the 1860s.* Cambridge UP, 2009.

☐ D'Arcy, Geraint. "The Corsican Trap: Its Mechanism and Reception." *Theatre Notebook,* vol. 65, no. 1, 2011, pp. 12-22.

☐ Dumas père, Alexandre. *The Corsican Brothers.* Translated by Henry Frith, George Routledge and Sons, 1880.

☐ Eisenstein, Sergei. *Film Form: Essays in Film Theory.* 1949. Translated by Jay Leyda, Harvest, 1977.

☐ Forsythe, Neil. "Shakespeare the Illusionist: Filming the Supernatural." *Shakespeare on Film,* edited by Russell Jackson, Cambridge UP, 2007, pp. 280-302.

☐ Grangé, Eugène, and Xavier de Montépin. *Les frères corses: drame fantastique en trois actes et cinq tableaux, tiré du roman de M. Alexandre Dumas.* Paris, 1850.

☐ Gray, Frank. "*The Kiss in the Tunnel* (1899), G. A. Smith and the Emergence of the Edited Film in England." *The Silent Cinema Reader,* edited by Lee Grieveson and Peter Krämer, Routledge, 2004, pp. 51-64.

☐ Howes, Marjorie. "Melodramatic Conventions and Atlantic History in Dion Boucicault." *Éire-Ireland,* vol. 46, no. 3/4, 2011, pp. 84-101.

☐ Lewis, Jerry D. *Great Stories about Show Business.* Coward-McCann, 1957.

☐ Lewis, Leopold. *The Bells: A Drama in Three Acts.* Samuel French, 1872. MLA Literature Collections.

☐ Ley, J. W. T. *The Dickens Circle: A Narrative of the Novelist's Friendships.* Chapman & Hall, 1918.

☐ Semenza, Greg M. Colón, and Bob Hasenfratz. *The History of British Literature on Film, 1895-2015.* Bloomsbury, 2015.

☐ Shakespeare, William. *King Lear.* Edited by R. A. Foakes, Bloomsbury, 1997. Arden Shakespeare: Third Series.

☐ Singer, Ben. *Melodrama and Modernity: Early Sensational Cinema and Its Contexts.*

Columbia UP, 2001.

□ Sontag, Susan. *Against Interpretation, and Other Essays.* Eyre & Spottiswoode, 1967.

□ "Theatres & C." An Unsigned Review. *Era,* 29 February 1852, p. 11.

□ Wells, Stanley, ed. *Nineteenth Century Shakespeare Burlesques.* 5 vols. 1977-78. Eureka Press, 2004.

□ Zemka, Sue. "The Death of Nancy 'Sikes,' 1838-1912." *Representations,* vol. 110, no 1, 2010, pp. 29-57.

□ 岩田美喜『兄弟喧嘩のイギリス・アイルランド演劇』松柏社、2017 年。

□ 加藤幹郎『映画館と観客の文化史』中公新書、2006 年。

□ 松本仁助・岡道男訳『アリストテレース詩学　ホラーティウス詩論』岩波文庫、1997 年。

第 2 部　［2］

時間旅行から「ポストヒューマン」まで
　イギリスＳＦ小説の伝統と映画の交錯
秦 邦生

映像資料

□『来るべき世界』、監督ウィリアム・キャメロン・メンジーズ、出演レイモンド・マッセイ／ラルフ・リチャードソン、ロンドン・フィルムズ、1936 年、紀伊國屋書店、2004 年。

□『二〇〇一年宇宙の旅』、監督スタンリー・キューブリック、出演キア・デュリア／ゲイリー・ロックウッド、MGM、1968 年、ワーナー・ホーム・ビデオ、2002 年。

□『わたしを離さないで』、監督マーク・ロマネク、出演キャリー・マリガン／アンドリュー・ガーフィールド、20 世紀フォックス、2010 年、フォックス・エンターテイメント、2012 年。

引用・参考文献

□ Atwood, Margaret. *In Other Worlds: SF and Human Imagination.* Virago, 2011.

□ "Children in SF." *The Encyclopedia of Science Fiction.* http://www.sf-encyclopedia. com/entry/children_in_sf

□ Christie, Ian. *The Last Machine: Early Cinema and the Birth of the Modern World.* BFI, 1994.

□ Clarke, Arthur C. *The Lost Worlds of 2001.* Sidgwick & Jackson, 1972.〔アーサー・C・クラーク『失われた宇宙の旅二〇〇一』伊藤典夫訳、早川書房、2000 年。〕

□ —. *2001: A Space Odyssey.* Orbit, 1998.〔アーサー・C・クラーク『二〇〇一年宇宙の旅』伊藤典夫訳、早川書房、1993 年。〕

□ Frayling, Charles. *Things to Come.* BFI, 1995.

□ Garland, Alex. *Never Let Me Go: The Screenplay.* Faber and Faber, 2011.

□ Gordon, Joan. "Literary Science Fiction." Latham, pp. 103-14.

□ Groes, Sebastian and Barry Lewis, editors. *Kazuo Ishiguro: A New Critical Visions of the Novels.* Palgrave Macmillan, 2011.

☐ Hunter, I. Q. "From Adaptation to Cinephilia: An Intertextual Odyssey." Van Parys and Hunter, pp. 43-63.

☐ Ishiguro, Kazuo. "Introduction" to Garland, pp. vii-xi.

☐ ─. *Never Let Me Go.* Vintage, 2006.〔カズオ・イシグロ『わたしを離さないで』土屋正雄訳、早川書房、2008 年。〕

☐ Krämer, Peter. *2001: A Space Odyssey.* Palgrave Macmillan, 2010.

☐ Latham, Rob, editor. *The Oxford Handbook of Science Fiction.* Oxford UP, 2014.

☐ Lochner, Liani. "'This Is What We're Supposed to be Doing, Isn't It?': Scientific Discourse in Kazuo Ishiguro's *Never Let Me Go.*" Groes and Lewis, pp. 225-35.

☐ Loew, Katharine. "Magic Mirrors: The Schüfftan Process." *Special Effects: New Histories/Theories/Contexts,* edited by Dan North, Bob Rehak, and Michael S. Duffy, Palgrave, 2015, pp. 62-77.

☐ Luckhurst, Roger. *Science Fiction.* Polity, 2005.

☐ "Mutants." *The Encyclopedia of Science Fiction.* http://www.sf-encyclopedia.com/entry/mutants

☐ Pezzotta, Elisa. *Stanley Kubrick: Adapting the Sublime.* UP of Mississippi, 2013.

☐ "Preface: Literature, Posthumanism, and the Posthuman." *The Cambridge Companion to Literature and the Posthuman,* edited by Bruce Clarke and Manuela Rossini, Cambridge UP, 2017, pp. xi-xxii.

☐ Ramsaye, Terry. *A Million and One Nights: A History of the Motion Picture.* vol. 1. Athena, 2014.

☐ Richards, Jeffrey. "*Things to Come* and Science Fiction in the 1930s." *British Science Fiction Cinema,* edited by I. Q. Hunter, Routledge, 1999, pp. 16-32.

☐ Roberts, Adam. *The History of Science Fiction.* 2nd ed., Palgrave Macmillan, 2016.

☐ Sawyer, Andy. "Kazuo Ishiguro's *Never Let Me Go* and 'Outside Science Fiction.'" Groes and Lewis, pp. 236-46.

☐ Seed, David. "Atomic Culture and the Space Race." Latham, pp. 340-51.

☐ Sheehan, Paul. "Posthuman Bodies." *The Cambridge Companion to the Body in Literature,* edited by David Hillman and Urlika Maude, Cambridge UP, 2015, pp. 245-60.

☐ Slonczewski, Joan, and Michael Levy. "Science Fiction and the Life Sciences." *The Cambridge Companion to Science Fiction,* edited by Edward James and Farah Mendlesohn, Cambridge UP, 2003, pp. 174-85.

☐ Van Parys, Thomas, and I. Q. Hunter. "Introduction: Science-Fiction Adaptation across Media." Van Parys and Hunter, pp. 3-17.

☐ ─, editors. *Science Fiction across Media: Adaptation/Novelization.* Gylphi, 2013.

☐ Wells, H. G. *The Shape of Things to Come.* Penguin, 2005.

☐ ─. *Things to Come.* Cresset, 1935.

□ ─. *The Time Machine.* Penguin, 2005.〔H・G・ウェルズ『タイム・マシン　他九篇』橋本真槇矩訳、岩波書店、1991 年。〕

□ Williams, Keith. *H. G. Wells, Modernity and the Movies.* Liverpool UP, 2007.

□ アジェル、ジェローム『メイキング・オブ・二〇〇一年宇宙の旅』富永和子訳、ソニー・マガジンズ、1998 年。

□ 小野俊太郎『未来を覗く H・G・ウェルズ──ディストピアの現代はいつ始まったか』勉誠出版、2016 年。

□ 菅野素子「『わたしを離さないで』を語り継ぐ──翻案作品（アダプテーション）をめぐって」『カズオ・イシグロ『わたしを離さないで』を読む──ケアからホロコーストまで』田尻芳樹・三村尚央編、水声社、2018 年、pp. 271-88.

ビゾニー、ピアーズ『未来映画術「二〇〇一年宇宙の旅」』浜野保樹・門馬淳子訳、晶文社、1997 年。

第 2 部　［3］
ゴシック小説からゴシック映画へ
《怪物》の示しうるもの
小川 公代

映像資料

□『ドラキュラ』、監督ジョン・バダム、出演フランク・ランジェラ／ローレンス・オリヴィエ、ミリッシュ・コーポレーション、1979 年、NBC ユニバーサル・エンターテイメントジャパン、2018 年。

□『ドラキュラ』、監督フランシス・フォード・コッポラ、出演ゲイリー・オールドマン／ウィノナ・ライダー、アメリカン・ゾエトロープ、1992 年、ソニー・ピクチャーズエンタテインメント、2009 年。

□『フランケンシュタイン』、監督ジェイムズ・ホエール、出演ボリス・カーロフ、ユニバーサル、1931 年、シネマライフ、2006 年。

□『フランケンシュタイン』、監督ケネス・ブラナー、出演ロバート・デ・ニーロ／ケネス・ブラナー、アメリカン・ゾエトロープ 1994 年、ポニーキャニオン、2005 年。

引用・参考文献

□ Auerbach, Nina. "Vampires in the Light". *Dracula.* Edited by Nina Auerbach and David J. Skal, W. W. Norton, 1997, pp. 389-404.

□ *The Anti-Jacobin Review and Magazine: Or Monthly Political and Literary Censor,* vol. V, 1800.

□ Baldick, Chris. *In Frankenstein's Shadow: Myth, Monstrosity, and Nineteenth-Century Writing.* Clarendon, 1990.〔クリス・ボルディック『フランケンシュタインの影の下に』谷内田浩正他訳、国書刊行会、1996 年。〕

□ Bloom, Abigail Burnham. *The Literary Monster on Film: Five Nineteenth Century*

British Novels and Their Cinematic Adaptations. McFarland and Company, 2010.

☐ Braidotti, Rosi. "Signs of Wonder and Traces of Doubt: On Teratology and Embodied Differences." *Between Monsters, Goddesses and Cyborgs: Feminist Confrontations with Science, Medicine and Cyberspace,* edited by Nina Lykke and Rosi Braidotti, Zed Books, 1996.

☐ Fielder, Leslie. *Freaks: Myths and Images of the Secret Self.* Penguin, 1978.

☐ Hunt, Lynn. *The Family Romance of the French Revolution.* U of California P, 1992.

☐ Laplace-Sinatra, Michael. "Science, Gender and Otherness in Shelley's *Frankenstein* and Kenneth Branagh's Film Adaptation." *European Romantic Review,* vol. 9, no. 2, 1998, pp. 253-370.

☐ Sadoff, Dianne F. *Victorian Vogue: British Novels on Screen.* U of Minnesota P, 2010.

☐ Shelley, Mary. *Frankenstein or The Modern Prometheus.* Edited by M.K. Joseph, Oxford UP, 1980.〔メアリ・シェリー『フランケンシュタイン』小林章夫訳、光文社、2015 年。〕

☐ Skal, David J. *Hollywood Gothic: The Tangled Web of "Dracula" from Novel to Stage to Screen.* W. W. Norton, 1990.

☐ Sklar, Robert. *Movie-Made America: A Cultural History of American Movies.* Vintage, 1994.

☐ Stoker, Bram. *Dracula.* Edited by Nina Auerbach and David J. Skal. W. W. Norton, 1997.

☐ Stokes, Melvyn. "Female Audience of the 1920s and Early 1930s." Stokes and Maltby, pp.42-60.

☐ Stokes, Melvyn and Richard Maltby, editors. *Identifying Hollywood's Audiences: Cultural Identity and the Movies.* BFI, 1999.

☐ Valente, Joseph. *Dracula's Crypt: Bram Stoker, Irishness, and the Question of Blood.* U of Illinois P, 2002.

☐ Žižek, Slavoj. *In Defense of Lost Causes.* Verso, 2008.

☐ 小川公代「アダプテーション研究とは？」『文学とアダプテーション──ヨーロッパの文化的受容』小川公代・村田真一・吉村和明編、春風社、2017 年、pp. 13-31.

☐ 大石雅彦「吸血鬼における神話作用」、『ドラキュラ文学館』東雅夫編、幻想文学出版局、1993 年。

☐ 丹治愛『ドラキュラの世紀末──ヴィクトリア朝外国恐怖症の文化研究』東京大学出版会、1997 年。

☐ バフチン、ミハイル『小説の言葉』伊東一郎訳、平凡社、1996 年。

映画用語集

アイライン・マッチ　eyeline match
演技者のアイライン（視線）を利用したショットのつなぎ。たとえば、ある人物が観客から見て画面外左に視線を向けるショットの次に、見られている事物のショットを提示する。その場合、その事物は人物が画面外右にいることを示唆するアングルで捉えられる。そうすることによって、観客の画面内の空間認識を混乱させることなく、なめらかなコンティニュイティ（連続性）が保たれる。
☞カメラ・アングル、コンティニュイティ編集、ショット／切り返しショット、180度システム

アイリス　iris
シーン転換のための編集技法の一つ。レンズの絞り（アイリス）を模した形状のマスクを開くことによって映像を提示したり（アイリスイン）、閉じることによって消去したりする（アイリスアウト）。一般に、アイリスインは次第に見えてくる映像の大きさを強調し、アイリスアウトは映像の細部に注意を向けさせる効果がある。
☞シーン、ディゾルヴ、フェイド、ワイプ

アダプテーション　adaptation
物語が、異なるメディアへ移し替えられること。たとえば、演劇から映画へ、小説から映画へ、テレビドラマから映画への置換である。これに対して、リメイクの場合は、メディアの変更が起こらないアダプテーションである。アダプテーションには、翻案者の解釈や新たな創造のプロセスが介在する。特に脚本に関して、原作のないオリジナル脚本と区別し、原作を脚色する行為を指す場合もある。

アトラクションの映画　cinema of attractions
アメリカの映画学者トム・ガニングが 1986 年に発表した論文で提唱した概

念。映画の誕生から 1900 年代半ばあたりまでの映画を、直線的な映画史観に基づいてその後の物語映画の未熟な初歩段階とみなすのではなく、「アトラクションの映画」（見世物の映画）という別種の映画であるとした。これは、自己完結的な物語世界に観客の没入を促すのではなく、露出症的に観客の注意や興味を喚起することを目的とする映画である。たとえば、登場人物がカメラ（＝観客）に向かって視線を送ったり、しきりに身振り手振りをするなどして注意をひこうとする。あるいは、珍奇な見世物的性質によって観客の好奇心を喚起し、驚きやショックなどの即時の反応を引きだす。

アフレコ　post-synchronization

和製英語であるアフター・レコーディングの略。映像が撮影・編集された後に、画面上の動きに同期させて音（セリフや環境音などの物語世界に属する音）を録音すること。1930 年代初頭のサイレント映画からトーキーへの移行期に、同時録音が困難な状況下で撮影されたシーンへの追加録音や、言語の発音に問題のある俳優のセリフの吹き替えのために編み出された。現在でも、経費削減や録音の失敗などの、さまざまな事情に応じて用いられる。

アングル　angle　☞ カメラ・アングル

イーリング・コメディ　Ealing comedy

第二次世界大戦直後のイギリスで、イーリング・スタジオによって製作されたコメディ映画。しばしば、身近な日常世界のなかで起こる荒唐無稽な事件が描かれる。戦後の耐乏生活への不満とそこからの解放、階級を超えた共同体の団結精神、ドキュメンタリー的リアリズムが特徴としてあげられる。代表的作品は、『ピムリコへの旅券』（1949）、『やさしい心と宝冠』（1949）など。

色温度　color temperature

色温度（いろおんど、しきおんど）とは、光の色の度合いのこと。ケルビン（K）という単位を用いて数値で表される。色温度が高いほど暖色系の色（赤、オレンジ）となり、中間は白系の色となり、低いほど寒色系の色（青）となる。フィルムの種類や照明などによって、画面の色温度を調節することができる。た

とえば『ヴァージン・スーサイズ』（1999）では、色温度の高いオレンジがかった映像が多くを占めるが、いくつかの重要なシーン（たとえば自殺した姉妹の遺体が発見されるシーンなど）には、色温度の低い青みがかった映像が用いられている。色温度を調整することによって、その場面の時間帯（昼か夜か）、場所（屋内か屋外か）、天気などを表し、さらには登場人物の心理などを暗示することができる。

インタータイトル、説明字幕　intertitle

文章を映し出したショットのこと。1900年代半ば以降のサイレント映画において、観客に正確にわかりやすく物語を伝えるための手法として用いられた。これから起こるアクションの要約、状況設定の説明など、第三者的視点での説明を主な目的とする。あるいは、登場人物のセリフの内容や思考を伝える内容のものもある。

ヴァンプ　vamp

性的魅力にあふれ、男を誘惑して食い物にする妖婦の意。Vampire を略した呼称。『愚者ありき』（1915）でセダ・バラが演じたキャラクターがその元祖で、バラは The Vamp の愛称で知られた。

ヴォイスオーヴァー　voice-over

画面内の人物による発話と同期しない声を入れる技法、またはその声そのものを指す。登場人物ではない声のヴォイスオーヴァーの場合は、画面内のアクションの解説・分析などを行う。これはナレーションとも呼ばれる。登場人物の声のヴォイスオーヴァーの場合は、次の二つの場合がある。画面内のアクションの解説・分析などを行う場合すなわちナレーションの場合と、登場人物の心中を伝える場合である。フィルム・ノワールではヴォイスオーヴァーが使われることが多いが、たとえば『深夜の告白』（1944）では、レコーダのマイクに向かって話す男の声が映画の大部分を占めるフラッシュバックのナレーションを務める。また、『サンセット大通り』（1950）では死んだはずの主人公のヴォイスオーヴァーが自らが死にいたる物語のナレーションを務める。また、主人公以外の登場人物のヴォイスオーヴァーがナレーション

映画用語集

を務める映画には、たとえばテレンス・マリック監督の『地獄の逃避行』(1973)
がある。
☞ フィルム・ノワール、フラッシュバック

映画製作倫理規定 ☞ プロダクション・コード

映画の誕生
映画の誕生以前にも、17世紀以降、動く映像を投影するためのさまざまな
装置（幻燈機、パノラマ、ジオラマなど）が発明されてきた。19世紀に写
真が発明されると、エドワード・マイブリッジとエティエンヌ＝ジュール・
マレーによって、動物の運動を解析するための連続写真の撮影が行われた。
彼らの連続写真は、トマス・エジソンやリュミエール兄弟に刺激を与え、映
画の誕生に大きな役割を果たした。1888年以降、エジソンは、世界最初の
映画カメラであるキネトグラフの開発を進め、1891年には、キネトグラフ
で撮影した映像を見るための装置キネトスコープを発表した。キネトスコー
プは、1人の人間がのぞき穴から映像を見る装置である。スクリーンに投射
する方式の映写機は、1894年にフランスのリュミエール兄弟によって発明
された（シネマトグラフ）。エジソンも後に、映写方式の装置ヴァイタスコー
プを開発する。1895年12月28日、リュミエール兄弟が撮影した映画が、
パリで一般公開された。これは、映画史上最初の有料映画上映とされる。

ASL、ショット平均持続時間 average shot length
一本の映画を構成する全ショットの持続時間の平均値。映画全編の上映時間
をショットの数で割った数値。編集スタイルの特徴を知るための一つの手法
として、ASLに注目するとよい。一般に、ASLが長い映画は、各ショット
の持続時間が長くなるため、物語のテンポが遅く感じられる。逆にASLが
短いと、目まぐるしく画面が切り替わり、テンポが速く感じられる。ハリウッ
ド映画では、ASLは短くなる傾向にあり、近年では2.5〜3秒程度のものが
多い。

エスタブリッシング・ショット　establishing shot

状況設定ショット。シークェンスの冒頭近くに置かれ、これから起こるアクションに関する基本的な情報（場所・時間・状況など）をあらかじめ提示する。通常、ロング・ショットで撮影されるが、さまざまなカメラ・アングルでとらえ直されることもある。
☞ カメラ・アングル、ロング・ショット

エクスプロイテーション映画　exploitation film

同時代のセンセーショナルな出来事や社会問題を題材にしたり、麻薬や暴力、セックスなどのきわどい描写を売り物にして、もっぱら商業的成功を意図して製作された映画。通常、独立系の映画製作者によって低予算で製作され、特定の、限定された観客層を対象に上映される。1920 年代にはすでに存在していたが、アメリカでは、スタジオ・システムの崩壊とプロダクション・コードの廃止に伴い、60 年代から 70 年代にかけて人気を博した。
☞ ブラックスプロイテーション、スタジオ・システム、プロダクション・コード

カット　cut

ショット転換のための編集技法のうち、最も単純な手法。フェイド、ディゾルヴ、ワイプなどを使用することなく、あるショットから別のショットへと直接的に移行すること。ショットのためにカットされたフィルム片をカットと呼び、ショットとショットをつなぐ行為をカッティング（カット割り）と呼ぶこともある。ディレクターズ・カットは、監督によって編集された映画のヴァージョンを指し、この場合、カットは映画の完成版を意味する。
☞ ショット、ディゾルヴ、フェイド、ワイプ

カメラ・アングル　camera angle

被写体に対してカメラの置かれる位置・角度。通常、アイレベル（被写体の目線の位置）にセットされる。アイレベルよりも下にセットし被写体を見上げるように撮影するロー・アングル（あおり）、高い位置にセットして見下ろすように撮影するハイ・アングル（俯瞰）などの手法もある。

画面比率　aspect ratio

画面の横幅と高さの関係。1932 年にアメリカの映画芸術科学アカデミーによって定められた標準的画面比率（アカデミー比）は、4:3（= 1.33:1）。現在では、これよりも横幅の大きいワイドスクリーンが一般的である。

☞ ワイドスクリーン

切り返しショット　reverse shot　☞ ショット／切り返しショット

空撮　aerial shot

飛行機、ヘリコプター、最近ではドローンを使って、空中で撮影されたショット。超高度からのハイ・アングルのショットによって、360 度の風景を見せることができる。空中ショット、航空ショットとも呼ばれる。

クォータ　quota

自国映画産業の保護のために各国政府が設けた割当制度。外国映画の輸入本数や上映日数に上限を設け、映画館に自国映画上映のための最低時間を確保するよう義務付ける。第一次世界大戦以降、映画市場において圧倒的な優勢を誇ってきたハリウッド映画への対抗策として導入された。イギリスは1927 年に映画法を制定し、配給者には年間配給の 7.5%、興行者には年間上映の 5%（後に 20% まで引き上げられた）を自国映画に割り当てることを定めた。しかし、アメリカの映画会社が、イギリスに子会社を設立するなどして、割当を満たすための速成映画（quota quickie）を製作したため、期待された効果をあげることはできなかった。1928 年にクォータを導入したフランスは、現在ではテレビ番組にもこの制度を適用している。

クレーン・ショット　crane shot

クレーンから撮影されたショット。通常、ハイ・アングルで、中空を縦横無尽に浮遊する移動ショットなどを可能にする。

☞ ロング・ショット

クロースアップ close-up

カメラが被写体に接近して撮影したショット・サイズで、フレームの大部分を被写体が占める。一般には、人物の顔を大写しにするもの。その人物の重要さを強調し、観客に親近感を抱かせ、感情や思考のプロセスを画面いっぱいに提示する効果がある。また、体の部位や特定の物を接写すると、観客の注意を細部に向けさせることが可能である。

☞ショット・サイズ、フル・ショット、ミディアム・ショット、ロング・ショット

クロスカッティング crosscutting

時を同じくして、異なる場所で起きている二つ以上の出来事を、交互につないで編集すること。交互に提示することによって、両者を関連づけることができる。一般に、緊張感やサスペンスを生み出したいときに用いられることが多い。また、物語を加速させる効果もある。D・W・グリフィスの『国民の創生』（1915）は、クロスカッティングを効果的に用いた最初の映画とされ、たとえば、黒人の襲撃を受けて窮地に陥っている一家と、救助に駆けつけるKKKのショットをクロスカッティングで見せることによってサスペンスを盛り上げている。並行モンタージュ（parallel montage）、並行編集（parallel editing）、並行カッティングとも呼ばれる。

興行 exhibition ☞製作／配給／興行

古典的ハリウッド映画 classical Hollywood cinema

主に、1930年代から50年代にかけてハリウッドのスタジオ・システム下で製作された物語映画のスタイルあるいは形式。デイヴィッド・ボードウェルらが1985年に同名の著書で主張した。アリストテレス以来の「始め・中間・終わり」を持つプロット（筋）の基本形を踏まえ、フランス古典演劇における規則「三統一の法則」を受け継ぐ。すなわち、時・場所・プロットの一致の原則に基づいて、一本化されたプロットを、連続したあるいは一貫して継続した時間と、限定された空間において展開する。観客に、効率よく明快に物語を伝えることを重視するスタイルで、コンティニュイティ編集はその代表的技法である。古典的ハリウッド映画のスタイルは、現在の主流映画にも

継承されている。

☞コンティニュイティ編集、スタジオ・システム

コンティニュイティ、連続性 continuity

ショットからショットへの、一貫性のある連続的でスムーズなつながりのこと。また、これを維持するための各ショット（テイク）の記録。日本でいうコンテはコンティニュイティの略。

☞コンティニュイティ編集

コンティニュイティ編集 continuity editing

画面内の事象を、継ぎ目なく、連続してスムーズに動いているように見せる編集技法。時間や空間の連続性（コンティニュイティ）を維持し、被写体の位置・動き・視線の方向などを一貫させて視覚的な整合性を保ちながら、ショットとショットをつなぐ。180度システムや30度ルールは、コンティニュイティ編集のための重要な技法である。もしこれらのルールを侵犯すれば、観客の画面内の空間認識を混乱させてしまう。観客にショットとショットの継ぎ目を意識させずに、スムーズに画面内の出来事を認識させることで、直線的で理解しやすい物語を生み出すことができる。見えない編集（invisible editing）とも呼ばれる。

☞ 30度ルール、180度システム

サイレント映画 silent movie

無声映画。トーキー（発声映画）以前の映画の総称。

☞トーキー

サウンド・トラック sound track

文字通りには、フィルムの縁にある録音帯を指す。音声(セリフ、効果音、音楽)を記録する細い帯状の部分のこと。光学サウンド・トラックと磁気サウンド・トラックがある。また、ここに記録された音声、さらには、その音（特に映画音楽）を収録して CD などにしたアルバムのことを指すこともある。日本でいうサントラ。

375

作家 auteur

個性的な演出上のスタイル（独創的な個人様式）をもつ映画監督のこと。映画は通常、共同作業によって製作されるが、批評上の用法として、映画監督をその作品の創造的主体＝「作家」とみなす。1920年代のフランス映画論壇で監督を作家として扱う試みがなされたが、一般には、1950年代フランスの批評家たちによって作家としての監督が論じられて以来の呼称。
☞作家主義

作家主義 auteurism, auteur theory

個人（通常は映画監督）のスタイルに着目し、映画を個人的製作物として評価する批評手法。1950年代のフランスで、特に『カイエ・デュ・シネマ』誌上で盛んに議論されて以降、映画批評の手法として普及した。
☞作家

30度ルール 30° rule

視覚的な一貫性を保証し、ショット間のコンティニュイティを維持するための、撮影上の約束事の一つ。ある被写体を異なるカメラ・アングルでとらえ直す場合、被写体に対するカメラの位置を30度以上、動かさなければならない（ただし、180度以上動かしてはいけない）。30度未満の場合、観客は、カメラ・アングルの変化が小さいために、ショットの移行を明確に認知できず、同一のショット内で被写体がほんの少し移動（ジャンプ）したように理解する。
☞コンティニュイティ編集、ジャンプ・カット、180度システム

シークェンス sequence

一般に、映画の物語展開において特定の連続性をもつ、複数のショットやシーンで構成された、ひとかたまりの区分。シーンよりも大きな区分になるが、両者の区別は曖昧である。
☞ショット、シーン

CGI　Computer-Generated Imagery

コンピュータによって生成された映像。日本ではCGと呼ばれる。

シーン　scene

一般に、単一の場所で起こった単一の出来事を映し出した、ひとかたまりの区分を指す。単一、あるいは複数のショットによって構成される。シークェンスよりも小さい区分になるが、両者の区別は曖昧である。

☞ショット、シークェンス

視点ショット、見た目のショット　point-of-view shot

ある特定の人物の視点から撮られたショット。観客がその人物の視点に立ち、主観的に出来事を体験し、感情移入することを促す。略してＰＯＶショットとも呼ばれる。主観ショット、主観カメラ、一人称カメラと呼ぶこともある。近年は、手持ちカメラによる視点ショットを多用した低予算映画が多くみられる。

シャロー・フォーカス　shallow focus

被写界深度（カメラである一点に焦点を合わせたとき、その前後で鮮明な像が得られる撮影範囲）を浅くし、カメラに近い部分にのみ焦点を当てた撮影法。ディープ・フォーカスの逆。

☞ディープ・フォーカス

ジャンプ・カット　jump cut

２つのショットを、空間的・視覚的一貫性を攪乱するような唐突な移行によってつなぐ手法。ショット間のなめらかな連続性を是とするコンティニュイティ編集に用いられるマッチ・カットに対して、ミスマッチ（・カット）とも呼ばれる。シーン内での時間の経過や空間の移動を示す際に用いれば、無駄な部分を除去してショットをつなぐことができる。『勝手にしやがれ』（1960）に代表されるように、ヌーヴェル・ヴァーグの作家はしばしば意図的に、観客を当惑させるようなジャンプ・カットを用いた。

☞アングル、コンティニュイティ編集、30度ルール、ヌーヴェル・ヴァーグ、180

377

度システムライティング

ジャンル genre

芸術作品の類型、あるいはカテゴリー分けのこと。映画の場合、プロット、主題、形式、技法、イコノグラフィ、登場人物の型などの要素において、比較的容易に認識可能な共通性を有し、確立された芸術上の慣行・形式に特徴づけられる作品群のカテゴリーのこと。ジャンル映画が有するおなじみの慣行・形式は、規格化された製作・配給・興行を容易にし、特にスタジオ・システム下において重要な役割を果たした。観客は、同じジャンルに属する先行映画と同様の快楽を期待し、ジャンルの紋切型（ときにはそこからの逸脱）を楽しむ。映画の代表的なジャンルとして、ギャング映画、探偵映画、フィルム・ノワール、西部劇映画、戦争映画、ＳＦ、ホラー映画、メロドラマ映画、ミュージカル映画、スラップスティック・コメディ、スクリューボール・コメディ、スワッシュバックラー映画などがある。しかし実際のところ、ジャンルの定義は曖昧である。たとえば、西部劇映画と戦争映画のように、共通する要素を有し、ジャンル同士の境界が曖昧な場合もある。また、ジャンルは、さらに細かいサブジャンルに分類することもできる。フィルム・ノワールは、そもそもジャンルとみなすか否かについて、映画研究者の意見が分かれている。

☞ フィルム・ノワール

照明 lighting ☞ ライティング

ショット shot

撮影段階においては、カメラを継続的に回してとらえたひと続きの記録。その撮影行為および撮影されたフィルムは、テイクともよばれる。完成作品においては、途切れることのない映像のこと。一般に、ショット、シーン、シークェンスの順で区分が大きくなり、シーンとシークェンスはショットの集合体である。

☞ シークェンス、シーン、長回し

ショット／カウンターショット　shot-reverse shot　☞ショット／切り返しショット

ショット・サイズ、ショット・スケール　shot size, shot scale
フレーム内での被写体の大きさによって分類される。クロースアップ、ミディアム、フル、ロングの順で、被写体は小さくなる。
☞クロースアップ、フル・ショット、ミディアム・ショット、ロング・ショット

ショット／切り返しショット　shot-countershot
対峙する人物と人物、あるいは人物と事物などを撮影する際に頻繁に用いられる撮影上、および編集上の手法。会話のシーンがその典型であり、二人の話者のショットが、話し手が替わるのに応じて交互に提示される。一般的に、肩越しのショット、あるいは聞き手の視点ショットで話し手がとらえられる。
☞アイライン・マッチ、180度システム、視点ショット

ショット平均持続時間　☞ASL

スタジオ・システム　studio system
ハリウッドにおいて少数の大手スタジオ（製作会社）が、製作・配給・興行部門を垂直的に支配した1920年代から1950年代までの垂直統合（系列）システムを指す。映画の大量生産・大量消費を可能にした。1948年、連邦最高裁判所は独占禁止法違反の判決（いわゆる「パラマウント判決」）を下し、各スタジオに興行部門の切り離しを命じた。これを契機として、スタジオ・システムは崩壊に向かった。

スーパーインポーズ　superimposition
一つの映像の上にもう一つ、あるいはそれ以上の映像を重ねること。多重露光。「字幕スーパー」（サブタイトル）は、スーパーインポーズド・タイトルを意味する。つまり、多重露光で重ねた文字のこと。
☞モンタージュ

379

製作／配給／興行 production/distribution/exhibition

映画産業を構成する三つの部門。映画を創造し（製作）、完成した映画を流通させ（配給）、映画館で観客に対して上映する（興行）各プロセスのこと。

☞スタジオ・システム

ディープ・フォーカス deep focus

カメラのとらえる視野全体に焦点を合わせて撮影する手法。被写界深度を深くすることで、前景から後景までのすべての面を鮮明に見せ、画面に奥行きを与える。オーソン・ウェルズとカメラマンのグレッグ・トーランドは、『市民ケーン』(1941)でこの技法を初めて大々的に用いた。画面手前の人物から、はるか奥に位置する人物にまで焦点の当たったショットが多数登場する。パン・フォーカスともいう。

☞シャロー・フォーカス

テイク take

撮影段階においては、カメラを止めずにひと続きの映像を撮影すること。編集段階においては、あるショットのヴァージョンのひとつ。通常、複数撮影されたテイクのうちの1つを選んで、作品に用いる。

ディゾルヴ dissolve

シーン転換のための編集技法の一つ。最初の映像がゆっくりと消えていき、それに重なって新たな映像がゆっくりと現れる。二つの映像がスーパーインポーズされ、徐々にシーンが移行する。

☞アイリス、シーン、スーパーインポーズ、フェイド、ワイプ

ティルト tilt

カメラ本体は移動させずに、カメラを垂直方向に回転させること。ティルト・アップは下から上へ、ティルト・ダウンは上から下へ、カメラを軸移動させる。

☞パン

ドイツ表現主義　German Expressionism

20世紀初頭に、ドイツを中心に起こった芸術運動の総称。反自然主義・反印象主義的傾向をもち、前衛絵画グループを起点として文学、音楽、演劇、映画へと広まった。ドイツ表現主義映画は、日常空間とはまったく異質な世界の現出、強調された明暗法（キアロスクーロ）、画面に不安定感をもたらす構図や人工的な舞台装置などを特徴とする。代表的作品は、『カリガリ博士』（1920）、フリッツ・ラングの『メトロポリス』（1927）など。ラングをはじめとして、後に多くのドイツ人映画関係者がハリウッドに渡ったことから、ハリウッド映画（特にフィルム・ノワール）にも影響を与えた。

☞ フィルム・ノワール

トーキー　talkie

発声映画、音声を伴う映画。talking movie の略。世界初の長編トーキーは、1927年10月にアメリカで公開された『ジャズ・シンガー』（正確には、部分的なトーキー）である。イギリスではアルフレッド・ヒッチコックが、サイレント映画として製作された『恐喝（ゆすり）』（1929）の一部のシーンをトーキーで撮影し直し、サイレントとトーキーの両方のヴァージョンを公開した。1930年代前半に、トーキーの製作・上映のための技術革新が行われ、サイレント映画からトーキーへの移行が進んだ。

☞ サイレント映画

トラヴェリング・ショット　traveling shot

移動ショットの総称。移動ショットとは、カメラを移動して撮影したショットであり、前後左右に流れるような動きが可能。

☞ トラッキング・ショット、ドリー・ショット

トラッキング・ショット　tracking shot

トラヴェリング・ショットの一種。線路に似たトラック軌道（track）上でカメラを乗せたドリー（台車）を走らせて撮影したショット。また、トラック（truck）などの乗り物にカメラをのせて撮影したショットは、トラッキング・ショット（trucking shot）と呼ばれる。

☞トラヴェリング・ショット、ドリー・ショット

ドリー・ショット　dolly shot
トラヴェリング・ショットの一種で、車輪のついたドリー（台車）にカメラを乗せて撮影したショット。
☞トラヴェリング・ショット、トラッキング・ショット

長回し、ロング・テイク　long take
通常よりも長く持続したショットのこと。

ニュー・ウェイヴ　new wave
(1)ヌーヴェル・ヴァーグ（新しい波）の英語訳で同義。
(2)1950年代後半から60年代にかけて起こったイギリスにおける新しい映画製作の動き。フリー・シネマ出身の作家が中心となり、労働者階級の日常への関心、誌的リアリズムなどを特徴とした作品を生み出した。
(3)より広い意味で、その他の国における新しい映画製作の動き、新しい映画作家グループを指す際にも用いられる。
☞ニュー・ハリウッド、ヌーヴェル・ヴァーグ

ニュー・シネマ　new cinema
『俺たちに明日はない』（1967）などの過去のハリウッド映画の慣例や検閲などから自由な映画を1967年の『タイム』誌がこう呼んだ。「アメリカン・ニュー・シネマ」というように日本ではいまだによく使われるが、アメリカでは、より広い範囲の時代を指すニュー・ハリウッドという言葉が一般的。
☞ニュー・ハリウッド

ニュー・ハリウッド　new Hollywood
1960年代後半から70年代後半のハリウッドを指す。テレビとの競争などに起因するハリウッドの苦境および社会の騒擾（公民権運動、ヴェトナム戦争、カウンターカルチャー、フェミニズム運動など）を背景として、若い映画監督が活躍し古典的ハリウッド映画から自由な映画を製作した。ニュー・シネ

マとも呼ばれる『俺たちに明日はない』(1967) と『イージー・ライダー』(1969)
などがニュー・ハリウッドの方向を定めた。古典的ハリウッド映画の慣例か
らの自由、社会の体制に反逆する若者の主人公、ハッピーエンディングの拒
否などを特徴とする映画が多い。この意味では、ポスト古典的ハリウッド、
ハリウッド・ルネサンスとも呼ばれる。また、1970 年代後半から始まるハ
リウッドの映画製作を指すこともある。『ジョーズ』(1975)、『スターウォー
ズ』(1977)、『E.T.』(1982) などの人目を引く高予算の大作映画であるブロッ
クバスターなどの高収益の映画製作と一斉公開などのマーケティング戦略を
特徴とし、映画産業のコングロマリット化を促進した。
☞古典的ハリウッド映画、ニュー・シネマ

ヌーヴェル・ヴァーグ nouvelle vague

フランス語で「新しい波」の意。1950 年代末から 60 年代にかけて起こった
フランスにおける新しい映画製作の動き。その中心は、映画批評誌『カイエ・
デュ・シネマ』の若い批評家たち（ジャン＝リュック・ゴダール、フランソ
ワ・トリュフォー、クロード・シャブロル、ジャック・リヴェット、エリッ
ク・ロメールら）。伝統的な映画作りに異を唱え、それぞれ同じ時期に「作家」
として自身の作品を作り始めた動きの総称であり、厳密には芸術運動とは言
い難い。共通点として、低予算製作、即興演出、ロケ撮影、手持ちカメラの
使用、同時録音、ジャンプ・カットの多用、コンティニュイティ編集に代表
されるショット間のなめらかな連続性や直線的で分かりやすい物語構成の破
棄があげられる。
☞古典的ハリウッド映画、コンティニュイティ編集、作家、ジャンプ・カット　製作
／配給／興行

配給 distribution ☞製作／配給／興行

ハリウッド・テン Hollywood ten

1947 年、下院非米活動委員会の聴聞会に喚問された 10 人の非友好的証人（脚
本家のダルトン・トランボや監督のエドワード・ドミトリクなど）を指す。
共産主義との関わりを問われた彼らは、表現の自由を保障する憲法修正第一

条を根拠に証言を拒否したが、議会侮辱罪によって短期間、服役した。以後、1950 年代を通して、共産主義者を映画業界から追放する赤狩りが行われ、多くの才能ある映画人が職を追われた。そのなかには、海外へ活動の場を移した者や、トランボのように偽名で仕事を続けた脚本家もいた。トランボの名が再びクレジットにのるのは 1960 年なってからであり、後に『ローマの休日』（1953）と『黒い牡牛』（1956）でアカデミー賞を受賞した脚本家の正体がトランボであることが明らかにされた。

ハリウッド・ルネサンス Hollywood Renaissance ☞ニュー・ハリウッド

パン pan
カメラを水平方向に回転させること。パンは、panorama の略。左から右へ動かすのが一般的。
☞ティルト

Ｂ級映画 B movie, B film
1930 年代から 50 年代初頭までのアメリカで、二本立て興行が一般的だった時代に、メインの呼び物となる映画（A 級映画、フィーチャー映画）に対し、その添え物として製作された映画を指す。スタジオ内に、そのような映画を専門に製作する部署（B 班）が設けられたことに由来する呼称。通常、低予算の早撮り映画で、若く無名の映画監督や俳優が起用された。スタジオからの干渉が少なかったため、若い監督らの訓練の場や、実験的試みを行う機会となった。現在では、主に低予算で質の劣った映画に対して用いられる。

180 度システム 180° system
視覚的な一貫性を保証し、ショット間のコンティニュイティを維持するための、撮影上の約束事の一つ。たとえば、ショット／切り返しショットを用いて 2 人の人物の会話のシーンを撮影する場合、カメラは 2 人を結ぶ想像上の線（イマジナリー・ライン）を横切ることなく、撮影し続けなければならない。それによって、観客の画面内の空間認識を混乱させることなく、ショットをつなぐことが可能になる。

☞ コンティニュイティ編集、30 度ルール、ショット／切り返しショット

フィルム・ノワール　film noir

フランス語で「暗黒映画」の意。映像と物語の両面における暗さを特徴とした
アメリカ映画に対して、フランスの批評家が最初に用いた表現。一般に、
1941 年の『マルタの鷹』以降、1958 年の『黒い罠』にいたるまでに、盛ん
に製作された。ハードボイルド探偵小説の伝統を受け継ぎ、大都会を舞台に
した犯罪を描く場合が多い。明暗を強調した照明法、斜線や垂直線を強調し
た画面構図がもたらす閉所恐怖症的雰囲気、錯綜した時間軸（しばしばヴォ
イスオーヴァーで始まるフラッシュバックが用いられる）、男性を破滅へと
導く魔性の女ファム・ファタールの存在、物語の道徳的両義性、シニシズム、
ペシミズムが特徴として挙げられる。

フェイド　fade

シーン転換のための編集技法の一つ。フェイドインでは、暗い画面が徐々に
明るくなるにつれて映像が現れる。フェイドアウトでは、画面が暗くなるに
伴って映像が消えていく。一般に、黒色のカラー・スクリーンに映像を重ね
て編集するが、白やその他の色が用いられる場合もある。
☞ アイリス、ディゾルヴ、ワイプ

ブラックスプロイテーション　blaxploitation

1970 年代前半にアメリカで登場した、都市部の黒人層をターゲットにした
エクスプロイテーション映画。代表的作品は『スウィート・スウィートバッ
ク』(1971)、『黒いジャガー』(1971) など。主要キャストに黒人俳優を起用し、
都市部のゲットーを舞台に、麻薬・暴力・セックスを扱った。ポン引きや麻
薬密売人といったステレオタイプ化された黒人登場人物は、黒人公民権運動
家から批判を浴びた。
☞ エクスプロイテーション映画

ブラック・ムーヴィ　black movie　☞ ブラックスプロイテーション

385

フラッシュバック／フラッシュフォワード flashback/flashforward

「現在」の出来事に、「過去」あるいは「未来」の出来事を挿入し、物語の時系列を変更する手法。その過去または未来が登場人物の思い描いたものである場合、その登場人物のクロースアップやヴォイスオーヴァーが導入に用いられることが多い。フラッシュバックは過去の出来事の回想に、フラッシュフォワードは未来に起こることの想像や予知を描く際に、しばしば用いられる。

プリミティヴ映画 primitive movie

通常、映画の誕生から 1910 年半ばまでの初期映画を指す。映画の誕生間もない 1890 年代の映画は、技術的制約ゆえに、単一のショットで構成された 1 分にも満たないものであった。1900 年代に入ると、ジョルジュ・メリエスの『月世界旅行』(1902)、エドウィン・S・ポーターの『大列車強盗』(1903) のような、複数のショット／シーンで構成された物語性を有する作品が登場する。そして、クロースアップ、クロスカッティング、スーパーインポーズ、ディゾルヴなどの新たな撮影・編集技法、ショット間のコンティニュイティを維持して物語を語る手法が発見・洗練されていく。初期映画におなじみの題材は、日常の情景描写、珍しい異国の風景を撮影した紀行映画 (travelogue)、公的行事などを撮影したニュース映画、舞台演劇やヴォードヴィルの演目を撮影あるいは再現したもの、チェイス（追っかけ）映画など。初期映画は、それ自体が新しい科学技術的発明であり、作品の内容は珍奇な見世物としての性質が強く、ヴォードヴィル劇場のライブパフォーマンスの一環として上映されることが多かった。1900 年代半ば以降、映画上映専門の映画館が次々と建てられ、作品の需要が増大するにつれ、フランスやアメリカなどで映画産業が発展し、新たな大衆娯楽としての地位を確立していった。
☞ アトラクションの映画

フリー・シネマ free cinema

1950 年代のイギリスにおけるドキュメンタリー映画運動。カレル・ライス、リンゼイ・アンダースン、トニー・リチャードソンらによって提唱された。イギリスにおける商業映画とドキュメンタリー映画の現状を批判し、労働者階級の日常をテーマにした詩的リアリズムを特徴とする短編ドキュメンタ

リーを製作した。その精神と手法は、ニュー・ウェイヴ、キッチンシンク映画へと受け継がれた。
☞ニュー・ウェイヴ

フル・ショット　full shot
人物の全身がフレーム内にちょうど収まるように撮影したショット。
☞クロースアップ、ミディアム・ショット、ロング・ショット

プロダクション・コード、映画製作倫理規定　production code
全米映画製作者配給者協会（MPPDA）によって制定された映画製作自主検閲規定。初代会長ウィル・ヘイズの名をとってヘイズ・コードとも呼ばれる。映画作品における性や暴力などの表現に対する公共の批判、州レベルでの検閲制度導入への動きに対し、映画産業の独自性と自立性を保つために導入された。1930 年に制定され、1934 年から罰則規定とともに厳格に運用される。1968 年に完全廃棄され、レイティング・システムへ移行した。

プロパガンダ映画　propaganda film
ある特定の主義・主張、思想などを宣伝することを第一目的として製作された映画。イデオロギーが最も顕著に表れるタイプの映画である。戦時における戦争宣伝映画などがその代表例である。

並行モンタージュ　parallel montage　　☞クロスカッティング

ヘイズ・コード　Hays Code　　☞プロダクション・コード

ヘリテージ映画　heritage movie
イギリスの文化・歴史的遺産に依拠した映画群。文芸映画や歴史映画などもこれに含まれる。歴史的建造物や上流階級の伝統的生活様式などの描写が、視覚的悦びを提供する。1980 年代、「大きな政府」から「小さな政府」への移行を進めたサッチャー政権下での社会変動と精神的基盤の喪失を背景に製作され、過去の栄光を思い起こさせることによって、イギリス国民に慰安と

自負心を提供した。代表的作品は、『炎のランナー』（1981）、『インドへの道』（1984）、ジェームズ・アイヴォリー監督による文芸映画（『眺めのいい部屋』[1985] など）。これらの作品の国内外における成功が、イギリス映画の国際的地位と競争力を高めることに寄与した。

編集 editing
製作段階において、撮影後のフィルムを切ったり、つないだり、並べ替えたりする作業。

ポスト古典的ハリウッド post-classical Hollywood　☞ ニュー・ハリウッド

ミザンセヌ mise en scene
フランス語で「演出」の意で、もともとは演劇用語である。ミザンセンと表記される場合もある。カメラがとらえるフレーム内のすべての要素(セット、小道具、大道具、照明、衣装、メイクアップ、俳優の演技など）を含む。

見た目のショット　　☞ 視点ショット

ミディアム・ショット medium shot
登場人物を、中程度の距離から撮影したショット。通常、人物の上半身（腰のあたりまで)が含まれ、フレームの2分の1ないし3分の2を占める。ミドル・ショットとも呼ぶ。
☞ クローズアップ、フル・ショット、ロング・ショット

ミドル・ショット middle shot　☞ ミディアム・ショット

モンタージュ montage
フランス語で「組み立て」の意。
(1)一般には編集と同義。
(2)1920年代に、ソヴィエトの映画製作者によって実践された編集法。特に、エイゼンシュテインによって体系化された弁証法的モンタージュ、あるいは

テーマ・モンタージュと呼ばれるモンタージュ技法を指すことが多い。ダイナミックにショットを組み合わせたり、一見すると相反するショットを並置することによって、それらのショットが単独では持ちえない新たな概念や意味を創造する。たとえば、エイゼンシュテインの『十月』（1928）は、登場人物（ケレンスキー）の手の込んだ制服の細部のショットに、孔雀のショットを差し挟むことによって、彼の虚栄心を暗示している。

(3)スーパーインポーズ、ジャンプ・カット、ディゾルヴ、フェイド、ワイプなどの特殊な手法を駆使して、あるいは特殊な手法を用いないまでも卓越した編集によって、短いショットをつなぎ、時間・場所を凝集したり、主題を簡潔で象徴的な、インパクトのあるイメージに集約する編集技法。モンタージュ・シークェンスともいう。たとえば、『市民ケーン』（1941）のオープニングに用いられたニューズリールのモンタージュ、『カサブランカ』（1942）のオープニングで、パリからカサブランカへの人の流れを描くモンタージュなどがその例。
☞コンティニュイティ編集、スーパーインポーズ、ディゾルヴ、フェイド、ワイプ

ライティング lighting
照明。撮影に必要な十分な量の光を確保するために、あるいは特別な効果を得るために、光を調整し統御すること。たとえば、セットに十分な光を当てて、事物の輪郭をはっきりと照らし出すハイキー照明、逆に光の量を減らして影をつくり、事物をおぼろげに照らし出すローキー照明といった照明法がある。
☞色温度

リヴァース・ショット reverse shot ☞ショット／切り返しショット

レイティング・システム rating system
映画作品における性や暴力などの表現の度合いに基づいて作品を分類し、観客を規制する制度。アメリカでは、プロダクション・コードにかわって1968年に正式に導入された。現在のアメリカ映画協会（MPPA）によるレイティング・システムでは、G（一般向け）、PG（子供には保護者の指導推奨）、

389

PG13（13歳未満には保護者の指導推奨）、R（17歳未満は保護者同伴必要）、NC-17（17歳未満は禁止）。現在の全英映像等級審査機構（BBFC）によるレイティング・システムでは、U（全年齢対象）、PG（保護者による指導推奨）、12A（12歳以上推奨で視聴の場合は保護者による指導推奨）、12（12歳未満視聴非推奨）、R18（性的内容のために18歳未満視聴禁止）。
☞ プロダクション・コード

ロング・ショット long shot

人物や風景を遠方からとらえたショット。周辺の環境（風景・セット）が広く含まれる。ワイド・ショットとも呼ぶ。
☞ クロースアップ、フル・ショット、ミディアム・ショット

ロング・テイク long take   ☞ 長回し

ワイドスクリーン widescreen

アメリカにおける標準的画面比率（1.33:1 = 4:3）よりも横幅が大きく、ヨーロッパのスタンダードである 1.66:1 以上の横幅のあるスクリーンのこと。アナモフィック・レンズ（歪曲レンズ）を使用するタイプと、使用しないタイプに大別される。シネマスコープ、パナヴィジョン、70ミリ映画などのさまざまな方式が開発されている。現在、アメリカでは 1.85:1 が一般的。
☞ 画面比率

ワイプ wipe

シーン転換のための編集技法の一つ。最初のショットを横に押しのけるようにして、新たなショットが表れ、スクリーンが拭い去られたような効果をもたらす。
☞ アイリス、ディゾルヴ、フェイド

（有森由紀子）

各用語の定義には、下記を参照した。

Kuhn, Annette and Guy Westwell. *A Dictionary of Film Studies*. Oxford UP, 2012.

Blandford, Steve, et al. *The Film Studies Dictionary*. Arnold, 2001.〔ブランドフォードほか『フィルム・スタディーズ事典——映画・映像用語のすべて』、杉野健太郎・中村裕英監訳／亀井克朗・西能史・林直生・深谷公宣・福田泰久・三村尚央訳、フィルムアート社、2004 年。〕

INDEX

| 人名索引 |

あ

アイヴォリー、ジェイムズ……………172, 189
アーヴィング、ヘンリー……………………297
アスキス、アントニー……………………207-08
アチェベ、チヌア……………………………198
アトウッド、マーガレット………………316-17
アーノルド、アンドレア……………………122
アバーネジー、ジョン………………………326
アプフェル、オスカー………………………292
アポリネール、ギヨーム………………………9
アリ、モニカ…………………………………221
アリストテレース……………………………295-96
アルメレイダ、マイケル…………………24, 39
アレグザンダー、ジョージ………………176, 187
アンドリエフスキー、アレクサンドル…42, 55
アンドルーズ、ジュリー……………216-17, 220
アントワーヌ、アンドレ……………………292
イシグロ、カズオ……19, 173, 304, 312-14
イシャウッド、クリストファー……………20
イーリー、ジェニファー……………………82
ヴァーチュー、スー…………………………154
ウィークス、スティーブン…………………319
ヴィーネ、ロベルト……………………………8
ヴィスコンティ、ルキノ……………………21
ヴィニョーラ、ロバート……………………132
ウィンズロウ、ディッキー…………………292
ウィンダム、ジョン………………………314, 317
ウェルシュ、アーヴィン……………………57
ウェルズ、H・G………19, 152, 303-07, 317
ウェルズ、オーソン……………………93, 197
ウェルドン、フェイ…………………………90
ウォー、イーヴリン………76, 154, 172, 284
ウォーカー、スチュアート…………………132
ヴォークト、A・E・ヴァン………………312
ウォルポール、ホレス………………………320
ウォントナー、アーサー……………………143
ウルストンクラフト、メアリ……………90, 323
ウルフ、ヴァージニア……7-9, 20, 113, 173, 189
エイゼンシュタイン、セルゲイ……………288
エジソン、トマス……………142, 289, 304-05
エリオット、T・S…………………………203
エリオット、ジョージ………………………91
エルクマン＝シャトリアン………………297
（「エミール・エルクマン」と「アレクザン
ドル・シャトリアン」という２名の作家が
合作したときに用いていたペンネーム）
オーウェル、ジョージ…………240-41, 316-17
オースティン、ジェイン
……………17, 76-79, 82, 84, 89-90, 284
オズボーン、ジョン…………………………58, 67
オーデン…………………………………………284
オトゥール、ピーター………………………42
オニール、ユージン…………………………248
オハーリヒー、ダン………………………46, 49
オベロン、マール……………………………112
オリヴィエ、ローレンス
……………………16-17, 24-38, 112, 301

か

カウリスマキ、アキ…………………………39
ガヴロン、サラ………………………………221
カーク、ブライアン…………………………138
カジェス、プルタルコ・エリアス…………241
カーゼル、ジャスティン……………………39
ガードナー、ジョン…………………………318
カマチョ、マヌエル・アヴィラ……………241
ガーランド、アレックス…………………313, 315
ガルヴァーニ、ルイージ…………………326, 328
カルデナス、ラサロ…………………………241
カルネ、マルセル……………………………279
カーロフ、ボリス…………………………298, 326
ガーンズバック、ヒューゴー………………303
カーン＝ディン、アユブ……………………221
カント、エマニュエル……………………224-25
カンバーバッチ、ベネディクト……………140
カンピオン、ジェイン………………………75
キーツ、ジョン………………………………75
キートン、バスター…………………………64
ギャスニア、L・J…………………………292
キャメロン、ジェイムズ……………………302
キャンベル、コリン…………………………292
キャンベル夫人、パトリック……………212, 220
キュアロン、アルフォンソ…………………138
キューカー、ジョージ………………………183
キューブリック、スタンレー
………………………284, 304, 308-12

ギールグッド、ジョン················301
キルヒナー、エルンスト・ルートヴィヒ····150
キーン、チャールズ···············290-92
キンスキー、ナスターシャ···········156
クーパー、メリアン・C···········247
クッツェー、J・M···············253
クラーク、アーサー・C·········304, 308-12
グランジェ、ウジェーヌ············289
グリーン、グレアム·······18, 238-43, 250-52
グリフィス、D・W············9, 197 289
グレアム、カニンガム·············194
クレイシ、ハニフ············20, 91, 221
グレゴリー、オーガスタ（夫人）·········229
クレマン、オーロール·············200
グンナールスソン、ストゥルラ········318
ゲイティス、マーク············141, 153
ゲンズブール、シャルロット·········93
ケンブリッジ、レイチェル···········64
ゴダール、ジャン＝リュック·····43, 64, 276
コックス、マシュー··············154
コッポラ、フランシス・フォード
······18, 124, 190-93, 199, 204, 331, 333
ゴドウィン、ウィリアム········322-23, 329
ゴリス、マーリン················20
コリンズ、ウィルキー··············133
コルダ、アレクサンダー············306
ゴールド、ジャック···············42
ゴールドウィン、サミュエル
·················108, 111, 115-16
コールドウェル、アースキン·········243
ゴルトン、フランシス············138, 154
コールマン、ロナルド··············177
コールリッジ、サミュエル・テイラー·····75
コンラッド、ジョウゼフ·········18, 193-99

さ

サイード、エドワード·············79, 196
サザーランド、A・エドワード········41
サッカレー、ウィリアム・メイクピース·····91
サンガー、C・P···············113
サンドラール、ブレーズ·············9
シェイクスピア、ウィリアム
·······11, 16-17, 19, 24-25, 27-29, 32-33,
37-39, 287-89, 292 -96, 300-01

ジェイムズ、E・L···············171
ジェイムズ、ヘンリー·············173
ジェイムズ２世·················61
シェリー、パーシー・ビュシュ········324, 326
シェリー、メアリ
············19, 321-23, 324-29, 334-35
ジッド、アンドレ················21
ジャブヴァーラ、ルース············172
シャルコー、ジャン＝マルタン·········331
シュヴァンクマイエル、ヤン··········320
シュート、ネヴィル···············308
シュトラウス、リヒャルト············178
シュレンドルフ、フォルカー··········317
ジョイス、ジェイムズ·········18, 222, 234-36
ショー、ジョージ・バーナード
··············18, 129, 206-15, 220
シリトー、アラン················59
シーン、マーティン············191, 198
スコセッシ、マーティン············124
スコット、ウォルター··············57
スコット、ポール················91
スコット、リドリー··············302
スチュアート、チャールズ···········62
スティーヴンソン、ロバート·····93, 100, 137
スティーヴンソン、ロバート・ルイス
·······················151, 321
ステープルドン、オラフ············312
ストウ、パーシー···········289, 293-98
ストーカー、ブラム·········19, 321, 330-31
ストッダート、ヒュー··············20
ストッパード、トム···········20, 259, 301
スピルバーグ、スティーヴン
·······13, 18, 124 254-56, 259-60, 262-65,
267-69
スミス、ジョージ・アルバート
·················289, 291, 299
スミス、セイディー················91
セシル、デイヴィッド·············113
セッションズ、ジョン··············74
ゼフィレッリ、フランコ···········24, 93
ゼメキス、ロバート············41, 46, 318
セルバンテス、ミゲル・デ···········60
ソポクレス··················296
ゾラ、エミール·················21

393

た

ダーウィン、エラズマス…………324, 326
ダーウィン、チャールズ………………138
ダウニー・ジュニア、ロバート…………140
ダリ、サルヴァトール………………40
ダンカン、イサドラ…………………181
チェンバレン、ロード………………187
チャーチル、ウィンストン…………130, 182
チャダ、グリンダー…………………221
チャップマン、ロビン………………335
張芸謀…………………………………267
チョーサー、ジェフェリー……………319
陳凱歌…………………………………267
ツリー、ハーバート・ビアボウム…207, 292
デイヴィー、ハンフリー………………326
デイヴィーズ、アンドルー………80, 82-83
ディヴィーン、ジョージ………………64
ティオムキン、ディミトリ……………116
ディケンズ、チャールズ
　　　………17, 91, 125-26, 128-89, 130, 133,
　　　135-36, 287-89
ディロン、カーメン…………………32
デフォー、ダニエル
　　　…………13, 41, 43-46, 49, 52, 55-56
デュバル、ロバード…………………277
デュマ、アレクサンドル（大デュマ）
　　　………………21, 287, 289-90, 296
デュラス、マルグリット………………20
テンプル、ジュリアン…………………75
ド・モンデパン、グザヴィエ………289-90
ドイル、アーサー・コナン
　　　………17, 140, 142-144, 151-55
ドナー、クライブ……………………301
トムソン、ジェイムズ…………………71
ドライヤー、カール・テオドール……276
ドラノワ、ジャン……………………21
トーランド、グレッグ…………243, 248, 250
ドーリ、J・サール…………………292, 325
トリュフォー、フランソワ………43, 64, 284
トールキン、J・R・R………………336-37
トルストイ、レフ………………………7

な

ナイポール、V・S………195-96, 198-99, 205

ニクソン、マーニ……………………218-19
ニコルズ、ダドリー…………………240-43
ニューマン、アルフレッド…109, 116-19, 122
ノーウッド、エイル…………………143

は

ハイトナー、ニコラス………………301
バイロン、ロード（ジョージ・ゴードン・バ
　　　イロン）……………………75, 324
ハーヴィ、マーティン…………………292
パウエル、マイケル…………………137
ハウスマン、A・E…………………278
バカン、ジョン………………………57
パジェット、ウォルター………………56
パスカル、ゲイブリエル…206, 208, 214-15
ハスキン、バイロン…………………42
バセヴィ、ジェイムズ………………111
パゾリーニ、ピエル・パオロ…282, 319
バダム、ジョン……………………331, 333
ハックスリー、オルダス……………20, 316
ハーディ、トマス………18, 157-60, 171, 173
ハート、ウィリアム…………………93
バトラー、ヒューゴ……………42-43, 52
パーネル、チャールズ・スチュアート……229
ハマースタイン、オスカー……………215
ハメット、ダシール…………………208
バラージュ、ベラ…………………149, 233
バラード、J・G
　　　………13, 18, 254-56, 259-61, 262-63,
　　　265, 267-69
バリ、J・M…………………………57
ハリソン、レックス…………………216
パル、ジョージ………………………317
バルビエ、ジョルジュ………………181
ハワード、レズリー…………………207-08
ビートン、セシル……………………188
ヒッチコック、アルフレッド
　　　………………57, 197, 201, 283
ヒューズ、テッド……………………75
ヒューストン、ジョン
　　　……18, 222, 224, 226, 228-32, 234, 236
ピンター、ハロルド…………………20, 301
ファース、コリン……………………81
ブアマン、ジョン……………………318

フィールディング、ヘレン ················· 77
フィールディング、ヘンリー
·········· 17, 58, 60-61, 65-66, 73-74
フィゲロア、ガブリエル····· 240, 243-44, 250
フィッシャー、テレンス··············· 331-32
フィニー、アルバート ·············59, 67, 71-72
フーコー、ミシェル ···················· 193
ブーシコー、ディオン········ 289-90, 292, 299
フェアバンクス、ダグラス ··············· 41
フェラン、パスカル ···················· 139
フェリーニ、フェデリコ···········281, 283
フォースター、E・M ·············· 172-73, 189
フォード、ジョン
············18, 238-39, 240-45, 247-52
フォード、ミック ····················· 335
フォンダ、ヘンリー ···················· 243
フォンテイン、ジョーン ················· 93
フガード、アソル ····················· 253
フクナガ、キャリー
··············· 17, 93-98, 102, 104, 106-07
ブニュエル、ルイス
················13, 17, 40-50, 52-55, 150
ブラウニング、トッド ·················· 331
ブラス、シルヴィア ···················· 75
ブラナー、ケネス ············· 24, 32-33, 328-29
ブランドー、マーロン················198, 203
フリアーズ、スティーヴン ··············· 221
フリーダン、ベティ ················219, 332
フリーマン、マーティン ················ 140
ブリンク、アンドレ ··················· 253
ブルース、ナイジェル·················· 143
ブルック、ピーター ··················· 301
ブルックス、メル ···················· 335
ブルワー＝リットン、エドワード ········· 129
プレスバーガー、エメリック ············· 137
ブレット、ジェレミー·················· 144
フロイト、ジークムント·········154, 186
ブロンテ、アン ······················ 113
ブロンテ、エミリー
·············· 13, 17, 108-09, 112-13, 122
ブロンテ、シャーロット ·········17, 92, 113
ブローン、ファニー····················75
ヘアー、デイヴィッド·················· 301
ヘイゲン、ジーン ····················218

ベイトマン、ヘザカイア············· 297
ペイトン、アラン ···················· 253
ベイリー、ローラ ···················· 291
ベルイマン、イングマール·········280, 283-84
ペイター、ウォルター ················· 151
ヘップバーン、オードリー ······· 217, 218, 220
ヘプワース、セシル ··················· 291
ベルティヨン、アルフォンス ············· 154
ベルトルッチ、ベルナルド ··············· 269
ポー、エドガー・アラン·················· 143
ボイル、ダニー ······················ 313
ホエール、ジェイムズ················317, 326-29
ポッター、サリー ····················· 20
ホッパー、デニス ···················· 198
ボードレール、シャルル·············225, 240
ポランスキー、ロマン
·····18, 156-58, 160, 162, 165-66, 169-71
ボーランド、キャロル ················· 332
ポール、フレッド ···················· 187
ホール、リー ······················· 301
ポール、ロバート・W················ 304-05
ボンド、ウォード ···················· 242
ボンド、マイケル ···················· 221

ま

マカヴォイ、メイ ···················· 177
マキューアン、イアン
················· 18, 270, 275, 278, 284
マグイガン、ポール·················146, 154
マクティアナン、ジョン················ 318
マクミラン、ハロルド ·················· 62
マーチャント、イスマイル ·············172, 189
マッケラン、イアン ··················· 140
マッケンジー、コンプトン ··············· 57
マッケンドリック、アレクサンダー ········· 57
マロリー、トマス ·················318-19
マンキーウィッツ、ジョウゼフ・L ········· 301
三谷幸喜 ··························· 140
ミリアス、ジョン ···················· 193
ミルトン、ジョン ···················· 324
ミレー、ジャン＝フランソワ················ 171
ムルナウ、F・W ···················· 274
メイフィールド、レス ················· 269
メリエス、ジョルジュ··················41

395

メンデルスゾーン、フェリックス …… 119, 123
毛沢東 ……………………………………… 255
モーツァルト、W・A ………………… 120
モーパッサン、ギ・ド ………………… 21
モレッリ、ジョヴァンニ ……………… 154
モンマス、オブ・ジェフェリー ……… 318

や

ヤング、ジェイムズ ……………… 289, 297-99
ユーゴー、ヴィクトル …………………… 21

ら

ライス、カレル ………………………………… 59
ライト、ジョー
 ………… 18, 89, 270-71, 276-77, 282-84
ラインハルト、マックス …………………… 178
ラ・グーマ・アレックス ………………… 253
ラスボーン、バジル ……………… 143-44
ラーセン、ヴィゴ ……………………… 143
ラッセル、ケン ………………………… 139
ラドクリフ、アン ……………………… 320
ラーナー、アラン・ジェイ
 ………………… 215, 217-18, 220
ラーマン、バズ …………………………… 39
ラング、フリッツ …………… 250-51, 307
リチャードソン、トニー
 …………………… 17, 43, 58-61, 63-74
リッチ、アドリエンヌ …………… 99-101
リッチー、ガイ ………………… 140, 145
リーバー、チャールズ ………………… 133
リュー、ルーシー ……………………… 140
リュミエール兄弟 ………… 142, 286, 304
リーン、デイヴィッド
 ………… 124-25, 127-33, 135, 137-38,
   260, 280
ルイ 15 世 ………………………………… 62
ルイス、C・S ………………… 336-37
ルイス、ジェリー・D ………………… 300
ルイス、シンクレア ………………… 116
ルイス、レオポルド …………………… 297
ルーカス、ジョージ ……… 124, 192, 302-03
ルゴシ、ベラ …………………………… 332
ルソー、ジャン＝ジャック …………… 287

ルノワール、ジャン ……………………… 21
ルビッチ、エルンスト
 ………… 13, 18, 174-78, 181-84, 186-87
ロウ、フレデリック …………… 215, 218
ロジャーズ、リチャード ……………… 215
ロックウェル、ノーマン ……………… 257
ロマネク、マーク ……………………… 313
ローリング、J・K …………………… 336
ローレンス、ウィリアム ……………… 326
ロレンス、D・H ……………………… 139

わ

ワイラー、ウィリアム
 ………… 13, 10812, 114-18, 122-23
ワイルド、オスカー
 ……… 13, 18, 174-76, 178-79, 183, 186-87,
   189, 321
ワーズワス、ウィリアム ……………… 75
ワーナー、ジャック …………………… 220

ん

ンゲマ、ムボングニ ……………………… 253
ンデベレ、ジャブロ ……………………… 253

作品名索引

あ

『アイアン・ホース』………………………244
『愛の燈明』………………………………277
『紅いコーリャン』………………………267
『逢びき』…………………………………280
「赤毛連盟」…………………………141, 151
『アーサー王の死』………………………318
『悪しきバイロン卿』……………………… 75
『雨に唄えば』………………………206, 218
『あらし』……………………………289, 293-98
『嵐が丘』……………17, 108-14, 116, 122-23
「『嵐が丘』の構造」……………………113
『アラビアのロレンス』…………………124
『荒地』……………………………………151
『荒鷲の翼』………………………………245
『アーロンの杖』…………………………139
『アンダルシアの犬』………………40, 50, 150
『アンチ＝ジャコバン・レヴュー』………323
『アンナ・カレーニナ』………………7, 9, 91
『怒りの葡萄』……………………………243
『怒りを込めて振り返れ』………………58, 66
『イーストエンダーズ』…………………… 91
『一九八四年』……………………………316-17
『一年中』…………………………………133
「ヴァルキューレの騎行」………………202
『ウイスキー大尽』………………………… 57
『ウイスキーと２人の花嫁』……………… 57
『ヴィレット』……………………………107
『ウィンダミア卿夫人の扇』
………………………18, 174, 179, 186-87
『ヴォーグ』………………………………188
『宇宙戦争』………………………………152
「虚ろな人びと」…………………………203
『麗しのサブリナ』………………………218
「映画」（随筆）…………………………… 7
『エイリアン』……………………………302
『エクス・マキナ』………………………313
『エクスカリバー』………………………318
『エラ』……………………………………291
『エリザベス』……………………………172-73
『エル』………………………40, 48-49, 51-52

『エレメンタリー　ホームズ＆ワトソン in NY』
………………………………………140
『オイディプス王』………………………296
『黄金時代』………………………………… 40
『王様と私』………………………………215
『大いなる遺産』
………17, 91, 125-30, 132-33, 135, 138
「大いなるゲーム」………………141, 153-54
『掟なき道』…………………………242, 251
『オースティンに恋して』………………… 89
『オクラホマ！』…………………………215
『オッド・ジョン』………………………312
『オデュッセイア』………………………… 60
『男の敵』……………………………239, 247-48
『大人は判ってくれない』………………… 64
『オトラント城奇譚』………………320, 323
『オトラントの城』………………………321
『オリヴァー・トウィスト』……………287-88
『オルランド』………………20, 173, 189
「恩寵」……………………………………229
『女という神秘』（『新しい女性の想像』）
………………………………219, 332
『女と男のいる舗道』……………………276

か

『ガウェイン卿と緑の騎士』……………319
『影なき男』………………………………208
『カサブランカ』…………………………277
『火星着陸第１号』………………………… 42
『風と共に去りぬ』………………………262
『勝手にしやがれ』………………………… 64
『ガーディアン』…………………………… 39
『哀しみのトリスターナ』………………… 48
「空の霊柩車」……………………………141
『カラーパープル』………………………267
『カリガリ博士』…………………………… 8
『河の湾曲部』……………………………195
『カンタベリー物語』（映画）…………137
『カンタベリ物語』………………………319
『管理人』…………………………………301
『黄色い大地』……………………………267
『来るべき世界』…………………………306-08
『来るべき世界の姿』……………………305-06
『キャスト・アウェイ』……………41, 46-47

『吸血鬼ドラキュラ』……19, 321, 330-31, 334
『吸血鬼ノスフェラートゥ』……………………… 274
『恐怖からの自由』……………………………… 257
『恐怖省』……………………………………… 250
『恐怖の村』…………………………………… 314
『虚栄の市』……………………………………… 91
『凶人ドラキュラ』……………………………… 332
『霧の波止場』…………………… 277, 279-280
『孔雀夫人』…………………………………… 116
「クブラ・カーン」………………………………… 75
『クラッシュ』…………………………… 254, 262
『グラン・カジノ』………………………………… 40
『グレンデル』…………………………………… 318
『ケイレブ・ウィリアムズ』……………… 322-23
「結婚行進曲」……………………………119, 123
『結婚哲学』…………………………………… 178
『月世界旅行』…………………………………… 41
『権力と栄光』
　…………… 18, 238-42, 245-47, 250, 252
『恋する女たち』……………………………… 139
『郊外のブッダ』………………………………… 91
『荒野の女たち』……………………………… 243
『高慢と偏見』…………… 17, 76-83, 85-91, 112
『荒涼館』………………………………………… 91
『湖上の美人』…………………………………… 57
『ゴッドファーザー』…………………………… 192
『小間使の日記』……………………… 48-49, 52
『コルシカの兄弟』
　…………287, 289, 291-92, 296, 299-300
「コンラッドの闇」………………………… 195-96
『殺しのドレス』………………………………… 143

さ

『ザ・デッド』
　………… 18, 222, 224-25, 228, 230-36
「最後の挨拶」………………………………… 144
「最後の事件」………………………………… 142
「最後の問題」………………………………… 154
『サウンド・オヴ・ミュージック』…………… 217
『叫びとささやき』……………………………… 280
『叫べ、愛する国よ』………………………… 253
『サテリコン』…………………………………… 281
『砂漠のシモン』…………………………… 40, 48
『裁かるゝジャンヌ』…………………… 276-77

『サボタージュ』………………………197, 199, 201
『サラフィナ！』……………………………… 253
『サロメ』………………………………………… 178
『三悪人』……………………………………… 243
『三十九階段』…………………………………… 57
『三十九夜』……………………………………… 57
『ジェイン・エア』
　……… 17, 91-95, 98-01, 104, 106-07, 137
『ジキル博士とハイド氏の奇妙な事件』
　………………………………………… 321, 334
『事件の核心』………………………………240-41
『地獄の黙示録』………… 18, 190-95, 197-205
『地獄の黙示録特別完全版』………………… 200
「死者たち」…… 18, 222, 224-26, 230-31, 234
『侍女の物語』…………………………………316-17
『市民ケーン』………………………………… 250
『シャーロック　ホームズ』………………… 140
『シャーロック・ホームズ　シャドウ・ゲーム』
　………………………………………………… 140
『シャーロック・ホームズ』………………… 140
『シャーロック・ホームズと恐怖の声』…… 143
「シャーロック・ホームズと殺人の大いなる謎」
　………………………………………………… 143
『シャーロック・ホームズの混乱』………… 142
『シャーロック・ホームズの冒険、
　あるいは営利誘拐』…………………… 142-43
『シャーロック・ホームズの冒険』
　……………………………………143-44, 154
『ジャズ・シンガー』………………………… 220
『13ウォーリアーズ』………………………… 318
『従者フライデー』………………………… 42, 55
『珠玉』…………………………………………… 91
『ジュリアス・シーザー』…………………39, 301
『シュロップシャーの若者』………………… 278
『小牧師』………………………………………… 57
『ジョーズ』…………………………………… 254
『贖罪』
　…… 18, 270-71, 273-75, 277-78, 282-83
『ジョン王』…………………………………292-93
『シルヴィア』…………………………………… 75
『白く乾いた季節』…………………………… 253
『シンドラーのリスト』……………………255, 259
『鈴の音』……………………………289, 297-99
『スター・ウォーズ』………………………… 302

『すばらしい新世界』……………… 316
『スラン』…………………………… 312
『西部の男』………………………… 116
『戦場のピアニスト』……………… 166
「前哨」……………………………… 309
『捜索者』…………………………243, 251

た

『ダーバヴィル家のテス』………… 18, 157, 159
『ターミネーター』………………… 302
『第三の男』………………………… 281
『タイム・マシン』………………304-05, 317
『太陽の帝国』
　　………… 18, 254-56, 258-60, 262, 267-69
『大列車強盗』……………………… 287
『タバコ・ロード』………………… 243
『ダブリンの市民』……… 222, 229-31, 236
『誰がクックロビンを殺したのか』………… 197
『ダロウェイ夫人』………………… 20
『小さな兵隊』……………………… 276
『恥辱』……………………………… 253
「茶色い手の物語」………………… 154
『チャタレイ夫人の恋人』………… 139
『チャタレー夫人の恋人』………… 139
『長距離ランナーの孤独』………… 59
『つぐない』………………270-71, 273-84
「蔦の日の委員会室」……………… 229
『テオレマ』………………………… 282
『テス』……………156-60, 165-66, 168-71
『田園交響楽』……………………… 21
『灯台へ』……………………………… 8, 20
『逃亡者』…………………238-48, 250-51
『透明人間』………………………… 317
『ドッズワース』…………………… 116
『トム・ジョウンズ』………… 17, 58, 61-63, 65
『トム・ジョーンズ』(BBC)……………… 74
『トム・ジョーンズの華麗な冒険』
　　………………58-59, 61, 63-66, 72-73
『土曜の夜と日曜の朝』…………… 59, 71
『ドラキュラ』………… 321-22, 331, 333-34
『ドリアン・グレイの肖像』………321, 334
『取り憑かれた夏』………………… 75
「トルコ行進曲」…………………120, 123
『トレインスポッティング』……… 57

『トンネル内のキス』……………… 291

な

「夜鳴鶯に寄せるオード」………… 75
『眺めのいい部屋』………………… 172
『渚にて』…………………………… 308
『ナーシサス号の黒人』…………… 197
『夏の夜の夢』………………………119, 288
『ナルニア国物語』………………… 336-37
『ナンシー・サイクスの死』………287-88, 299
『何でもない女』…………………… 188
『虹』………………………………… 139
『28日後 ...』………………………… 313
『2001年宇宙の旅』…… 303-04, 308-09, 311
『日曜はいつも雨』………………… 280
『紐育の灯』………………………… 220
『〈眠り人〉目覚めるとき』………… 317
『ノートルダムのせむし男』……………… 261

は

『バイオハザード』………………… 12
『バイロン』………………………… 75
「這う男」…………………………… 151
『博士の異常な愛情』……………… 310
『バスカヴィル家の犬』………… 142-43
『8月のマリーゴールド』………… 253
『パディントン』…………………… 221
『果てなき航路』…………………243, 248
『ハムレット・ゴーズ・ビジネス』………… 39
『ハムレット』………16, 24-25, 28, 38-39, 301
『ハリー・ポッター』……………… 336-37
『パリの恋人』……………………… 218
『ハワーズ・エンド』……………… 172
『ピアニスト』……………………… 171
「ピアノソナタ第11番」…………… 120
『緋色の研究』……………17, 142, 145-46, 153
『ピグマリオン』
　　…… 18, 206-209, 212, 215, 219-220, 267
『ヒストリー・ボーイズ』………… 301
『日の名残り』……………………… 173
『ビリー・エリオット』…………… 301
『ビリディアナ』…………………… 48
『昼顔』……………………………… 40

399

「ピンク色の研究」
.... 141-42, 145-47, 149-50, 152-54
『フィフティ・シェイズ・オブ・グレイ』.... 171
『伏魔殿』............ 75
『冬物語』............ 296
『ブライズヘッドふたたび』... 76, 91, 153, 172
『プライドと偏見』............89, 283
『プライベート・ライアン』............ 255
『ブライト・スター』............ 75
『フランケンシュタイン』
.... 19, 321-23, 325-31, 334
『フランケンシュタインの花嫁』............ 326-27
『ブリジット・ジョーンズの日記』.....77, 83, 89
『ブリタニア列王史』............ 318
『ブリック・レーン』............ 221
『ブルジョアジーの秘かな愉しみ』............ 40
『ベーオウルフ』............ 318
『ベオウルフ──呪われし勇者』............ 318
『ベオウルフ』............ 318
『ベッカムに恋して』............ 221
『ペリクリーズ』............ 296
「ベルグレーヴィアの醜聞」............ 154
『ヘンリー５世』............ 24
『ボヴァリー夫人』............ 91
「ホームズをアダプトする」............ 142
『ポーランド系ユダヤ人』............ 297
『ぼくの国、パパの国』............ 221
『ボスマンとレナ』............ 253
『炎のランナー』............ 172
『ホビット』............ 336-37
「ボヘミアの醜聞」............ 141
『ポルノ』............ 57
『ホワイト・ティース』............ 91

ま

『マールバラ公爵伝』............ 182
『マイ・ビューティフル・ランドレット』.... 221
『マイ・フェア・レディ』
.... 183, 188, 207, 215-19
『マクベス』............ 39
『真面目が肝心』............ 182
『魔人ドラキュラ』............ 331-32
『マンスフィールド・パーク』............ 79
『見知らぬ乗客』............ 284

『未知空間の恐怖／光る眼』............ 317
『密偵』............ 197
『ミドルマーチ』............ 91
『ミドロージャンの心臓』............ 57
『皆殺しの天使』............40, 44, 54
『ミュンヘン』............ 255
『未来を花束にして』............ 221
『息子と恋人』............ 139
『メアリ・シェリーのフランケンシュタイン』
.... 328
『メアリー・ポピンズ』............ 217
「恵み深き主よ」............ 281
『メトロポリス』............307, 317
『モーリス』............172, 189
「モルグ街の殺人」............ 143

や

『闇の奥』............ 18, 193-201, 203-04
『ヤング・フランケンシュタイン』............ 335
『ユードルフォの秘密』............320, 323
『指輪物語』............ 336-37
『ユリシーズ』............ 151
『抒情詩集』............ 75
『四人の署名』............ 151
「夜の彷徨」............ 253

ら

『楽園喪失』............324, 329
『ラスト・エンペラー』............ 269
『ラマムーアの花嫁』............ 57
『リチャード３世』............ 24
『リトル・ダンサー』............ 301
『レイディ・キャロライン・ラム』.... 75
『レディ・チャタレー』............ 139
『レベッカ』............ 112
『ローゼンクランツとギルデンスターンは
死んだ』............ 301
『ローマの休日』............ 277
『ロビンソン・クルーソー』
.... 17, 40-43, 45-46, 54-56
『ロビンソン・クルーソー物語』............ 41
『ロビンソン漂流記』............40, 42-50, 55
『ロブ・ロイ』............ 57
『ロミオ＋ジュリエット』............39, 173

『ロリータ』……………………………… 284

わ

『若き日のリンカン』…………………………… 239
『わたしを離さないで』… 304, 312-14, 316-17

その他

『E.T.』……………………………… 254, 267
『Mr. ホームズ　名探偵最後の事件』……… 140
『SHERLOCK』
　……17, 91, 140-41, 144-45, 147, 152-54
『T2 トレインスポッティング』………………… 57

編者・執筆者紹介（50 音順）

【責任編集】
松本 朗（まつもと　ほがら）
＊第 1 部第 9 章、コラム 6
上智大学文学部教授。論文に "An Asian Mary Carmichael? Yuriko Miyamoto and *A Room of One's Own*," (Jeanne Dubino and Pauline Pajak, ed. *The Edinburgh Companion to Virginia Woolf and Contemporary Global Literature*, Edinburgh UP, forthcoming)、「ミドルブラウ文化と女性知識人 ——『グッド・ハウスキーピング』、ウルフ、ホルトビー」（『終わらないフェミニズム』研究社、2016）、共著に『ポスト・ヘリテージ映画——サッチャリズムの英国と帝国アメリカ』（上智大学出版、2010）などがある。

【編著者】
岩田 美喜（いわた　みき）
＊第 1 部第 12 章、第 2 部第 1 章、コラム 1、コラム 3、コラム 10
立教大学文学部教授。単著に『兄弟喧嘩のイギリス・アイルランド文学』（松柏社、2017）、論文に "The Disappearance of London from the Early Eighteenth-Century London Stage" (Barnaby Ralph, et al. ed. *London and Literature, 1603-1901*, Cambridge Scholars, 2017)、"Brothers Lost, Sisters Found: The Verbal Construction of Sisterhood in *Twelfth Night*" (*Shakespeare Studies*, 2019) などがある。

木下 誠（きのした　まこと）
＊第 1 部第 5 章
成城大学文芸学部教授。単著に『モダンムーヴメントの D・H・ロレンス——デザインの 20 世紀／帝国空間／共有するアート』（小鳥遊書房、2019）、共著に『ポスト・ヘリテージ映画——サッチャリズムの英国と帝国アメリカ』（上智大学出版、2010）、共編著に『愛と戦いのイギリス文化史 1900-1950 年』（慶應義塾大学出版会、2007）などがある。

秦 邦生（しん　くにお）
＊序章、第 1 部第 15 章、第 2 部第 2 章
東京大学大学院総合文化研究科准教授。共編著に『終わらないフェミニズム』（研究社、2016）、共訳にフレドリック・ジェイムソン『未来の考古学 1・2』（作品社、2011-12）、論文に "The Uncanny Golden Country: Late-Modernist Utopia in *Nineteen Eighty-Four*" (*Modernism/modernity Print Plus*, 2017) などがある。

【執筆者】
板倉 厳一郎（いたくら　げんいちろう）
＊第 1 部第 16 章、コラム 8
関西大学文学部教授。単著に『大学でハリー・ポッターを読む』（松柏社、2012）、共著に『現代イギリス小説の「今」——記憶と歴史』（彩流社、2018）、*What Happened?: Re-Presenting Traumas, Uncovering Recoveries* (Brill, 2019)、*Narratives of Trauma in South Asian Literature*（共著、Routledge, 2023）などがある。

猪熊 恵子（いのくま　けいこ）
＊第 1 部第 7 章
東京医科歯科大学教養部准教授。翻訳に『ポケットマスターピースシリーズ 05 ディケンズ』（集英社文庫，2016）、論文に「*David Copperfield* の複層的な『声』を読む」（『東京医科歯科大学教養部研究紀要』、2016）などがある。

大久保　譲（おおくぼ　ゆずる）

*第1部第8章

専修大学文学部教授。共編著に『イギリス文学入門』（三修社、2014）、翻訳にサミュエル・R・ディレイニー『ダールグレン』（国書刊行会、2011）、イーヴリン・ウォー『卑しい肉体』（翻訳、新人物往来社、2012）などがある。

小川　公代（おがわ　きみよ）

*第2部第3章

上智大学外国語学部教授。共編著に『文学とアダプテーション』（春風社、2017）、共著に『幻想と怪奇の英文学』（春風社、2014）、『幻想と怪奇の英文学 2 増殖進化編』（春風社、2016）、翻訳に『エアスイミング』（幻戯書房、2018）などがある。

唐澤　一友（からさわ　かずとも）

*コラム11、コラム12

立教大学文学部教授。単著に『世界の英語ができるまで』（亜紀書房、2016）、*The Old English Metrical Calendar*（*Menologium*）（D. S. Brewer, 2015）、『英語のルーツ』（春風社、2011）などがある。共編著に *Ideas of the World in Early Medieval English Literature*（Brepols, 2022）がある。

川崎　明子（かわさき　あきこ）

*第1部第6章

駒澤大学文学部教授。単著に『ブロンテ小説における病いと看護』（春風社、2015）、『人形とイギリス文学—ブロンテからロレンスまで』（春風社、2023）、論文に「『サイラス・マーナー』における植物—漸進的発展の跳躍的語り」（『英国小説研究』、2021）、「『鏡の国のアリス』におけるアリスのごっこ遊びと独り言」（『人文研紀要』、2021）などがある。

栞山　智成（くわやま　ともなり）

*第1部第1章

京都大学大学院人間・環境学研究科教授。論文に「マクベスと役者の身体」（『蘇るシェイクスピア』、研究社、2016）、共著に『よくわかるイギリス文学史』（ミネルヴァ書房、2020）、『変容するシェイクスピア』（筑摩書房、2023）、訳書に『冬物語』（岩波文庫、2023）などがある。

小山　太一（こやま　たいち）

*第1部第14章

立教大学文学部教授。単著に *The Novels of Anthony Powell: A Critical Study*（北星堂、2006）、翻訳にジェイン・オースティン『自負と偏見』（新潮文庫、2014）などがある。

高桑　晴子（たかくわ　はるこ）

*第1部第4章、コラム4

お茶の水女子大学基幹研究院人文科学系教授。共著に玉井暲ほか編著『コメディ・オヴ・マナーズの系譜——王政復古期から現代イギリス文学まで』（音羽書房鶴見書店、2022）、日本オースティン協会編『ジェイン・オースティン研究の今——同時代のテクストも視野に入れて』（彩流社、2017）、海老根宏・高橋和久編『一九世紀「英国」小説の展開』（松柏社、2014）などがある。

武田　将明（たけだ　まさあき）

*第1部第2章

東京大学大学院総合文化研究科教授。共著に『『ガリヴァー旅行記』徹底注釈　注釈篇』（岩波書店、2013）、翻訳にダニエル・デフォー『ロビンソン・クルーソー』（河出文庫、2011）、同『ペストの記憶』（研究社、2017）、論文に「小説の機能（1）「ロビンソン・クルーソー」という名前」（『群像』2014年9月号）などがある。

田中　裕介（たなか　ゆうすけ）
＊第 1 部第 10 章
青山学院大学文学部教授。翻訳にフランコ・モレッティ『ブルジョワ──歴史と文学のあいだ』（みすず書房、2018）、デイヴィッド・バチェラー『クロモフォビア──色彩をめぐる思索と冒険』（青土社、2007）論文に「アメリカ侵攻の悪夢──戦争映画としてのヒッチコック『鳥』」『戦争・文学・表象──試される英語圏作家たち』（音羽書房鶴見書店、2015）などがある。

中井　亜佐子（なかい　あさこ）
＊第 1 部第 11 章
一橋大学大学院言語社会研究科教授。著書に『〈わたしたち〉の到来──英語圏モダニズムにおける歴史叙述とマニフェスト』（月曜社、2020）、『日常の読書学──ジョゼフ・コンラッド『闇の奥』を読む』（小鳥遊書房、2023）、『エドワード・サイード──ある批評家の残響』（書肆侃侃房、2024）などがある。

長島　佐恵子（ながしま　さえこ）
＊コラム 7
中央大学法学部教授。共著に『愛の技法──クィア・リーディングとは何か』（中央大学出版部、2013）、『読むことのクィア──続 愛の技法』（中央大学出版部、2019）、『クィア・シネマ・スタディーズ』（晃洋書房、2021）などがある。

中山　徹（なかやま　とおる）
＊第 1 部第 13 章
一橋大学大学院言語社会研究科教授。著書に『ジョイスの反美学──モダニズム批判としての『ユリシーズ』』（彩流社、2014）、翻訳にスラヴォイ・ジジェク『真昼の盗人のように──ポストヒューマニティ時代の権力』（青土社、2019）などがある。

松井　優子（まつい　ゆうこ）
＊コラム 2
青山学院大学文学部教授。共編著に『亡霊・血・まぼろし──憑依する英語圏テクスト』（音羽書房鶴見書店、2018）、共著に『読者ネットワークの拡大と文学環境の変化』（音羽書房鶴見書店、2017）、『旅にとり憑かれたイギリス人──トラヴェルライティングを読む』（ミネルヴァ書房、2016）などがある。

溝口　昭子（みぞぐち　あきこ）
＊コラム 9
東京女子大学現代教養学部教授。共著に『国民国家と文学』（作品社、2019）、共訳にヘンリー・ルイス・ゲイツ・ジュニア『シグニファイング・モンキー：もの騙る猿／アフロ・アメリカン文学批評理論』（南雲堂フェニックス、2009）、論文に "What Languages Do Aliens Speak?: Multilingual Otherness of Diasporic Dystopia in *District 9*"（*Journal of African Cinemas*, 2016）などがある。

武藤　浩史（むとう　ひろし）
＊コラム 5
慶應義塾大学名誉教授。著書に『『チャタレー夫人の恋人』と身体知』（筑摩書房、2010）、『ビートルズは音楽を超える』（平凡社、2013）、共訳に D・H・ロレンス『息子と恋人』（小野寺健との共訳、筑摩書房、2016）などがある。

吉田　直希（よしだ　なおき）
＊第 1 部第 3 章
成城大学文芸学部教授。共著に『十八世紀イギリス文学研究』（第 6 号、2018）、論文に「熱狂する感受性」（『東北ロマン主義研究』、2017）、"When Pleasure Becomes Word: Sexual Desire in *Memoirs of a Woman of Pleasure*"（『試論』、2011）などがある。

イギリス文学と映画

2019 年 10 月 15 日　第 1 刷発行
2024 年 4 月 15 日　第 2 刷発行

責任編集　　　松本　　朗
編著者　　　　岩田 美喜
　　　　　　　木下　　誠
　　　　　　　秦　　邦生
発行者　　　　前田 俊秀
発行所　　　　株式会社 三修社
　　　　　　　〒 150-0001 東京都渋谷区神宮前 2-2-22
　　　　　　　TEL03-3405-4511
　　　　　　　FAX03-3405-4522
　　　　　　　振替 00190-9-72758
　　　　　　　https://www.sanshusha.co.jp/
　　　　　　　編集担当　永尾真理
DTP　　　　　ロビンソン・ファクトリー（川原田良一）
装幀　　　　　長田年伸
印刷・製本　　倉敷印刷株式会社

Ⓒ2019 Printed in Japan ISBN978-4-384-05930-4 C0098

[JCOPY] 〈出版者著作権管理機構 委託出版物〉
本書の無断複製は著作権法上での例外を除き禁じられています。複製される場合は、
そのつど事前に、出版者著作権管理機構（電話 03-5244-5088 FAX 03-5244-5089
e-mail: info@jcopy.or.jp）の許諾を得てください。